KB125982

TEMERAIRE
9

LEAGUE OF DRAGONS (Temeraire Book 9)

Copyright © 2016 by Temeraire LLC.

This translation published by arrangement with Del Rey,
an imprint of Random House, a division of Penguin Random House, LLC.
All rights reserved.

Korean Translation Copyright © 2018 by Woongjin Think Big Co., Ltd.
This translation is published by arrangement with Del Rey,
an imprint of Random House, a division of Penguin Random House, LLC.
through Imprima Korea Agency.

TEMERAIRE

테메레르 9

League of Dragons

용들의 연합

나오미 노빅 장편소설 | 공보경 옮김

노블마인

CONTENTS

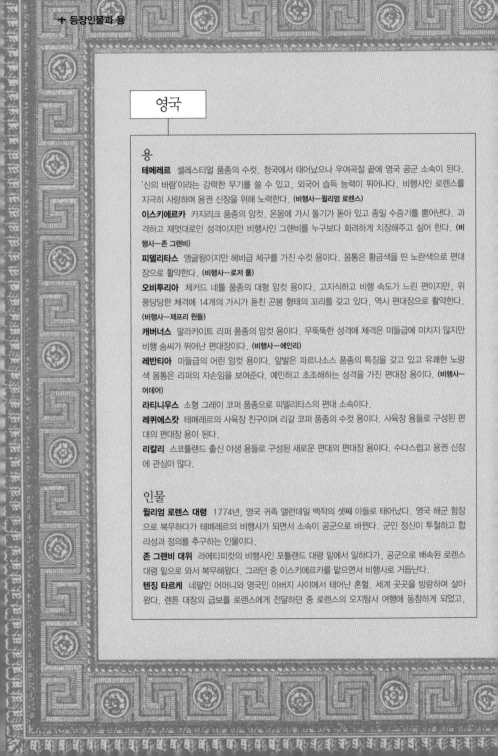

영국

용

테메레르 셀레스티얼 품종의 수컷. 청국에서 태어났으나 우여곡절 끝에 영국 공군 소속이 된다. '신의 바람'이라는 강력한 무기를 쓸 수 있고, 외국어 습득 능력이 뛰어나다. 비행사인 로렌스를 지극히 사랑하며 용권 신장을 위해 노력한다. (비행사—윌리엄 로렌스)

이스키에르카 카지리크 품종의 암컷. 온몸에 가시 돌기가 돋아 있고 종일 수증기를 뿜어낸다. 과격하고 제멋대로인 성격이지만 비행사인 그랜비를 누구보다 화려하게 치장해주고 싶어 한다. (비행사—존 그랜비)

피델리타스 앵글윙이지만 헤비급 체구를 가진 수컷 용이다. 몸통은 황금색을 띤 노란색으로 편대장으로 활약한다. (비행사—로저 풀)

오비투리아 체커드 네틀 품종의 대형 암컷 용이다. 고지식하고 비행 속도가 느린 편이지만, 위풍당당한 체격에 14개의 가시가 돋친 곤봉 형태의 꼬리를 갖고 있다. 역시 편대장으로 활약한다. (비행사—제프리 윈들)

캐버너스 말라카이트 리퍼 품종의 암컷 용이다. 무뚝뚝한 성격에 체격은 미들급에 미치지 않지만 비행 솜씨가 뛰어난 편대장이다. (비행사—에인리)

레반티아 미들급의 어린 암컷 용이다. 앞발은 파르나소스 품종의 특징을 갖고 있고 유쾌한 노랑색 몸통은 리퍼의 자손임을 보여준다. 예민하고 초조해하는 성격을 가진 편대장 용이다. (비행사—어데어)

라티니우스 소형 그레이 코퍼 품종으로 피델리타스의 편대 소속이다.

레퀴에스캇 테메레르의 사육장 친구이며 리갈 코퍼 품종의 수컷 용이다. 사육장 용들로 구성된 편대의 편대장 용이 된다.

리칼리 스코틀랜드 출신 야생 용들로 구성된 새로운 편대의 편대장 용이다. 수다스럽고 용권 신장에 관심이 많다.

인물

윌리엄 로렌스 대령 1774년, 영국 귀족 앨런데일 백작의 셋째 아들로 태어났다. 영국 해군 함장으로 복무하다가 테메레르의 비행사가 되면서 소속이 공군으로 바뀐다. 군인 정신이 투철하고 합리성과 정의를 추구하는 인물이다.

존 그랜비 대위 라에티피캇의 비행사인 포틀랜드 대령 밑에서 일하다가, 공군으로 배속된 로렌스 대령 밑으로 와서 복무해왔다. 그러던 중 이스키에르카를 맡으면서 비행사로 거듭난다.

텐징 타르케 네팔인 어머니와 영국인 아버지 사이에서 태어난 혼혈. 세계 곳곳을 방랑하며 살아왔다. 렌튼 대장의 급보를 로렌스에게 전달하던 중 로렌스의 오지탐사 여행에 동참하게 되었고,

현재는 아버지가 남긴 유산을 빼앗으려는 친척들과 소송 중이다.

에밀리 롤랜드 중위 옅은 갈색 머리의 소녀. 제인 롤랜드 공군 대장의 딸이며 강인하고 똑똑한 군인이다. 어머니의 용인 엑시디움을 물려받을 예정이다.

어데어 대령 레반티아의 비행사로, 오래된 공군 가문 출신이며 젠틀맨 계급이다.

로저 풀 대령 피델리타스의 비행사.

제프리 윈들 대령 오비투리아의 비행사.

에인리 대령 캐버너스의 비행사.

레베카 챌로너 중위 사망한 딜리 챌로너의 여동생으로, 깔끔하고 합리적인 성격이다.

둔 대위 보급 장교.

애쉬그로브 중위 예의가 없는 어린 장교.

퀴글리 소위 신호 담당.

두프러프 소총병.

캘로웨이 포수.

벨아일 망꾼.

윈터스 훈련생으로 지내고 있는 어린 소녀.

케인스 테메레르의 치료를 담당하는 용 의사로, 입은 거칠지만 진실한 성격을 가진 인물이다.

러시아

용

시메르카 보물에 대한 집착이 강한 수컷 용.

보시엠 잔인하고 이기적인 성격의 헤비급 암컷 용.

소록세스트 일첸코 공군 대장의 용.

인물

비트겐슈타인 장군 쿠투조프를 대신해 총사령관이 된다.

일첸코 공군 대장 소록세스트의 비행사.

프러시아

용

에로이카 비행 속도가 빠르지는 않지만 정확한 비행을 추구하는 헤비급 수컷 용.

인물

디헤른 대장 에로이카의 비행사.

프랑스

용

리엔 임페리얼 품종의 청국 용. 비행사인 용싱 왕자를 잃은 뒤 나폴레옹을 비행사로 받아들여 프랑스로 이주한다.

에피카트리스 그랑 슈발리에 품종의 암컷 용.

아첸다레 플람므 드 글로와 품종의 암컷 용으로, 노란색과 검은색이 섞인 품종이다.

인물

나폴레옹 보나파르트 프랑스 혁명기의 군인이자 정치가. 프랑스 제1제정의 황제 나폴레옹 1세로 즉위한다. 아나우알케와의 결혼으로 잉카 제국과 동맹을 맺고 러시아 정복 전쟁에 앞장선다.

청국

용

룽유리·룽유션·룽유궈 비취 품종의 용.

인물
미엔닝 황태자 청국 가경제의 아들이다. 청국을 개방해 외국 문물을 받아들여 나라를 부강하게 해야 한다는 생각을 갖고 있다. 그러나 보수 세력에 의해 끊임없이 자리를 위협받는다.
꿍쑤 테메레르의 전속 요리사로 들어왔으나 알고 보니 미엔닝 황태자가 테메레르와 로렌스의 안위를 걱정해 붙여놓은 연락책이었다. 테메레르와 로렌스를 극진히 모신다.

잉카

용
마일라 유팡키 아나우알케를 모시는 수컷 용.

인물
아나우알케 잉카 제국의 여황이며 나폴레옹과 결혼해 프랑스로 이주한다.

아메리카

용
나스카피 인디언 용 핼리팩스 북부에 사는 토착 용이다. 주둥이가 좁고 머리뼈에 각이 져 있어 잉카 용들과 비슷하지만 깃털처럼 긴 비늘이 아니라는 부분이 다르다.

야생 용
비스토르타 여윈 체격에 회색 눈동자를 가진 연회색 암컷 용이다.
몰릭 암컷 용으로 야생 용들의 대장으로 활약하고 있다.

✛ 1815년 유럽 국경지도

20°

10°

0°

북

에든버러

50°

대서양

40°

런던

도버

파리

퐁텐블로

프랑스 제국

30°

살라망카

마드리드

포르투갈 왕국

리스본

스페인 왕국

비토리아

20°

지

10°

0°

꼭 필요한 존재인

찰스에게

제1부

발견 당시 슈발리에 암컷은 아직 숨이 붙어 있었지만 새들에게 이미 쪼아 먹히기 시작한 상태였다. 테메레르의 그림자가 공터를 뒤덮자 까마귀 한 무리가 시끌벅적하게 날아올랐고 흰 털에 빨간 주둥이를 가진 담비 한 마리는 슬그머니 덤불로 숨었다. 테메레르의 등에서 내려온 로렌스는 검은 딸기나무 덤불 아래서 참을성 있게 내다보는 담비의 작고 단단하며 빛나는 눈을 바라보았다. 프랑스 용 슈발리에의 거대한 옆구리는 갈비뼈 사이사이가 깊게 파여 마치 밧줄로 만들어진 흔들다리처럼 헛헛했다. 슈발리에가 얕은 숨을 쉴 때마다 옆구리가 오르내렸고 폐의 움직임이 뚜렷이 드러났다. 슈발리에는 머리를 움직이지 않은 채 눈만 살짝 떴다. 로렌스와 테메레르 쪽으로 눈알을 굴리다가 다시 감았지만 그들을 알아차린 기색은 없었다.

죽은 남자가 슈발리에의 가슴에 기대어 눈밭에 앉아 있었다. 남자의 시선은 아무것도 보지 못하는 채로 앞을 향해 있었다. 남자의 옷은 한때 나폴레옹 선임 근위대의 자랑스러운 붉은 제복이었으나 이제는 누더기가 되어 있었다. 외투에 견장이 붙어 있고 외투 앞쪽에는 우묵한 구멍이 숭숭 나 있었다. 그 자리에 붙어 있던 금메달과 은메달들은 아마도 돼지나 닭을 팔겠다고 나선 러시아 농부들에게 떼어주었을 것이다. 그들은 분명 와해된 프랑스 육군 그랑 다르메 소속일 것이다. 굶주림에 지친 용은 먹을 것을 찾기 위해 마지막 힘까지 짜내 들판 깊숙이 이동했다가 소속 부대를 따라잡지 못한 듯했다. 이 용이 착륙할 때 흩어진 흙덩이들이 뾰족하게 얼어붙었고 어제 아침 내린 눈이 비행사의 장화에 덮인 것으로 보아 추락한 지 하루가 지난 듯했다.

로렌스는 지평선 너머로 수줍게 흔적만 보이는 태양을 향해 고개를 돌렸다. 매 시간 매 분마다 줄어드는 햇빛은 소중하기 그지없었다. 나머지 프랑스 군대는 이 나라를 벗어나기 위해 서쪽으로 달아나고 있었다. 나폴레옹도 함께였다. 나폴레옹의 군대가 베레지나강을 건너가기 전에 따라잡아야 했다. 일단 강을 건너가면 나폴레옹은 병력을 증강하고 보급품을 채울 것이다. 용 병력이 증강되면 나폴레옹과 그의 부대는 다시 기운을 차리고 안전하게 피신할 게 분명했다. 그렇게 되면 이 소모적인 전쟁은 어떤 결론도 내지 못하고 끝나지도 않을 것이다. 나폴레옹은 약간 기가 죽어 프랑스로 돌아가겠지만 또다시 군대를 모아 2년 내에 전쟁을 일으킬 가능성이 컸다. 다시 학살이 시작되는 것이다.

슈발리에는 옆구리를 들썩이며 연거푸 힘겨운 숨을 토해냈다. 콧구멍에서 흘러나온 하얀 김이 얼어붙게 추운 공기 중에 대포 연기처럼 피어올랐다. 테메레르가 로렌스에게 물었다.

"이 용에게 해줄 일이 없을까?"

"조그맣게 모닥불이라도 피워주자. 포싱, 자네가 하게."

그들이 눈 녹인 물을 가져다줬지만 슈발리에는 마시지 않았다. 상태가 너무 나빠 가망이 없었다. 비행사가 이미 사망한 데다 자신도 죽음이 임박했음을 알고 물마저 거부하는 것일까.

이 용에게 해줄 수 있는 일은 하나뿐이었다. 화약은 여유분이 없지만 끝이 뾰족한 천막용 쇠기둥은 몇 개 있었다. 로렌스가 슈발리에의 머리뼈 아래쪽에 기둥 끝을 갖다 대자 테메레르가 커다란 발톱으로 단번에 쳐올려 머리뼈에 박아 넣었다. 슈발리에는 소리 없이 숨을 거뒀다. 옆구리가 두 번 더 오르내리고 근육이 부르르 떨리고 힘줄이 불거지다가 거대한 몸뚱이가 서서히 잠잠해졌다. 몇몇 지상 요원들이 군홧발을 구르며 손에 입김을 호호 불었다. 주변에서 눈을 묵직하게 짊어진 소나무들이 소음을 빨아들여 사방이 고요했다.

슈발리에의 꼬리에서 마지막 떨림이 사라지기도 전에 그릭이 참새처럼 높은 목소리로 약간 나무라듯 말했다.

"이제 다시 길을 떠나도록 하죠. 오늘 밤 모일 장소까지 8킬로미터를 더 가야 합니다."

테메레르 일행 중에 오직 그릭만이 슈발리에의 죽음에 별 감흥이 없었다. 러시아 용들은 학대와 굶주림을 일상적으로 겪다

보니 이런 죽음에 익숙해진 모양이었다. 그럭의 말을 무시할 이유는 없었다. 테메레르 일행은 이미 할 만큼 했다.

"승무원들을 다시 탑승시켜, 포싱."

로렌스는 지시를 내리고는 테메레르의 머리 쪽으로 걸어갔다. 테메레르는 로렌스가 탑승하도록 머리를 내리고 있었다. 비행을 하는 동안 테메레르의 콧구멍 주변에는 숨결이 동그랗게 얼어붙었다. 로렌스는 두 손으로 얼음 막을 녹여 조심스레 비늘에서 떼어냈다.

"다시 비행해도 괜찮겠어?"

로렌스가 물었으나 테메레르는 곧바로 대답하지 않았다. 지난 2주 내내 테메레르는 호된 추위와 고된 비행, 식량 부족 탓에 걱정스러울 정도로 살이 쭉 빠졌다. 거기에 빠른 속도로 비행까지 하고 있으니 아무리 체력 좋은 헤비급 용이라도 살이 빠질 수밖에 없었다. 이 상태로 계속 비행하면 어찌 될지는 죽은 슈발리에가 암울한 본보기가 되었다. 그래서 로렌스는 더욱 신중해질 수밖에 없었다.

로렌스는 룽션스와 보급 부대를 청국으로 돌려보낸 것이 몹시 아쉬웠다. 청국 군대가 청국으로 떠나고 식량을 걱정해야 하는 처지가 되자 아쉬움이 더욱 커진 것이다. 러시아 공군은 용의 식량에 대해 케케묵은 생각을 갖고 있었지만, 의지력이 강한 테메레르는 나폴레옹을 또다시 공격할 수 있는 타격 거리 내로 들어갈 수만 있다면 닭 세 마리와 메밀 한 자루만으로도 세상을 한 바퀴 비행할 수 있다고 믿을 만큼 기백이 넘쳤다.

마치 로렌스의 생각을 읽은 듯 테메레르가 말했다.

"션스와 청국군이 돌아가서 너무 아쉬워. 그들과 함께 이동했으면……."

테메레르는 말끝을 흐렸다. 아무리 낙관적으로 생각해봐도 불쌍한 슈발리에의 목숨을 구하지는 못했을 것이다. 헤비급 용세 마리가 힘을 합해도 그 용을 부축해 함께 이동하기에는 무리였다.

"뜨거운 포리지라도 좀 먹일 수 있었을 텐데."

"이 말이 위로가 될지 모르겠지만, 그 용은 이 나라를 정복하기 위해 자기 의지로 여기까지 온 거야."

"아! 프랑스 용들이 어떻게 나폴레옹을 위해 참전하지 않을수 있었겠어? 나폴레옹 덕분에 용들의 삶이 얼마나 좋아졌는데. 그는 용들에게 누각도 지어주고 유럽 곳곳에 길도 깔아주고 권리도 누리게 해줬어. 그 용을 비난해서는 안 돼, 로렌스. 프랑스 용들을 나무랄 수는 없어."

"그래도 나폴레옹을 비난할 수는 있겠지. 그렇게 위해주는척, 그 슈발리에와 동료들을 꾀어 이 나라로 끌고 들어와서는 헛되고 부당한 정복 전쟁을 치르게 했으니까. 넌 그 용이 이 나라로 들어오는 것을 막을 수도, 그 용의 목숨을 구할 수도 없었어. 그 용의 주인이 벌여놓은 짓이니까."

"그래, 나폴레옹이 잘못한 건 나도 알아. 로렌스, 우리가 지금나폴레옹을 놓치면 그동안의 고생도 물거품이 되는 거잖아."

테메레르는 깊게 숨을 들이마시고 다시 고개를 들었다.

"따라잡을 준비가 됐어."

승무원들은 이미 탑승했다. 테메레르는 로렌스를 들어 목 뒤쪽 그의 자리에 올려주었다. 로렌스가 흡족해할 만큼 도약이 힘차지는 않았지만 어쨌든 그들은 다시 날아올랐다. 저 아래 덤불에 숨어 있던 담비가 슬그머니 다시 나와 죽은 슈발리에를 뜯어 먹었다.

잠시 비행을 쉬다가 다시 이륙했는데도 맹렬한 바람은 여전히 그들을 기습적으로 후려쳤다. 11월까지는 가을의 마지막 온기가 남아 있었으나 지금은 달랐다. 러시아의 겨울은 로렌스가 예전에 들었던 끔찍한 경고대로 가혹하기 이를 데 없었다. 오늘은 기온이 한층 더 떨어졌다. 질주하는 프리깃함의 갑판과 용의 등에서 살을 에는 한겨울 추위를 겪어본 로렌스였지만 이런 살인적인 추위는 처음이었다. 가죽과 모직, 털로는 어림도 없었다. 비행용 고글을 미처 착용하기도 전에 속눈썹과 이마에 서리가 두껍게 내려앉았다. 고글을 쓰고 난 후에는 고글의 초록색 유리 안쪽에 녹은 얼음이 흘러내려 빗물처럼 시야를 가렸다.

아래쪽 그물에 탑승한 지상 요원들은 그나마 강풍을 덜 맞는데다 서로 부둥켜안고 체온을 나눌 수 있었다. 로렌스는 몇 안 되는 장교들에게 두세 명씩 모여 앉아도 된다고 허락해주었으나 정작 자신은 함께 체온을 나눌 사람이 없었다. 그동안 같이 이동했던 타르케는 급한 호출을 받고 2주 전에 이스탄불로 떠났다. 타르케 외에는 어색하지 않게 함께 앉아 있을 사람이 없었다. 페리스에게 같이 앉자고 하자니 포싱이 마음에 걸렸고, 포싱에게 그러자니 페리스가 걸렸다. 그렇다고 그 둘을 모두 불러 같이 앉아 있을 수도 없었다. 언제 적에게 공격받을지 모르는 상황이라 그들은 테메레르의 등에 널찍이 떨어져 앉아 있어야 했다.

로렌스는 토끼털과 족제비 가죽을 잇대어 만든 담요와 방수포로 몸을 둘둘 감고 손가락을 겨드랑이에 끼고는 쪼그려 앉아 추위를 견뎠다. 냉기가 사정없이 팔다리로 파고들었다. 손가락에 감각이 없어지다 못해 통증마저 사라지자 로렌스는 어쩔 수 없이 하네스 끈에 몸을 묶은 채 일어섰다. 두툼한 장갑을 낀 마비된 손으로 카라비너 하나를 조심스럽게 빼내 약간 떨어진 곳에 달린 하네스 고리에 걸었다. 두 번째 카라비너를 풀고 하네스를 따라 손을 옮겨가며 몸을 이동한 다음 첫 번째 끈의 끝부분에 그 카라비너를 다시 걸었다.

반쯤 얼어붙은 손발로 용의 등에서 움직이는 것은 당연히 위험했고 군데군데 얼음이 얼어 있어 발도 미끄러웠지만 이 추위에 가만히 앉아 있다가는 더 위험할 수도 있었다. 이렇게라도 움직여 혈액 순환을 도와야 했다. 자칫 지상으로 곤두박질칠 수 있다는 본능적인 두려움은 오히려 도움이 됐다. 발이 미끄러지면서 테메레르의 몸에 옆구리를 부딪힐 때마다 심장이 철렁하고 쿵쾅쿵쾅 뛰어 절로 혈액 순환이 됐다. 저 아래로 암녹색 나무들이 흐릿하게 지나가는 가운데 그는 한 손으로 끈 하나를 붙잡고 하네스에 매달려 있었다.

근처에서 장교들과 붙어 앉아 있던 에밀리 롤랜드가 로렌스보다 훨씬 날렵하게 로렌스 옆으로 올라왔다. 에밀리는 태어나 자마자 어머니의 용을 탔기 때문에 용의 몸 위에서도 지상만큼이나 편안하게 움직였다. 에밀리는 테메레르의 옆구리에 연신 툭툭 부딪히는 카라비너를 능숙하게 붙잡아 또 다른 고리에 끼워주었다. 로렌스는 고맙다는 뜻으로 고개를 끄덕이면서 간신히 다시 일어섰다. 제자리로 돌아간 로렌스는 얼굴이 상기된 채 숨을 헐떡였다.

테메레르는 석양빛에 두 눈을 감다시피 하고 낮은 고도로 날았다. 콧구멍에서 뿜어 나온 숨이 목을 타고 뒤로 흘러오더니 얼음 바늘 가득한 구름이 되어 로렌스의 얼굴을 찔렀다. 그릭은 테메레르의 날갯짓이 만들어내는 공기의 흐름을 최대한 타면서 뒤에서 날고 있었다. 발아래로는 끝없는 눈밭이 펼쳐졌고 얼음 서리가 내려앉은 시커먼 벌거숭이 나무들이 흘러갔다. 텅 빈 들판에 얼음이 바짝 얼어 반짝거렸다. 그 사이에 오두막이 있다고 해도 그들 눈에는 보이지 않았다. 마을을 헤집고 다니며 약탈을 일삼는 야생 용들의 눈에 띄지 않도록 처마까지 눈으로 덮어 집을 가려놓았기 때문이었다. 농부들은 불을 피우면 연기 때문에 위치가 발각될까 봐 감자도 날것으로 먹었다.

들판에 널브러진 시체들은 나폴레옹의 군대가 남긴 죽음의 흔적이었다. 그러나 시체도 들판에 오래 남아 있지는 않았다. 흉포한 야생 용들이 까마귀 떼처럼 이내 시체를 낚아채기 때문이었다. 누가 쓰러져 죽기라도 하면 야생 용들은 시체에 온기가 빠질 새도 없이 재빨리 가져갔다.

러시아인들을 공격하도록 야생 용들을 풀어놓은 게 바로 나폴레옹의 군대이니, 지금 프랑스군이 야생 용들에게 쫓기거나 잡아먹히는 것은 어쩌면 인과응보일 수도 있었다. 하지만 로렌스는 한때 자부심 넘쳤던 그랑 다르메의 파멸이 마냥 기쁘지만은 않았다. 프랑스군이 모스크바를 약탈한 흔적이 퇴로를 따라 기괴하게 이어졌다. 굶주림에 지친 프랑스 군인들은 도로 양옆에 비단과 금 사슬, 우아한 가구들을 버리고 오직 생존에만 매달렸다. 엄청난 고통 속에서 살아남기 위해 몸부림치는 그들은 이제 적군이라기보다 짐승처럼 느껴질 지경이었다.

한 시간 후 해질녘이 되어서야 테메레르는 집합 장소에 도착했다. 테메레르는 커다란 포리지 솥에서 모락모락 피어오르는 수증기를 반가이 들이마시며 바닥으로 내려섰다. 테메레르가 자기 몫의 포리지를 먹으며 배를 채우는 동안 페리스가 짧은 막대 여러 개를 들고 로렌스에게 다가왔다. 소형 천막용 뼈대였다.

"이걸 테메레르의 콧잔등에 얹고 그 위를 방수포로 덮은 다음 우리가 그 안에 들어가 테메레르의 코 옆에서 자면 될 것 같습니다, 대령님. 그러면 테메레르의 콧김이 밤새 얼어붙지 않을 겁니다. 위쪽에 굴뚝처럼 구멍을 하나 내서 콧김이 약간씩 빠져나가게 하고요. 온기는 약간 잃겠지만 괜찮을 겁니다."

로렌스는 얼른 대답하지 못했다. 이런 식으로 장비를 배치하는 것은 직속 부관의 일이었다. 상관인 로렌스가 이래라 저래라 간섭하는 것은 직속 부관의 권위를 훼손하는 짓이었다. 페리스가 로렌스 대신 포싱에게 이런 이야기를 했으면 좋았을 테지만, 원래 자기 자리를 차지한 포싱에게 그런 말을 하기가 쉽지는 않았을 것이다. 공군에서 쫓겨나기 전까지는 페리스가 로렌스의 직속 부관이었다.

마침내 로렌스가 입을 열었다.

"좋은 생각이군, 페리스. 포싱에게도 설명해주게."

힘들어하는 테메레르를 조금이나마 편하게 해줄 수만 있다면 거부할 이유는 없었다. 하지만 페리스의 설명을 들으며 얼굴이 달아오르는 포싱을 보고 로렌스는 아차 싶었다. 페리스와 포싱은 거울처럼 마주 보고 서 있었다. 한쪽은 어깨와 턱이 각진 다부진 체격이고, 다른 한쪽은 아직 어린 티를 벗지 못한 키가 크고 호리호리한 체격이었다. 그러나 둘 다 대쪽같이 꼿꼿한 자세였다. 페리스가 설명을 끝마치자 포싱은 약간 고개를 숙이고 지상 요원들에게 딱딱하게 명령을 내렸다.

지상 요원들이 방수포를 설치한 후 로렌스는 테메레르의 주둥이 옆에 누워 잠을 청했다. 규칙적인 테메레르의 호흡은 대양을 수놓는 파도의 속삭임 같았다. 콧잔등의 천막 덕분에 온기를 확보하기는 했으나 그래도 추위를 막을 수는 없었다. 방수포 가장자리에는 여전히 칼날 같은 추위가 맹위를 떨쳤고 바람이 조금만 불어도 차가운 기운이 방수포 안으로 밀고 들어왔다. 한밤중에 눈을 뜬 로렌스는 머리 위쪽의 방수포가 괴상하게 잔물결 치는 것을 보았다. 그는 손을 뻗어 테메레르의 옆구리를 만져보았다. 테메레르가 격렬하게 몸을 떨고 있었다.

방수포 바깥에서 투덜거리며 희미하게 신음을 내뱉는 소리가
들려왔다. 로렌스는 일 분 정도 더 누워 있다가 억지로 몸을 일
으켜 밖으로 나갔다. 외투 위에 모직 담요를 둘둘 감았으나 추
위를 막아주지는 못했다. 러시아 공군들은 이미 일어나 용들 사
이를 돌아다니며 가축몰이용 쇠막대로 용들을 때리고 고함을
지르고 있었다. 잠에서 깨어난 용들은 느릿느릿 일어섰다. 로렌
스는 테메레르의 머리 옆으로 다가갔다.

"테메레르, 일어나야 돼."

"알았어. 금방 일어날게."

테메레르는 눈도 뜨지 않고 대답했다. 로렌스가 조금 더 달랜
후에야 테메레르는 힘겹게 일어나 러시아 용들 틈에 합류했다.
용들은 야영지를 중심으로 길게 늘어서서 고개를 푹 숙인 채 원
을 그리며 돌았다.

러시아인들은 삼십 분 정도 용들을 걷게 하고는 다시 취침하
게 했다. 이번에는 용들을 포리지 솥 옆에 다 같이 모여 눕게 했
다. 솥 위에는 이미 두껍게 얼음이 얼어 있었다. 요리사들이 일
정한 간격을 두고 던져 넣은 뜨거운 석탄 덩어리들이 얼음 막을
녹이고 솥 안으로 가라앉았다. 로렌스는 테메레르를 다른 용들
곁에 눕게 했다. 한 무리의 흰색 소형 용들이 테메레르 주변에
웅크리고 누웠다. 테메레르의 콧잔등 위에 다시 방수포 천막이
걸렸고 승무원들은 그 안에서 잠을 청했다. 추위가 점점 더 심
해지는 듯했다. 석탄을 넣은 솥에서 온기가 나오기는 했지만 땅
이 뿜어내는 냉기가 워낙 강력해서 아무리 서로의 체온에 의지

해도 추위는 가시지 않았다.

테메레르는 입을 꾹 다물고 한숨을 내쉬었다. 로렌스는 불안하게 뒤척이며 잠들었다가 한 번씩 잠이 깨어 테메레르의 옆구리에 손을 대보았다. 다행히 아까처럼 위험할 정도로 몸을 떨지는 않았다. 밤은 느릿느릿 흘러갔다. 얼마 후 로렌스는 테메레르를 다시 깨워 다른 용들과 함께 또 한 차례 야영지 주변을 걷게 했다.

"지옥 군주의 깃발이 가까이 오는 것 같구먼요, 대령님."

오데이가 말했다. 오데이를 비롯한 지상 요원들은 터벅터벅 걷는 테메레르의 거대한 발 옆에서 로렌스와 함께 발을 구르고 있었다. 오데이는 외투 겨드랑이 밑에 손을 찔러 넣은 채 말을 이었다.

"이대로 지옥 군주에게 잡아먹혀서 새벽이면 영원히 얼음에 갇히는 신세가 되지 않을까 걱정되네요. 신이시여, 우리 죄인들을 구하소서!"

추위에 혀가 얼어붙었는지 오데이는 더는 떠들지 않았다.

자리로 돌아온 그들은 눈을 감고 잠이 들었다. 아니, 잠을 자보려고 애를 썼다. 시간이 얼마나 지났을까. 뒤척이던 로렌스는 동이 텄는지 천막 밖을 내다보았지만 밤의 어둠이 여전히 굳건히 그들을 에워싸고 있었다. 주변에 빛이라고는 그들이 피워놓은 횃불뿐이었다. 우편배달 일을 하는 코사크 족 암컷 용이 비행사와 함께 야영지에 내려앉았다가 이내 다른 용들 곁으로 조심스레 다가가 누웠다. 그 용의 차가운 몸뚱이가 몸에 닿자 다른 용들이 조그맣게 투덜거렸다. 그 용의 비행사는 추위에 이가 딱딱 맞부딪쳐서 말이 제대로 나오지 않는데도 주변에 모여든 러시아 장교들을 향해 미친 듯이 손을 흔들고 있었다. 횃불에 비친 그 비행사의 그림자가 사납게 일렁거렸다. 로렌스는 추위를 무릅쓰고 천막 밖으로 나가 러시아 장교들 옆으로 다가갔다. 코사크 족 비행사가 말했다.

"베레지나. 베레지나."

어린 소위가 뜨거운 그로그 주가 담긴 컵을 들고 달려왔다. 비행사는 컵을 받아 들고 그로그 주를 들이켰다. 주변에 모여 선 사람들이 비행사에게 체온을 조금씩 나눠주었다. 비행사의 옷은 하얗게 얼어붙었고 컵을 움켜쥔 손가락 끝마디가 군데군데 시커멓게 변해 있었다. 동상이었다.

"베레지나 자메르자니예."

비행사가 간신히 말을 내뱉고 그로그 주를 또 한 차례 들이켜자 장교들 중 한 명이 조그맣게 욕을 했다.

로렌스는 프랑스어를 할 줄 아는 장교에게 나지막하게 물었다.

"뭐라고 말한 겁니까?"

"나폴레옹이 얼어붙은 베레지나강을 향해 가고 있다고 합니다."

동트기 전에 다시 날아오른 그들은 얼어붙은 언덕에 새벽빛이 물들 무렵 러시아 전위부대 야영지에 도착했다. 높은 눈 더미 사이로 베레지나강이 구름처럼 뿌옇게 뻗어 있었다. 러시아 군 야영지 북쪽에서 질서 정연하게 베레지나강을 건너고 있는 프랑스군 연대들이 보였다. 두 명씩 나란히 걷고 있는 프랑스 군인들보다 양옆에 따라붙은 매춘부들과 홀로 힘겹게 강을 건너는 낙오병들의 수가 더 많아 보였다. 여자들과 어린아이들은 냉렬한 추위에 몸을 웅크리고 고개를 푹 숙인 채 걸었고, 부상당한 사람들은 얼음 위에 핏자국을 남기며 절뚝절뚝 걸어갔다. 대열 옆으로 시체들이 널브러져 있었다. 꼼짝 않고 웅크리고 앉은 이들도 여기저기 보였다. 퇴로가 열려 있었지만 일부는 이미 체력의 한계에 다다른 듯했다.

"설마 나폴레옹의 군대가 저게 전부야?"

테메레르는 믿기지 않는다는 말투였다. 이천 명도 채 안 되는 인원이었다. 동쪽 강둑에 프랑스 용 몇 마리가 대포 2문을 가운데 두고 옹송그리고 앉아 퇴로를 엄호하고 있었으나 그나마도 고작 네 마리뿐이었다.

로렌스는 제리가 전해준 편지를 읽으며 대꾸했다.

"강을 따라 북쪽으로 넓게 퍼져 있어."

후퇴 중인 병력을 분산 배치한 것은 영리한 전략이었다. 러시아군이 한곳을 치더라도 그곳을 포기하면 나머지 병력은 구할 수 있을 테니까. 러시아군이 여러 곳을 공격하더라도 나폴레옹은 용을 이용한 병력 수송에 능숙하므로 중대들을 신속하게 모아 다른 곳으로 옮길 수 있을 것이다. 지금도 각 프랑스 중대는 코사크 족을 막아내기에 충분한 규모였다.

로렌스는 편지를 마저 읽고 승무원들을 돌아보았다.

"제군들, 나폴레옹은 프랑스군이 한 명이라도 남아 있는 상황에서 자기가 먼저 용을 타고 베레지나강을 건너는 일은 없을 거라고 부하들에게 선언했다고 한다. 나폴레옹이 거짓말을 한 게 아니라면 지금도 이쪽 어딘가에 있다는 얘기가 되겠지."

흥분한 승무원들은 나지막하게 두런거렸다. 디헤른이 주먹으로 손바닥을 내리치며 말했다.

"나폴레옹을 잡을 수만 있다면 나머지 프랑스군은 놓쳐도 그만 아닙니까! 로렌스, 당장 출격합시다."

어느새 추위와 배고픔도 잊은 테메레르가 다급히 맞장구를 쳤다.

"당장 출격해야 돼! 아, 러시아군은 도대체 왜 가만히 기다리고만 있는 거야?"

러시아군을 비난할 일이 아니었다. 러시아 장교들은 이미 부하들에게 고함을 치며 행군 대오로 정렬시키고 있었다. 로렌스가 장교들에게 전투 준비를 지시하는 동안 나머지 러시아 용들에게도 명령이 전달되었다. 그들은 일단 프랑스군이 강을 얼마나 건넜는지 정찰하고 어느 곳에 유난히 인원을 많이 배치했는지 알아오기로 했다. 로렌스는 권총을 새로 장전하며 말했다.

"테메레르, 그릭을 통해 러시아군에게 전해. 정찰을 하면서 잉카 용들을 찾아보라고. 프랑스군에 섞여 있는 몇 안 되는 잉카 용들은 분명 나폴레옹을 지키는 일을 하고 있을 테니까. 펨버튼 부인, 부인께서는 야영지에 편안히 계세요. 오데이가 최선을 다해 부인을 모실 겁니다."

펨버튼 부인은 에밀리 롤랜드의 샤프롱(사교 행사 때 젊은 미혼 여성을 보살펴주던 나이 든 여인—옮긴이)이었다.

오데이는 쓰고 있지도 않은 모자 끝을 손으로 만지는 시늉을 하며 말했다.

"예, 부인. 뭐든 말씀만 하십쇼."

오데이는 털과 말가죽을 마치 터번처럼 머리에 둘둘 감았는데 터번 끝이 귀와 목 뒤쪽에서 덜렁거리고 있었다. 오데이는 로렌스에게 말했다.

"저희는 그동안 천막을 세우고 포리지를 준비하겠습니다, 대령님."

"제 걱정은 하지 마세요."

펨버튼 부인은 로렌스에게 이렇게 말하고는 에밀리와 조용히 얘기를 나누면서 자신이 갖고 있던 권총을 에밀리에게 건네주고 깨끗한 손수건도 내주었다.

언덕에 있는 프랑스 용들은 러시아 용들이 날아오는 것을 보고 고개를 들어 경계했지만 즉각 이륙할 뜻은 없어 보였다. 프랑스 군인들은 적들이 사정거리로 내려오길 기다리며 용들 옆에 놓아둔 대포로 하늘을 겨누었다. 로렌스는 제일 가까이에서 날고 있는 러시아의 헤비급 암컷 용 보시엠을 돌아보았다. 로렌스와 로즈코프 대령은 서로에게 일말의 정도 없었으나, 지금 이 순간만큼은 같은 목표를 향해 뜻을 모았다. 푸른색의 비행용 고글을 쓴 로즈코프가 뒤를 돌아보며 말없이 고갯짓으로 로렌스와 같은 생각임을 알렸다. 러시아군의 공격에 제일 많이 노출된 이쪽 부대에 나폴레옹이 있을 리 없다는 생각이었다. 이쪽에는 마차나 수레가 없었고 기병도 거의 없었다.

그들은 강줄기를 따라 북쪽으로 날아갔다. 하얗게 얼어붙은 강 표면을 가로질러 개미 떼처럼 점점이 이동하는 프랑스 군인들의 대열이 십여 개나 되었다. 뒤에서 프랑스군 중대가 여러 가지 색깔의 신호탄을 쏘아 올렸다. 앞쪽에서 이동 중인 동료들에게 보내는 신호임이 분명했다. 그다음 교차 지점으로 접근한 러시아 용들은 프랑스군이 머스켓 총으로 집중사격을 하는 바람에 고도를 높였다. 고도를 높이면 추위 때문에 비행하기 고통스러웠지만 어쩔 수 없었다. 주변에 잉카 용은 한 마리도 보이지 않았고 프랑스 미들급 용 몇 마리만 대포 옆에 모여 러시아 헤비급 용들을 초조하게 올려다보았다.

저 아래 프랑스군 중대의 엄호를 받으며 강을 건너는 십여 대의 수레가 보였다. 수레를 끄는 말들 대부분은 씌우개가 없어서 머리 위로 날아오는 용들을 감지하고 불안해하며 날뛰었다. 수레에는 부상자들뿐 아니라 러시아에서 약탈한 보물이 실려 있었다. 수레 하나가 기우뚱하며 쓰러지자 한 무더기의 은 접시가 쏟아져 나와 눈밭을 미끄러지며 눈부시게 반짝거렸다. 보시엠은 고개를 옆으로 돌리고 지상을 내려다보며 우르릉 소리를 냈다. 보물에 관심이 있는 것이 분명했다.

로즈코프가 스파이크 박힌 재갈을 거칠게 잡아당기며 고함을 쳤지만 소용없었다. 다른 러시아 헤비급 용들도 수레에서 쏟아진 보물을 보고는 서로에게 위협적으로 으르렁대며 머리를 격하게 흔드는 바람에 용에 탑승한 장교들은 고삐를 놓치고 말았다. 테메레르는 주변을 돌아보며 물었다.

"왜 저렇게들 쉭쉭거리지? 나폴레옹을 본 것도 아닐 텐데. 나폴레옹은 저기 있지도 않아!"

테메레르는 러시아 용들에게도 러시아어로 똑같이 말했다.

그러나 보시엠은 들은 척도 하지 않고 어깨와 목을 크게 들썩여 로즈코프와 그의 두 부하 장교들을 넘어뜨렸다. 세 사람은 고삐를 놓친 채 카라비너 끈에 달랑달랑 매달렸다. 보시엠은 우렁찬 고함을 내지르며 날개를 접고 비스듬히 하강해 짐을 실은 행렬로 다가갔다. 다른 러시아 헤비급 용들도 고함을 지르면서 발톱을 활짝 펼치고 보시엠의 뒤를 따랐다. 적군보다는 자기네 중 누군가가 보물을 실은 수레들을 먼저 차지할까 봐 더 걱정하는 모습들이었다.

"아! 뭐하는 짓이야!"

테메레르가 소리쳤다. 로렌스는 차마 볼 수가 없어 고개를 돌렸다. 러시아 용들이 부상병 수레나 매춘부들을 피할 생각도 않고 흉포하게 달려드는 바람에 부상병들이 고통스러운 비명을 지르며 얼음 위로 쏟아져 나왔다. 러시아 용들은 아랑곳하지 않고 서로를 밀치며 승강이를 벌였다. 일부는 나머지 수레들을 박살 내 강둑으로 끌고 갔다. 그들은 서로에게 발톱과 이빨을 드러내면서 위협적으로 쉭쉭거렸다.

테메레르는 난감해하며 공중에서 크게 맴을 돌았으나 막을 방법이 없었다. 안 그래도 러시아 용들은 테메레르를 우습게 보는데, 그런 용 십여 마리가 보물에 눈이 뒤집혀 수레에 달려들었으니 강제로 말을 듣게 만들 수도 없었다.

로렌스가 말했다.

"테메레르, 작은 러시아 용들에게 우리와 함께 가달라고 해봐. 일단 우리가 나폴레옹을 찾은 다음 여기로 돌아와 다른 헤비급 용들을 데리고 가든지 해야지. 지금 당장은 헤비급 용들을 데려갈 수가 없겠어."

테메레르는 그릭과 회색 몸통의 라이트급 용들에게 이 말을 전했다. 그 용들은 헤비급 용들이 부대끼는 여기서 보물 부스러기 하나 건질 가능성이 없으니 테메레르를 따라가지 않을 이유가 없었다. 그들이 공중에서 방향을 돌리는 순간 서로를 할퀴고 뒹굴며 싸우던 러시아 헤비급 용 두 마리가 얼어붙은 강 표면에 몸을 부딪히면서 총성처럼 요란한 소리가 나고 얼음이 박살 났다. 수레 세 대와 수십 명의 남녀가 비명을 지르며 시커먼 강물 속으로 미끄러져 들어갔다.

테메레르는 끔찍한 광경을 뒤로하고 고개를 숙인 채 북쪽으로 날아갔다. 그들은 강을 건너는 프랑스군의 대열을 네 번 더 가로질러 지나갔다. 다부 원수가 거느린 연대들은 인원수가 크게 줄기는 했지만 여전히 전투 대열을 유지하고 있었다. 스몰렌스크를 벗어나 제일 먼저 후퇴를 해야 했기에 인원이 많지 않은 듯했다. 다부의 군인들은 러시아 용들이 달려들지 못하도록 부상병 수레 가장자리에 서서 총검을 웅긋쭝긋한 숲처럼 세워 들었다.

테메레르가 말했다.

"우편배달 용이 다부에게 소식을 전했나 보네. 러시아 용들이 저쪽에서 무슨 짓을 하고 있는지. 아! 로렌스, 저들을 어떤 표정으로 봐야 할지 모르겠어. 저들은 나도 은 부스러기나 차지하려고 부상병 수레를 쫓아가는 짓거리를 했을 거라고 생각할 거 아냐!"

"그게, 부스러기 정도는 아니고 은이 꽤 많기는 했죠."

그릭은 부러움이 약간 섞인 투로 말했다가 얼른 덧붙였다.

"물론 그 용들의 행실이 옳았다는 뜻은 아닙니다. 로즈코프 대령님도 굉장히 화가 나셨을 거예요! 다른 장교들도 마찬가지고요. 그 벌로 우리에게 저녁 식사를 안 주시겠죠."

그릭은 침울하게 말을 맺었다.

테메레르는 마뜩잖아서 얼굴 주변의 막을 펼쳤다. 날갯짓이 더욱 빠르고 급해졌다. 강줄기는 다시 동쪽으로 굽어지고 얼음 위로 눈가루가 흘렀다. 다음 언덕을 넘어가자 조금 더 규모가 작은 프랑스군이 거의 강을 건너간 모습이 보였다. 동쪽에서 제일 높은 강둑의 흙이 밟혀 뭉개져 있고 눈도 거의 없었다. 용들이 대포를 들어 옮기면서 중대 뒤를 따라간 흔적인 듯했다. 군인들은 이미 서쪽 강둑 너머 숲으로 사라진 뒤였다.

로렌스는 작은 망원경으로 시골 지역과 강을 초조하게 훑었다. 그는 나폴레옹의 탈출을 바라지는 않았으나 이대로 적진을 가로질러 날아가기가 꺼려졌다. 러시아 라이트급 용들은 자기네끼리 치고받는 것에나 익숙할 뿐, 전투력이 강하지 않았다. 반면 지금 여기에는 대포와 질서 정연한 군인들을 대동한 프랑스 용들이 사방에 깔려 있었다.

"아무래도 이쪽에서 돌아가는 게 낫겠어."

"아직은 아니야! 저기, 코사크 족 부대 맞지? 저들은 나폴레옹이 어디로 갔는지 알 수도 있어."

테메레르는 힘차게 날아갔다. 테메레르의 말대로 코사크 족 기습 부대가 전방에 있었다. 우편배달 용 정도의 체급에 몸 크기가 그릭의 절반밖에 안 되는 작은 용 일곱 마리였다. 그 용들은 손으로 짠 밝은색 하네스를 착용했고 각각 열두 명 정도를 몸에 태우고 있었다. 코사크 족 군인들은 기병도와 권총으로 무장했고 옷에 군데군데 시커멓게 피가 말라붙어 있었다. 코사크 족 기습 부대는 칼루가에서부터 줄곧 프랑스군을 공격하며 괴롭혀왔다. 나폴레옹이 빠르게 무너진 것도 그들의 공로가 컸다. 그러나 그들이 프랑스 정예군을 상대하기에는 제대로 된 무기도 없고 용의 체급도 떨어졌다. 기습 부대를 이끄는 대장이 테메레르 일행에게 손을 흔들어 인사를 건넸다. 디헤른은 로렌스에게 빌린 확성기로 코사크 족 기습 부대장과 러시아어로 얘기를 나눴다. 코사크 족 용들이 착륙하자 테메레르도 그 옆에 내려섰다. 지상으로 훌쩍 뛰어내린 디헤른은 로렌스의 품질 좋은 지도를 들고 코사크 족에게 다가가 몇 마디 나눈 뒤 돌아와 보고했다.

37

"외젠 드 보아르네 왕자(나폴레옹 1세의 황후 조세핀 드 보아르네의 아들로, 나폴레옹 1세의 의붓아들—옮긴이)가 군인 구천 명과 용 열두 마리를 이끌고 저 앞 3킬로미터 지점에서 강을 건너고 있 답니다. 그중에 잉카 용은 없다고 하네요."

실망으로 얼굴이 굳어진 로렌스는 말없이 고개를 끄덕였다. 디헤른은 손가락으로 지도 북쪽을 가리키며 덧붙였다.

"여기쯤, 강이 지류로 갈라지는 지점에서 근위대와 함께 이동 중인 잉카 용 두 마리를 봤답니다. 마차 한 대와 지붕이 있는 수 레 일곱 대도 같이 있다고 합니다."

"용이 두 마리뿐이라고요?"

로렌스가 날카롭게 물었다.

코사크 족 부대장은 고개를 끄덕이면서 손가락 두 개를 세우 고 손을 허공에 한 바퀴 돌린 뒤 서쪽을 가리켰다. 비행을 뜻하 는 손짓이었다. 디헤른이 그 부대장의 말을 통역했다.

"다른 잉카 용들은 나흘 전에 아무것도 대동하지 않고 서쪽으 로 서둘러 날아갔다고 하는군요."

"식량이 떨어졌나 보네."

테메레르가 추측했으나 로렌스의 생각은 달랐다. 잉카 용들 은 나폴레옹의 배우자가 된 자기네 여황에게 매우 강한 충성심 을 갖고 있었다. 나폴레옹은 여황이 낳은 아이의 아버지이니 잉 카 용들은 나폴레옹을 충실히 모시고 있을 터였다. 큰 곤경에 처한 나폴레옹이 충심으로 그를 보호해줄 잉카 용들을 먼저 프 랑스로 보냈을 리 없었다.

테메레르가 말했다.

"그 불쌍한 슈발리에를 제외하고 지금까지 다른 프랑스 헤비급 용들이 우리 눈에 띄지 않은 걸 보면, 나폴레옹이 잉카 용 두 마리만 빼고 전부 프랑스로 보낸 게 맞을 거야."

테메레르는 얼굴 주변의 막을 부르르 떨면서 애타는 눈빛으로 북쪽을 바라보며 정지 비행을 했다.

"로렌스, 우리 좀 더 찾아보자. 이 근처에서 나폴레옹이 탈출에 성공하기라도 하면 어떻게 해……."

로렌스는 지도로 시선을 돌렸다. 나폴레옹을 찾을 일말의 가능성이 있기는 하지만 지금 그들이 있는 이곳과 강갈래 사이에는 프랑스 용 열두 마리와 군인, 대포를 갖춘 강력한 중대가 있었다. 나폴레옹이 위험에 처한 걸 알고 그 중대가 되돌아오기라도 하면…….

하지만 로렌스도 다급하기는 마찬가지였다.

"그래, 좋아. 디헤른, 저들에게 동쪽에서 그 강갈래로 가는 길을 물어봐주세요. 목표물이 있는 곳까지 무사히 가려면 드 보아르네 왕자가 있는 곳을 피해 눈에 띄지 않게 최대한 돌아가야 합니다."

테메레르는 우듬지에 쌓인 눈을 훑을 정도로 고도를 낮추고 전력을 다해 빠르게 날았다. 속도가 어찌나 빠른지 러시아의 소형 용들은 간신히 눈으로만 따라올 뿐 이미 저만치 뒤처졌다. 로렌스는 굳이 테메레르의 속도를 늦추지 않았다. 속도를 내야 그나마 나폴레옹을 잡을 기회가 있을 것이다. 코사크 족의 정보가 맞다면 탁 트인 곳에서 나폴레옹의 부대를 제때 발견하기만 해도 테메레르 혼자 충분히 멈춰 세울 수 있을 듯했다. 일단 멈추게만 하면 이내 러시아 라이트급 용들이 도착해 나폴레옹 부대에 결정적인 타격을 입힐 것이다. 하지만 코사크 족의 정보가 틀렸다면, 나폴레옹 부대의 헤비급 용과 대포의 수가 더 많다면 테메레르 혼자 그 부대를 멈춰 세우기는 어려울 테고 러시아 라이트급 용들이 합류해도 승리를 보장할 수 없었다. 그렇다고 돌아가서 러시아 헤비급 용들을 데려올 시간도 없었다. 프랑스군이 대형 용들을 모두 프랑스로 돌려보낸 지금 러시아 헤비급 용들과 함께라면 전투에 큰 도움이 되기는 하겠지만 말이다.

나폴레옹 부대의 규모가 생각보다 크다면 테메레르 일행은 전투에 승산이 없겠지만, 이미 열정에 불이 붙은 테메레르를 말리기는 쉽지 않을 듯했다. 테메레르는 서쪽으로 급히 방향을 돌려 다시 강을 향해 날아갔다. 로렌스는 맹렬한 바람과 추위에도 하네스에 몸을 묶은 채 일어서서 망원경으로 줄곧 전방을 살폈다. 숲을 지나자 강이 두 갈래로 나뉜 지점이 나타났다. 주변은 온통 진흙탕이었다. 다음 순간 로렌스는 가슴이 뛰었다. 위에 천막을 덮은 초대형 수레가 좁은 길을 따라 저쪽 강둑으로 올라가고 있었다. 그 수레를 끄는 것은 말이 아니라 잉카 용이었다. 그 뒤에는 금장식이 되어 있고 문에 '나'라고 새겨진 대형 마차가 굴러가고 있었다. 또 다른 잉카 용이 동쪽 강둑에 세워둔 대포 옆에서 초조하게 대기하고 있었다. 그 용은 노란색과 오렌지색 깃털을 바짝 세워 몸집이 실제보다 세 배는 더 커보였으나, 테메레르의 체급에는 미치지 못했다. 그 외에 다른 용은 보이지 않았다.

"로렌스!"

"그래."

애써 침착하던 로렌스도 들뜨기 시작했다. 용 두 마리에 대포 그리고 삼백여 명의 군인들이 달랑 마차 한 대와 수레 한 대를 지키고 있단 말이지? 로렌스는 손을 뻗어 칼을 칼집에서 느슨하게 빼놓았다.

"최대한 빨리 날아. 포싱! 승무원들에게 소이탄을 준비하라고 해!"

테메레르는 이미 옆구리를 부풀리며 공기를 빨아들이고 있었다. 그렇게 신의 바람을 준비하는 동안 가죽 밑이 부르르 진동했다. 프랑스군이 테메레르 일행을 발견하고 경고의 비명을 질러대는 것이 로렌스의 귀에 희미하게 들려왔다. 앞에서 가던 잉카 용이 수레를 버리고 빠르게 날개를 치며 날아올랐다. 두 번째 잉카 용도 곧 합류했다. 두 용은 상대가 공격하기 어렵도록 크고 빠르게 앞뒤로 날았다. 지상의 프랑스군은 테메레르가 급속도로 강하하고 있음에도 아랑곳하지 않고 일제히 신호탄을 쏘아 올렸다.

"대포 조심해!"

로렌스가 소리치자 테메레르는 알겠다는 표시로 얼굴 주변의 막을 가볍게 흔들었다. 12파운드 야전포 2문이 동시에 산탄포를 토해내 테메레르 일행이 날아오는 길에 파편을 뿌렸다. 하지만 테메레르는 이미 사정거리에서 벗어나 구름처럼 자욱한 화약 연기 위쪽을 스치듯 지났다. 테메레르가 포상 위를 날아갈 때 승무원들이 소이탄 열두 개를 떨어뜨렸다.

"하! 잘 떨어졌구나!"

디혜른이 소리쳤다. 소이탄의 절반 정도가 프랑스 포병들 사이에서 폭발했다. 나머지는 저만치 굴러갔다. 그중 하나는 강 위에서 폭발해 얼음 막에 구멍을 뚫고 밑으로 가라앉았다. 테메레르는 그 자리를 지나갔다가 다시 대포 쪽으로 되돌아와 프랑스군 후방에 신의 바람을 뿜어냈다. 믿기 어려울 만큼 끝없이 뿜어 나오는 고함 소리에 얼음으로 뒤덮인 강둑의 나무들은 유리병처럼 산산조각 났고, 대포 덮개는 금이 쩍쩍 가면서 부서졌다. 아직 연기를 피워내는 포신 하나가 언덕을 굴러 내려가면서 거대한 눈 더미 두 개를 같이 휩쓸어갔다. 포신은 마차 뒷바퀴를 박살 냈고, 그 충격에 마차의 절반이 눈 더미에 파묻혔다.

잉카 용들은 공격에 취약한 테메레르의 옆구리를 발톱으로 할퀴기 위해 강하했다. 테메레르는 물결처럼 구불구불 방향을 틀면서 체중이 더 많이 나가는 잉카 용과 맞붙어 서로를 발톱으로 베었다. 파란색과 초록색 깃털로 덮인 그 용은 눈 주변에 진홍색 고리 모양의 무늬가 있어 사나운 인상을 풍겼다. 그 용의 등에는 프랑스 황실 근위병 스무 명 정도가 탑승해 있었다. 근위병들이 일제히 라이플 총을 쏘아댔다. 로렌스의 귀에서 멀지 않은 곳에서 탄환 하나가 위잉 소리를 내며 지나갔다. 용들 사이가 가까워지자 근위병 여섯 명이 테메레르의 등으로 홀쩍 몸을 날렸다.

그 순간 하늘이 빙글 돌고 온갖 색깔이 격동하며 차가운 바람이 몰아쳤다. 테메레르는 피를 흘리는 잉카 용을 두고 뒤로 물러났다.

"건너온 적들에 대비하라!"

포싱이 소리쳤다. 테메레르의 등으로 건너온 프랑스 근위병들은 서로의 하네스에 걸쇠를 걸었다. 그중 손으로 붙잡을 만한 곳을 찾은 자는 두 명뿐이었으나 그 정도면 나머지 근위병들이 테메레르의 등에서 버티고 설 수 있었다.

근위병들은 꽤나 위협적으로 생겼다. 키가 크고 체격이 육중한 데다 가죽 외투 때문에 몸집이 더 커 보였다. 머리에는 털모자를 바짝 당겨썼고 칼날이 넓은 기병도와 권총 네 자루를 하네스 끈에 걸었다. 그들은 모두가 테메레르의 고리에 걸쇠를 걸 때까지 서로를 지탱해주고 장전된 권총으로 서로를 엄호하면서 팽팽한 긴장감 속에서 숙련된 동작으로 테메레르의 등을 따라 신속하게 이동했다.

로렌스는 승무원 수가 적은 것이 새삼 아쉬웠다. 수하의 장교도 몇 명뿐이었다. 뉴사우스웨일스에서 그가 선택할 수 있는 승무원 수는 얼마 되지 않았고, 그나마 어중이떠중이를 모아놓은 승무원들 중 소수만이 얼리전스 호 난파 당시 살아남았다. 장검을 쥐기에는 힘이 모자라 약간 길쭉한 칼을 쓰는 꼬마 제리. 에밀리 외에 유일한 중위지만 한창 성장기라 멋없이 길쭉하기만 하고 지상 요원에서 진급한 지도 얼마 되지 않는 배기. 여윈 체격에 어깨가 구부정한 캐번디시. 캐번디시는 용감하긴 하지만 너무 말라서 노련한 프랑스 근위병과 일전을 벌이기도 전에 강풍에 휩쓸려 아래로 추락할 것만 같았다.

로렌스는 동료 비행사들의 승무원들을 빼오고 싶지 않았다. 청국에서 헤어질 때 하코트가 승무원을 내주겠다고 했지만 로렌스는 받지 않았다. 로렌스와 테메레르는 해군 본부 측에 미운털이 잔뜩 박혔기 때문이었다. 해군 본부가 어쩔 수 없이 로렌스를 원래 자리로 복귀시켜준다고 해도 로렌스의 부하로 있던 장교까지 곱게 봐줄 리 없었다. 그래서 하코트의 제안을 거절한 것이 지금 부하들은 물론 테메레르까지도 위험에 빠뜨리고 말았다.

에밀리와 장교들은 부지불식간에 한뜻이 되어 테메레르의 등으로 올라왔다. 추가로 건너오려는 프랑스군과 로렌스 사이에 최종 방어막을 치기 위해서였다. 이대로라면 처참한 결과가 예상될 뿐이었다. 힘들더라도 승무원을 보충하지 않은 로렌스의 탓이었다. 포싱 밑에는 제2사관이나 제3사관도 없었고 적군에 함께 맞설 나이 많은 장교는커녕 소총병 한 명조차 없었다.

페리스와 디헤른이 칼을 뽑아 들고 포싱에게 합류했다. 그들은 프랑스군을 상대하기 위해 테메레르의 등줄기를 따라 위로 이동했다. 로렌스도 칼과 권총을 손에 쥐었다. 차가운 금속이 손에 닿자 고통스러웠다. 권총이 고장 나지 않았기를 바랄 뿐이었다.

별안간 세상이 나선형으로 돌다가 이내 가파른 상승 곡선을 탔다. 신의 바람의 위력을 알고 있는 잉카 용들은 테메레르가 다시 숨을 들이쉴 틈을 주지 않으려고 맹렬하게 쫓아왔다. 로렌스는 거친 비행 중에 추락하지 않기 위해 테메레르의 몸에 장화를 단단히 붙이고 하네스 끈에 바짝 붙는 기술을 익혀두었으나, 세상이 의미 없는 형태와 색깔로 뒤섞여 흐릿해지자 방향을 분간하기 어려웠다.

로렌스는 머리를 흔들면서 눈물 고인 눈을 깜박였다. 프랑스군은 단 한 명도 쓰러지지 않고 테메레르의 몸에 단단히 서 있었다. 등으로 올라온 포싱이 하네스 끈에 의지한 채 권총을 발사한 순간, 프랑스군 하나가 동시에 포싱에게 총을 쏘았다. 연기가 퍼져나가고 프랑스군이 쓰러졌다. 포싱은 움찔하며 몸을 비틀었다. 포싱의 뺨에서 터져 나온 피가 바람에 떠밀려 피부에 도로 들러붙었다. 구멍 난 상처에서 피가 흐르고 그 주변이 선홍색으로 물들었다. 탄환이 포싱의 입안을 지나 뺨을 관통한 것이다. 누가 쏘았는지 모를 권총 소리가 또다시 들려왔고 회색 연기가 번졌다. 아군이 쏘았는지 적군이 쏘았는지 분간할 수 없었다.

디헤른은 프랑스군 한 명과 드잡이 중이었다. 디헤른은 덩치가 컸지만 젊음으로 무장한 상대에게 힘으로 압도당하고 있었다. 페리스가 테메레르의 등 아래쪽을 흘끗 내려다보더니 대담하게도 두 번째 끈을 풀고 하네스를 놓았다. 그러고는 디헤른을 제압하고 있는 프랑스군을 향해 3미터를 훌쩍 뛰어내려 그자의 하네스 끈을 가까스로 붙잡았다. 프랑스군이 정신을 차리기 전에 페리스는 그자의 얼굴에 권총을 발사했다. 허리띠 안쪽에 권총을 찔러 넣고 허리를 굽힌 페리스는 죽은 프랑스군이 몸을 의지하고 있던 고리에 자신의 하네스 끈을 걸었다. 프랑스군의 시신은 저 아래로 떨어졌다.

일순간 체중이 갑자기 사라진 듯했다. 추격자들과 거리를 충분히 벌려놓은 테메레르가 공중에서 활 모양으로 방향을 돌린 것이다. 잠시 허공에 매달린 듯하던 테메레르는 뒤에서 바짝 쫓아오는 잉카 용 두 마리를 향해 곧장 몸을 내리꽂았다. 잉카 용들은 테메레르의 발톱과 이빨로부터 눈을 지키기 위해 머리를 틀다가 서로 뒤엉켰다. 추락하는 용들의 머리를 향해 테메레르가 거대한 고함을 내지르자 세상이 무너지는 듯했다. 테메레르의 가죽 아래에서 신의 바람이 둥둥 진동했다. 테메레르는 거칠게 날갯짓을 하며 연달아 두 번째 세 번째 신의 바람을 내쏘았다. 잉카 용들은 한데 뒤엉켜 아래로 추락했다. 로렌스는 긴장한 채로 끈을 붙잡고 주변을 둘러보았다. 다른 사람들도 끈을 단단히 부여잡고 있었다. 마치 강풍이 불 때 돛의 크기를 줄이기 위해 돛대에 매달려 있는 것과 같은 상황이었다. 곧이어 테메레르는 잉카 용들을 저 아래 강둑에 메다꽂았다. 용들이 떨어지면서 나뭇가지가 부러지고 눈과 얼음이 화약 연기처럼 사방으로 튀었다.

로렌스는 소매로 눈을 가렸으나 흩날린 눈이 머리에 두껍게 쌓여 입과 귀까지 뒤덮었다. 잉카 용들은 움직이지 않았다. 테메레르도 추락하다 다친 건 아닐까…….

팔을 내린 로렌스는 프랑스군 한 명이 카라비너에 연결한 끈을 칼로 자르고 그에게 빠르게 뛰어오는 모습을 보았다. 그 군인은 네 걸음 만에 그의 앞에 도착했다. 에밀리와 배기가 양옆에서 달려들었지만 그들보다 키가 30센티미터 이상 큰 프랑스 군인은 그들을 거세게 밀치고 로렌스에게 다가왔다. 그는 이미 기병도를 쥐고 있었다. 로렌스는 권총을 쏘았으나 발사되지 않았다. 화약에 습기가 너무 많이 찼던 것이다. 로렌스는 권총을 그의 얼굴에 던지고 상대가 내리치는 장검을 자신의 칼로 받았다. 엄청난 충격이 느껴졌다. 그는 로렌스의 칼을 거세게 내리쳐서 칼자루를 놓치게 하려는 동시에 로렌스의 팔을 잡았다.

테메레르가 눈을 털어내는 바람에 두 사람의 발밑이 흔들렸다. 프랑스 군인은 쓰러지지 않기 위해 로렌스의 팔을 놓고 얼른 하네스를 잡았다. 그들은 서로를 껴안을 수 있을 정도로 가까이 서 있었다. 로렌스는 간신히 뒤로 약간 물러서서 칼자루로 상대의 턱을 가격했다. 그는 충격에 눈이 풀리며 머리를 흔들었으나 이내 다시 기병도로 반격했다. 로렌스가 쥐고 있던 청국 장검은 그의 기병도에 맞아 날카롭게 울었으나 부러지지는 않았다.

두 사람이 팽팽하게 대립하고 있는데 별안간 총성이 들리며 뜨거운 피와 뇌수가 로렌스의 눈으로 튀었다. 로렌스는 움찔하며 옆으로 고개를 돌렸다. 에밀리 롤랜드가 프랑스 군인의 뒤통수를 권총으로 쏜 것이었다. 바닥에서 일어선 테메레르가 몸을 흔들어 다시 자세를 잡는 동안 로렌스는 얼굴에서 피와 얼음을 닦아냈다. 추락보다는 신의 바람에 더 큰 충격을 받아 온

몸이 처참하게 으스러진 잉카 용들이 꼼짝도 않고 쓰러져 있었다. 초록색과 파란색 깃털이 달린 잉카 용의 머리가 얼음 위에 어울리지 않는 휘황찬란한 색깔을 더하며 뒤로 힘없이 젖혀져 있었다.

로렌스는 뒤를 돌아보았다. 테메레르의 등에 탑승했던 마지막 적군 두 명은 이미 항복했다. 포싱은 그들에게서 총과 검을 빼앗았고 페리스는 그들의 팔을 결박했다. 잉카 용에 타고 있던 자들은 용들 주변에 흩어진 채 이미 숨이 끊어져 있었다.

강 위쪽의 마차 주변에 모여 있던 프랑스 군인들은 창백한 얼굴로 라이플 총을 쥐고 그 자리에 얼어붙은 채 테메레르 일행을 쏘아보았다. 로렌스는 테메레르가 다시 숨을 들이쉬고 있음을 느꼈다. 이윽고 테메레르는 프랑스 군인들의 머리 위로 다시한번 고막을 찢을 듯 무시무시한 고함을 내질렀다. 프랑스 군인들은 우수수 쓰러졌다. 일부는 공포에 질려 허둥지둥 강 상류로 달아났고, 일부는 무작정 동쪽으로 도망치다가 대기 중인 코사크 족과 맞닥뜨렸다. 대부분은 서쪽 강둑으로 달아나 숲속으로 모습을 감췄다.

숨을 헐떡이며 서 있던 테메레르가 뒤를 돌아보며 물었다.

"로렌스, 괜찮아? 아! 다쳤어? 저놈들 짓이지?"

테메레르는 포로들을 향해 눈을 가늘게 떴다.

"다친 데 없어. 내 피 아니니까, 걱정하지 마."

로렌스가 대답했다. 어깨가 일주일 정도 욱신거리겠지만 피부는 상처 없이 거의 멀쩡했다. 그는 테메레르의 목에 손을 대고 안심시켰다. 테메레르가 포로들 때문에 로렌스가 다쳤다고 생각한다면 그들의 운명이 어찌 될지는 불을 보듯 뻔했다.

예전과는 달리 테메레르는 기꺼이 다른 데로 관심을 돌렸다.

"그럼……."

테메레르는 도금한 마차 쪽으로 고개를 돌렸다. 마차는 눈에 깊게 파묻힌 채 강둑에 홀로 서 있었다. 그쪽 강둑에 뛰어내린 테메레르는 끄응 소리를 내며 대형 수레를 밀어내고 마차 앞에 쌓인 눈을 앞다리로 쓸어냈다. 로렌스가 바닥으로 뛰어내리자 디헤른도 따라 내렸다. 그들은 마차 문으로 다가갔다. 마차는 문이 1센티미터가량 열린 채로 눈 더미에 파묻혀 있었다. 문 앞에 눈이 약간 남아 있었지만 그들은 문을 당겨 열었다.

마차 안에는 겁에 질려 곧 기절할 듯한 두 여자가 서로를 부둥켜안고 쿠션에 기대어 있었다. 지나치게 기다란 가운을 입은 아름다운 젊은 숙녀, 그리고 그녀의 하녀였다. 마차 문이 열리자 두 여자는 서로에게 바짝 붙어 비명을 질렀다.

"맙소사."

디헤른이 내뱉었다.

로렌스는 그들에게 프랑스어로 날카롭게 물었다.

"황제는, 황제는 어디 있습니까?"

여자들은 로렌스를 멍하니 쳐다보았다. 그러다 숙녀가 떨리는 목소리로 대답했다.

"우디노 장군과 함께 있어요. 우디노 장군요!"

그러고는 하녀의 어깨에 얼굴을 묻었다. 실망한 로렌스는 뒤로 물러나 수레를 돌아보았다. 테메레르는 발톱으로 수레 지붕을 뜯어냈다.

수레 안이 햇빛을 받아 금색으로 찬란히 빛났다. 금 접시, 금 테를 두른 액자 속의 그림들, 은장식들, 놋쇠 테두리를 두른 상자와 여행용 상자들. 상자 뚜껑을 열자 금과 은, 구리, 지폐 다발이 그득했다. 그들은 나폴레옹의 짐을 차지했을 뿐이었다. 프랑스 황제 나폴레옹은 안전하게 빠져나갔다.

2

"내가 돈을 벌려고 안달복달할 때는 눈앞에 얼씬도 안 하더니, 지금은 돈보다 나폴레옹을 더 잡고 싶다니까 이렇게 돈이 들어오는구나. 참 어이없어."

테메레르는 운명이 노할까 봐 서둘러 덧붙였다.

"물론 불만이라는 뜻은 아니야. 당연히 보물이 싫지는 않지. 하지만 로렌스, 나폴레옹이 우리를 따돌리고 빠져나갔다는 게 믿기질 않아. 확실히 도망친 거 맞아?"

"맞아."

해먼드가 로렌스 대신 대답했다. 로렌스는 플라킷이 리가에서부터 배달해준 편지들을 계속 들여다보고 있었다. 해먼드가 계속해서 말했다.

"최신 정보에 따르면 확실해. 사흘 전에 파리에서 황후와 함께 있는 모습이 목격됐어. 프랑스군이 강을 모두 건너자마자 나폴레옹은 우편배달 용을 타고 파리로 떠난 모양이야. 그가 또다시 징병 명령을 내렸다는 얘기가 있어."

테메레르는 한숨을 쉬며 고개를 숙였다.

보물은 옮기기 편하도록 대부분 수레에 그대로 두었다. 로렌스는 러시아 차르(황제)의 황궁에서 훔친 게 분명한 훌륭한 그림들만큼은 주인에게 돌려줘야 한다고 주장했다. 하지만 그런 식으로 주인을 알아보기 쉬운 보물은 많지 않았다. 상자 대부분은 모스크바 화재 당시 녹아내린 금 덩어리들로 채워져 있었다.

테메레르는 보물을 획득한 것이 꽤 큰 위로가 되었음을 부정하지 않았다. 하지만 나폴레옹의 탈출로 인해 허탈해진 심정을 완전히 달래주지는 못했다. 그래도 러시아 헤비급 용들이 존경의 뜻을 듬뿍 담은 눈빛으로 우러러보며 앞으로는 테메레르가 멈추지 말라고 하면 그 말에 따르겠다고, 테메레르가 금을 위해 전진하는 게 아니라고 해도 그 말을 곧이곧대로 믿지는 않겠다고 하니 기분이 약간은 나아졌다. 테메레르는 어색해하며 말했다.

"나는 나폴레옹을 잡으려고 노력했습니다. 그게 제 의무니까요. 여러분도 마땅히 그래야 합니다."

"아, 그럼요. 당신은 의무를 다하려 노력했죠. 자, 이제 끈 네 개로 사방을 묶은 저 중간 크기의 상자 안에 금이 얼마나 들었는지 말해봐요."

러시아 용들은 약삭빠르게 고개를 끄덕이며 이구동성으로 말했다. 테메레르가 기대한 대답은 아니었다.

테메레르는 해먼드에게 말했다.

"이제 나폴레옹은 집으로 돌아가 아주 편안하게 지내고 있겠네요. 리엔과 차를 마시면서요. 리엔은 얼어 죽을 만큼 추운 겨울을 보낸 적도 없겠죠. 열두 개의 누각에서 번갈아가며 잠을 자고 매끼 포식을 할 테고요. 우리는 여전히 여기서 이러고 있는데."

해먼드가 목청을 높였다.

"여전히 여기 있다고? 맙소사. 우리가 리투아니아의 빌나에 도착한 게 겨우 사흘 전이야. 여기 오래 머물지도 않았어."

테메레르가 보기에 리투아니아의 빌나와 러시아의 칼루가는 딱히 다르지 않았다. 물론 지도상으로는 800킬로미터나 떨어진 지역이고 그 거리를 무사히 지나왔으니 그들은 지금 러시아가 아닌 리투아니아에 있는 것이 맞기는 했다. 하지만 테메레르의 눈에는 크게 달라진 게 없었고 그들의 상황도 그리 달갑지 않았다. 빌나 변두리에 위치한 공군 기지도 형편이 없기는 마찬가지여서 땅바닥이 러시아처럼 단단히 얼어 있었다. 먹을 것이 조금더 많기는 했지만 여전히 맛은 없었다. 음식이라고는 죽은 말, 오직 죽은 말들뿐이었다. 로렌스가 짚과 넝마를 모아 테메레르의 잠자리를 마련해주었고 지상 요원들이 매일 조금씩 짚과 넝마를 더 모아주긴 했지만 빌나 시 한가운데 위치한 언덕의 관저에서 사람들이 불을 환히 켜놓고 축하 파티를 여는 것을 내려다보고 있자니 테메레르는 좀처럼 기분이 풀리지 않았다. 용들이 없었으면 전투에서 승리하지도 못했을 텐데 저들은 저 파티에 용을 단 한 마리도 초대하지 않았다.

"잘란이 청국으로 돌아간 게 차라리 다행이죠. 용들에게 가해지는 학대는 말할 것도 없고 용들을 이렇게 무례하게 대하는 것까지 청국 용들이 봤다면 저는 정말 뭐라고 할 말이 없었을 거예요. 전장에 나가 오만가지 불편을 감수하는 것과는 별개의 문제입니다. 전장에서는 그럴 수밖에 없다는 걸 다들 아니까요. 우리도 기꺼이 함께 고생했고 그건 아무도 부정 못 해요. 하지만 차르가 전쟁에서 별다른 공적을 세우지도 못한 사람들을 불러모아 파티를 여는 동안 우리는 이런 얼어붙은 진흙 바닥에 앉아 반쯤 녹은 말이나 먹이로 받고 있으니 이게 말이 되냐고요. 어떻게 차르는 우리를 초대할 생각조차 안 하냐고요."

해먼드가 열을 올리며 반박했다.

"생각을 안 하신 게 아니야."

그는 로렌스 쪽을 돌아보며 말을 이었다.

"정말입니다, 대령님. 저는 대령님께 파티에 참석해달라는 말씀을 드리러 왔습니다. 오늘이 차르의 생신이라서 대령님이 영국 정부 대표로 참석하시면 좋을 것 같아서……."

영국 정부 얘기가 나오자 테메레르는 마뜩잖아 하며 얼굴 주변의 막을 펼쳤다. 그러자 해먼드는 초조한 표정으로 테메레르를 흘끗 쳐다보고는 얼른 덧붙였다.

"영국 정부뿐 아니라 우리와 청국의 우정을 보여주는 뜻으로 말입니다. 청 황제께서 하사하신 청국 황실 예복을 입고 참석하시면 좋지 않을까 싶습니다만."

테메레르는 자신이 파티에 초대받지 못한 게 몹시 분하기는 했지만 로렌스가 마땅히 받아야 할 대접을 받는 것 같아 이 아이디어가 마음에 들었다. 그러나 로렌스는 워낙 파티를 싫어하는 편이었다. 아무래도 이 초대 역시 거절할 것 같았다. 로렌스는 적법하게 획득한 훈장들조차 주변에서 온갖 말로 설득해야 겨우 옷에 다는 편이었다.

편지를 보던 로렌스가 고개를 들었다. 그는 생각이 다른 곳에 가 있는 듯 멍한 목소리로 대답했다.

"그렇게 하겠습니다."

해먼드는 단박에 성공하리라 예상을 못 한 탓에 눈을 깜박이며 어리둥절해 하다가 서둘러 일어섰다.

"좋습니다! 저는 제 옷을 준비해야겠군요. 괜찮으시면 한 시간 안에 모시러 오겠습니다. 그럼 이만 실례하겠습니다."

"예."

로렌스는 여전히 생각에 잠긴 목소리로 대답했다. 해먼드는 허리를 깊게 숙여 인사한 후 총총걸음으로 공터를 떠났다. 테메레르는 놀라움과 당황스러움이 뒤섞인 눈빛으로 로렌스를 내려다보았다.

"로렌스, 로렌스, 정말 괜찮아? 어디 아픈 건 아니지?"

"안 아파. 멀쩡해. 걱정하게 해서 미안하구나. 영국에서 별로 좋지 않은 소식이 와서 그래."

로렌스는 한참 더 편지를 내려다보았고 긴장한 테메레르는 초조하게 기다렸다. 도대체 무슨 소식일까? 잠시 후 로렌스가 말했다.

"아버지가 돌아가셨어."

앨런데일 경은 자식에게 다정하기보다는 엄격한 아버지였다. 그래도 로렌스는 존경할 수 있는 아버지를 두었던 것에 만족했었다. 아버지와 늘 의견을 같이했던 것은 아니었지만 사적으로나 공적으로 비난받은 적이 없는 분이어서 그는 아버지를 부끄러워하지 않아도 되었다. 그러나 아버지가 막내아들 로렌스에게 느꼈던 감정은 그렇지 않았을 거라는 생각이 지금 이 순간 통렬하게 가슴에 와 닿았다. 로렌스의 반역은 아버지의 건강을 상하게 했고 결국 아버지의 명을 재촉하고 말았다.

당시 로렌스의 선택에 대해 아버지가 이해나 동의를 했었는지, 로렌스는 알 수 없었다. 로렌스도 자신의 반역을 납득하기 어려웠으니까. 로렌스는 용들도 지각력이 있고 영혼이 있다는 증거를 매일 보며 살았다. 그런 용들이 전염병에 걸려 나날이 기침이 심해지고 기력이 쇠하면서 끔찍하게 죽어가는 모습을 보아야 했다. 그는 용들의 고통을 직접 목격했고, 도버 시 외곽에 무더기로 쌓인 백여 마리 용들의 주검을 보았다. 그런 상황에서 그는 영국 국방성이 유럽 용들에게 고의로 전염병을 퍼뜨릴 계획임을 알게 됐다. 적국의 용들은 물론 동맹국의 용들까지 가리지 않고 대량 살육을 하려 했던 것이다.

결국 로렌스는 행동에 나설 수밖에 없었다. 그는 직접 치료제를 들고 프랑스로 건너가 나폴레옹의 손에 쥐여주었다. 물론 처음부터 선뜻 행동에 나섰던 것은 아니었다. 사흘 전 밤에도 로렌스는 당시의 꿈을 또 꾸었다. 꿈속에서 테메레르는 "나 혼자 갈게"라고 말했다. 이어서 로렌스는 텅 빈 기지에서 테메레르의 이름을 부르며 돌아다녔으나 대답은 들리지 않았다.

멍하니 생각에 잠겼던 로렌스는 애써 현실로 돌아왔다. 테메레르가 고개를 숙이고 걱정스러운 표정으로 로렌스의 안색을 살피고 있었다.

"난 괜찮아."

로렌스는 테메레르를 안심시키기 위해 했던 말을 되풀이하며 주둥이에 머리를 기댔다.

"심란한 건 아니야."

"뭐라도 마실래? 제리!"

테메레르는 고개를 들고 제리를 불렀다.

"로렌스에게 뜨거운 그로그 주를 한 컵 갖다 줘. 더 나은 게 없으니 그거라도 마시게 해야지."

테메레르는 다시 로렌스를 내려다보며 말했다.

"아, 로렌스. 정말 유감이야. 어머님은 무사하셔? 프랑스군이 부모님 땅을 다시 침략한 거야? 우리가 당장 그리로 갈까?"

"아니. 편지는 한 달 전에 보내신 거야. 이미 장례식도 끝났어."

체중이 20톤이나 나가는 용을 데리고 간다 해도 그는 집에서 별로 환영받는 아들이 아니었다. 하지만 그런 얘기는 굳이 덧붙이지 않았다.

"아버지는 아버지 침대에서 임종하셨어. 어머니는 많이 슬퍼하고 계시긴 하지만 아픈 데는 없으셔."

로렌스는 낮은 목소리로 말을 맺었다. 저도 모르게 목소리 끝에 힘이 빠졌다. 어머니의 간결한 필체는 슬픔으로 날이 서 있었다. 5년 전만 해도 아버지는 한창때처럼 건강하고 활기찼다. 어머니도 이렇게 빨리 홀로 남고 싶지는 않았을 것이다. 제리가 뛰어와 뜨끈한 컵을 내밀었고 로렌스는 컵을 받아 들고 그로그주를 마셨다.

"아버지 침대에서?"

테메레르는 이해가 되지 않는다는 듯 조용히 중얼거렸으나 자세히 묻지는 않았다. 조용히 로렌스의 몸을 제 몸으로 감싸고 함께 있는 것만으로도 위로가 되게 했다. 로렌스는 고마워하며 테메레르의 앞다리에 몸을 기대고 앉아 편지를 또 읽었다. 그러면 자신으로 인해 불행을 겪은 이들과 조금이나마 아픔을 나눌 수 있지 않을까 싶어서였다.

"유감이야, 로렌스. 당신은 이제야 재산을 회복했는데 아버님은 그 소식을 듣지 못하게 되셨네."

테메레르는 보물이 높게 쌓인 수레를 바라보았다.

"내가 대령으로 복귀한 건 아셨을 거야."

하지만 이 말은 테메레르에게 약간의 위로만 됐을 뿐이었다. 로렌스가 재산을 되찾고 영국 정부로부터 사면을 받고 대령으로 복직하면 세상 사람들 앞에서는 명예를 회복할 수 있겠지만, 앨런데일 경에게는 어림도 없었다. 앨런데일 경은 아들이 반역자로 낙인찍힌 채 금 덩어리를 얻고 세상에서 칭송받는 꼴을 보느니, 부당한 이유 때문이라도 공개 처형을 당하는 것이 차라리 낫다고 여겼을 것이다.

로렌스는 세상의 시선 따위는 신경 쓰지 않는다고 아버지에게 말할 수도 있었다. 그는 양심이 엄정히 요구하는 대로 행동했을 뿐이니까. 그러나 그는 반역죄로 사형을 언도받은 후로 아버지를 만난 적이 없었다. 사형이 유배형으로 감형되고 그것마저 사면받은 후에도 로렌스는 아버지에게 편지를 쓰지 못했다. 그리고 이제 다시는 아버지와 대화를 나눌 수 없게 되었다. 변명하거나 설명할 기회조차 영영 사라진 것이다.

로렌스는 테메레르가 차지한 보물들을 경악한 눈으로 바라보았다. 그러나 러시아인들은 그 보물들을 오롯이 차지하지 않고 일부를 원주인에게 돌려주려는 로렌스에게 경악했다. 로렌스가 약탈품을 어떻게 돌려줘야 하는지 묻자 러시아 비행사들은 이해되지 않는다는 눈빛으로 그를 쳐다보면서 차르의 그림들을 반환하도록 테메레르를 설득할 수 있겠느냐고 되물었다. 로렌스는 합법적이지 않은 방식으로 취득한 이런 재산에 대해 앨런데일 경이 어찌 생각했을지 잘 알고 있었다.

그런 생각을 하자 비통함에 가슴이 쓰렸다. 로렌스는 편지를 접어 주머니에 넣었다. 돌이킬 수 없는 일을 더는 곱씹지 않기로 했다. 그들은 여전히 전쟁 중이었다. 프랑스 황제는 아무래도 탈출한 것 같고 빌나와 베를린 사이에는 프랑스 병력이 넓게 퍼져 이동 중이었다. 조만간 해야 할 일이 더 생길 듯했다.

다른 편지들도 있었다. 스페인에서 날아온 편지들, 제인 롤랜드가 보낸 편지와 그랜비가 보낸 편지, 그리고 테메레르에게 도착한 편지. 로렌스가 편지를 열어보려는데 테메레르가 조심스럽게 말했다.

"로렌스, 이제 예복으로 갈아입어. 해먼드 대사가 십오 분 안에 데리러 올 거야. 롤랜드, 로렌스의 예복을 가져와. 흙바닥에 끌리지 않게 조심하고."

로렌스는 해먼드와 대화를 하다가 무심결에 파티에 참석하겠다고 했던 것이 떠올랐다. 거절하기에는 이미 늦었다. 에밀리 롤랜드는 화려한 자수가 놓인 큼직한 비단 예복을 가져오더니 격식까지 차려가며 흡족한 표정으로 펼쳐놓았다. 앨런데일 경의 아들이 아닌 청 황제의 아들이 입는 예복이었다.

로렌스가 나간 후 테메레르는 축하 파티가 한창인 관저를 바라보며 생각에 잠겼다. 화려한 불꽃놀이가 저녁 하늘을 수놓았지만 테메레르는 기분이 풀리지 않았다. 여기를 숙소로 정하기 전에 줄지어 선 나무들 때문에 기지 주변이 잘 보이지 않는다는 점을 고려했어야 했다. 희미하게 피어오르는 연기를 쳐다보던 테메레르는 자신은 물론 여기 있는 모든 용들이 수개월째 포리지와 불탄 말고기만 먹고 살았음을 다시금 떠올렸다.

"저들은 알면서 일부러 이러는 거야."

테메레르는 분노했다. 그동안은 로렌스가 힘들어할까 봐 입을 다물고 있었지만 로렌스가 축하 파티에 참석한 지금은 더는 참을 수 없었다.

"용들도 제대로 음식을 먹고 좀 더 정돈된 환경에서 살고 싶어 한다는 걸 저들은 이미 알고 있어. 청국 군대가 용들을 어떤 식으로 배려하는지 다 봤을 테니까."

해먼드의 용 추르키—해먼드는 비행사가 되고 싶어 하기는커
녕 비행을 좋아하지도 않는데 도저히 이해되지 않는 이유를 들
며 해먼드에 대한 소유권을 주장하고 있는 잉카 용—는 바짝 세
운 깃털 위로 고개를 들었다. 추르키는 바닥에 웅크리고 앉아
해먼드가 파티에서 돌아오기를 기다리고 있었다.

"우리가 축하 파티에 초대받지 못한 것에 대해 왜 계속 투덜
거리지? 사람들 모임이잖아. 파티가 열리는 저 건물에 용이 어
떻게 들어가?"

"천국처럼 우리도 들어갈 수 있게 건물을 크게 지을 수도 있
었을 텐데."

테메레르가 투덜댔다. 하지만 추르키는 더 들을 것도 없다는
듯 콧김을 뿜으며 설명했다.

61

"사람들이 우리 체격에 맞는 건물 안에서 늘 생활해야 한다면
얼마나 불편하겠어. 이쪽에서 저쪽으로 이동하려고 해도 너무
먼 거리를 가야 하는데."

테메레르는 그런 생각을 해본 적이 없었다. 추르키가 말을 이
었다.

"사람들이 자기네 체격에 맞는 장소에서 생활하는 건 자연스
러운 일이야. 잘못이 아니라고. 자기네만의 축하 파티를 여는
것도 잘못이 아니야. 내가 알기로 여기서 상급 용은 바로 너잖
아. 전투에서 승리한 것에 대해 부대원들에게 감사하고 야영지
를 정돈시켜서 다들 편히 쉬게 하는 일을 상급 용이 아니면 누가

해?"

테메레르는 겸연쩍어했다.

"아. 이런 거지 같은 기지 말고는 야영할 곳도 없는데 뭘 어떻게 정돈해요?"

추르키는 어깨를 으쓱했다.

"여긴 가난한 도시 같더라. 용들이 잠을 자고 함께 모이기도 하는 석판 깔린 광장 따윈 없지만 아무리 궁해도 방법은 있어! 저 숲에 질 좋은 목재가 많던데 러시아 용들에게 나무를 열 그루 정도 잘라오게 해. 그리고 그 나무들을 쪼개 바닥에 깔아. 며칠이면 충분할 거야. 그리고 네 소속 아이유(씨족 공동체)에 인원이 충분치 않으면 돈을 주고 남자와 여자를 고용해서 장식품과 연회를 준비하게 해. 크게 어려운 일도 아니잖아."

추르키는 엄격하게 말을 맺었다.

"음."

테메레르는 저 숲의 주인이 따로 있을지 모른다고 반박할 수도 있었지만, 그런 말은 일하기 싫은 게으름뱅이들이나 지껄이는 쓸데없는 불평일 뿐이라는 생각이 들었다. 게으름뱅이는 로렌스가 질색하는 부류였다. 테메레르는 마음을 정했다.

"페리스, 마을에 가서 뭐 좀 물어보고 올래? 그리고 그릭 어디 갔는지 알아?"

연회장에 잔뜩 모인 사람들은 묵직한 비단 예복을 입은 로렌스를 숨 막히게 하기에 충분했다. 로렌스는 사람들에게서 뿜어

나오는 열기와 시선을 굳은 표정으로 참아내고 있었다. 그가 입은 예복은 여럿이 모인 자리에서 자연스럽게 시선을 끌었고, 지금 이 자리에서도 그를 주목받게 했다. 로렌스는 그곳에 참석한 남자들 가운데 단연 눈에 띄었고, 대부분의 여자들보다도 더 시선을 사로잡았다. 해먼드는 로렌스를 그 자리에 모인 귀족들과 동급인 최고 계급이라고 주저 없이 소개하면서 환한 얼굴로 너스레를 떨었다. 사실 해먼드야말로 영국 국왕의 대리인이었지만 모두가 지켜보는 자리라서 로렌스는 해먼드를 말릴 수도 없었다.

해먼드는 러시아가 아니라 청국에 파견된 영국 특사지만 여기서는 유일한 영국 대표였다. 후퇴와 추격이 계속되는 와중에 다른 영국 외교관들이 차르와 연락을 이어가지 못한 탓이었다. 캐스카트 경은 나폴레옹의 군대가 상트페테르부르크를 점령한 초기에 그 도시에서 도망쳤고, 모스크바에 있던 영국 대사 역시 모스크바가 함락되기 직전에 그곳을 떠났다. 로렌스는 그 후 영국 대사가 어찌 되었는지 전혀 들은 바가 없었다. 오직 해먼드만이 용을 타고 멀고 험한 길을 이동한 덕분에 계속 러시아 본부와 연락을 주고받을 수 있었다.

"추르키와 동행한 것은 참 잘한 일이었습니다. 아주 만족스러워요. 차르와 그 신하들 앞에서 용에게 익숙한 모습을 보여줄 수 있어서 상당히 도움이 됐습니다."

해먼드는 나지막한 목소리로 말했다. 하지만 말투에 기쁨이 한껏 드러났기 때문에 로렌스는 그를 미심쩍게 쳐다보았다.

"솔직히 말해 저들은 저를 추르키의 주인으로 여기고 더 호감을 갖는 겁니다. 저들은 용기를 중요시하니까요. 저들과 마주칠 때마다 저는 추르키에게 어떤 장치나 하네스도 채워놓지 않고 그냥 가서 쉬라고 말하곤 했죠. 저들은 그걸 보고 무척 감탄하고 놀라더군요. 그래서 차르 앞에서 세 번이나 그런 모습을 보여드렸습니다."

로렌스는 해먼드의 교묘한 책략이나 언동에 대해 차마 솔직하게 의견을 말할 수 없었다. 해먼드는 "친애하는 리벤 백작 부인, 저희 로렌스 왕자 전하와 인사를 나누시죠"라는 식으로 로렌스를 소개하곤 했다. 로렌스는 어떻게든 그 자리에서 빠져나갈 핑계를 찾았다. 마침내 한바탕 박수가 쏟아지면서 기회가 생겼다. 차르가 군악대의 화려한 연주에 맞춰 파티장으로 입장하자 군인들이 양옆으로 물러섰다. 차르는 전리품과 함께 사람들 사이로 걸어 들어왔다. 찢어지고 피로 얼룩진 프랑스 군기들은 승리의 상징이었다. 로렌스는 해먼드의 눈길을 슬쩍 벗어나 발코니로 나갔다. 지독히 추운 밤공기가 이번만은 반가웠다. 이대로 파티장을 떠나고 싶었다.

"하, 대단한 옷차림이군."

"장군님."

로렌스는 고개를 숙여 인사했다. 이런 차림에 대해 변명할 말이 마땅치 않았다.

"뭐, 그런 옷을 입어도 될 만큼 큰 재산을 얻었다는 얘기는 들었네."

쿠투조프는 불난 데 기름을 부었다.

"대령이 수레 한 가득 금을 싣고 야영지로 들어왔을 때 우리 용들이 아주 난리가 났지. 분노한 용들이 이빨을 그리 심하게 가는 소리는 처음 들어봤네. 저 커다란 녀석들은 은 조각 몇 개를 애지중지하면서 그걸 안 뺏기려고 서로 모질게 치고받고 싸우는데 말이야. 어떤가, 우리가 장신구를 좀 쥐여주면 야생 용들을 매수할 수 있을까?"

"그들이 굶주리고 있는 동안에는 힘들 겁니다."

쿠투조프는 예상했던 바라는 듯 조그맣게 한숨을 쉬며 고개를 끄덕였다. 발코니에 놓인 벤치에 앉아 담배 파이프를 꺼낸 노장군은 파이프에 담배를 넣고 불을 붙여 차가운 공기 중에 연기구름을 피워냈다. 그들은 한동안 말이 없었다. 뒤에서 흥청대는 소리는 계속 커져갔다. 총독 관저 너머 거리에는 조그맣게 떨어지는 노란 가로등 불빛 속을 홀로 뒤뚝뒤뚝 걸어가는 사람이 있었다. 그의 뒤로 눈밭에 질질 끌린 발자국이 남았다. 넝마를 몸에 휘감은 프랑스 군인이었다. 때때로 멈춰 서서 날카로운 마른기침을 토해내는 모습을 보니 급성 전염병인 발진티푸스로 죽어가는 듯했다. 그는 느릿한 걸음으로 점차 어둠 속으로 사라졌다.

"나폴레옹은 결국 빠져나갔군."

쿠투조프가 말했다.

"지금으로써는 그렇습니다. 차르께서는 추격하기로 결정하셨습니까?"

쿠투조프는 배 속 깊은 곳에서 끌어올린 한숨을 파이프대 주변에 토해냈다.

"글쎄, 두고 봐야지. 남의 집을 치러 가기 전에 우선 자기 집부터 정돈해야 하니까. 상트페테르부르크와 민스크 사이에서 멋대로 돌아다니는 야생 용 천 마리가 알아서 우리 안으로 들어갈 리도 없잖은가."

"그 부분에 대해서는 다시 생각해보시기를 바랐습니다만."

"내 장교들 중 절반이 그 용들을 독으로 싹 쓸어버려야 한다는 생각을 갖고 있네. 그 용들이 곳곳을 날아다니며 뭐든 먹어 치우고 때로는 사람까지 잡아먹는데 안 그렇겠나? 그래도 이성적인 장교들은 가뜩이나 용의 수가 부족한 우리가 그럴 수는 없다고 보고 있어! 대령과 청국 용들이 지원해주지 않았다면 우린 이미 작년 여름 모스크바 외곽에서 나폴레옹에게 정복당했을 테고 여기서 이런 대화를 나누지도 못했겠지."

쿠투조프는 고개를 절레절레 흔들며 말을 이었다.

"어떻게든 야생 용들을 정리할 방법을 찾아야 돼. 매일 야생 용들에게 보급 식량을 털리고 있으니 군대를 재건할 수도 없어. 늙은이가 퉁명스러운 소리를 늘어놓은 걸 용서해주게, 대령. 영국인들은 우리가 나폴레옹을 아주 끝장내주길 바라지만 현 시점에 그게 내 조국 러시아에 어떤 득이 되는지 모르겠어."

로렌스는 러시아 군인들 일부가 비슷하게 불평하는 소리를 이미 들은 적이 있었다. 명예의 표상과도 같은 쿠투조프 장군의 입에서 같은 말이 나오자 로렌스는 유감스러웠다.

"이번에 호되게 당하긴 했지만 나폴레옹이 오래도록 잠자코 있으리라는 보장은 없습니다, 장군님."

"지금은 나폴레옹이 신경 쓸 일이 많을 텐데. 파리에서 쿠데타 시도도 있었다고 하고."

로렌스는 당황했다.

"처음 듣습니다."

"아, 2주 전에 있었다더군. 잉카 용들이 서둘러 프랑스로 돌아간 것도 그래서였어. 자기네 여황에게 돌아간 것이지. 여황은 일처리를 깔끔하게 잘하는 모양이야. 쿠데타에 연루된 자들을 체포해 그 주가 끝나기도 전에 총살했다더군. 그러니 한동안은 나폴레옹도 파리에서 바쁘게 지낼 테지. 나폴레옹이 러시아로 다시 오지 않는 한, 우리가 굳이 그자를 걱정할 필요는 없어. 프러시아인들과 오스트리아인들이 자기네 이웃 나폴레옹에게 불만이 있으면 그건 자기들이 알아서 해야지."

바로 그때 해먼드가 나타나 로렌스를 파티장으로 도로 데려갔다. 로렌스가 쿠투조프와 나눈 대화를 들려주자 해먼드는 우려하는 기색이긴 했지만 놀라지는 않았다.

"러시아 장군들 중 상당수가 그리 생각하고 있을까 봐 걱정이 되기는 합니다. 다행히 차르께서는 그리 근시안적인 분이 아닙니다! 나폴레옹 때문에 러시아가 얼마나 비참하고 고통스러웠는지를 뼛속 깊이 느끼셨을 거란 말입니다. 지금 차르께서 대령님과 얘기를 나누고 싶어 하시니 이쪽으로 가시죠."

로렌스는 운명에 순응하기로 했다. 그는 해먼드를 따라 차르가 위엄 있게 앉아 있는 연단 쪽으로 걸어갔다. 그들이 다가가자 당황스럽게도 차르가 의자에서 일어서더니 계단을 내려와 로렌스의 양 볼에 입을 맞췄다.

"로렌스 왕자, 이리도 건강한 모습을 보니 기쁘군요. 자, 우리 잠시 밖으로 나갈까요."

이건 너무 과했다. 로렌스가 왕족으로 대우받을 이유는 없다고 말하려는데 해먼드가 그의 말을 막기 위해 힘주어 헛기침을 해댔다. 차르는 이미 옆 대기실로 걸음을 옮겼고 고문들이 그 뒤를 따라갔다. 마치 위풍당당한 목성을 따르는 작은 위성들 같았다. 차르는 좀 더 작은 방으로 들어가면서 키가 크고 젊은 시종 무관에게 지시했다.

"사람들이 복도에 접근하지 못하게 막아. 로렌스 왕자……."

로렌스는 해먼드의 눈빛을 보고도 더는 참을 수 없었다.

"폐하, 죄송하지만 저는 영국 장교이고 공군 소속 대령입니다. 왕자라는 칭호는 저에게 맞지 않습니다."

그러나 알렉산드르는 고집을 꺾지 않았다.

"그 칭호가 지닌 무게가 달갑지 않겠지만 견디세요. 러시아의 차르는 그대에게 왕자 칭호를 부여한 청국 황제를 모욕할 정도로 무례하지 않습니다."

로렌스는 모스크바로 용 삼백 마리를 보낼 정도로 힘이 있는 청 황제를 모욕하는 것이 현명치 못한 처신임을 수긍하고는 고개를 숙이고 입을 다물었다.

"잠시 같이 나가서 바람을 쐽시다. 네셀로데 백작은 알지요,

해먼드 대사?"

해먼드는 네셀로데 백작을 초조하게 곁눈질하며 더듬더듬 안다고 대답했다. 네셀로데는 주인인 차르가 바깥으로 나가자마자 해먼드에게 자금을 요청하며 볶아댈 작정인 듯했으나 해먼드는 영국을 대표해 공식적으로 그런 결정을 내릴 권한이 없었다. 로렌스는 당황한 해먼드를 도와줄 방법이 없기에 조용히 차르를 따라 발코니로 나갔다.

여기서 내려다보이는 풍경은 관저 저쪽과는 사뭇 달랐다. 상상도 못한 풍경이었다. 관저 대문 앞 거리에는 러시아 군인들이 모여서 승리를 축하하며 왁자지껄하게 소리를 지르고 웃고 있었다. 환하게 켜진 랜턴들 위로는 즉석에서 만든 폭죽들이 종종 날아올랐다. 알렉산드르는 너그럽고 흡족한 표정으로 군인들을 내려다보았다. 군인들은 추운 겨울에 황폐한 땅을 800킬로미터나 가로질러 나폴레옹을 추격했으면서도 여전히 전투 태세를 갖추고 있었다.

"초상화를 돌려주는 게 너무 힘들지는 않았기를 바랍니다. 용의 수중에 들어간 전리품을 빼오기란 워낙 불가능에 가까운 일이라서요."

"전혀 힘들지 않았습니다, 폐하. 재산권에 대한 용들의 자연적인 이해도는 무지한 사람과 비슷한 수준이기는 하지요. 하지만 가르쳐만 주면 사람과 똑같이 이해를 합니다. 테메레르는 기꺼이 돌려주겠다고 했습니다."

이 부분에 약간 과장이 섞이기는 했다.

"프랑스군이 도둑질한 물건들 가운데 원래 주인을 특정할 수 있는 것은 모두 돌려주기로 했습니다."

로렌스는 정당하게 얻은 것이 아닌 왕자라는 직위를 이용하고 싶진 않았지만, 이토록 중요한 사람에게 의견을 말할 모처럼의 기회를 놓칠 수는 없었다.

"이런 말씀을 드려 죄송하지만 저는 그게 교육과 관리의 문제라고 생각합니다. 금만 가치가 있다고 가르치면 용은 자신의 가치가 보유한 금의 양과 같다고 생각하게 되겠죠. 자연히 보물을 차지하기 위해 군율과 법을 무시하는 사태가 벌어질 겁니다."

알렉산드르는 건성으로 고개를 끄덕였다.

"조금 전에 그대는 선량한 쿠투조프 공작과 얘기를 나눴지요."

로렌스는 깜짝 놀랐다. 파티가 한창이던 한 시간 전쯤에 로렌스가 쿠투조프와 담소를 나눴다는 정보를 차르는 어떻게 벌써 입수했을까.

"따뜻한 난로 앞에서 쉬어야 할 쿠투조프 공작을 너무 멀리까지 오게 한 것이 미안합니다. 편히 쉬어야 할 노년에 이 나라와 나폴레옹 보나파르트 때문에 쉬지도 못하고."

로렌스는 위험한 정치 영역에 들어섰음을 직감하고 조심스럽게 입을 열었다. 혹시 알렉산드르는 노장군 쿠투조프의 견해를 비난하려는 것일까?

"저는 그분을 상당한 실용주의자로 보고 있습니다, 폐하."

"그는 현명한 노전사지요. 내 밑에 그런 인재가 많지는 않습니다. 현명한 길을 가다 보면 때로는 현자조차 꺼릴 만큼 큰 고통이 따르기도 합니다. 나폴레옹의 정복욕이 끝이 없다는 걸 그대는 잘 알 겁니다. 한동안은 상처를 핥으며 잠자코 있겠지만 말입니다. 폐허가 된 모스크바를 본 사람이면 누구나 짐작하겠지만, 이 나라에 재앙을 초래해놓고 무의미한 추격전까지 계속해온 그 작자가 과연 오랫동안 넋을 놓고 있을까요?"

추격전은 완전히 무의미하지는 않았다. 적어도 나폴레옹의 먹이가 된 국가로서는 그랬다. 나폴레옹이 러시아의 야생 용들에게 일주일만 더 먹이를 제공할 수 있었다면, 청국 용들의 보급품이 일주일만 더 빨리 바닥 났다면 아슬아슬하게 결과가 달라졌을 것이다. 그러나 로렌스는 나폴레옹의 무모함을 익히 알고 있었다.

"물론 나폴레옹은 멈추지 않을 겁니다."

로렌스는 잠시 생각한 끝에 천천히 덧붙였다.

"멈출 수가 없는 사람이니까요. 다가올 위험을 고려해 야망을 억제할 수 있는 사람이었다면 지금 프랑스 황제 자리에 앉아 있지도 못할 겁니다. 마땅히 두려워해야 하는 상황인데도 두려워하지 않는 사람이 바로 나폴레옹입니다."

알렉산드르는 열정과 의지로 달아오른 얼굴로 로렌스를 돌아보았다.

"바로 그거예요. 그자를 정확하게 묘사했습니다. 두려움을 모르는 자, 신조차 겁내지 않는 자. 한때는 나 역시 그의 천재성을 우러러봤지요. 부끄럽지만, 부정하지 않겠습니다. 당시에는 대단한 용기와 배포를 가진, 존경받을 만한 사람이라고 생각했습니다. 지금은 우리 모두 그자의 실체를 파악하게 됐지요. 프랑스군이 몰락하면서 그자가 본모습을 드러냈으니까. 인간의 피와 고통을 먹이로 삼는 악귀지요! 우리가 그자를 잡았어야 했는데!"

"그가 탈출해서 저도 유감입니다."

로렌스는 나지막하게 말했다. 그는 나폴레옹이 탈출했음을 알고 처음에는 무척 실망했지만 나중에는 그가 어떤 사람인지를 생각하며 스스로를 달랬다. 나폴레옹은 취약한 상태에서 어설프게 자신의 위치를 노출해 적군에게 붙잡힐 사람이 아니었다. 그는 강력한 부대와 함께 강을 건넜을 것이고 늘 선임 근위대를 주변에 두었을 것이다. 당연히 그를 붙잡을 가능성은 높지 않았다. 그러나 그것만으로는 마음이 온전히 달래지지 않았다. 나폴레옹이 오래 잠자코 있을 사람이 아니라는 알렉산드르의 말에 로렌스는 두려워졌다. 그 예상대로라면 나폴레옹은 금세 새로 군대를 일으킬 것이고 프랑스군의 북소리가 다시 울려 퍼질 것이다. 러시아군과 러시아의 혹독한 겨울이 벌어준 시간은 1년이 채 되지 않을 듯했다.

"이대로 두고 보지 않을 생각입니다. 나폴레옹이 이번에는 빠져나갔지만 언제까지 그가 정의의 심판을 피하게 내버려둘 수는 없지요. 신께서는 이번에 우리에게 승리를 안겨주셨고 적을 약해지게 하셨습니다. 우리는 이 기회를 놓치지 말고 그자를 완전히 짓이겨야 합니다. 러시아뿐 아니라 전 유럽을 인류의 재앙

덩어리로부터 해방시키는 것이 우리의 의무예요. 나는 그를 추적할 겁니다. 그가 무너지는 꼴을 봐야겠어요! 그의 군대가 상트페테르부르크와 모스크바를 짓밟았듯이 나의 군대가 파리를 짓밟은 뒤에야 나는 만족하고 내 나라로 돌아갈 것입니다. 그전에는 멈출 수 없습니다!"

결기에 찬 알렉산드르의 얼굴이 붉게 상기되었다. 로렌스는 그를 냉철하게 바라보았다. 그의 분노가 진실인지는 의심할 필요조차 없었다. 그러나 차르는 나폴레옹에게 압박을 가해 화평을 청하게 하거나 그동안 차지한 영토를 양보하게 하려는 게 아니었다. 나폴레옹을 황제 자리에서 아주 몰아내려는 것이었다. 프랑스로 진격해 파리를 점령하겠다니, 참 현실성 없는 계획이었다. 현재 프러시아 전체가 프랑스의 지배를 받고 있고 오스트리아는 나폴레옹에게 위축되어 고분고분하게 그의 뜻을 따르고 있었다. 그리고 나폴레옹은 자신이 가진 자원을 총동원해 프랑스의 중심인 파리를 필사적으로 방어할 것이다. 다시 말해 엄청난 수의 충성스러운 용 부대가 동원될 것이다. 현재 러시아는 가장 위대한 도시들이 폐허가 되었고 시골 지역에서는 야생 용들이 약탈을 일삼고 있었다. 쿠투조프의 목소리가 제일 크기는 하겠지만, 알렉산드르에게 러시아로 돌아가 집 안부터 정돈해야 한다고 조언하는 이는 쿠투조프만이 아닐 것이다.

잠시 후 로렌스와 함께 관저를 나서며 해먼드가 말했다.
"흠, 이번 일로 저는 나이트 작위를 받거나 감옥에 갈 것 같습니다. 저 때문에 영국 정부는 다른 대안을 거의 택할 수가 없게 돼서."

로렌스는 걱정스러운 표정으로 그를 쳐다보았다.

"러시아인들에게 무슨 약속을 했습니까?"

"100만 파운드요."

로렌스는 경악했다.

"맙소사. 대사님은 그 금액의 10분의 1도 내줄 권한이 없잖습니까?"

해먼드는 초조하게 손짓을 하며 대답했다.

"아, 제가 도를 넘는 약속을 하기는 했지만, 그보다 적은 금액으로는 어림도 없어서요. 오히려 두 배는 더 내줘야 됩니다. 러시아의 재정 상태는 지금 최악이에요."

"그렇겠죠. 하지만 그런다고 그 계획이 성공하겠습니까?"

"섣부른 예상으로 제 운명을 시험하고 싶지 않군요. 나폴레옹은 수많은 나라의 왕위를 뒤엎고 군대를 박살 냈어요. 어차피해야 한다면 지금 해야 됩니다. 나폴레옹은 이미 니멘강 너머로 밀려났고 웰링턴은 스페인에서 공격 준비를 마쳤습니다. 이보다 더 좋은 기회는 없어요. 단, 이 계획대로 하려면 프러시아인들을 우리 편으로 만들어야 하고, 그러기 위해서는 러시아가 아직 건재함을 보여줘야 합니다. 100만 파운드로 그럴 수만 있다면 오히려 싼 것이죠."

절반 가까이 폐허가 된 빌나의 거리에서 해먼드는 영국 정부의 지탄을 받았던 로렌스 앞이 아니라 영국 각료들 앞에서 주장을 펼치듯 도전적으로 말을 맺었다. 로렌스는 고개를 저었다.

"대사님, 중요한 사실을 잊으신 것 같군요. 왕위 계승자인 아들이 파리에 볼모로 잡혀 있는 지금 프러시아 왕이 우리와 힘을 합해 나폴레옹에 대적하겠습니까?"

"프러시아 장교들이 설득해줄 겁니다. 프러시아 동쪽 지역은 나폴레옹의 속박에서 벗어나려는 열망이 강해요. 프러시아 왕이 그들의 열망을 수용하지 않더라도 프러시아 장군들은 러시아가 이미 나폴레옹에게 몇 차례 승리를 거둔 것을 알고 우리와 뜻을 함께하기 위해 항명이라도 할……."

"프러시아 왕자는 어떻게 되겠습니까?"

로렌스가 날카롭게 물었다. 그런 사소한 부분은 고려하지도 않았는지 해먼드는 멈칫하다가 어물어물 대답했다.

"나폴레옹이 설마 나이 어린 왕자에게 위해를 가할까요."

"왕자의 부친인 프러시아 왕은 그렇게 생각하지 않을 겁니다."

3

테메레르는 기지로 돌아온 로렌스와 해먼드가 상당히 진척된 공사 현장을 보고 깜짝 놀라자 무척 흐뭇했다. 중앙 광장은 통나무로 만든 사각 틀로 채워졌다. 러시아의 라이트급 용들은 구유로 근처 강바닥과 언덕에서 돌과 모래를 퍼 와서 그 사각 틀에 채워 넣고 있었다.

테메레르는 흡족해하며 설명했다.

"뭐, 예상보다 공사가 빨리 진행됐어. 헤비급 용들이 도와주리라고는 생각 못 했는데, 이 공사가 끝나면 포식을 시켜주겠다고 했더니 대부분이 흥미를 보이더라고."

해먼드는 기함했다.

"이게 무슨 짓이야! 목재 저장소를 아예 통째로 뜯어 온 거냐."

"그랬죠. 하지만 문제는 없어요. 돈을 지불했거든요. 우리가 자기네 소를 건드리지 않으면 나무는 어떻게 하든 상관없다고 소 주인이 페리스에게 말했어요. 내가 소까지 다 사겠다고 했더니 소 주인은 아주 만족스러워하던데요."

소들은 맹렬하게 타오르는 불 위에서 꼬챙이에 꿰어진 채 구워지고 있었고, 배기가 즐거이 그 일을 감독하고 있었다.

배기는 로렌스를 곁눈질하며 말했다.

"저는 그냥, 질 좋은 쇠고기가 낭비되는 꼴을 보기 싫어서요. 테메레르도 이게 누구한테 해를 끼치는 일이 아니라고 해서……."

"그래, 알았다."

로렌스는 이 상황이 탐탁지 않은 표정이었다.

요리는 승무원의 가장 중요한 임무인데 로렌스가 왜 요리를 지상 요원에게만 시키는지 테메레르는 이해되지 않았다. 로렌스는 특히 배기에게 엄격했다. 머릿수가 부족한 장교들의 자리를 메우기 위해 지상 요원이던 배기를 중위로 진급시킨 것이기 때문에 장교 업무만 전담시키려는 것 같기도 했다.

테메레르는 변명조로 중얼거렸다.

"식사가 아니라 파티를 위해 만드는 시설이니까 너무 뭐라고 하지 마, 로렌스. 파티 음식이라 잘 지켜봐야 하거든. 야들리한테 맡기면 고기를 너무 익히고는 그게 몸에 좋다고 우겨댈 게 뻔해."

"야들리가 고기 굽는 법을 제대로 몰라서 유감이구나. 다음엔 요리를 좀 더 잘하는 사람을 찾아보마."

"그래주면 정말 좋지. 아! 당연한 얘기지만, 다시 돈이 넉넉해지니까 정말 좋아!"

테메레르는 서둘러 덧붙였다.

"물론 그중 1만 파운드에 달하는 보물은 내 것이 아니라 당신 것이지만. 난 당신에게 빚이 있다는 걸 잊지 않았어."

"넌 빚을 지지 않았어."

고결한 대답이었다. 테메레르가 알기로 로렌스는 소송 중에 재산을 전부 잃었고 모두에게 반역자로 손가락질을 받고 있었기 때문에 터무니없이 불리한 판결을 받았다. 그 끔찍한 기억은 테메레르의 영혼을 오랫동안 갉아먹었다. 이제 드디어 로렌스의 재산을 복구하게 되어 기쁘기 그지없었다. 그래서 로렌스가 이 보물을 거절해도 받아들이지 않을 작정이었다. 다만 로렌스를 어떻게 설득하여 금을 받게 할지는 아직 좋은 생각이 떠오르지 않았다. 테메레르가 강권한다고 해서 억지로 금을 받을 로렌스가 아니었다.

문득 괜찮은 생각이 뇌리를 스쳤다.

"당신 재산을 갚아줄 좋은 방법이 떠올랐어. 혹시 이 근처에 보석 상인이 있을까?"

"없을 거야." 로렌스는 대답 끝에 얼른 덧붙였다. "펀드에 넣자. 은행업자를 만나면 알아볼게."

"당신이 그쪽을 원하면 난 아무래도 좋아."

테메레르는 기분 좋게 대답했다. 하지만 이런 식으로 로렌스를 설득한 게 불쾌한 계략 같은 것이 아니었나 하는 생각이 뒤늦게 들었다. 리엔 같은 용이나 할 법한 짓 말이다. 테메레르는 로렌스의 생각을 물어보려다가 잘 끝난 얘기에 초를 치기 싫어서 그만두었다. 대신 1만 파운드나 되는 재산을 얻은 것을 진심으로 불평할 사람은 없을 거라고 위안을 삼았다.

테메레르는 생각 끝에 덧붙였다.

"그리고 있잖아, 로렌스. 우리끼리 불꽃놀이를 하려고 하는데 괜찮지? 저기 저 위쪽 산등성이에서 불꽃을 쏘아 올리려고. 거기서 쏘면 이 광장에서 잘 보일 거야. 그리고 가능하면 연주자들도 몇 명 부르고 싶어."

로렌스는 테메레르나 다른 용들이 연회를 열고 배불리 먹는 것을 못마땅하게 여기지 않았다. 테메레르가 러시아 용들에게 먹이를 제공하는 것보다 러시아에서 약탈한 보물을 더 훌륭하게 소비할 방법은 찾기 어려울 것이다. 로렌스는 연회 참석보다는 준비에 더 신경을 썼지만, 연회에 초대했다고 해서 모두가 바로 참석한 것은 아니었다. 게다가 해먼드의 터무니없는 약속이 이행되지 않는다면 당장 헤비급 용들에게 다음 먹이를 제공하지 못할 수도 있었다.

지금 그들은 빌나에 죽치고 앉아 나폴레옹의 군대가 서쪽으로 도망치는 것을 보고 있을 수밖에 없었다. 프랑스 중대들이 무질서하게 이동 중이고 줄에서 벗어나 홀로 걸어가는 프랑스 장교들의 모습도 보였다. 오늘 탈출에 성공한 프랑스 군인들은 봄이 되면 다시 전장으로 돌아올 것이다. 여윈 몸에 살을 붙이고 무기를 다시 갖춘 채 주인 나폴레옹의 끝없는 야망을 실현해 주기 위해서. 로렌스는 얼어붙은 땅에서 마지막 숨을 서서히 내뱉던 그랑 슈발리에와 모스크바에서 여기까지 오는 동안 여기 저기 흩어져 있던 시체들을 떠올렸다. 그 창백한 얼굴들이 마음 한구석에서 그를 바라보았다. 그중에는 아버지 앨런데일 경의 얼굴도 있었다. 왈라톤 홀의 예배실에서 보이지 않는 눈을 뜨고 가만히 누워 있는 아버지의 창백한 얼굴. 아버지의 부고를 들은 다음 날 아침 로렌스는 힘겹게 몸을 일으켜 기지 밖으로 걸어 나가면서 깊은 공허감을 느꼈다. 차라리 연회 준비든 뭐든 할 일이 있어 다행이었다.

로렌스는 기지 근처에 주둔 중인 포병 연대의 대령을 만나 인사를 나눴다. 그 연대에 소속된 군인들은 용을 타고 모스크바를 탈출했기에 용에 대한 두려움을 약간은 극복한 상태였다. 로렌스가 안내를 받아 천막 안으로 들어가자 대령이 허리를 깊게 숙여 인사했다.

"왕자 전하."

로렌스는 속으로 한숨을 쉬었지만 차 한잔과 함께 그 과도한 인사를 받아들였다. 러시아인들이 차에 우유를 타지 않는 탓인지, 그 차는 별나게 향이 진하고 풍미가 있었다.

로렌스는 대령과 세부 사항을 논의한 후 부탁했다.

"오늘 저녁에 용 기지로 대령의 연대 군악대를 보내주면 고맙겠습니다. 군악대원들이 반대하지 않는다면 말입니다. 밤까지 머물 필요는 없고 차르를 위해 축배를 들 때까지만 있어주면 됩니다. 물론 축배는 보드카로 해야죠."

로렌스는 머뭇거리던 군인들에게 이런 방법으로 수차례 협조를 얻어냈기 때문에 그 효과를 익히 알고 있었다.

대령은 오히려 안심한 표정이었다. 반대는커녕, 차르를 위해 축배를 드는 영광스러운 자리에 참석을 요청받은 것에 대해 무척 고마워하는 눈치였다. 로렌스가 청국 왕자라는 지위를 이용해 훨씬 더 어처구니없는 요구를 할 줄로 알았던지 대령은 진심으로 마음을 놓은 얼굴이었다.

연회의 명분이 어떻든 그날 저녁 로렌스는 산등성이에서 쏘아올린 불꽃과 함께 신나는 군악대의 행진을 보면서 만족했다. 바보 같은 짓이라는 생각 때문에 불꽃놀이에 대해 거부감이 있었으나, 불꽃에서 눈을 떼지 못하는 러시아 용들을 보며 기분이 풀렸다. 러시아 용들은 군악대의 연주에 맞춰 무의식적으로 꼬리를 바닥에 탁탁 치면서 홀린 듯이 불꽃을 바라보았다.

불꽃놀이가 끝나자 저녁 만찬이 시작됐다. 삶은 감자와 순무를 깔고 그 위에 속을 채워 통째로 구운 소를 올린 요리는 굶주림에 지친 용을 만족시키기에 충분했다. 연회를 준비하면서 용에게 맞는 놋쇠 그릇은커녕 코끼리를 위한 그릇조차 찾기 어려웠지만 테메레르는 창의적으로 해결책을 찾아냈다. 틀을 떼어낸 수레 바닥을 화사하게 칠하고 장식용 반짝이 조각을 붙여 음식을 담아낸 것이다. 이 그릇을 용들에게 예를 갖춰 돌렸고, 테메레르 곁에 앉은 그릭이 그릇을 받는 각 용의 군사적 업적을 찬양했다. 만찬을 대접받고 그릭의 찬사에 자부심을 느낀 용들은 눈에 띄게 가슴을 쭉 폈고, 자기 차례를 기다리는 용들은 누구보다 크게 박수를 쳤다.

처음부터 러시아 용들이 전부 연회에 참석한 것은 아니었다. 일부는 그런 모임 자체를 업신여겼고 일부는 담당 장교들의 반대로 오지 못했다. 그러나 시끌벅적한 소리와 음식 냄새에 이끌려 점차 연회 장소로 모여들었다. 러시아 용들뿐 아니라 코사크 용들도 구경을 왔고, 그 지역 야생 용들도 몇 마리 다가왔다. 하네스를 착용하지 않은 것을 보면 야생 용이 분명했다. 하지만 그들은 굶주림 때문에 사육장에서 도망친 용들이 아니라 원래 황무지에 살던 작은 야생 용들이었다. 몸통은 초록색과 갈색이 섞였고, 좁은 머리 위에는 오렌지색과 노란색 줄무늬가 들어간 큼직하고 단단한 볏이 붙어 있었다.

야생 용들은 경계를 늦추지 않았지만 연회를 부러워하는 눈빛이었기 때문에 테메레르는 얼른 그들을 맞이했다. 테메레르는 다른 용들을 살살 밀어서 자리를 만들고 야생 용들을 자리에 앉혔다. 야생 용들은 구운 소를 신나게 뜯어먹었다. 테메레르가 전투에 참전한 용들의 공적을 나열할 때마다 야생 용들은 환대에 대한 감사의 표시로 한껏 환호성을 올려주었고 다른 용들도 야생 용들의 참석을 기분 나빠하지 않았다.

실컷 먹고 마신 삼십여 마리의 용들이 마침내 바닥에 퍼져서 꾸벅꾸벅 졸기 시작하자 테메레르는 허리를 펴고 헛기침을 하고는 용 언어의 러시아 지역 방언으로 한참 연설을 했다. 로렌스는 그 내용을 잘 알아듣지 못했지만 용들이 테메레르의 말에 귀를 기울이는 것만은 분위기로 알 수 있었다. 용들은 콧김을 뿜으며 동의를 표했고 간혹 일어서서 우렁차게 고함을 내지르기도 했다. 마지막으로 에밀리 롤랜드와 배기가 엄숙하게 앞으로 나서서 참전 용들에게 윤기가 반질반질 나는 놋쇠 목걸이를 하나씩 수여했다. 목걸이에는 다소 조악하지만 알아볼 만한 글씨체로 각 용의 이름이 새겨져 있었다.

로렌스는 이렇게 충격을 받은 연회 참석자들을 본 적이 없었다. 러시아 헤비급 용들은 평소 남아도는 시간에 시시한 일로 사납게 언쟁을 하고 다투는 것이 일상이었고, 라이트급 용들은 헤비급 용들의 먹이를 조금씩 훔쳐내는 일에 온힘을 썼다. 아량이라든지 동료 의식 같은 것은 배운 적도 없었다. 청국 용들을 보았으면서도 청국 용들에게 주인공 자리를 빼앗긴 것에만 분개했고 청국 용들이 정기적으로 식량을 공급받는 것을 부러워할 뿐, 청국군의 관습을 배울 생각은 하지 않았다. 하지만 청국군의 관습을 지독히 무시하던 러시아 용들도 이 연회에는 큰 감동을 받은 것 같았다. 러시아 용들은 겸허히 고개를 숙여 차례로 목걸이를 수여받았고, 연회장을 떠나 각자의 공터로 돌아가면서 테메레르에게 고맙다고 공손히 말했다. 러시아 장교들은 놀란 눈으로 그 모습을 바라보았다. 그날 저녁의 연회는 완벽히 성공이었다.

"잘 치러낸 것 같아, 로렌스, 그렇지?"

테메레르는 만족해하며 바닥에 누워 잠을 자려던 참이었다. 작은 야생 용 네다섯 마리가 테메레르 주변에 기분 좋게 옹기종기 모여 온기를 더해주고 있었다. 고기를 뜯어낸 뼈는 깨끗이 골라 수레에 담아두었다. 내일 포리지를 끓일 때 넣기 위해서였다. 나머지 연회의 잔여물은 계속 치우는 중이었다.

"청국의 만찬에 비할 바는 아니었지만 말이야."

"그래, 손님들이 무척 흡족해하더구나. 네 목적이 달성된 셈이지. 부족하다는 생각이 들지 않는 연회였어."

"맞아. 그 용들이 더 훌륭한 연회를 본 적이 없어서 그런 것이긴 하지만. 그래도 오늘 밤엔 기분이 좋으니까 우울한 생각은 하지 않을래, 로렌스. 만찬 덕분에 한껏 기운이 나. 내일은 다시 추격팀에 합류할 수 있을까? 여기서 이렇게 기다리는 동안 나폴레옹은 점점 더 멀리 갈 거 아냐."

"테메레르, 아무래도 우리는 여기서 더 기다려야 될 것 같구나."

꾸벅꾸벅 졸던 테메레르는 반갑지 않은 소식에 잠이 퍼뜩 깼다. 당황한 테메레르는 로렌스의 설명에 귀를 기울였다. 나폴레옹을 계속 추격하려면 보급품과 자금이 더 필요하고 프러시아가 한편이 되어주어야 하며 오스트리아의 협조도 있어야 하고 그 외에 여러 가지 조건이 충족되어야 한다는 것이었다.

테메레르가 항의했다.

"지금 나폴레옹과 그의 부대는 점점 멀리 달아나고 있어. 어제 당신이랑 해먼드는 봄에 나폴레옹과 싸워 이기려면 프랑스군을 이대로 달아나게 내버려두면 안 된다고 했잖아."

"이대로 기다리면 나중에는 분명 더 힘들어지겠지. 하지만 프러시아를 우리 편으로 끌어들이지 못하면 봄에도 나폴레옹을 못 이겨. 프러시아가 우리 쪽으로 넘어오지 않는 한, 러시아도 위험을 감수하고 밀어붙이지 않을 테고."

"프러시아가 왜 그렇게까지 필요한지 모르겠네. 나폴레옹은 이미 예나에서 프러시아를 박살 내고 한 달 만에 프러시아 전체를 장악했어. 프러시아가 반격할 기회를 노리는 것도 아닌데 무작정 기다리는 건……!"

하지만 보급품 없이는 아무것도 할 수 없었다. 테메레르도 그점에는 마지못해 수긍했다. 테메레르는 최근 수주일 동안 군사작전을 수행하면서 몸이 예전 같지 않음을 느꼈다. 날씨가 몹시추운 데다 음식을 충분히 섭취하지 못했기 때문이었다. 불평해봐야 소용없었다. 계속 비행을 하다 보면 조만간 먹을 것이 필요하기 마련이었다. 배가 너무 고파 속이 쓰리면 정신이 극도로 멍해져서 비행 중에 종종 넋을 놓곤 했다. 한 번은 경악스럽게도 눈밭에 누운 군인의 시신을 쳐다보면서 누구한테 피해를 주는 것도 아닌데 그 시신을 포리지에 넣어 먹으면 좋겠다는 생각까지 했었다.

그 기억이 떠오르자 테메레르는 몸서리를 쳤다.

"러시아가 보급품을 미리 보내주지 않으면 우린 아무것도 할수 없어. 그건 알겠어. 그런데 그들은 프러시아를 어떻게 설득할 거래? 프러시아는 언제 우리 편에 서는 건데?"

그건 외교관들의 일이었다. 그러나 테메레르는 외교관이란자들이 제때 그 일을 제대로 해낼지 확신이 서지 않았다. 그래서 로렌스가 잠든 후에도 밤이 깊도록 잠을 못 이루고 이런저런 생각을 곱씹었다. 기분 좋게 배가 부르고 양옆이 따뜻한데도 잠이 오지 않았다.

자그마한 암컷 야생 용이 옆에서 잠에 취한 목소리로 말했다.

"그만 좀 뒤척일래요?"

이곳 야생 용들이 쓰는 지역 방언은 러시아어와 독일어, 프랑스어에서 여러 단어를 차용하긴 했지만 기본적으로 용 언어인 두르자크어와 크게 다르지 않았다.

암컷 야생 용은 이렇게 덧붙였다.

"무례하게 굴고 싶지는 않아요. 하지만 그렇게 계속 움직이면 몸이 따뜻해지지 않아요."

테메레르는 얼른 발톱을 내려놓았다. 테메레르는 생각에 잠길 때면 바닥의 흙을 발톱으로 후벼 파는 습관이 있었다. 뒤스럭거리는 습관이 창피하기도 하고, 깨끗이 정돈해놓은 새 바닥을 제 발톱으로 파놓은 것에 화도 났다.

"미안. 혹시, 너희 중에 가끔 프러시아 쪽에서 비행하는 애들 있어? 여기서 강 두 개를 건너면 프러시아가 시작되는데. 그곳 사육장에서 프러시아 전투 용을 본 적 있어? 아니면 좀 더 서쪽 지역에서는? 나폴레옹은 프러시아 전투 용들이 프러시아 장교들과 함께 살지 못하게 했을 거야."

야생 용들은 저희끼리 얘기를 주고받은 뒤, 자기네 영역은 니멘강까지여서 그 너머로는 가본 적이 없다고 대답했다.

"전갈을 보내고 싶은 분이 있으면 우리가 전해드릴 수는 있어요."

야생 용 하나가 제안했다.

"그래주면 고맙지. 특히 에로이카라는 용의 소식을 알아봐주면 정말 고맙겠어."

그러자 조금 전의 암컷 용이 말했다.

"딘치히 근처에 사는 용들 중에 아는 용이 있을 수도 있어요. 그쪽에서 물고기가 많이 잡혀서 몇몇 용들은 이웃 구역에 사는 다른 용과 종종 거주지를 바꾸기도 하거든요. 그곳 용들이라면 알지도 몰라요. 아침에 우리가 그쪽 구역으로 넘어가서 물어볼게요."

그리고 능청스럽게 덧붙였다.

"아침에 먹이를 찾느라 시간을 너무 허비하지 않아도 된다면요."

"먹이는 한 컵도 못 내줘!"

다음 날 아침 테메레르가 야생 용들에게 포리지를 내달라고 하자 러시아군 병참 장교가 버럭 소리를 질렀다.

테메레르는 얼굴 주변의 막을 펼쳤다. 그 병참 장교는 용들끼리 음식을 차려 먹는 게 못마땅한 듯 어제 연회 준비를 하는 이들을 줄곧 도끼눈으로 쳐다봤었다. 테메레르는 그를 쓸모없는 인간으로 여겼다. 그 장교가 조금이라도 쓸모 있는 존재가 되고자 했으면 지금쯤 말고기라도 전보다 맛있게 내놓아야 마땅했다. 병참 장교는 러시아어로 무례한 말을 지껄이면서 커다란 뚜껑을 장화 발로 콱 밟아 눌렀다.

테메레르의 어깨 너머에서 그릭이 좋아라거렸다.

"왜 저 용들에게 먹이를 나눠줘야 하는지 나도 이해가 안 되는걸요."

"그건 네가 너무 근시안적인 용이라서 그래."

테메레르는 병참 장교와 식량을 두고 언쟁을 벌이지 말아야 한다는 걸 잘 알고 있었다. 언쟁을 시작하게 되면 러시아 용들이 죄다 끼어들어 서로 식량을 더 많이 차지하려고 난리를 피우다가 결국 식량을 거의 전부 못쓰게 만들어버릴 것이다. 테메레르는 그런 모습을 이미 여러 번 보았다.

"로렌스."

테메레르는 천막에서 나오는 로렌스에게 상황을 설명했다. 로렌스는 차분히 대답했다.

"당연히 해야지. 포리지 정도로 그런 정보를 얻을 수 있으면 싼 거 아니냐. 그래도 디헤른 대령 앞에서는 아무 말도 하지 마. 확실하지도 않은데 괜히 희망만 주는 건 잔인한 일이야. 네 노력이 보답받기를 바라지만 좋은 결과가 있을 거라고 너무 기대하지 마. 여기서 프랑스까지는 1,600킬로미터나 돼. 분명 나폴레옹은 프러시아 공군력의 핵심인 용들을 프랑스의 사육장으로 데려갔을 거야."

로렌스는 병참 장교를 한옆으로 따로 불렀다. 그들이 얘기를 나누는 동안 테메레르는 로렌스의 경고에 대해 생각해보았다. 그토록 멀리 떨어진 곳의 소식을 전해 듣기란 대단히 어려운 일일 것이다. 야생 용들은 이리저리 물어보다가 분명 지루해질 테고, 괜히 남의 영역을 침범했다가 말썽에 휘말리고 싶지 않을 것이다.

마침내 포리지가 나오고 야생 용들이 먹기 시작했을 때 테메레르가 선언했다.

"누구든 에로이카의 소식을 가져오는 이에게 나는……."

테메레르는 깊게 숨을 들이마시고는 의연히 말을 이었다.

"……나는 금 식기가 가득 들어 있는 이 상자를 상으로 주겠습니다. 롤랜드, 상자 뚜껑을 열어줄래?"

에밀리가 뚜껑을 열어 내용물을 보여주자 테메레르는 아쉬움에 가슴이 저렸다. '나'라는 글자 주변에 독수리 문양이 찍혀 있고 아름답게 윤기가 흐르는 나폴레옹의 식기들. 야생 용들이 일제히 탄성을 내질렀다. 테메레르는 마음을 독하게 먹고 보상을 제시했지만 그 순간 말이 헛나갔다고 내뱉을 뻔했다.

테메레르는 애써 금 식기에서 시선을 뗐다. 그리고 그를 올려다보는 야생 용들의 휘둥그레진 눈을 향해 준엄하게 덧붙였다.

"거짓 정보로 나를 속일 생각은 마세요. 에로이카가 보낸 전갈인지 아닌지는 들어보면 바로 알 수 있으니까요. 그런 경우 보상금을 내드리지 않겠습니다."

야생 용들은 기합이 바짝 들어간 모습으로 날아올랐다. 그들은 벌써부터 보물을 받으면 어떻게 나눌지 유쾌하게 계획을 세웠고, 그중 몇 마리는 자기네끼리 에로이카를 찾으면 보물을 독차지해도 될 거라며 큰 소리로 떠들었다. 테메레르는 울적한 표정으로 보물 상자를 바라보았다.

"뚜껑 닫고 치워, 롤랜드."

벌써 그 상자를 내준 것 같은 기분이라 한숨이 절로 나왔다. 그래도 이렇게까지 했으니, 테메레르가 전쟁을 위해 아무런 희생도 하지 않았다는 말은 아무도 하지 못할 것이다.

알은 잘 있지? 지난 몇 주 동안 너 나
한테 보고서를 너무 드문드문 보내더
라. 프랑스군이 거기서 도망치고 있다
니 전투를 치를 기회도 없었을 텐데 알
소식을 왜 그렇게 자주 안 보내는지 그
이유를 모르겠어.

우리는 여기서 상당히 바쁜 나날을
보내고 있어. 웰즐리인지 웰링턴인지,
요즘은 그 남자의 이름을 다들 뭐라
고 부르는지 모르겠지만 아무튼 그 사
람이 우리더러 겨울에 시우다드로드
리고로 물러나 있으라고 고집을 부렸
어. 프랑스의 술트 장군과 주르당 장군
이 용 여섯 마리와 군인 몇 천 명을 이
끌고 나타났다나. 엎친 데 덮친 격으로
식량을 엉뚱한 곳으로 보내서 우린 나
흘째 포리지도 못 먹고 쫄쫄 굶었어.
다행히 숲에 품질 좋은 돼지들이 아무
렇게나 돌아다니고 있어서 간만에 포
식 좀 했지. 그중에 몇 마리가 행진하
는 군인들 사이로 도망치긴 했지만 내
탓은 아니었어. 군인들도 몇 마리를 총
으로 쏴서 잡아먹었어. 그런데 그게 불

합리한 행동은 아니잖아. 웰링턴이 그 일을 놓고 야단법석을 떨어 댄 게 이해가 안 돼.

그래도 웰링턴이 고함을 질러댈 때 난 참았어. 그에게 불을 슬쩍 뿜어내지도 않았지. 그 사람하고는 언쟁을 하지 않기로 단단히 결심했거든. 그랜비를 공군 대장으로 임명하는 일에 대해 웰링턴과 논의를 했었는데, 웰링턴은 영국이 당연히 그랜비에게 훈장을 수여해서 감사 표시를 해야 한다고 생각하더라고. 우리가 스페인에서 프랑스인들을 몰아내면 영국 정부를 설득해 그랜비에게 훈장을 주겠다고 웰링턴이 약속했어.

지금은 다들 동계 병영에서 게으름을 피우고 있지만 봄이 되면 우리는 분명히 그 일을 해낼 수 있을 거야. 그때까지 너희가 독일에서 프랑스인들을 쫓아낼 수 있을지 모르겠구나. 네가 나폴레옹을 도망치게 두었다니 참 유감이야.

이스키에르카

추신: 스페인의 불 뿜는 용들은 나보다 훨씬 작더라.

테메레르는 도발적인 편지에 분통을 터뜨렸다. 어찌나 화가 나는지 꼬리로 허공을 세게 후려치는 바람에 근처의 어린 물푸레나무들이 모두 쓰러질 뻔했다.

"이거 봐. 내가 사흘 전에 온갖 고생을 다하고 빌나에 도착하자마자 편지를 써서 보냈는데도 이러잖아. 나흘째 쫄쫄 굶었다더니 사방에 돼지들이 돌아다니고 있었대. 잡아먹으면 되는 거였잖아! 내가 지난 넉 달 동안 돼지를 한 마리라도 제대로 먹을 수 있었으면 정말 큰 보상을 해줬을 거야."

"그쪽 상황을 어느 정도 생각해줘야지."

로렌스는 편지에서 행간의 의미를 파악하려고 애쓰면서 멀거니 대꾸했다. 그랜비는 아군을 후퇴하게 만든 적군의 수를 더 경악스럽게 적어놓았다. 구만 명에 달하는 보병과 기병.

"안타깝게도 우편배달 용의 포르투갈행 하늘 길이 프랑스 공중 순찰대에 막혀서 우리가 보낸 우편물 대부분은 바닷길로 가고 있을 거야. 이스키에르카는 그동안 네가 보낸 편지를 아직 못 받아봤겠지."

그래도 테메레르는 이스키에르카의 무례가 쉽게 용서되지 않았다. 또한 이스키에르카가 늘어놓은 불평 때문에 그들 사이에서 태어난 알에 대한 걱정이 커졌다. 자연의 경이로움 그 자체인 그 알은 지금 베이징의 황성 안에서 용 보모 십여 마리와 하인 부대의 정성스러운 보살핌을 받고 있으니 테메레르는 알에 대해 걱정할 필요가 없었다. 청국 군대와 함께 이동할 때 테메레르는 우편물을 갖고 야영지와 황성을 오가는 비취 용들 덕분에 알에 대한 소식을 거의 일주일 단위로 받아보았고 온갖 궁금증과 제안과 암시를 섞은 전갈을 황성으로 열심히 보내가며 태어날 자식의 안전과 안녕을 확인할 수 있었다. 그러나 막상 청국 군대가 청국으로 돌아가고 황성과의 연락이 끊어지자 테메레르는 전보다 훨씬 더 초조했다.

테메레르는 걱정스러운 목소리로 말했다.

"코사크 용 한 마리를 황성으로 보내 알아보면 어떨까, 로렌스? 코사크 용들은 짐이 적은 가벼운 여행에는 도가 튼 것 같던데. 우호적인 지역을 통과하면 3주 이상 걸리지 않을 거야."

두 개의 거대한 부대, 사납게 날뛰는 분노한 야생 용들과 성난 농부들에 의해 파괴되고 추위로 얼어붙어 아무것도 없다시피 한 시골 지역 6,400킬로미터를 가로지르는 여정을 표현하는 말로는 어울리지 않았다. 야생 용이든 농부든 깃털처럼 가벼운 코사크 용을 보면 만만하게 여기고 폭력을 행사할 것이다. 코사크 용들은 특별히 속도가 빠르지도 않고 단독 비행을 선호하는 편도 아니었다. 기습과 정찰에는 누구보다 뛰어났지만 우편배달 용으로는 부적합했다.

"별로 좋은 생각이 아닌 것 같구나."

로렌스의 말에 테메레르는 한숨을 푹 쉬었다.

해먼드가 멀찍이 떨어져 우편배달 용에게 실어 보낼 편지를 마지막으로 한 번 더 읽다가 대화에 불쑥 끼어들었다. 테메레르의 목소리가 워낙 커서 대화를 다 들은 모양이었다.

"정말 불가능할까요, 대령님? 테런스 대령이 해주면 될 것 같은데……."

이 말에 테메레르는 용기를 얻었다.

테런스의 용 플라킷이 한쪽 눈을 살짝 뜨며 물었다.

"뭘 해요?"

플라킷의 경사진 등에 누운 테런스는 머리에 비딱하게 모자를 덮고 코까지 골며 곤히 잠들어 있었다. 발트 해에서부터 날아오는 동안 추위를 잊기 위해 브랜디를 실컷 마신 탓이었다.

"청국까지 비행을 하라고요? 우리가 그런 미친 짓을 왜 해요. 됐어요. 리가에서 여기까지 왕복하는 것만도 힘에 부쳐요. 오늘만 해도 선박들의 위치를 파악하느라 바다 위를 온통 헤집고 다녔는데."

해먼드는 로렌스와 함께 다음 만찬 장소로 이동하면서 말했다.

"청 황궁과의 연락망을 복구하는 게 무엇보다 중요한 일이기는 합니다."

차르가 로렌스의 지위를 알아봤으니 이제 로렌스는 반드시 파티에 참석해야 했다.

청국과의 연락망 복구가 해먼드의 지위에 대단히 중요하다는 것을 로렌스는 잘 알고 있었다. 해먼드는 원래 청국에 파견된 영국 대사였다. 그런데 지금은 세상을 반 바퀴나 돌아 러시아에 와 있으니, 대사로서 자신의 의무를 다하고 있다고 할 수는 없었다. 하지만 청국과의 연락망 복구가 전쟁에 얼마나 보탬이 될지에 대해서 로렌스는 상당히 회의적이었다.

"지난번 빌려준 병력에 우리가 식량도 제대로 보급하지 못했는데 청 황제가 또 대규모 병력을 지원해주겠어요?"

해먼드는 곧바로 반박했다.

"제 생각은 다릅니다, 대령님. 영국과 청국 간에 우호적인 분위기가 조성된 데다 청 황실도 나폴레옹의 엄청난 야심에 대해 상세히 보고받고 불안감을 갖게 되었습니다. 그런 사실을 우습게 보시면…….”

“나폴레옹이 러시아에서 패배하고 물러갔으니 청국의 불안감도 지금쯤 크게 가셨을 텐데요.”

해먼드는 반박을 하지 않다가 잠시 후 다시 입을 열었다.

“중도 착륙지를 만드는 건 어떨까요? 러시아 측의 지도로 북부 해안 지대를 살펴봤어요. 라프테프해에 프리깃함 한 척을 주둔시키도록 영국 해군 본부에 제안할 생각입니다만…….”

로렌스가 가만히 쳐다보자 해먼드는 목소리가 작아졌다.

“대사님, 라프테프해가 일부 녹을 것으로 예상되는 내년 8월로 추격 시기를 늦추려는 의도라면, 차라리 시베리아 해안을 따라 배를 이동시키는 편이 낫습니다. 어느 쪽이든 배는 10월 전에 북극해를 빠져나와야 되고요.”

“아.”

해먼드는 표정이 어두워지며 입을 닫았다. 해먼드가 테런스 대령에게 넘긴 우편물에는 그의 경력을 끝장낼 수도 있는 편지가 들어 있었다. 러시아에 100만 파운드 지원을 약속했다는 내용의 편지였다. 그 편지는 사흘 안에 런던에 도착할 것이고 일주일 안에 해먼드는 답변서를 받아볼 것이다. 경우에 따라 치욕스럽게 영국으로 소환될 수도 있었다. 해먼드가 소환되면 로렌스 역시 함께 소환될 공산이 높았다. 영국으로 돌아가게 되면 로렌스와 테메레르는 정부가 악의적으로 준비해둔 가장 불쾌하고 아무짝에도 쓸모없는 자리로 보내질 게 분명했다. 스코틀랜드 서부 해안 근처의 바닷물이 끝없이 밀려드는 어느 외딴 바위섬으로 가게 되지 않을까. 그런 곳에서는 전투를 해볼 기회도 없을 테고 다른 용들과의 소통도 원활하지 않을 테니 정의에 대한 테메레르의 이단적인 생각이 다른 용들에게 영향을 미치지 못할 것이다.

소환 명령이 와도 로렌스는 응하지 않을 생각이었다. 해군 본부에 의해 또다시 군법회의에 회부될 일을 생각하니 비웃음이 절로 나왔다. 그런 앞날을 생각하면 더 많이 괴로워해야 마땅하지만 그는 의외로 담담했다. 그런 상황이 와도 크게 타격을 받지 않을 것이다. 다시 영국 사교계에 발을 들이고 당당히 어울릴 일은 없을 듯했다. 아무래도 상관없었다. 소환에 응하지 않고 차라리 궐석재판을 받을 것이다. 그리고 어떤 결과가 닥치든 무시할 생각이었다. 또다시 사형 판결을 받으면 어머니가 몹시 괴로워하실 테니 그것만 마음에 걸렸다.

로렌스와 해먼드는 어느새 파티가 열리는 저택 계단 앞에 이르렀다. 하인이 대문을 열어주었다. 로렌스는 여기로 오는 동안 머릿속을 가득 채웠던 어두운 생각들과 파티장 문지방 너머 눈부시게 환한 조명의 극명한 대조가 어쩐지 부조리하게 느껴졌다. 파티장 안에 모인 장군들과 대공들이 로렌스에게 허리 굽혀 인사를 올렸다. 돌아서면 이내 사라져버릴 요정 세계에 잠시 머무르는 듯, 꽤나 비현실적으로 느껴졌다.

옆에서 해먼드가 초조한 목소리로 중얼거렸다.

"우리 정부는 필요성을 인식할 겁니다. 반드시, 반드시 그래

야 해요. 자, 로렌스 대령님, 고르차코프 대공과 인사를 나누시
죠…….”

파티장 안쪽으로 걸어 들어가면서 로렌스는 세상이 연극 무
대이고 자신은 왕자 역할을 맡은 배우처럼 느껴졌다. 모든 게
가짜 같았다. 대화를 나누는 남자와 여자들은 겉만 있고 속은
없는 카드의 패처럼 평평해 보였다. 모두가 같은 얘기, 같은 대
화만 되풀이했다. 나폴레옹이 파리에서 목격됐다더라, 나폴레
옹이 또 군대를 일으켰다더라. 야생 용들이 아무개 백작의 사유
지와 아무개 대공의 여름 별장을 파괴했다더라. 이 두 가지 화
젯거리가 종종 뒤얽히면서 나폴레옹은 러시아를 침략했다는 이
유보다는 사슬에 묶여 살던 굶주린 용들을 풀어놓았다는 이유
로 더 큰 비난을 받았다.

로렌스가 처음 보는 어떤 신사는 훈장 하나 없는 군복 차림으
로 말했다.

“뮈라는 첩자 짓을 한 다른 놈들처럼 교수형에 처해야 마땅합
니다. 그놈의 주인 나폴레옹도 도망만 치지 않았으면 지금쯤 우
리 손에 교수형을 당했을 텐데 말이죠! 이 땅을 파괴하고 있는
용들도 전부 다 도살해야 합니다. 용들이 먹는 포리지 통에 독
을 잔뜩 넣어서…….”

“그러다 나폴레옹이 용 백 마리를 이끌고 다시 이 나라로 돌
아오면 어쩌실 겁니까?”

로렌스가 더 들을 것도 없다는 듯 대충 대꾸하고 돌아서려는
순간 신사는 이글거리는 눈빛으로 사납게 소리쳤다.

"그 용들도 독으로 죽여야죠! 언젠가는 우리를 전부 잡아먹을 괴물인데 다정하게 달래는 멍청한 짓거리를 왜 하는지 모르겠어요. 누구든 프랑스군 진영으로 잠입해 용들을 독살한다면 그야말로 대단한 영웅인 거죠! 신께서 우리를 농노들의 부모로 만드셨건만 지금 우리는 농노들의 입에서 포리지를 빼내 용들에게 먹이고 있습니다. 동양에서나 일어날 썩어빠진 짓거리죠! 용의 노예처럼 사는 동양 놈들은 우리까지 용 앞에 납작 엎드리게 하려고 안달이 나서⋯⋯."

그 남자는 파티장 안의 열기보다는 와인에 취해 두 뺨이 벌겋게 달아올랐다. 로렌스는 그자가 술에 취했다는 걸 알았지만 상관없었다.

"말씀이 지나치지 않습니까. 취소하세요."

로렌스가 따지자 주변에 모여 있던 사람들은 부채로 얼굴을 가리고 얼른 시선을 돌렸다.

"취소라니!"

남자가 악을 썼다. 옆에 있던 다른 남자가 그자의 귀에 무어라고 속삭이려 했으나 그는 손을 밀쳐내며 소리쳤다.

"용들에게 잡아먹혀 배 속에 들어간 아이들이 정의를 찾아달라고 울고 있는 마당에 무슨 취소! 신께서 이 땅에서 용들을 깨끗이 청소하기 위해 전염병을 내려보내셨거늘⋯⋯!"

그자의 친구와 또 다른 장교가 그자의 귀에 다급히 러시아어로 속삭이며 말을 막으려 했다. 그러나 그자는 잠시 멈칫했을 뿐 그들의 손을 뿌리치며 계속 소리쳤다.

"아니! 야만국의 왕이 내려준 왕자 지위를 내세워 잘난 척이나 하는 이자에게 내가 고개를 숙일 줄 알고……."

해먼드가 로렌스의 팔에 손을 얹었으나 로렌스는 그 손을 물리치고 남자의 얼굴에 주먹을 날렸다. 남자는 말을 끝맺지 못한 채 뒷걸음질 치며 친구들의 부축을 받았다. 로렌스는 남자가 다시 일어서기 전에 돌아서서 곧장 문 쪽으로 걸어갔다. 사람들은 자기네끼리 소곤거리며 로렌스의 얼굴을 흘끗거리다가 다시 다른 곳으로 시선을 돌렸다. 로렌스는 자신이 어떤 표정을 하고 있는지 알지 못했다. 그저 피곤하고 넌더리가 났으며 자신에게 화가 치밀었다. 동료들이 있었으면 그는 너무 취해 대답조차 제대로 하지 못하는 남자와 대거리를 하지는 않았을 것이다. 이제 와서 후회해봐야 소용없었다.

문 앞에 있던 해먼드가 로렌스 옆에 따라 붙어 함께 계단을 내려갔다.

"나를 대신해주시리라 믿겠습니다, 해먼드 대사님."

"대령님, 저 신사가 분풀이에 나설 수도 있으니 확인차 묻겠습니다. 비행사들은 결투가 엄격히 금지되어 있다면서요……."

로렌스는 걸음을 멈추고 해먼드를 돌아보았다.

"해먼드 대사님, 나는 청 황제의 아들로 행세하기로 했습니다. 그런데 청 황제께 지독히 모욕적인 발언을 한 자에게 어떻게 좋은 말을 할 수 있겠습니까. 만일 그랬으면 내가 청국의 왕자는커녕 신사 자격이나 있을까요."

해먼드는 입술을 자근자근 씹었다.

"물론, 당연히 저는 이해합니다. 좋게만 말했으면 오히려 이상했겠죠."

해먼드는 이 문제를 다분히 현실적으로 생각했다.

"아! 잠시만요. 제가 알기로 아까 그 신사는 대공이나 장교가 아닙니다. 확실해요. 대령님은 청국 왕자로 높은 신분이니 그렇게 현저하게 격이 떨어지는 자와는 만나지 않는 편이 좋습니다. 물론 신분이 크게 낮은 사람을 구별해내기 어렵긴 하지만요. 어쨌든 제가 그자의 이름을 알아내겠습니다. 러시아 황실의 콜리아킨과 얘기를 해봐야겠습니다. 아침에 그를 찾아가서……."

로렌스는 주절대는 해먼드를 뒤로하고 고개를 숙인 채 얼음으로 뒤덮인 지긋지긋한 눈밭을 지나 파티장으로 돌아갔다. 그는 해먼드의 논리에 반박할 수가 없었다. 그가 수행해야 하는 의무와 같은 방향을 향하고 있었기 때문이었다. 그래도 청 황제가 부여한 왕자라는 지위를 이런 식으로 이용하는 것에 거부감이 드는 것은 어쩔 수 없었다. 모욕을 받았기 때문이라고는 하지만 아까 그 남자의 얼굴을 주먹으로 때린 일에 대해서는 그리흡족하지도 않았다. 주먹으로 때리는 것이 당연할 정도의 모욕이긴 했지만 말이다. 로렌스가 그자를 주먹으로 친 것은 그 정도로 완벽하게 굴욕을 주지 않으면 나중에 그자가 사과를 한다고 해도 받아들일 수 없기 때문이었다. 그 정도로 하지 않으면 안 된다는 생각에 일부러 주먹질을 한 것이다.

로렌스는 무겁게 입을 열었다.

"그자의 친구들과 먼저 얘기를 나누시죠. 내가 미안해하더라는 것도 알리시고요. 나는 그자가 술에 취해 실수한 것으로 여기고 넘어가겠습니다."

로렌스는 그자가 저지른 지독한 무례에 대해 말뿐인 사과 따위는 받고 싶지 않았다. 상대도 모두가 보는 앞에서 주먹질까지 당했는데 이제 와서 로렌스를 찾아와 사과를 한다면 겁쟁이로 보일 것이다. 다만 그자를 완전히 궁지로 몰고 싶지는 않았다.

해먼드는 점점 더 안도하는 표정이었다.

"아, 예. 그래야죠. 제가 알아서 처리하겠습니다."

"만약 그쪽에서 받아들이지 않겠다고 하면, 그자가 내게 또 무례한 소리를 하기 전에 그자의 친구들에게 즉시 그자를 데리고 파티장을 떠나라고 하세요."

자고 있던 테메레르는 로렌스가 기지로 돌아오자 눈을 뜨고 하늘의 별을 올려다보며 걱정스레 물었다.

"두 시간은 더 있을 줄 알았어, 로렌스. 혹시 어디 아파?"

테메레르는 어제 러시아 장교들이 떠드는 얘기를 주워들었다. 천 명이 넘는 사람들이 열병에 걸려 죽었다는 얘기였다. 게다가 로렌스의 부친이 위험이라고는 없는 자기 집의 침대에서 죽었다는 얘기까지 떠오르자 불안해졌다.

"아니, 괜찮아. 그냥 더 있고 싶지 않아서. 뭐라도 같이 읽을까?"

로렌스의 대답에 테메레르는 잠시 마음을 놓았으나 다음 날 다시 불안감에 휩싸였다. 아무리 봐도 로렌스는 전혀 괜찮은 상태가 아니었다. 입을 꾹 다물고 오전 내내 자신의 천막에 틀어박혀 마치 전투를 앞둔 사람처럼 편지를 쓰고 서류 정리를 했다.

마침내 로렌스가 천막 밖으로 나오자 테메레르가 물었다.

"프랑스군 일부가 이쪽으로 올 가능성이 조금이라도 있을까?"

어쩌면 로렌스는 괜한 희망을 주고 싶지 않아서 지금까지 아무 말도 안 했을 수도 있었다.

그러나 로렌스는 너무나 쉽게 대답했다.

"그렇지는 않을 거야. 마지막 보고에 따르면 프랑스군은 모두 니멘강을 건넜다던데."

그렇다면 그 문제 때문에 로렌스의 표정이 어두운 것도 아니었다. 테메레르는 억지로 캐묻고 싶지 않았다. 로렌스는 상대가 자발적으로 말하지 않는데 이런저런 질문으로 정보를 캐내려는 것을 매우 무례한 짓이라 여기는 사람이었다. 하지만 로렌스는 그날 종일 너무 말이 없고 표정이 심각했으며 저녁도 조금밖에 먹지 않았다. 그날 기지에서 먹은 저녁 식사가 빌나에 도착하고 첫 끼니였는데 말이다.

테메레르는 달리 관심을 가질 만한 일도 없어서 계속 걱정스러운 눈빛으로 로렌스의 안색을 살폈다. 러시아인들은 평상시에 비행 훈련을 하지 않았다. 현재 보유한 식량의 양을 생각하면 러시아 용들이 비행을 하기보다는 잠을 자려 드는 게 이해 못할 일도 아니었다. 테메레르는 그럭을 통해 작은 용들을 불러 모아 그의 공터에서 오후 시간을 보내게 했다. 테메레르는 용들에게 시를 암송해준 다음 토론을 시키려고 했다. 하지만 용들이 대부분 하품을 해대자 테메레르도 덩달아 하품이 났다. 테메레르는 무릇 용은 하루에 열네 시간 이상을 자면 안 된다는 《논어》의 말씀을 마음 깊이 새겼지만 저도 모르게 자꾸 꾸벅꾸벅 졸았다.

그래도 테메레르는 혼자서라도 독서를 하려고 했다. 에밀리가 아는 언어로 작성된 기사인 경우 신문을 낭독하게도 했다. 시포가 형 디마니, 그리고 쿠링길레와 함께 떠나버린 것은 부당했다는 생각이 다시 불쑥 들었다. 쿠링길레가 합류한 이베리아반도의 부대에는 영자 신문이 부족함 없이 공급될 테고 책도 있으니 누구에게든 읽어달라고 하면 될 것이다. 에밀리는 세 가지외국어를 읽을 줄 알지만 셋 다 부족한 수준이었다. 차라리 머릿속으로 수학 문제를 푸는 게 더 재미있겠다는 생각까지 들었으나 그러고 있자니 또 잠이 소르르 오는 것이었다.

한가하고 할 일이 별로 없다 보니 테메레르는 사서 걱정을 하게 됐다. 로렌스의 건강을 확인하기 위해 새로운 질문들을 고민하기 시작했다. 그러나 아무리 질문을 해도 만족스러운 대답을 얻지 못했다. 로렌스는 피곤해하지 않았고 특별히 더워하거나 추워하지도 않았다. 두통도 없다고 했다. 로렌스는 1806년 태풍 속에서 배 난간 너머로 구토를 한 적이 있긴 하지만 지금은 전혀 속이 울렁거리지 않는다고 했다.

테메레르는 초조해하며 물었다.

"로렌스, 혹시 발진티푸스라고 들어봤어?"

"들어봤지. 병원들을 통해 퍼져나간다고 하더라. 악마 같은 병이야."

"아! 병원에서만 퍼져나가는 거야?"

테메레르는 크게 안심하는 표정이었다.

"당신은 발진티푸스 증상 없지?"

"뭐, 그 병에 걸렸냐고? 그런 증상은 전혀 없어. 갑자기 내 건강은 왜 걱정해?"

권총을 소제하고 있던 로렌스가 고개를 들었다.

"그게, 혹시나 해서. 당신 아버지는 침대에서 돌아가셨다고 했잖아. 그런데 당신도 요즘 너무 말이 없어서……."

"아버지는 일흔두 살이셨고 오랫동안 편찮으셨어, 테메레르. 별일 없으면 나는 앞으로 20년은 끄떡없어……"

로렌스는 갑자기 말을 끊었다.

테메레르는 움찔했다가 그다음에 이어진 로렌스의 말에 더 놀랐다.

"테메레르, 미안하구나. 난 아픈 데는 없어. 다만 머릿속이 복잡하기는 해. 너한테 솔직하게 털어놓지도 못하면서 눈치채게 해서 미안하다. 명예 때문에 지금은 말할 수가 없어. 이 정도밖에 말할 수 없으니 더 캐묻지 않았으면 좋겠다."

그날 오후 로렌스는 또 다른 사교 활동을 위해 해먼드와 기지를 떠났다. 테메레르는 울적한 목소리로 추르키에게 말했다.

"더 묻고 싶어 미치겠는데 묻지 않았어."

로렌스의 말은 테메레르의 불안감을 덜어주지 못했다. 오히려 그 반대였다. 로렌스가 명예를 언급한 것은 매우 이상했고 너무 모호해서 짐작할 수조차 없었다. 테메레르가 알기로 지금까지 로렌스는 명예 때문에 온갖 위험에 처했었다.

"물어봤어야지. 왜 한 번 더 자세한 설명을 요구하지 않았니? 그가 어려움에 처했고 네가 나서야만 하는 상황이면 어쩌려고? 사람들은 매번 간섭받는 걸 싫어하기는 해. 나 역시 불필요한 간섭은 옳지 않다고 봐. 사람은 자기 일을 알아서 해야 하는 법이니까. 점잖은 용이라면 때로 자기 사람들의 일이라고 해도 간섭하면 안 되는 경우도 있어. 내가 알던 어떤 남자는 다른 아이유에 소속된 여자에게 유혹당해 그녀를 만나러 자기 아이유를 몰래 빠져나갔다가 어떤 용에게 납치돼서 행방불명이 됐어. 그 남자의 용이 제때 관여하지 않았기 때문이었어."

"로렌스가 여자를 만나러 다니는 건 아닐 거예요."

테메레르는 불안한 목소리로 대꾸했다. 하지만 로렌스가 참석하는 온갖 파티에는 화려한 옷을 입은 숙녀들이 참석할 것이라는 생각이 문득 들었다. 테메레르가 알기로 로렌스는 상류층 여성에 대해 다소 특이한 생각을 갖고 있었다.

"당신 말이 맞을지도 모르겠네요. 자세히 알아봐야겠어요."

테메레르는 배기와 한창 검술 연습 중인 에밀리를 돌아보았다.

"롤랜드, 오늘 오후에 로렌스가 어떤 파티에 참석하는지 알지? 얼른 가서 로렌스를 지켜보도록 해."

배기는 에밀리가 테메레르 쪽으로 고개를 돌리자마자 장검을 내려놓고는 한숨 쉬게 되어 다행이라는 표정으로 주저앉았다. 배기는 길쭉해진 뼈대에 조금씩 살이 붙고는 있었지만 여전히 홀쭉한 편이었다.

"난 못 해."

에밀리는 이마의 땀을 닦아내고 머리카락을 쓸면서 진심으로 대답했다. 뒤로 땋아 내린 에밀리의 옅은 갈색 머리카락이 많이 삐져나와 있었다. 에밀리는 배기보다 검술 연습에 훨씬 열심이었다.

"파티에 참석하려면 드레스를 갖춰 입어야 한단 말이야. 나 말고 포싱 대위한테 가라고 부탁해봐. 아니면 페리스한테 부탁하든가. 페리스라면 언제든 파티에 참석이 가능한 상태이긴 하지."

"그래, 페리스."

테메레르는 포싱의 초라한 외투를 떠올렸다. 기지 안을 궁상맞게 돌아다니는 것도 보기 힘든데 기지 밖에서 테메레르의 장교라고 떠들 것을 생각하면 참기 어려웠다. 게다가 볼에 부상을 당해 커다란 붕대까지 싸매고 있으니 포싱의 외모는 더욱더 볼품없어졌다.

"그럼 당장 페리스한테 얘기해줘."

"내가 가서 전할게!"

배기가 나섰다. 그는 안도한 표정으로 재빨리 일어나 가느다란 팔다리를 허우적대며 달려갔다.

천막 밖으로 나온 페리스의 모습은 어떤 용이라도 자부심을
가질 만했다. 갓 스펀지로 닦아낸 깔끔한 회색 외투, 옷깃에 꽂
은 황금색 장식핀, 얼룩 하나 없는 하얀 바지, 광을 낸 군화.

"내가 찾아볼 테니까 걱정 말고 있어, 테메레르. 러시아인들
에게도 두루 물어볼게. 이 근방에 비행사의 수는 많지 않으니까
다들 비행용 외투를 입은 사람을 기억할 거야."

페리스가 떠난 후 테메레르는 만일의 경우에 대비해 에밀리
에게 추가로 부탁을 했다.

"그릭 좀 찾아봐."

로렌스의 소재를 아는 용이 있다면 바로 그릭일 것 같아서
였다.

하지만 그릭을 따로 불러올 필요는 없었다. 마침 그릭이 테메
레르의 공터로 헐레벌떡 내려섰다.

"테메레르, 당신이 서쪽으로 정찰 보냈던 야생 용들 중 일부
가 돌아왔어요. 그런데 그들이 시메르카의 공터에 내려서는 바
람에 시메르카는 그들이 자기 보물을 빼앗으러 왔다고 생각하
고 있어요."

"아! 무슨 대단한 보물을 가졌다고. 겨우 찌그러진 은 접시 세
장이면서!"

테메레르는 짜증스럽게 내뱉었다.

얼마 안 되는 보물이지만 수컷 용 시메르카는 화를 벌컥 내며
날아올라 야생 용 두 마리에게 달려들었다. 시메르카의 한쪽 날
개 크기밖에 안 되는 야생 용들은 서로 바짝 붙어 서서 몸을 움

즈렀다. 테메레르가 시메르카에게 크게 고함을 지르는 바람에 언덕 밑에 있던 보병 대대 전체가 천막 밖으로 뛰어나와 우왕좌왕했고 몇 명은 당황해 총까지 쏘았다.

"이들은 내 손님입니다. 뭘 훔치러 온 게 아니라 우리에게 정보를 주러 왔다고요."

테메레르는 야생 용들 앞에 내려서며 시메르카에게 단호히 말했다.

"아무나 도둑으로 몰고 달려들지 마세요."

"음, 당신이 저들을 보증한다면 믿어보도록 하죠. 하지만 저들 중 하나가 분명 내 은 접시를 쳐다봤습니다."

시메르카는 목을 길게 빼고 그들 앞에서 몇 번 왔다 갔다 날아다니다가 마침내 자기 공터로 돌아갔다.

"이런 대접을 받게 해서 미안합니다."

테메레르는 두 야생 용에게 사과했다. 그중 하나는 야생 용 무리의 대장인 암컷 용이었다. 그 옆에 있는 여윈 체격의 연회색 용은 몸통이 리엔만큼이나 흰색에 가까웠으나 리엔의 붉은 눈과는 달리 회색 눈을 지녔다. 야생 용 대장이 너무 놀라 정신이 없다면서 회복할 시간이 필요하다고 말하자 테메레르는 더욱 미안해졌다. 대장은 배를 채우고 나서 보고하겠다고 했다. 언제나 그렇듯 쓸모라곤 없는 병참 장교는 저녁 포리지를 준비하려면 네 시간은 걸릴 거라고 했다. 결국 에밀리가 먹을 것을 구하기 위해 금화를 들고 도시로 나갔다. 금화는 통통한 배를 가진 잘생긴 돼지 두 마리로 바뀌어 돌아왔고 테메레르의 눈앞에서 손님들의 목구멍으로 들어갔다.

야생 용들이 식사를 마치고 주둥이에 묻은 마지막 핏방울을 핥자 테메레르가 날카롭게 말했다.

"자, 이제 말씀하시죠."

야생 용 대장이 기가 살아 지껄였다.

"일단 계약 조건을 확인하고요. 내가 직접 가져온 게 아니라도 전갈을 받아온 용을 당신 앞에 데려오면 내 몫을 챙겨주는 거 맞죠?"

"물론입니다. 전갈을 가져왔다면 당연히 챙겨 드려야죠. 하지만 보아하니 못 가져온 것 같은데요."

"그게, 아직은 없어요. 여기 내 옆에 있는 비스토르타가 상자 안에 금이 있다는 내 말을 못 믿겠다고 해서. 어쨌든 비스토르타 얘기로는 프랑스 땅으로 진입하기가 점점 더 위험해지고 있답니다."

테메레르가 자세히 묻자 연회색 용 비스토르타가 프랑스어로 대답했다.

"프랑스에서는 다들 나폴레옹을 열광적으로 따르고 있어요. 하네스를 찼든 차지 않았든 모든 용이 그래요. 그래서 낯선 용이 날아오면 일단 지상으로 붙잡아 내려 첩자가 아닌지 심문을 해요. 아, 그리고 당신의 프러시아 친구들은 모이랑 엉 몽타뉴 마을 외곽의 사육장에 있어요. 내가 직접 봤어요. 요즘처럼 심하게 순찰을 해대기 전에는 그 마을 목동들한테서 종종 양을 한 마리씩 훔쳐 먹곤 했는데. 요즘은 금 때문이 아니면 위험해서 프랑스로는 안 들어가요. 여기 있는 몰릭 대장한테도 말했지만, 내 눈으로 직접 금을 봐야 믿겠어요. 당신이 우리에게 후하게 식사를 제공해주긴 했지만요. 금을 보여줘요. 보면 납득할 수 있을 것 같으니까."

비스토르타는 날개를 깔끔하게 접고 고개를 뒤로 젖혔다.

상처에 소금을 뿌리는 일이 될 줄 알면서도 테메레르는 깊은 한숨을 쉬며 청을 들어주었다. 에밀리와 배기가 테메레르의 지시에 따라 금 접시를 한 번 더 그들에게 보여주었다. 손님들이 내뱉는 감탄의 한숨 소리에 테메레르는 더욱 큰 상실감을 느꼈다. 그래도 비스토르타는 에로이카가 그 사육장에 있는지 알아내지 못했고 어떤 프러시아 용의 이름도 대지 못했으므로 아직 상심하기는 일렀다. 비스토르타가 엉뚱한 용을 보고 착각했을 수도 있었다.

iii

비스토르타는 제일 큰 금 접시에 새겨진 문양을 마지막으로 한 번 더 욕심 사납게 흘끗 쳐다보았다.

"무조건 들어가야겠어요. 아! 들어가고말고요! 당신의 친구 에로이카를 찾으면 뭐라고 말할지 알려주세요."

"만약에 에로이카를 찾으면."

테메레르는 '만약'이라는 단어를 강조하며 말을 이었다.

"디헤른이 자유의 몸이 돼서 우리와 함께 여기 있다고, 그러니 여기로 와서 합류하면 좋겠다고, 동료들도 함께 데려오라고 전해주세요."

테메레르는 옆으로 고개를 돌리며 지시했다.

"롤랜드, 자유의 몸이 된 프러시아 비행사들이 또 누구누구인지 디헤른 대령한테 물어보고 올래? 디헤른 대령에게 이유는 말해주지 말고. 로렌스는 에로이카를 찾을 수 있을지 어떨지 확실치 않은 상황에서 디헤른의 마음을 뒤숭숭하게 하지 말라고 했어."

자유로워진 프러시아 비행사의 명단을 에밀리가 가져오기까지 시간이 다소 걸렸다. 야생 용들은 시간이 지체되는 것에 대해 불평하지 않았고, 마침내 포리지가 나오자 테메레르의 몫을 상당량 먹어치웠다.

포식한 몰릭은 동그랗게 부른 배를 부여잡고 한숨을 쉬며 비스토르타에게 물었다.

"이렇게 살이 통통하게 오르도록 밤낮으로 먹이를 먹을 수 있을 텐데 하네스를 차는 것도 한번 생각해볼 만하지 않아?"

비스토르타는 망설임 없이 대답했다.

"아뇨, 별로예요. 기분 나쁘게 듣지는 마세요. 층층이 하달된 명령을 따르는 생활은 저한테 안 맞아요. 프랑스에 사는 일부 용들은 나폴레옹을 본 적도 없으면서 그가 다이아몬드라도 되는 것처럼 떠받들고 그를 위해 싸울 각오까지 하잖아요. 나폴레옹이 그들에게 해준 거라고는 누각 몇 채 지어주고 불꽃놀이 몇 번 보여준 게 전부인데요. 저는 산에서 자유롭게 살 거예요. 페인트칠한 지붕 아래보다 초원에서 자는 게 더 좋아요."

"불꽃놀이라고."

테메레르는 새삼 부아가 치밀었다. 프랑스 용들은 자기네끼리 파티를 준비할 필요도 없었던 모양이었다. 어떤 전투에서든 이기기만 하면 나폴레옹이 용들을 초대해 연회를 베풀었을 테니까.

마침내 에밀리가 큼직한 글씨로 적힌 목록을 갖고 돌아왔다. 테메레르가 소리 내어 목록을 읽자 비스토르타는 귀 기울여 들었다. 비스토르타는 에밀리가 그 목록을 방수포로 겹겹이 싸서 지도 상자에 담아 앞다리에 묶게 했다. 그리고 다리를 흔들어 상자가 떨어지지 않는지 확인한 후 말했다.

"이만하면 되겠어요. 나중에 내 이빨로 물어뜯을 정도면 충분해요."

"여기서 쉬다가 내일 아침에 가는 게 좋겠지?"

몰릭이 아침 식사를 염두에 두고 말을 꺼냈으나 이미 금 접시를 본 비스토르타는 더 지체하고 싶어 하지 않았다. 비스토르타가 고개를 끄덕여 작별 인사를 하고 날아오르자 몰릭은 내키지 않는 표정으로 뒤따라 이륙했다. 테메레르는 두 야생 용이 날아가는 모습을 바라보다가 주변을 둘러보았다. 비행사들은 모두 잘 준비를 하고 있었다. 시간이 많이 늦었다.

"음, 로렌스가 외출한 지도 꽤 오래됐는데. 페리스도 안 돌아오고. 페리스가 로렌스와 해먼드를 찾아 함께 시간을 보내고 있는 걸까."

테메레르는 초조해하지 않으려고 했지만 어쩔 수 없이 걱정스러운 투로 덧붙였다.

"도대체 셋 다 어디 있는 거야."

5

마차 한 대가 그들을 기다리고 있었
다. 기지 근처, 마부와 말은 그곳까지
만 접근이 가능했다. 울적하고 초조
한 얼굴의 해먼드는 조용히 그 마차로
로렌스를 안내했다. 로렌스는 딱히 할
말이 없었고 해먼드 역시 로렌스가 신
중히 쌓아올린 침묵의 벽을 깨려 하지
않았다.

통행량이 많아 붐비는 한낮의 거리
를 마차는 느릿느릿 굴러갔다. 비좁고
답답한 마차에 올라탄 로렌스는 창밖
도시의 풍경을 바라보았다. 해먼드가
조심스럽게 말을 걸었다.

"불편한 시간대에 약속을 잡아 죄송
합니다. 그 신사의 친구들이 더 이른
시간에 만나는 건 좋지 않겠다고 해서.
그 시간에는 그 신사가 술이 완전히 깨
어 있지 않을 거라더군요."

로렌스는 고개만 끄덕였다. 우울해
할 테메레르에 대한 걱정 말고는 아무
런 감정도 느껴지지 않았고 그 감정마
저도 아득했다. 해먼드는 이런 사태가
벌어진 것에 대해 자책하고 있었지만

사실 그의 잘못은 아니었다. 해먼드는 이미 온갖 노력을 기울였다. 지나칠 정도로. 해먼드는 러시아 황실 쪽에 신중하게 문의하여 즉각 답을 얻어냈다. 도브로즈노프 남작은 청국 왕자보다 지위가 낮으므로 도브로즈노프 남작이 중요한 동맹인 청국을 모욕한 일이 차르에게 알려지면 즉시 처형 명령이 내려질 것이라는 내용이었다.

해먼드는 마지못해 이 내용을 전한 후 얼른 덧붙였다.

"물론 대령님이 공식적으로 항의하실 필요는 없습니다."

로렌스는 그 말에 대꾸하지 않고 물었다.

"그 신사의 친구들한테서 온다는 연락은 받았습니까?"

해먼드가 곤혹스러워하자 로렌스는 더는 묻지 않았다. 로렌스가 청국 왕자라는 지위를 내세워 도브로즈노프와의 결투를 거부했어도 그들 사이에 벌어진 일은 온통 소문이 났을 것이다. 소문이 안 날 수가 없었다.

로렌스는 두렵지 않았다. 목숨을 부지하기 위한 자연적인 본능의 목소리에는 오래전부터 습관적으로 귀를 닫아왔다. 몸에 해를 입거나 다치는 것 말고는 달리 걱정할 것도 없었다. 엄밀히 따지면 영국 정부가 비행사의 결투를 금지한 이유는 로렌스의 경우에는 해당되지 않았다. 대부분의 용들은 전투 행위 자체에 큰 의미를 두지 않고 전투의 명분에도 그리 집착하지 않기 때문에 비행사가 사망하면 전장을 떠나버렸다. 하지만 테메레르는 로렌스를 잃었다고 해서 슬픔에 매몰돼 대의를 버리고 나폴레옹과의 싸움을 포기할 용이 아니었다. 아마 로렌스가 죽어도 꿋꿋이 해야 할 일을 할 것이다.

도시를 둘러싼 성벽을 지나 삼십 분쯤 더 달린 마차는 흙길로 접어들어 서서히 속도를 줄이다가 멈춰 섰다. 로렌스는 마차 문을 열었다. 나무 몇 그루가 늘어선 좁은 길이었다. 쌓인 눈을 겨우 치운 흔적이 보였고 발밑에는 자갈과 흙이 얼음에 뒤섞여 있었다. 근처 시커먼 언덕에 토끼 모양의 특이한 풍향계가 달린 작은 농가가 홀로 서 있었다. 검은 털이 텁수룩한 소 몇 마리가 눈을 맞아 얼룩덜룩해진 등으로 근처 목초지의 건초 더미 앞에서 어슬렁대고 있었다. 아직 아무도 오지 않았다. 로렌스와 해먼드가 다져진 눈을 밟고 나무들 사이로 걸어가는 모습을 소 떼가 무심히 바라보았다. 눈을 잔뜩 짊어진 나뭇가지 아래 풀은 소들이 깔끔하게 뜯어먹었다.

"어쩌면 그자는 안 올 수도 있습니다. 친구들의 설득에 넘어가서……."

로렌스는 듣는 둥 마는 둥 하며 공터의 위치를 확인하고 눈으로 길이를 가늠했다. 바람이 세서 탄환의 경로가 휘어질 수도 있겠다는 생각이 들었다. 도브로즈노프가 군인이 아니어서 유감이었다. 양보할 수 없는 명분을 놓고 싸우면서 자신이 지나치게 유리한 입장인 것이 마음에 걸렸다. 바람이 찼다. 로렌스는 혈액 순환을 위해 팔을 이리저리 흔들며 서성였다. 두툼한 털외투에 모자를 뒤집어쓴 해먼드는 추위에 떨고 있었다. 시간이 계속 흘러갔다. 눈밭에 드리워진 나뭇가지들의 그림자가 서서히 방향을 바꾸었다. 로렌스는 참다못해 물었다.

"장소를 착각하신 게 아닙니까?"

"아닙니다. 폰 카를로프 남작이 토끼 모양의 풍향계가 있는 곳이라고 했고, 저기 남작의 마부가 우리 마부와 동승해서 길을 알려주기도 했잖습니까. 그런데 대령님, 상대가 이렇게 늦는 걸 보면 아무래도 오지 않는 게 아닌가……."

"십오 분만 더 기다려보죠."

십오 분이 다 되었을 무렵 저 멀리서 마차 한 대가 천천히 굴러왔다. 그 마차가 가까이 오기까지 십 분이 더 걸렸다. 말들이 가볍게 몸을 푸는 정도의 속도였다.

마차에서 신사들이 내리자 해먼드가 날카롭게 말했다.

"많이 늦으셨군요."

신사들 뒤로 의사 한 명이 마차에서 따라 내렸다.

"이거 대단히 미안하게 됐습니다."

폰 카를로프 남작이 '대단히'라는 단어에 힘을 주며 굵은 목소리로 대꾸했다.

로렌스는 폰 카를로프와 약간 안면이 있었다. 폰 카를로프는 디헤른처럼 프랑스에 포로로 잡히는 대신 러시아인들과 운명을 같이하기로 한 프러시아 장교였다. 말로야로슬라베츠 전투에서 꽤 공로를 세우기도 했다. 폰 카를로프와 도브로즈노프의 우정은 금전에 기반을 두고 있었다. 도브로즈노프는 부유한 편이라 도움을 필요로 하는 프러시아 장교들을 곧잘 후원해주었다.

폰 카를로프는 잔뜩 굳은 표정으로 로렌스에게 허리 숙여 인사를 했다. 상당히 불편하고 어색해하는 표정이었다. 로렌스는 그제야 상황을 파악했다. 저들은 어쩌다 실수로 약속시간에 늦은 게 아니었다. 도브로즈노프가 일부러 로렌스를 추위에 떨며 기다리게 만든 것이었다.

도브로즈노프는 지난번보다 안색이 좋아 보였다. 로렌스에게 맞은 뺨에 보라색 멍이 들어 있긴 했지만 눈빛도 맑았고 피부도 술기운에 불그레하게 물들어 있지 않았다. 도브로즈노프는 로렌스의 눈빛을 피하며 말했다.

"자, 서두릅시다."

그러고는 공터 저쪽으로 걸어갔다.

분위기를 파악한 해먼드는 화가 치민 목소리로 나지막하게 말했다.

"대령님, 제가 시간을 좀 늦춰보겠습니다. 따뜻한 거라도 좀 마실 수 있는지 알아볼게요. 저 농가의 안주인에게 얘기해서······."

"아뇨."

로렌스는 도브로즈노프의 행동이 사실상 무릎을 꿇고 목숨을 구걸하는 것처럼 느껴져 피곤하고 실망스러웠다.

"그럴 필요 없습니다. 지금보다 더 추울 때도 사람을 죽여봤습니다."

해먼드는 결투용 권총들을 공터 한가운데로 가지고 가서 폰 카를로프 옆에 섰다. 그들은 함께 권총의 상태를 점검했다. 해먼드는 천천히 권총을 검사한 후 팔 아래 권총집을 끼우고 장갑을 벗은 맨 손으로 권총을 감싼 채 로렌스에게 돌아왔다. 로렌스는 차가운 권총을 손으로 데워준 것도 고마웠지만 함께 분노해준 게 더 고마웠다. 해먼드가 분개한 덕분에 로렌스는 압박감을 약간 덜어낼 수 있었다. 로렌스는 권총 한 자루를 받아 들고 상태를 확인한 후 해먼드에게 고개를 끄덕였다. 폰 카를로프도 옆으로 돌아서서 고개를 끄덕였다. 폰 카를로프는 공터 한가운데로 돌아가 손수건을 들어 올리며 말했다.

"제가 셋을 세고 손수건을 떨어뜨리면 발사하십시오."

로렌스는 상대가 최대한 맞히기 어렵도록 몸을 옆으로 돌리고 조준했다. 도브로즈노프도 같은 자세로 돌아섰다. 도브로즈노프의 손이 벌벌 떨리는 것을 보면서 로렌스는 동정심이 들었다. 로렌스는 상대의 총이나 얼굴을 보지 않고 가슴을 바라보며 조준점을 고른 뒤 바람의 세기에 맞춰 권총의 방향을 조정했다.

폰 카를로프의 목소리가 들렸다.

"하나, 둘……."

셋을 세기도 전에 도브로즈노프의 권총이 발사되었다. 로렌스는 총성을 듣자마자 총구에서 피어오르는 연기를 보았고 온몸에 충격을 느꼈다. 날카롭고 묵직한 충격에 폐에서 공기가 한꺼번에 빠져나갔다. 어느새 로렌스는 바닥에 쓰러져 있었다.

"맙소사!"

놀라 소리치는 폰 카를로프의 목소리가 아득히 멀리서 들려오는 듯했다.

해먼드는 사색이 되어 로렌스의 옆, 눈밭에 무릎을 꿇고 그를 불렀다.

"대령님, 대령님, 말 좀 해보세요. 의사 선생, 당장 이리로 와요!"

로렌스는 얕은 숨을 한 번, 또 한 번 들이쉬었다. 통증이 선명했으나 정확히 어느 지점을 맞았는지 알 수 없을 만큼 온몸이 다 아팠다. 해먼드의 손이 몸에 닿는 게 느껴졌다. 이어서 의사의 손이 로렌스의 외투와 셔츠를 열어젖히고 등 쪽으로 미끄러져 들어오는 게 느껴졌다. 의사가 러시아어로 무어라 말하자 해먼드가 그 말을 전했다.

"천만 다행이네요! 깨끗이 관통했다고 합니다. 대령님, 움직이지 마세요."

움직이지 말라는 말은 굳이 할 필요도 없었다. 팔다리에 묵직한 쇠고리를 매달아놓은 듯 꼼짝할 수조차 없었으니까. 의사는 묘하게 명랑한 가락을 흥얼거리며 어느새 바늘과 실로 상처 부위를 꿰매고 있었다. 로렌스는 약간의 압박감 외에는 거의 아무런 느낌이 없었다. 뼛속까지 깊은 한기가 들었다. 해먼드는 의사에게 무어라 말하고는 허리를 굽혀 로렌스의 손에서 권총을 집어 들었다. 허리를 펴고 일어선 해먼드가 서늘하게 격식을 갖춰 말했다.

"이런 불행한 사고를 고려해서 반격할 기회를 주는 것이 옳다는 점에 동의하시리라 믿습니다. 도브로즈노프 남작이 응한다면 저는 언제든 준비가 되어 있습니다만."

폰 카를로프가 쉰 목소리로 대답했다.

"물론 동의합니다."

도브로즈노프는 떨리는 목소리로 주절거렸다.

"사고였어요. 진짜 사고. 아아! 손가락이 미끄러져서…….."

도브로즈노프는 말끝을 흐리며 입을 닫았고 나머지 두 신사도 입을 열지 않았다. 잠시 후 도브로즈노프가 말했다.

"당연히, 당연히 반격하셔야죠. 그런데 저분이 일어나서 총을 잡을 수 있을지 지켜봐야…… 한 시간쯤 기다리면 될지……."

"총상을 입었는데 그렇게 빨리 몸을 움직이게 할 수는 없습니다. 이미 한참을 추위 속에서 기다렸는데 여기 계속 누워 있게 할 수도 없고요. 첫 격발로 승부가 나지 않았으니 제가 대신 나서서 한번 더 승부를 겨루는 게 옳다고 봅니다. 그리고 공정하게 그쪽도 부상을 입고 결투에 나서는 게 맞다고 봅니다만."

해먼드의 제안에 폰 카를로프가 대답했다.

"저희 쪽을 대표해 그쪽의 제안에 동의하겠습니다."

다들 얼어붙은 땅만큼이나 온몸에 한기가 들어 있었다. 마침내 도브로즈노프가 대답했다.

"좋습니다. 물론, 그래야죠."

도브로즈노프가 눈을 밟고 걸어가는 소리가 잠시 들리다가 멈췄다.

로렌스는 눈을 떴다. 언제 눈을 감았는지 알 수 없었다. 의사는 여전히 콧노래를 흥얼거리며 상처 부위에 두툼한 압박붕대를 감고 있었다. 뼈가 시리게 추운 날답게 머리 위에 새파란 하늘이 펼쳐져 있었다. 태양은 이미 천장을 지났다. 잠시 후 두 번째 총성과 함께 도브로즈노프의 비명이 들려왔다.

"어때요, 계속할 수 있겠습니까?"

해먼드의 물음에 도브로즈노프가 앓는 소리를 했다.

"내 팔에 맞았다고요."

폰 카를로프가 설명했다.

"팔을 스친 정도고 깊은 상처는 아닙니다."

그러자 도브로즈노프가 주절거렸다.

"내가 저 신사분을 일부러 다치게 했겠냐고요. 나야말로 어서 결판을 내고 싶은 사람인데."

잠시 후 폰 카를로프가 굵은 목소리로 해먼드에게 물었다.

"이만하면 명예가 회복되었습니까?"

"이제 제가 두 번째 결투를 청해야 할 상황이군요. 그쪽 신사분이 준비가 되면 언제든 쏘시죠."

잠시 정적이 흘렀다. 정신이 약간 돌아온 로렌스가 일어나 앉으려 했으나 의사는 보모가 어린애를 다루듯 그의 어깨를 눌러 도로 눕혀놓았다. 로렌스는 눈을 감았다. 묵직하면서도 공허한 총성이 들렸다. 총알이 나무에 박힌 소리였다.

잠시 후 폰 카를로프가 해먼드에게 말했다.

"준비가 되면 쏘십시오."

두 번째 총성과 함께 도브로즈노프가 헉 하고 숨을 토해내는 소리가 들렸다. 의사는 짜증스레 끄응 소리를 내며 바닥을 짚고 일어나 로렌스 곁을 떠났다. 잠시 후 해먼드가 로렌스 옆으로 다가와 웅크리고 앉았다.

"가만히 누워 계세요, 대령님. 마부를 불러오겠습니다. 마부와 함께 대령님을 저 농가로 옮기겠습니다."

해먼드는 일어서서 폰 카를로프에게 말했다.

"그쪽도 명예가 회복됐습니까?"

"저희 쪽 사람은 대답할 수가 없습니다만, 어쨌든 이제 이 문제를 매듭지을 수 있겠습니다. 저희 쪽에서 변칙을 쓴 것은 참으로 유감입니다. 괜찮으시면 악수를 나누고 싶은데요."

"기꺼이 그래야죠. 그쪽이 잘못하신 점은 없으니까요."

울타리용 계단이 로렌스 옆에 놓였다. 마부는 해먼드를 도와 로렌스를 그 위에 눕혔다. 로렌스는 추위를 느끼기 시작했다. 몸이 흔들리면서 통증이 느껴졌지만 잠깐이었다. 시간이 어떻게 흘러갔는지 거의 알 수 없었다. 뜨개질한 레이스 같은 앙상한 나뭇가지들이 시야를 스치고 지나갔다. 소 떼와 목초지에서 뜨끈한 악취가 풍기고 신경이 곤두선 닭 몇 마리가 울어댔다. 주먹으로 문을 쿵 치는 소리가 나더니 이어서 온기가 느껴졌다. 그들은 로렌스를 난로 가까이에 눕혔다. 꼬챙이에 꿴 고기를 돌리는 소리. 장작에 지글지글 기름이 떨어지는 소리. 발소리들이 다가와 로렌스 주변을 에워쌌다. 여럿의 목소리가 들렸지만 대부분 리투아니아어였다. 러시아나 독일 노래와는 다른 특이한 노랫소리도 들려왔다. 멍하니 듣고 있던 로렌스는 잠이 들었던 것도 같고 깜빡 졸았던 것도 같았다. 눈을 뜨고 창문 쪽을 돌아보았다. 밖은 이미 어두워져 있었다.

"테메레르가 찾을 텐데."

로렌스는 이렇게 말하며 뭐든 붙잡고 일어서려 했다.

하지만 몸이 따라주지 않았다. 그는 숨을 몰아쉬며 바닥에 다시 쓰러졌다. 어떤 여자가 옆으로 다가왔다. 눈을 들어 올려다 보니 스무 살이 채 안 되어 보이는 아가씨였다. 맑은 초록색 눈동자에 진갈색 머리카락을 가진 보기 드문 미인이기도 했다. 젊은 여자는 호기심 가득한 눈빛으로 그를 마주 보았다. 그때 누군가 날카롭게 무어라 말하자 여자는 뒤로 물러났다. 로렌스는 방금 들린 목소리를 향해 고개를 돌렸다. 똑같은 갈색 눈을 가진 것으로 보아 젊은 여자의 어머니인 듯했다. 바닥에 누워 있었기에 굳이 그럴 필요는 없었지만 그래도 나쁜 의도가 없었음을 알리기 위해 로렌스는 고개를 약간 숙여 보였다.

가슴이 묵직하게 아팠다. 갈비뼈 쪽에 압박붕대가 친친 감겨 있었다. 가슴께를 내려다보니 제일 겉에 입은 옷까지는 피가 스며들지 않았다. 해먼드가 다가와 무릎을 굽히고 앉았다.

"대령님, 몸이 좀 나아지셨습니까?"

"테메레르는."

로렌스는 더는 말할 수가 없었다.

"폰 카를로프 남작이 마을로 돌아갔습니다. 공군 기지에 들러 우리가 마을 바깥의 수렵 별장에서 하룻밤 묵고 간다는 말을 전해주기로 했어요. 그러니까 좀 쉬세요. 통증이 심해요?"

"아뇨."

더 말을 해봐야 소용없었다. 로렌스는 눈을 감았다.

포싱이 로렌스의 편지를 큰 소리로 읽어주었다. 오늘 기지로 돌아오지 않을 예정이라는 짧고 명확한 내용이었다.

"아."

낙심한 테메레르는 한숨을 지었다. 계획이 순조롭게 진행 중이라는 소식을 어서 전하고 싶었다. 로렌스가 들으면 분명 잘했다고 인정해줄 텐데. 특히 야생 용에게 후하게 보상하기로 했다는 말과 그 덕분에 얻은 성과를 들으면 얼마나 좋아할까. 반질반질하게 광택이 나는 금 접시들을 야생 용들에게 넘겨줄 생각을 하니, 어쩔 수 없이 후회가 밀려들었다. 그런 쓰린 속을 달래려면 로렌스의 칭찬이 필요했다.

자기는 돈의 노예가 아니며 대의를 위해 큰 희생도 기꺼이 감수한다는 걸 로렌스에게 보여주면서 만족감이라도 느끼려고 했었다. 아직 결과는 나오지 않았지만 그런 만족감마저 뒤로 미룰 필요는 없었다. 어차피 야생 용에게 보상을 약속했고 금 접시를 넘겨줄 일을 생각하면 지금도 충분히 고통스러웠다. 결국 비스토르타가 에로이카의 행방을 알아내지 못하더라도 테메레르는 이미 금 접시를 보상으로 내놓았으니 희생에 대한 칭찬 정도는 들어도 될 것 같았다.

한숨이 나왔지만 로렌스가 돌아오기를 기다릴 수밖에 없었다. 로렌스의 편지에 대해 별로 깊게 생각하지 않는데 별안간 추르키가 의심하기 시작했다.

"뭔가 꺼림칙한데. 내가 한번 보게 그 쪽지를 펼쳐봐 봐."

추르키의 목소리에서 날카로운 권위가 느껴졌다. 포싱은 바위에 편지를 얼른 펼쳐놓은 후에야 추르키가 자기에게 명령을 내릴 위치가 아님을 깨달았다. 추르키는 고개를 숙이고 조그마한 종이를 자세히 들여다보았다.

"이럴 줄 알았어. 어쩐지 해먼드가 대신 썼을 것 같지도 않더라니. 해먼드의 필체가 아니네. 이거 로렌스 글씨 맞아?"

테메레르는 편지를 자세히 들여다보았다. 글씨가 하도 작아서 판별하기 쉽지 않았지만 결국 로렌스의 필체가 아니라는 것을 확인했다.

"내용도 너무 빈약해. 수렵 별장은 어디 있고 별장 주인은 누구래? 해먼드는 이유 없이 나돌아다니는 성격이 아니야. 사냥이라면 질색을 하는 사람이 수렵 별장에 왜 가겠어? 편지 내용을 믿을 수가 없어. 너의 로렌스가 도대체 무슨 괴상한 일에 관여하고 있는지 모르겠지만 아무래도 해먼드까지 그 일에 끌어들인 것 같아."

"애초에 해먼드가 사교계 사람들과 교류해야 한다면서 로렌스를 마을로 데려간 거잖아요!"

테메레르는 반박을 하면서도 이내 고민에 잠겼다. 만약 무슨 일이 일어났더라도 로렌스의 잘못이 아닐 테지만 왠지 추르키의 말도 일리가 있는 것 같아서였다.

"그런데 지금은 수색을 나서기에 좋은 시간대는 아니야. 오늘 밤엔 달도 없어."

포싱이 펄쩍 뛰었다.

"수색이라니! 무슨 뜻으로 한 말이냐. 집집마다 돌아다니며 으르렁대서 선량한 사람들에게 겁이라도 주려고? 말도 꺼내지

마. 둘 다 아무것도 아닌 일로 왜 이렇게 속을 끓여. 로렌스 대령님과 해먼드 대사님이 편지까지 보내주셨잖아. 그분들이 좀 늦게 오더라도 걱정하지 말라고. 두 분 다 자기 몸은 스스로 챙기는 분들인데 너희는 왜 쓸데없이 작당이나 하고 있냐."

"쓸데없는 짓은 아닌 것 같은데."

테메레르가 불만조로 받아쳤다. 로렌스가 체면까지 버리고 제1사관인 직속부관으로 삼아주었는데도 포싱은 로렌스에게 그만큼 마음을 다하지 않는 듯했다. 잉카 용들이 다른 용의 사람들을 훔치곤 한다는 걸 감안하면 추르키가 지나치게 안절부절못하는 것도 이해하지 못할 바는 아니었다. 뭐, 조심해서 나쁠 것은 없었다.

"로렌스와 해먼드가 정확히 어디 있는지 모르는 상황에서 괜히 날아다녀 봐야 소용없긴 하겠지. 방향도 모른 채 무작정 찾아 나서지는 않을 거야. 그 편지 누가 가져왔어, 롤랜드? 그 편지를 어디서 받아왔대?"

"공군 기지에 다가오는 걸 겁내지 않는 떠돌이 남자애였어. 나가면 찾을 수 있을 거야. 길 아래 번빵 파는 집 쪽으로 갔을 걸."

에밀리는 배기와 제리의 어깨를 툭 치고는 그들과 함께 기지 대문 쪽으로 달려갔다.

이십 분쯤 후에 배기가 숨을 헐떡이며 제일 먼저 돌아왔다. 왜 그렇게 오래 걸렸냐고 추르키가 따져 묻자 배기가 대답했다.

"내 잘못이 아니야. 그 떠돌이를 찾기는 했어. 그런데 그 애는 원래 편지를 가져온 심부름꾼 소년이 공군 기지로 들어오지 않으려고 해서 자기가 대신 전해준 것뿐이랬어. 그래서 심부름꾼 소년을 수소문해서 운 좋게 찾았어. 그 소년 얘기로는 저편 게이트 근처의 어느 술집에서 폰 카를로프라는 프러시아 장교한테 그 편지를 받았대. 그 술집은 마을 건너편에 있어."

디헤른이 나섰다.

"아! 폰 카를로프. 내가 아는 분이야. 예전에 함께 전투에 나선 적이 있어. 좋은 분이지. 명예를 아는 분이고. 그분이라면 너에게 거짓 편지를 보냈을 리 없어, 테메레르. 확실해."

"거봐."

포싱이 거들었으나 추르키의 생각은 달랐다.

"거봐는 무슨. 난 그 사람 이름 처음 들어봤어. 그 사람이 해먼드나 로렌스를 어떻게 알았을까? 그들이 수렵 별장에 머문다는 건 또 어떻게 알았고? 왜 그 두 사람을 대신해서 자기가 편지를 보냈지? 이해가 안 돼."

포싱이 반박하려 했으나 테메레르가 가로막았다.

"디헤른 대령님, 지인이라고 하셨는데 제가 그분을 찾아가 수렵 별장의 위치를 물어볼 수 있게 해주셨으면 합니다. 수렵 별장은 도시 바깥에 있을 테니 우리가 잠깐 들여다봐도 크게 해가 되지 않을 겁니다. 말들이 지쳐서 두 사람이 거기서 밤을 보내는 거라면 우리가 두 사람을 기지로 데려오면 될 테고요."

테메레르는 꼬리를 획 젖히며 결연히 말을 맺었다. 이만하면 과도하게 조바심치는 추르키와는 달리 충분히 분별력 있고 합리적인 타협안을 제시했다는 생각이었다. 그러나 포싱은 반대만 해댔다.

"로렌스 대령님 뒤를 일일이 쫓아다닐 필요는 없다고 보는데. 네가 거기 도착했을 때 대령님이 벌써 그곳을 떠나셨으면 어쩔 거야? 대령님이 여기 오셔서 너 어디 갔냐고 물으시면? 넌 괜히 최악의 상황을 가정하고 넋이 반쯤 나가서 대령님을 찾아 날아다니는데, 우리한테 전투 명령이 떨어지면 어쩔 거냐고."

"그사이에 전투 명령이 떨어지지는 않을 거야. 지금 3주째 전투 명령을 기다리고 있잖아. 지금 와서 명령이 내려질 리 없어."

테메레르는 발소리에 고개를 돌렸다. 마침 페리스가 공터로 돌아온 것이다. 포싱이 말했다.

"페리스, 대령님한테서 소식을 받아온 것이길 바랄게. 아무 문제없더라고, 불안해할 이유 따윈 없더라고 말해주면 참 좋겠어."

"아, 그러려고. 대령님이 회합에 가셨대. 어젯밤에 파티장에서 경박하고 덜떨어진 러시아 상인 놈이 대령님 면전에서 청 황제를 모욕하는 말을 해서 대령님이 그놈을 한 대 치셨나 봐. 회합 장소가 어디인지는 못 알아냈어. 오늘 아침에 그놈의 친구가 해먼드 대사를 만나러 왔대. 그 친구 이름이 칼로프라던가 카를로프라던가."

"맙소사!"

포싱이 소리쳤다. 승무원들이 흥분해서 웅성거리기 시작했다. 정확히 무슨 일인지 테메레르는 알 수 없었다. 로렌스가 무

례한 작자에게 타당한 벌을 준 것 같은데 왜 이렇게들 걱정하는
지, 그 일이 회합이나 수렵 별장과 무슨 관계가 있는지 이해되지
않았다.

"디혜른 대령님, 곧장 출발해주십시오."

포싱이 말했다.

디혜른은 이미 외투와 모자를 착용하고 천막 밖으로 나오고
있었다.

"제가 달려가서 마차를 대령시키겠습니다, 대령님."

배기가 이렇게 말하고는 다시 거리로 달려 나갔다.

옆을 지나치는 배기를 바라보며 에밀리가 말했다.

"어쩌려는 거지? 배기가 그 심부름꾼 소년을 다시 찾을 수 있
을까?"

테메레르는 에밀리를 집중시키기 위해 그 앞에 앞발을 내려
놓으며 말했다.

"롤랜드, 로렌스가 회합에 갔다는 게 무슨 뜻이야?"

"안 가셨을 거야. 아, 어쩌면 가셨을 수도 있겠네. 그렇지?"

테메레르는 두려움에 휩싸였다.

"롤랜드, 회합이 무슨 뜻이냐니까?"

"그건 진짜 말도 안 되는 짓인 걸 대령님도 잘 알고 계셔. 어머
니가 여기 계셨으면 대령님한테 징계를 내리셨을 거야. 대령님
이 총에 맞지 않으셨더라도."

에밀리가 격하게 말하자 테메레르는 정신이 아득해졌다.

"총에 맞아? 무슨 총?"

"대령님은 결투를 하러 가신 모양이야."

테메레르의 용생(龍生)에서 가장 무시무시한 한 시간이었다.
지금 이 순간, 비행으로 한 시간 거리도 채 안 되는 곳에서 어쩌
면 로렌스는 이미 명예의 전장으로 걸어 들어가고 있을지 몰랐
다. 그걸 알면서도 테메레르는 아무것도 할 수가 없었다. 명예
의 전장이라는 용어가 참으로 적절하게 느껴졌다. 지금껏 '명
예'라는 단어가 나올 때마다 온갖 재앙에 휩쓸렸었다. 그놈의
공허한 명예 때문에 로렌스는 정말 쓸데없는 일에 목숨을 내놓
곤 했었다. 그런데 이제 또다시 그런 상황이 닥친 것이다.

"아무도 로렌스에게 겁쟁이라고 말할 수 없을 텐데. 로렌스를
죽어라 싫어하는 사람조차도. 해군 본부에서는 로렌스를 지나
치게 겁이 없는 사람이라고까지 했었어."

테메레르의 말에 오데이가 대꾸했다.

"대령님은 당연히 겁쟁이가 아니지. 대령님에게 맞은 놈이야
말로 겁쟁이야. 대령님은 신사라서 상대가 원하면 그 자리에서
상황을 끝내셨을 거야. 그런데 아, 명예를 존중하는 신사들 중
에는 칼과 권총으로 결투를 하다가 끝내 목숨을 잃고 벌레의 먹
이가 된 이들이 많거든. 흙바닥에 피를 뿌리고 유품에 눈물을
끼얹으면서 말이야. 내가 알기로 클론멜 시의 잔디밭에서 결투
를 하다가 총에 맞아 죽은 사람만 해도 여덟이야."

오데이는 이 말을 하며 테메레르의 앞다리를 토닥였다. 딴에
는 위로를 해주려는 것이었으나 테메레르는 마음이 너무 괴로

워 고마운 줄도 몰랐다.

테메레르의 승무원들은 결투 장소와 시간을 알아내기 위해 도시 곳곳으로 흩어졌다. 디혜른은 폰 카를로프에 대한 정보를 얻기 위해 프러시아 장교들을 찾아다녔다. 테메레르는 당장이라도 마을 곳곳을 날아다니며 직접 수색하고 싶었지만 페리스가 극구 말렸다.

"도시 바깥 어딘가에서, 어쩌면 나무 아래서 결투를 하고 계실 수도 있어. 네가 날아다니면서 사람들을 겁주면 다들 집으로 들어가 문을 잠그고 덧문을 내려버리겠지. 그럼 우리가 늦지 않게 결투 장소를 찾기 힘들어."

페리스는 '늦지 않게'라고 말했지만 로렌스는 이미 한참이나 나가 있었고 시간은 계속 흐르고 있었다. 수색 나갔던 승무원 몇 명이 돌아왔으나 별로 알아낸 것은 없었다. 그러다 캐번디시가 창백한 얼굴에 땀을 흘리며 돌아와 테메레르에게 물었다.

"포싱 대위님은?"

"아직 안 왔어. 뭐라도 알아냈어?"

"페리스 씨는?"

캐번디시는 디혜른 대령이 돌아올 때까지 기다리겠다고 하다가 다급히 덧붙였다.

"조금 있으면 롤랜드가 돌아올 테니까 그때 얘기할게."

테메레르는 그가 나쁜 소식을 뒤로 미루고 있음을 알아챘다.

"당장 얘기해."

"별거 없어."

테메레르가 목구멍 안쪽에서 낮고 무시무시한 소리를 내며 으르렁대자 땅이 울렸다. 캐번디시는 숨을 꼴깍 삼키며 털어놓았다.

"진짜, 확실한 건 아니야! 디헤른 대령님이랑 술집에 갔었어. 카를로프라는 사람이 거기 방을 잡아놨을 것 같아서. 그런데 거기 없더라고. 디헤른 대령님은 다른 데로 가셨고 나는 거기 계속 있다가 어느 보병 연대 소속 군인 두 명이 결투에 대해 얘기하는 걸 들었어. 그런데 그들도 제대로 모르더라고. 결투를 하는 사람이 우리 대령님인지도 확실히 모르고……."

"그 군인들이 뭐라고 했는데?"

"그들 얘기로는 도시 바깥 어딘가에서 누가 목숨을 걸고 결투를 벌였대."

이 말에 테메레르는 세상이 멈추는 기분이었다. 캐번디시가 계속해서 말했다.

"그리고 그들은 겁쟁이 놈의 입회인이었던 폰 카를로프를 탓하더라고. 그 겁쟁이가 신호 전에 먼저 총을 쐈다고 했어."

옆에서 추르키가 말했다.

"그럼 로렌스 대령은 돌아가셨겠구나. 자식 한 명 남기지 않으시고! 정말 마음이 아프다, 테메레르."

"아니야, 그럴 리 없어. 로렌스가 죽었을 리 없어."

그때 디헤른이 헐레벌떡 언덕을 뛰어 올라오며 소리쳤다.

"안 죽었어! 안 죽었어, 신이시여, 감사합니다."

"안 죽었다고?"

안도한 테메레르는 힘이 빠져 고개를 숙였다. 멈췄던 세상이 다시 움직이기 시작했다.

디헤른은 캐번디시의 귀를 잡고 흔들었다.

"이 정신없는 녀석아, 그런 헛소리를 어쩌자고 떠들어대? 다음에는 입을 꾹 다물고 있어라. 로렌스 대령은 안 죽었어."

움츠린 캐번디시의 귀를 놓아준 디헤른은 양손을 무릎에 얹고 허리를 굽히고는 숨을 몰아쉬었다. 디헤른은 덩치가 큰 편이었다. 그는 비통함과 추위로 인해 살이 많이 빠지기는 했지만 체력은 크게 나빠지지 않아서 기지 대문까지 가파른 언덕을 단숨에 달려 올라올 수 있었다.

테메레르가 울부짖듯 물었다.

"도대체 어떻게 된 일이에요?"

"결투 상대는 죽었대."

"아! 그것 참 잘됐군요."

테메레르는 마음이 놓였다.

"그자가 안 죽었으면 제가 가서 죽였을 겁니다. 로렌스가 그를 죽여서 다행이네요. 그런데 로렌스는 왜 기지로 안 돌아오는 거예요?"

"로렌스 대령이 아니라 해먼드가 죽였다는데."

추르키가 벌떡 일어나 앉으며 날카롭게 외쳤다.

"뭐라고요? 해먼드가 사람을 죽일 일이 뭐가 있죠? 군인도 아닌데!"

디헤른은 숨을 고르느라 손사래를 치다가 천막으로 들어갔다. 잠시 후 그는 하네스를 들고 나왔다.

"일단 이륙해서 얘기해줄게. 서쪽으로 가자. 폰 카를로프에게 그들이 어디 있는지 들었어. 자, 이번에는 쓸모 있게 굴어."

그가 캐번디시에게 말했다.

"어서 탑승해. 일손이 필요할 테니까. 그리고 오데이 자네는 다른 장교들에게 우리가 가는 곳에 대해 전해. 종이 좀 가져와. 위치를 적어줄게."

테메레르는 디헤른의 생각에 전적으로 동의했다. 로렌스가 살아 있다니 일단 로렌스에게 가야 했다. 나머지 이야기는 나중에 들어도 되었다. 테메레르는 디헤른이 종이에 글씨를 휘갈겨 쓰는 것을 초조하게 지켜보았다. 디헤른이 글씨를 다 쓰자마자 테메레르는 발톱을 내밀어 디헤른과 캐번디시를 받쳐 들고 신속하게 등에 얹었다.

"카라비너 잘 걸었죠?"

카라비너가 딸깍 하고 걸리는 소리를 듣자마자 테메레르는 대답을 듣지도 않고 곧장 날아올랐다.

로렌스는 한밤중에 기침을 하며 눈을 떴다. 옆구리에 날카로운 통증이 느껴졌다. 디헤른은 그를 내려다보고 있었고 집 안에는 공포에 질린 울음소리가 가득했다.

"데려가요, 데려가!"

안주인이 거친 독일어로 소리치며 두 손으로 로렌스를 밀어내는 시늉을 했다.

"용에게 줘요!"

디헤른이 독일어로 근엄하게 여자를 진정시켰다. 말이 너무 빨라서 로렌스는 내용을 알아듣지 못했다. 디헤른은 로렌스를 돌아보며 말했다.

"쉬세요, 대령. 지금은 이동할 수 없다고 테메레르에게 말해 두겠습니다."

그러고는 자리를 떴다. 로렌스는 깜빡 잠이 들었다가 이 집 사람들의 비명 소리에 정신이 들곤 했다. 밖에는 햇빛이 비치고 있었다. 테메레르는 창문에 커다란 눈을 갖다 대고 집 안의 로렌스를 들여다보고 있었다.

"테메레르."

로렌스는 말을 하려다가 다시 잠이 들었다. 꿈에 쇠고기가 보였다. 갓 구워 뜨끈뜨끈한 쇠고기, 설익은 고기에서 흐르는 빨간 육즙은 도브로즈노프의 몸에서 줄줄 흐르는 피가 되었다. 죽은 자는 신음을 흘리며 점점 가까이 다가오더니 축축한 손으로 로렌스의 팔을 움켜잡았다. 로렌스는 움찔하며 잠이 깼다. 안도감이 들면서도 식은땀에 기분이 좋지 않았다. 열은 잠시 가라앉았다. 난로 위의 냄비에서 쇠고기 수프가 끓고 있었다.

수프를 거의 마신 후에야 로렌스는 방 맞은편 간이침대에서 끙끙 앓는 사내를 보았다. 도브로즈노프였다. 그자는 총알이 가슴을 관통했는데도 아직 살아 있었다.

"맙소사, 저자가 왜 여기 있습니까?"

로렌스가 해먼드에게 물었다.

"정말 유감입니다, 대령님. 저 사람도 옮기는 게 불가능했어요. 굳이 다른 곳으로 옮길 이유도 없었고요."

해먼드는 간이침대 쪽을 흘끔거리며 어물어물 말을 이었다.

"의사 선생 얘기로는 얼마 못 갈 거라고 해서. 어쨌든 대령님이 많이 회복되신 것 같아 기쁩니다. 조금 더 드시겠습니까?"

"그러죠. 그리고 나서 테메레르와 얘기를 해야겠습니다."

테메레르와 얘기를 나누기 위해 로렌스는 디헤른의 튼튼한 어깨에 기대어 걸어야 했다. 이 집의 유일한 침대와 푹 꺼진 베개까지 문 쪽으로 같이 옮겼다. 방을 가로질러 절뚝절뚝 걸어가는 것은 몹시도 고통스러웠다. 로렌스는 문 앞에 옮겨진 침대에 다시 누워 해먼드에게서 로더넘을 한 모금 받아 마셨다. 이십 분쯤 숨을 고른 후에야 겨우 문을 열어달라고 입을 뗄 수 있었다.

몹시 심란한 표정의 테메레르가 문 쪽으로 머리를 바짝 갖다대며 책망했다.

"청 황제에게 모욕적인 말을 하는 인간이라면 결투할 때도 속임수를 쓰리라는 걸 예상했어야지. 결국 당신이 이렇게 다쳤잖아!"

"많이 나아졌어."

하지만 통증이 너무 지독해서 로더넘을 마셨어도 완전히 가시지 않고 무지근하게 남아 있었다. 로렌스는 테메레르의 말을 멍하니 듣고 간신히 이해했다. 그러면서도 등 뒤에 무기력하게 누워 있는 도브로즈노프에 대해서는 말하지 않으려고 단어를 조심스레 골랐다. 지금은 도브로즈노프가 살아 있다는 사실을 테메레르가 알게 해서는 안 되었다.

"결투에 대해 디혜른 대령님과 한참 얘기를 나눴어. 그런데 한 가지 확실히 해둬야겠어. 누구든 또 당신을 모욕하면 그자에게 내가 바로 제2의 당신이라고 말하겠다고 지금 약속해줘. 당신을 모욕한 그 형편없는 놈을 해먼드 대사님이 죽여줘서 어찌나 고마운지 모르겠어. 나중에 또 누가 자기가 겁쟁이가 아니라는 걸 증명하겠다고 당신한테 모욕적인 말을 하면 나랑 붙어보라고 해. 명예를 회복하지 못했다는 소리는 절대 못 할걸. 나한테 덤볐다가 죽으면 그래도 용감했다고 다들 알아줄 테니까. 자, 어서 약속해. 그리고 쇠고기 수프를 조금 더 먹어."

"그래."

로렌스는 대화의 내용을 정확히 이해하지 못했기에 멍하게 대답했다. 그는 다시 난롯가로 돌아가 침대에 누워 쇠고기 수프를 조금 더 먹었다. 그제야 마음이 놓였다. 수프를 갖다 준 이 집 딸이 미간을 찌푸리며 옆에 앉더니, 당신이 악마라서 저 용이 당신 말에 복종하느냐고 서툰 독일어로 진지하게 물었다. 공포보다는 호기심에서 묻는 듯했다. 로렌스가 아니라고 했지만 그녀는 수긍하는 것 같지 않았다. 한참 졸다가 눈을 뜬 로렌스는 이 집 딸이 십자가상에 그의 손을 조심스레 가져다 대는 모습을 보았다. 다소 짜증이 났던 로렌스는 십자가에 닿는 것을 전혀 꺼리지 않는다는 걸 보여주려고 일부러 십자가를 손으로 잡고 입까지 맞췄다. 십자가에 입을 맞추는 것은 가톨릭교의 방식이지만 확실히 효과가 있었다. 그녀는 실망한 표정으로 그럼 어떻게 저 용을 제어하는 것이냐고 물었다.

"해먼드 씨에게 물어보세요. 해먼드 씨도 용을 데리고 있습니다."

로렌스는 몹시 기운이 없어서 독일어로 말을 이어가기 힘들었다. 몸이 멀쩡할 때도 그는 독일어를 그리 잘하지 못했다.

해먼드는 용을 잘 제어하는 편은 아니었다. 추르키는 이 사태를 몹시 심각하게 받아들였고 해먼드의 행동에 대해 자세히 듣고 나서도 표정을 풀지 않았다. 추르키는 해먼드의 행동이 터무니없을 뿐만 아니라 말도 안 되게 위험한 짓이었다며 목소리를 높였다. 다음 날 몸 상태가 다소 나아진 로렌스는 잠시 바깥 공기를 쐬기 위해 부축을 받아 집 밖으로 나갔다. 날씨가 추웠지만 밖에 나가니 살 것 같았다. 집 안에서는 도브로즈노프가 끈질기게 목숨을 이어가면서 쉼 없이 신음 소리를 내고 있었다. 밖에서는 두 용이 심각하게 언쟁을 벌이고 있었다. 추르키는 해먼드를 이런 일에 끌어들인 로렌스를 책망하고 있었고 테메레르는 오히려 그 반대라며 해먼드를 탓하고 있었다. 두 용 사이에는 서로를 원망하는 분위기가 팽배했다. 테메레르는 앞에 쌓인 눈이 구름처럼 퍼져나갈 정도로 세게 콧방귀를 뀌며 말했다.

"당신을 원망하다니 어이가 없어. 심하게 부상을 당하고 밤낮으로 끙끙대는 사람한테."

테메레르는 문득 의아한 표정을 지으며 작은 농가를 유심히 바라보았다. 방금 집 안에서 앓는 소리가 흘러나왔기 때문이었다.

"내가 언제 끙끙댔다고 그래. 견디기 힘들 것도 없는데 뭐."

로렌스는 테메레르의 관심을 돌리려고 얼른 말했다. 도브로
즈노프가 살아남은 걸 알면 테메레르는 그자를 틀림없이 죽일
것이다. 그러면서 이 집에 사는 사람들까지 같이 작살낼 공산이
컸다.

"어쨌든 총에 맞은 건 당신이잖아."

테메레르는 좀처럼 화를 누그러뜨리지 못했다. 하지만 해먼
드가 총에 맞을 위험을 무릅쓰고 나선 것을 굳이 지적할 필요는
없을 듯했다. 결투에 관해 자세히 얘기하지 않는 게 지금으로써
는 최선이었다.

어제 나머지 승무원들이 금과 보물을 실은 수레를 끌고 오두
막에 도착했다. 테메레르는 수레를 보고 크게 안심하는 기색이
었다. 로렌스는 이번 일로 장교들이 크게 충격을 받았음을 눈치
챘다. 장교들은 로렌스가 결투를 한 것에 대해 못마땅하게 여
겼다. 에밀리의 성난 표정만 보더라도 나중에 제인 롤랜드 공군
대원수 겸 대장이 이 일을 알게 됐을 때 어떤 반응을 보일지 짐
작이 되었다. 그랜비도 여기 있었으면 아마 그를 몹시 책망했을
것이다. 결투 금지 원칙에 얽매이지 않는 지상 요원들만이 그나
마 로렌스의 입장을 이해하면서 결투가 금지되어 있음에도 결
투에 나선 비행사를 모시는 것에 오히려 흡족해했다. 로렌스의
맹렬한 대응 덕분에 자기네 체면이 섰다고 여기는 분위기였다.
그러나 로렌스는 어쩔 수 없이 결투에 나섰을 뿐, 결투라는 야만

적인 행동에 대해서는 평소 찬성하지 않았기에 크게 위로받지 못했다.

장교들은 대놓고 로렌스를 비난하며 감정을 표출하지는 않았지만 로렌스를 탓하는 추르키의 입장에 동조하면서 언쟁을 키우고 있었다. 테메레르는 로렌스에게 화가 났으면서도 추르키의 주장에 찬성하고 싶지 않았다. 두 용의 언쟁이 어느새 이 집 딸인 가비야 메르켈리테 양에 대한 얘기로 옮겨가자 로렌스는 당황했다. 해먼드는 가비야의 질문에 답하기 위해 그녀를 추르키에게 소개했다. 집 앞에 대형 용 두 마리가 죽치고 있으니 이 집 가족들의 마음을 달래줄 필요도 있었다. 그런데 추르키는 젊고 아름다운 가비야를 무척, 아니 지나칠 정도로 마음에 들어 했다. 추르키는 가비야를 사과의 표시로 받아들이겠다고 테메레르에게 오만하게 통보했다.

테메레르는 말도 안 된다며 발끈했다.

"난 그 여자를 사과의 표시로 그쪽에 넘길 생각이 없어요. 해먼드가 그 여자를 차지해야 할 마땅한 이유도 모르겠고요. 승무원들이 다들 그러던데, 그 여자는 상당한 미인이라면서요. 그렇다면 당연히 페리스와 결혼해야죠."

이 집 가족들은 그들을 마지못해 손님으로 받아주었다. 그런데 그들의 뜻과는 상관없이 멋대로 결혼 계획을 세우는 것은 그들에 대한 모욕이기에 로렌스는 두 용을 나무랄 생각이었다. 그러나 로렌스가 디혜른 대령과 펨버튼 부인을 통해 메르켈리테 부인에게 사과의 말을 전하면서 따님을 집 밖에 나오지 않게 해달라고 부탁하자 메르켈리테 부인은 의외의 반응을 보였다. 딸과 한참 얘기를 나누더니 해먼드와 페리스의 지위가 어느 정도인지, 신붓값과 결혼 합의에 대해 어떤 계획을 갖고 있는지 자세히 알고 싶다고 했다. 이 집 가족들은 비교적 잘사는 편이긴 했지만 농노 신분이었다. 조국 리투아니아는 러시아에 흡수되었고 농노 계급은 뼈에 사무치도록 심한 탄압을 받고 있었다. 메르켈리테 부인이 딸과 멀리 떨어져 살게 되는 한이 있더라도 딸을 한참 높은 계급과 결혼시킬 기회를 잡으려 하는 것도 무리는 아니었다.

그러나 신랑 후보들은 좋아하지 않았다. 페리스는 가비야의 매력에 끌리기는 했지만 이미 자신의 잘못도 아닌 일로 가문을 충분히 실망시켰기에 출신이며 교육 수준이 가족들의 기대에 한참 못 미치는 여인을 아내로 맞아 가족들에게 소개시키고 싶지 않았다. 해먼드는 언젠가 충분히 성공한 다음 부유하고 유력한 가문의 여성과 결혼하겠다는 막연하지만 확고한 계획을 갖고 있었다. 로렌스는 그들을 나무랄 수 없었다. 그러나 그들이 결혼을 거절하자 자연히 결혼 적령기도 아닌 다른 승무원들까지 신랑 후보를 꿈꾸는 사태가 오고 말았다.

홀아비라는 이유로 로렌스의 마음을 아프게 했던 포싱은 기꺼이 가비야에게 구혼하려는 의지를 보인 반면, 페리스는 얼굴을 붉히며 분개했다. 수염도 제대로 나지 않은 캐번디시와 배기는 신랑 자리를 놓고 말다툼을 벌였다. 오데이까지 로렌스의 침대 옆에 앉아 각운에 맞춰 시를 읽으면서 방 저쪽에 있는 가비야를 향해 그윽한 눈빛을 보냈다.

집 안에서 철저하게 보호받고 자란 젊은 여성이라면 자신에게 쏟아지는 이런 관심을 은근히 즐길 수밖에 없었다. 그녀의 모친은 매의 눈으로 분위기를 살피면서도 예의에 크게 벗어나지 않는 한, 남자들을 저지하지 않았다. 테메레르는 정기적으로 방수포 아래서 보물을 몇 개씩 꺼내 승무원들에게 옅은 겨울 햇살을 받으며 반짝반짝 닦게 했다. 그런데 이런 행동은 불에 기름을 부은 격이었다. 경쟁심에 불이 붙은 추르키는 혼담을 넣고 싶어 안달하면서 해먼드를 끈덕지게 붙잡고 늘어졌다. 로렌스로서는 도저히 상상할 수도 없는 얘기가 오갔는지 추르키가 혼담에 대해 얘기할 때마다 해먼드는 몹시 당황한 표정으로 그 자리를 피하곤 했다.

창백한 얼굴이 군데군데 붉게 달아오른 해먼드가 방 안을 서성이며 말했다.

"무슨 얘기인들 안 했겠습니까? 정말이지, 용들의 도덕률은 지나치게 유연해서 탈이라니까요."

추르키는 해먼드에게 결혼을 하지 말고 그냥 가비야와 살라는 제안을 했다고 한다. 로렌스는 경악했다.

테메레르가 말했다.

"메르켈리테 양이 해먼드 소속이 돼야 할 이유는 당연히 없지. 당신 소속이라면 몰라도. 내 생각엔 그게 좋은 해결책 같아. 우린 지금 바로 신붓값을 지불할 수 있잖아. 결혼은 나중에 메르켈리테 양이 준비가 되면 내 승무원들 중에 누군가와 하면 되고. 혹시 다른 누군가와 결혼하게 되면…….”

테메레르는 좋은 생각이 떠올랐는지 얼른 덧붙였다.

“그 사람도 내 승무원이 되는 거지. 장교를 몇 명 더 받으면 우리한테도 좋잖아.”

이런 대화를 나눈 뒤 로렌스는 해먼드에게 말했다.

“맙소사, 의사 좀 불러주세요. 여기서 더 욕먹을 일이 생기기 전에 몸 상태를 확인받고 떠나야겠습니다. 이대로 두면 저 망할 녀석들이 경쟁에서 이기려고 뚜쟁이 노릇까지 하겠어요.”

농가로 찾아온 의사는 로렌스의 상태를 보더니 차가운 바람을 쐬며 비행을 하는 것은 아직 무리라고, 실망스러운 진단을 내렸다. 그리고 도브로즈노프를 보더니 이대로라면 죽지 않고 살겠다고 말해 상황을 더욱 복잡하게 만들었다.

도브로즈노프는 그날 밤에도 끝없이 신음을 쏟아냈으나 다음 날 아침부터는 일어나 앉을 정도로 회복되어 여러 사람의 골치를 아프게 했다. 도브로즈노프가 리투아니아어를 할 줄 안다는 게 제일 큰 문제였다. 게다가 그는 농가에서 당연히 받을 만한 대접을 받는다는 태도로 거리낌이 없었다. 도브로즈노프는 말을 할 수 있을 정도로 기력이 회복되자마자 가비야를 만만한 사냥감으로 여기며 그녀의 보살핌을 당당히 받았다. 경쟁자들보다 먼저 그녀를 꼼짝 못 하게 정복할 수 있다는 듯이. 로렌스는 그자가 가비야를 부르는 호칭이 정확히 무슨 뜻인지 알아듣지 못했지만 매음굴에서나 쓸 법한 말투였다. 그래서인지 가비야는 그 호칭을 들으면 혼란스러워하는 표정을 지었다.

로렌스는 도브로즈노프에게 아무 말도 하지 말자고, 존재조차 무시하자고 결심했지만 더는 그럴 수 없었다. 그자가 순진한 여인을 유혹해 고결한 영혼을 더럽히려는 꼴을 가만히 쳐다보고 있기가 괴로웠다. 그자의 행동이 승무원들에게 미칠 영향도 우려되었다.

"해먼드 대사님, 저자가 이 집 딸을 내버려두었으면 좋겠는데, 저자를 여기서 내보낼 방법이 없겠습니까?"

해먼드는 모호하게 대답했다.

"글쎄요. 밖에 있는 용들 눈에 띄지 않게 집 밖으로 내보내는 게 불가능해서요. 누가 이 집에 드나들며 메르켈리테 양에게 말을 거는지 용들이 계속 주시하고 있거든요."

로렌스는 차라리 더 오래 아파 누워 있기를 바랐으나 그의 몸은 빠르게 회복되고 있었다. 다음 날에는 혼자 일어설 수 있을 정도가 되었다. 그는 페리스의 부축을 받아 천천히 절뚝거리며 밖으로 나갔다. 맹렬하던 추위도 누그러져 있었다. 하지만 이대로 철수해버리면 이 집 딸은 무방비 상태가 된다. 그날 아침에도 도브로즈노프는 이 집 안주인과 한 시간이나 긴밀한 대화를 나누었고 금화까지 손에 쥐여주었다. 표면상으로는 후한 대접에 대한 감사 표시였다. 도브로즈노프같이 부유한 자에게는 푼돈일 뿐이지만 이 집에는 10년 동안 일해야 모을 수 있는 큰돈이었다. 메르켈리테 부인은 남자가 그 정도의 금액을 건네는 것은 당연히 딸과의 결혼을 염두에 두어서라고 여기는 눈치였다. 도브로즈노프도 잠깐 데리고 놀다 치욕스럽게 버리겠다는 의도를 드러내기보다는 마치 어엿한 혼담을 넣은 것처럼 굴었다.

보다 못한 로렌스는 그나마 이 집에 제일 피해가 덜 갈 만한 선택을 하기로 했다.

"포싱, 자네가 이 집 딸과 결혼하겠나?"

"그녀가…… 하겠다고 할지."

포싱은 자신 없는 말투였다. 그동안 포싱은 인기 있는 신랑 후보가 아니었다. 부자도 아니고 잘생기지도 않은 데다 얼굴에는 새로 상처까지 생겼고 태도도 무뚝뚝해서 젊은 여성의 호감을 사지 못했다. 게다가 누군가와 사랑에 빠지기에는 지나치게 현실적인 성격이기도 했다.

"그게, 그 여자를 어떻게 대해야 할지 잘 모르겠습니다. 결혼하게 되면 여동생이 사는 곳으로 보내야겠죠. 그래야 영어를 빨리 배우지 않을까요?"

테메레르는 즉각 반대했다.

"그러면 무슨 소용이야? 왜 멀리 보내? 우리랑 같이 있게 하면 되잖아."

로렌스가 대답했다.

"그 여자를 데리고 전장에 나갈 수는 없어."

"왜 안 돼? 롤랜드도 전장에 나가고 펨버튼 부인도 우리와 함께 다니는데. 그리고 로렌스……."

테메레르는 고개를 슬쩍 숙였으나 목소리는 여전히 컸다.

"꼭 포싱이어야 돼? 포싱과 맺어주기엔 너무 아름다운 여자야. 포싱의 외투 좀 보라고!"

로렌스는 테메레르의 주장을 일축하고 포싱에게 지시했다.

"가서 안주인과 얘기해봐."

포싱의 자신 없는 표정에 로렌스는 약간 미안한 감정이 들었으나 다른 해결책이 없었다.

하지만 가비야는 쉬이 곁을 내주지 않았다. 부유한 러시아 남작이 자기네 집에 머물며 구혼하는 척을 하는 데다가 용 두 마리가 번갈아가며 영국 외교관과 좀 더 젊은 귀족 자제를 신랑감으로 들이밀고 있으니 그럴 만도 했다. 물론 영국 외교관과 젊은 귀족 자제는 그녀와의 결혼을 원치 않았지만 말이다. 디헤른은 난처해하며 중매인 노릇을 하고 싶어 하지 않았고 로렌스는 그의 입장을 이해했다. 결국 해먼드가 그 일을 맡게 됐다. 해먼드는 독일어라는 언어 장벽을 뚫고 가비야를 설득하려 했지만 포싱이 아닌 자신이 구혼하는 것으로 오해받을까 초조해하는 눈치였다. 모녀는 짧은 논의를 마치고 서로 눈빛을 주고받았다. 가비야는 옆으로 눈길을 돌렸고 모친은 고개를 가로저었다. 도브로즈노프는 간이침대에서 곁눈질로 그 과정을 지켜보면서 재미있어했다. 포싱을 신랑감으로 들이미는 게 믿기지 않는다는 표정을 짓기도 했다. 로렌스는 그자를 한 번 더 때려눕히고 싶은 충동을 느꼈다.

가비야의 마음에 있는 인물은 도브로즈노프가 아니라 페리스인 듯했다. 간간이 그녀의 시선은 페리스에게 머물렀다. 칼과 권총을 차고 비행용 외투를 입은 페리스는 직위는 잃었지만 누구보다 군인다웠기에 여느 장교나 다름없어 보였다. 적갈색 머리카락 아래로 매끄럽고 높은 이마가 돋보였고 지난 1년 동안 키에 어울리는 근육이 탄탄하게 붙었다. 가비야의 미모에 비할 바는 아니었지만 다른 신랑 후보들에 비하면 잘생긴 편이었다. 가비야는 수줍음 때문에 페리스에게 직접 말을 걸진 못했지만 일부러 페리스 앞에서 머뭇거리거나 테메레르 근처에서 뭉그적 거리곤 했다. 그녀가 주변에 있으면 테메레르가 페리스를 곁으로 불렀기 때문이었다.

가비야가 페리스를 풋사랑하고 있기는 하지만 조만간 도브로 즈노프의 설득에 넘어갈 것 같다는 불안감이 로렌스의 뇌리를 스쳤다. 가비야는 태어나서부터 줄곧 살아온 이 조용한 시골에 정착할 뜻이 없어 보였다. 그녀는 더 나은 제안을 받지 못한다면 자신의 인생이 어떻게 꼬일지도 모르는 채 도브로즈노프의 손을 잡을 공산이 컸다.

로렌스에게는 뾰족한 해결책이 없었다. 이 상황에서 페리스를 압박해 가비야와 결혼시킬 수도 없는 노릇이었다. 그러나 포싱의 구혼이 실패했다는 보고가 전해지자 추르키는 대놓고 깃털을 세우며 흡족해했고 테메레르는 망설임없이 페리스를 닥달했다.

"페리스, 메르켈리테 양과 정말 결혼할 생각이 없어?"

로렌스는 앉아 있던 접의자에서 숨이 턱 막힐 정도로 기겁했지만 군이 테메레르를 말리지는 않았다.

"고맙지만 사양할게."

페리스는 이렇게 대답하며 가비야의 매력적인 눈빛을 애써 외면했다. 가비야는 마당에서 닭들에게 먹이를 주고 있었다. 무릎까지 살짝 들어 올린 치맛자락과 동여맨 손수건에서 약간 흘러내린 짙은 고수머리는 그녀를 한 폭의 아름다운 그림으로 만들었다. 페리스는 숨을 삼키며 씁쓸하게 덧붙였다.

"어머니를 또 쓰러뜨릴 수는 없어."

그러고는 그 자리를 떠났다.

로렌스가 말했다.

"테메레르, 페리스 그만 괴롭히고 내버려둬."

"어머니의 의견에 왜 그렇게 신경 쓰는지 이해가 안 돼. 페리스의 어머니는 가비야를 본 적도 없는데……."

테메레르는 말을 끊고 얼굴 주변의 막을 쫑그리며 고개를 들었다.

저 멀리 구름 사이로 작은 용 한 마리가 날아오고 있었다. 머리 위에 오렌지색과 갈색 줄무늬의 딱딱한 볏이 달린 초록 몸통의 암컷 야생 용이었다. 야생 용은 그들을 발견했는지 한 바퀴 맴을 돌고는 하강하며 비난조로 소리쳤다.

"거기들 있었네! 이렇게 숨어 있다니 뭐하는 짓이죠?"

테메레르가 차갑게 받아쳤다.

"뭐라고요? 나는 결투 중에 부상당한 로렌스를 돌보러 여기 온 겁니다. 그게 무슨 문제라도 됩니까?"

"흠, 일부러 자리를 피한 게 아니라면 됐습니다. 그런 부류의 용은 아니라고 믿겠습니다."

"당연히 아니죠! 난데없이 내려와서는 자리에 없었다고 비난하다니 어이가 없네. 댁이 언제 돌아올 줄 알고 기지에서 천년 만년 기다립니까. 에로이카를 찾아내기라도 했으면 모를까, 어떻게 나를 사기꾼 취급하면서 일부러 자리를 피한 것처럼 비난을 해요."

"뭐라고?"

디헤른이 벌떡 일어서며 외쳤다. 로렌스가 테메레르 그리고 페리스와 얘기를 나누는 동안 디헤른은 근처 통나무에 걸터앉아 나뭇가지를 도시다가 유감스럽게도 에로이카의 이름을 들은 것이었다.

야생 용이 테메레르에게 말했다.

"됐어요. 어서 금 접시나 가져와요. 여기서 바로 계산하죠."

테메레르는 가라앉은 목소리로 대꾸했다.

"그러려면 작은 증거라도 보여줘야죠. 그래야 우리가⋯⋯."

테메레르는 말을 멈췄다. 로렌스도 디헤른이 짧고 날카롭게 숨을 들이마시는 소리를 들었다. 디헤른은 소년처럼 두 팔을 벌리고 언덕 비탈을 달려 내려가기 시작했다. 헤비급 용 여섯 마리가 구름을 뚫고 지상으로 내려오고 있었다. 회색과 갈색 몸뚱이들 뒤로 안개줄기가 물결처럼 흩어졌다. 맨 앞에서 내려오는 용은 바로 에로이카였다.

6

그토록 감격한 사람은 찾아보기 힘들 것이다. 디헤른은 독일어로만 간신히 말을 했고 그마저도 울먹이느라 알아듣기 힘들었다. 그가 영어로 유창하게 말을 했어도 로렌스는 알아듣지 못했을 것이다. 디헤른은 로렌스의 손을 꼭 부여잡았다. 그것만으로도 말을 대신하기에 충분했다. 에로이카 역시 말로 표현하지 못할 만큼 기뻐했다. 판금 갑옷 같은 두꺼운 뼈비늘이 돋아 있고 체중이 23톤에 육박하는 용임에도 마치 작은 애완용 개처럼 디헤른에게 몸을 비비려다가 디헤른을 옆으로 쓰러뜨리기까지 했다. 에로이카와 함께 날아온 다른 프러시아 용들은 몹시 초조해하면서 디헤른에게 자기네 비행사의 안부를 묻느라 정신이 없었다. 그들이 일으킨 소음은 어마어마했다.

몹시 당황한 로렌스는 그들과 재회의 기쁨을 나누기보다 사태를 파악하기에 바빴다.

"테메레르, 네가 이 일을 계획한 모양인데 어떤 식으로 일을 진행한 건지 짐작도 못 하겠구나."

"아."

테메레르는 체념한 듯했다. 얼굴 주변의 막을 목에 바짝 붙여 거의 보이지 않게 하고는 감격스러운 재회 장면을 바라보기만 했다.

작은 야생 용이 다가와 테메레르를 코끝으로 쿡 찔렀다.

"어때요? 이제 우리가 일을 제대로 못했다고는 못 하겠죠."

그때 회색과 흰색 몸통의 또 다른 작은 야생 용이 착륙해 프러시아 용들을 미심쩍은 눈으로 바라보다가 테메레르 옆의 야생용에게 다가왔다.

"우린 이곳에 그들을 데려왔어요. 금은 어디 있죠? 어서 출발하고 싶어요. 내가 금을 얻었다는 소문이 퍼져나가기 전에 안전한 곳에 가져다놓아야 해요."

테메레르는 가슴이 꺼지도록 크게 한숨을 쉬면서 목멘 소리로 말했다.

"페리스, 금 접시를 꺼내와. 나폴레옹이 썼던 접시 말이야."

테메레르는 돌연 절박하게 덧붙였다.

"내가 금 접시를 보상금으로 내주는 것에 대해 반대하지는 않아? 만약에 당신이 과도한 보상이라고 생각한다면……."

로렌스는 다정하게 말했다.

"맙소사. 프러시아 용 여섯 마리를 우리 쪽으로 데려왔잖아. 수레에 있는 보물을 모두 쓴다고 해도 나는 반대할 이유가 없어."

페리스가 수레에서 금 접시를 꺼내 득의양양하게 서 있는 두 야생 용에게 건네주는 동안, 테메레르는 몸을 떨며 날개 밑으로 머리를 집어넣었다.

금 식기의 크기며 종류가 다양해서 동일한 양으로 나누기 어려웠지만 야생 용들은 똑같이 나눠야 한다며 옥신각신했다. 테메레르는 언쟁에 끼지 않고 주춤 물러섰다. 로렌스는 테메레르의 감정에 공감하는 척할 수는 없었지만 그래도 테메레르의 주둥이에 한 손을 얹고 위로했다.

"테메레르, 네가 이 희생으로 인해 얼마나 고통스러울지 잘 알아. 그래도 네가 희생을 무릅쓰면서까지 이런 일을 기획해서 참 대견하구나. 덕분에 우리는 전쟁에서 유리해진 것은 두말할 필요도 없고 친구들이 저렇게 기뻐하고 있잖아. 그걸로 위안을 삼으렴."

"나도 당연히 기뻐."

테메레르는 힘없이 대답했다. 그때 해먼드가 몹시 흡족해하는 모습으로 나타나 로렌스의 손을 잡았다.

"로렌스, 로렌스, 저 용들이 그러는데 프러시아 공군 소속의 용 마흔 마리가 지금 프러시아 곳곳에 퍼져 있답니다. 프랑스 사육장에 잡혀 있던 프러시아 용들이 다들 도망친 거예요. 누가 어떻게 설득했는지 모르겠지만 말입니다."

이 말에 몸통이 회색인 암컷 야생 용이 고개를 치켜들고 말했다.

"당연하지 않아요? 결국 나폴레옹을 쓰러뜨리지 못하면 그들은 자기네 비행사를 다시는 못 보게 되는 거니까. 어쩌면 비행사가 이미 죽었을 수도 있지만요. 어느 쪽이든 프랑스 사육장에 죽치고 있어 봐야 좋을 게 없으니까요. 들어보니 그 용들을 제대로 사육하지도 않았던데요."

"뭐라고요?"

울적해하던 테메레르는 잠시 우울을 떨치고 고개를 들었다.

암컷 용이 어깨를 으쓱했다.

"리엔이라는 용은 프러시아 용의 혈통을 중요시하지 않는 모양이에요. 프러시아 용들이 알을 낳지 못하게 수컷과 암컷을 따로 수용해놓았더라고요."

"그런 모욕적인 일이. 프러시아 용들이 얼마나 용감한데. 그용들이 편대 비행을 고집하는 면이 좀 있지만 그건 그들 잘못이아니에요. 그들은 편대 비행에 대해서만큼은 누구보다 잘 알죠. 에로이카, 프랑스에서 그런 대우를 받았다니 정말 유감이야."

테메레르의 말에 에로이카는 디헤른에게서 잠시 시선을 떼고 고개를 들었다. 그러더니 돌연 노란 눈을 휘둥그레 뜨고 소리쳤다.

"맙소사!"

에로이카가 벌떡 일어서는 바람에 땅이 우르르 울렸다. 로렌스는 쓰러지지 않으려고 테메레르의 다리에 얼른 손을 기댔다.

"알! 테메레르, 정말 미안하다! 너한테 곧장 말했어야 했는데! 그 악마 같은, 아니 악마나 다름없는 리엔이……."

"그래, 악마 같은 용 맞아. 그 용이 뭘 어쨌는데?"

테메레르는 긴장을 하며 머리를 곧추세웠다.

"2주 전에 그 하얀 용이 사육장에 왔었어. 그 용이 내뱉은 모욕적인 말들은 내 입으로 옮기고 싶지도 않아! 어쨌든 그 용이 왔을 때 주위들은 얘기가 있어."

에로이카는 좌우로 고개를 돌려 주변의 다른 프러시아 용들을 돌아보았고 그 용들은 힘차게 고개를 끄덕였다.

"그 하얀 용은 프랑스 용의 혈통을 청국 용의 혈통 못지않게 보호하는 게 자기 의무라고 했어. 그래서 우리 피가 자기네 용들에게 섞이지 않게 막을 거라고, 그리고 서양에서 제일 사악한 나라인 영국과 청국 간의 부패한 동맹 관계를 끝장내기 위해 동족의 배신자가 낳은 잡종 알을 처리하겠다고 했어."

테메레르는 승무원들이 서둘러 짐을 싸는 모습을 멍하니, 그러나 침착하게 바라보았다.

"당신 말이 옳았어, 로렌스. 돈의 노예가 되면 안 된다던 말. 만약 내가 금 접시를 움켜쥐고 보상금으로 내놓지 않았다면 지금 내 알이 위험에 처했다는 사실도 몰랐겠지. 리엔이 하려는 짓도……."

테메레르는 몸 전체가 흔들리도록 부르르 떨며 말끝을 흐렸다. 리엔이 연약하고 무력한 알에게 무슨 짓을 할지 테메레르는 차마 상상하고 싶지 않았다. 잠시 후 테메레르는 불안감 때문에 가라앉은 목소리로 물었다.

"그건 그렇고 이대로 이동해도 괜찮겠어?"

"괜찮아. 그런데 우리 둘이서만 가야 돼. 이런 여정에 다른 승무원들을 데려갈 수는 없어."

"당신 생각대로 해."

지상 요원들이 포리지 솥뚜껑을 열었다. 테메레르는 식욕이 없었지만 솥 안에 머리를 집어넣고 억지로 배를 채웠다.

해먼드와 포싱, 그리고 페리스는 아까부터 목소리를 낮추고 로렌스를 말리는 중이었다. 극도로 추운 한겨울에 호위대도 없이 러시아 땅을 가로지르는 것은 미친 짓이라는 것이었다. 지금 그들은 목소리에 더욱 힘을 주고 있었다. 테메레르는 옆에서 그들의 이야기를 주워듣고 있었지만 끼어들지 않았다. 대단히 어려운 여정이긴 하겠지만 지금으로써는 대안이 없었다. 남쪽 길로 돌아가면 3개월이나 허비될 것이다.

책상 앞에 앉아 팔꿈치에 몸을 기대고 천천히 글씨를 쓰던 로렌스는 고개도 들지 않고 대답했다.

"여러분, 테메레르가 가겠다고 하잖습니까. 의문을 품을 필요가 있겠어요? 테메레르가 가니 나도 가는 겁니다. 포싱, 내 편지를 화이트홀(런던의 관청 소재 지역—옮긴이)로 보내. 추가 명령이 내려오기 전까지는 해먼드 대사의 조언에 따르도록. 프러시아 용들의 승무원 수가 크게 부족할 텐데, 디헤른 대령이 지금까지 우리를 위해 일을 해주었으니 이번에는 자네가 보답을 하게. 해먼드 대사님, 우리가 러시아를 안전하게 가로지를 수 있도록 차르께 안전 통행권을 받아주시면 대단히 감사하겠습니다."

"맙소사! 굶주린 야생 용 오천 마리가 러시아 시골 지역 곳곳에 퍼져 있는 판에 차르께서 안전 통행권을 내주시겠습니까? 대령님, 차라리 대령님의 영향력과 기운을 모아서……."

로렌스는 그의 말을 잘랐다.

"이 여정에 성공하려면 내가 기운을 아껴야 됩니다."

해먼드는 포기하는 듯하더니 잠시 후 로렌스가 저녁을 때우러 농가로 들어가자 테메레르에게 다가와 다시 설득에 나섰다.

"테메레르, 대령님은 굳이 말씀을 하지 않았지만 내가 해야겠어. 이 여정 때문에 대령님이 돌아가실 수도 있어. 병상에서 겨우 일어나셨잖아. 아직 몸이 완전히 회복되지 않아서 약한 상태서. 그런 상태에서 먹을 것도 부족하고 쉴 곳도 거의 없는 얼어붙은 황무지를 가로지른다는 건 대령님에게는 사형 선고나 다름없어. 그런데도 꼭 대령님을 잔인한 운명에 빠뜨려야겠니?"

"아! 어떻게 대사님이 저한테 그런 말을 해요. 로렌스가 어쩌다가 저렇게 몸이 약해졌는데. 로렌스가 망할 결투를 하겠다고 나섰을 때 대사님은 저한테 알려주지도 않았잖아요. 제가 알았으면 로렌스가 그 아무짝에도 쓸모없는 겁쟁이 놈의 총에 맞도록 내버려두지 않았을 겁니다."

테메레르는 해먼드에게 짐이나 꾸리라고 했지만 해먼드의 주장이 타당하다는 것을 인정하지 않을 수 없었다. 요즘 로렌스는 너무도 쉽게 숨이 찼고 안색은 창백했으며 몹시 피곤해 보였다. 혼자 힘으로 일어선 게 겨우 이틀 전이었다. 속이 타서 땅바닥을 발톱으로 긁어대던 테메레르는 옆으로 몸을 기울여 에로이카를 깨웠다. 에로이카는 장시간 고된 비행을 마친 후라 잠이 들어 있던 참이었다.

"잠깐 저기 가서 얘기 좀 할 수 있을까?"

테메레르가 나지막이 물었다. 그들은 양 우리나 나무들을 쓰러뜨리지 않기 위해 조심스레 걸음을 옮겨 약간 떨어진 곳으로 갔다. 테메레르는 결심을 다지며 말을 꺼냈다.

"에로이카, 이번에 내가 로렌스와 함께 갈 수가 없게 됐어. 로렌스가 몸이 안 좋아서 나랑 같이 가면 안 되거든. 하지만 나는 알 때문에 가봐야 돼. 그래서 말인데 내가 돌아올 때까지 로렌스를 지켜줄 수 있어?"

"테메레르, 넌 내게 최고의 친구야! 당연히 로렌스를 내 비행사처럼 지켜줄게. 네 덕분에 디헤른을 되찾게 됐는데 뭔들 못해주겠냐?"

"그렇게 생각해줄 줄 알았어."

말만 꺼냈을 뿐인데도 벌써 로렌스와 이별한 것처럼 테메레르는 가슴속이 횅하고 울적했다. 침울해진 테메레르는 고개를 푹 숙였다.

에로이카가 옆으로 다가와 테메레르의 어깨 아래를 제 어깨로 받쳐주며 위로해주었다.

"용기를 내! 넌 알을 구하고 무사히 돌아올 수 있을 거야. 네가 떠나 있는 동안 디헤른과 내가 네 비행사를 안전하게 지켜줄게. 내 동료들도 마찬가지일 거야. 수많은 프러시아 용들이 네 덕분에 비행사와 다시 만났잖아."

테메레르는 그 말을 위안 삼으려 했지만 쉽지 않았다. 로렌스

에게 엄청난 보물과 그를 지켜줄 많은 친구들을 남겨두고 떠난
다고는 해도 사실상 전장 한가운데에 로렌스를 두고 가는 것이
었다. 하지만 리엔이 언제 암살자들을 보내 알을 파괴할지 몰랐
다. 우아한 오팔색의 알이 황성의 대리석 바닥에 떨어져 박살
나고 알을 지키던 경비병들은 죄다 살해당할지 모른다는 생각
에 테메레르는 다시 온몸이 떨렸다.

"난 가야 돼."

테메레르는 말이 제대로 나오지 않았다. 로렌스를 데려가지
않을 것이므로 짐을 쌀 필요는 없었다. 따로 준비를 하거나 식
량을 챙길 필요도 없었다. 먹이는 비행을 하면서 사냥으로 조달
하면 되었다.

"에로이카, 이따가 로렌스에게 내 말을 전해줘……."

하지만 테메레르는 말문이 막혔다. 로렌스가 이미 알고 있을
만한 말밖에 떠오르지 않았다.

"네가 그를 두고 떠나게 돼서 안타까워하더라고 전할게. 그리
고 네가 돌아올 때까지 내가 너 대신에 그를 보호할 거라고도 말
할게."

테메레르는 고개만 끄덕이다가 훌쩍 날아올랐다. 양 날개로
공기를 크게 퍼서 뒤로 밀어내며 동쪽을 향해 머리를 돌렸다.

바깥에서 고함 소리가 들려왔다. 로렌스는 들판을 가로지르
는 거대한 그림자를 보고는 테메레르가 그를 두고 떠났음을 즉
시 알아챘다. 로렌스는 농가의 주방에 놓인 거친 탁자 앞에 앉아

있었다. 그는 상황을 알아채고도 즉시 일어서지 않았다. 이미 늦었기 때문이었다. 몸에 흉갑을 두르지도 짐을 싣지도 않은 채 최고 속도로 날고 있는 테메레르를 따라잡을 용은 여기 없었다.

해먼드가 황망한 표정으로 문간에 서 있었다. 로렌스는 그의 얼굴을 마주 보았다. 망설이던 해먼드는 로렌스의 얼굴을 보고 그가 이미 상황을 파악했음을 알았다. 해먼드는 고개를 숙인 채 아무 말도 하지 않았다.

로렌스가 조용히 입을 열었다.

"그래도 차르께 안전 통행권을 내달라고 해주세요. 크게 쓸모는 없겠지만, 그래도 러시아 우편배달 용들이 길을 앞질러가서 말을 전하면 테메레르가 방해받지 않고 비행할 수 있을 겁니다."

"알겠습니다. 대령님, 정말 죄송하게 됐습니다……."

로렌스는 한 손을 들어 올리며 고개를 저었다. 지금 해먼드를 비난해봐야 아무 소용없었다. 다리에 힘을 주고 의자에서 일어선 로렌스는 간이침대로 돌아갔다. 지금으로써는 할 수 있는 일이 없었다.

그대로 잠든 로렌스는 밤늦은 시각 방 저편에서 조그맣게 승강이를 벌이는 소리에 눈을 떴다. 난로의 잉걸불이 도브로즈노프를 오렌지색으로 물들이고 있었다. 간이침대에 비딱하게 걸터앉은 도브로즈노프는 미소를 지으며 가비야의 손목을 잡았다. 가비야는 그의 손아귀에서 놓여나려 뒤로 몸을 빼면서 다급히 속삭였다. 도브로즈노프는 구슬리는 말투로 무어라 소곤대

면서 그녀를 자기 쪽으로 잡아당겼다. 로렌스는 몸을 일으키며
말했다.

"망할 불한당 놈아, 당장 여자를 놔줘. 안 그러면 부하들에게
네놈을 마당으로 끌어내 채찍질을 하라고 할 테다."

분노한 도브로즈노프는 얼굴을 자줏빛으로 물들이며 가비야
의 손을 놓았다. 가비야는 덫에서 풀려난 사슴처럼 가쁜 숨을
몰아쉬며 얼른 집 밖으로 뛰쳐나갔다. 가비야의 어머니가 침실
밖으로 고개를 내밀고는 미간을 찌푸렸다. 잠시 후 칼을 빼든
페리스가 앞문을 벌컥 열고 분노한 얼굴로 달려 들어왔다.

"당장 나하고 한판 붙어, 이 빌어먹을 자식아……."

페리스는 도브로즈노프를 당장 병상에서 끌어내고 싶은 걸
간신히 참는 눈치였다. 그런데 도브로즈노프가 페리스의 인내
심을 자극하며 업신여기는 투로 지껄였다.

"이게 무슨 난리야! 이봐 청년, 난 고작 농노나 한번 안아보자
고 싸움까지 하고 싶진 않아. 웃음거리가 되고 싶으면 혼자 되
라고."

로렌스는 지친 목소리로 말렸다.

"부상당한 자를 죽이거나 겁쟁이를 강제로 싸움에 끌어들여
선 안 돼, 페리스. 그만둬. 내일이면 저자는 수레에 실려 도시로
돌아갈 테고 우리도 기지로 돌아가. 그럼 더는 얽힐 일이 없어.
해먼드 대사님, 우리가 전부 이 집을 떠날 때까지 딸을 침실 밖
으로 못 나오게 하라고 저 부인에게 말해주세요."

프러시아 용들은 대부분 먹이를 공급받기 위해 기지로 돌아

갔고 에로이카만 농가 주변에 남았다. 그날 아침 로렌스가 문을 나서자 위대한 용 에로이카가 문 앞으로 다가와 앞으로 자기가 지켜주겠다고 진지하게 말했다. 테메레르가 떠나기 전, 테메레르를 대신해 로렌스를 지켜주기로 약속했다는 것이었다. 에로이카는 용답게 낙관적으로 말했다.

"테메레르는 곧 돌아올 겁니다. 그러니 대령님 본인에 대해서나 테메레르가 남겨둔 엄청난 보물에 대해서는 너무 걱정하지 않으셔도 됩니다. 제가 금화 한 닢도 못 빼앗아가게 하겠습니다!"

디헤른 역시 테메레르가 직면한 크나큰 위험을 누구보다 잘 알기에 에로이카 못지않게 열정적이었다.

"살아 있는 한, 희망은 있다는 말이 있죠. 내 경우를 봐도 그렇고요. 대령과 테메레르가 우리를 이렇게 만나게 해줬으니 우리도 조그맣게나마 보답을 해야죠. 어서 갑시다. 빌나로 돌아가야죠. 푹 쉬면 대령의 몸도 금세 회복될 겁니다. 그리고 대령의 용은 떠났지만 대령은 군인으로서 의무가 있지 않습니까. 우리 프러시아 공군의 교관이 되어주세요. 우리의 구식 편대 비행이 나폴레옹에게는 효과가 없다는 걸 예나 전투 때 다들 깨달았습니다. 규율을 새로 만들고 매일 훈련을 하는 걸로는 충분치 않습니다. 동양의 새로운 비행 전술을 배워야죠. 우리가 그 목표를 이루도록 제일 잘 도와줄 수 있는 사람이 바로 대령입니다."

디헤른의 목소리와 그간의 행동 때문에 그의 말은 상당히 설득력이 있었다. 포로로 잡혀 있을 당시에도 디헤른은 자유를 위해 고군분투했고, 용을 잃고 혼자가 됐을 때도 군인으로서의 본분을 잊지 않았다. 조국 프러시아가 프랑스와 맺은 조약 때문에 옴짝달싹 못 하게 되자 디혜른은 러시아로 넘어와 독재자 나폴레옹과의 싸움에 조금이라도 보탬이 되기 위해 노력했다. 로렌스는 말없이 고개를 끄덕였다. 디혜른의 말처럼 군인으로서 의무는 남아 있었다.

도브로즈노프를 위한 수레는 필요하지 않았다. 도브로즈노프는 이동을 해도 될 만큼 몸이 나아지지 않았다며 계속 농가에서 뭉개려 했다. 하지만 당장 나가지 않으면 집 밖으로 내팽개쳐질 분위기임을 감지하고는 매끈한 곡선을 자랑하는 마차를 농가로 불렀다. 그는 키 큰 하인의 품에 안겨 마차에 타면서도 내내 앓는 소리를 하고 불평을 늘어놓았다. 그는 떠나기 전에 메르켈리테 부인에게 금화를 조금 더 쥐여주고 가비야에게 대놓고 윙크를 해서 페리스의 얼굴이 분노로 달아오르게 했다. 도브로즈노프는 몸이 회복되면 언제든 가비야를 자기 거처로 부르거나 자신이 직접 이 집으로 돌아올 수도 있겠지만 당분간은 이 집에서 멀리 떨어져 있게 될 것이다. 로렌스 일행이 더는 해줄 일이 없었다. 도브로즈노프가 도시에서 더욱 재미있는 뭔가를 찾기를 바랄 뿐이었다.

로렌스 일행은 테메레르의 보물을 잘 포장해 수레에 실었고 추르키와 에로이카에게 먹이를 주었다. 마지막으로 추르키는 가비야를 데려가자며 나지막하게 해먼드를 채근했다. 페리스는 가비야 쪽을 쳐다보지 않기 위해 에로이카의 건너편 옆구리

쪽에서 괜히 하네스를 만지작거렸다. 페리스는 가비야가 희롱당하는 꼴을 더는 보지 않아도 되었지만 차라리 그런 상황이 조금 더 이어지기를 바라는 눈치였다. 이미 가문을 한 번 실망시켰던 그는 지금으로써는 가문에 대한 의무감보다는 눈앞에 있는 여인의 매력에 더 흔들리고 있었다.

부축을 받아 에로이카의 몸에 탑승한 로렌스는 담요와 방수포로 몸을 덮은 뒤 에로이카의 어깨 너머를 내려다보았다. 디헤른이 페리스에게 묻는 소리가 들렸다.

"이봐, 젊은 친구. 정말 저 여자를 데려갈 생각 없어? 확실히 결정한 건지 알고 싶네만."

페리스는 고개를 숙인 채 숨을 한번 삼키고는 가라앉은 목소리로 대답했다.

"물어봐주셔서 감사합니다, 디헤른 대령님. 저는 안 되겠습니다."

디헤른은 고개를 끄덕였다.

"음, 자네는 젊으니까 앞으로 젊은 여인들을 많이 만나겠지! 자네한테 마음이 쓰이는군. 프러시아 각료들에게 편지를 보내 자네를 프러시아 공군에 복무시켜달라고 요청해도 되겠나? 지금 프러시아에는 비행사보다 용이 더 많아. 로렌스 대령에게 자네를 우리 쪽으로 보내달라는 부탁은 굳이 하지 않아도 되네. 대령은 당연히 그러라고 할 테니까."

페리스의 하얀 피부가 붉게 상기되었다.

"저야, 감사할 따름입니다, 대령님."

그는 디헤른의 시선을 피하고는 우물우물 대답하며 고개를 숙였다.

디헤른은 그의 어깨를 툭 치고 그 자리를 떠났다. 페리스는 기대감과 우울감이 뒤섞인 기분이었지만 젊은 데다가 공군으로 오래 복무한 덕분에 민첩하게 에로이카의 몸에 탑승했다. 그는 익숙한 동작으로 카라비너를 걸고 자리에 앉아 두 손을 내려다보았다. 지상 요원들이 에로이카의 몸에 장비를 싣고 임시 하네스를 조정했다. 테메레르가 남겨둔 하네스를 에로이카의 몸에 맞게 수선한 것이라 완전히 맞지는 않았다. 에로이카는 테메레르보다 몸통이 넓고 뼈비늘이 몸을 뒤덮은 완전히 다른 체형이었다.

165

이어서 장교들이 용에 탑승했다. 해먼드는 투덜대는 추르키를 설득해서 중매인 노릇을 그만두게 하고 마침내 등에 올라탔다. 디헤른은 메르켈리테 모녀와 작별 인사를 하러 갔다. 로렌스는 눈을 감았다. 통증을 달래기 위해 로더넘을 마셨기 때문에 비행 중에 누가 옆에서 그를 지켜봐야 했다. 머리가 어지럽고 속이 좋지 않았다. 잠시 후 뒤에 앉은 페리스가 놀란 숨을 들이켜는 소리에 로렌스는 눈을 떴다. 디헤른이 가비야의 손을 잡고 에로이카를 가리키며 무어라 열심히 말하고 있었다. 가비야는 놀라고 약간 수줍어하는 표정으로 디헤른의 얼굴을 올려다보았다. 가비야는 자신을 내려다보는 페리스를 흘끗 쳐다보았다. 그러나 그녀는 이내 입술을 깨물고 턱을 치켜들더니 디헤른에게 고개를 끄덕였다.

디헤른은 다시 메르켈리테 부인에게 무어라 말을 했다. 부인은 딸과 목소리를 낮추고 얘기를 나누었다. 그러고는 딸의 손을 디헤른에게 쥐여주고 고개를 끄덕여서 두 사람의 앞날을 축복해주었다.

다음 날 아침 디헤른은 결혼 특별 허가증을 받아 들고 농가로 다시 날아갔다가 신부를 데리고 기지로 돌아왔다. 에로이카는 추르키가 대놓고 짜증을 내는 것을 보면서 자신의 비행사가 가비야를 둘러싼 경쟁에서 승리했음을 알고 만족해했다. 그래도 에로이카는 품위를 지키면서 추르키에게 진심으로 말했다. 디헤른의 아내만큼 사랑스럽고 매력적인 여자는 아니더라도 해먼드 역시 조만간 훌륭한 동반자를 얻게 될 것이라고.

다음 날 아침 로렌스의 몸 상태를 살피기 위해 작은 오두막에 들른 디헤른은 격의 없이 말했다.

"나를 비난하지 말아요, 로렌스. 페리스는 곧 감정을 잘 추스를 겁니다. 그 나이 때 나는 전투에 신경 쓰느라 여자 생각은 별로 하지도 않았죠. 그나저나 페리스는 지상 일을 6년이나 했으니 그만하면 머리는 충분히 식혔을 겁니다. 나 역시 에로이카와 헤어지고 공허한 마음으로 세월을 죽이며 살아봐서 잘 압니다."

로렌스는 디헤른의 감정을 이해할 수 있었다. 테메레르와 떨어지게 되면서 두렵고 불안했던 마음이 디헤른과 얘기를 나누며 잠시 진정되었다. 디헤른이 오두막을 나가자 로렌스는 옆으로 치워두었던 지도와 보고서를 다시 펼쳤다. 그는 테메레르가 택했을 만한 경로를 지도에서 짚어보고 전달받은 편지들을 통해 테메레르가 맞닥뜨릴 최악의 상황을 떠올리면서 다시 속을 끓이고 스스로를 괴롭혔다. 상황은 참담했다. 야생 용들이 러시아 서부 지역의 수많은 저장고에 쌓인 식량을 죄다 먹어치우고 엉망으로 만들어놓은 바람에 광범위한 지역에 기근이 들었다. 귀족들은 소작농들이 잠든 용을 도살하면 한 마리당 얼마씩 가격을 쳐주었다.

몸이 아프고 심신이 지쳐서 기운이 빠져버린 로렌스는 잠시 눈을 붙였다. 꿈에서 두껍게 쌓인 눈을 밟으며 검은 나무들과 납빛 하늘 사이를 걷던 그는 저만치 들판에 홀로 누운 테메레르의 시체와 입에 온통 피 칠갑을 하고 테메레르의 옆구리를 뜯어 먹는 담비들을 보았다.

7

테메레르는 눈밭에 튀어 올라온 발굽 주변의 눈을 발톱으로 쓸어냈다. 그제야 왜 이 말의 시체를 다른 동물들이 먹어치우지 않았는지 알 수 있었다. 발굽 외에 나머지 부분은 약 1미터 두께의 시퍼런 얼음 속에 얼어 있어 눈에 잘 띄지 않았다. 잔뜩 지친 테메레르는 말 시체를 바라보며 잠시 고민했다. 하지만 이 근처 어디에도 먹을 것이 없었다. 테메레르는 기운을 모아 얼음 덩어리를 향해 고함을 질렀다. 가슴속에서 웅웅거리며 흘러나온 신의 바람에 얼음 표면이 갈라졌다. 한 번 더 고함을 지르고 발톱으로 얼음 덩어리를 내리찍었다. 마침내 얼음이 부서졌으나 말의 시체도 함께 부서졌다. 아무래도 상관없었다. 테메레르는 조각난 말의 시체를 집어 입에 넣고는 잠시 녹인 다음 삼켰다.

다 먹고 나니 몸이 부들부들 떨렸지만 심한 허기는 가셨다. 햇빛이 사그라지고 있어서 이동은 무리였다. 쉴 곳을 찾기 위해 삼십 분쯤 주변을 날아다니던 테메레르는 다행히 커다란 헛간을 찾아냈다. 제대로 된 헛간은 아니었다. 돌을 쌓아 만든 거친 벽은 하나뿐이고 기둥 위에는 반쯤 썩은 널빤지 지붕이 얹혀 있어 삼면이 트여 있었다. 짓다가 그만둔 것 같았다. 기다란 통나무들이 구석에 잔뜩 쌓여 있는 걸 보면 헛간을 마저 지으려다가 잊어버린 듯도 했다.

그래도 어젯밤 돌벽에 기대어 추위를 피했던 것을 생각하면 훨씬 나은 쉼터였다. 바닥에는 나뭇잎이 깔려 있고 건초도 있었으며 눈은 쌓여 있지 않았다. 그 옆에 내려선 테메레르는 지붕 아래로 힘겹게 기어 들어갔다. 안으로 들어가 누워보니 자리가 비좁은 게 오히려 낫다는 생각이 들었다. 적어도 지독한 바람은 피할 수 있었다. 양옆으로 날개를 내리덮고 그 아래로 머리를 집어넣으니 약간은 따뜻하기도 했다.

근심과 고단함에 지친 테메레르는 눕자마자 깊은 잠에 빠져들었다. 그러다 몇 시간 후 기침이 나고 이상하게 몸이 따뜻해 어둠 속에서 뒤척이며 눈을 떴다. 그런데 어딘지 편치 않은 온기였다. 이 정도로 따뜻한 게 의아했다. 혹시 밖에 불이라도 났는지 보려고 머리를 움직이려 했지만 움직일 수가 없었다. 무언가가 그의 날개를 꼼짝 못 하게 누르고 있었다. 날개 끝을 아래로 약간 꼼지락거려 보았다. 경악스럽게도 테메레르가 잠을 자는 동안 누군가 묵직한 통나무들로 벽을 쌓아 삼면을 막고 불을 붙인 모양이었다. 벽 너머를 내다보니 눈 더미에 묻혀 있던 불쏘시개에 불이 붙어 탁탁 소리를 내며 활활 타오르고 있었다. 불붙은 장작이 어깨뼈 사이의 등으로 떨어지자 테메레르는 비

169

명을 질렀다. 고개를 돌려보니 지붕이 온통 불쏘시개였다. 깔고 누웠던 건초에도 불이 옮겨 붙었다.

불길이 타오르는 소리 너머로 여러 사람이 러시아어로 외치는 소리가 들렸다. 테메레르는 통나무 틈새에 한쪽 눈을 갖다 대고 바깥을 내다보았다. 시커먼 그림자처럼 보이는 사람들이 쇠스랑을 손에 들고 서성이고 있었다. 테메레르는 러시아어로 "도와줘요! 도와주세요!"라고 소리쳤다. 사람들은 테메레르 쪽을 돌아보며 가슴에 성호를 그을 뿐, 아무도 가까이 다가오지 않았다. 테메레르는 정신이 혼미하고 무지근한 와중에도 저들이 일부러 헛간에 불을 질렀음을 알아챘다. 저들은 그를 산 채로 태워 죽일 작정이었다.

테메레르는 신의 바람을 쓰기 위해 공기를 들이마셨지만 연기 때문에 목이 상해 기침만 나왔다. 어떻게든 움직이려 했지만 통나무들이 몸을 무겁게 짓눌렀다. 몸 위에 쌓인 통나무들이 너무 많았다. 점점 더 많은 숯이 비처럼 떨어지고 있어 날개를 몸통에 바짝 붙여야 했다. 어쩔 수 없이 다리에 힘을 주고 몸을 일으켜보았다. 연약한 날개 막이 열기에 그슬리면서 날개를 따라 날카로운 통증이 느껴졌다. 사람들이 바윗덩어리라도 올려놓았는지 지붕이 몸을 무겁게 짓눌렀다. 테메레르는 한 번, 두 번 힘을 주다가 심하게 기침을 했다. 잠시 후 다시 힘을 주자 지붕이 삐걱 소리를 냈다.

밖에서 남자들이 고함을 치며 달려와 쇠스랑 끝으로 테메레르의 머리와 앞다리를 찔렀다. 한 남자가 날카로운 쇠스랑으로 주둥이 쪽의 뼈를 따라 피부를 베는 순간 테메레르는 비명을 지르며 눈을 질끈 감았다. 쇠스랑은 눈 아래에 튀어 올라온 뼈를 가까스로 비껴갔다. 남자는 한 번 더 찌르려고 몸을 뒤로 젖혔다. 다급해진 테메레르는 죽을힘을 다해 일어섰다.

그 순간 지붕이 갈라지고 불붙은 숯처럼 뜨거운 돌들이 테메레르에게 쏟아져 내렸다. 사방에서 불꽃이 맹렬하게 타올랐다. 테메레르는 날아오르려 했지만 다리와 날개가 말을 듣지 않았다. 맑고 차가운 공기를 들이마시기 위해 허둥지둥 앞으로 기어가 이미 무너지고 있는 헛간을 들이받았다. 용광로 같은 불에서 구름처럼 하얀 증기와 연기가 맹렬하게 뿜어 나왔다. 테메레르는 그 사이로 더듬더듬 기어갔다. 온몸이 불에 그슬려 따가웠다. 화상 입은 곳을 식히기 위해 눈밭에 몸을 던지고 격렬하게 몸부림치며 등으로 굴렀다.

남자들이 다시 고함을 치며 몰려들었다. 테메레르는 억지로 몸을 굴려 다시 일어섰다. 남자들은 낫과 쇠스랑, 도끼 따위를 치켜들고 테메레르에게 달려왔다. 횃불 불빛에 금속이 새빨갛게 번뜩였다. 테메레르는 엉덩이를 바닥에 대고 몸을 일으킨 뒤 날개를 활짝 펼쳤다. 그러고는 얼굴 주변의 막을 펼치고 고통과 분노에 찬 고함을 쏟아냈다. 달려들던 자들은 파도처럼 쓰러져 꼼짝하지 않았다.

뒤쪽에서 오던 자들은 속도를 늦추다가 멈춰 섰다. 그들은 완전히 일어선 테메레르를 올려다보느라 고개를 뒤로 젖혔다. 그들은 무기며 횃불을 바닥에 떨어뜨리고 달아났다. 테메레르는 네 발로 엎드린 채 몸을 부들부들 떨며 숨을 몰아쉬었다. 양 날개가 끔찍하게 쓰라렸다. 조심스레 날개를 앞으로 뻗고 살펴보니 불에 탄 자리 너머로 오렌지색으로 물든 눈밭이 비쳐 보였다. 날개 막에는 닳아빠진 돛처럼 너덜너덜한 구멍이 잔뜩 생겨났다.

테메레르는 열기를 좀 더 식히기 위해 눈 더미 속으로 파고들었다. 화상까지 입었음에도 몸은 금방 차가워졌다. 차가운 공기에 몸이 덜덜 떨려서 눈 더미에 몸을 오랫동안 붙이고 있을 수가 없었다. 몸을 데우기 위해 격렬하게 타오르는 불쪽으로 기어가 불 가까이에 웅크리고 누웠다. 기운이 쭉 빠져 몸이 계속 떨렸지만 잠을 잘 수도 없었다. 아까 그자들이 언제 돌아올지 몰랐다. 어쩌면 총을 가져올 수도 있었다. 가짜 헛간의 마지막 모서리 부분이 무너지면서 모닥불이 치솟자 테메레르는 움찔했다. 모닥불은 마치 불꽃놀이처럼 눈부신 오렌지색 불꽃을 토해냈다.

여기서 조금 떨어진 곳으로 날아가 몸을 피할까 싶었지만 날개를 쓰고 싶지 않았다. 쓰라린 것은 말할 것도 없고 흉곽 전체를 따라 몸이 쑤셨다. 목구멍 안쪽도 살이 벗겨졌는지 통증이 심했다. 이 와중에 밤의 추위는 대단했다.

어느새 테메레르는 눈을 감고 잠이 들었다. 기분 나쁜 쩔그렁 소리에 다시 눈을 떴다. 아주 가까이에서 들리는 소리였다. 고개를 들고 보니 테메레르의 눈에서 겨우 몇 센티미터 떨어진 눈밭에 날카로운 쇠창이 거꾸로 꽂혀 있었다. 창 자루를 쥔 남자가 테메레르를 올려다보았다. 마치 사자처럼 얼굴 주변에 털이 둘러진 그 남자는 이내 뒤꿈치로 눈덩어리를 차내며 도망쳤다. 쇠창 머리 옆에는 또 다른 남자가 손에 칼을 쥐고 서 있었다. 그 남자가 쇠창을 옆으로 쳐낸 듯했다.

테메레르는 칼을 쥔 남자를 멍하니 내려다보았다. 타르케였다. 난데없이 그가 왜 여기 있을까. 하지만 그것보다 더 급한 문제가 있었다. 말이 저만치 달아나고 있었다.

"저거 당신 말이야? 내가 먹어도 되지?"

테메레르는 안 된다는 대답이 나오지 않기를 바랄 뿐이었다. 대답을 기다릴 여유가 없었다. 몇 분 후면 말은 숲속으로 사라질 테고, 그러면 영영 놓치고 마는 것이다. 날개를 펼치자 몹시 쓰라리고 아팠다. 날아오르려면 숨을 잔뜩 들이마셔야 했다. 이런 상태로 비행하면 느릿하게 나는 모양새가 보기 사나울 테지만 아무래도 상관없었다. 지금 테메레르의 세상은 눈밭에 길게 찍히는 작은 발굽 자국, 짙은 푸른색으로 뻗은 그림자, 저만치 달려가는 말의 검은 몸뚱이로 좁혀졌다.

173

말을 붙잡은 테메레르는 발굽과 꼬리까지 전부 먹어치웠다. 등자가 이빨에 끼는 바람에 안장을 뱉어내야 한다는 것을 겨우 기억했다. 말의 뜨거운 피가 쓰라린 목구멍을 타고 기분 좋게 흘러 내려갔다. 마지막 남은 부위를 삼키고 나니 조금은 창피하기도 해서 주변을 둘러보았다. 타르케가 눈밭에 길을 내며 테메레르에게 터덜터덜 걸어왔다.

"정말 미안해. 최대한 빨리 다른 말을 구해줄게. 단, 다른 먹

이가 있다는 전제하에서. 그런데 당신은 여기서 뭐하고 있는 거
야?"

"너를 찾고 있었어. 아니, 정확히 말하면 네가 속한 영국군을
찾고 있었어. 네 쪽으로 가는 연락망을 찾으면 내가 직접 빌나
로 가는 것보다 빠를 것 같아서. 용을 고용해서 키예프까지 타
고 갈까도 했는데 북쪽으로 가기는커녕 러시아군 가까이 가려
는 용이 없더라고."

"그 용들이 거절한 게 당연하지. 난 이런 대접을 받을 만한 일
을 하지 않았는데도 여기까지 오는 내내 사람들에게 공격당했
어."

테메레르는 자신의 상황을 떠올리자 새삼 비참한 기분이 들
었다.

"그런데 타르케, 난 당신을 로렌스에게 데려다줄 수가 없어.
나는 가던 길을 계속 가야 돼. 청국으로……."

"말 끊어서 미안한데, 네가 뭘 잘못 알고 있는 것 같다. 넌 청
국이 아니라 프랑스로 가야 돼. 놈들이 이틀 전에 네 알을 갖고
이스탄불에 들렀어. 지금 방향을 돌리면 알프스 산맥에서 놈들
을 붙잡을 수도 있을 거야."

제2부

"아이고, 로렌스 대령님은 점점 더 험
악한 곳을 찾아가는 재주가 있으십니
다."

차 한잔으로 손과 목을 데웠는데도
타르케의 목소리는 여전히 추위로 갈
라졌다. 로렌스는 그의 말에 반박할 수
없었다. 지금 그들은 차가운 크레바스
(빙하 속의 깊이 갈라진 틈—옮긴이) 안
쪽의 튀어나온 바위 위에 모여 있었다.
머리 위의 드넓고 화창한 하늘에는 구
름이 선회하고 발밑에는 한밤중처럼
어둡고 푸르스름한 빛깔의 얼음벽이
까마득하게 뻗어 있었다.

그래도 추락사할 위험은 없었다. 테
메레르가 그들 아래서 술병의 코르크
마개처럼 크레바스 틈새에 쭈그리고
있었으니까. 테메레르의 가죽이 얼음
벽에 들러붙지 않도록 승무원들이 그
사이에 마른 잎사귀와 지푸라기를 두
툼하게 대놓았지만 술병의 코르크 마
개라는 표현 그대로 테메레르는 상당
히 불편한 자세였다. 다행히 몸통 색깔
이 얼음벽처럼 어두운 색이라 거의 눈

에 띄지 않았다. 프랑스 순찰 용 두 마리가 환한 햇살 속에서 그들 머리 위로 곧장 날아갔다. 테메레르 일행은 은신처에서 프랑스 용들을 훤히 올려다볼 수 있었지만, 프랑스 측은 아무리 매서운 눈을 가진 포 드 시엘 품종의 용이라고 해도 그늘진 은신처에 숨은 검은 몸통의 테메레르를 포착하기 어려울 것이다.

타르케가 계속해서 말했다.

"여기만 한 은신처가 없기는 하네요. 여러분이 90미터 내에 있다는 걸 미리 알고 이 위를 열두 번쯤 지나가더라도 전혀 알아채지 못하겠어요."

그러자 테메레르가 처량하게 투덜거렸다.

"그렇게 훌륭한 은신처 같지는 않아. 밑이 비어 있어서 기분이 엄청 이상해. 비행하는 것처럼 몸은 떠 있지만 비행하는 건 아니고. 얼음벽도 너무 차가워. 지도라도 다시 한번 보자. 놈들이 지나갈 만한 곳을 좀 더 추측해보게."

로렌스는 이미 크레바스 벽면에 작은 못으로 지도를 붙여놓았다. 알프스 산맥의 긴 능선을 따라 상당히 여러 군데를 수정한 지도였다. 원래 측량사가 작성한 지도였지만 로렌스가 그린 지도라도 해도 무방할 지경이었다. 지도에 표시된 수십 개의 산길은 이미 눈과 얼음으로 막혀 있었다. 로렌스가 처음 그 지도를 보여줬을 때 알프스 산맥의 야생 용들은 지도가 그게 뭐냐며 낄낄대고 한마디씩 했다. 사실상 용은 사람보다 훨씬 뛰어난 측량사였다.

로렌스는 프랑스군이 폐쇄된 길 위쪽으로 날아갈 가능성은 높지 않다고 보았다. 그럴 경우 여러 모로 불편이 따르기 때문이었다. 알프스 산맥을 지나려면 용들은 눈사태와 낙석을 피해 안전하게 밤을 보낼 장소가 있어야 하고 승무원들도 편하게 야영할 곳이 필요했다. 프랑스와 이탈리아를 전속력으로 오가는 프랑스의 우편배달 용들도 폐쇄된 산길 위쪽은 피해 다녔다. 하물며 훔친 알을 가지고 이스탄불에서 프랑스로 가려는 자들이 위험을 무릅쓰고 험난한 경로를 택할 이유는 없었다. 알프스 산맥은 프랑스를 에워싼 벽이나 다름없었다. 나폴레옹은 알프스 산맥의 험준한 산세 탓에 그의 요새가 외부의 급습을 받으리라는 생각은 하지 않을 것이다.

테메레르는 진저리를 쳤다.

"설마 놈들이 비스토르타가 말한 그곳을 지나가지는 않겠지? 비스토르타의 친구가 눈에 파묻혀 죽을 뻔했다는 곳 말이야. 아! 놈들이 알을 깨뜨리거나 얼리면 어떻게 하지……."

"지금껏 알을 조심스럽게 운반해왔을 텐데 그런 짓을 하겠냐."

로렌스는 테메레르를 달랬다. 리엔이라면 테메레르와 이스키에르카의 알을 파괴하고 싶어 하겠지만 나폴레옹은 귀한 혼혈 품종의 알을 없애기보다는 이용하려 들 게 분명했다. 셀레스티얼 품종과 카지리크 품종의 혈통을 프랑스 용 혈통에 섞거나 그 알로 테메레르와 이스키에르카를 협박해 전장에서 철수시킬 수도 있을 것이다. 알은 앞으로 1년, 길면 2년쯤 부화하지 않을 가능성이 높았다.

"놈들에게는 험한 산길 말고도 다른 길이 많아. 야생 용들에게 부탁해서 여러 산길에 넓게 포진해 있다가 수상한 용들이 들어오면 알려달라고 하는 게 제일 나아. 놈들 중에 헤비급 용도 있다고요?"

로렌스가 묻자 타르케가 고개를 끄덕였다.

"유감스럽게도 플레르 드 뉘가 있습니다."

반갑지 않은 소식이었다. 플레르 드 뉘가 동행하고 있다면 야간에도 무리 없이 이동할 수 있을 것이다. 테메레르 일행이 밤에 그들을 포착한다고 해도 플레르 드 뉘는 야간 시력이 좋으니 훨씬 유리한 입장이었다.

테메레르는 평소답지 않은 포악한 말투로 내뱉었다.

"놈들을 찾으라고만 해. 훔친 알을 내 앞에서 뻔뻔하게 움켜쥐고 내놓지 않으면 몇 마리든 상대해줄 테니까. 놈들은 자기네가 얼마나 부끄러운 짓을 했는지도 모르겠지."

그날 저녁, 알프스의 야생 용들은 테메레르의 요청대로 즉각 넓게 흩어졌다. 테메레르가 금 접시와 멋진 보석이 가득 담긴 커다란 상자 두 개를 내놓고 부탁한 일이라 야생 용들로서는 꺼릴 이유가 없었다. 테메레르는 야생 용들이 갖다 준 염소를 게걸스레 먹어치운 뒤 머리를 몸통에 거북한 각도로 얹고 꾸벅꾸벅 졸았다. 숨을 쉴 때마다 크레바스에 낀 테메레르의 몸이 불안하게 오르내렸다.

야생 용들이 건초를 한 더미 더 가져다주었다. 그 건초를 도둑맞은 농부는 용이 양이 아니라 양의 먹이인 건초를 훔쳐가는 것을 보고 꽤나 당황했을 것이다. 로렌스와 타르케는 테메레르의 몸이 얼음벽에 바로 닿지 않도록 그 사이에 건초를 집어넣어 주었다. 그들은 곡괭이로 얼음벽 주변을 위태롭게 오르내리며 테메레르의 옆구리에 건초를 한 줌씩 쑤셔 넣었다. 그 일을 마친 로렌스는 기운이 다해 몸이 덜덜 떨렸다. 로렌스는 바위로 천천히 다시 기어 올라갔고 타르케는 남은 건초를 발밑에 요처럼 깔아 냉기를 막았다.

"요양 장소 치고는 참 특이한 곳이네요, 로렌스."

방수포와 모피로 만든 임시 천막 아래로 기어 들어간 타르케는 로렌스 옆에 웅크리고 앉아 육포를 저녁 삼아 조금씩 뜯어 먹었다. 불을 피우면 크레바스 안쪽이 밝아져서 야간에도 사방으로 80킬로미터를 훤히 보는 플레르 드 뉘의 눈에 띌 것이므로 불을 피울 수도 없었다.

"지금 대령님과 테메레르의 몰골은 내가 본 중에 제일 추레하군요."

"어쩔 수 없는 상황이니까요."

로렌스는 간단히 대꾸했다. 너무 추워 말도 잘 나오지 않았다. 몸속 깊은 곳에서 총상의 통증이 올라왔다. 총상을 통해 얼음의 냉기가 몸속으로 스며드는 느낌이라 잠도 오지 않았다. 로렌스는 브랜디 병을 꺼내 한 모금 마시고 타르케에게 건넸다.

"이스탄불에 볼일이 있었을 텐데 방해를 받아 어떡합니까."

로렌스가 화제를 바꾸자 타르케는 곧장 말을 받았다.

"괜찮습니다. 프랑스 용들이 지나가기 며칠 전에 볼일은 다

봤어요. 그곳을 떠날 핑계가 생겨 차라리 잘됐죠. 어디에도 정착하지 못하는 처지임을 그런 식으로 늘 떠올리게 되니 참 넌장 맞기는 합니다."

타르케는 브랜디를 깊게 들이켠 후 로렌스에게 술병을 돌려주었다. 밤이 깊어 타르케의 얼굴은 보이지 않았고 목소리는 경쾌했지만 로렌스는 마음이 아팠다. 타르케의 목소리에 언뜻 비통함이 스쳤다. 타르케는 아마 아브라암 마덴 씨를 만나러 이스탄불에 갔지만 마덴 씨의 딸은 이미 다른 남자와 결혼했다.

로렌스가 조용히 물었다.

"어떻게 용을 고용한 겁니까?"

"이스탄불에서 동쪽으로 한 시간쯤 말을 타고 갔더니 한적한 장소가 나오더군요. 큼직한 소 한 마리를 슬쩍 내놓고 기다렸죠. 황혼 무렵에 야생 용 두 마리가 내려오더군요. 그 용들은 의심이 많았지만 내 설명을 알아들을 정도의 두르자크어 실력은 됐습니다. 사례로 소를 내주자 일은 착착 진행됐습니다. 그 용들이 흑해 건너 오데사 시의 변두리 근처까지 나를 태워다주고는 그곳에 사는 다른 용들에게 마치 특별 수하물을 넘기듯 나를 넘겼습니다. 그런 식으로 이 용 저 용에게 짐처럼 옮겨 다녔어요. 편안한 여행은 아니었지만 이동 속도만큼은 무척 빨랐습니다."

몇 번 더 술병을 주고받으며 육포를 씹어 먹던 두 사람은 온기를 지키기 위해 무릎을 잔뜩 웅크리고 테메레르만큼이나 불편한 자세로 잠이 들었다. 로렌스는 몸이 편치 않은 데다 요란한 바람 소리 때문에 가끔씩 잠이 깼다. 그래도 옆에 타르케가 있고, 테메레르의 숨소리가 안정적이고 나지막하게 들려와서 여기가 어디인지 기억할 수 있었다. 하늘에 박힌 별들이 서서히 선회하는 가운데 어두운 밤은 길게 이어졌다. 여명의 첫 빛줄기가 하늘을 가로지를 무렵 로렌스는 다시 잠에서 깼다. 그는 새벽이 완전히 밝아올 때까지 잠깐씩 졸다 깨다를 되풀이했지만 말은 한마디도 하지 않았다.

날이 밝자 그들은 조그맣게 모닥불을 피웠다. 크레바스 위쪽으로 올라간 타르케는 눈을 들통에 담아 와서 모닥불에 녹이기 시작했다. 그들은 눈 녹인 물로 차를 끓이고, 딱딱한 빵과 육포를 찻물에 담가 좀 더 먹기 편하게 만들었다. 테메레르는 몸을 뒤척이며 뻥 뚫린 하늘을 갈망하듯 올려다보았다. 하지만 발각될 위험이 있어서 잠깐의 비행도 할 수 없는 처지였다. 낮은 밤보다 느릿느릿 흘러갔다. 땅거미가 질 무렵 비스토르타가 그들이 숨어 있는 크레바스로 내려오자 로렌스는 놀라기보나는 반가웠다. 비스토르타는 테메레르에게 작은 양 한 마리를 먹이로 가져다주었을 뿐, 새로운 소식은 물어오지 못했다. 용 여러 마리는커녕 헤비급 용 한 마리조차 아직까지 포착되지 않았다.

"타르케는 놈들이 술탄의 궁전을 방문했다고 했지. 어쩌면 놈들은 이스탄불에 좀 더 머물렀는지도 몰라. 그래서 어제 우리 눈에 띄지 않았을 수도 있어. 그럼 오늘 밤이나 내일은 여기로 지나가려나."

실망한 테메레르의 넋두리에 타르케가 대꾸했다.

"내 생각보다 그들이 느긋하게 움직였다면 모레일 수도 있겠지."

로렌스는 말없이 생각에 잠겼다. 타르케가 테메레르를 찾아내기까지 사흘이 걸렸고, 로렌스가 머무는 야영지로 오기까지 일주일 이상 소요됐다. 그리고 알을 훔친 놈들을 일주일간 찾았다. 어쩌면 알은 이미 프랑스로 넘어가 테메레르 일행의 손이 미치지 않는 곳에 있을 수도 있었다.

"음, 오늘 밤일 수도 있어."

테메레르는 혼잣말을 하듯 나지막하게 중얼거렸다.

그러나 그날 밤도, 그다음 날에도 수상한 용들은 지나가지 않았다. 셋째 날이 되자 테메레르는 알이 잘못됐을 수도 있다며 몹시 초조해했다. 당장 크레바스를 빠져나가 직접 수색해보려는 테메레르를 말리느라 로렌스는 진이 빠졌다. 다음 날 새벽까지 테메레르를 크레바스 안에 잡아둘 수 있을지 로렌스는 자신이 없었다.

달이 저문 늦은 밤, 테메레르가 얼음벽을 긁어대는 바람에 로렌스는 퍼뜩 잠이 깼다. 눈을 들어 하늘을 보니 별들을 배경으로 작은 용의 윤곽이 시야에 들어왔다. 비스토르타였다. 테메레르가 다급히 그를 불렀다.

"로렌스, 로렌스, 빨리, 서둘러."

테메레르 주변에 얼음벽이 흔들리면서 우웅 소리와 함께 눈과 얼음이 작은 소나기처럼 쏟아져 내렸다. 테메레르는 로렌스와 타르케를 앞발로 잡아 올렸다. 두 사람을 크레바스 위쪽의 평평한 곳에 내려놓자마자 테메레르는 크레바스를 빠져나왔다. 마치 땅속 깊은 곳에서 난데없이 괴물이 기어 나오는 듯했다. 테메레르는 비탈을 기어 올라오면서 크레바스 입구 쪽에 발디딜 곳을 찾아 뒷다리를 버둥거렸다. 커다란 얼음 덩어리들이 테메레르의 발밑에서 요란하게 부서져 떨어졌다. 테메레르는 몸을 흔들고는 곧장 앞발을 뻗어 로렌스와 타르케를 잡아 등에 업었다. 두 사람이 간이 하네스에 카라비너를 걸자마자 테메레르는 몸을 띄운 뒤 부상으로 너덜너덜해진 날개를 거세게 퍼덕이며 날아올랐다.

로렌스는 테메레르가 지나치게 무리를 할까 봐 걱정했다가 길을 안내해주는 비스토르타보다 빠르지 않은 걸 보고 다행이라 여겼다. 몸이 쇠약해진 테메레르는 비스토르타에게 맞춰 비행하는 것만도 힘에 부쳐 숨이 거칠어졌다. 타르케의 말처럼 테메레르와 로렌스는 둘 다 요양을 제대로 못 하고 있었다. 로렌스의 몸에 두른 방수포 틈새로 칼바람이 파고 들었다. 방수포 모서리가 삐져나가 바람에 요란하게 퍼덕이자 로렌스는 그 부분을 붙잡아 다시 몸을 여몄다.

산이 하늘을 배경으로 시커먼 그림자처럼 비쭉비쭉 솟아 있었다. 비스토르타와 테메레르는 말없이 남쪽으로 비행을 계속했다. 한 시간쯤 날아간 비스토르타가 지상으로 내려가 짧고 날카롭게 휘파람 소리를 내더니 고개를 뒤로 젖히고 가만히 귀를 기울였다. 아무런 답이 오지 않자 비스토르타는 다시 날아올랐다.

"조금 더 갑시다!"

십 분쯤 더 날아간 비스토르타는 다시 휘파람 소리를 냈다. 이번에는 멀리서 비슷한 휘파람 소리가 대답을 해왔다. 비스토르타는 비행 방향을 약간 변경했다. 잠시 후 휘파람 소리가 훨씬 가까이서 들려오더니 이윽고 작은 수컷 용 한 마리가 나타나 그들을 맞이했다. 그 용이 비스토르타와 테메레르에게 무어라 말했지만 로렌스는 거의 알아듣지 못했다. 그들은 수컷 용을 따라 선회하다가 높고 날카로운 두 봉우리 사이의 골짜기로 강하했다. 수컷 용은 그들을 절벽에 붙은 좁은 바위로 데려갔다. 야생 용들에겐 넉넉하지만 테메레르에게는 좁은 바위였다. 테메레르는 절벽을 포옹하듯 몸을 바짝 붙이고 뒷다리로만 바위를 디뎠다. 초조해진 테메레르가 떨리는 목소리로 로렌스에게 말했다.

"놈들이 오고 있나 봐. 헤비급 용 한 마리인데 플레르 드 뉘는 아니래. 무슨 품종인지는 모르겠대."

"한 마리라고?"

로렌스는 이렇게 물으며 타르케를 쳐다보았다. 타르케는 미심쩍은 듯 고개를 저으며 말했다.

"이스탄불에서 듣기로는 세 마리가 함께 움직인다고 했습니다만, 거리의 소문은 종종 부풀려지는 법이니까요. 꼭 믿을 수는 없을 겁니다."

테메레르가 말했다.

"놈들을 막을 거야. 그런데 알을 다치게 하면 안 되잖아. 아!

내가 놈들에게 신의 바람을 쓰면 알은…….”

테메레르는 탄식으로 목소리가 갈라졌다.

로렌스는 좁은 산길을 바라보며 전략을 짰다.

“잘 유인해서 끌어내리면 돼. 야생 용들에게 놈들 머리 위에 차단막을 만들어달라고 해. 플레르 드 뉘가 아니라면 기습이 가능할 거다. 놈들은 우리가 몇 명인지 모를 테니까. 놈들에게 경고하고 설득해서 알을 내놓게 해야지. 그런데 그 용이 알을 해치지는 않겠지?”

테메레르는 날카롭게 내뱉었다.

“리엔이라면 그러고도 남을걸. 저항할 힘도 없는 알에게 무슨 짓이든 저지를 용이니까. 리엔이 한 짓을 당신도 봐서 알잖아!”

또 다른 야생 용이 바위로 내려서자 테메레르가 고개를 돌렸다. 그 용은 새로운 내용을 알려왔다. 그들의 목표물이 16킬로미터쯤 떨어진 곳에서 빠르게 날아오고 있다는 소식이었다.

목표물인 용에게 위치가 들통날 수 있으므로 당장 산비탈에 대고 신의 바람을 쓸 수는 없었다. 테메레르는 고함을 지르지 않았다. 대신 체중에 분노를 실어 바위와 얼음과 눈을 쓸어내려 골짜기 입구를 막았다. 요란한 산사태 소리가 났지만 산에서는 낯설지 않은 소리였다. 그동안 로렌스는 바위에 서서 권총은 물론 빌나에서 가져온 라이플까지 소제하고 장전했고, 소이탄 두 개의 심지도 새로 끼웠다. 그 정도로는 헤비급 용을 추락시킬 수 없겠지만 이쪽의 화력을 과시할 수는 있을 것이다. 로렌스는 최대한 신속하게 격발하기 위해 총기를 일렬로 늘어놓았다. 타르케도 자신의 권총과 라이플을 그 옆에 놓았다.

잠시 후 테메레르가 바위로 돌아왔다. 그들은 규칙적으로 퍼덕이는 날개 소리를 듣기 위해 추위로 몸이 뻣뻣해질 때까지 가만히 서서 귀를 기울였다. 야생 용 다섯 마리 정도가 추가로 그들에게 합류해 양옆에 자리를 잡았다. 야생 용들은 아까보다 훨씬 들뜬 모습으로 저희끼리 조그맣게 재잘거렸다. 로렌스는 야생 용들이 '보물'을 뜻하는 단어를 두 번 넘게 신나게 지껄이는 소리를 들었다.

곧 야생 용들도 입을 다물고 귀를 기울였다. 목표물이 가까이 왔다. 허리를 바짝 세우고 앉은 알프스 산맥의 야생 용들은 두상이 좁고 길어서 먹이를 향해 뛰어오르기 직전에 신호를 기다리는 그레이하운드 품종의 열정적인 개들을 연상시켰다. 그랜비가 여기 함께 있었으면 날갯짓의 간격을 듣고 품종을 알아냈을 것이다. 로렌스는 그런 능력은 없었다. 하지만 그들이 모여 있는 바위 아래로 지나가는 용이 헤비급에 몸집이 무척 클 것이라는 사실만은 짐작되었다. 그 용은 푸른 눈 더미에 길고 구불구불한 그림자를 드리운 채 양옆에 구름 조각을 달고 날아오고 있었다.

테메레르는 그 용이 발아래 산길로 진입할 때까지 기다렸다가 절벽 바위에서 훌쩍 뛰어내렸다. 그러고는 공중에서 몸을 비틀면서 바위 면에 대고 고함을 질렀다. 그 용이 지니고 있을 알을 다치지 않게 하기 위해서였다.

신의 바람은 산길 맞은편의 눈 덮인 산봉우리를 강타해 산사태를 일으켰다. 바위와 눈, 얼음이 거대한 구름이 되어 떨어져 내렸다. 비행용 고글을 쓰고 있던 로렌스는 얼굴로 눈가루가 날아오자 눈을 가늘게 떴다. 알프스의 야생 용들이 일제히 날아올랐다. 야생 용들은 높고 날카로운 목소리로 사냥가를 부르면서 골짜기를 빙글빙글 돌아 내려가 목표물의 머리 위에서 날개를 펼치고 차단막을 형성했다. 구름처럼 일어난 눈과 얼음이 상대 용의 전방을 가로막았다. 테메레르는 다시 한번 고함을 질렀다. 이번에는 신의 바람이 아니라 한판 붙자는 의미의 고함이었다. 테메레르는 공중에서 정지 비행을 하면서 이쪽저쪽으로 비행 방향을 바꾸며 치고 들어갈 틈을 노렸다.

로렌스는 기습당한 용의 그림자가 거세게 방향을 틀며 테메레르 쪽으로 날아오는 모습을 언뜻 보았다. 다음 순간 그 용이 구름 속에서 길게 불을 뿜어냈다. 눈부신 불꽃이 눈사태를 녹이자 부연 수증기가 끓어올랐다. 산비탈 쪽으로 거대한 불길이 날름거렸다. 절벽을 타고 올라온 불길이 로렌스와 타르케가 서 있는 바위를 지나는 순간 두 사람은 재빨리 눈 더미 속으로 파고들었다. 견딜 수 없는 열기와 냉기가 동시에 밀려왔다. 상대 용은 요란하게 고함을 내지르며 공중에서 테메레르의 몸을 들이받았다. 분노한 두 용은 이내 서로를 움켜잡고 쉭쉭거리며 뒤엉켰다. 크게 놀란 로렌스는 눈 더미에서 기어 나와 눈을 가늘게 뜨며 상황을 파악하려 했으나 앞이 보이지 않았다. 플람므 드 글로와는 너무 귀한 품종이라 단독으로 이동하는 법이 없었다. 그렇다면 다른 용들이 곧 뒤따라오는 건가? 강렬한 불꽃에 시야가 흐려져서 전투 상황을 거의 볼 수 없었다. 저 아래 골짜기에는 바싹 마른 불쏘시개 같은 크고 작은 나무들에 불이 붙어 마치 작은 태양이 여러 개 떠 있는 것 같았다. 그로 인해 그들 주변은 더욱 어두워졌다.

곧 상대 용이 누구인지 눈으로 보지 않고도 알 수 있게 됐다. 불을 뿜어낸 용이 노기등등하게 으르렁대면서 또렷한 영어로 악을 쓴 것이다.

"아! 어둠 속에 숨어 있다가 기습하다니, 겁쟁이구나! 네놈을 갈기갈기 찢어발겨 주마!"

"여긴 뭐 하러 왔어?"

실망한 테메레르는 참담한 심정으로 이스키에르카에게 내뱉듯이 물었다. 알을 훔친 일당이 이 길로 지나가지 않았다면 분명 다른 길로 갔다는 뜻이었다. 테메레르는 대답을 기다리지 않고 비스토르타 쪽으로 돌아섰다. 비스토르타는 한바탕 싸움이 일어난 후 다시 돌아와 있었다. 다른 야생 용들은 쏟아지는 불길에 놀라 뿔뿔이 흩어졌다.

"왜 이스키에르카를 기습하게 했습니까? 이스키에르카는 프랑스 용이 아니잖아요. 알은 어디 있어요?"

테메레르의 힐난에 비스토르타는 영리하게 변명을 늘어놓았다.

"저 용이 프랑스 용인지 아닌지 우리가 어떻게 알겠어요? 프랑스에는 특이한 용이 엄청 많다고요. 어쨌든 당신은 프랑스 용을 잡겠다고 말하지도 않았어요. 헤비급 용과 전투 용을 찾고 있다고 말했죠. 저 용이야말로 헤비급 용이면서 전투 용이잖아요."

이스키에르카는 그들의 대화에 아랑곳하지 않고 목청을 높였다.

"여기 뭐 하러 왔냐고? 내 알을 찾으러 왔지. 알이 청국에 안전하게 있고 황제를 비행사로 삼게 될 거라고 호언장담하더니 이게 대체 무슨 일이야! 그리고 왜 갑자기 나한테 달려들어? 그랜비, 당신이 시켰어? 당신이 날 배신할 거라곤 생각도 못 했는데."

이스키에르카는 비난을 퍼부으며 고개를 흔들었다.

그랜비는 이스키에르카의 옆구리를 타고 내려오며 주저 없이 받아쳤다.

"안 시켰어. 뭐, 테메레르가 여기 있는 줄 알았으면 당장 널 붙잡아달라고 했겠지만."

그랜비는 로렌스, 타르케와 차례로 악수를 하며 말을 이었다.

"당장 프랑스로 날아가 리엔의 수염을 잡아 뽑겠다고 난리를 치는 겁니다. 알을 도둑맞았다는 얘길 듣고는 어찌나 날뛰는지 도저히 말릴 수가 없었어요. 그나마 프랑스군과 대포가 쫙 깔려 있는 스페인을 가로지르는 대신 지중해를 건너자고 설득한 게 고작이었다니까요."

그랜비는 바위에 털썩 주저앉아 팔로 이마의 땀을 닦았다. 그의 왼손을 대신한 금 갈고리가 불빛에 번뜩였다. 절벽에서 자라는 덤불과 관목 여섯 그루에 불이 붙어 여전히 타고 있었다. 그랜비의 갈색 머리카락은 거센 바람에 마구 흐트러졌고 옷매무새도 너저분했으며 면도를 하지 않아 얼굴은 부스스했다. 마치 갑자기 용에 탑승해 몇 날 며칠 유럽을 가로지른 듯한 모양새였다. 실제로 그랬을 가능성이 컸다. 그랜비는 로렌스가 내민 물통을 고맙게 받았다.

"쳇, 터무니없는 짓이지. 리엔이 그 알을 수중에 넣었다면 이미 어딘가에 잘 숨겨두고 군인들과 용들에게 지키게 할 텐데."

테메레르의 말에 이스키에르카가 반박했다.

"터무니없지 않거든. 그년이 알을 차지했으니 당연히 그년한테 쫓아가야지. 다른 곳으로 가야겠니?"

마음이 불편하지만 일리 있는 말이었다. 되찾을 가망이 없을 듯했지만 이대로 리엔에게 알을 넘겨줄 수는 없었다.

이스키에르카가 계속해서 말했다.

"불로 몇 번 그슬려주면 순순히 알을 돌려주겠지. 그런데 넌 도대체 뭘 얻어먹겠다고 나를 공격했어?"

"일부러 공격한 게 아니야! 우린 청국에서 알을 훔쳐가는 용들을 잡으려고 덫을 놓고 있었어."

이스키에르카는 콧방귀를 뀌었다.

"그래, 그 계획이 퍽이나 성공했구나. 알을 훔친 프랑스 용과 나를 구별도 못 하면서 알을 어떻게 되찾겠다는 건지."

"날이 어둡잖아! 널 자세히 살펴볼 겨를도 없었어. 기습도 어차피 실패했고."

이스키에르카가 냉랭하게 반박했다.

"하도 어이가 없어 놀랐으니 기습은 기습이네. 알 도둑놈이 야간 비행 용이었으면 어쩌려고 했니? 네 위치를 파악하고 곧장 공격했을 텐데. 어제저녁에 이 망할 산을 지나느라 생고생을 하다가 멀찌감치 야간 비행 용이 날아가기에 길이나 좀 물어보려고 했어. 그런데 날이 어두워지자마자 그 용이 멀리 가버린 거야. 낮에 해가 있을 때는 한 시간 정도 그 용을 보면서 날긴 했지만……."

테메레르는 그 말을 놓치지 않았다.

"뭐라고? 그 용을 어디서 봤는데?"

"내 말을 제대로 듣질 않는구나. 지금 그걸 알아봐야 무슨 소용이 있는데?"

이스키에르카는 뾰족하게 대꾸했다. 테메레르는 알 도둑이 플레르 드 뉘 품종의 용이며 네가 봤다는 용이 바로 그 용일지 모른다고 설명했다. 이스키에르카는 즉각 시비조로 딱딱거리던 것을 그만두었다.

테메레르는 지금 그 용의 비행 자취를 추적해봐야 소용없다는 것을 알면서도 로렌스, 사랑하는 로렌스가 지도를 가져와서 정말 다행이라고 생각했다. 그러면서 아까 크레바스를 떠날 때 지도를 챙기느라 몇 분 미적거린 로렌스에게 속으로 화냈던 일이 창피하게 느껴졌다. 크레바스 벽면에서 지도를 떼내 짐 속에 넣는 로렌스의 행동이 어찌나 굼뜨고 쓸모없게 느껴졌는지! 하지만 지금 로렌스가 짐에서 꺼내 그랜비 앞에 펼쳐놓은 지도는 더없이 소중했다. 그랜비는 횃불 아래 눈을 가늘게 뜨고 지도를 살펴보면서 이스키에르카가 플레르 드 뉘를 목격한 장소를 짚었다. 그곳에서 플레르 드 뉘가 선택했을 만한 제일 가까운 산길은 여기서 약 32킬로미터쯤 떨어진 곳이었다. 서쪽에서 접근해야 그 용을 따라잡을 가능성이 제일 높았다. 테메레르는 차마 유일한 기회라는 말은 입에 올릴 수 없었다. 게다가 그 지점은 프랑스 국경 안쪽이었다.

로렌스는 지도를 둘둘 말면서 말했다.

"야생 용들이 네 속도를 따라잡지 못할 수도 있지만 그래도 최대한 우리 뒤를 따라오라고 해. 막판에 그들의 도움을 받을 일이 생길 수도 있어. 우리가 경로를 잘못 선택했을 경우 야생 용들이 다른 산길로 지나가는 그 용을 포착할 수도 있고."

로렌스는 굳이 말은 하지 않았지만 이런 생각을 하고 있었다.

'그 플레르 드 뉘가 순찰 용에 불과할 수도 있으니 너무 기대하지는 마. 그 용과 하루 밤낮의 비행 거리쯤 떨어져 있을 수도 있어. 그렇다면 놈들은 알을 이미 프랑스 안쪽 깊숙한 곳으로 가져갔을 거야. 이스키에르카가 놈들 눈에 띄었다면 놈들이 오히려 우리를 추적 중일 수도 있어. 그렇다면 우리는 프랑스 순찰 용과 맞닥뜨리게 되겠지.'

테메레르는 로렌스가 이런 말을 할 만한 상황이라는 것을 알고 있었지만 깊게 곱씹고 싶지 않았다. 절망과 포기 따위는 생각하지 않으려 안간힘을 썼다. 하지만 몹시 초조하게 수 주일간 알을 찾아다닌 탓인지 무조건적이던 투지는 다소 약해져 있었다. 자꾸만 암울한 생각이 떠올랐다.

로렌스가 타르케에게 조용히 말했다.

"여기서 우리와 헤어질 생각이라면, 야생 용들에게 후하게 비용을 지불하고 선생을 러시아군 부대가 있는 곳까지 데려다 달라고 하겠습니다. 코사크 족이 오데르강 부근으로 오고 있을 겁니다."

"여기서 섣불리 길을 돌렸다가는 프랑스군을 먼저 만날 것 같은데요."

그들은 최대 속도로 날았고 이스키에르카는 이미 테메레르를 한참 앞질러 갔다. 다른 때라면 몹시 굴욕적인 상황이었지만 지금 테메레르는 개의치 않았다. 오히려 로렌스가 지도에서 짚은 불길한 장소에 도착하기 전에 플레르 드 뉘를 따라잡으려면 이스키에르카가 테메레르보다 482킬로미터쯤 앞질러 가야 할 판이었다. 로렌스가 짚은 장소는 알프스 산맥 너머 수많은 동굴들이 있고 '아르메 드 레르(프랑스 공군)'라는 표식이 붙어 있는 곳, 바로 프랑스 공군이 용 알을 부화시키고 신병 훈련을 하는 훈련장이었다.

테메레르는 날갯죽지가 아팠지만 이스키에르카가 남긴 옅은 구름 같은 수증기를 따라 비행을 계속했다. 동쪽 하늘에 갈지 않은 칼처럼 울퉁불퉁한 산의 윤곽이 점차 드러났다. 어느새 해가 뜨고 있었다.

한 시간 후 그들이 마지막으로 숨 막히게 높은 산등성이를 넘어 그 아래 산길로 강하할 무렵 하늘은 진한 적회색으로 물들고 있었다. 테메레르는 이스키에르카를 약간은 따라잡아 고도를 점점 높이고 있었다. 희박해진 공기에 익숙해졌음에도, 몸이 지치고 힘들어서 "로렌스" 하고 부르는 타르케의 목소리도 아득하게 들렸다. 잠시 후 딸깍 하고 작은 망원경을 펼치는 소리가 나더니 로렌스가 대답했다. "보입니다."

로렌스는 침묵했고 테메레르는 계속 날아갔다. 멍해진 머리로 천천히 생각을 거듭하던 테메레르가 마침내 물었다.

"로렌스, 뭔데 그래?"

로렌스는 곧장 대답하지 않고 뜸을 들이다가 부드럽게 말했다.

"뒤쪽 골짜기에 작은 야영 흔적이 보였어. 용이 먹이를 먹은 흔적 같더라."

"굉장한 걸 발견한 거잖아!"

테메레르는 어서 이스키에르카에게 이 소식을 알려야겠다고 생각하다가 로렌스의 담담한 목소리에 불안해하며 물었다.

"우리가 놈들의 흔적을 제대로 쫓고 있는 거지?"

"모닥불이 완전히 식어 있었어. 플레르 드 뉘는 아까 그 자리에서 낮 시간을 보내고 어두워진 후에 비행을 시작했을 거야."

그렇다면 그들은 플레르 드 뉘보다 하룻밤 정도의 거리를 뒤따르고 있는 것이었다. 테메레르는 가슴이 철렁했다. 그 순간, 이스키에르카가 갑자기 고함을 지르며 불길을 뿜어냈다. 고개를 치켜든 테메레르는 저 멀리 하늘에 떠 있는 작고 까만 형체를 보았다. 산마루를 넘어온 햇빛이 날개에 닿자 그 용은 눈부신 빛을 질색하는 듯 얼른 고개를 돌리고는 그늘진 곳으로 빠르게 날아 내려갔다.

"아!"

테메레르는 큰 소리로 외치며 이스키에르카 쪽으로 미친 듯이 날개를 퍼덕였다. 온갖 걱정과 두려움은 뒤로하고 죽기 살기로 날았다. 이스키에르카는 붉은색과 초록색 깃발처럼 온몸을 길게 펼치고 모든 돌기에서 성난 수증기를 뿜어내고 있었다.

"거리가 얼마나 남았어, 로렌스? 얼마야?"

로렌스는 카라비너를 채우고 일어서서 망원경을 들여다보며 대답했다.

"8킬로미터도 안 돼. 놈들이 밤새 비행했으면 우리보다 훨씬 앞질러 갔어야 맞는데."

그러자 타르케가 말했다.

"우리가 본 게 놈들의 야영지가 아니었을 수도 있겠죠."

"놈들이 그저께 밤에 무슨 봉변을 당한 게 아니라면 놈들의 야영지가 맞을 겁니다. 무엇보다 놈들은 서둘러 비행해야 할 이유가 충분합니다."

로렌스가 날카롭게 소리쳤다.

"테메레르, 기다려, 테메레르! 내 말 들어."

하지만 테메레르는 기다리지도, 로렌스의 말에 귀를 기울이지도 않았다. 비행을 멈추게 만들 어떤 말도 듣고 싶지 않았다. 오히려 공기를 가르는 날카로운 고함으로 적에게 도전장을 던졌다. 그 순간 플레르 드 뉘가 도망가기 위해 골짜기에서 훌쩍 날아올랐다. 틀림없이 그들이 쫓던 플레르 드 뉘었다! 가슴께에 묶은 짐 보따리를 보니 분명했다. 암컷 플레르 드 뉘의 진회색 가죽과 대비되는 하얀 짐 보따리가 그물주머니 안에 두툼하게 들어 있었다. 아! 의심할 나위도 없이 바로 그 알이었다. 그알……

로렌스가 확성기에 대고 소리쳤으나 테메레르의 귀에는 들어오지 않았다. 분노로 모든 감각이 흐릿해진 테메레르는 오직 파도처럼 거세게 직진했다. 마침내 테메레르는 이스키에르카 옆에 나란히 자리를 잡고 섰다. 그들은 모처럼 한마음이었다. 이스키에르카가 뿜어낸 뜨거운 수증기가 휘몰아치며 옆구리에 닿았다. 이내 차가운 공기로 인해 수증기가 고스란히 비늘에 얼어붙었지만 테메레르는 오히려 기쁜 마음으로 숨을 크게 들이마셨다. 신의 바람이 가슴속에서 웅웅 울리고 목구멍 안에서 들썩거렸다. 플레르 드 뉘는 다시 골짜기로 내려갔다. 테메레르는 이스키에르카와 함께 내려가면서 그 용을 보았다. 그 용은 너무 부끄러워 날거나 싸우지 못하겠다는 듯 절벽에 붙어 웅크리고 있었다. '당연히 창피해야지'라고 테메레르는 생각하며 지상으로 급강하했다. 그러고는 플레르 드 뉘의 머리 위쪽에 신의 바람을 쏟아냈다.

플레르 드 뉘는 납작 웅크렸다.

"감히 내 알을 훔쳐!"

이스키에르카가 쉭쉭 소리를 내며 플레르 드 뉘에게 덤벼들었다. 플레르 드 뉘는 절벽에 등을 대고 버둥거리며 비명을 내

질렀고 이내 몸에서 하네스가 풀어졌다.

"조심해!"

테메레르는 곧장 날아가 그물주머니의 앞쪽 끄트머리를 재빨리 움켜잡았다. 그러나 그물주머니는 이미 하네스와 함께 풀어졌고 그 안의 알은…….

알은 없었다. 솜 뭉텅이와 해진 천만 있을 뿐이었다. 발톱으로 그물을 움켜쥔 테메레르는 숨이 턱 막혔다. 알은, 도대체 어디 있지? 아무 생각도 나지 않고 이 상황이 이해되지도 않았다.

"테메레르, 함정이야! 테메레르!"

그제야 로렌스의 목소리가 귀에 들어왔다. 한참을 외쳤는지 로렌스는 목이 쉬어 있었다.

"함정."

테메레르는 멍하니 그 말을 되풀이했다. 이내 헤비급 용 네 마리가 그들을 에워싸며 내려왔다. 다들 완전 무장한 하네스를 착용했고 몸에는 군인들과 대포를 실었다. 곧이어 미들급 용들이 구름처럼 날아와 그들 머리 위에서 맴돌았다.

9

로렌스는 조금씩 의식이 명료해지면서 기분 좋게 잠에서 깨어났다. 세상이 서서히 그의 의식으로 밀고 들어왔다. 마침내 그가 눈을 떴다. 외풍을 막기 위해 아늑하게 드리워놓은 군청색 모직 침대 커튼으로 햇빛이 비쳐들었다. 바깥에서 웅장하고 유쾌한 소음이 점차 크게 들려왔다. 마치 코끼리 떼가 아수라장을 벌이는 듯한 소음이었다. 로렌스는 일어나 창문 쪽으로 걸어갔다. 창문에 쇠창살이 박혀 있긴 했지만, 멀끔한 나무 책상과 꽃 그림이 그려진 도자기 요강까지 갖춰진 넓고 편안한 방이었다.

널찍한 안마당에 하네스를 착용한 용들이 내려서면서 한바탕 소동이 일었다. 용의 등에서 내려온 승무원들이 일제히 배식을 받으러 몰려갔다. 용들은 안마당 한쪽 끝에 쌓인 커다란 질그릇을 하나씩 집어 들고 반대쪽 끝의 요리용 화덕으로 가서 음식을 받았다. 요리용 화덕마다 하얀 김이 구름처럼 모락모락 피어오르고 있었다. 규모가 작기는 하지만 승무원들도 용들과 같은 방식으로 배식을 받았고 잠시 후 용들과 승무원들이 부대별로 집합해 식사를 시작했다. 로렌스는 이런 식의 배식이 낯설지 않았지만 서양 군대에서 이 토록 본격적으로 시행되는 것은 처음 보았다. 청국 공군들과 같은 배식 방법이었는데 다만 청국보다 이곳의 용들이 훨씬 종류 가 다양했다.

단 한 종류도 눈에 익은 품종이 없었다. 여러 용들 사이에 공통적으로 보이는 몇 가지 특징이 있기는 했다. 라이트급인 포드 시엘의 특성이 보다 몸집 큰 주요 품종의 용들에게 섞여 있는 점이 제일 두드러졌다. 이를테면 포드 시엘의 체형과 크기에 플람프 드 글로와의 특징인 검은 바탕에 노란 줄무늬를 지닌 혼혈 용이 안마당에 돌아다녔다. 로렌스가 일찍이 예상해본 적도 없는 혼혈 품종이었다. 그밖에도 잉카 용의 깃털 같은 비늘을 달고 있는 다양한 품종의 용들이 보였다.

로렌스는 십오 분가량 창밖을 내다보았다. 12시 반을 알리는 종이 울리자 용과 승무원들이 모두 자리에서 일어섰다. 그들은 각자 식기를 들고 거대한 설거지통으로 가서 뻣뻣한 밀짚 한 묶음씩을 앞발과 손에 쥐고 그릇을 문질러 씻은 뒤 원래 그릇이 있던 자리에 쌓아놓았다. 그들이 자리를 떠나자 햇빛이 가득 쏟아지는 넓은 안마당이 시야 가득 들어왔다. 안마당에는 질서 정연하게 늘어선 요리용 화덕들이 그 주변에 놓인 천 개도 넘을 것 같은 용알들 위로 뜨끈하고 부드럽고 축축한 수증기를 피워내고 있었다.

경악한 로렌스는 삼십 분 동안 용알의 수를 헤아려 보았다. 쉽지 않은 일이었다. 알들은 전부 모래에 반쯤 묻혀 있었고 주변에 작은 모닥불이 피워져 있었다. 작업자들은 외바퀴 손수레에 장작을 잔뜩 싣고 줄지어 놓인 구덩이들 주변을 계속 돌아다니며 불이 꺼지지 않게 했다. 그때 방을 청소해주는 하녀가 노크를 하는 바람에 로렌스는 시선을 돌렸다. 깨끗이 세탁하고 다림질한 그의 외투와 깔끔한 리넨 셔츠를 들고 온 하녀는 점심 식사를 하러 가시라고 소심하게 말했다. 로렌스는 세수를 하고 옷을 갈아입었다. 면도도 하고 싶었지만 그들은 로렌스에게 면도칼을 주지 않았다. 그는 하녀의 안내를 받아 아래층의 작은 방으로 들어갔다. 경비병 두 명이 그의 뒤를 따라왔다. 창문에 쇠창살이 달려 있고 경비병들이 잔뜩 늘어선 방에는 낙심한 표정의 그랜비가 와 있었다. 그랜비는 시무룩하고 우울한 표정의 프러시아 장교들과 손짓 발짓으로 대화를 시도하고 있었다.

그랜비는 식탁 의자에 앉으며 말했다.

"우리는 수프에 담긴 건더기나 다름없는 처지예요, 로렌스. 이대로 우리가 1년의 여유 시간을 주면 나폴레옹은 용의 수를 크게 늘려 우리를 끝장내버릴 겁니다. 어떻게 저 많은 용들에게 먹이를 공급할 작정인지 의문이긴 하지만 이미 기발한 방법을 찾아냈겠죠."

식사가 나왔지만 타르케는 오지 않았다. 로렌스는 고개를 돌려 경비병에게 프랑스어로 물었다.

"우리 동료가 안 왔는데, 아픈 겁니까?"

젊다 못해 어린 티가 확연하고 코밑에 가느다란 수염이 몇 가닥 난 경비병이 멍한 눈으로 로렌스를 쳐다보았다. 로렌스는 타르케가 여길 빠져나가기 위해 하인이나 지상 요원으로 변장이라도 했나 하는 생각이 불현듯 들었다. 만일 그렇다면 로렌스가 묻는 바람에 타르케의 계획을 망친 것일 수도 있었다. 그런데 어린 경비병은 뜻밖의 대답을 했다.

"아, 그 첩자요? 윗분들이 그자를 파리로 보내 총살시킬 거랍니다."

"나를 동굴에 집어넣지 않았으면 좋겠어. 동굴 따위는 갖고 싶지 않아."

이스키에르카는 동굴을 차지할 생각이 없다는 말을 선심 쓰듯 큰 소리로 내뱉으면서 콧방귀로 불꽃을 내뿜었다. 초조하게 감시 중인 덩치 큰 경비 용들에게 한 말이었다. 그들은 지금 가파른 절벽 아래 훈련장에 와 있었다. 절벽 면에 뚫린 널찍한 동굴마다 수많은 용들이 들어앉아 흥미로운 눈으로 포로들을 내다보고 있었다. 테메레르는 예전에 동굴에서 살아본 적이 있었다. 하지만 지금은 모욕을 감수해가며 동굴에 살고 싶은 생각이 전혀 없었다. 차라리 음울한 습지나 이끼로 뒤덮인 쓸쓸한 바위에 살고 싶은 심정이었다.

그런데 그들에게 배정된 숙소는 동굴이 아니었다. 포드 시엘과 파스칼 블루 사이에서 태어난 듯한 작은 용이 그들 앞에 내려서더니 어울리지 않게 낮고 굵은 목소리로 말했다.

"저를 따라오십시오."

그 용은 프랑스어로 이렇게 말하고는 야전 연습장을 지나 널찍한 석조 건물로 그들을 데려갔다. 건물 앞에는 작지만 우아한 분수대까지 있었다. 청국의 용 누각에서 영감을 받은 건물 같았지만 테메레르도 처음 보는 건축 양식이었다. 높고 매끄러운 원형 기둥들 위에 지붕을 얹었고, 수학적으로 딱 맞아떨어지는 비율의 직사각형 바닥은 하얀 대리석 소재였으며, 밑에서는 뜨끈한 온기가 올라왔다. 이스키에르카는 기분 좋은 한숨을 내쉬며 곧장 바닥에 길게 드러누웠다.

"어머, 여긴 진짜 마음에 드네."

하지만 테메레르는 누군가의 괴팍한 취향을 떠올리게 하는 이 건물에 기분이 상해 꼬리로 몸을 말고 웅크리고 앉았다. 그는 이스키에르카의 말이 비정하게 느껴져 씁쓸하게 중얼거렸다.

"너는 이런 상황에서도 속 편한 소리만 하는구나."

이스키에르카가 발끈했다.

"상황이 그리 나쁘지도 않은데 뭐. 나는 지치고 배가 고팠어. 너 역시 내 비행 속도를 제대로 따라오지 못할 정도로 힘들어했잖아. 여기서 푹 쉬면서 뭐든 먹고 있다가 알과 그랜비가 있는 곳을 찾아내 그들을 데리고 돌아가면 돼."

"진짜 멍청하구나. 저들이 비행사들과 알을 한곳에 뒀겠어? 우리가 그랜비와 로렌스를 데려가려고 하면 프랑스 놈들은 그들을 도로 내놓지 않으면 알을 망가뜨리겠다고 위협하겠지. 우리가 알을 가져가려고 해도 그들은 우리에게 알을 내려놓지 않으면 우리 비행사들을 해치겠다고 할 거야. 우린 이중으로 잡혀 있는 신세고 지금으로써는 벗어날 방법이 없어. 지금쯤 리엔은 계획대로 됐다며 아주 신나 있겠지.”

테메레르는 나지막하게 마지막 말을 덧붙였다.

이스키에르카는 벌겋게 달아오른 얼굴로 반박했다.

“멍청한 건 너야. 반대로 생각해봐. 저들이 그랜비나 알을 조금이라도 다치게 하면 나는 저들을 전부 태워 죽일 거고 저들도 그걸 알아. 그러니까 저들은 우리 비행사든 알이든 함부로 못 건드려. 오히려 우리를 받들어 모셔야 하는 입장이라고.”

“아! 너랑 무슨 의논을 하겠냐.”

테메레르는 말은 이렇게 했지만 속으로 조금은 안심이 됐다. 이스키에르카의 논리도 일리가 없지는 않았다. 프랑스군 은 테메레르와 이스키에르카를 조심스럽게 대해야 하는 입장 이었다.

이스키에르카가 계속해서 말했다.

“어쨌든 그랜비한테도 말했고 방금 너한테도 말했다시피, 저 들이 알을 갖고 있다면 우리가 다른 곳에 있어야 할 이유가 없 어. 나는 알 가까이에 있으면서 점심도 잘 먹게 돼서 좋아. 아, 점심 나오네! 허튼 소리 말고 거기 앉아서 먹기나 해. 괜히 투덜 대봐야 아무 소용없어.”

정교한 요리까지는 아니지만 고기를 넣어 풍미를 살린 뜨끈 하고 맛있는 포리지가 큰 그릇에 담겨 그들 앞에 놓였다.

“다른 음식을 만들 시간이 없어서요.”

낮고 굵은 목소리의 작은 용이 미안해하며 설명했다. 자신의 이름을 아스튀슈라고 밝힌 그 용의 말대로라면 아침에는 더 나은 음식을 먹을 수 있다는 뜻이었다. 그렇다면 이스키에르카의 주장이 옳을 수도 있겠다는 생각에 테메레르는 식욕이 살아나 배불리 먹었다. 하지만 빈 그릇이 나가고 다시 거대한 경비 용들에게 둘러싸이자 테메레르와 이스키에르카는 입을 다물었다. 경비 용들은 사라져가는 햇살에 큼직한 그림자를 드리우며 그들을 지켜보았다.

저 멀리 동굴에 들어앉은 용들이 다정하게 서로를 부르며 수다를 떠는 소리가 들려왔다. 따뜻한 오렌지색 모닥불이 드넓은 야전 연습장을 두루 밝혔다. 테메레르는 뒷다리를 들고 서더니 멀리서 희미하게 노란 사각형의 빛을 내는 창문들을 바라보았다. 어느 커다란 건물의 창문 같았다. 테메레르는 다시 바닥에 주저앉았다. 테메레르는 아득한 소음을 들으며 그들이 격리된 처지임을 새삼 실감했다. 그러자 마음속에 다시 근심이 들어찼다. 로렌스나 그랜비, 타르케에게, 아니면 알에게 무슨 일이 생긴다고 해도 여기서 어떻게 알 수 있을까? 프랑스군은 그들에게 해를 가하고도 당연히 거짓말을 늘어놓을 텐데.

"실례합니다."

테메레르는 경비 용들을 불렀다. 그중 한 마리가 경계심 어린 표정으로 다가왔다. 막시무스와 비슷한 크기의 암컷 그랑 슈발리에였다. 그런데 그 용이 하네스를 착용하지 않아서 테메레르는 깜짝 놀랐다. 그 용은 다른 프랑스 용들처럼 관리를 잘 받지 못하는지, 주둥이가 닿지 않는 어깨 사이의 비늘이 지저분한 편이었다.

"뭡니까?"

테메레르가 정중하게 자기소개를 했다.

"나는 테메레르라고 합니다. 그쪽 이름은 뭐죠?"

"에피카트리스. 내 이름이 왜 궁금한지 모르겠군요. 환심을 사려는 게 아니라면 말이죠. 그런 거라면 당장 그만두시죠. 난 바보가 아니니까. 그리고 나도 조만간 하네스를 따낼 겁니다. 그러니 허튼 수작 부릴 생각은 말아요."

"하네스를 따낸다고요?"

테메레르는 당황했다. 그러자 에피카트리스는 모욕당했다고 느꼈는지 가슴을 쭉 펴고는 눈을 가늘게 뜨고 싸늘하게 그를 쏘아보았다.

"내가 비록 몸집이 너무 크긴 하지만 꼭 따낼 거니까 두고 봐요."

서양에 사는 용이 몸집이 너무 커서 불만이라니 테메레르는 이런 경우를 들어본 적도 없었다.

"당신 몸집이 크지 않은 것은 아니지만 합당한 범위를 벗어나 지나치게 크지는 않은데요. 그 정도 몸집의 슈발리에 용들은 숱하게 봤습니다. 당신이 프랑스군 소속이고 나에게는 적군이니 이런 말을 해서는 안 되지만 그래도 하네스를 성공적으로 따내기를 바랍니다. 로렌스도 드 기녜 씨와 친한 사이이니 나도 당신에게 그 정도 기원은 해도 되겠죠. 그런데 하네스를 갖고 싶어 하는데 왜 못 받았습니까?"

잠시 후 에피카트리스가 우물거리며 대답했다.

"우리가 너무 많이 먹어서 그래요. 다른 대형 용들하고 툭하면 시비가 붙고 협동이 안 되기도 하고. 하지만 나는 시비를 걸지 않는 편이에요."

"글쎄요. 조금 전에 나한테 시비조로 말했잖아요. 나는 내 알을 훔쳐간 프랑스군에게 붙잡혀 와서 이렇게 부당한 취급을 받고 있는데도 교양 있게 처신하고 있잖아요. 그래서 말인데 이곳 책임자에게 내 말을 전해줬으면 합니다. 여러분이 내 알을 안전하게 보관하고 있는지 마음이 놓이지 않아요. 그러니 즉각 확인을 시켜달라고 전해주십시오."

"아무도 당신 알을 해치지 않아요! 우리 중에 용알을 해칠 용은 없습니다. 그런 무례한 짓을 할 이유도 없고요."

"이유야 찾으려면 얼마든지 있겠죠. 안전한 곳에 보관 중이던 내 불쌍한 알을 당신들이 굳이 훔쳐 척박한 사막과 지독하게 추운 벌판, 그리고 얼음으로 뒤덮인 산 같은 최악의 위험 요소들을 지나 군대와 전장까지 거친 다음 여기로 가져왔잖습니까. 세상을 무려 반 바퀴나 돌아서요. 그러고는 알이 안전한지 내게 확인 한번 안 시켜주고 말이죠."

에피카트리스는 움찔하며 겸연쩍어했다. 그 표정을 보며 테메레르는 약간 흡족했다. 자신이 도덕적으로 우위에 있음을 확인한 테메레르는 가슴을 쭉 펴며 말했다.

"내가 그래서 여러분을 못 믿겠다는 겁니다. 당신네 지휘관에게 전하세요. 알이 무사하다는 확실한 증거를 보여주지 않으면 당신들이 거짓말을 하고 있는 것으로 생각하겠다고."

잠깐 잠들었다가 깨어나 그들의 대화를 주워들은 이스키에르카가 세로로 길게 째진 눈동자를 번뜩이며 끼어들었다.

"알에 대해 거짓말을 하고 있는 거라면 당신네들 전부 후회하게 될 줄 알아. 내 알에 무슨 일이 생겼으면 여기서부터 나폴레옹이 숨어 있는 집구석까지 싹 다 불살라버리겠어."

이 야영지를 감독하는 상급 장교는 티보 대장이었다. 로렌스보다 몇 살 더 많을 뿐인 티보는 대장이라는 직급과 지위를 맡기에는 턱없이 젊은 편이었다. 지금 같은 추세라면 나폴레옹은 비행사보다 더 많은 용을 보유하게 될 것이고 조만간 숙달된 장교들이 많이 필요해질 듯했다. 당장 급한 불을 꺼야 하는 로렌스는 거리낌 없이 면담을 수락해준 티보가 그저 고마웠다. 식사 시간이라 정신없는 와중에 경비병들을 통해 부탁을 했는데도 티보는 즉각 그를 사무실로 불러주었다.

티보가 브랜디 한잔을 권했으나 로렌스는 마다하며 말했다.

"아뇨, 괜찮습니다. 감사합니다. 실은 우리 부대에서 타르케 씨가 맡고 있는 직책에 대해 급히 알리기 위해 이렇게 면담을 요청했습니다. 타르케 씨는 전쟁 포로로 명예롭게 대우받을 자격이 있는 사람입니다. 그런 사람을 첩자로 고발해 처형당하게 하는 것은 부당하다는 점을 부디 정의롭게 헤아려주시기 바랍니다."

티보가 정중하게 고개를 숙이자 로렌스는 그대로 주장을 밀고 나갔다.

"타르케 씨의 행색이 의심스럽게 보일 수도 있다는 점은 인정합니다. 그는 프랑스 황제께서 영국을 침략했을 당시 영국 공군의 긴급한 요청에 따라 장교직을 수락한 바 있고, 따라서 분명히 영국 공군 장교 신분입니다. 조국이 위험에 처한 상황에서 조국에 보탬이 되라는 요청을 받은 신사가 그 요청을 거절할 수 없다는 것은 누구보다 잘 아실 것입니다. 그가 실제 영국 공군 장교로 복무한 기간은 짧고 부정기적이긴 했습니다만, 최근 전투에서 그는 제 승무원으로 일했고 러시아에서도 마찬가지였습니다. 그는 우리 곁을 잠시 떠났다가 몇 주 전에 다시 합류했는데, 상황이 여의치 않다 보니 제가 그에게 제복이며 계급장을 제대로 지급하지 못했습니다. 살아남기에 급급한 상황이라 어쩔 수가 없었죠. 여기로 붙잡혀올 당시 제 몰골을 보셨으니 저희 상황을 짐작하실 겁니다. 아시다시피 평소에는 영국군 장교로서 절대 그런 몰골로 나다닐 수가 없지 않습니까. 그리고 제가 분명히 말씀드리고 싶은 것은……."

로렌스는 상대를 불쾌하게 하면 안 된다는 생각에 잠시 멈칫하다가 말을 이었다.

"그러니까 테메레르의 부대원으로 복무하는 자가 제복을 갖추지 않았다는 이유로 부대원이 아니라는 오해를 받아 처형당하는 일은 절대 있어서는 안 된다고 생각합니다."

로렌스의 항변을 듣는 동안 티보의 미간에 주름이 깊어졌다.

화가 나서라기보다는 걱정이 깊어져서인 듯했다. 티보의 표정을 보며 로렌스는 불안해졌다. 다급해진 로렌스는 평소라면 미묘하게 감정을 건드릴까 봐 삼갔을 말까지 꺼내놓았다.

"군인의 신분을 입증하기 위해 제복이 중요하다면 저희가 지난 전투 때 전선 뒤쪽에서 붙잡은 수많은 프랑스군 포로에 대해 얘기하지 않을 수가 없군요. 그들의 복장은 도저히 제복이라 부를 수 없을 정도로 처참한 누더기였습니다만, 저희는 그들을 첩자로 몰지 않았습니다."

잠시 후 티보가 입을 열었다.

"로렌스 대령, 내가 지금 듣고만 있었던 것은 혹시 착오가 있을지 모른다는 생각에서였습니다. 착오가 있기를 간절히 바라기도 했고요. 프랑스인이라면, 특히 프랑스 공군이라면 대령이 우리 프랑스 용들을 위해 무슨 일을 해주었고, 그로 인해 어떤 고초를 치렀는지 잘 압니다. 그렇기 때문에 제 힘이 닿는 대로, 제 직위로 할 수 있는 일이면 뭐든 해드릴 용의가 있습니다. 그렇게라도 감사를 표하고 싶은 심정이지요. 하지만 안타깝게도 무슈 타르케를 사면하는 것은 내 권한 밖의 일입니다. 사실 대령이 우리가 사람을 잘못 보았다고, 그는 무슈 타르케가 아니라 이름만 같은 다른 무슈 타르케라고, 이를테면 친척일 뿐이라고 말해주기를 바랐습니다. 그런데 지금 대령의 말을 종합하면 그자는 틀림없는 바로 그 무슈 타르케군요."

로렌스는 잠시 생각 끝에 대답했다.

"대장님, 제 지인 중에 타르케라는 이름을 가진 이는 그 사람

뿐입니다."

로렌스는 티보가 거짓말이라도 기꺼이 받아주겠다는 마음으로 자신을 구슬리고 있다는 느낌이 들었다. 하지만 진실 외에 다른 말은 할 수 없었다.

티보는 고개를 끄덕였다.

"내 마음도 좋지는 않습니다, 대령. 하지만 대령의 친구는 단지 제복을 입고 있지 않아서 혹은 변장을 했다는 의심을 사서 구속된 게 아닙니다. 최근에 첩자 혐의로 그 사람의 목에 꽤 많은 현상금이 붙었습니다. 무슈 푸세도 최대한 빨리 그 사람과 얘기를 하고 싶어 합니다."

당황한 로렌스는 아무 대답도 할 수 없었다. 타르케를 첩자로 모는 게 실수라는 주장을 계속 펼칠 만큼 확신이 없기도 했다. 그가 알기로 타르케는 동인도 회사의 중개상으로 종종 일을 했고 늘 비밀스럽게 움직였으며 어떤 행동의 동기에 대해 자발적으로 밝힌 적이 없었다. 전 세계를 통틀어 타르케만큼 첩자로 적합한 인물이 별로 없으니 화이트홀이 그를 잘만 설득했다면 충분히 첩자로 일했을 만도 했다.

티보는 진심으로 유감스러워하는 눈빛이었으나 그의 말에는 일말의 망설임도 없었다. 프랑스에 위해를 가한 악명 높은 첩자를 처형하는 것이 티보의 의무일 터였다. 로렌스는 그에게 의무를 저버리라는 부탁을 할 수는 없었다. 그렇다면 방법은 하나뿐이었다. 도저히 쓰고 싶지 않은 방법이었지만 어쩔 수가 없었다. 로렌스는 스스로 생각하기에도 놀라울 정도로 침착하게 입을 열었다.

"대장님, 이 일에 대해 착오라고 말하고 싶지만 그럴 수가 없군요. 대장님의 의무에 대해서도 제가 뭐라고 말할 입장이 아니고요. 그래서 타르케 씨를 사면해줄 권리를 가진 분에게 직접 사면을 부탁드리려고 합니다. 부디 제가 답변을 받을 때까지 형의 선고를 연기해주십시오."

티보는 흔쾌히 그러겠다면서 펜과 잉크를 내주었다. 로렌스는 자신의 피로 편지를 쓸 용의까지 있을 만큼 타르케를 구하겠다는 마음이 간절했다.

> 폐하, 예전에 프랑스에 용의 전염병 치료약을 가져다드린 일로 저에게 신세를 졌다고 말씀하셨던 적이 있으시지요. 당시 저는 사람이자 기독교인으로서 해야 할 일을 한 것이었습니다. 언젠가 신세를 갚겠다고 하신 폐하의 말씀을 제가 권리로 주장할 수 없다는 것을 잘 알지만, 부디 이번 일로 신세를 갚아주시기를 간곡히 부탁드립니다…….

로렌스는 잠시 뜸을 들이다가 다시 천천히 편지를 써내려 갔고 마침내 마무리했다. 유럽의 절반을 차지한 황제에게 보내기에는 당연히 격이 맞지 않고 어느 신사에게 보내기에도 어울리지 않는 어설프고 품위 없는 편지였다. 로렌스는 단어마다 깃든 분노가 행간에 드러날까 두려웠다. 그는 프랑스에 전염병 치료약을 전해준 일로 어떤 보답이나 개인적인 보상을 받느니 차라리 제 목을 칼로 그었을 것이다. 조국을 전쟁에서 불리한 입장으로 만들어놓고 예수를 팔아넘긴 유다처럼 은화 서른 개를 받아 챙길 생각도 없었다. 만약 로렌스가 테메레르를 풀어주고 귀중한 알을 돌려달라는 요청을 한다면 나폴레옹은 들어주지 않을 것이다. 전쟁의 흐름을 바꿀 수도 있는 요청이니까. 나폴레옹은 신사이기 이전에 일국의 왕이었다.

하지만 그 정도로 큰 부탁이 아니라면 나폴레옹이 들어주지 않을까. 크게 손해 볼 일도 아니니 자신의 허영심을 채우기 위해 들어줄지도 몰랐다. 나폴레옹 입장에서도 타르케의 목을 치느니 감방에 가둬두는 편이 나을 것이다. 이런 계산을 하면서도 로렌스는 나폴레옹에게 부탁을 하기가 쉽지 않았다. 하지만 여기서 자존심을 죽이면 타르케의 목숨을 구할 수 있는데, 자존심 때문에 타르케를 죽일 수는 없었다.

"기꺼이 편지를 전하고 형의 선고도 연기하겠습니다. 긍정적인 답을 받길 바랍니다, 대령."

로렌스는 편안한 감방에서 편치 않은 광경을 바라보며 저녁 시간을 보냈다. 그때까지 그는 안마당 곳곳에 놓인 용알들의 개수를 몇 번이나 세어보았다. 매번 다른 숫자가 나오기는 했지만 넓은 간격을 두고 놓인 용알의 수가 천 개가 넘는 것만은 틀림없었다. 어쩌면 이천 개 이상일 수도 있었다. 안마당 한가운데 네 줄로 나란히 놓인 커다란 용알들은 파란색과 노란색이 섞여 있어 쉽게 눈에 띄었다. 그랜비는 침울한 말투로 그 알들에 대해 설명했다.

"플레르 드 뉘의 알입니다. 일개 중대를 차려도 되겠어요. 껍데기 빛깔이 흐려진 것을 보면 부화할 준비가 거의 되었나 봐요."

그 정도 규모면 야간에 야영 중인 부대를 위협하기에 충분했다. 어둠 속에서 멈칫거리고 있는 상대를 기습해 박살 낼 수도 있을 테니까.

나머지 엄청난 숫자의 알들도 부화가 멀지 않은 상태였다. 첫 번째 줄의 알들은 이미 부화를 시작했는지, 야영지의 수많은 용들 사이에 어린 용들이 끼어 있었다. 갓 태어난 용들은 몸집에 비해 다리의 균형이 맞지 않고 움직임이 익숙하지 않아 볼품없는 모습이었다.

로렌스는 저녁 식사 시간에 먹이 통 앞에서 서로를 밀쳐대는 용들을 바라보며 상념에 잠겼다. 문득 어떤 기억이 떠올랐다. 가끔 그렇게 떠오르는 기억들은 바로 얼마 전에 경험한 것처럼 묘하게 생생했다. 부화한 다음 날 아침, 로렌스의 선실에 설치된 그물 침대에서 자다가 어이없게도 그물에 몸이 뒤엉켰던 새끼 용 테메레르. 개와 비슷한 크기였던 당시 테메레르는 자존심이 상해 왈칵 성을 냈었다. 테메레르는 갓 태어났을 때도 볼품없는 체형은 아니었다. 테메레르가 언제나 알맞은 몸의 비율을 유지했기 때문에 로렌스는 테메레르의 체형 변화를 크게 실감한 적이 없었다. 또한 테메레르를 쳐다보면서 '아니 언제 저렇게 몸이 커졌지!'라고 생각하거나 몸이 너무 커져서 외모가 우스워졌다고 느낀 적도 없었다.

그런데 이곳 용들은 그렇지 않았다.

다수의 어린 용들이 발톱에 날개가 걸려 비척거리거나 제대로 날아오르지 못하고 바닥에 떨어져 징징거렸다. 물론 그 용들도 시간이 흐르면 움직임이 점차 덜 어색해질 것이다.

그때 산기슭 근처 어딘가에서 돌연 밝은 빛이 모닥불처럼 높게 치솟자 먹이를 먹던 어린 용들이 일제히 고개를 들고 그리로 시선을 돌렸다. 이스키에르카일까? 로렌스는 알 수가 없었다. 멀리서 황금색과 붉은색으로 터져 나온 빛 덩어리는 이내 사그라졌다. 십오 분도 채 안 되어 로렌스는 복도를 걸어오는 발소리를 들었으나 그리 놀라지 않았다. 이미 예상하고 있었기 때문이었다. 젊은 장교가 문을 두드리더니 함께 가달라고 했다.

실내복 차림으로 로렌스와 그랜비를 맞아들인 티보 대장은 휴식을 방해해서 미안하다며 점잖게 사과했다.

"문제가 좀 생겼는데 대령들에게 숨겨야 할 일은 아니라는 생각이 들어서요. 알과 비행사들이 무사한지를 당장 확인시켜주지 않으면 최악의 사태가 벌어질 거라고, 테메레르와 이스키에르카가 엄포를 놓았습니다. 이대로라면 두 용은 우리에게 끔찍한 짓을 할 겁니다."

그 말을 들은 로렌스는 테메레르가 걱정되었다. 지금 같은 상황에서 테메레르와 이스키에르카가 난동을 부려봐야 치명적인 결과만 낳을 뿐이었다. 영국 사육장의 용들과는 달리 이곳 용들은 테메레르와 이스키에르카의 생각에 동조하거나 설득에 넘어갈 리가 없었다. 게다가 머릿수도 너무 많았다. 천방지축으로 날뛰어봐야 간단히 저지될 것이다. 그러나 그랜비는 열을 올리며 티보에게 항변했다.

"부적절한 알이라고 비하하면서 알을 박살 내겠다고 으름장을 놓은 자들 탓이지, 누구 탓이겠습니까? 모두 스스로 자초한 일이 아닙니까."

로렌스는 깜짝 놀라 그랜비를 쳐다보았다. 그랜비는 성미가 급한 편이긴 하지만 아무리 화가 나도 이렇게 막무가내는 아니었다. 잠시 후 로렌스는 그랜비의 말이 무슨 의미인지를 깨달았다.

그때까지 로렌스는 리엔이 그 귀중한 알에 대해 일부러 모욕적인 말을 흘렸다고는 생각지 않았다. 그런데 고의적으로 흘린 말이라는 생각이 들자 도저히 다른 생각이 들지 않을 만큼 강한 확신이 들었다. 큰 불만 없이 현재에 만족하는 용이라면 용알을 고의로 해치겠다는 생각을 떠올릴 리 없었다.

용들 사이에서 용알을 건드린다는 것은 비난받아 마땅한 범죄였다. 용알을 해쳐서는 안 된다는 용으로서의 본능적인 금기마저 뛰어넘을 정도로 테메레르에 대한 리엔의 증오가 지독할 수도 있겠지만, 그래도 지금껏 이렇게 격하고 폭력적인 형태로 표출한 적은 없었다. 어쩌면 철저한 계산에 따라 흘린 말일지도 몰랐다. 테메레르를 이 춥고 악의적인 덫으로 불러들이기 위해 알에 해를 가하겠다는 위협의 말을 흘린 것일 수도 있었다.

상황을 짐작한 로렌스는 그랜비의 심정이 이해되었다. 어미가 물불 가리지 않고 날아오게 하려고 용알의 목숨을 위협한 것은 참으로 악랄하며 야비한 책략이었다. 비난하는 그랜비 앞에서 티보는 입이 열 개라도 할 말이 없는지 침묵했는데 당연히 그럴 만했다. 잠시 후 티보는 고개를 약간 숙이며 말했다.

"용들을 안심시키기 위해 최선을 다해보겠습니다."

그들은 수시라는 이름의 작은 수컷 용에게 탑승했다. 헤비급 우편배달 용과 라이트급 전투 용의 중간쯤인 듯한 수시는 그레이하운드처럼 날씬해서 비취 용을 연상시키기도 했다. 빠른 비행 속도를 지녔을 뿐 아니라 로렌스와 그랜비, 그리고 티보 외에 무장 경비원 여섯 명을 거뜬히 태울 수 있을 정도의 몸집이었다.

"다들 준비됐습니까?"

수시는 길고 유연한 목을 꺾어 탑승자들을 돌아보며 물었다. 비행사를 거치지 않고 탑승자들에게 곧장 말을 걸면서도 전혀 거리낌이 없었다.

"좋습니다! 그럼 이륙합니다."

수시는 끄응 소리를 내며 훌쩍 날아오르더니 놀라울 정도로 빠르게 날개를 퍼덕였다. 잠시 수평 비행을 하던 수시는 곧 탄환처럼 거침없이 산을 향해 날아갔다. 어찌나 빠른지 로렌스는 눈이 시릴 정도였다.

십오 분도 채 안 돼서 수시는 숨을 헐떡이며 착륙했다. 근처에는 장소에 어울리지 않게 고대 신전 느낌이 물씬 풍기는 커다란 누각이 서 있었다. 마치 로마 군대가 어둑한 과거에서 행진해 나와 프랑스 시골에 이 누각을 세우고 홀연히 떠나간 듯했다. 카이사르 풍의 장식을 좋아하는 나폴레옹의 취향을 고스란히 보여주는 누각이었지만 로렌스와 그랜비를 보기 위해 거대한 기둥 사이로 서둘러 나오는 테메레르와 이스키에르카를 보면 실용적인 건물이기도 했다.

티보의 요구에 따라 로렌스와 그랜비는 차례로 일어섰다. 경비병들은 테메레르와 이스키에르카가 확인할 수 있도록 로렌스와 그랜비의 얼굴 가까이 랜턴을 가져왔다. 거리가 멀어 말을 주고받을 수는 없지만 용들을 안심시키고 싶은 마음에 로렌스는 손을 들어 보였다. 테메레르와 이스키에르카가 약간 앞으로 발을 내딛자 수시는 불안해하며 얼른 뒤로 훌쩍 뛰었다.

"이만하면 충분해요."

수시가 얼른 말했다. 로렌스는 테메레르의 몸에 이상이 없는지 확인하고 싶었다. 그러나 누각에 걸려 있는 랜턴은 몇 개뿐이었고, 테메레르의 몸통은 검은색이어서 상태를 확인하기는 쉽지 않았다.

테메레르가 날개를 펼치지도 않았는데 수시는 그곳에 더 있지 않으려 했다. 날개를 폭풍처럼 세게 퍼덕이며 다시 날아오른 수시는 신속하게 야영지로 돌아갔다. 탑승자들을 지상에 내려놓은 수시는 온몸을 부르르 떨며 티보더러 들으라는 듯이 원망조로 투덜거렸다.

"다시는 하고 싶지 않은 일입니다! 두 용의 몸집이 어쩌나 크던지! 그런 용들 앞에 비행사들을 내보이는 건 마치 '여기 내가 누굴 잡고 있는지 봐봐, 하하!' 하고 놀리는 것이나 다름없죠. 그 용들이 저한테 곧장 달려들지 않은 게 이상할 정도였다니까요. 그들이 저를 자세히 보지 않았기를 바랄 뿐이에요. 다음에 저를 보면 곱게 내버려두지 않을 거예요."

로렌스가 말했다.

"그렇지 않아. 테메레르는 군에 소속된 용이 명령에 따라야 한다는 걸 잘 알기 때문에 네가 명령을 이행한 것에 대해 앙심을 품지 않을 거다. 우리를 누각 앞으로 데려간 게 네 결정이 아니란 것도 잘 알 거고."

"하지만 제가 데려간 것이긴 하잖아요."

수시는 여전히 불안을 떨치지 못했으나 그랜비는 딱히 달래주는 말을 해주지 않았다. 이스키에르카가 좋은 쪽이든 나쁜 쪽이든 어떤 식으로 나올지 그랜비도 확실히 알지 못했기 때문이었다.

로렌스와 그랜비는 정중하지만 빈틈없는 호송을 받으며 각자의 방으로 돌아갔다. 로렌스는 걸어가는 동안 굳이 그랜비에게 말을 걸지 않았다. 두 사람 모두 울적한 기분인 데다 분노가 차올라 아무 말도 할 수 없었다. 지금까지 로렌스는 그들이 포로가 될 만한 짓을 했다고, 프랑스 국경 지대에 몰래 숨어 있었으니 결국 이렇게 될 수밖에 없었다고 여겼다. 원하는 숫자가 나오지 않을 걸 알면서도 주사위 한 번에 모든 것을 건 도박꾼처럼 위험을 무릅쓰고 여기로 왔으니, 작전 실패로 절망했을 때도 그는 포로가 된 자신의 처지를 자연스럽게 받아들였다. 하지만 상대가 속임수를 썼다는 사실을 알게 되자 가슴속에 분노가 치솟았다. 저열한 속임수에 속절없이 당한 게 억울했다.

그럼에도 잠은 잘 왔다. 이대로 한 달이라도 푹 잘 수 있을 것 같았다. 다음 날 아침, 식사 초대를 받은 로렌스가 방으로 가자 티보는 고개를 약간 숙여 인사하며 말했다.

"로렌스 대령, 이걸 보고 기분이 좋아지길 바랍니다."

그러고는 편지를 한 장 내밀었다. 아무리 미사여구가 가득한 편지라도 그의 마음속에서 펄펄 끓는 분노에 부채질을 할 내용일 수도 있기에 로렌스는 마음을 단단히 먹고 편지를 펼쳤다.

로렌스는 깜짝 놀랐다. 편지의 수신인은 티보 대장이고 필체는 비서가 대필한 듯 깔끔했다. 그리고 나폴레옹 특유의 무뚝뚝하고 결단력 있는 화법이 배어 있었다. '당연히 그를 정중하게 잘 모셨겠지! 그에게는 아무리 잘 해줘도 부족해'라는 말과 함께 '진주보다 더 귀중한 사람'이라는 표현이 적혀 있었다. 고결한 여인에게나 쓰는 표현이라 로렌스는 약간 재미를 느꼈다. 편지의 다음 내용은 이러했다.

그와 그의 동행, 용들을 모두 퐁텐블로 궁전으로 데려오기 위해 호위대를 보냈네. 호위대가 도착하면 당장 출발시키도록 하게. 여기에 와서 알이 안전하게 보관 중인 것을 확인하라고 해. 그들이 여기서 편하게 지낼 수 있도록 준비를 갖춰놓겠네.

　　　　　　　　　　　　　　　　　　　　　　　　나폴레옹

티보가 말했다.

"무슈 타르케와 그랜비 대령에게 경비병을 보내 함께 아침을 먹자고 했습니다. 호위 용들이 이곳에 도착하면 곧바로 출발하세요."

"황제께서 부재 중이라 이해해주기 바랍니다."

아나우알케 여황이 꽤 유창해진 영어로 말했다. 잉카 제국에서 그녀는 열심히 영어를 배웠고 지금은 그때보다 훨씬 편하게 영어를 쓰고 있었다. 그동안 공부를 계속한 모양이었다.

로렌스는 쿠스코에 있는 그녀의 궁전에서 아나우알케를 마지막으로 보았다. 당시 아나우알케는 털실 옷에 금으로 장식한 잉카 전통 복장이었다. 지금은 황금실로 정교하게 수놓은 흰색 모닝 가운 차림이었는데 접견실의 분위기와 이질감 없이 잘 어울렸고 불편해 보이지도 않았다. 흰 모닝 가운은 그녀의 짙은 갈색 피부 그리고 작은 다이아몬드 왕관 위로 묶어 올린 검은 머리카락과 대조를 이루었다. 비공식 방문자들을 맞아들이기에는 지나친 몸치장일 수도 있었지만 여황의 차림으로는 전혀 부적절하지 않았다. 놀랍게도 여황의 곁에는 프러시아 황태자가 동석해 있었다. 마르고 키가 큰 열일곱 살의 황태자는 로렌스 일행에게 고개를 살짝 숙이고는 대단히 유창한 프랑스어로 말을 걸었다. 아나우알케의 외아들은 잘생기고 튼튼해 보였다. 아이의 정수리에는 검은 머리카락이 났고 눈은 크고 까맸다. 그 아이는 응접실 한쪽 구석에 놓인 담요에 누워서 인간 보모 세 명과 건물 바깥에 있는 용 보모의 보살핌을 받았다. 용 보모는 커다란 머리에 깃털이 돋은 잉카 용으로 날렵한 체격에 독액을 쏘는 능력을 가진 코파카티 품종이었다. 그 용은 방 끄트머리에 있는 헛간 크기의 유리문을 통해 방을 들여다보고 있었다.

로렌스가 황태자 출산을 축하하는 말을 건네자 그랜비도 어색하게 축하의 말을 했다. 상황에 떠밀려 어쩔 수 없이 구혼했던 여인 앞에서 어떻게 행동해야 할지 난처할 것이다. 당시 아나우알케는 자신의 궁전을 찾아온 손님인 그들에게 공격 명령까지 내렸었다. 그러나 아나우알케는 전혀 어색해하지 않고 고개를 살짝 끄덕이면서 당연한 듯 축하 인사를 받았다. 그러고는 차분하고 만족스러운 표정으로 말했다.

"가을에 둘째 아이가 태어날 겁니다."

로렌스는 다시 고개를 숙였다. 나폴레옹과 적대 관계에 있는 자라면 누구나 나폴레옹이 황실의 후계 구도는 물론이고 잉카와의 동맹도 튼튼히 구축했다는 사실에 유감을 느낄 수밖에 없었다. 하지만 지금 이 자리에서 로렌스는 달리 할 말이 없었다.

"남편이 직접 그대를 맞이하고 싶어 했지만 파리에 일이 있어서요. 그래서 내가 대신 그대를 맞이하게 됐습니다. 그대들이 여기서 편안하게 지내도록 조치를 취해두었어요. 프랑스와 영국이 안타깝게도 전쟁 중이라 그대들이 우리의 포로가 되기는 했지만, 손님과 다름없으니 편안히 지내세요."

번지르르하지만 아무 의미 없는 말이었다.

아나우알케는 매우 품위 있게 앉아 로렌스 일행과 십오 분가량 시간을 보냈다. 책상에 잔뜩 쌓인 편지들과 말없이 그들 옆에서 서성이는 두 명의 비서관을 보아하니 그녀는 할 일이 많은 것 같았다. 일행이 말이 없어 로렌스가 주로 그녀와 대화를 해야 했다. 그랜비는 어색한 상황에 숨 막혀 하는 기색이 완연했고 타르케는 냉소적인 눈빛으로 가만히 앉아 그들을 쳐다만 보았다. 여황은 자신의 역할을 잘 해내고 있었다. 로렌스가 프랑스의 새 집이 마음에 드냐고 묻자 아나우알케는 매력적일 만큼 솔직하게 재미난 일화들을 풀어놓았다. 처음 프랑스에 와서 몇 가지 오해로 인해 고생했던 얘기들이었다. 그리고 그녀는 아직도 읽고 쓰기를 배우느라 고생하고 있다며 웃었다. 잉카에서는 주로 매듭 지은 끈으로 의사소통을 했을 테니 그럴 만도 했다.

벽에 기대어선 멋진 시계가 부드러운 소리로 정시를 알리자 하인이 들어와 아나우알케에게 나지막한 목소리로 무어라 말했다. 아나우알케가 자리에서 일어나자 로렌스 일행도 따라 일어섰다.

"여러분, 이제 이 자리를 파해야겠군요."

아나우알케는 그만 나가보라는 뜻으로 손을 내밀어 그들에게 손 키스를 받았다. 안내를 받아 나가던 로렌스 일행은 접견실로 들어가기 위해 곁방에서 대기 중인 다른 방문객 옆을 스쳐 지나갔다. 그 신사는 곁방 벽에 걸린 대형 풍경화를 바라보고 있었다. 로렌스는 그 신사의 뒷모습만 잠깐 보았을 뿐이지만 어쩐지 익숙한 느낌이 들었다. 복도로 나가서야 그 신사가 누군지 깨닫고 깜짝 놀라 발을 헛디딜 뻔했다. 바로 탈레랑이었다.

"연기가 좋더군요."

호위를 받으며 숙소로 돌아온 후 타르케가 말했다. 그들의 숙소는 전쟁 포로가 아니라 고위 관리에게나 내줄 법한 호화로운 스위트룸이었다. 경비병들은 숙소에 로렌스 일행만 남겨두고 정중하게 문 밖으로 나갔다. 창밖의 정원을 내다보고 있으면 마치 자유로운 처지인 듯 착각할 정도였다. 군인들이 차려 자세로 길을 가로질러 서 있기는 했지만 눈에 잘 띄지 않았다.

타르케가 계속해서 말했다.

"여기서 단란한 가정을 이룬 것처럼 보였어요. 지금 아나우알케의 모습을 보면 유럽보다 큰 잉카 제국의 여황이며 수백만 명의 잉카인들과 오천 마리의 잉카 용들을 다스리는 전제군주라는 사실이 실감나지 않죠. 탈레랑이 그녀를 찾아온 것도 흥미롭네요. 몇 년 전 영국 침략에 실패하고 나서 탈레랑은 나폴레옹과 언쟁을 했거든요. 요즘 탈레랑이 어디서 돈을 융통하고 있는지 궁금하네요. 오스트리아일 가능성이 있기는 한데."

로렌스는 타르케를 석방시키기 위해 자신이 어떤 방법을 썼는지 굳이 말하지 않았고 타르케의 첩자 혐의에 대해서도 캐묻지 않았다. 로렌스는 찜찜한 우연 덕분에 입수한 정보만 갖고 있을 뿐이었다. 애초에 정당한 방법으로 얻은 정보가 아니라서 화제 삼아 이야기할 자신이 없었다. 그런데 아나우알케에 대한 타르케의 말은 아무리 들어도 전문가의 평가 같았다. 타르케가 나라의 기밀을 팔아 돈을 번다는 생각이 들자 어쩐지 꺼려졌다.

로렌스의 표정을 읽었는지 타르케가 말했다.

"첩자 노릇이 마냥 깨끗한 일은 아닙니다."

로렌스는 힐난하듯 고개를 저었다. 타르케가 첩자 노릇을 하면서 아무리 불쾌한 일을 겪는다고 해도 이기적인 반역을 정당화할 수는 없었다.

"비교할 대상조차 없죠."

이 말을 내뱉은 로렌스는 무심코 속내를 드러냈음을 깨달았다.

타르케는 고개를 살짝 끄덕일 뿐, 그 주제에 대해 얘기하고 싶어 하지 않았다. 그는 그저 간략히 말했다.

"유감스럽게도 첩자 노릇을 하면서 반역을 아예 안 할 수는 없어요."

"그렇다고 탈레랑의 행위가 정당화되지는 않습니다. 자신이 동의하지 않고서는 반역을 저지를 수 없으니까요."

로렌스 역시 딱 한 번이긴 해도 반역에 동의한 경험이 있어 잘 알았다. 하지만 명예를 지키기 위해 어쩔 수 없는 경우도 아니고 단지 돈을 벌기 위해 나라의 기밀을 파는 저급한 짓거리는 도저히 이해할 수 없었다.

고민에 휩싸인 로렌스는 방 안을 두 바퀴 돌다가 돌연 물었다.

"아나우알케에게 그자와 한 방에 있으면 안 된다고 인간적으로 경고해줘야 하지 않을까요? 돈을 위해 배신을 서슴지 않는 자인데, 무슨 짓이든 못 할까요?"

어떤 면에서 탈레랑이 영국에 도움이 되기는 했다. 그래도 그자의 반역에 대해 알면서도 아무 말도 하지 않으려니 로렌스는 마음이 편치 않았다. 지금 탈레랑은 출산을 앞둔 여황과 그녀의 아이와 한 방에 있었다. 그 아이야말로 나폴레옹의 적들에게 가장 두려운 존재가 아닌가.

그러나 타르케는 담담했다.

"여황이 그자가 어떤 인간인지 파악하지 못했을까요? 적어도 그자가 자기 남편에게 호의적이지 않다는 것 정도는 알 겁니다. 예전에 프랑스의 육해공 원수들 절반이 모인 자리에서 당시 대시종장(大侍從長)이었던 탈레랑이 영국을 비롯한 다른 국가들과 휴전을 해야 한다며 황제에게 대놓고 면박을 줬습니다. 그런 일은 쉽게 덮일 수가 없죠. 그리고 탈레랑의 지출액이 알려진 소득보다 커졌다는 점을 저도 알고 있으니, 경찰장관 푸셰도 당연히 알고 있을 겁니다."

"탈레랑이 나폴레옹과 화해를 했다고 아나우알케를 설득했을 거예요. 그렇지 않았다면, 아나우알케가 도대체 무슨 이유로 그자의 방문을 받아들였을까요?"

"어찌 됐든 그자는 나폴레옹의 충실한 하인이니 함께 있어도 안전하다고 여겼겠죠. 그리고 유럽의 다른 왕실들이 프랑스에 선전포고를 했으니 여황이 그 왕실들과 계속 연락하기 위해 탈레랑을 곁에 두는 것은 아니겠죠. 그런 쪽으로 탈레랑은 절반도 쓸모가 없을 테니까요."

방금 전에 만난 젊고 매력적인 여인은 겉으로 봐서는 냉정한 전략을 구사하는 사람처럼 보이지 않았으나 그랜비의 생각은 달랐다.

"지금은 여황이 온화하고 순해 보이지만 저는 여황이 백여 마리의 용들을 보내 안데스 산맥 너머까지 우리를 뒤쫓았던 일을 잊을 수가 없습니다."

시기적절하게 과거를 일깨우는 말이었다. 그랜비가 덧붙여 말했다.

"물론 저는 저 여자를 아내로 맞이한 나폴레옹이 즐겁게 살기를 바랍니다. 저보다는 나폴레옹이 저 여자와 잘 맞을 테니까요."

"우리 입장에서는 마냥 즐겁지는 않아요. 현재 상황을 생각하면 많이 아쉽기도 하고요. 물론 그랜비 대령이 여황의 손아귀에서 벗어난 일이 유감이라는 뜻은 아닙니다."

타르케는 은근히 재미있어하는 표정으로 말을 맺었다. 그러자 그랜비가 말했다.

"이런 말을 하긴 좀 그렇지만 제가 차라리 이베리아 반도에 있는 게 우리 쪽에 조금이나마 보탬이 될 겁니다. 그리고 쿠스코에서 여황과 결혼해 사느니 차라리 전쟁이 끝날 때까지 이렇게 프랑스에서 노는 편이 낫죠. 나폴레옹이 어마어마한 수의 용들을 사육장에서 길러내고 있는데, 아무리 이스키에르카가 대단하다고 해도 용 한 마리가 전쟁의 흐름을 좌지우지할 수 있는 것도 아니고요."

그랜비는 말끝에 한숨을 쉬었다.

타르케는 잠시 침묵하다가 말했다.

"나폴레옹은 바로 그런 이유로 이번 일을 꾸몄을 겁니다."

로렌스가 물었다.

"무슨 뜻입니까?"

"우리가 우연히 여기 붙잡힌 게 아니라는 말입니다. 이미 느끼셨겠지만, 저들은 알을 해치겠다고 위협을 해가면서 테메레르와 이스키에르카를 이곳으로 불러들였어요. 지금까지 우리는 저들이 두 용에게 어떤 식으로 미끼를 던졌는지 그 부분에 대해 깊게 생각을 안 했습니다. 그런데 가만히 생각해보면, 알이 위험에 처했다는 얘기가 두 용에게 전해진 경위부터가 이상했습니다."

"프러시아 용들이 프랑스에서 그 얘기를 듣고 우리에게 와서 전했는데."

로렌스는 잠시 생각 끝에 천천히 덧붙였다.

"프러시아 용들이 사육장에서 탈출하도록 프랑스군이 고의적으로 내버려뒀다는 뜻입니까?"

타르케는 고개를 숙였다.

"만약 대령님이 프러시아 용들을 통해서가 아니라 직접적으로 알에 대한 얘기를 들었다면 사실로 믿지 않았을 수도 있겠죠. 도둑맞은 알을 중간에서 가로채겠다는 계획도 세우지 못하셨을 테고요. 프러시아 용 서른 마리가 프랑스 용들과 크게 충돌하지도 않고 프랑스 사육장에서 탈출했다는 것부터가 이상했습니다."

그러자 그랜비가 반박했다.

"테메레르와 이스키에르카를 여기로 불러들이기 위해 프러시아 공군의 절반에 해당하는 용들을 사육장에서 풀어줬다는 건 아무래도 가능성이 낮은 얘기 같은데요. 물론 테메레르와 이스키에르카가 대단한 용이긴 하지만 그래 봐야 두 마리잖습니까. 프러시아 용 서른 마리를 버려가면서까지 그 두 마리를 잡아둘 가치가 있을까요."

"나폴레옹은 현재 엄청난 수의 용을 보유하고 있는 만큼, 프러시아 용들까지 굳이 사육장에 붙잡아둘 필요가 없다고 판단했을 수도 있습니다. 오로지 두 용의 전투력만으로 판단하자면 그랜비 대령의 말이 맞을 수도 있습니다. 아마 나폴레옹이 굳이 이렇게까지 해야만 했던 또 다른 이유가 있겠죠."

리엔은 눈도 깜박이지 않고 테메레르를 빤히 쳐다보았다. 아무 말도 하지 않았지만 테메레르가 너무 쉽게 포로로 잡혀 와 놀라고 실망한 표정이었다. 테메레르의 비참한 몰골 때문에 패배한 그를 쳐다보며 즐기려는 마음이 약간은 줄어든 것도 같았다. 물론 꼴이 엉망이라 테메레르가 붙잡힌 것은 아니었지만 말이다. 테메레르는 한 달 내내 고생을 해가며 여기까지 왔다. 날개가 찢어지고 몸에는 새로 상처가 생겼다. 게다가 심한 화상을 입은 자리에 새로 돋은 비늘은 윤기 없이 딱딱하고 탁한 색이었다. 하지만 테메레르는 외모에 대해서는 전혀 의식하지 않았었다. 전혀 중요하지 않았으니까.

하지만 지금은 리엔의 등 뒤에 서 있는 작지만 우아한 누각을 보면서 다시 외모를 의식할 수밖에 없었다. 지붕 아래에 커다란 바구니 하나가 놓여 있었다. 비단과 폭신한 충전재를 안쪽에 댄 바구니에는 아름답게 빛나는 알이 담겨 있었다. 아름다운 얼룩무늬의 알껍데기는 망가진 곳 없이 무사했고 숫자 8을 닮은 작은 점무늬도 그대로였다. 바구니를 둘러싼 화로 여섯 개가 알에 온기를 주었고 바람을 막아줄 차단막도 설치돼 있었다. 지금은 하인들이 테메레르와 이스키에르카에게 알을 보여주기 위해 차단막을 옆으로 걷은 상태였다.

마음속에 품고 있던 가장 큰 걱정이 사라지자 다른 걱정들이 그 자리를 차지했다. 테메레르는 지금 자신의 모양새가 말도 못하게 초라하다는 것을 깨달았다. 지저분한 꼬락서니가 포싱과 다르지 않았다.

하지만 이스키에르카는 전혀 아랑곳하지 않았다. 이스키에르카는 누각 주변에서 코를 킁킁거리며 미심쩍어했다.

"알을 충분히 따뜻하게 해주는 거 맞아? 사방에 눈이 쌓여 있잖아. 이러다 알에 한기라도 들면 어쩌려고? 알을 여기로 가져오면서 무슨 일이 있었던 건 아니지? 혹시 알이 흔들렸어? 습기가 차지는 않았어?"

"당연히 필요한 조치를 다 취해가며 알을 잘 돌봐왔어."

리엔이 경멸 어린 싸늘한 표정으로 대꾸하자 이스키에르카는
왈칵 화를 냈다.

"여태까지 알을 박살 내겠다고 계속 협박하면서 전 세계를 빙
돌아 여기까지 알을 끌고 와놓고 당연히 필요한 조치를 취했다
고? 그게 할 말이야? 이 따위 짓을 해놓고 감히 내 알 근처에서
어정거려?"

리엔은 노발대발하는 이스키에르카에게서 물러서지는 않았
지만 눈에 띌 정도로 등에 힘을 주며 긴장했다. 그 모습에 테메
레르는 약간 통쾌했다.

"애초에 알을 보호할 능력도 안 되는 자들에게 알을 맡겨놓은
당신 잘못부터 따져야 하는 것이 아닐까."

너무하다는 생각에 테메레르도 나섰다.

"아! 네가 청국에 있는 친구들을 통해 경비병들에게 뇌물을
주고 나머지 하인들을 싹 죽였나 보구나. 미엔닝 황태자가 황제
가 되면 너에게 뇌물을 받은 자들을 전부 사형에 처하실 거다."

리엔이 표독스럽게 받아쳤다.

"하늘의 총애를 모두 잃은 자가 황좌에 오를 정도로 청국의
수준이 떨어지면 참 안타깝긴 하겠구나. 미엔닝은 셀레스티얼
동반자를 잃은 걸로도 모자라 셀레스티얼을 다시 얻기 위해 저
열한 아편 상인들에게 청국을 저당 잡히려 하고 있지. 물론 그
게 저 알 탓은 아니라서 굳이 저 알을 해칠 생각은 없어. 어차피
보잘것없는 혼혈 용에 불과하니까. 동정의 대상일 뿐인데 뭐하
러 해치겠어."

에로이카에게 전해들은 얘기와는 너무 달라 테메레르는 분노로 숨이 막힐 지경이었다.

"그러니까 미엔닝 황태자에게 피해를 주기 위해 이런 계략을 꾸몄다는 거냐. 그러면서 저 알은 해칠 생각이 없다고? 우리더러 그 말을 어떻게 믿으라는……."

리엔이 테메레르의 말을 잘랐다.

"네가 뭘 믿든 관심 없어. 알고 싶지도 않아. 넌 고집불통에 분노만 가득차서 결국 너와 네 옆의 용, 그리고 너희 주인들까지 위험에 빠뜨렸을 뿐이야."

리엔은 비웃음을 흘리며 말을 이었다.

"내가 모시는 나폴레옹 황제의 은혜 덕분에 저 알을 볼 수 있는 줄이나 알아. 황제께서는 너에게 과분할 정도로 친절하게 대해주고 계셔. 네가 잘나서가 아니라 그분의 성품이 워낙 고결하시기 때문이야."

너 따위는 잘난 점이 하나도 없다는 걸 강조하기 위해 리엔은 테메레르를 위아래로 훑어본 뒤 훌쩍 날아올라 그 자리를 떠났다.

테메레르는 잔뜩 화가 난 채로 숙소인 누각으로 돌아왔다. 그러나 마음과는 달리 누각은 아름답고 편안했으며 바닥의 돌은 뜨끈하게 데워져 있어 나무랄 데가 없었다. 누각은 돌과 소나무, 연못으로 꾸며진 정원 한가운데 있어 주변 풍경도 대단히 아름다웠다. 얇게 얼음이 깔린 연못에는 서리가 내려 연못 표면에 포도나무 잎사귀 같은 무늬가 생겼다. 테메레르는 화려한 누각에 머물면서도 묘하게 공격당하는 기분을 떨칠 수 없었다. 누각을 장식한 매끄러운 자갈 하나하나에서 리엔의 목소리가 들리는 듯했다. '내가 얼마나 자리를 잘 잡았는지 똑똑히 봐. 이 불쌍한 용아.' 그러나 아무리 생각해도 반박할 말이 없었다.

잠시 후 하인 여러 명과 작은 용 세 마리가 김이 무럭무럭 나는 물통을 막대에 끼워 누각에 들고 와서 목욕을 권했다. 몸이 워낙 지저분하고 엉망인 상태라 테메레르는 거절할 엄두도 내지 못했다. 세차게 쏟아지는 뜨거운 물 아래 서 있자니 고맙기까지 했다. 그들은 발톱은 물론 때가 덕지덕지 않은 비늘 하나하나를 기분 좋게 솔로 문질러 닦아주었다. 목욕을 마치고 뜨끈한 돌바닥에 누워 몸을 말리면서 테메레르는 기분이 좋아졌다.

이스키에르카가 딱딱거렸다.

"이젠 또 뭐가 문제야? 일이 술술 잘 풀렸는데 왜 계속 뚱해 있어."

"술술 잘 풀리기는!"

"당연히 잘 풀렸지. 한 달 전까지만 해도 우린 알이 어디 있는지, 깨지지는 않았는지 속을 끓였어. 일주일 전에는 알과 1,600킬로미터나 떨어진 곳에 있었고. 지금 우린 알이 있는 여기까지 왔고 그랜비와 로렌스도 근처에 있어. 이제 여길 빠져나갈 방법만 알아내면 돼."

"방법만이라니!"

테메레르는 더 날카롭게 받아칠 말이 없어 속이 부글거렸다.

"전보다는 우리 형편이 훨씬 좋아진 거라니까. 계속 투덜대는 걸 보니 잔뜩 쫄았나 보구나."

테메레르는 발끈했지만 반박하지 않았다. 그들은 지금 나폴레옹의 최정예 경비병들과 용 부대에 둘러싸인 채 프랑스 한가운데 있었다. 알이 무사한 상태로 가까이에 있고 로렌스가 별 탈 없이 잘 있다는 것까지 확인해놓고 세세한 주변 상황에 얽매여 투덜거리는 것은 한심한 짓이었다. 그렇다고 만족스러워하는 이스키에르카에게 완전히 공감할 수는 없었다.

"나폴레옹이 왜 이렇게 잘 해줄까. 다 이유가 있을 거야. 리엔이야 우릴 깔볼 기회가 생기니 마다하지 않는 것일 테고."

"저들은 우릴 무서워하는 거야. 당연히 그렇겠지만."

테메레르는 고개를 숙이고 이런저런 탈출 방법을 궁리해보았다. 생각할수록 답답해지기만 했다. 어쩌면 저들은 테메레르와 이스키에르카를 이곳의 안락한 삶에 길들인 다음 고통을 주고 한층 더 깊은 상처를 내려는 것일 수도 있었다.

문득 불길한 생각이 테메레르의 뇌리를 스쳤다.

"리엔이 우리 알을 갖고 뭘 하려는 거지? 지금 알을 차지하고 있잖아. 미엔닝 황태자가 그 알을 갖지 못하게 하려는 건 알겠어. 그러면 이제 그 알로 뭘 어쩌려는 걸까? 그 알에서 태어나는 용은 분명 몸집이 클 거야. 부모인 우리가 대형 용이니까. 하지만 프랑스는 대형 용을 더는 원하지 않아. 우리 아이가 홀로 친구도 없이 남겨져서 언젠가는 하네스를 꼭 따내겠다는 말이나 하고 있으면 어쩌지! 진짜 못 참을 것 같은데!"

"그래, 정말 좋은 질문이야."

이스키에르카가 돌기에서 수증기를 뿜으며 맞장구를 쳤다.

하지만 그들을 지키고 있는 경비 용들은 대답은커녕 그들과 말을 섞으려 하지도 않았다. 테메레르가 포기하고 누각 안으로 물러갈 때까지 매섭게 노려볼 뿐이었다.

정원은 양쪽으로 끝이 보이지 않을 정도로 길게 뻗어 있었다. 저 멀리 아름다운 건물이 언뜻 보였다. 이스키에르카는 시무룩하게 투덜거렸다.

"저 집에 그랜비가 없는지 확실히 알면 좋을 텐데. 그럼 저 집에 불을 붙이고 그랜비가 있는 곳을 대라고 윽박지르면 되는데."

하지만 그랜비가 저 집에 머물 가능성이 높았기에 이스키에르카는 생각을 실행에 옮기지 않았다.

이스키에르카는 충분히 탈출할 수 있다고 자신만만하게 말했지만 여기서 빠져나갈 방법은 없을 듯했다. 이 부근에는 크기와 종류가 다양한 용들이 넘쳐났고, 낮에는 용들이 궁전 여기저기를 돌아다녔다. 그중 몸집이 무척 큰 일부 용들은 몸에 짐을 싣고 다니기도 했다. 소형 용들은 꾸준히 보였고, 전투용 하네스를 착용한 프랑스 전투 용들이 대규모로 지나가기도 했다. 미들급 용들과 라이트급 용들, 특징이 제각각인 다양한 품종의 작은 용들도 보였다.

테메레르는 여기저기 모여 있는 용 집단의 수를 하릴없이 헤아렸다. 그들은 아홉 내지 열 집단 정도였다. 생김새가 특이하고 죄다 다르게 생겨서 테메레르는 그 용들의 품종을 짐작도 할수 없었다. 기존에 테메레르가 알던 프랑스 용들과는 생김새가 전혀 달랐다. 이종 교배로 태어난 잡종 용들은 기존 프랑스 용의 특징들을 뚜렷이 갖고 있었는데 특히 두 번째 날개 관절의 모양이 많이 닮아 있었다.

테메레르는 그 용들에 대해 어떤 설명도 듣지 못한 채 멍하니 구경만 했다. 머릿속에 의문이 떠올라도 답을 알 수 없으니 오래 고민하지 않았다. 저 용들의 절반이 우리 안에서만 산다면 머릿수가 많은 것이 무슨 소용일까? 그날 저녁 늦게 눈에 띄는 몸 색깔과 익숙한 체형을 가진 헤비급 용들이 그리 멀지 않은 어느 누각 앞에 내려서자 테메레르의 신경은 온통 그리로 쏠렸다.

테메레르가 어둑해지는 황혼 속에서 그 용들을 자세히 보기 위해 고개를 들자 이스키에르카가 물었다.

"뭔데 그래?"

테메레르는 천천히 대답했다.

"츠와나 용들이야. 저들이 여기서 뭘 하는 거지?"

"로렌스 왕자."

나폴레옹은 프랑스식으로 로렌스를 포옹하고 볼에 키스를 하며 따뜻하게 맞아주었다. 로렌스는 당황해 어쩔 줄 몰랐다. 포로가 아니라 우호 관계나 동맹 관계인 국가의 수장을 맞이할 때나 어울리는 환영 인사였기 때문이었다. 나폴레옹은 거기서 그치지 않고 그랜비에게도 유쾌한 인사를 건네며 코앞에서 신부를 훔쳐 미안하게 됐다고 놀리듯 능글맞게 사과했다. 나폴레옹의 농담에 불쌍한 그랜비는 몹시 어색해하며 대답도 제대로 하지 못했다. 나폴레옹은 타르케를 알아보고 그에 대해 언급하기까지 했다.

"아! 이쪽이 바로 그 악명 높은 신사로군? 로렌스, 자네 이번에 나한테 신세를 톡톡히 진 줄 알게. 움켜쥔 먹이를 그만 놓아주라고 했더니 푸셰가 대놓고 내게 이를 갈더군."

나폴레옹이 로렌스가 타르케의 사면을 부탁했던 일을 대놓고 말했지만 타르케는 이미 짐작하고 있었는지 눈을 가늘게 뜨고 나폴레옹을 쳐다볼 뿐이었다.

나폴레옹이 이 방에 들어온 후로 모든 시선이 그에게 집중되긴 했지만 그는 혼자 온 게 아니었다. 나폴레옹이 하인들을 돌아보며 로렌스 일행을 편안히 모시라고 괜히 한 번 더 지시하는 순간 나폴레옹과 함께 이 방에 들어온 자들 중 하나가 앞으로 걸어 나와 로렌스에게 허리를 굽혀 인사했다. 그제야 로렌스는 준이치로를 알아보고 깜짝 놀랐다. 준이치로는 머리카락을 뒤로 당겨 묶었고 프랑스 고위 사령관의 전속부관이 입는 제복 차림이었다.

로렌스는 다소 어색하게 인사를 받았다.

"잘살고 있는 모습을 보니 기쁘군."

준이치로는 솔직하게 대답했다.

"그래 보인다니 다행입니다, 대령님. 여기서 대령님에게 그런 인사를 들을 줄은 몰랐습니다."

로렌스는 준이치로를 바라보며 복잡한 감정에 휩싸였다. 여러 감정이 충돌하면서 좀처럼 누그러지지 않았다. 로렌스는 준이치로 덕분에 일본에서 처형을 면하고 도망쳤던 만큼 준이치로에게 크게 신세를 졌다. 준이치로에게 신세를 모두 갚을 날이 오기나 할지 생각조차 할 수 없었다. 물론 준이치로는 로렌스를 위해서가 아니라 사랑하는 스승을 위해 그런 것이었지만 그렇다고 해서 고마운 마음이 줄어드는 것은 아니었다. 로렌스를 탈출시킨 일로 준이치로는 일본에서 죄인이 되었고 무사로서 살아갈 희망은 물론 집까지 잃었다.

로렌스는 준이치로에게 최대한 신세를 갚으려고 노력했다. 승무원 자리를 내주었고 그를 장교로 만들어주려고 했다. 영국 공군은 워낙 출신과 신분이 다양해서 불가능한 일도 아니었다. 로렌스는 준이치로가 당당한 미래를 설계할 수 있도록, 행복까지 누리진 못하더라도 편안하게는 살 수 있도록 힘껏 도우려 했다. 그러나 준이치로는 로렌스의 호의를 모두 거절하고 프랑스로 떠났다. 청국과 영국의 우호 관계가 깊어지는 만큼 균형을 맞추려면 일본과 프랑스의 동맹을 촉진해야 한다는 게 이유였다.

문득 로렌스는 테메레르를 여기로 유인해 고통스럽게 만들고 자신을 곤란한 입장에 놓이게 만든 자가 바로 준이치로라는 생각이 들었다. 테메레르 일행이 청국에 머물 당시 테메레르의 승무원이었던 준이치로는 테메레르와 이스키에르카가 미엔닝 황태자에게 알을 맡기면서 청국과의 동맹을 앞세워 청국의 공군을 러시아의 전장에 빌려온 일과 그 협상 과정에 대해 세세히 알고 있었다. 테메레르와 이스키에르카의 알이 보관된 누각의 위치와 그 누각에 배치된 경비 인력에 대해서도 준이치로는 알고 있었다. 준이치로가 전해준 정보를 바탕으로 나폴레옹은 용알을 훔쳐올 계획을 세웠고 결국 성공한 것이다.

그러나 준이치로는 자신이 한 짓을 창피하게 여기지 않았다. 그는 로렌스를 떠나기 전에도 자신이 프랑스에 가려는 이유를 솔직하게 말했다. 로렌스가 보기에 준이치로는 일본에 대한 의무를 잘못 이해하고 있는 것 같지는 않았다. 해먼드는 일본과 평화로운 관계를 유지하려 했지만 청국과의 동맹에 더 높은 가치를 두고 있음을 굳이 숨기지 않았다. 나중에 영국이 일본에 신경을 써야 할 일이 생길 수도 있지만 당장은 그럴 이유가 없었다. 어차피 미엔닝 황태자가 청국의 황위에 오르면 일본이 누구 편을 들든 영국은 크게 신경 쓸 필요가 없었다. 미엔닝은 청국의 영향력을 넓히고, 세계와 좀 더 활발하게 교류하겠다는 포부를 이미 밝혔다.

이런 상황에서 나폴레옹의 참모진으로 활약 중인 준이치로를 만나게 되자 로렌스는 그다지 달갑지 않았다. 나폴레옹은 20년 가까이 유럽에서 무자비한 정복 전쟁을 계속해왔고 영국을 침략한 적도 있으나 로렌스에게는 유독 잘 해주었다. 그리고 로렌스는 러시아 군대를 궤멸하려는 나폴레옹을 좌절시켰다. 그런 인연으로 얽힌 나폴레옹에게 결례를 범할 수는 없었기에 로렌스는 마찬가지로 허리를 숙여 준이치로에게 인사를 했다.

나폴레옹은 하인들에게 다과를 내오고 편안한 의자들도 더 가져오라고 지시했다. 또한 휘장을 바꾸고, 난로에 장작을 더 넣고, 심부름을 해줄 하인 한 명을 로렌스 일행에게 붙여주라는 지시도 덧붙였다. 다시 로렌스 옆으로 돌아온 나폴레옹이 말했다.

"대령, 늦었지만 아버님의 별세에 심심한 조의를 표하네."

"감사합니다, 폐하."

로렌스는 나지막하게 대답했다. 나폴레옹은 친한 친구들을
대하듯 그들과 편안하게 이런저런 얘기를 나누고 방 안을 걸어
다니면서 한 시간 정도를 함께 보냈다. 로렌스는 나폴레옹이 그
에게 관심과 시간을 쏟으며 존중해주고 있음을 느끼면서도 한
편으로는 당황스러웠다. 5년 전 나폴레옹은 로렌스에게 프랑
스로 넘어오라며 온갖 감언이설을 늘어놓았지만 로렌스는 넘
어가지 않았다. 만일 당시에 넘어갔으면 로렌스는 자신의 목숨
은 물론이고 테메레르의 자유도 보장받았을 것이다. 지금도 그
때와 마찬가지로 로렌스를 굴복시킬 수는 없다는 것을 나폴레
옹이 모를 리가 없었다. 다만 로렌스가 타르케의 일을 부탁했기
때문에 나폴레옹 입장에서는 로렌스가 넘어올 수도 있겠다는
기대를 했을지 모른다. 나폴레옹이 또 설득하려 들면 불쾌하지
않게 잘 거절해야겠다는 생각을 하면서 로렌스는 마음이 무거
워졌다.

하지만 나폴레옹은 프랑스 용들을 위해 고안 중인 새로운 식
량 보급 방식에 대해 의견을 물을 뿐, 로렌스에게 별다른 부탁을
하지는 않았다. 어린 용들을 위한 훈련소에서부터 용을 이용해
알프스 산맥을 따라 새로운 길을 닦는 계획까지 나폴레옹은 온
갖 아이디어에 대해 편안하게 얘기를 펼쳐놓았다. 그러면서 알
프스 산맥에 사는 야생 용들을 어떻게 생각하는지 로렌스에게

묻기도 했다. 나폴레옹은 고개를 절레절레 흔들며 말했다.

"그동안 온갖 제안을 했는데도 야생 용들은 고집스럽게 거절하고 있다네."

"야생 용들은 독립심이 매우 강한 편입니다, 폐하."

나폴레옹은 날카로운 시선으로 그를 곁눈질했다.

"독립심이야말로 자네가 높이 평가하는 덕목이지! 하지만 친구 없이 혼자서는 아무것도 이룰 수 없어. 만약 나 홀로 전장에 뛰어든다면 내 능력이 무슨 소용이겠나? 옆에 아군이 버티고 있으니 뭐든 할 수 있다는 생각이 드는 것이지. 프랑스의 보호를 받아들이면 야생 용들도 더 살기 편할 텐데 말이야."

로렌스는 러시아의 야생 용들을 보호해주겠다고 하고는 시골 지역에 풀어놓고 떠나지 않았느냐는 말을 하고 싶었으나 꾹 참고 간단히 대꾸했다.

"설득하기 쉽지 않을 겁니다."

나폴레옹은 얘기를 계속했다.

용들을 이용해 인도와 청국까지 이어지는 거대한 무역로를 개척하려는 계획, 유럽과 아시아 구석구석에 용 누각을 지으려는 계획 등 나폴레옹의 계획은 어처구니없을 만큼 범위가 넓었다. 나폴레옹이 입을 열 때마다 더 야심찬 계획이 튀어나왔다. 나폴레옹은 최근에 경험한 처참한 패배에 대해서는 아예 입에 올리지 않았다. 말은 물론 표정에서도 백만 명의 전사자를 내고 무참히 패퇴했던 과거를 아예 생각하지 않는 듯했다. 전쟁에 관해서는 의붓아들인 유진 드 보아르네에 대한 불만을 얘기하면서 스치듯이 언급한 게 전부였다.

"그 녀석은 정이 많아서 탈이야. 그 녀석이 후한 선물을 해줬지. 자네 측에 오데르강을 내줬지 않나! 코사크 족 용들과 프러시아 용 몇 마리가 성가시게 구는 바람에 그리되긴 했지만."

로렌스는 그 소식이 무척 반가웠다. 아군이 오데르강을 차지했다는 것은 차르가 그리로 부대를 진군시켰다는 의미였다. 나폴레옹은 못마땅해하는 말투였다. 자신이 방어조차 힘든 곳에 프랑스 군대를 방치하고 떠났다는 사실은 조금도 인정하지 않는 태도였다.

패배를 도저히 인정할 수 없었기에 아예 그런 일이 일어난 적도 없는 것처럼 현실을 회피하고 스스로를 속이는 것 같아 로렌스는 다소 섬뜩했다. 상대방이 진실을 알고 있고 자신도 그걸 알면서도 모른 척 대화를 이어가는 모습에 로렌스는 마음이 좋지 않았다. 러시아에서도 로렌스는 나폴레옹이 예전 같지 않다고 느꼈다. 병색이 짙었고 몸에 살이 붙어 움직이기 힘들어했으며 얼굴에는 주름이 깊었다. 회색 눈동자도 탁해 보였다. 나폴레옹은 얘기를 하면서 종종 난롯불을 가만히 응시할 뿐, 그의 얘기를 듣고 있는 사람들과 자주 눈을 마주치지 않았다.

그래도 그는 나폴레옹이었다. 로렌스는 고통스러웠던 전투에 대해 얘기를 꺼내 나폴레옹의 심기를 건드리고 싶지 않았다. 그래서 화제를 돌렸다.

"그르노블 외곽에 만드신 훈련장을 보고 깊은 감명을 받았습니다, 폐하."

나폴레옹은 그를 돌아보았다.

"하! 용알의 숫자가 엄청나긴 하지."

"그렇더군요."

로렌스는 부정할 수 없어 고개를 숙였다.

"지난 7년 동안 우리는 아비뇽 공주의 지혜에 귀를 기울여왔다네. 참, 아비뇽 공주는 바로 마담 리엔이야. 이제야 우리는 그간의 노력에 대한 결실을 보고 있지. 프랑스의 사육장에 있는 사천 개의 용알이 조만간 부화할 것이네. 구식 전쟁은 이제 끝났어, 대령. 자네도 그 조짐을 봤잖나. 이제부터는 더 많은 수의 병력을 더 빨리 전장에 데려오는 군대가 승리할 걸세. 장군들이 현명하다면 무기와 군인들을 적절히 투입해 더욱 확실한 승리를 거두겠지. 자네도 차료보 자이미쉬체 전투에 참전했지?"

"그렇습니다."

나폴레옹이 전투 얘기를 입에 올리자 로렌스는 깜짝 놀랐다. 물론 차료보 자이미쉬체 전투는 나폴레옹이 어느 정도 승리한 전투이기는 했다.

"그날 아침은 참 대단했어! 내 입맛에 딱 맞더라고. 아침에 눈을 떴는데 용 오백 마리가 나를 잡으러 오더란 말이지. 자네들은 그때 나를 포획했어야 해! 하지만 나를 잡기 위해 전력을 쏟아붓지 않더군."

나폴레옹은 얼굴이 환해지도록 만족스러운 표정이더니 종이와 펜을 집어 들고 당시의 방어용 포좌를 빠르게 그리기 시작했다. 방어를 위해 배치한 대포와 좁은 길 뒤에 프랑스 군대가 자리 잡았고 러시아군과 청국군은 그 앞에 넓게 포진해 있었다.

"자네들은 해야 할 일을 제대로 하지 않았어. 당시에 과감하게 병력을 총투입했으면 완벽한 승리를 거두고 우리 군을 궤멸시켰을 텐데. 자네들은 신중을 기한다며 오히려 물러섰지."

나폴레옹은 어깨를 으쓱하며 손가락으로 펜을 튕겼다. 적군에게 이런 말을 할 사람은 아마 나폴레옹밖에 없을 것이다.

나폴레옹은 자신이 그려놓은 그림을 잠시 바라보다가 돌연 이런 제안을 했다.

"나가서 바람이나 쐬지. 자네는 우아를 떠는 조신이 아니라 군인이잖은가."

로렌스는 두말없이 따랐다. 바깥 어딘가에 나와 있을 테메레르를 볼 수 있을지 모른다는 기대도 있었다.

나폴레옹은 퐁텐블로 궁전의 정원을 크게 확장해 공군 기지로 만들었으나 서양의 여느 공군 기지와는 많이 달랐다. 크고 인상적인 용 누각들은 주변의 묘목을 비롯해 정교한 격자 구조물을 따라 자라난 덩굴 식물 덕분에 사생활을 보장받았고 누각 사이사이에 분수대가 설치되어 있었다. 양 대신 용이 살고 있다는 점만 빼면 상상 속의 전원 풍경이었다. 이곳에 머무는 용의 종류는 무척 다양했다. 야생 용처럼 보이는 소형 용들도 있고 색깔과 체형이 다양한 헤비급 용들도 보였다. 온갖 종류의 용들이 모여 있어 당황스러워하던 로렌스는 좁은 길 끝에 앉아 있는 구불구불한 체형의 헤비급 카지리크 용을 보았다. 몸의 돌기에서 수증기를 쉭쉭 뿜어내는 것만 봐도 카지리크 품종임이 분명했다.

하지만 이스키에르카는 아니었다. 가죽의 색깔이 암녹색에 가까웠다. 로렌스는 이곳에 사는 용들이 전부 프랑스 용은 아님을 알아챘다. 세계 곳곳의 용들이 여기 모여 있었다. 터키의 카지리크 외에도 아르카디 패거리처럼 파미르 고원에 서식하는 야생 용들도 있었고, 북쪽 구역에는 군살 없이 호리호리한 체형에 사납게 생긴 러시아 야생 용들이 옹기종기 모여 있었다. 길을 따라 걸어가던 로렌스는 초록색 대리석으로 지어 올린 누각에 들어앉아 식민지 영어로 대화 중인 용 두 마리를 보았다. 그리고 궁전 쪽으로 돌아오는 길에 전에 만난 적이 있는 용을 알아보았다. 츠와나 용인 디켈레디였다. 로렌스가 디켈레디를 마지막으로 본 것은 브라질의 농장에서 해방시킨 노예들을 용수송선에 가득 태우고 아프리카로 출항하기 전이었다.

247

디켈레디도 로렌스를 알아보았는지 호기심 어린 표정으로 그를 마주 보다가 옆에 있는 어떤 남자를 돌아보며 무어라 말했다. 로렌스는 그 남자가 모슈슈임을 알아보고는 크게 놀랐다. 츠와나 족 모카찬 왕의 맏아들 모슈슈 왕자가 왜 여기 있을까? 정확한 사정은 알 수 없었지만, 나폴레옹이 온갖 종류의 용들을 비밀리에 이곳에 모아놓은 듯했다. 로렌스는 질문을 하고 싶었지만 입이 떨어지지 않았다. 그는 프랑스와 적대 관계인 영국 장교였다. 하지만 나폴레옹은 누가 강요해서가 아니라 자기 의지로 로렌스를 이곳에 데려왔다. 저 수많은 외국 용들의 존재를 숨길 생각이었으면 애초에 로렌스를 데리고 정원에 나오지 않았을 것이다. 로렌스는 조심스럽게 물었다.

"비밀로 할 필요가 뭐가 있나? 로렌스 대령, 내 적들이 용들의 삶에 얼마나 무심한지는 누구보다 자네가 잘 알 걸세. 나는 이곳을 숨기려는 노력 따윈 하지 않아. 내 우편배달 용들이 전 세계를 돌아다니면서 세계 각지의 용들을 만나 떠드는데 노력한다고 비밀이 지켜지겠나? 그 용들이 모두 이 일을 비밀로 해주기를 기대하는 것 자체가 무리야. 자네가 지금까지 이곳에 대해 몰랐던 것은 내가 특별히 숨겼기 때문이 아니라네. 우리 용들 사이에 러시아 용들도 섞여 있는 걸 자네도 봤잖은가."

나폴레옹은 경멸조로 콧방귀를 뀌며 말을 이었다.

"영국의 늙은 관리들과 장군들은 용이 생각할 줄 아는 생물이라는 걸 인정하지 않고 그저 동전이나 몇 푼 던져주면 만족하는 줄 알지. 내 우편배달 용들이 영국의 용 사육장에 착륙해 갇혀 있는 용들에게 말을 건다고 해도 그들은 관심조차 없을 거야. 용들을 끔찍한 환경에 처박아놓고도 용들이 조용히 입 다물고 살기만 바라는 자들이니까. 여기서도 러시아의 야생 용들은 비참하게 살았던 시절을 잊지 않고 있어. 끔찍한 사슬에 날개가 묶여 살았으니 오죽할까! 자네라면 그런 잔인한 장치를 날개에 채운 자들과 함께 계속 살아갈 수 있겠나?"

로렌스는 쉽게 대답할 수 없었다. 러시아군의 보급로를 파괴하기 위해 일부러 야생 용들을 풀어주어 결국 굶주린 야생 용들을 사냥당하게 만든 게 당신이지 않느냐고, 그것도 만만치 않게 잔인한 짓이라고 말할 수도 있었다. 당시 러시아군이 야생 용들을 풀어주려 했었다고 말할 수도 있었다. 하지만 차마 입에 올릴 수가 없었다. 로렌스도 노예로 사느니 굶어 죽는 쪽을 택했을 테니까. 러시아군이 나폴레옹보다 계산이 느린 탓에 제때 결단을 내리지 못한 것도 사실이었다. 러시아군은 야생 용들을 부대 수송용으로 쓸 계획을 세우기는 했었다. 나폴레옹이 이끄는 프랑스군의 쏜살같이 빠른 진군 속도 때문에 어쩔 수 없는 결정이었다. 로렌스는 러시아 야생 용들이 처참한 몽골로 사육장에 붙잡혀 있는 걸 알고는 러시아군을 떠날 생각을 했었다. 쿠투조프가 야생 용들을 해방시켜 자신과 테메레르의 공동 감독하에 두겠다고 말하는 바람에 로렌스는 러시아군을 떠나지 않은 것이었다.

로렌스는 생각 끝에 대답했다.

"만족하고 살지는 못하겠죠. 하지만 전쟁을 하다 보면 묘하게 얽여 협력을 하게 되는 경우도 있습니다."

나폴레옹은 하급자를 나무라듯 준엄한 말투였다.

"협력을 할지 말지도 다 자네가 결정하는 거야. 자네가 섬기는 높으신 나리들이 어떤 작자들인지 자네도 잘 알 걸세. 그런 자들이 지배하는 나라에서 뭐가 바뀌길 기대하겠나."

로렌스는 대꾸를 못 하고 입을 다물었다. 아무리 교양 있고 신중하게 대답한다고 해도 이 사람은 프랑스의 황제이며 그를 포로로 잡은 간수였다. 나폴레옹은 자신의 말투가 힐난조임을 깨달았는지 부드럽게 덧붙였다.

"물론 자네를 비난하려는 건 아니야! 자네 양심이 바람 앞에 휘는 무른 금속 같지 않다는 건 내가 누구보다 잘 알지."

나폴레옹은 조금 전에 언급한 계획에 대해 다시 자세히 설명하기 시작했다. 잘 들어보니, 전 세계 용들과 동맹을 맺는다면 완전히 실현 불가능한 계획은 아닌 것도 같았다. 믿기 어렵긴 하지만 불가능한 계획도 아니었다. 서양의 모든 나라에서 용들은 열악한 생활을 하고 있고 대부분의 야생 용들은 황폐한 삶을 살고 있으니 그들에게는 나폴레옹의 제안이 더없이 달콤할 것이다. 나폴레옹이 용들을 모두 데리고 있을 수 없다는 게 계획의 가장 큰 단점이었다.

그들은 정원을 한 바퀴 돌아 다시 궁전이 보이는 곳으로 돌아왔다.

"나는 이제 그만 가봐야겠네. 경비병들이 자네를 숙소로 데려다줄 거야. 조만간 자네 용과 얘기를 나눌 기회를 주겠네, 대령. 안전하다 싶으면 가급적 자주 만나게 해주겠네. 용과 떨어져 지내는 게 얼마나 힘든지 나도 잘 알아!"

나폴레옹은 그들을 두고 정원의 작은 길을 따라 호숫가의 누각으로 서둘러 걸음을 옮겼다. 검은 대리석 소재에 여기저기 금으로 장식한 대단히 아름다운 누각이었다. 나폴레옹이 누각으로 다가가자 거대한 흰색 용이 고개를 들어 그를 맞이했다. 프랑스어로 인사를 건네는 리엔의 목소리가 노래처럼 듣기 좋았다.

나폴레옹이 보유한 대단히 위험한 무기는 바로 저 용이었다. 로렌스는 힘과 품위, 우수한 두뇌를 지닌 셀레스티얼 품종이 여러 용들의 이해관계를 규합해가며 존경을 이끌어내는 모습을 숱하게 보았다. 테메레르는 자주, 그리고 쉽게 다른 용들을 설득해 그의 말을 따르며 한마음으로 행동하게 했다.

그랜비는 비관적으로 내뱉었다.

"글쎄요, 저 용들이 한두 달 안에 프랑스의 소들을 죄다 잡아먹고 고향으로 돌아가길 바라야죠. 먹을 게 없어지면 나폴레옹이 아무리 설득해봐야 용들이 말을 들어먹을 리 없죠. 말을 듣게 한다고 해도 어휴! 엄청 힘들 걸요. 저 오크나무 근처에 있는 보라색 용들은 마드라스에 사는 닐기리 커터스 품종입니다. 그게 아니면 제가 당나귀 목동이죠. 저 용들은 나폴레옹이 하네스, 대포, 화약, 포탄 등을 등에 실어줘도 우리가 다른 좋은 걸 내밀면 기꺼이 우리를 위해 일할 겁니다! 게다가 파미르 고원에서 온 야생 용에게 프랑스어로 지시를 하면서 조금이라도 귀를 기울이게 하려면 엄청 고생할 걸요. 명령을 내릴 때마다 금덩어리가 담긴 상자를 내주지 않는 한, 어림도 없는 일이죠. 일본어로도 마찬가지일 테고요."

그랜비는 현관 앞 계단까지 그들을 호위한 준이치로가 들으라는 듯 마지막 말을 덧붙였다. 그들이 머무는 이 궁전의 바깥방은 바깥쪽으로 난 문을 크게 개조해, 용들이 궁전의 삶을 공유하게 했다.

문 옆에 멈춰 선 준이치로가 나지막하게 말했다.

"잘못 생각하셨습니다, 그랜비 대령님. 황제께서는 모든 용들에게 이익이 되면서 존경을 이끌어낼 만한 선물을 이미 만드셨어요. 바로 용 전염병 치료약입니다."

11

"뭐 이런 말도 안 되는 일이 있어."

아무런 대가도 바라지 않고 엄청난 희생을 치러가며 좋은 일을 했는데, 엉뚱한 자가 공을 가로채 생색을 내면서 뜻밖의 재산까지 축적한 것을 보자 테메레르는 분통이 터졌다.

"리엔이나 나폴레옹이 전염병 치료약을 찾아내기 위해 무슨 일을 했는데? 치료약을 찾아낸 건 그들이 아니잖아. 아! 용 의사 케인스가 전염병 치료약을 찾아내야 한다면서 나한테 먹인 그 끔찍한 것들을 생각하면, 가끔은 바나나 냄새를 맡기만 해도 몸서리가 쳐질 정도야."

타르케가 말했다.

"나폴레옹은 치료약을 전파할 힘을 갖고 있어. 용들이 당장은 전염병에 대해 위협을 느끼지 않더라도 치료약을 선물로 받았으니 나폴레옹에게 무척 고마울 거다."

테메레르는 로렌스가 이 일로 인해 괴로워하지 않느냐고 물어보고 싶었다. 하지만 막상 괴로워한다는 대답을 들을까 봐 차마 물어볼 수가 없었다.

"왜 용들이 전염병 치료약에 대한 공로를 나폴레옹에게 돌리
는지 이유를 모르겠어. 로렌스와 내가 나폴레옹에게 전해주지
않았다면 나폴레옹이 그 약을 갖고 있을 리가 없잖아."

타르케는 담담하게 대답했다.

"그야 너와 로렌스 대령이 용들이 모여 있는 이곳에 머물고
있는 데다가 나폴레옹과 함께 있는 모습도 보여줬으니 용들은
나폴레옹 덕분인 줄 아는 거지. 전 세계에서 찾아온 손님 용들
에게 너희와 우호적인 관계임을 보여줄 수 있어서 나폴레옹은
기뻐했을 거다. 아주 효과 만점이었겠지. 너희를 결국 이곳으로
오게 만들었으니 프러시아 용들을 사육장에서 풀어줄 만한 가
치가 있었다고 판단했을걸."

테메레르가 풀이 죽어 고개를 바닥까지 숙이자 이스키에르카
가 뾰족하게 내뱉었다.

"그러니까 우리가 여기로 온 게 전부 네 탓이라는 거네. 어쩐
지."

"우리가 자유의지로 여기에 왔다고 생각하는 용은 없지 않을
까."

그러자 타르케가 침울하게 대꾸했다.

"네가 다른 손님 용들에게 여기 오게 된 경위를 설명하고 싶
어도 나폴레옹이 기회를 주지 않을 거다."

대화 내용은 우울했지만 그래도 테메레르는 타르케가 반가웠
다. 타르케 덕분에 로렌스와 그랜비가 궁전에서 호화롭고 편안

하게 지내고 있다는 소식을 듣게 되어 그나마 위로가 됐다. 뜸만 들이던 테메레르가 마침내 조심스럽게 물었다.

"음, 로렌스는 건강하지?"

타르케는 멈칫했다가 대답했다.

"건강이 매일 좋아지고 계셔. 정신적으로도 잘 버티고 계시고."

로렌스가 정신적인 압박을 꽤 받고 있는 모양이었다. 테메레르는 그 원인이 무엇인지 굳이 알아볼 필요도 없었다. 로렌스가 나폴레옹과 함께 정원을 산책한 일로 인해 정원에 있던 용들은 로렌스가 나폴레옹의 계획을 지지하는 줄 알았을 것이다. 나폴레옹의 계획이 무엇이든 영국에 유리한 내용은 아닐 터였다.

지독한 공허감이 밀려들면서 테메레르는 도저히 참을 수가 없었다. 이 상황이 견디기 어려웠다. 그런 식으로 이용당하느니 차라리 감옥에 갇히거나 교수형을 당하는 편이 낫겠다고 하지 않더냐고 굳이 물어볼 필요도 없었다. 답은 듣지 않아도 알 수 있었다. 이대로 혼자 내버려두면 로렌스는 수치심에 자살할 방법을 찾아낼지도 몰랐다. 그런 일이 닥치기 전에 테메레르가 행동에 나서야 했다.

"당신이 여기 또 찾아올 수 있을까?"

테메레르는 어떻게 말을 꺼내야 할지 고민하며 타르케에게 천천히 물었다. 타르케는 열 명의 경비병에게 둘러싸여 여기로 찾아왔고 그자들은 무례하게도 모두 목소리가 닿는 거리에 서 있었다. 그리고 타르케는 "저들은 우리가 프랑스어로 얘기를 나누길 바라는 것 같아"라고 했었다. 경비병들은 대화 내용을 모조리 상부에 보고할 작정인 듯했다.

"다음 주쯤에 다시 올 수도 있을 것 같기는 한데."

"알았어. 타르케, 내가 미안해하더라고 로렌스에게 전해줘. 내가 그를 얼마나 소중하게 여기는지 알아달라고, 내가 어떤 짓을 해도 그를 존경하고 우러르는 마음을 의심하지 말아달라고도 전해줘."

타르케는 테메레르를 한참 바라보다가 대답했다.

"그런 말을 해줘야 한다면 반드시 전할게. 그럼 다음 주에 보자. 볼 수 있을지 모르겠지만."

"그래."

테메레르는 타르케가 자기 말을 이해했으리라고 믿었다.

타르케가 경비병들과 함께 궁전으로 돌아가고 나자 이곳 숙소의 경비병들은 약간 떨어진 곳에서 저녁을 먹기 시작했다. 테메레르와 이스키에르카의 대화를 잘 듣지 못할 정도의 거리였다.

테메레르는 이스키에르카를 돌아보며 말했다.

"이제는 못 기다려. 알을 구하러 가야겠어."

"나야 당연히 동의하지. 내가 처음부터 그러자고 했잖아."

이스키에르카는 맛있게 구워진 새끼 염소의 궁둥이 살을 한입에 꿀꺽 삼키며 말을 이었다.

"이제라도 정신을 차려서 다행이네. 하지만 내가 알을 가지고 나오려고 해도 경비병들이 너무 많아. 알을 가지고 나온다고 해도 그랜비를 데리러 갈 수 있을지 모르겠어. 좋은 계획 있어? 너 때문이니까, 좋은 계획이라도 있어야 될 거 아냐."

"없어. 좋은 계획은 떠오르질 않아. 계획이 있기는 한데 좋기는커녕 끔찍할 뿐이야. 한마디로 불가능해. 알을 꺼내려면 소동이 벌어질 테고 놈들은 곧장 로렌스와 그랜비를 붙잡겠지. 알과 비행사를 동시에 데리고 나갈 방법은 없어."

"그럼 '못 기다려'라는 말은 왜 한 거야?"

이스키에르카는 짜증을 내며 수중기를 확 내뿜었다.

"내 말은, 우리가 얼른 알을 꺼내 여길 떠나야 한다는 거야."

이스키에르카는 성질을 내며 쉭쉭거렸다.

"놈들에게 그랜비를 넘겨주고?"

"응."

테메레르는 숨이 막혔다. 너무 괴로워서 비행사들이 저들에게 붙잡히는 장면을 머릿속에 떠올릴 수조차 없었다. 로렌스를 리엔의 손아귀에 두고 떠나면 분명 분풀이의 대상이 될 것이다.

"그래도 나폴레옹은 로렌스와 그랜비를 처형하지 못해. 로렌스와 좋은 친구 사이인 것처럼 정원을 데리고 다니면서 친한 척을 있는 대로 했잖아. 그러니까 로렌스를 못 건드려. 로렌스를 건드렸다가는 여기 있는 다른 용들에게 엄청 이상하게 보일 테니까. 우린 그 점을 노릴 수밖에 없어. 가서 알을 꺼낸 뒤에 로렌스와 그랜비를 여기 두고 떠나야 해."

"테메레르가 뭔가 일을 꾸미는 것 같은데 뭔지는 모르겠습니다. 그 일을 추진하면 대령님이 무시당했다는 느낌을 받을 거라고 생각하는 것 같더군요."

타르케가 말하자 로렌스가 굳은 표정으로 대꾸했다.

"굳이 말 안 해줘도 됩니다. 테메레르가 또 내게 1만 파운드의 손해를 입히려는 게 아니라면요."

그랜비가 물었다.

"두 녀석을 말려야 되지 않을까요? 아시다시피 그 둘이 이성적으로 행동하리라는 기대는 하지 않는 편이 낫잖습니까. 이스키에르카만 봐도 정신 나간 짓거리일수록 더 좋아하고요. 테메레르가 무작정 파리로 날아가 튀일리 궁전을 무너뜨리자고 해도 이스키에르카는 말리지 않을 겁니다."

그러자 타르케가 말했다.

"두 분이 나섰다가는 용들의 의도를 간수들이 알아챌 겁니다. 그렇게 되면 향후에 탈출할 기회는 영영 없겠죠. 용들을 믿든지 여기 영원히 발을 묶어놓든지 택하셔야 됩니다."

로렌스는 이 얘기를 듣고 마음이 편치 않았지만 쉽게 결정을 내릴 수 있었다.

"테메레르를 믿습니다. 지금 알은 큰 위험에 처해 있지 않고 우리도 마찬가지예요. 테메레르는 절박하게 알을 찾아다니다 결국 여기로 잡혀오고 말았지만 이제는 사정이 다릅니다. 만약 테메레르가 이곳을 탈출할 생각을 하고 있다면 알이나 우리의 목숨을 위험하게 만드는 어리석은 짓은 하지 않을 겁니다. 회의적인 시선으로 합리적인 판단을 해보자면 테메레르가 탈출 가능성을 지나치게 낙관하는 게 아닌가 하는 생각도 듭니다. 그래도 뭐든 해보려는 테메레르의 앞길을 막고 싶지 않습니다."

그랜비도 의견을 밝혔다.

"물론 테메레르가 하려는 일을 꼴사납게 방해해서는 안 되겠지만, 우리가 나폴레옹의 군대에 둘러싸여 있는데 테메레르가 뭘 할 수 있을까요? 무슨 꿍꿍이인지 짐작이라도 할 수 있으면 걱정이 덜 될 것 같은데. 스페인에 있다가 프랑스의 감옥에서 이러고 있는 것도 참 못할 짓이네요. 감옥치고는 쾌적하긴 하지만요."

그랜비는 숙소의 고급스러움을 마지못해 인정했다.

나폴레옹은 로렌스 일행이 궁전의 호화로운 스위트룸에서 하인들의 수발을 받으며 편안하게 지내게 해주었다. 숙소 안의 벽난로는 어찌나 활활 타오르는지 로렌스 일행은 쪄 죽지 않기 위해 정원 쪽의 창문을 열어놓아야 했다. 사이드보드 탁자 위에서 호화롭게 빛나는 은 항아리는 맘시 와인에 빠져 익사한 클래런스 공작처럼 장정 세 명이 차를 마시다 죽어도 모를 정도로 큼직했다. 식사 메뉴로는 와인에 절인 큼직한 가자미 요리와 입에서 살살 녹는 쇠고기 구이 그리고 여섯 가지 요리가 줄지어 나왔다. 그러고는 로렌스의 가장 깐깐한 기준에 비추어봐도 흠 잡을 데 없는 훌륭한 굴 요리가 제공되었다. 궁전에서 편안히 지내며 맛있는 요리를 먹고 있자니 애국적이지 못하다는 생각이 들기는 했지만 치킨 마렝고는 정말이지 훌륭했다.

만약 협력의 대가로 이런 호사가 제공됐다면 로렌스는 전부 거절했을 것이다. 거절할 기회가 있었으면 당연히 거절하고도 남았다. 하지만 포로 석방 선서에 대한 얘기도 없는 상태라 호화로운 식사 대신 귀리죽과 물을 달라고, 스위트룸 대신 습기 찬 감방에 넣어달라고 함부로 요청할 수도 없었다. 그랬다간 무례하고 우스꽝스러운 자로 보일 테니까. 자신이 원하는 바를 요구하는 것이 어쩌면 더 큰 특혜일 수도 있었다. 게다가 저항하는 포로가 아닌 몰상식한 손님으로 취급당할 우려도 있었다. 이렇게 사느니 전쟁터에 나가는 편이 낫다는 그랜비의 감정에 그저 조용히 공감할 뿐이었다.

그랜비가 의기소침하게 말했다.

"이스키에르카와 저는 그럭저럭 일을 잘 해왔습니다. 제인 롤랜드 대장과 눈이 마주칠 때마다 창피해할 필요가 없어지기 시작했죠. 살라망카 전투가 끝나고 나서 웰링턴 장군께서 사비를 털어 거세한 수송아지 한 마리를 보내주셨습니다. 거기 제가 기사 작위보다 더 소중히 여기는 쪽지가 동봉되어 있었습니다. '자네가 용과 승무원들을 제대로 통솔하게 된 것을 축하하네'라는 쪽지였어요. 사실 저희는 그런 칭찬을 들을 만한 수준이 못되었죠. 이스키에르카가 듣더니 코웃음을 치면서 자기야말로 웰링턴 장군에게 축하 인사를 하고 싶다고 하더군요. 당신의 부하들이 예전처럼 전장에서 우르르 도망치지는 않더라고 말이죠. 그래도 이스키에르카가 예전보다는 제 얘기에 귀를 기울여주기는 했습니다. 가끔은 행동하기 전에 미리 생각이라는 것도 하고요. 이번에는 어쩌려는지."

그랜비가 한숨을 쉬자 로렌스도 한숨이 나왔다. 러시아에서 치른 잔혹한 전투가 그리 재미있지는 않았지만 여기보다는 춥고 칙칙한 한겨울의 야영지로 돌아가는 편이 나을 것 같았다.

"감옥에 얌전히 앉아 있는 것 말고 우리가 딱히 할 일이 없는 것은 아냐. 나폴레옹은 우리에게 더 많은 걸 기대하고 있어. 그래서 우리를 쿠션 위에 올려놓은 보석처럼 다른 용들에게 보여주고 싶어 하는 거겠지."

로렌스는 열린 문 밖을 내다보았다. 황실 호위대 제복을 입은 젊고 원기 왕성하며 유독 키가 큰 군인 여섯 명이 현관 계단 앞에 무표정하게 서 있었다. 그들은 사려 깊지만 철저하게 로렌스 일행을 감시하는 중이었다. 그중 스물다섯 살 정도 되어 보이는 오리니라는 이름의 상급 장교는 예전에 로렌스에게 따로 인사를 했었다. 바람에 불그레해진 피부에 기분 좋은 주름이 새겨진 오리니는 "그쪽이 저희 입장과 부딪치는 일이 없기를 바라겠습니다, 무슈"라고 진지하게 말했었다. 그가 상부에서 특별한 지시를 받았음을 짐작할 수 있는 말이었다. 포로를 감시하되 자유를 침해해서 감정을 상하게 하지는 말라는 지시일 터였다. 터무니없기는 하지만 로렌스가 원하는 바가 지나치지 않으면 제재를 받지 않으리라는 뜻이기도 했다. 물론 테메레르 가까이에 가는 것은 허락받지 못할 것이다.

잠시 후 로렌스가 입을 열었다.

"안마당을 걸으며 바람을 쐬고 싶다고 하면 경비병들이 막을 것 같지는 않습니다."

타르케가 물었다.

"용들 앞으로 나가시겠다고요? 대령님을 다른 용들에게 내보이는 게 나폴레옹이 원하는 바일 텐데요."

"하지만 기회를 얻으려면 대가를 치러야겠죠. 산책을 허락받으면 모슈슈 왕자와 대화를 해볼 생각입니다. 모슈슈가 나를 기억하길 바랄 뿐이에요. 잠시 얘기를 나눠봤을 뿐이지만 내 기억에 그는 이성적인 사람이었습니다. 그리고 츠와나 왕국은 실용적인 이유 외에 다른 이유로 프랑스와 협력할 것 같지는 않습니다. 모슈슈와 얘기를 해보면 나폴레옹이 이 궁전에 전 세계 용들을 은밀히 불러 모은 목적 정도는 들을 수 있겠죠. 모슈슈가 그걸 굳이 숨길 이유도 없을 테니까요. 그리고 내가 여기 자발적으로 찾아온 게 아니고 나폴레옹의 계획을 지지하지도 않는다는 사실을 모슈슈가 다른 손님들에게 말해줄 수도 있겠죠. 그에게 그 정도 힘은 있으니까요."

그날 저녁 늦게 그랜비가 물러난 후 타르케가 로렌스에게 물었다.

"모슈슈 왕자를 만나는 일도 그렇고 그 후에도 상당한 위험이 따를 텐데 괜찮겠습니까?"

로렌스가 즉시 대답하지 않자 타르케가 말을 이었다.

"나폴레옹은 야생 용을 비롯해 타국의 수많은 용들을 순전히 존중하는 의미로만 궁전 안마당에 불러 모으지는 않았을 겁니다."

"나폴레옹이 그 용들의 생활 조건을 크게 개선해줄 방안을 제안할 거라고 보는군요."

"그게 아니면 용들이 그에게 귀를 기울이지 않을 테니까요."

로렌스는 영국인들, 특히 영국 정부 관리들 사이에 팽배해 있는 용에 대한 멸시와 두려움, 적대감의 씁쓸한 증거를 수없이 보았다. 용의 날개에 사슬을 채우고 하네스를 거부하는 용을 굶기는 러시아의 끔찍한 관행, 그리고 용의 사랑과 충성심을 얻고 용들이 풍족한 삶을 누릴 수 있게 애쓰는 나폴레옹의 방식 중 하나를 택하라고 하면 화이트홀이 어느 쪽을 택할지는 너무도 뻔했다. 영국 장성들은 용이 필요하기 때문에 어쩔 수 없이 약간의 권리와 자유를 허락할 수는 있을 것이다. 나폴레옹의 노력 따위는 무시해도 될 만큼 영국은 용들이 살기에 자연 환경적으로 좋은 나라지만 영국 정부는 오로지 필요에 의해서만 약간의 변화를 수용하고 끝낼 게 분명했다. 영국이 정의감이나 관용에 따라 용들의 처우를 개선하려는 노력을 도외시하는 동안 나폴레옹은 사육장과 공군 기지의 창살문을 활짝 열어젖히기 위해 끝없이 애써왔다.

로렌스가 말했다.

"나폴레옹이 용들을 위해 노력하고 있긴 하지만 그게 다 자신의 이기적인 허영심을 채우기 위해서죠. 그것 외에는 나폴레옹의 달콤한 제안에 대해 반박할 거리가 없는 게 문제입니다. 나폴레옹이 프랑스 용들에게 사랑받고 싶어 하는 것도 용들을 위해서가 아니라 자신을 위해서죠. 전 세계를 발밑에 두고 완벽한 독재자가 되기 위해 용들과 군인들의 피를 전장에 서슴없이 뿌리고 있으니까요. 자신이 직접 피해를 입지 않으니 함께 고생을 해왔다고 말할 수도 없죠. 나폴레옹이 용들을 위한답시고 사용하는 방법이며 즉각적인 조치들이 언뜻 봐서는 고상해 보이지만 사실 그자의 목적은 그리 고결하지 않습니다. 지금까지의 행태만 봐도 그는 전쟁의 파괴와 공포에 무감각한 자예요."

한바탕 말을 쏟아낸 로렌스는 잠시 입을 다물었다. 타르케의 걱정스러운 시선이 느껴졌다. 충분히 걱정할 만했다. 아무리 마지못해 작은 역할을 떠맡게 되었다 해도 로렌스는 나폴레옹의 계획을 성공시키기 위해 수단으로 동원된 처지였다. 기분이 몹시 가라앉은 로렌스는 이렇게라도 속을 풀지 않으면 안 되었다. 로렌스는 앨런데일 경이 돌아가서 차라리 다행이라는 씁쓸한 안도감마저 느꼈다. 적어도 아들이 전쟁 중에 프랑스 황제의 포로가 아니라 귀빈으로 대접받고 있다는 소식은 들을 일이 없을 테니까.

로렌스는 그 생각을 한옆으로 밀어냈다. 전염병 치료약을 프랑스에 건넨 일로 로렌스는 지금 이 지경이 되었다. 이미 오래전의 일이었다. 그 후 로렌스는 큰 어려움을 겪기는 했지만 당시에는 그 일을 할 수밖에 없었다고 스스로를 잘 다독여왔다. 끔찍하고 고통스러운 죽음으로부터 수많은 용들의 목숨을 구해낸 일을 이제 와서 후회하지는 않았다. 지금 이 궁전의 안마당에 모여 있는 용들 대부분이 로렌스 덕분에 목숨을 건지고 결국 영국의 적이 되고 말았지만. 명예를 아는 자라면 전염병을 고의로 퍼트려서 수많은 용들을 죽이고 거머쥐는 승리를 혐오해야 마땅했다. 어떤 이들은 용들이 지각력 있는 생물이라는 사실을 일부러 부정하면서까지 전염병 확산을 통해 승리를 얻고 싶어 했지만 로렌스는 그런 자들과 달랐다. 그는 그렇게 자신을 속일 수 없는 사람이었다.

타르케가 신중하고 흔들림 없는 표정으로 담담하게 말했다.

"한 가지가 마음에 걸립니다. 나폴레옹이 관대하게 저를 사면해준 것에 대해 대령님께서 크게 기뻐하신 것으로 압니다. 하지만 저는 애초에 그런 것을 바란 적도, 대령님께 그렇게 해달라고 재촉한 적도 없습니다."

"그런 것과는 관계없이 나로서는 당신을 위해 당연히 해야 할 일을 한 겁니다. 마침 나폴레옹은 오랫동안 용들을 위한 계획을 마음에 품어왔지만 적절한 핑계가 없어서 또는 내 동의를 얻지 못해서 실행하지 못했다는 식으로 용들에게 알리고 싶어 했고 그러기 위해 나를 여러 용들 앞에 내세워야 했죠. 서로의 이해관계가 맞아떨어진 것뿐이에요."

타르케는 못마땅한 표정으로 고개를 약간 가로저었다.

"그런 것까지 일일이 생각하면서 압박감에 시달리지 않으셨으면 좋겠습니다. 저는 제 직업의 위험성에 대해 자유의지로 감수해왔습니다. 적에게 정체가 발각되면 어떤 결과가 빚어지는지도 잘 알고 있습니다."

"그렇다고 해도 나는 외면하지 못합니다. 편한 대로 생각하세요. 나폴레옹이 나를 친구처럼 보이게 해서 이득을 얻었으니 내가 그의 친구가 아니라는 가장 확실한 증거를 나폴레옹과 그의 손님들에게 보여줄 작정입니다. 타르케 씨가 반대하지 않으리라 믿습니다."

"반대하지 않습니다. 다만 이런 시기에 제 정체가 드러나 불편해진 것이 죄송스러울 뿐이죠."

타르케의 날카로운 눈빛이 마음에 걸린 로렌스는 결국 물어보았다.

"어쩌다가 정체가 탄로 난 겁니까?"

"그간의 성공에 대한 대가라고 봐야겠죠. 오스만투르크 제국의 정치 상황에 대한 제 최근 보고서에 꽤 쓸모 있는 정보가 담겨 있었습니다. 영국이 러시아와 공동 전선을 펴는 한, 술탄이 나폴레옹과의 동맹을 깨뜨릴 일은 없을 것으로 알려져 있지만 사실 오스만투르크의 고위 관리 한 명이 영국의 설득에 넘어올 수도 있을 것 같다는 내용이었죠. 그 고위 관리는 청국 공군이 육로로 투르크를 지나게 되더라도 반대하지 않겠다는 입장이었습니다."

265

로렌스가 나지막하게 말했다.

"놀라운 소식이긴 하군요. 그런데 그 정보가 어떻게 당신의 정체를 드러낸 겁니까?"

"보고서가 지나치게 많이 유포됐던 모양입니다. 영국 해군 소속의 말단직에 있던 제 사촌이 그걸 본 거죠."

"맙소사. 그 사촌이 배신했다고요?"

"아, 그는 그걸 배신이라고 여기지도 않을 겁니다. 푸셰 씨가 여전히 저와 작전을 논의하고 싶어 했던 것을 보면, 보고서에 제 이름이 같이 찍혀서 팔렸던 것 같지는 않습니다. 제 사촌 앰브로스는 어쩌다가 그 보고서의 작성자가 저인 걸 알고는 제가 아버지의 유산에 대해 권리를 주장하지 못하게, 어떤 이득도 보지 못하게 할 절호의 기회라고 생각했겠죠.”

타르케는 가볍게 말했지만 로렌스는 그의 깊은 상처를 알아챘다. 타르케는 로렌스와 알고 지낸 세월 동안 아버지 쪽 가족들에 대해 많아야 열 번 정도밖에 언급하지 않았다. 그것도 짧게 지나가듯 언급해서 로렌스는 그에게 아버지 쪽 친척들이 있다는 것 정도만 알고 있었다. 그러다 우연히 배에서 편지가 바뀌면서 타르케의 집안 사정을 알게 됐다. 타르케에게 가족으로서 애정을 보여주던 친척들은 타르케의 아버지가 세상을 떠나자 타르케의 유산을 훔치고 그가 합법적인 상속자라는 사실을 부정하기 위해 온갖 노력을 다했다.

지금까지 그들은 타르케를 영국 내에서 의탁할 곳도 없는 무일푼 신세로 만드는 데 성공했다. 타르케는 동인도회사에서 일하는 아버지의 오랜 지인이 도와준 덕분에 위험한 외국에서 중개인이자 안내인으로 작은 일부터 시작하게 됐다. 그러다가 파미르 고원의 야생 용 스무 마리를 영국 공군에 복무하게 한 공로로 포상금을 받아서 겨우 권리 회복을 위한 소송을 제기하게 되었다. 하지만 그 소송은 지지부진하게 시간만 끌고 있는 중이었다.

로렌스가 나지막하게 말했다.

“내게 당신 사촌의 계획을 좌절시킬 힘이 있다면 좋을 텐데 그러지 못해 유감입니다. 차라리 내가 위험한 상황이었으면 좋겠군요.”

"아, 그건 안심하셔도 됩니다. 나폴레옹은 자신의 계획을 방해받는 걸 싫어하는 사람 같더군요. 대령님이 그가 신중을 기해 여기 모아놓은 손님들과 어울리면서 그가 계획한 비밀회의를 최선을 다해 뒤집어놓으시면 아마 그의 분노를 사고도 남으실 겁니다. 그렇게 되면 저와 마찬가지로 처형을 당하시겠죠."

로렌스는 오리니에게 안마당에 나가 산책하게 해달라고 요청했다. 다음 날 아침 기다렸다는 듯 신속하게 허락이 떨어졌다. 나폴레옹은 테메레르와 이스키에르카가 머물고 있는 정원 북쪽 가장자리를 제외하고 마음껏 안마당을 돌아다녀도 좋다고 했지만, 경비병들은 로렌스 일행이 북쪽으로 너무 많이 간다 싶으면 부드럽게 다른 곳으로 유도하곤 했다. 로렌스 일행은 내일 저녁에 나폴레옹, 아나우알케와 식사를 함께하기로 했다. 로렌스는 마지못해 받아들였지만 그랜비는 대놓고 질색하며 말했다.

"한시도 지체할 시간이 없겠군요. 최선을 다해서 당장 나폴레옹의 분노를 치솟게 만들어야겠어요. 그래야 식사 초대를 취소하겠죠. 아직 늦지 않았습니다. 그런 식사 자리에 앉아 있느니 차라리 죄인처럼 차꼬를 차는 게 낫겠어요."

안마당 지리를 잘 외우고 있는 타르케 덕분에 로렌스 일행은 츠와나 족이 있는 곳으로 접근해갈 수 있었다. 물론 그들을 감시하기 위해 따라붙은 우수하고 단호한 근위병 여섯 명의 눈을 속이기 위해 어쩔 수 없이 빙 돌아가야 했다. 로렌스는 오리니를 비롯한 나머지 경비병들과 함께 길을 걸으며 소소하게 얘기를 나눴다. 경비병들은 자기네 황제를 무척 친근하게 입에 올렸다. 나폴레옹이 그들을 최전방에 투입하지 않고 '양치기 개나 할 만한 일'을 맡겼다며 나폴레옹의 엉뚱한 결정을 유쾌하게 욕하기도 했다. 그러다 브루이라는 이름의 경비병이 다소 경망스레 말했다.

"아, 그래도 언젠가는 우리를 전장에 내보내주실 겁니다. 프러시아 놈들이 한번 더 두드려 맞으려고 줄지어 기다리고 있으니까요. 참고로 저는 아우스터리츠 전투에 참전했었습니다."

그는 자랑스럽게 덧붙이며 옷깃에 매단 훈장을 부드럽게 어루만졌다.

앞장선 타르케는 두 개의 누각 사이로 난 좁은 길을 향해 방향을 슬쩍 돌리며 주변을 살피고 있었다. 길 앞에 조각이 새겨진 박공벽이 눈에 띄었다. 어제 츠와나 용을 보았던 별나게 커다란 누각의 벽이었다. 츠와나 족과 얘기를 나눌 수 있을 정도로 가까이 다가갈 핑계를 찾아야 했다. 츠와나어를 잘하지 못하는 로렌스는 여기로 오는 내내 테메레르가 곁에 없어 아쉬웠지만, 양측이 의지만 있으면 어떻게든 말이 통하리라 믿는 수밖에 없었다. 로렌스는 산책 중의 언행을 경비병들에게 굳이 숨길 생각이 없었다. 츠와나 족에게 할 말을 충분히 다 하기 전에 경비병들이 그를 강제로 끌고 가지만 않으면 만족이었다.

로렌스는 이런 속임수를 써야 하는 것이 속으로 혐오스러웠지만 겉으로 드러내지 않고 오리니에게 말을 걸었다.

"프랑스의 용 누각은 설계가 참 훌륭하군요. 바닥 난방도 됩니까? 괜찮다면 누각들을 자세히 봤으면 합니다만."

　오리니는 굳이 반대하지 않았다. 로렌스는 흥미가 있는 척하느라 제일 가까이에 있는 누각으로 다가가 바닥 난방에 대해 약간 호들갑을 떨어주었다. 바닥 난방은 프랑스가 아니라 청국이 고안해낸 방식이라 로렌스는 이미 오래전에 본 것이지만, 영리하게 개조한 부분이 있어 진짜로 흥미를 느끼는 듯한 표정을 지어낼 수 있었다. 뉴사우스웨일스는 기후가 따뜻해 난방이 그다지 필요하지 않고 나중에 테메레르와 함께 영국의 고향으로 돌아가게 되더라도 누각을 세울 만한 여유가 없을 것 같아서 실제로 이런 난방 방식을 사용할 일이 있을까 의구심이 들었다. 그래서 한편으로는 우울한 기분이 들었지만 그래도 배우고 싶은 마음이 없지는 않았다.

　"존, 자네도 와서 보겠나?"

　로렌스는 난방 파이프 쪽으로 그랜비를 불렀다. 조용히 보글대는 주전자에서 나온 뜨거운 물이 난방 파이프를 따라 누각의 바닥을 순환하는 방식이었다. 별 경계심 없이 보고 있는데 누각 안에서 자고 있던 용들이 어느새 머리를 들고 그들을 내려다보았다. 밝은 하늘색 몸통에 테메레르와 비슷하게 날씬한 체형을 가진 미들급 용 두 마리였다. 그 용들은 커다란 날개를 몸통에 바짝 접어 붙였고 둥그런 콧잔등을 가로질러 뱀 같은 줄무늬가 박혀 있었으며 기다란 송곳니가 턱 아래까지 내려와 있었다. 제일 어린 경비병만 권총에 손을 얹고 포로들 대신 용들을 주시하며 경계할 뿐, 나머지 경비병들은 전혀 걱정하지 않는 분위기였다.

용 하나가 길고 위협적으로 숨을 내쉬며 몸 안쪽에서 씩씩 소리를 냈다.

"영국 놈들이구나."

허리를 굽히고 난방 시설을 들여다보던 그랜비가 고개를 들고 그 용들을 보았다.

"아, 맙소사. 벵골 용들입니다."

그랜비가 몸을 돌려 로렌스에게 손을 뻗자마자 벵골 용 한 마리가 로렌스에게 발톱이 여러 개 박힌 앞발을 날카롭게 내리 그었다.

그 순간 본능이 이성보다 빠르게 작용했다. 위에서 내리 덮치는 그림자를 감지하자마자 로렌스는 옆으로 몸을 날려 덤불로 굴렀고 그랜비는 반대 방향인 길 쪽으로 물러났다. 발톱은 그들 사이를 거세게 지나며 온수 파이프 두 개를 잡아 뜯었다. 뜨거운 수증기가 쐐액 소리를 내며 터져 나오자 용은 고통에 찬 숨소리를 내뱉으며 앞발을 뒤로 뺐다.

경비병들이 고함을 지르며 칼과 권총을 빼들고 달려왔다. 그러나 포로 세 명을 감시하기 위해 동행한 경비병 여섯 명이 성난 용을 저지하기에는 역부족이었다. 벵골 용 두 마리는 나무에 부딪치지 않도록 날개를 접은 채 앞발로 땅을 짚고 스르르 누각 밖으로 기어 나와 고개를 앞뒤로 움직이며 주변을 살폈다. 당장은 수증기가 시야를 막아주고 있지만 터진 파이프에 물이 잦아들면 곧 위치가 탄로 날 듯했다. 로렌스는 조심스럽게 일어나 나무들이 늘어선 곳을 향해 웅크리고 뛰었다. 그 뒤로 달려가자마자 나무줄기가 끼익 소리와 함께 양옆으로 터져나갔다. 용의 머리에 맞아 단번에 박살 난 것이다.

등 뒤의 길 쪽에서 총성이 들렸다. 용 한 마리는 이미 그쪽으로 방향을 돌렸고, 로렌스를 따라왔던 암컷 용은 나무에 머리를 부딪친 충격을 털어내며 고개를 들었다. 로렌스는 거대한 두 바위 사이로 재빨리 달려갔다. 이쪽 누각에서 저쪽 누각이 보이지 않게 시야를 가려주면서 장식 효과도 주기 위한 바위였다. 두 손으로 바위를 잡고 좁은 바위 틈새로 비집고 들어가느라 바위에 붙어 있던 이끼 한 움큼이 떨어져 나왔다. 암컷 용은 바위 틈새에 노랗게 빛나는 눈을 갖다 대고 로렌스를 쏘아보았다.

"영국 놈."

용은 증오로 가득한 목소리로 쉭쉭거렸다. 용의 목에 걸린 금 목걸이는 매우 지저분했고 여기저기에 조금씩 떼어낸 흔적이 있었다. 필요한 물품을 사느라 일부를 떼어 팔았던 모양이었다. 날씬한 체격의 그 용은 비늘이 큼직한 것으로 보아 나이가 꽤 있어 보였다.

로렌스는 바위틈에 발톱을 쑤셔 넣고 마구 긁어대는 용을 가까스로 피해 한층 더 깊숙한 곳으로 기어 들어갔다. 용이 안간힘을 쓰며 바위를 긁어대자 날카롭게 긁히는 소리가 들렸다. 로렌스가 사정 얘기를 한다고 해도 분노와 복수심이 가득한 저 용은 귀 기울여 듣지 않을 것이다. 안마당으로 나오기 전에 로렌스는 이곳에 모인 모든 용이 그를 존중해줄 이유가 없다는 걸 미리 생각했어야 했다. 나폴레옹은 영국에 원한을 가진 용들을 더 많이 끌어 모았을 것이다.

용이 온몸으로 바위를 들이받자 바위들이 격렬하게 흔들거렸다. 흙이 튀어 올라 로렌스의 눈을 찔렀다. 거대한 바위 두 개가 앞뒤로 흔들리다 그중 하나가 옆으로 밀려났다. 용이 한 번만 더 부딪치면 바위가 박살 날 것 같았다. 로렌스는 몸을 돌려 건너편 틈새로 간신히 빠져나갔다. 사냥꾼에게 쫓겨 죽음이 코앞에 닥쳐온 짐승처럼 죽어라 달렸다. 등 뒤에서 들려오는 나뭇가지 부러지는 소리, 생나무가 쪼개지는 소리가 마치 그에게 닥쳐올 운명의 전조 같았다. 로렌스는 뒤돌아보지 않았다. 쉭쉭대는 벵골 용의 숨소리가 가까이 다가왔다. 멀리서 총성이 더 많이 들려왔고 용들이 울부짖는 소리도 들렸다. 프랑스 경비병들이 자기네 용들을 부른 모양이었다. 이대로 영원히 도망칠 수는 없지만 시간은 벌 수 있을 듯했다. 로렌스는 옆으로 빠르게 방향을 꺾으며 좀 더 큰 나무 뒤로 몸을 던졌고 용은 재빨리 그를 따라왔다. 용이 그 나무를 발톱으로 내리치는 순간 로렌스는 그 용에게 달려가 용의 두 다리 사이로 빠져나갔다. 용은 로렌스를 시야에서 놓치지 않으려고 목을 확 꺾더니 이내 어색하게 방향을 돌려 다시 로렌스를 쫓기 시작했다.

로렌스는 숨이 턱 끝에 차오르고 가슴이 터질 듯했다. 뒤에서 거대한 벽처럼 달려오던 용은 잠시 속도를 늦췄다. 로렌스는 잠시 희망을 가져보았지만 이내 용이 그를 숲이 아닌 길 쪽으로 몰아가고 있음을 알아챘다. 나무 사이를 빠져나가 길로 나서는 순간 곧장 눈에 띄어 붙잡힐 것이다. 단숨에 계산을 마친 그는 최대한 빨리 길을 가로지른 뒤 건너편 생울타리 벽 너머로 달려갔다.

하지만 그의 전략을 간파한 용은 길을 훌쩍 뛰어 건넜다. 날개를 반쯤 펼치고 거대한 몸집으로 뛰어올라 로렌스의 바로 앞에 내려서더니 이번에는 반대 방향으로 로렌스를 몰아갔다. 이제 용과의 거리는 바짝 좁혀졌다. 로렌스는 굴을 향해 죽기 살기로 도망치는 여우가 된 듯했다. 머리 회전이 빠르고 무자비한 사냥꾼에게 바짝 쫓기는 끔찍한 기분이었다. 이대로라면 곧 붙잡힐 듯했다. 방법은 하나뿐이었다. 위험하지만 다른 방법은 없었다. 로렌스는 숨을 들이마신 후 다시 길로 나섰다. 이번에는 지그재그가 아니라 직선으로 그리 멀지 않은 곳에 있는 츠와나 족 누각을 향해 달리며 츠와나어로 소리쳤다.

"사람 살려! 사람 살려!"

다음 순간 어마어마한 힘이 온몸에 가해지며 세상이 뒤집혔다. 짧은 순간 뇌 안에 빛이 번쩍이며 요란한 종소리가 울렸다.

'종이 여덟 번 울리는구나.'

아득하게 생각이 흩어지고 온몸이 축 늘어지더니 나른해지면서 감각이 없어졌다. 용이 이빨을 드러내고 고개를 숙이며 그를 내려다보았다. 용은 그를 앞발로 때려눕힌 뒤 가슴 위로 발톱 두 개를 가로지르게 해서 마치 나비를 붙잡듯 옴짝달싹 못하게 했다. 용은 그를 가만히 노려보았다. 로렌스는 고통이 느껴지는 않았으나 움직일 수가 없었다. 그가 도망칠 수 없음을 알고 흡족해진 용은 고개를 들었고 마지막 일격을 가하기 위해 앞발을 들어 올렸다.

충격으로 정신이 혼미한 와중에도 로렌스는 그 용이 돌연 옆으로 떠밀려 쓰러지는 모습을 보았다. 몸집이 훨씬 큰 용이 벵골 용을 몸으로 밀어내고 로렌스의 몸을 발톱으로 감싸 보호했다. 오렌지색과 회색이 얼룩덜룩하게 섞인 용이었다. 똬리를 틀며 몸을 일으킨 벵골 용은 어깨를 구부리며 주름진 커다란 날개를 머리 위아래로 펼쳤다. 공작새처럼 파란색과 초록색, 보라색 무늬가 화려하게 들어간 날개였다. 벵골 용은 길고 무시무시한 송곳니를 드러내며 쉭쉭거렸다. 송곳니 하나는 끝부분이 약간 깨져서 녹색 액체가 아래로 뚝뚝 떨어졌다.

츠와나 용은 흔들림 없는 자세로 나지막하게 우르릉거리며 무어라 말했다. 로렌스는 그 뜻을 전부 알아듣지는 못했지만 말투만으로도 심한 욕설임을 짐작했다. 길 저쪽에 먼지가 일더니 츠와나 용 두 마리가 동료 옆으로 내려섰다. 츠와나 용 세 마리가 거대한 몸집을 자랑하며 쭉 늘어서자 벵골 용은 비로소 뒤로 물러섰고 잠시 후에는 주름진 날개를 가만히 내리 접었다. 벵골 용은 츠와나 용들을 향해 쉭쉭 소리를 내면서 끝까지 시선을 떼지 않고 천천히 길을 따라 물러갔다. 그러다 마침내 자신이 머물던 누각으로 들어갔고 곧 굴곡진 꼬리도 보이지 않게 됐다.

로렌스는 뒤늦게야 온몸 구석구석이 덜덜 떨렸다. 얼마 지나자 비로소 감각이 돌아왔다. 심장이 격하고 빠르게 뛰고 있었다. 그는 자신도 모르게 가슴에 한 손을 얹었다. 심장이 어찌나 세차게 뛰는지 손가락을 대면 박동이 느껴질 것 같았다. 몇 번 심호흡을 하자 감각이 되돌아왔다. 그제야 비로소 츠와나 용은 로렌스의 몸 주변을 짚고 있던 발톱을 들어 올렸다. 땅을 짚고 일어나 앉은 로렌스는 용 다섯 마리가 그를 내려다보고 있음을 알게 됐다. 츠와나의 최고 전사들이 걸치는 금 장신구와 모피 망토를 입은 장정 열 명도 로렌스를 바라보고 있었다. 츠와나 전사들은 등에 창 대신에 라이플을 걸쳐 멨고 총 끝에는 긴 총검이 붙어 있었다.

"잠시 앉아서 얘기를 나눌 시간은 될 것 같네."

모슈슈가 적갈색 차 한잔을 로렌스에게 따라주며 유창한 프랑스어로 말했다.

"아직 소동이 완전히 가라앉지 않아서 대령의 몸이 갈기갈기 찢겨 땅바닥에 널브러져 있지 않은지를 프랑스 측이 확인하려면 시간이 좀 더 걸릴 거야. 여기 손님으로 와 있기에 참 흥미롭다고 생각했네, 로렌스 대령. 대령이 여기 있을 줄은 전혀 예상을 못 했거든."

로렌스는 감사한 마음으로 찻잔을 내려놓았다. 너무 강하지 않고 쓴맛도 나지 않도록 알맞게 우려낸 뜨끈한 차였다. 로렌스가 지금 어떤 처지인지 아직 설명하지 않았지만 모슈슈는 이미 몇 가지 의심스러운 정황을 포착한 모양이었다.

"놀라신 게 당연합니다. 저는 여기 손님이 아니라 포로로 잡혀 왔습니다."

로렌스가 테메레르와 함께 이곳으로 오게 된 경위를 간략히 설명하는 동안 모슈슈는 조용히 경청했다.

"이 비밀스러운 회의의 목적이 무엇인지, 나폴레옹이 제 이름을 어떤 식으로 이용하려는 것인지에 대해 좀 더 자세히 알려주시면 감사하겠습니다."

모슈슈는 곧장 대답을 내놓지 않았다. 격한 감정을 드러내지 않는 신중한 표정으로 생각을 고르는 눈치였다. 츠와나 용 하나가 조바심을 치며 설명을 요구하자 모슈슈는 고개를 들고는 잠시 생각한 끝에 용에게 간단히 대답했다. 로렌스는 '알'과 '도둑'이라는 단어만 알아들었다. 모슈슈에게 설명을 들은 용들이 다같이 혐오감에 찬 표정으로 고개를 치켜들자 로렌스는 다소 놀랐다.

모슈슈는 로렌스의 놀란 표정을 보고 말했다.

"우리는 알 도둑질을 심각한 죄악으로 여기네, 대령."

츠와나 족의 관점에서 용알을 훔치는 것은 조상의 영혼을 도둑질하는 것과 다름없는 짓이었다. 츠와나 족은 용을 자기네 조상의 환생이라 믿기에 용이 알에서 자라는 동안 그 앞에서 조상의 업적을 주기적으로 읊어 믿음을 공고히 했다. 그러므로 가문의 역사를 전할 책임을 진 가족과 친구들로부터 알을 훔치는 짓은 결코 용납될 수 없었다.

"다른 이해관계는 제쳐놓고 저희가 이곳으로 올 수밖에 없었던 이유를 이해하시리라 믿습니다. 저희가 보상을 바라고 온 것도 아니고요."

모슈슈는 깔끔하게 인정해주겠다는 듯 짧게 미소를 지었을 뿐, 로렌스의 말을 용들에게 옮기지는 않았다. 모슈슈는 쉽게 속내를 드러내거나 남의 말에 설득당하는 사람이 아니었다. 그는 용 다루는 방법을 누구보다 잘 알았다. 또한 보호자이며 조상으로 대접받는 용들에게 영향력을 행사하려면 어떻게 처신해야 하는지도 잘 알았다.

"최근에 프랑스가 동쪽에서 좌절을 겪었다고 들었네만."

로렌스는 나폴레옹이 러시아와 전투를 치르며 어떤 재앙을 겪었는지 자세히 풀어놓았다.

"내년 봄이면 나폴레옹은 분명히 상당한 규모의 부대를 꾸리게 될 겁니다. 나폴레옹이 스페인 지역에서 어떤 상황에 놓여 있는지는 이미 들어 아실 테고요."

로렌스는 프러시아가 프랑스에 맞서 동맹군에 합류했다는 소식을 알려준 명랑한 성격의 젊은 황실 근위병에게 속으로 고마움을 표하며 말을 맺었다.

물론 개인적인 주장일 뿐임을 로렌스도 잘 알고 있었다. 모슈슈는 신중한 눈빛으로 로렌스를 바라보다가 돌연 고개를 끄덕였다.

"실은 나폴레옹이 우리에게 동맹을 제안했네."

로렌스가 묻고 싶었으나 묻지 못했던 질문에 대한 답이었다. 모슈슈가 계속해서 말했다.

"자네 생각과는 달리 군사적 동맹은 아니야. 나폴레옹은 용들끼리 알아서 국경선을 그리게 하고 법전을 제공할 생각이야. 영

토 분쟁 해결에 기준이 되는 법전이지. 내용은 합리적이고 원칙
도 나쁘지 않아. 용들이 좋아할 만한 요소들을 꽤 많이 갖추고
있더군."

로렌스는 씁쓸하지만 대충 어떤 내용인지 상상이 갔다.

모슈슈는 담담하게 덧붙였다.

"무엇보다 세상의 영토를 어떤 식으로 구분할지에 대해 우리
에게 의견을 물어보았네. 그 점이 우리 마음에 가장 크게 와 닿
았어. 유럽인들은 이런 문제에 대해 우리와는 전혀 상의하지 않
았잖아. 그리고 자기네는 실제로 살지도 않으면서 우리 영토를
자기네 마음대로 쪼개 가졌고."

모슈슈는 하인 한 명을 손짓으로 불렀다. 어린 소년이 달려와
나폴레옹의 제안서를 내밀었다. 제안서에 담긴 지도들을 살펴
보며 로렌스는 크게 놀랐다. 물론 나폴레옹의 뻔뻔함을 생각하
면 놀랄 일도 아니었다. 나폴레옹은 유럽 전체는 물론 러시아까
지 모두 프랑스의 영토로 규정하고 깔끔하게 구획 지은 다음 그
에게 직접 충성을 맹세한 여러 야생 용들에게 나눠주었다. 영국
과 프랑스 영토는 조그맣게 조각조각 나뉘었고 그중 한 조각에
는 '옐로 리퍼'라고 적혀 있었다. 나폴레옹은 옐로 리퍼 품종의
충성심을 얻으려는 심산일까. 스코틀랜드 땅에는 리칼리, 빈룹,
샬 같은 낯설고 특이한 명칭이 적혀 있었지만 그 명칭의 의미는
짐작이 가지 않았다. 처음으로 로렌스는 테메레르가 이 자리에
없어서 다행이라는 생각이 들었다. 그 명칭들이 어쩌면 아르카
디같이 야생 용 집단을 이끄는 대장 야생 용의 이름일 수도 있다

는 생각이 들어서였다.

아프리카의 사하라 사막 이남과 서쪽으로 잉카 제국과 인접한 브라질 땅은 츠와나 족의 영토로 표시돼 있었다. 지금은 유럽의 다른 나라들이 이의를 제기할 수 없으니, 만일 이대로 시행된다면 모슈슈로서는 불만이 없겠다는 생각이 들었다.

"왕자님, 나폴레옹에게 마음대로 국경을 정할 권한은 없습니다."

모슈슈는 어깨를 으쓱했다.

"그럴 권한이 있어서 자네들은 케이프타운을 영국 식민지로 삼고 포르투갈인들은 르완다를 포르투갈 식민지로 삼았나? 자네들은 그곳을 자네들 땅이라 주장했고 마음대로 권한을 행사했어. 그곳 주민들을 노예로 잡아갔고 멋대로 요새와 농장을 지었지. 우리가 몰아내지 않았으면 여전히 그곳에서 주인 행세를 하고 있겠지. 하늘에서 내려다보면 지도상의 국경 구분이 현실로 느껴지지 않지만 용 일만 마리가 이 지도의 국경 구분을 믿으면 그건 무엇보다 강한 진실이 되는 것이야."

로렌스는 스코틀랜드 들판에 깔끔하게 그어진 선을 바라보았다. 이대로라면 십여 개의 야생 용 무리가 나폴레옹 용 법전에 의거해 이 땅을 나눠 갖게 될 것이다. 저항하는 자들이 있어도 이 법전에 따라 다른 용들에게 도움을 요청할 수 있게 된다. 로렌스는 이제 이해가 됐다. 용들은 자기네 소유의 물건, 특히 자기네 땅을 누가 건드리면 몹시 민감하게 구는 습성이 있었다. 그 물건이나 땅을 바로 얼마 전에 획득했다고 해도, 미심쩍은 수

단을 통해서 얻거나 대놓고 훔친 것이라 해도 마찬가지였다. 나
폴레옹은 용들의 소유욕을 이용할 작정이었다. 용들에게 영토
에 대한 권한을 주어 자발적으로 방어하게 하고, 서로 동맹을 맺
어 함께 지켜내게 하려는 것이었다. 물론 영원히는 아니겠지만.
사람들이 정해놓은 국가 구분을 용들이 나서서 무효로 만들게
하고 종국에는 프랑스가 모두 차지할 작정일 것이다.

　이런 나폴레옹의 책략은 이미 러시아에서 정교하고 분명하게
실행되었다. 나폴레옹은 소소한 약탈품에 대한 소유권마저 부
정당하고 사육장에서 먹이나 얻어먹으며 사는 야생 용들을 부
추겨 그 용들을 관리하던 국가의 적으로 만들 것이다. 나폴레옹
의 용 법전을 믿고 설치는 야생 용들은 도살당하거나 굶어 죽을
공산이 컸다. 나폴레옹은 이웃 국가들과 더 많은 전쟁을 일으키
기 위해 한두 용 집단에게 손을 내밀기는 하겠지만 대부분의 야
생 용들에 대해서는 아마 무관심할 것이다.

　서류 뭉치를 내려다보던 로렌스가 고개를 들었다.

　"자기 것이 아닌 영토를 탐내는 영국 내의 야생 용들에게 도
움을 주실 생각입니까?"

　모슈슈가 부드럽게 물었다.

　"전쟁이 어디서 일어나길 바라나, 로렌스 대령? 자네 나라, 아
니면 바다 건너 다른 나라?"

　"전쟁은 퍼져나가는 습성이 있죠. 저는 평화를 원합니다."

　테메레르는 불안해하며 도로 자리에 앉아서는 이스키에르카

에게 말했다.

"다시 조용해지긴 했어. 용들끼리 좀 다툰 것 말고 또 무슨 소동이 났는지 알 수가 없어. 궁전이나 알이 있는 곳은 시끄럽지 않았으니까 그쪽에서 무슨 피해가 나지는 않았을 거야."

하지만 테메레르는 안심이 되지 않았다. 가까이서 들렸던 총성과 용들이 옥신각신하던 소리가 영 신경 쓰였다. 테메레르는 용 다섯 마리가 툭탁거리며 날아오르는 모습을 보았다. 밝은 파란색 수컷 용 한 마리가 다른 용 세 마리와 싸움을 벌였다. 그러자 프랑스의 미들급 용 네 마리까지 그 파란 용을 공격해 지상으로 데리고 내려가는 모습이었다. 공격받는 용의 품종이 확인되지 않았기에 그 용이 어느 국가나 집단 소속인지도 알 길이 없었다. 프랑스와 우호 관계에 있는 용이 아니라면, 적어도 친한 사이가 아니라면 애초에 여기에 와 있을 이유가 없을 텐데, 왜 저렇게 큰 소동을 벌였을까? 그리고 왜 다른 용들은 그 용을 강제로 데리고 내려갔을까? 프랑스 용들은 몸집이 훨씬 크고 나이도 지긋하며 몸에 인상적인 상처까지 있는 그 파란 용을 솜씨 좋게 제압하더니 지상으로 몰고 내려갔다. 테메레르는 그 광경을 편하게 보고 있을 수가 없었다. 알을 구하기 위해 로렌스를 여기 두고 가는 것도 끔찍하기만 한데, 탈출하다 붙잡힐 경우를 상상하면 더 소름이 돋았다. 저들은 알을 도로 뺏어다가 이번에는 정말 찾기 힘든 곳에 꽁꽁 숨겨놓을 테고 그렇게 되면 다시는 알을 되찾기 힘들 것이다.

"지금까지 우리가 겪은 일로도 모자라서 말썽을 더 부려보자며. 자기네끼리 싸움이라도 벌어졌나 보지. 내가 보기엔 우리에게 기회가 온 거야. 저들이 정신없을 때 우리는 행동에 나서야 해."

이스키에르카는 이런 상황에도 무심하게 소를 먹으며 구시렁거렸다. 감수성이라고는 전혀 없는 태도였다.

"글쎄."

테메레르는 별로 좋은 생각이 아니라고 핀잔을 주려고 했다. 지금까지 이스키에르카가 내놓는 의견은 대부분 그랬으니까. 하지만 마땅히 반박할 말이 없었다. 잠시 고민하던 테메레르가 입을 열었다.

"그래, 좋아. 하자."

테메레르는 그릇에 남아 있던 소의 뒷다리를 마저 먹었다. 조금 전 테메레르와 이스키에르카는 배고픈 척을 하면서 영국식으로 준비한 쇠고기를 갖다 달라고 경비병들에게 요청했었다. 테메레르는 경비병들을 고생시키고 싶지 않았으나 도버에 도착할 때까지 먹을 것을 구할 수 있을지 확실치 않으므로 어쩔 수 없었다. 두 용은 알을 가지고 도버 기지로 출발하기로 이미 결정한 상태였다.

그들은 그릇을 깨끗이 비웠고 분수에 담긴 물도 한껏 마셔두었다. 하늘에 어둠이 빠르게 깔리고 있었다. 궁전의 조명등이 푸른 밤하늘에 황금색 빛을 띄웠다. 저 궁전에 있을 로렌스를 생각하니 테메레르는 마음이 무거웠다. 지금 로렌스는 안전하고 편안하게 저 궁전에 머물면서 건강도 나아지고 보살핌도 받고 있었다. 하지만 오늘 저녁 두 용이 알을 갖고 탈출하고 나면 로렌스는 궁전에서 끌려 나가 차갑고 축축한 감옥에서 비참하게 시름시름 앓을 것이다.

"당장 출발하자."

테메레르는 용기가 꺾이고 결심이 흔들리기 전에 내뱉었다.

"좋아. 하지만 이 일로 그랜비가 해를 입으면 널 용서하지 않을 거야."

이스키에르카의 말에 테메레르는 기분이 더 울적해져 퉁명스레 내뱉었다.

"조용히 하고 불이나 붙여."

최대한 바깥에서 보이지 않도록 테메레르는 일어서서 날개를 한껏 펼쳤다. 낮 동안 두 용은 마른 나뭇가지와 나뭇잎을 누각 뒤쪽에 몰래 모아두었다. 고개를 약간 숙인 이스키에르카는 그곳에 대고 좁게 불을 내뿜었다. 불은 바로 붙었고 이내 누각 기둥을 타고 올라갔다. 지붕에 조그맣게 불꽃이 피기 시작하자 얼마 전 화재를 경험한 테메레르는 깊은 공포감에 가슴이 철렁했다. 테메레르는 놀란 숨을 몰아쉬며 누각 밖으로 얼른 뛰쳐나갔다.

이스키에르카는 콧방귀를 뀌며 따라 나와 종알거렸다.

"이 반응은 뭐지? 저들이 너무 빨리 이쪽으로 와서 우릴 보면 어쩌려고?"

"불은 이만하면 잘 붙었어."

테메레르는 당장 불길을 피해 멀리 날아가고 싶었지만 차분하고 합리적인 목소리를 내려고, 또 그렇게 행동하려고 애썼다. 테메레르는 날개를 흔들어 털면서 슬쩍 살펴보았다. 혹시 불이 튀지 않았을까? 불꽃의 흔적은 보이지 않았으나 뒤로 돌아서자마자 날개막에 살짝 찌르는 듯한 열기가 느껴졌다. 테메레르는 얼른 다시 날개를 내려다보았다. 날개에는 아무것도 없었다.

"자, 어서."

이스키에르카의 재촉에 테메레르는 더 꾸물댈 수 없었다. 두용은 일어서서 날갯짓으로 부채질을 해 불을 키웠다. 불은 빠른 속도로 퍼져나가 지붕 꼭대기까지 타닥타닥 소리를 내며 탑처럼 치솟았다. 테메레르는 그 자리에서 간신히 버텼다. 다행히 곧 뒤에서 놀란 이들의 고함 소리가 들려왔다. 테메레르는 이스키에르카와 함께 날아올라 주변을 맴돌았다. 활활 타오르는 불 덕분에 그들은 밤하늘에 떠 있어도 경비병들 눈에 띄지 않았다.

알이 보관된 누각은 멀지 않은 곳에 있었다. 이스키에르카의 예상대로였다. 그 누각을 지키던 경비병들 절반이 자리를 비웠다. 조금 전에 벌어졌던 용들의 싸움을 말리러 나간 듯했다. 남아 있는 경비병 다섯 명은 경계 태세를 늦추지 않고 밤하늘을 올려다보았다. 테메레르는 이스키에르카와 함께 강하하면서 공터 주변에 우아하게 서 있는 나무들을 향해 분노에 찬 고함을 토해냈다. 신의 바람이 나뭇가지들을 쪼개놓자 이스키에르카가 그곳에 불을 뿜었다. 불붙은 파편들이 비처럼 쏟아져 내려 지상을 태웠다.

고통에 찬 비명 소리는 테메레르를 원망하는 듯했다. 지상에 있던 용들이 날개를 펼쳐서 제 눈을 가리고 몸을 웅크리자 화상의 고통을 너무도 잘 아는 테메레르는 몸서리를 쳤다. 그래도 이 공격은 목적 달성에 도움이 됐다. 테메레르와 이스키에르카는 누각의 지붕 가장자리를 앞발로 뜯어냈다. 테메레르는 앞발을 누각 안으로 집어넣어 알을 둥지째로 아주 신중하게 꺼냈다.

알을 안전하게 앞발톱 안에 쥐자 테메레르가 소리쳤다.

"꺼냈어! 잘 꺼냈어!"

이스키에르카는 고개를 돌리고 그들 머리 위로 길게 불을 뿜었다. 고개를 앞뒤로 흔들어가며 보라색과 초록색이 섞인 눈부신 불길을 밤하늘에 쏟아냈다. 테메레르는 뜨거운 공기 벽을 타고 최대한 빨리 하늘로 날아올랐다. 날개 안에 공기를 품자마자 신속하게 고도를 높였다. 이스키에르카도 뒤따라 올라왔다.

저 아래서 경비병들은 미친 듯이 종을 쳐대며 고함을 질렀다. 이스키에르카가 재촉했다.

"빨리 가, 저쪽으로!"

"저기는 안 돼! 안마당 저쪽에는 경비병들이 벌써 램프를 켜 놓았어. 차라리 북쪽으로 가야……."

하지만 북쪽에도 램프에 불이 켜지고 있었다. 램프의 불빛들이 두 용을 빙 둘러싼 모양새였다.

"그럼 궁전 위로 가! 지금 가면 그랜비를 꺼내올 수 있어."

"어리석게 굴지 마. 저들은 우리가 그럴 줄 예상하고 전부 궁전으로 몰려갈 거야. 저들이 그러는 동안 우린 여길 떠날 방법을 찾아야 돼. 호수 위로 날아가는 게 좋겠어. 호수를 지나 숲으로 들어가든지 커다란 헛간에 숨어 있자."

"너나 내가 헛간에 어떻게 숨어! 너야말로 어리석게 굴지 좀 마! 호수 위로 날아가는 건 말도 안 돼. 저들이 우릴 따라잡으면 내가 불을 쏴야 하는데 호수에서는 저들이 물속으로 들어가 몸을 피하든지 나를 물속으로 처박든지 하겠지. 불을 쏴봐야 소용없게 된다고. 그리고 알 좀 조심해서 들어!"

"진짜 조심하고 있거든! 알이 저 혼자 움직인 거야."

이 말을 하자마자 테메레르는 깜짝 놀라 숨도 쉬어지지 않았다. 고생해서 구출해줬더니 고마운 줄도 모르고 하필 지금 부화하려는 모양이었다.

하지만 부화를 강제로 막을 수는 없었다. 알이 제 몸을 이리저리 흔들고 있어서 이렇게 계속 잡고 가다가는 떨어뜨릴 게 분명했다. 테메레르는 어쩔 수 없이 거대한 궁전 동쪽의 작은 공터에 서둘러 착륙했다. 테메레르의 예상대로였다. 스무 마리가량의 프랑스 용들이 궁전에서 흘러나오는 불빛을 받으며 궁전 주위를 빙빙 돌고 있었다. 궁전 안에서 큰 소리가 들렸다. 놈들이 혼란 속에서도 로렌스와 그랜비를 감시하는 모양이었다. 테메레르는 화를 꾹 참으며 조심스럽게 알을 바닥에 내려놓았다. 요란하게 딱 소리가 나더니 알 한가운데가 쪼개지고 작은 암컷 용이 폴짝 뛰어 나왔다.

"참 잘하는 짓이다! 어제 부화했으면 우리가 이런 고생은 안 해도 됐잖아?"

이스키에르카는 투덜거리며 조그맣게 불꽃으로 콧방귀를 뀌었다. 테메레르도 전적으로 같은 생각이었다.

새끼 용은 두 번 재채기를 하고 날개에 묻은 점액을 털어냈다. 테메레르는 새끼 용의 몸이 충분히 발달한 것을 보고 약간 짜증이 났다. 그 정도면 지난 2주 동안 언제든 알 밖으로 나올 수 있었을 것이라는 생각이 들었던 것이다. 새끼 용은 아무렇지 않게 대꾸했다.

"부화를 해도 될지 결심이 서지 않았어요. 주변 상황이 그다지 상서롭지 않은 듯해서요. 지금도 두 분은 어디로 가야 할지 모르시는 것 같네요."

"프랑스군에 둘러싸여 있는데 빠져나가기가 쉬운 줄 알아? 또 로렌스와 그랜비는 어쩔 건데? 그들은 감방에 갇히게 생겼어. 이제 우린 그들을 궁전 밖으로 꺼낼 수 없을 거다."

새끼 용은 고개를 돌려 궁전을 바라보았다.

287

"저기가 궁전이군요! 아주 멋진데요. 저 건물에서 누굴 빼내야 하는 거면 지금 빼내 오면 되잖아요."

"용 스무 마리가 상공에서 감시 중이야! 이스키에르카, 차라리 당장 누각으로 돌아가서 우연히 불이 난 척하자. 알을 지키기 위해 호수로 가져갔던 것으로 하면 저들은 로렌스와 그랜비를 벌하지 않을 거야."

새끼 용이 끼어들었다.

"그럼 두 분은 다시 포로가 되시겠군요. 저들은 저에게 대답을 요구할 테고요."

"무슨 대답?"

이스키에르카가 미심쩍어하며 물었다. 테메레르는 이 상황이 꽤나 당황스러웠다.

"프랑스 황제는 제가 자기 아들을 동반자로 받아들이길 원해요. 무엇이 최선인지 잘 모르는 채로 알에서 나가 '좋다', '싫다'라고 말하고 싶진 않았어요. 알 속에 있으면 불분명한 게 너무 많거든요! 대답을 해야 하는 상황을 피하기 위해 나름대로 방법을 생각해봤어요. 제가 부화했다는 걸 누가 알아채기 전에 조용히 여길 빠져나가는 게 최선이에요."

그러자 이스키에르카가 말했다.

"알에서 나왔으니까 이제 네 몸은 네가 알아서 챙겨. 난 당장 그랜비를 빼내 오지 않고서는 아무데도 안 가."

"로렌스도 빼내 와야지."

테메레르도 화가 치밀어 맞장구를 쳤다. 지금까지 괜히 마음 졸이며 걱정했던 것이다. 알은 애초에 수모를 겪을 위험에 처하지도 않았다. 리엔이 아무리 잡종 알이라고 떠들어도 나폴레옹이 이 용의 진정한 가치를 인정하고 있었으니까.

"네가 결심을 못 했다고 해도 우리가 비행사들을 버리고 떠날 일은 없어."

새끼 용이 테메레르에게 반박했다.

"그 말씀은 좀 지나치시네요. 신중한 선택을 하려고 한다는 이유로 우유부단하다는 소리를 듣고 싶진 않아요. 하지만 동반자들이 걱정돼서 하시는 말씀이니 이해할게요. 저도 두 분이 비행사들을 버리고 떠날 거라고 생각하지 않아요! 게다가 모두가 우리를 찾느라 난리가 났으니 이대로 빠져나가긴 힘들어요. 주의를 딴 데로 돌려야 해요. 당장."

새끼 용은 궁전 쪽을 쳐다보더니 생각에 잠긴 표정으로 고개를 옆으로 기울이며 덧붙였다.

"안타깝지만 다른 대안이 없겠어요."

테메레르는 지금 모두의 관심이 그들에게 쏠려 있는데 무슨 수로 주의를 딴 데로 돌릴 거냐고 물어보려고 했다. 그 순간 새끼 용이 날개를 탈탈 털더니 날아올랐다. 테메레르가 목소리를 낮추고 경고했다.

"안 돼! 잠깐만. 돌아와. 너 그러다 금방 눈에 띄고 말아."

새끼 용은 아랑곳하지 않고 궁전을 향해 곧장 날아갔다. 날갯짓 소리가 들리는 방향으로 용 몇 마리가 고개를 돌렸다.

테메레르는 모두 틀렸다고 생각했다.

289

"어쩔 수 없어. 쟤가 붙잡히기 전에 당장 우리 누각으로 돌아가자. 자신이 저지른 일이니 알아서 하겠지. 당연히 그래야 하고말고."

"누각으로 돌아가기 싫어! 돌아가 봐야 또 포로 신세잖아. 우리가 뭐라고 변명을 해도 이제 놈들은 그랜비를 더 철저히 가둬둘 거야. 우리 딸은 무슨 계획으로 저러는 거지?"

"몰라. 뭘 계획하고 움직인 것 같지도 않아."

그때 사방에 가득한 소음 사이로 가늘고 날카로운 울음소리가 들려왔다. 마치 뚜껑을 잘못 덮은 냄비에서 물이 빼액 하고 끓어오르는 소리 같았다. 테메레르는 고개를 홱 치켜들었다가 저도 모르게 얼굴 주변의 막을 펼쳐 머리를 덮었다. 끔찍한 울음소리는 점점 커져갔다. 경비병들뿐 아니라 다른 용들도 이게 무슨 고약한 소리냐며 불만을 터뜨리기 시작했다. 사방에서 용들이 고개를 치켜들었다.

"아니, 쟤가 왜 저렇게 끔찍한 소리를 내지?"

이스키에르카는 기분 나빠하며 고리 모양으로 수증기를 뿜었다. 테메레르는 그제야 저 소리를 내는 게 새끼 용임을 깨달았다. 다들 그 소리를 피해 고개를 돌리고 있었기 때문에 새끼 용은 어느 누구의 눈에도 띄지 않고 궁전 위에서 정지 비행을 할 수 있었다. 새끼 용은 갑자기 고개를 아래로 숙이더니 궁전의 거대한 회색 지붕을 따라 길쭉하게 솟아오른 부분을 향해 새하얀 불길을 뿜었다. 얇은 불길은 엄청난 속도로 묘하게 잔물결 치며 쏟아져 나왔고, 잠시 후 충격적일 만큼 커다란 천둥소리가 뒤따랐다. 그 충격에 궁전의 창문이 거의 대부분 박살 났다.

본능적으로 날개 밑에 머리를 집어넣고 웅크렸던 테메레르는 곧 몸을 흔들어 털었다. 유리 파편들이 짤그락 소리를 내며 비처럼 쏟아져 내렸다. 예전에 뉴사우스웨일스에서 살던 시절 운송 중에 박살 나서 수리도 불가능할 만큼 망가졌던 도자기 상자에서도 저런 소리가 났었다. 지금도 그 도자기 상자를 생각하면 가슴이 아팠다. 어느새 궁전 지붕이 활활 타올랐다. 테메레르는 공포에 질린 눈으로 궁전을 바라보며 날아올랐다.

"로렌스!"

"이 소리 테메레르가 내는 걸까요?"

날카롭고 무시무시한 소음 너머로 그랜비가 소리쳤다. 로렌스는 대답 대신 고개를 저었다. 그가 지난 8년 동안 들어온 신의 바람 소리와는 전혀 달랐지만 가끔 테메레르가 새로운 능력을 사용할 때가 있어서 확신할 수는 없었다. 경비병들은 테메레르가 내는 소리라고 확신하는지 공포에 질린 표정이었다. 브루이는 로렌스의 팔에서 피를 모조리 짜낼 것처럼 팔꿈치 위쪽을 있는 힘껏 붙잡고 앞으로 밀었다. 오리니가 앞장서는 가운데 경비병들이 로렌스와 그랜비, 타르케를 끌고 다급히 계단을 내려갔다. 지하에 있는 구금 장소로 데려갈 모양이었다.

로렌스는 지하 감옥에 던져지기에는 걸맞지 않은 차림이었다. 나폴레옹 황제의 초대를 받아 저녁 만찬에 가기 위해 야회복을 입고 있었던 것이다. 그에게 야회복을 보내주었던 나폴레옹이 이제는 그를 감옥에 가두라고 명령한 모양이었다. 로렌스는 반들반들한 걸쇠가 달린 반바지, 비단 스타킹과 실내화, 알맞게 주름 잡힌 크라바트(넥타이), 안쪽에 황금색 비단 안감을 댄 비행사용 암녹색 외투 차림이었다. 로렌스가 외투를 입는데 예고도 없이 들이닥친 경비병들은 어떤 설명도 없이 로렌스 일행을 복도로 끌고 나갔다. 로렌스는 타르케가 미리 귀띔을 해준 덕분에 어떤 상황인지 대충 감을 잡았다. 테메레르와 이스키에르카가 행동에 나선 것이다. 아마 두 용이 저항을 했거나 탈출을 해서 프랑스군은 인질인 비행사들을 빼앗기지 않기 위해 어딘가로 데려다놓으려는 듯했다. 로렌스는 밖에서 무슨 일이 일

어났는지 알고 싶었지만 혼란스러운 분위기라 물어볼 기회가
없었다. 경비병들도 말해줄 기분이 아닌 듯했다.

경비병들은 로렌스 일행을 황급히 떠밀며 계단을 내려갔다.
주방이 있는 1층에 이르렀을 때 천둥소리가 들렸다. 귀가 울리
는 와중에 로렌스는 주변을 돌아보았다. 1층 홀에 설치된 거대
한 창문들이 한꺼번에 박살 났다. 1급 선박의 선미 쪽 선실이 측
면 공격을 받았을 때처럼 요란한 소음과 함께 유리와 나무 파편
이 사방으로 튀었다. 얇고 하얀 불길이 건물 외벽을 타고 파도
처럼 퍼져나가다가 우르릉 소리와 함께 부서진 창틀 안으로 흘
러들었다.

"맙소사!"

로렌스는 귀가 먹먹해서 그랜비가 외치는 소리가 잘 들리지
않았다. 카펫에 이미 불이 붙었고 벽의 모든 틈새와 열린 문을
통해 복도로 연기가 쏟아져 들어왔다. 비명 소리와 함께 회색
연기가 파도처럼 밀려왔다.

아수라장 속에서도 브루이는 지하로 내려가는 계단으로 꿋
꿋이 포로들을 끌고 가려고 했다. 로렌스가 벽 모퉁이를 붙잡고
버티며 소리쳤다.

"안 갑니다. 못 가요. 지하로 내려가 타 죽느니 차라리 여기서
총을 맞고 죽는 편이 낫습니다. 무슨 일인지 모르겠지만 앞으로
십 분만 지나도 이 건물에서 탈출은 불가능해질 겁니다. 당장
밖으로 나가야 합니다. 제일 가까운 문이 어디 있습니까?"

브루이는 상관을 내려다보았다. 앞서 계단 두 칸을 내려간 오

리니가 걸음을 멈추고 그들을 돌아보았다. 어둠 속에서 어쩔 줄 몰라 하는 눈빛이었다. 오리니는 계단을 뛰어올라 와 로렌스에게 물었다.

"무슈, 당신이 꾸민 일이 아니라고 맹세할 수 있습니까?"

"신사로서 약속하겠습니다. 내 용이 저지른 짓이 아니라고는 확실히 말하지 못하겠습니다. 하지만 테메레르는 바보가 아닙니다. 내가 이 궁전에 잡혀 있는 걸 알면서도 일부러 불을 지를 용이 아니라고요. 무슨 일이 일어났는지는 모르겠지만 테메레르가 황제께 해가 될 짓을 했을 리가 없습니다. 황제는 어디 계십니까?"

결론이 난 듯했다. 브루이가 오리니에게 말했다.

"젠장! 황제께서 불길에 당하시게 생겼는데 포로들이 도망치는 게 대수겠습니까?"

경비병들은 포로들을 그대로 내버려두고 뒤돌아섰다. 그러고는 휘몰아쳐 내려오는 연기를 뚫고 계단을 껑충껑충 뛰어올라갔다.

타르케가 말했다.

"이제 우리끼리 알아서 나가야겠군요. 문보다는 제일 가까운 창문으로 나가는 게 어떨까요? 질식하는 것보다는 불에 좀 그슬리는 편이 낫죠."

층계참에 서 있던 로렌스의 머릿속에 끔찍한 생각이 떠올랐다.

"아기."

로렌스의 말에 그랜비와 타르케가 그를 돌아보았다.

"황제와 황후는 우리와 저녁을 먹기로 되어 있었어. 황태자는 지금쯤 아기 방에 있을 텐데."

연기는 점점 더 짙어지고 있었다. 그들은 마구 쏟아지는 연기를 뚫고 계단을 올라가 숙소가 있는 층에 이르렀다. 남녀를 불문하고 모두가 기침을 하며 앞이 잘 보이지도 않는 계단을 미친 듯이 달려 내려오고 있었다. 로렌스는 복도로 가서 벽 가까이에 세워져 있던 거대한 꽃병을 손으로 쥐었다. 꽃병에 가득 꽂힌 꽃들을 빼고 그 안에 담긴 물로 몸과 크라바트(1660년에서 19세기 말까지 사용한 장식용 스카프—옮긴이)를 적신 후 크라바트로 얼굴을 감쌌다. 그리고 꽃병을 그랜비와 타르케에게 넘겼다.

그랜비는 온몸에 물을 부으며 굳은 표정으로 말했다.

"아까 제가 무슨 일이든 생겨서 저녁 만찬에 안 갔으면 좋겠다고 했잖아요. 그래서 지금 이런 벌을 받나 봅니다. 서두르죠. 프랑스 황태자를 구하다 죽으면 진짜 엿 같을 겁니다."

그들은 한 층 더 올라갔다. 숙소에 있을 때면 종종 아기 울음소리와 유모의 노랫소리가 위층에서 들려왔다. 그들은 복도를 달리며 문을 전부 열어보았고 마침내 바닥에 장난감이 널브러진 방을 찾아냈다. 커튼은 이미 불타고 있었고 비단 카펫에 불이 붙기 시작했다. 방 안의 또 다른 문 뒤에서 어린아이가 고통스럽게 악을 쓰며 우는 소리가 들렸다.

타르케와 그랜비는 카펫 가장자리를 잡아당겨 반으로 접은 뒤 발로 밟아 불을 껐다. 로렌스는 방 안쪽으로 달려가 문을 활짝 열어젖혔다. 침실 안은 연기로 가득했다. 유모 한 명이 창가에 쓰러져 비명을 지르고 있었다. 그녀의 몸에 붙은 불을 껐는지 옆에 놓인 담요에는 그을음이 잔뜩 묻었다. 머리카락은 까맣게 탔고 얼굴을 덮은 두 손에는 화상으로 인한 물집이 잡혀 있었다. 두 번째 유모는 울고 있는 아기를 품에 안고 뒤쪽 벽에 붙어 앉아 있었다. 세 번째 유모는 그들 앞에 서서 젖은 천으로 주변 바닥을 내리쳐 불을 끄고 있었다.

로렌스는 길게 불붙은 곳을 훌쩍 뛰어넘어 세 번째 유모의 팔을 잡고 소리쳤다.

"당장 방에서 나가요!"

젊은 유모는 비명을 지르며 손으로 창문 쪽을 가리켰다. 고개를 돌려보니 연기로 인해 빨갛게 충혈된 거대한 눈동자 하나가 깨진 유리창 너머로 불붙은 방을 걱정스럽게 들여다보고 있었다.

케추아어를 간신히 떠올린 로렌스는 옆방을 가리키며 용에게 소리쳤다.

"저쪽으로!"

그리고는 아기를 안은 두 번째 유모에게 젖은 천을 둘러주고 아기를 함께 감싸고는 불길 사이를 지나갔다. 그랜비는 팔뚝에 젖은 망토를 감고 갈고리 손으로 불타는 커튼을 끌어내렸다. 잉카 용은 불붙은 창문을 창틀째로 뜯어내면서 뜨거운 열기에 고통스러운 비명을 질렀다.

순식간에 나무 창틀과 벽돌이 뜯겨져 나가고 창문이 있던 벽에는 커다란 구멍만 남았다. 잉카 용은 구멍으로 앞발을 집어넣어 유모들과 아기를 조심스럽게 발톱 안에 담았다. 로렌스와 타르케는 불타는 침실 쪽으로 재빨리 돌아가 바닥에 쓰러진 유모를 양옆에서 부축해 일으킨 후 창가 쪽으로 끌고 갔다. 무겁게 늘어진 유모는 피부가 온통 벌겋게 화상을 입은 상태였다. 그들이 유모를 들어 올려 용의 발톱 안에 담아주는데 창밖에서 고함 소리와 날갯짓 소리가 들려왔다. 자욱한 연기 너머로 궁전 앞에서 정지 비행 중인 리엔의 모습이 언뜻 보였다. 리엔의 하얀 배는 타오르는 불빛을 받아 오렌지색으로 빛나고 있었다. 리엔이 무어라 소리치자 잉카 용이 다급히 "잠시만, 잠시만요!"라고 대답하고는 발톱 안에 담은 소중한 짐을 구멍 밖으로 신속하게 빼냈다.

"지금이다!"

리엔이 소리쳤다. 위쪽에서 흙과 물이 건물 측면을 타고 쏟아졌다. 엄청난 양의 흙과 물이 창문이 있던 자리로 쏟아져 들어왔다. 잠시 후 로렌스는 구멍 바깥을 재빨리 올려다보았다. 건물 안은 화염이 여전하고 창밖으로 불꽃이 날름거리고 있었지만 적어도 외벽에 붙은 불은 잡힌 상태였다.

등 뒤의 문이 벌컥 열리는 소리에 로렌스가 뒤를 돌아보았다. 나폴레옹이 오리니를 비롯해 한 무리의 근위병들을 대동하고 들어왔다. 나폴레옹이 입은 붉은색 모직 소재의 화려한 외투는 온통 그을음투성이였다. 여기서 만나리라고는 예상하지 못했는지 나폴레옹은 한순간 당황한 눈으로 로렌스를 쳐다보다가 이내 달려와 팔을 붙잡고 물었다.

"내 아들은?"

"안전하게 피신했습니다."

로렌스는 리엔과 리엔 옆으로 날아간 잉카 용을 손으로 가리켰다.

근위병 하나가 창문이 있던 구멍으로 조심성 없이 달려갔다. 그 순간 "다시!" 하고 소리치는 리엔의 목소리가 들리더니 흙과 물이 또 한 차례 벽을 타고 쏟아져 내렸다. 구멍 바깥으로 몸을 내밀고 있던 근위병은 진흙을 타고 지상으로 미끄러져 내려갔다. 흙과 물이 어느 정도 떨어지고 나서 오리니는 머뭇거리는 근위병들 사이로 달려가 두 손을 입가에 모으고 창밖을 향해 소리쳤다.

"황제 폐하께서 여기 계신다!"

근위병 두 명이 오리니 옆으로 달려가 함께 외치자 리엔의 머리가 마치 끈으로 잡아당긴 듯 구멍 쪽으로 향했다. 리엔이 연기를 뚫고 내려오자 근위병들이 나폴레옹을 앞쪽으로 밀었다. 리엔이 나폴레옹에게 앞발을 뻗었으나 나폴레옹은 뒤로 물러서며 소리쳤다.

"황후는?"

오리니가 "안전하게 밖으로 모셨습니다, 폐하!"라고 외치자 다른 근위병들이 리엔의 다급한 앞발로 나폴레옹을 다시 밀어 안겼다.

로렌스는 누가 팔을 잡자 깜짝 놀라 돌아보았다. 타르케가 로렌스와 그랜비의 팔을 슬쩍 붙잡고 뒤로 당기며 나지막하게 말했다.

"아까 바깥을 보니 연기가 나오지 않는 방이 있었습니다. 복도를 따라 세 번째 창문이 있는 방입니다."

그들은 손으로 입을 막고 연기 자욱한 복도를 지나 세 번째 방으로 달려갔다. 문을 열고 들어가 보니 청소 중이었는지 휑했고 커튼도 전부 바닥에 놓여 있었다. 창틀 하나만 불타고 있었고 나머지 창틀은 검게 그을리기만 했을 뿐, 불이 붙지는 않았다. 그들은 창문 걸쇠를 열고 창문을 활짝 열어젖혔다. 건물 아래를 내려다보니 리엔이 나폴레옹을 데리고 대피 중이었고 미들급 용 두 마리가 방 안에 남은 근위병들을 구하기 위해 창문이 있던 구멍 앞에 모여 있었다.

이 건물의 외벽에는 선반처럼 튀어나온 부분이 많았고 그 폭은 성인의 발 길이 정도였다. 건물이 배나 용처럼 앞뒤로 크게 흔들리지 않으니, 비행사 출신은 물론 선원 출신에게는 이런 외벽을 타고 내려가는 것은 일도 아니었다. 로렌스 일행은 십 분도 채 안 돼서 크게 불에 그슬리거나 멍이 들지 않은 모습으로 지상의 잔디밭에 내려섰다. 바닥에 떨어져 옆으로 몸을 굴리며 일어선 로렌스는 아수라장 속에서 그를 부르는 목소리를 들었다.

"로렌스! 로렌스!"

혼란 덕분에 도망칠 길이 열린 듯했다.

"여기다! 테메레르, 여기!"

목소리를 듣고 날아온 테메레르는 로렌스 옆에 내려서며 안도의 한숨을 쉬더니 로렌스를 단숨에 낚아채 품에 안았다.

"아, 로렌스! 계속 이 주변을 맴도는데 당신 모습이 안 보이더라고. 당신을 못 찾으면 걔 목을 비틀어버리려고 했어!"

그랜비가 테메레르의 다른 앞발 안으로 타르케와 함께 굴러 들어가며 말했다.

"설마 이스키에르카가 벌인 짓은 아니겠지!"

"그건 아니야! 하지만 이스키에르카에게 잘못이 전혀 없다고는 할 수가 없어. 이스키에르카는 신의 바람과 불 뿜는 능력을 모두 가진 알을 낳고 싶어 했거든. 그 알에서 나온 용이 저지른 짓이야!"

"자유의 몸이 되셨잖아요. 비행사들도 모두 구했고요."

새끼 용을 호되게 나무라던 테메레르와 이스키에르카는 새끼 용의 말에 입이 딱 붙어버렸다. 새끼 용은 앞발을 들고 피 묻은 발톱을 깔끔하게 핥았다. 궁전에 불을 지른 뒤 잠시 짬을 내서 뭘 먹고 온 모양이었다. 로렌스는 갓 부화한 어린 용의 식욕이 얼마나 왕성한지를 떠올렸다. 알아서 먹고 오지 않았다면 저 새끼 용은 지금쯤 먹을 것을 내놓으라고 난리를 피웠을 것이다. 로렌스는 믿기지 않을 정도로 작은 용을 당황한 눈으로 내려다보았다. 새끼 용은 이곳에 저질러놓은 대혼란을 전혀 개의치 않는 눈치였다. 등 뒤로 저 멀리 구름처럼 피어난 연기가 밤하늘의 절반을 가렸고 궁전에는 여전히 불그레한 잉걸불이 남아 있었다.

"그건 운이 좋아서였지!"

테메레르의 말에 새끼 용이 영리하게 반박했다.

"위험이 따랐다는 점은 부정하지 않을게요. 하지만 더 나은 방법이 없는 상황에서 목적을 달성하려면 위험을 감수해야 해요. 필요악이었으니 한탄은 그만하세요."

그러자 이스키에르카가 격하게 쏘아붙였다.

"하마터면 그랜비까지 태워죽일 뻔했어. 굳이 그럴 필요는 없었잖아. 다음에 또 위험을 감수해야 할 일이 생기면 네 동반자한테나 그렇게 해. 내 동반자는 건드리지 마. 네가 왜 나폴레옹의 아들을 동반자로 삼지 않는지 도통 모르겠구나. 그 아이도 얼마 후에는 황제가 될 텐데, 그 정도면 나무랄 데 없는 조건이야."

새끼 용은 딱 잘라 말했다.

"근시안적인 생각이세요. 황제라고 다 같지는 않아요!"

테메레르가 맞장구를 쳤다.

"하긴 청 황제의 동반자가 되는 것에 비할 바가 못되지. 프랑스 황태자의 용이 되면 적국에 몸담는 배신자가 되는 거잖아."

"배신자라는 표현은 저와는 맞지 않아요. 저는 지금 청국이든 영국이든 프랑스든 어느 나라에도 충성하지 않으니까요."

새끼 용은 강건한 눈빛이었다. 몸 전체의 크기가 테메레르의 주둥이보다 작았지만 자세를 바로하고 머리를 앞으로 내밀고는 도전하듯 테메레르를 똑바로 쳐다보았다.

"그리고 동반자에 대한 선택권은 저에게 있다고 말씀하신 것으로 기억하는데요. 그게 혹시 아버지의 마음에 드는 동반자를 고르라는 뜻이었나요?"

"아, 흐음."

당황한 테메레르는 고개를 뒤로 돌려 옆구리에 대고 쓰윽 문질렀다. 로렌스는 예전에 저 새끼 용의 알을 포튼테이트 호에 처음 실었을 당시 테메레르가 알에게 그런 뜻의 말을 하는 것을 언뜻 들은 기억이 났다. 테메레르는 잠시 생각하다 말했다.

"그래도 알 도둑질을 한 프랑스군에 합류할 수도 있다는 생각을 해서는 안 돼. 나폴레옹 때문에 모두가 얼마나 고통받고 있는데."

자존심을 지켰다는 생각이 드는지 새끼 용은 궁둥이를 바닥에 대고 편안하게 앉아 대답했다.

"저는 아직 여러 국가들의 차이점을 파악하지 못했어요. 모두 알고 나서 인정을 하든 비난을 하든 해야겠죠. 그동안 알에 담긴 채 이리저리 옮겨 다니고, 이 사람 저 사람 손을 타면서 들은 얘기를 종합해보면 지금 벌어지고 있는 온갖 불행한 다툼과 끝없는 전쟁은 모두에게 어느 정도는 책임이 있어요. 저는 바로 그런 점을 비난하고 싶어요. 어느 쪽의 패배를 바라느냐를 따지기보다는 전쟁 자체를 중단시켜야 한다고 생각해요."

새끼 용은 준엄한 표정으로 말을 맺었다. 로렌스는 저 용이 알 속에서 워낙 힘든 시간을 보내다 보니 그 원인이 된 전쟁에 혐오감을 갖게 된 모양이라고 추측했다. 특히 알 속에서 들은 얘기를 모두 기억한다면 더욱 그럴 것이다. 알 속에서 고생을 많이 했을 텐데도 저 용은 소심한 성격은 아닌 듯했다. 아직 몸집은 조랑말보다 작은데도 이렇게 엄청난 재난을 일으킨 것을 보면 말이다. 앞으로 얼마나 대단한 능력을 가진 용으로 자라나게 될까. 저 용이 동반자가 되고 싶어 하는 이들을 전부 후보에 넣고 기꺼이 생각해보려는 것 같아 로렌스는 걱정이 됐다.

테메레르가 말했다.

"당연히 전쟁을 멈추게 해야지. 우리가 나폴레옹을 무찌르려는 것도 그래서야."

"나폴레옹을 물리치면 당장은 전쟁을 끝낼 수 있겠지만 미래에 일어날 전쟁까지 모두 막지는 못해요. 영국과 영국의 동맹들은 곧 자기네끼리 의견이 갈리고 새로운 전쟁을 시작하게 되겠죠."

이스키에르카가 끼어들었다.

"글쎄, 전쟁이 어디에서도 일어나지 않으면 전리품을 어떻게 차지해? 그런 건 별로야."

테메레르가 말했다.

"나도 전쟁이 끝나기를 정말 바라지만 전리품을 얻을 수 있는 소규모 접전 정도면 누구도 반대하지는 않을 거야. 너는 어떻게 해야 전쟁을 끝내고 평화를 정착시킬 수 있다고 생각하는 거니?"

"아직 잘 모르겠어요. 방법을 찾아야겠죠. 하지만 어렵다는 핑계로 시도조차 하지 않는 건 옳지 않아요. 제 동반자를 선택하는 일도 대단히 중요하다는 거 알아요. 일단 프랑스 황제는 저를 도와줄 만한 최상의 위치에 있지는 않은 듯해요."

그러자 테메레르가 말했다.

"네가 궁전에 해놓은 짓이 있는데 나폴레옹도 너랑 엮이고 싶지 않을 거다."

"그렇지는 않을 거예요. 나폴레옹은 아직 제가 부화한 것도 모를 거예요. 두 분이 숙소를 탈출했으니 아마 두 분의 짓이라고 생각하겠죠. 그리고 제가 불을 지르는 걸 누가 봤다고 해도 저는 갓 부화한 용이니까 잘 모르고 한 짓이라고 생각하겠죠. 우연히 불을 냈거나 아니면 두 분이 시킨 거라고 생각할 수도 있고요."

"우린 시킨 적 없어!"

테메레르가 벌컥 화를 냈다.

새끼 용은 손사래 치듯 꼬리 끝을 앞뒤로 휙휙 흔들었다.

"나폴레옹 황제가 저를 용서할 마음만 먹으면 갖다 붙일 핑계는 많다는 뜻이에요. 제가 자기네 편에 서겠다고 하면 충분히 이해하고도 남을 걸요. 그리고 제 능력에 깊은 인상을 받겠죠."

그 점은 논쟁의 여지가 없을 것이다. 새끼 용은 만족스러운 투로 말을 이었다.

"이만하면 답이 되었을 거라고 생각해요. 알에 있을 때 신의 바람과 불 뿜는 능력을 모두 가지면 좋겠다는 얘기를 듣기는 했는데 실제로 해보지 않고는 확신할 수가 없었어요. 제가 두 가지 능력을 갖고 있다는 걸 증명해서 기뻐요! 그런데 제 일을 도와줄 적합한 분이 청국의 황제일지 프랑스 황제일지 아직 모르겠어요."

새끼 용이 진지한 표정으로 덧붙였다.

"아니면 영국 왕일 수도 있겠죠. 제가 그분을 동반자로 고려하지 않는다는 생각은 안 하셨으면 좋겠어요. 그럼 이제 출발하는 게 좋지 않을까요? 도버 기지로 간다고 하셨죠? 어느 방향이죠?"

새벽이 밝아오기 직전 마침내 그랜비가 눈을 붙이기 위해 누웠다. 그러고는 말했다.

"로렌스, 정말 무서울 정도예요. 저 새끼 용을 어떻게 하면 좋죠?"

로렌스가 추측하기로 여기는 프랑스의 디에프 시에서 16킬로미터가량 떨어진 곳이었다. 그들은 외딴 곳에서 크게 파손된 농장 하나를 발견하고 내려왔다. 집과 헛간은 모두 주인에게 버려졌고 특히 헛간은 지붕마저 무너져 있었다. 테메레르와 이스키에르카는 헛간 뒤쪽에 쭈그리고 앉았다. 나무들과 덤불이 차단막 역할을 해주고 있어서 얼핏 봐서는 알아채지 못할 것 같았다. 두 번 보면 알아챌지도 모르지만. 거의 종일 테메레르의 등에서 잠을 잔 새끼 용이 눈을 뜨더니 다락에서 건초 더미를 가져왔다. 새끼 용은 누워 있는 부모 사이의 움푹 패고 제일 따뜻한 곳에 건초로 둥지를 만들고는 흡족해하며 곧 다시 잠이 들었다.

마른 짚에 나무 부스러기를 섞어 불쏘시개를 만든 로렌스는 그랜비가 구해온 장작에 불쏘시개를 얹고 모닥불을 피울 준비를 했다. 아침이 반쯤 밝았으니 모닥불에서 피어오르는 연기가 사람들 눈에 띄지 않을 듯했다. 여기서는 큰 도로뿐만 아니라 잡초가 무성한 작은 길까지도 꽤 멀었다. 밤은 추웠고 그들은 비행 복장도 아니어서 로렌스는 그랜비, 타르케와 함께 이스키에르카의 한쪽 발톱 안에 들어가 연신 꾸륵거리는 뜨끈한 이스키에르카의 배에 몸을 붙였다. 하지만 어느새 매서운 한기가 로렌스의 팔다리 깊숙이 스며들었다. 약간이라도 온기를 쐬지 않고 이대로 잠을 자는 것은 위험한 짓이었다.

그랜비가 계속해서 말했다.

"나폴레옹이 저 새끼 용의 선택을 받게 되면 저 용을 어떤 식으로 이용할지 생각만 해도 끔찍합니다. 나폴레옹과 동맹을 맺고 하네스 없이 세상으로 몰려나올 용들은 또 어쩌고요!"

로렌스는 단호하게 답했다.

"우리는 저 용을 도버 기지로 무사히 데려가야 돼. 화이트홀은 저 용을 미엔닝 황태자에게 돌려주고 청국과의 동맹 관계를 회복하겠지. 청국은 용을 다루는 기술이 워낙 뛰어나니까 저 용도 기분 좋게 차기 청국 황제의 동반자로 살아갈 수 있을 거야. 자네도 알다시피 청국은 어린 용에게 하네스를 채우지 않잖아. 채우더라도 나중에 채우지."

"우리는 어쨌든 최선을 다하고 있는 겁니다. 나중에 청국인들이 저 용을 맡아 어떻게 대우하든 그들이 알아서 하겠죠. 다만 저 용이 알에서 나오자마자 비행사를 선택하고 그 비행사에게

명령을 받았으면 저 용을 다루기가 훨씬 수월했을 거라는 생각
은 드네요."

"이렇게 했으면 성공했을 거라고 상황을 가정해서 말해봐야
다 부질없습니다."

밖에 나갔던 타르케가 헛간으로 들어왔다. 그는 마치 마술이
라도 부린 듯, 팔에 한가득 안고 온 감자와 당근을 바닥에 내려
놓았다. 로렌스와 그랜비가 놀란 눈으로 쳐다보자 타르케가 설
명했다.

"이 집 옆에 채소밭이 있더라고요. 우리에게 운이 따랐나 봅
니다. 군대에 간 이 집 아들이 홀어머니에게 보낸 편지들이 집
안에 있더군요. 반년 전 스몰렌스크에서 보낸 편지가 가장 최근
것이고 개봉되지 않은 상태였습니다. 집으로 돌아오지 못한 젊
은이들이 한둘이 아니겠죠."

해가 뜨기 시작했다. 햇살은 비바람에 낡은 헛간의 회색 널빤
지에 부드럽고 따뜻한 온기를 더해주었다. 앙상한 나뭇가지들
은 그 끝이 금빛으로 물들었다. 농가의 살림은 편안하게 느껴질
만큼 익숙했으나 생명이 깃들지 않아 한층 불안감을 조성했다.
이런 농장에는 나지막하게 우는 소와 요란하게 지껄이는 닭 그
리고 피곤한 눈을 반쯤 뜨고 서둘러 가축을 돌보는 농부가 있어
야 했지만 텅 빈 외양간에는 정적이 흘렀고 문밖에는 돌보는 이
없는 들판이 황량하게 펼쳐져 있었다. 나폴레옹이 일으킨 전쟁
의 결과였다.

그들은 이스키에르카를 깨워 바닥에 모아놓은 장작에 조그

맣게 불꽃을 뿜게 했다. 이스키에르카는 잠깐 불을 붙인 뒤 다시 눈을 감았다. 채소밭에서 가져온 반쯤 얼어붙은 채소들이 불 속에서 익어가는 동안 그들은 손을 녹이고 얼어붙어 감각이 없는 발을 데웠다. 이 집 주인이 갈고리에 걸어둔 양철통에 눈을 담다가 따뜻한 물로 녹였다. 로렌스는 최대한 기억을 되살려 흙바닥에 해안선을 그렸고 그들은 그 지도를 보며 거리를 가늠했다.

"용들만 가능하다면 바다로 가는 게 좋을 겁니다."

그랜비의 말에 로렌스도 동의했다.

"북북서로 날아가면 이스트본까지 160킬로미터밖에 되지 않아. 영국 해협으로 진입하기만 하면 옆바람 때문에 비행에 문제가 생겨도 그곳에서 봉쇄 작전 중인 영국 함대들에 폰툰 갑판을 바다에 펼쳐달라고 하면 돼. 그들이 우리를 알아보지 못할 경우 신호를 보내는 것이 조금 어려울 수는 있겠지만."

"그런 걱정은 안 하셔도 됩니다. 1807년부터 영국 해협에서 복무한 함장이라면 이스키에르카를 기억하지 못하는 게 이상하죠. 자기네가 차지한 적국 선박을 이스키에르카가 또 가로채려 온 줄 알고 욕을 퍼부을 걸요. 그들은 이스키에르카가 물에 빠져 죽는 꼴을 보고 싶겠지만 그래도 우리를 외면하지는 않을 겁니다. 폰툰에서 잠시 쉬다가 도버로 곧장 가야죠. 이스트본에 공군 기지가 있기는 하지만 우편배달 용의 정류소 정도라 헤비급 용 두 마리와 갓 태어난 새끼 용을 반갑게 맞이하지는 못할 겁니다."

타르케가 그랜비에게 물었다.

"공군 기지로 꼭 가셔야겠습니까? 아무래도 걱정이 되어서요."

어리둥절해하는 그랜비와 로렌스의 표정을 보고 타르케가 설명을 덧붙였다.

"저 새끼 용은 불을 지르기 전에 프랑스의 용 숙소가 얼마나 근사한 곳인지 다 봤을 겁니다. 그런데 과연 도버 기지를 보고 좋아할까요?"

"그건……."

그랜비는 할 말이 없는지 입을 다물었다. 프랑스의 공군 기지에 비해 영국의 공군 기지가 얼마나 열악한지 그랜비는 뼈아프게 자각하고 있었다. 로렌스도 영국 공군에 충성하는 군인이지만 영국 공군 기지와 프랑스 공군 기지의 격차가 크다는 것은 인정하지 않을 수 없었다. 그들이 영국을 떠나 있던 5년 동안 영국에 획기적인 변화가 있지 않은 한, 그 격차는 여전할 것이다. 물론 그들은 영국에 그런 변화가 있으리라는 기대는 하지 않았다. 로렌스가 알기로 테메레르는 페르사이티아와 부정기적으로 서신을 주고받았다. 페르사이티아는 테메레르가 사육장에 살던 시절 사귄 친구인데 테메레르가 없는 동안 용의 자유와 번영을 위해 열정적으로 노력하고 있었다. 페르사이티아의 편지들은 영국 정부가 용들이 하려는 일에 딴지만 건다며 불만을 토로하는 내용이 대부분이었다.

잠시 생각 끝에 로렌스가 말했다.

"일단 프랑스를 빠져나가고 봅시다. 다른 걱정은 프랑스 국경을 벗어난 후에 하도록 하죠."

로렌스는 오후 늦게 잠에서 깼다. 누군가 가까이에 다가와 있는 느낌이 들어 눈을 뜨자 새끼 용이 코앞에서 그의 얼굴을 똑바로 쳐다보고 있었다. 화살 모양으로 길쭉한 머리와 뱀처럼 기다란 목의 길이가 비슷했다. 이제야 새끼 용의 몸 색깔이 제대로 보였지만 정확히 어떤 색이라고 말할 수가 없었다. 가죽에 기본으로 깔린 색은 검정이고 빨강과 초록 그리고 파랑이 섞인 오팔색이 그 위를 덮었다. 오팔색은 발끝과 날개 끝부분에서 한층 더 두드러지게 빛을 반사했다.

새끼 용은 로렌스가 일어나 앉도록 뒤로 물러서며 말했다.

"잘됐다. 이제 일어나셨네요. 힘들게 해드려 죄송하지만 당장 뭐든 먹어야겠어요."

힘든 일이기는 했다. 겨울이지만 아직 해는 하늘에 걸려 있었다. 이곳은 비교적 안정된 시골 지역이라서 테메레르와 이스키에르카가 섣불리 비행을 했다가는 곧장 눈에 띌 것이고 프랑스 농부들이 군대에 알릴 것이다. 당장 추격대가 바짝 따라붙지 않더라도 인근의 해안 지역 전체에 비상이 걸려 테메레르 일행을 찾아내려 혈안이 될 게 분명했다.

"영국 해협으로 진입하면 테메레르가 꽤 큼직한 다랑어를 잡아줄 거야. 해가 질 때까지만 기다려줄래?"

새끼 용은 고개를 들어 하늘을 살펴보더니 다시 로렌스를 쳐다보며 단호하게 대답했다.

"못 기다려요."

그들이 얘기를 나누는 소리에 얼핏 잠이 깬 이스키에르카가
끼어들었다.

"그러게. 왜 굳이 기다려야 되나 몰라. 소 한 마리면 될 것 같
은데."

그랜비가 일어나 앉아 한 손으로 얼굴을 비비며 구시렁거렸다.

"소가 있으면 뭐가 걱정이겠냐."

로렌스가 말했다.

"뭐든 먹을거리를 찾으면 수프라도 만들어봐야겠어."

그들은 채소밭을 파헤쳐 채소 몇 개를 더 찾아냈다. 타르케가
돌멩이로 다람쥐 한 마리를 잡아왔지만 훔친 냄비에 넣고 끓여
봐야 티도 안 날 듯했다. 찬장에 오래된 보리 몇 줌이 있어 그나
마 수프에 넣을 수 있게 됐다. 모닥불을 쑤셔 불씨를 되살리면
서 그랜비가 로렌스에게 조용히 물었다.

"새끼 용에게 정말 하네스를 채우지 않으실 겁니까? 테메레
르가 들으면 안 좋아하겠지만 갓 태어난 용은 원래 식욕이 어마
어마하잖습니까. 우리가 제대로 먹을 걸 챙겨주기 전에 저 용의
인내심이 바닥날 수도 있어요."

어느새 그 얘기를 엿들은 새끼 용이 수프 냄비 위로 고개를 쑥
치켜들었다.

"그 얘기는 별로 마음에 안 드네요. 저도 지금은 들키지 않는
게 제일 중요하다는 것쯤은 잘 알아요. 그러니까 그런 얘기는

그만하시죠."

그랜비는 화들짝 놀랐다.

"아이고, 기가 막히네."

"수프나 빨리 만들어주세요."

작은 용은 나무라는 투로 재촉했다.

"최대한 서두르고 있거든. 그동안 너는 우리가 널 뭐라고 부르면 좋을지나 결정해. 황제보다 낮은 지위를 가진 비행사로 만족할 것이 아니라면 비행사가 너에게 이름을 지어줄 때까지 기다리지 못할 것 같아서 하는 말이야."

"룽티엔닝(龍天宁)이라고 불러주세요. 청국 황제가 되실 그분은 동반자의 이름이 이런 식으로 지어질 거라고는 예상도 못 하시겠지만 그래도 제가 셀레스티얼로서 합당한 이름을 가지면 좋아하실 거예요. 프랑스 이름은 나중에 프랑스 황제에게 받으면 돼요."

"평온하다는 뜻인 '닝'이라는 이름이 어울리는 것처럼 말하네."

테메레르가 로렌스에게 구시렁거렸다. 로렌스도 같은 생각이었다.

그랜비는 건더기가 별로 없어 새끼 용이 수프를 싫어할 수도 있겠다며 고개를 저었지만 뜻밖에도 닝은 보리가 익자마자 수프 냄비에 얼른 다가왔다. 그래도 닝은 그랜비와 로렌스가 준비됐다고 말할 때까지 참을성 있게 기다렸고 먹으라는 허락이 떨어지자 한 모금씩 우아하게 천천히 수프를 마셨다. 중간에 한

번 쉬면서 냄비에 눈을 조금 더 넣고 한 번 더 끓여달라고 했다. 물로 배를 채워 당장의 허기를 면한 것처럼 위장을 달래려는 듯했다.

냄비를 혀로 깨끗이 핥은 닝이 말했다.

"이제 어두워질 때까지 버틸 수 있어요. 빨리 어두워지면 좋겠네요!"

닝은 다시 잠에 빠져들어 일몰 때까지 버텨주었다. 해가 우듬지 밑을 황금색으로 물들이며 지평선을 넘어가고 회색 한기가 내리기 시작하자 한계에 다다른 닝이 로렌스를 머리로 들이받아 깨웠다.

"얼마나 기다려야 그 물고기라는 걸 먹을 수 있어요?"

서쪽 전방에 빛이 모여 있었다. 5년 전 나폴레옹이 침입했던 바로 그 해안으로 다가갈수록 빛이 점점 늘어나는 듯했다. 지금 떠오르는 달이 상현달이라 다행이었다. 테메레르의 등에 웅크리고 앉은 닝은 테메레르의 비늘에 앞발을 초조하게 긁어댔다. 건조하게 박박 긁는 소리가 로렌스의 귓속을 지나 척추를 따라 퍼져나갔다.

이번 비행에서 로렌스는 추위를 감수하고 테메레르에게 탑승하기로 했다. 영국 해협을 건너는 동안 이스키에르카에게 탑승했다가는 테메레르와 헤어질 가능성이 있었기 때문이다. 영국법 하에서는 불확실한 요소가 너무 많아서 테메레르를 혼자 날게 하고 싶지 않았다. 로렌스와 테메레르가 최근에 사면받은 것을 모르고 반역죄로 유배당했던 것까지만 알고 있는 영국 해군 함장의 눈에 띌 수도 있으니, 영국 함대를 향해 익숙하게 깃발 신호를 보낼 수 있는 사람이 테메레르에게 탑승해 있어야 했다. 영국 해군들은 이스키에르카가 그들의 전리품을 강탈해간 일을 기억할 것이고 지난번 프랑스군의 침략으로 넬슨 함대가 침몰했을 당시 셀레스티얼 용이 얼마나 대단한 힘을 보여줬는지도 기억할 것이다. 머리에 뿔이 돋고 얼굴 주변에 막을 늘어뜨렸으며 몸의 윤곽이 구불구불한 셀레스티얼 용은 수많은 예술가들이 경의를 표한 그림의 소재였고 모든 선박과 해안 포대에게는 반갑지 않은 존재였다.

테메레르가 고개를 약간 뒤로 돌리고 나지막하게 말했다.

"저쪽에 플레르 드 뉘가 날고 있는 것 같아. 별들을 가로질러 남쪽으로 날아가더라고. 우리를 봤나 봐."

로렌스가 고개를 끄덕였다. 지금쯤 로렌스 일행을 붙잡으라는 지시가 해안을 따라 쭉 퍼졌을 것이다. 로렌스는 몸을 앞으로 숙이고 테메레르의 어깨 너머로 지상을 내려다보았다. 거센 바람에 손을 모아 눈 주변을 가렸다. 해안에 줄로 묶인 채 깐닥이는 어선들, 프랑스 디에프 시 근처의 등대가 내보내는 반딧불이 같은 신호용 불빛이 보였다. 그들은 이제 막 바다로 들어섰다.

그때 돌연 쉭 소리와 함께 푸른색 불꽃이 터지면서 편편한 검은 하늘을 배경으로 이스키에르카의 윤곽이 뚜렷이 드러났다. 조명탄 때문에 이스키에르카의 붉은색과 초록색 몸통이 검은색과 회색처럼 보였다. 남쪽으로 5킬로미터도 떨어지지 않은 곳에서 플레르 드 뉘 세 마리가 함께 사냥을 하고 있었다. 테메레르는 몸을 길게 뻗으며 비행 속도를 높였다. 발밑에서 신홋불이 연달아 켜지고 있었다.

제3부

12

"맙소사, 이런 일로 이틀이나 비행을
했다니 어이가 없군요. 제인 롤랜드 대
장은 안 됩니다. 스페인에 공군 대장을
한 명 더 배치하고 싶으면 스페인에서
장군을 직접 구해다 쓰세요. 나는 집에
가서 한 달쯤 잠이나 잘 테니까."

"장군님, 해군 본부의 입장도 이해
해주셨으면 합니다."

퍼시벌 수상은 지친 목소리에 역겨
워하는 눈빛으로 로렌스 쪽을 쳐다보
았지만 그 정도로는 로렌스의 마음에
상처를 낼 수 없었다. 퍼시벌은 앨런데
일 경과 아는 사이였고 그의 집에 초대
받기도 했었다. 서인도제도에 사유지
를 보유하고 노예들의 노동력에 의존
하는 농장주들의 강력한 반대에도 퍼
시벌은 지난해에 노예무역의 공식 폐
지를 주도했고 츠와나와 잠정적으로
무역을 시작했다. 앨런데일 경이 세상
을 떠난 지 얼마 되지도 않았는데 퍼시
벌이 반감을 드러내며 냉랭하게 구는
것이 로렌스로서는 크게 놀랍지 않았
지만 그렇다고 기분이 좋지는 않았다.

웰링턴 장군이 콧방귀를 뀌었다.

"충분히 이해합니다. 교수형에 처해지길 바랐던 사람에게 도움을 받기는 싫다는 거잖습니까. 안됐지만, 어차피 저 사람의 도움을 받아야 한다면 깨끗이 받으세요. 빵 대신 푸딩을 내놓으라고 억지 쓰지 말고."

그러자 해군 장관 요크가 나섰다.

"장군님, 프러시아 문제가 무엇보다 급한데……."

"프러시아 문제라뇨! 헐벗은 스페인 용과 포르투갈 용 삼백 마리에 영국 용은 오십 마리도 안 되는데 그나마도 대부분 야생 용과 다를 바가 없습니다. 그런 용들을 데리고 잘 훈련된 프랑스 용 오백 마리를 상대하고 있어요. 그런 내게 프러시아에 대한 푸념이나 늘어놓다니. 이런 얘기나 하자고 롤랜드 대장과 나를 전장에서 일주일이나 불러낸 겁니까. 나중에 돌아가 보면 마을 여섯 개가 폐허가 되어 있고 플레차 델 푸에고('불 화살'이라는 뜻—옮긴이) 품종의 용들이 마드리드를 불태우기 직전이겠군요."

웰링턴은 로렌스에게 날카롭게 손을 흔들며 말을 이었다.

"자네는 나폴레옹이 1년 안에 용 사천 마리를 보내 우리를 공격할 거라고 했지. 훈련도 절반밖에 받지 못하고 성장도 절반밖에 하지 못한 용들이겠지만 분명 공격할 거라고 했어. 자네라면 공군 전체를 지휘하느라 바쁜 롤랜드 대장을 데려다가 낭비를 하고 싶겠나? 말도 안 되는 소리지."

그날 저녁 로렌스는 런던의 공군 기지 근처에 있는 제인의 집에 들렀다.

제인이 말했다.

"말도 안 되는 소리 맞아. 웃기는 헛소리지. 그들이 나를 회의에 부르지 않아 다행이었어. 그 자리에 있었으면 내 입에서 무슨 말이 나왔을지 몰라. 그동안 내가 너무 편하게 살았나 봐, 로렌스. 이런 헛소리는 거의 1년 만에 다시 들어보네. 스페인 장교들이 처음에 나한테 헛소리를 해대기에 정신을 차리게 해줬더니 요즘에는 비행을 똑바로 잘하던데."

제인은 한숨을 쉬며 포트와인이 담긴 디캔터로 손을 뻗었다. 제인의 묵직한 군화와 공군 외투는 벨벳으로 꾸며진 응접실과 어울리지 않았다. 머리에 보석관을 쓴 귀족 부인에게나 어울릴 법한 응접실이었다. 로렌스는 제인이 이 집을 꾸미면서 그의 어머니인 앨런데일 부인의 조언을 따랐을 것이라고 생각했다. 가만 보니 이 집의 살림을 맡은 하녀도 눈에 익었다. 젊은 시절 왈라톤 홀 주방에서 일하던 여자였다. 그 하녀는 연회를 위해 준비해둔 페이스트리를 당시 꼬마였던 로렌스가 슬쩍슬쩍 가져다 먹어도 모르는 척해주었다.

319

집 안 곳곳에 세련된 취향이 묻어났고 생활의 편의를 위한 물건들도 많았다. 정확한 각도로 배치된 벽난로, 저녁 식사에 준비된 훌륭한 와인, 최고의 가구들. 제인만 이 집에서 겉돌았다. 엑시디움은 집 뒤의 넓은 안마당에서 졸고 있었다. 창문 너머로 엑시디움의 머리가 보였다. 엑시디움의 뼈 돌기가 램프 빛에 하얗게 빛났다.

"연장통을 도금하고 나서 녹슬고 오래된 망치를 넣어둔 꼴이지."

로렌스의 표정을 읽은 제인이 웃음을 터뜨리며 말을 이었다.

"아니, 말이 그렇다고. 이 집에 대한 예의를 지키느라 대충 포기하고 살고 있어. 심지어 여기서 만찬도 열었다니까. 당신 어머니가 그렇게 하자고 하셨어. 내 대신에 정말 수고를 많이 해주셔서 감사할 뿐이야. 어머님 덕분에 일이 잘 풀려서 지난주에 여자들이 열 명 넘게 공군에 지원했어. 다들 재산을 약간 보유한 숙녀들이었지. 그들은 남의 집에 가정교사로 가느니 공군에 입대하는 편이 낫겠다고 하더라고. 그중에 한 상속녀는 암송아지처럼 팔려 가느니 공군에 들어오겠다고 했어. 그녀들의 가문에서 시끄럽게 굴었지만 나는 여성 후보자들이 공중에서 구토를 하지 않고 용의 몸에 발만 제대로 붙이면 내칠 일은 없을 거라고 귀족 나리들에게 말해뒀어. 머지않아 롱윙 품종의 알 여섯 개가 부화할 거야. 그런데 마지막으로 봤을 때 에밀리의 상태는 어땠어? 아, 그리고 에밀리를 진급시켜줘서 고마워."

"잘 지내고 있었습니다."

로렌스는 그의 휘하에 있던 에밀리와 디마니의 관계에 대해 어떻게 말을 해야 할지 결심이 서지 않았다. 그는 에밀리의 샤프롱 역할을 자처했지만 그 역할을 제대로 해내지 못했다. 자책감으로 마음이 괴로워야 마땅했지만 그렇지도 않았다. 물론 에밀리가 디마니와 사귀면서 순결을 지키고 싶어 하지 않았다면 얘기가 달라졌겠지만. 마음 한쪽에 불안감이 남아 있기는 했지만 그가 알기로 에밀리는 그 정도로 디마니에게 빠져 있지는 않았다.

"에밀리에게 디마니 얘기를 들으셨습니까?"

"편지는 잔뜩 써 보냈지만 그 녀석의 얘기는 없었어. 뭐, 괜찮아. 디마니가 대신 얘기했어. 포튼데이트 호를 타고 스페인에 도착하자마자 나를 찾아왔는데, 자기소개를 하면서 반드시 가치 있는 사람이 되어 보이겠다고 하더군. 내 막사에서 에밀리의 장점에 대해 십오 분이나 떠들어댔고. 결국 듣다 못한 내가 그만 나가보라고 했지. 좋게 달래서 내보냈으니까 그렇게 걱정스러운 얼굴은 하지 마, 로렌스. 나는 디마니에게 불만 없어. 디마니의 용은 무척 온순하고 상냥하던데, 비행사가 그런 열정이 있으니 오히려 잘됐지. 혹시 에밀리가 디마니와 헤어져서 비탄에 빠져 있다는 말을 하려는 거야?"

"저야 그렇게 되지 않기를 바라죠."

로렌스는 머뭇거리며 대답했다. 제인은 그의 표정에서 그가 하고 싶어 하는 말을 대부분 읽어냈다. 제인은 고개를 약간 흔들었다.

"알다시피 나는 감수성이 별로 없는 편이야. 감성은 사치라고 생각하며 살았어. 하지만 에밀리가 디마니와 결혼하는 게 낫다고 봐. 상원의 결의로 귀족 지위를 받았을 때 나는 에밀리에게 합법적으로 그 지위를 물려줄 수 있게 해달라고 요구했어. 웰즐리 웰링턴 장군은 후계자를 만드는 일에 십 분씩밖에 투자를 안했는데도 공작 지위를 자식에게 물려줄 수가 있잖아. 그런데 내가 뱃속에 열 달이나 품었던 에밀리에게 내 귀족 지위를 물려주지 못한다는 건 말이 안 돼. 내가 미혼모로 에밀리를 낳았는데 지위 상속이 가능하냐고 상원에서는 말들이 무척 많았어. 이대로는 다음 세대로 물려주기가 쉽지 않을 거야. 만약 에밀리가 귀족 지위를 자식에게 물려주고 싶으면 누군가와 결혼해야 돼. 내가 보기에 디마니 틀라미니 대령은 책임감 있게 잘해낼 거야."

상류 사회가 세상을 보는 관점에 대해 제인은 잘못 생각하고 있었다. 믿을 곳이라고는 그를 따르는 용 한 마리뿐인 아프리카 출신의 고아 소년 디마니는 영국의 위대한 영웅을 어머니로 두었고 귀족 지위와 상당한 재산을 물려받을 상속녀인 레이디 에밀리 롤랜드의 결혼 상대로는 걸맞지 않았다. 물론 에밀리가 공군 비행사라서 신부로서의 가치는 약간 떨어질 수도 있지만 공군 복무 덕분에 어머니가 작위를 따낸 것이므로 그 점은 상쇄될 수 있었다. 하지만 제인은 그런 면을 별로 고민하지 않는 듯했다.

"어차피 1~2년 동안은 에밀리가 디마니와 만날 일이 거의 없어. 어떻게든 전쟁을 끝내고 평화로운 시기로 돌아간다고 해도 엑시디움은 도버로, 쿠링길레는 지브롤터로 가게 될 테니까. 공군 복무가 쉬운 일이 아니잖아."

제인은 입가를 문지르며 말을 이었다.

"디마니는 아무래도 내 밑에서 복무하게 될 것 같아. 그렇게 둘이 떨어져 지내다 보면 서로를 잊을 수도 있겠지. 디마니를 프러시아로 보내고 그랜비를 스페인으로 데려올까도 생각해봤어. 하지만 스페인에는 이미 플레차 델 푸에고라는 품종의 용이 있거든. 이스키에르카만큼은 아니어도 불 뿜는 능력이 있는 용이야. 그리고 그랜비를 당신 곁에 두어야 필요할 때마다 그랜비에게 조언을 얻겠다 싶더라고. 그래서 말인데 그들이 당신에게 지휘권을 주겠대?"

"예."

로렌스는 와인 잔을 가만히 들여다보았다. 웰링턴 장군은 로렌스를 공군 사령관으로 임명하고는 부대원들과 프러시아로 건너가 프러시아의 동맹군들과 합류하라고 지시했다. 영국 각부의 장관들은 회의까지 열어 그 문제에 대해 논쟁을 벌였다. 로렌스는 회의가 끝날 무렵까지도 그 상황이 이해되지 않았다. 그런 회의를 한다는 것 자체가 그를 미묘하게 조롱하는 것 같기도 했다.

"아마 그렇게 될 것 같습니다. 그들은 별로 내키지 않는 것 같지만요."

"아, 그렇겠지. 들리는 얘기로는 차르가 당신을 원한다며. 도대체 어떻게 한 거야? 경력에 상당히 도움이 될 만한 영향력 있는 인사에게 그 정도로 호감을 사다니. 당신은 오히려 러시아인들에게 꽤 껄끄러운 존재일 수도 있었을 텐데 말이야."

로렌스는 담담하게 대답했다.

"제가 뭘 잘해냈던 것은 아닙니다. 저는 그저 차르가 프랑스군에게 패배당하기 직전에 청국 용 부대와 함께 러시아로 건너간 것뿐이었죠. 아마 그래서 저를 좋게 봐주신 것 같습니다."

"그게 다 당신 공로지. 그리고 누가 뭐래도 차르는 지금 제일 주목받는 인물이야. 신께서 늘 나와 함께하신다는 따위의 말을 믿지는 않지만 차르가 유럽의 구원자가 되겠다는 생각을 계속 하게 해주시면 나야 불만 없지. 당신이 가져온 정보대로라면 나 중에는 나폴레옹을 무너뜨릴 기회조차 없을 것 같아. 용알을 사 천 개나 보유하고 있다니! 영국 용 사육사들이 들으면 그 많은 용알을 어떻게 만들어냈는지 알고 싶어 안달하겠어. 보급 장교 들은 나폴레옹이 용들에게 먹이를 대는 방법을 알고 싶어 할 테 고 말이야. 사천 개의 알에서 용들이 부화하기 전에 늙고 뚱뚱 한 루이 16세에게 프랑스 황위를 돌려주고 싶은 심정이야."

제인은 술잔을 채우려고 손을 뻗었다. 하지만 포트와인은 이 미 다 마신 상태였다. 로렌스는 편치 않은 기분으로 의자 등받 이에 기대어 앉았다. 로렌스를 보내달라는 차르의 요청 때문에 영국 해군 본부는 상당히 난처해하고 있었다. 차르가 로렌스를 보내달라고 했으니 영국 해군 본부는 따를 수밖에 없었다. 그러 면 로렌스와 테메레르를 대신할 비행사와 용을 확보해 편대에 넣어야 했다. 동료 용들이 보기에 테메레르보다 체중이 많이 나 가거나 적어도 비슷한 용을 구해야 했다. 그런 용의 비행사라면 상급 장교여야 하지만 영국 내에 그 정도 급의 비행사는 별로 없 었다. 해먼드가 교묘하게 일을 꾸며준 덕분에 로렌스는 대령으 로 복직했다. 그는 해군 장교로서 5년 동안 지휘관으로 일했고 그 후에는 테메레르와 함께 공군에서 상급 장교로 복무했다.

바다에서 많은 훈련을 했고 부정기적으로 공군에서 8년 가까이 복무하기는 했지만 그 정도 경험으로 공군 사령관이 되기에는 충분치 않았다. 누가 봐도 부대 사령관으로 제일 먼저 손꼽힐 만한 인물은 아니었기에 당연히 그에게 반감을 가진 이들도 있을 것이었다.

"프러시아로 오실 생각은 없습니까, 제인?"

로렌스가 조용히 물었다. 어쩌면 해군 본부는 로렌스의 존재감을 지워버리기 위해 제인을 프러시아로 보낼 생각을 했을 수도 있었다. 제인은 뛰어난 군인이었다. 무엇보다 제인의 용 엑시디움은 치명적인 독액을 가진 롱윙으로서 오랜 세월 전설적인 경력을 쌓아온 만큼 전투 용들의 존경을 받으며 쉽게 군대를 지휘할 수 있을 터였다. 테메레르도 엑시디움의 의견을 기꺼이 따르는 편이었다.

"나폴레옹을 궤멸시키려면 독일에서 해야 한다고 생각합니다."

"아니, 로렌스. 프랑스에서 해야 해."

제인은 단호했다.

로렌스는 조용히 생각에 잠겼다. 치열한 전투를 통해 나폴레옹을 라인강과 피레네 산맥 너머로 밀어내면서 그자가 15년 동안 전쟁으로 쌓아올린 승리의 흔적들을 하나하나 무효로 만드는 것은 불가능에 가까울 정도로 어려운 일이었다.

제인은 남은 술을 쭉 들이켜고 술잔을 내려놓은 뒤 그들 사이의 탁자 위에 아무렇게나 둘둘 말려 있는 지도 중 하나를 펼쳤다.

"그렇게 비관적인 표정을 지을 필요는 없어. 나폴레옹이 스페인에서 얼마나 많은 병력을 잃고 있는지 잘 모르나 보네. 전장에서 나오는 숫자는 거짓말을 안 해. 정찰병들이 공중에서 본 것도 있고. 비정규병들이 쥐처럼 조금씩 프랑스 군대를 뜯어먹고 있어. 도로에서 나폴레옹의 군대는 점점 사라지고 있지."

제인은 지도에서 프랑스와 스페인의 국경선 역할을 하는 비쭉비쭉한 산의 윤곽을 손가락으로 그은 후 지도를 다시 둘둘 말았다.

"다음 크리스마스 때까지 술트 장군의 부대를 잡을 거야. 아니면 나를 거짓말쟁이라고 불러도 좋아. 웰링턴 장군은 지금의 군대를 3년 만에 겨우 꾸렸어. 낡은 실과 무딘 압정으로 겨우 구색을 갖춰놓은 셈이지. 지금 공군에는 나를 대신할 사람도 없어. 이번 주에 내가 여기 오느라 크렌슬로에게 지휘를 맡겼더니 그 친구의 표정이 어땠는지 알아? 다들 내가 그를 교수대로 보내는 줄 알았을 거야. 웰링턴 장군과 내가 영국으로 출발할 때쯤 스페인과 포르투갈 장교 일곱 명이 내 뒤를 쫓아다니면서 당장 나폴레옹의 목을 따자고 졸라댔어. 당신이 독일에 가서 복무하다 보면 어려운 점이 많겠지. 하지만 프러시아 용들은 당신을 사랑하고 따를 만한 이유가 충분히 있고 나머지 병력은 차르가 이끌 거야. 그러니까 나 없이 라인강을 넘어가도록 해. 우리는 파리에서 곧 다시 만나게 될 거야."

"저보다는 그랜비가 더 나을 텐데요."

제인은 콧방귀를 뀌었다.

"이스키에르카 때문에 안 돼."

반박할 수 없는 사실이었다.

"그랜비는 10년은 있어야 군대를 지휘할 역량이 될 거야. 지금 상원도 달리 선택의 여지가 없어. 무엇보다 우리는 지금 청국 용들의 지원을 바라고 있는 형편이야. 그리고 아무리 사람이 없어도 상원이 해먼드를 사령관 자리에 앉힐 것 같아?"

로렌스는 해먼드가 공군 사령관이 되어 쩔쩔매는 모습이 상상돼 웃음이 날 뻔했다.

"해먼드 대사의 용이라면 그럴 만한 역량이 되기는 합니다. 40년간 잉카 군대에서 장교로 복무한 용이거든요."

"상원은 잉카 용에게 지휘권을 주기보다는 당신을 공군 대장으로 임명하겠지. 상원의원들은 자기네가 지금 무슨 일을 해야 하는지도 모르고 있어. 지난 8월부터 우리는 잉카 용 십여 마리를 상대해왔어. 같은 체급의 다른 전투 용과 비교하면 역량이 세 배는 뛰어나더군. 그래도 승무원을 단 한 명도 잃고 싶어 하지 않는 잉카 용의 습성을 이용하면 되겠더라고. 우리보다 자기네 병력이 세 배나 많아도 장비를 잘 갖춘 우리 군인 네다섯 명 정도가 잉카 용의 몸으로 건너가 승무원들을 제압하기만 하면 잉카 용은 승무원 한 명의 목숨을 살리기 위해 우리 지시에 따라 전장에서 빠질 테니까. 문제는 장비를 잘 갖춘 병력이어야 한다는 거야. 잉카 용들은 번개처럼 빠르게 몸을 흔들어 우리 군인을 떨쳐내려 할 테니까 말이야. 지금은 병참부의 도둑놈들 때문에 작전을 제대로 수행하기 어려워. 가죽은 썩어 있고 쫌쇠는 녹이 잔뜩 슬었어. 그들은 보릿자루를 방수포라고 우겨대는 놈들이지."

제인은 로렌스가 이미 사령관인 것처럼 말했다.

그의 표정을 살핀 제인이 잠시 뜸을 들이다 물었다.

"거절하지 않을 거지?"

로렌스는 생각 끝에 대답했다.

"예, 거절하지 않을 겁니다."

아무리 해군 본부 인사들과 수차례 언쟁을 했어도 로렌스는 군인의 의무가 무엇인지 잘 아는 사람이었다. 그가 알기로 부도덕한 명령에 어쩔 수 없이 저항하는 것과 어려운 임무 또는 개인적으로 내키지 않는 임무를 거절하는 것은 엄연히 달랐다. 물론 그 임무에 더 적합한 인사를 추천할 수 있다면 마음이 편할 것이다. 그래도 그를 싫어하는 정부 각료들과 장교들은 임무를 회피했다고 그에게 지속적으로 분노하겠지만. 만약 로렌스를 대신할 만한 사람이 있었으면 각료들과 장교들은 그의 장점을 최대한 강조해 사령관 자리에 앉히려 했을 것이다. 로렌스에게 사령관 직책을 맡기라는 얘기까지 나왔다는 것은 로렌스 외에 다른 선택지가 없다는 뜻이었다.

"그런데 제인, 그들이 페리스를 복직시키겠다는 약속을 하지 않으면 저는 이번 임무를 받아들이지 않을 것입니다. 절대로요. 저는 공군에 복귀하고 사령관으로 진급까지 하게 됐는데, 저 때문에 자신이 알지도 못했던 죄를 뒤집어쓴 페리스를 이대로 방치하는 것은 말이 되지 않습니다."

"아, 그건 잘 처리될 거야. 페리스는 공군에 오래 몸담아온 가문 출신이라 영향력이 커. 그때는 늑대들이 피를 달라고 하도 짖어대서 어쩔 수가 없었지만 지금은 사정이 달라. 내가 페리스의 종조부와 함께 복무했던 글로스터 대장께 편지를 쓸게."

그들은 군 지휘에 대해 한참 얘기를 나눴다. 제인은 병참부와 로렌스 휘하에 들어올 장교들 가운데 가까이해야 할 자들과 피해야 할 자들의 이름을 알려주었다. 로렌스는 테메레르의 승무원을 선발하는 것 외에 부하 장교 선발에는 선택권이 많지 않았다. 어쩌면 테메레르의 승무원 선발에도 선택의 폭이 그리 크지 않을 수도 있었다. 해군 본부에서는 로렌스의 지휘를 받을 용들을 직접 지명할 것이다. 그래도 로렌스는 제인이 추천하거나 꺼리는 장교들의 이름을 잘 기억해두었다. 해군 본부는 멀리 본국에 있으니, 전장에서 중요한 인사 결정은 결국 로렌스가 내려야 했다.

로렌스는 종이 한 장에 앞뒤로 메모를 했고 가장자리에도 꽉 채워 제인의 조언을 적어두었다. 어느새 시계가 밤 10시를 알렸다.

"여기서 자고 가도 돼."

의미 없이 죽죽 그어놓은 잉크 자국을 내려다보던 로렌스는 정염이 끓어올라 입안이 바짝 말랐다. 그동안 감히 바라지도, 꿈꾸지도 못했던 일이었다.

"제인."

장갑을 끼지 않은 그녀의 맨손이 그들 사이의 탁자 위에 놓여 있었다. 강하고 각진 손. 세월이 흐르면서 약간 살이 빠지기는 했지만 그의 뇌리에 깊게 박힌 익숙한 손이었다. 다만 노란 보석이 박히고 직인이 새겨진 반지 그리고 약지와 새끼손가락 사이에서 시작돼 손등까지 그어진 흉터는 로렌스가 전염병 치료약을 프랑스에 건네고 인생이 박살 나기 전에는 없던 것이었다. 마지막으로 그녀와 함께했던 늦여름 8월의 밤은 몹시 더워서 그들은 창문을 열어놓고 침대에 알몸으로 누워 잤다. 찌는 듯한 더위 때문에 런던 시내의 악취를 감수했던 것이다. 그리고 다음 날 밤 로렌스는 제인과 조국을 배신하고 전염병 치료약을 건네기 위해 테메레르와 프랑스로 날아갔다.

그 후 로렌스는 제인의 몸에 손댄 적이 없었다. 다른 여자에게도 마찬가지였다. 정절을 지키기 위해서는 아니었다. 정절은 제인과의 관계에 갖다 대기에는 적절치 않은 단어였다. 다만 욕망을 불러일으키는 내면의 뭔가가 죽어버린 것이나 다름없던 세월이었다. 로렌스가 반역자가 되고 나서 그들은 서로 얘기를 나눈 적은 있었지만 이렇게 둘만 있었던 적은 없었다. 관계의 문은 닫혀버렸고 로렌스는 그 문이 다시 열릴 거라고는 생각도 하지 못했다.

"제인."

그가 다시 부르자 제인은 약간 놀란 표정으로 그를 바라보았다.

"로렌스."

제인은 앞으로 다가와 그의 손을 잡았다.

로렌스는 어떤 상황에서도 예의를 지키라는 교육을 받았다. 죽음과 비극을 목전에 두고도 숨 쉬듯 자연스럽게 예의를 지켜왔다. 그러나 지금 그의 손은 제인의 머리카락 속으로 파고들어 깔끔하게 땋은 머리카락을 풀어헤치고 있었다. 그의 또 다른 손은 응접실 난로 앞에 깔린 오스만투르크산 러그 위에 그녀의 넥클로스(넥타이)를 풀어놓으며 떨고 있었다. 탁자를 한옆으로 밀자 그 위에 놓여 있던 지도들이 이리저리 흩어졌다.

제인의 입술은 그의 입술을 기쁘게 받아들였다. 그러고는 이내 막혔던 숨을 들이마시며 살짝 웃었다. 그녀의 손이 그의 등을 훑었다. 로렌스는 느슨하게 풀어진 셔츠 사이로 드러난 그녀의 부드러운 가슴에 뺨을 부비고 그녀의 목에 입을 맞췄다. 조심해야 한다는 것을 기억할 틈도 없이 그들은 마치 씨름하듯 서로를 안고 뒹굴었다. 마침내 제인이 기쁨에 달뜬 목소리로 말했다.

"이러다 우리 난로 숯에 타버리겠어. 잠깐 후퇴해봐."

그러고는 일어나 앉아 그의 외투를 벗겼다.

로렌스의 두 손이 제인의 고운 리넨 셔츠 안으로 미끄러지듯 들어가 따스하고 넉넉한 등의 곡선을 쓰다듬었다. 제인이 그의 엉덩이에 한쪽 다리를 걸쳤다.

"아, 거기야."

제인이 만족스럽게 속삭였다. 그들이 함께 움직이는 동안 난로의 불은 조그맣게 타닥타닥 소리를 내며 꺼져갔다. 제인이 탄성을 질렀다.

로렌스는 제인이 다치지 않았을까 막연히 걱정이 됐다. 그는 제인을 단단히 붙잡고 밀어 올렸다. 그의 손 밑에서 그녀의 근육이 달콤하게 움직였다. 제인은 두 손으로 그의 머리카락을 붙잡고 앞으로 몸을 숙여 그에게 이마를 맞대었다. 그녀는 그들 사이의 작고 은밀하며 어두운 공간 속에서 미소 지었다. 로렌스는 끝까지 참으려고 했지만 어느 순간 몸을 떨며 신음을 흘렸다. 잠시 후 숨을 돌린 그가 미안해하며 말했다.

"제가 풋내기처럼 어설펐습니다."

그는 제인의 몸을 돌려서 바로 눕히고 두 손으로 안았다.

"부디 용서해주기를."

제인은 달콤한 한숨을 내쉬었다.

잠시 후 그녀는 웃으며 그에게 입을 맞췄다.

"내일 오후 스페인으로 떠날 거야. 내일 아침에 더 멋진 모습을 보여줘."

그러고는 바로 일어나 씻으러 갔다.

잠시 후 그들은 군화를 들고는 서로 손을 잡고 위층으로 올라갔다. 그러고는 침실 구석에 군화를 내려놓았다. 제인은 침대 머리판에 편안하게 기대앉아 담배에 불을 붙이고 만족스러운 연기를 길게 뿜어냈다. 로렌스는 담배를 거절하고 그녀 옆에 누워 침대 위의 덮개를 멍하니 바라보았다. 머릿속으로 이런저런 계획을 세우느라 그의 눈은 아무것도 보고 있지 않았다. 갑자기 짊어지게 된 엄청난 책임감이 그의 어깨를 짓눌렀다.

"그들이 저에게 용을 몇 마리나 내줄까요?"

"스무 마리 안쪽일 거야. 도버 기지에서 두 개 편대가 오고 에든버러에서 한 개 편대가 오는 것으로 알고 있어."

로렌스는 입을 다물고 생각에 잠겼다. 그는 공군의 기준보다 식량의 품질을 향상시키기 위해 용 식량을 공급할 방법에 대해 충분히 알아두었다. 하지만 성공을 자신할 수는 없었다. 또한 부대원의 규모에 비해 식량이 모자랄까 걱정되기도 했다. 하지만 프랑스에서 그들과 대적하기 위해 집결 중인 병력에 비하면 스무 마리는 턱없이 적었다. 청국 공군은 늦봄에나 도착할 것이다.

"해군 본부에서 제게 용을 더 내줄까요? 미지정 미들급 용과 라이트급 용을 제가 데리고 가면 어떻겠습니까?"

"라이트급 용은 공급 부족이야. 테메레르가 바위산에서 야생 용 몇 마리를 나오게 하면 모를까. 테메레르에게 강요할 수는
없겠지만. 미들급 중에는 옐로 리퍼 용들 대부분이 전염병에서 잘 회복했어. 상당수가 예전에 비행 훈련을 받았던 용들이야. 리퍼와 파르나소스 사이에서 태어난 혼혈 용이 킹록 라간 기지에 한 마리 있어. 지금 한 살이고 어데어 대령 밑에 있는데 괜찮은 용이야. 일단 다른 용들을 모두 받고 나서 추가로 요청하면 그 용은 데려갈 수 있을 거야. 그런데 용들에게 식량을 어떻게 공급할지는 생각해뒀어?"

"옥수수와 소금에 절인 돼지고기 정도를 생각하고 있습니다. 쇠고기는 말고요. 제인, 제가 용들을 전장에 데리고 나갈 수는 있겠지만 저보다 공군에 오래 복무한 장교들보다 용병술이 뛰

어난 척은 못 할 것 같습니다."

"유럽 최정예 편대들도 지난 6년간 나폴레옹과 싸우면서 제대로 이겼던 적이 한 번도 없어. 당신은 어떤 공군보다 더 많이 나폴레옹과 대면했어. 게다가 청국인들에게 배운 전술도 있잖아. 일단 이륙하면 용들은 당신이 아니라 테메레르를 따를 테니까 어느 정도는 마음을 놓아도 돼. 테메레르만큼 다른 용들을 잘 이끄는 용도 별로 없어. 물론 최근에 만만찮은 상대를 만났다는 얘기를 듣긴 했지만. 우리에게 합류한 그 새로운 골칫덩어리에 대해 얘기 좀 해줘. 지금 화이트홀이 그 새끼 용 때문에 기함하고 있거든. 그 용이 나폴레옹의 아들이나 차기 청국 황제보다 더 쓸 만한 동반자인지 확인해야겠다면서 우리 영국의 왕자를 만나게 해달라고 했다며?"

"그냥 웨일스의 왕자(영국 왕자)를 제대로 시험해보고 싶었을 뿐이에요, 아버지. 아버지의 동반자가 소속된 나라이자 아버지의 고향이나 다름없는 영국에 무례를 저지른 것이라고 생각하지는 말아주세요. 영국 의회의 절차가 쓸데없이 불편을 야기하니 드리는 말씀입니다."

닝이 말했다. 그러자 영국 의회의 입장을 대변하듯, 띠와 훈장을 몸에 주렁주렁 두른 페르사이티아가 나섰다.

"그건 네가 입법 기관의 중요성이라든지 우호 관계의 필요성에 대해 잘 몰라서 그래."

"권력을 직접적으로 사용하는 대신 이렇게 의회가 중간에 끼어 있는 게 무슨 장점이 있는지 모르겠어요."

"네가 말하는 그런 걸 바로 독재라고 하지."

페르사이티아는 독재라는 단어에 힘을 주며 위엄 있게 말을 이었다.

"잠깐만 생각을 해보면 독재의 수많은 단점들을 나열할 수가 있어. 오직 한 사람이 독재자가 되어 권력을 휘두르는 정치 체계는 정의로울 수 없고 모두의 필요를 충족시키지도 못해."

"참 안타까워요. 누구든 독재자가 되어 일을 처리하면 모든 게 쉬워질 텐데."

닝은 소를 마저 먹고 다시 잠이 들었다. 닝의 몸은 그날 아침에 비해 3미터나 길어져서 코끼리의 세 배 정도가 됐다.

페르사이티아가 말했다.

"테메레르, 이런 말을 해서 미안한데 네 딸은 좀 특이한 사상을 갖고 있더라."

"아주 틀린 생각 같지는 않아."

테메레르는 애매하게 대답했다. 로렌스가 독재를 아주 좋지 않게 보고 있으니 테메레르 역시 독재를 경멸해야 마땅했지만 어떤 면에서 생각해보면 독재가 아예 쓸모없지는 않았다. 테메레르는 퐁텐블로 궁전의 아름다운 용 숙소를 떠올리며 런던 공군 기지를 탐탁잖은 눈으로 둘러보았다. 런던 공군 기지에도 용들이 기거할 누각이 있기는 했다. 예전에 테메레르는 그 누각을 용이 누릴 수 있는 최고의 호사로 여겼지만 지금 보니 그와 이스키에르카가 알프스 산맥 근처 프랑스군 훈련소에서 머물렀던 숙소만도 못했다. 게다가 그 누각은 한 채뿐이라서 심하게 붐볐다.

누각을 아름답게 꾸며주는 분수라든지 쾌적한 안마당조차 없었다. 누각은 예전에 용들이 자던 공터 한가운데 덩그러니 세워져 있었고 나무 사이의 길은 너무 좁아서 사람만 지나다닐 수 있었다. 바닥의 돌은 따뜻하게 달궈지지도 않았다. 난방을 위해 화로 몇 개가 놓여 있긴 했지만 이곳 설비는 전체적으로 그들이 얼마 전까지 머물렀던 프랑스의 감방과 비교도 되지 않는 열악한 수준이었다.

페르사이티아가 말했다.

"나폴레옹은 믿음이 안 가. 지금 나폴레옹은 전쟁에서 용을 유용하게 활용하는 방법을 알게 됐고 용들의 호감을 사기 위해 별짓을 다하고 있어. 그럼 프랑스 내 정적들의 반발을 효과적으로 누를 수 있겠지. 하지만 나폴레옹의 뒤를 이어 독재자가 될 차기 황제는? 차기 황제가 용들을 싫어하면 어떻게 될까? 나라면 사람의 말을 믿느니 법과 전통의 보호를 받는 쪽을 택하겠어. 그렇게 되면 우리가 얻어낸 것을 누구도 쉽게 빼앗아가지 못할 테니까. 테메레르, 우리는 미래를 진지하게 생각해봐야 돼. 어느 날 사람들이 리갈 코퍼를 한 방에 추락시킬 수 있는 대포를 만들면 우리 용들의 미래는 어떻게 되겠어?"

테메레르는 초조하게 대답했다.

"말도 안 되는 소리야. 나도 총상을 스무 번쯤 입어봤지만 그다지 끔찍하지는 않았어. 물론 총이 아니라 대포를 맞으면 상당히 불쾌하기는 하겠지만 지상으로 너무 바짝 내려가거나 포탄의 사정거리 안으로 들어가지 않으면 쉽게 피할 수 있어."

"비서들을 통해 확인해보니까 500년 전까지만 해도 총은 존재하지 않았다더라."

테메레르는 기꺼이 반박했다.

"잘못 안 거야. 화기는 1,000년 전 송나라 때 발명됐어. 청국에 있을 때 책에서 읽은 적이 있어."

"어쨌든 발명된 거잖아. 그전에도 있었던 게 아니라."

테메레르는 자신이 알려준 정보로 주장을 뒷받침하는 페르사이티아의 논리가 불공평하게 느껴졌다. 페르사이티아는 계속해서 말했다.

"현재 청국의 화기는 우리 화기보다 수준이 떨어져. 그러니까 화기는 계속 개선되어 왔고 앞으로도 개선될 거라는 얘기지. 사람들이 우리를 전쟁에서 필요로 하지 않게 되면 어떻게 될까? 우리는 그들의 생활을 불편하게 하고 식량을 잔뜩 축내고 두려움이나 자아내는 존재가 되지 않을까? 우리가 몸이 아파 스스로 사냥할 수 없게 되면 사람들은 우리를 굶어 죽게 하겠지. 우리한테서 알을 가져가지도 않을 테고. 한 명의 왕이나 황제에게 의지해서는 미래를 도모할 수 없어. 그들이 우리를 전투에 내보낼 목적으로만 이용하게 두는 것도 좋지 않아. 아! 네가 돌아와서 정말 기뻐, 테메레르. 내가 하원의원으로 선출됐는데도 많은 용들이 내 얘기를 귀담아듣질 않거든. 내가 몸집이 크지도 않고 싸우는 것도 좋아하지 않으니까."

페르사이티아는 언짢은 표정으로 덧붙였다.

"하지만 그들도 네 말이라면 귀담아듣겠지. 너도 조금만 더 생각해보면 내 말이 이해될 거야."

테메레르는 군이 이해하고 싶지 않았다. 페르사이티아는 쓸데없이 온갖 일에 경계심을 높이는 편이었다. 사람들이 헤비급 용들을 마치 거위처럼 대포로 쏘아 떨어뜨릴 거라는 예상도 황당하기 그지없었다. 하지만 페르사이티아는 영리한 용이었다. 기술 발전에 대한 페르사이티아의 예상이 완전히 틀리지는 않을 거라는 생각에 테메레르는 마음이 편치 않았다.

적어도 한 가지 면에서 그들은 완전히 의견 일치를 보았다. 테메레르 역시 영국 정부를 신뢰하지 않았다. 영국 정부는 할 수만 있다면 용들을 굶겨 죽이고도 남을 것이다. 어쩌면 더 심한 짓을 할 수도 있었다. 테메레르는 러시아에서 그런 짓을 직접 목격했다. 테메레르는 날개를 속박하는 끔찍한 사슬을 떠올리며 몸서리를 쳤다.

"더 많은 용이 영국 의회에 진출하지 못하는 이유가 뭔지 모르겠어. 그래서 말인데 우리가 사업을 좀 해보면 어떨까? 내가 일본에서 만난 존 왐파노악이라는 친구에 대해 더 자세히 얘기해줄게."

"그럴 필요 없어. 이미 그 용과 서신을 주고받고 있어."

테메레르는 놀라서 눈을 껌벅였다. 페르사이티아가 계속해서 말했다.

"네 얘기를 듣고 미국에서 꽤 유명한 용이겠다는 생각이 들었어. 그래서 비서를 시켜 보스턴으로 편지를 보냈지. 수신자를 존 왐파노악으로 해서. 편지는 무사히 배달됐고 그 용은 친절하게도 답장을 보내줬어. 우린 영국 포츠머스 항구에서 청국까지, 아니면 일단 인도까지 육상 무역로를 만들기로 하고 논의 중이야."

그때 작은 용이 그들의 대화에 끼어드는 바람에 테메레르는 깜짝 놀랐다. 지금까지 그들의 대화를 쭉 듣고 있었던 모양이었다.

"제 생각엔 우리한테 의회가 굳이 필요한지, 사업을 굳이 해야 하는지 모르겠는데요."

그 용은 얼른 눈에 띄지 않았다. 다시 보니 그 용은 소나무 방풍림 아래의 공터 한구석에 앉아 있었다. 몸의 색깔은 배 부분만 적갈색이고 전체적으로 얼룩덜룩한 진녹색이었다. 몸집은 라이트급과 우편배달 용 중간쯤인데 라이트급에 좀 더 가까웠다. 테메레르는 스코틀랜드 특유의 억양이 있고 하네스는 차지 않은 그 용의 품종을 알아보지 못했다. 몸집이 작은 야생 용들은 남은 음식을 슬쩍하기 위해 공군 기지로 몰래 들어오곤 했는데 요즘 그렇게 공군 기지를 들락거리는 용들이 한층 많아졌다. 공군들은 포리지 솥에 일부러 먹이를 놓아두고 야생 용들이 기지 안으로 들어오면 일거리를 주면서 대신 고기를 주겠다고 제안하곤 했다.

"번거롭잖아요. 무거운 짐을 지고 지구 이쪽 끝에서 저쪽 끝으로 날아가야 하니까. 그날 일을 마치고 진짜로 양 한 마리를 받을 수 있는지도 불분명하고요. 차라리 용들만의 의회를 만드는 게 낫죠. 내가 듣기로 투표를 해봐야 배가 부른 것도 아니고, 그 대가도 결국 받지 못한다고들 해요. 나는 차라리 나폴레옹의 지도가 마음에 들어요."

"지도라니 무슨 소리야?"

페르사이티아가 물었다. 테메레르는 속이 타서 얼굴 주변의 막을 펼쳤다. 아직 어떤 용도 물어보지 않았던 사안이었다. 테메레르가 설명했다.

"나폴레옹이 용들에게 영토를 나눠주겠다는 끝내주는 계획을 내놨어. 자기가 나눠줄 권리나 권한도 없는 영토인데 말이야. 용들이 그 땅을 두고 그 나라 사람들과 싸우게 하려는 수작이지. 적국들을 혼란에 빠뜨리기 위해서."

테메레르는 차분하게 덧붙였다.

"영국 용이라면 그자의 교묘한 속임수에 넘어가지 않을 거야. 나폴레옹은 이 나라를 통째로 빼앗고 나서 자기네 용들을 이곳으로 보내려는 의도라는 걸 우린 다 아니까."

그러자 야생 용이 말했다.

"나폴레옹의 제안을 굳이 반대하고 싶지 않아요. 뭐, 나폴레옹이 이 나라를 침략한 적이 있기는 하죠. 하지만 그건 이 나라 사람들이 떠받드는 정신 나간 늙은 국왕을 무너뜨리기 위해서죠. 프랑스 용들은 여기 있는 동안 우리 알을 건드리지도 않았잖아요? 영국인들은 자기네 마음에 들면 우리가 낳은 알들을 가져가죠. 사냥감을 모조리 쓸어가고는 우리가 먹을 게 없어 가끔

양이라도 한 마리 가져가려고 하면 총을 쏴대고요. 차라리 자기네 용들을 제대로 대우해주는 사람의 말을 한번 믿어볼까 해요. 내 친구 둘이 프랑스 쪽 먹이가 대단하다는 얘기를 듣고 얼마 전에 프랑스에 갔다 왔어요. 프랑스 용들이 아침에 먹고 남긴 음식 부스러기가 우리가 여기서 만찬으로 먹는 것보다 훨씬 질이 좋다고, 프랑스 누각에 비하면 여기 누각은 돼지우리나 다름없다고 하더라고요."

마침 누각 안쪽과 공터 가장자리에서 자고 있던 용 몇몇이 야생 용의 얘기를 듣고 고개를 들었다. 스코틀랜드에서 온 그 야생 용의 이름은 리칼리라고 했다.

리칼리는 나폴레옹이 제안한 새로운 세계 지도를 흙바닥에 그렸다. 용들 중에도 특히 야생 용들의 관심이 그 지도에 쏠리자 테메레르는 기분이 좋지 않았다. 옐로 리퍼들까지 그들의 영토로 할당된 영국 북부 지역 지도 근처에 모여 자기네끼리 생각에 잠긴 목소리로 웅성거리자 테메레르는 불안해졌다. 하네스를 찬 용들의 마음까지 흔들리고 있는 듯했다.

페르사이티아가 목청 높여 반박했다.

"터무니없는 헛소리입니다. 이욕을 탐하는 짓이고요. 이 지도대로라면 암흑 시대로 돌아가는 거예요. 물론 그렇게 될 리도 없지만."

하지만 나폴레옹의 지도에 반발하는 용은 페르사이티아뿐이었다.

테메레르에게 인사를 하기 위해 기지에 들른 자그마한 몸집의 암컷 민노우도 어깨를 한번 으쓱하며 다른 용들에게 동조했다. 민노우는 프랑스의 영국 침략 이후 영국 공군에서 잘 지내왔는데도 그랬다. 민노우와 몬시를 비롯한 윈체스터 용들은 자기네만의 우편배달 경로를 운영하고 있었다. 그들은 수하물을 비롯해 급한 전갈을 배송했고 가끔 요금을 받고 승객을 태우기도 했다. 민노우가 목과 앞다리 사이에 둘러맨 가죽 가방은 가장자리가 금과 진주로 아름답게 장식돼 있었다. 민노우가 말했다.

"누굴 탓할 수도 없는 문제잖아? 여긴 우리 영토이기도 해. 그렇지 않다면 우리가 왜 외국의 침략을 받고 전부 나가 싸웠겠어? 합리적으로 생각해보자고. 우리가 가축 떼를 전부 죽이거나 망쳐놓는 멍청한 짓을 하는 것도 아닌데 양이나 소 한 마리 마음대로 못 가져가게 하는 이유가 뭐냐고?"

테메레르는 그 문제에 대해 로렌스와 몇 번 얘기를 했었기에 기꺼이 반박했다. 처음에는 테메레르도 가축을 마음대로 가져가지 못하게 하는 것이 이해되지 않았다.

"양과 소가 우연히 그곳에 있는 것이 아니니까. 사람들이 그곳에서 가축을 키우고 돌보는 거잖아. 곡식을 길러서 사료도 먹이고. 그동안 키운 노고가 있는데 용이 갑자기 내려와 아무런 보상도 해주지 않고 갑자기 한 마리를 낚아채가면 당연히 가축을 키운 사람은 화가 나지."

그러자 리칼리가 목소리를 높였다.

"아! 다 자기네 노고라니, 말은 참 쉽죠! 애초에 가축 떼가 거

기 없었으면, 사람들이 심어놓은 넓은 풀밭이 거기 없었으면
요? 그랬으면 지금도 야생 염소나 돼지 그리고 맛있는 사슴들이
돌아다닐 테고 우린 공짜로 가져갈 수 있을 겁니다. 북쪽 지역
에서는 그런 모습을 열 번도 넘게 봤어요. 하지만 여기서는 농
부들이 나무를 자르고 땅을 쟁기로 갈아 밭을 만들어버리니 야
생 동물들도 죄다 사라지고 먹을 거라곤 양밖에 없는 겁니다.
사람이 몸집이 작다고 해서, 수백 명이 함께 노력했다고 해서 우
리 영토를 훔쳐가도 되는 걸까요? 왜 우리가 사람들의 그런 행
태를 계속 참아야 하는지 모르겠어요.”

공터 주변의 용들이 전부 고개를 끄덕이며 열정적으로 동의
하는 모습에 테메레르는 애가 탔다.

아침에 기지로 돌아온 로렌스에게 테메레르는 마지못해 말을
꺼냈다.

“로렌스, 있잖아, 좀 곤란하고 힘든 문제가 생겼어.”

“그래. 벌써 들었구나? 안 그래도 얘기를 하려고 했는데. 하
긴 우편배달 용들이 벌써 너한테 소식을 전했겠지. 우리가 큰
도전에 직면한 것을 네가 이미 알고 있어 다행이다. 해군 본부
에서 우리에게 비행사 열두 명을 배정했어. 그중 절반은 공군에
서 가장 고집스럽게 편대 비행을 하는 사람들이야. 나폴레옹이
1806년에 프러시아인들을 밟아놨던 것처럼 우리를 철저히 밟
아놓기 전에 그 비행사들을 어떻게 활용해야 할지 방법을 생각
해내야 하는데 아직 감도 오지 않아.”

"우리한테 비행사들을?"

테메레르는 당황했다. 이 일이 나폴레옹에게 떼 지어 넘어가 겠다고 협박 중인 영국의 야생 용들과 무슨 관련이 있는지 의아 했다.

"정식으로 배정받아. 그런데 명단을 보니까 내 명령을 따르 지 않을 만한 비행사들만 고른 것 같더라."

테메레르가 무어라 말해야 할지 망설이고 있는데 그랜비가 모자를 손에 들고 환하게 웃으며 공터로 들어왔다.

"아이고, 로렌스 대장님. 축하드려도 되는 거죠?"

그랜비는 로렌스와 악수를 나눴다.

놀란 테메레르가 입을 열었다.

"로렌스, 해군 본부가 정말 당신을 대장으로 임명했어? 하긴 당신보다 그 계급에 어울리는 사람이 없기는 하지!"

해군 본부가 그런 결정을 내렸다는 것 자체가 테메레르는 믿 기지 않았다. 그동안 온갖 잘못된 결정을 내리고 부당한 처벌을 하더니 이제야 겨우 잘못을 인정한 모양이었다. 아무리 생각해 도 놀라웠다.

"해군 본부로서는 차르의 요청도 있고 청국의 지원도 받아야 하니 어쩔 수 없었겠지. 어쨌든 결정은 내려졌고 나는 명령을 받았어. 우리는 일주일 후에 영국을 떠나야 돼. 존, 부탁이 하나 있어. 이번에 내 밑으로 배정된 비행사들에게 만찬을 열어줄 생 각인데, 이스키에르카의 누각을 만찬 장소로 빌려 썼으면 해서. 이스키에르카에게 얘기 좀 해주겠나?"

그랜비는 떨떠름한 표정이었다.

"만찬이오? 로렌스, 어떤 비행사들이 배정됐는지 듣지 않으셨습니까? 이런 얘기는 안 하려고 했는데, 도대체 해군 본부가 무슨 생각으로 그런 비행사들을 배정했는지 모르겠습니다."

"내 이단적인 믿음을 꺾고 내가 영국의 이익에 반하는 결정을 내리려고 하면 망설임 없이 내게 불복종할 비행사들이겠지. 그런 목적을 위해 고른 비행사들일 거야. 나는 선택권이 없으니 받아들일 수밖에. 평범한 전우로 지낼 수 있으리라 믿고, 시간이 지나면 정말 그렇게 되기를 바라면서 시작해야겠지.

테메레르, 어떻게든 부대원들에게 네 역량을 보여주면 좋겠구나. 가급적 용들이 네 능력을 우러러보게 해줘. 이런 부탁을 해서 미안하다. 군율을 유지하기 위해 어쩔 수가 없어. 이미 네 능력을 다들 아는데 굳이 네가 능력을 펼쳐 보이면 그들로서는 모욕일 수도 있겠지. 너도 당연히 받아야 할 존경을 그런 식으로 이끌어내야 하니 힘들 것이고. 그래도 상황이 급하니 어쩌겠냐."

"아, 그런 건 괜찮아. 그런데 로렌스."

완전히 다른 문젯거리가 생겼다고 설명을 해야 했다. 나폴레옹이 제안한 용 협약의 내용이 영국 용들의 귀에까지 들어왔다고, 야생 용들이 그 협약을 의미 있게 받아들였으며 일부는 그 협약을 실현하기 위해 노력하려 한다고 말해야 했다.

하지만 로렌스가 쳐다본 순간 테메레르는 차마 입이 떨어지지 않았다. 로렌스의 얼굴에 오랫만에 혈색이 돌았다. 심각한 얘기를 하면서도, 또다시 새로운 난관에 직면하게 되었는데도 로렌스는 행복한 미소를 살짝 짓고 있었다. 예전에 로렌스는 계급과 재산을 잃고 평판이 땅에 떨어졌을 때 별로 슬플 것도 없다고 했었다. 하지만 그건 울적해할 테메레르를 위로하는 말이었을 뿐이었다. 이제야 로렌스가 맞이한 설욕과 환희의 순간을 테메레르는 망치고 싶지 않았다. 만일 지금 용 협약에 대해 얘기하면 로렌스는 자신의 의무를 다하기 위해 해군 본부에 즉각 보고할 것이다. 그렇게 되면 해군 본부는 또다시 로렌스를 탓하면서 그에게 주었던 대장 계급을 빼앗아버릴 것이다.

"왜?"

"……외투에 금 막대를 더 달아야 하지 않을까?"

테메레르가 힘없이 물었다.

로렌스는 웃으면서, 그야말로 크게 껄껄 웃으면서 대답했다.

"알려줘서 고맙다. 당장 구해서 임시로 달아야겠구나."

로렌스가 금 막대기와 만찬을 준비하기 위해 그랜비와 함께 그곳을 떠나자 테메레르는 초조해하며 페르사이티아에게 말했다.

"우리가 해결책을 생각해낼 때까지는 용들 사이에 돌고 있는 용 협약 얘기가 로렌스의 귀에 들어가면 안 돼. 그런데 내가 뭘 어떻게 해야 하지?"

"로렌스, 내가 생각해봤는데."

13

시기가 적절하다는 생각에 테메레르가 말을 꺼냈다. 로렌스는 이스키에르카의 누각을 꾸미기 위한 여러 가지 비용을 대형 장부에 적느라 정신이 없었다.

"생각을 해봤는데, 만찬을 여는 것이 좋겠어. 예전에 사육장에서 만난 친구들이랑 참전 용사들, 하네스를 차지 않은 용들과 야생 용들도 들를 거야."

테메레르는 더 좋은 생각이 떠오르지 않아 로렌스의 전략을 따라 하기로 했다. 그동안 만찬은 다양한 문제 해결에 도움이 되었으니 이번에도 도움이 될 듯했다. 만찬을 열고 싶어 하는 이유에 대해 로렌스에게 어떻게 설명해야 할지 고민이었지만 막상 얘기를 꺼내고 보니 고민할 필요도 없었다. 로렌스는 하던 일을 멈추고 고개를 들었다.

"그 생각은 못 했는데 그러면 되겠구나. 라이트급과 미들급 용들도 유럽으로 좀 더 데려가야 하는데. 야생 용들과 하네스를 착용하지 않은 용들도 많이 데려가면 좋겠어. 국왕 폐하께서 급료를 지급하실 거라고 네가 잘 설득해봐. 하네스를 착용한 용들에게 지급되는 일반적인 급료에 준해서 받을 거라고 해. 상원에서 마지못해 그렇게 해주기로 했어. 몇 마리는 따라가겠다고 하겠지?"

"최대한 잘 설득해볼게."

테메레르는 안심이 되면서도 마치 속임수를 쓰는 듯한 찜찜한 기분이었다. 엄밀히 따지면 속임수는 아니었다. 자신을 위해서가 아니라 로렌스를 위해서 적당히 말을 안 하는 것뿐이니까. '속임수'라는 단어가 이 상황에 가장 적절하고 정확하게 들어맞는 단어이기는 했지만, 그래도 속임수보다 좀 더 약한 표현이 필요했다. 어쨌든 테메레르는 최대한 많은 용을 유럽으로 데려가기 위해 최선을 다할 작정이었다. 모두가 유럽 대륙으로 건너가 나폴레옹에 맞서준다면 그보다 더 훌륭한 해결책은 없을 것이다.

"내가 만찬 준비를 도와줄까? 용이 스무 마리 이상 올 것 같아?"

"글쎄, 정확히는 모르겠어."

테메레르는 마음이 더 불편해졌다. 그날 아침 페르사이티아가 '멍청한 용 수백 마리가 나폴레옹의 편에 서기로 했다'는 우울한 소식을 전해온 터였다.

"도버 시 외곽의 급식소에서 만찬에 필요한 음식을 준비할 거야. 굳이 우리와 함께 대륙으로 건너가지 않더라도 만찬 장소를 찾아온 용들에게 음식을 대접할 생각이야."

도버 외곽의 급식소는 수년에 걸쳐 조금씩 지어진 시설이었다. 영국 정부가 야생 용들이 그곳을 자주 찾는다는 사실을 마지못해 인정하고 야생 용들이 농가를 약탈하는 것보다는 국가가 지정한 장소에서 먹이를 먹는 편이 낫다는 판단하에 운영하는 곳이었다. 공식적인 사육장은 아니었다. 국방성은 기준에 미치지 못하는 다소 미개한 시설인 그곳을 사육장으로 인정하고 싶어 하지 않았다. 근처의 부유한 토지 소유자들이 야생 용들의 접근에 반발해 크게 항의하고 있기 때문이기도 했다. 점점 더 많은 용들이 급식소를 보금자리로 선택하면서 그중 일부는 그곳에 알을 낳기도 했다. 공군이 그 알들을 기꺼이 수거해갔으므로 실제로는 정식 사육장과 크게 다르지 않았다.

명확한 경계선은 없었다. 하지만 만약 경계가 있다고 하면 테메레르의 누각은 이 지역의 한가운데쯤에 자리 잡았다. 몇 년 전, 그러니까 그들이 반역죄로 몰리고 프랑스가 영국을 침략하면서 뉴사우스웨일스 식민지로 유배를 떠나기 전, 로렌스가 처음으로 큰 재산을 잃기 전, 테메레르에게 지어준 누각이었다.

여기서 도버까지는 거리가 멀고 급식소의 위치도 외져서 용들의 만찬에 관해 누가 듣고 어디 가서 보고를 하기도 쉽지 않을 듯했다. 테메레르는 용들이 만찬에서 나눌 얘기에 대해 로렌스가 군이 알 필요는 없다고 생각했다.

"그 급식소에서 만찬을 열 거야."

"멋진 생각이구나."

로렌스는 용 만찬에 필요한 준비를 해주었다. 바로 그의 은행 계좌에서 어음이 결제될 수 있도록 테메레르에게 서류를 써준 것이었다.

"당신은 도버 기지에 있어. 급식소 만찬은 내가 알아서 할게. 당신이 주최하는 만찬에만 신경 쓰라고. 안 그래도 할 일이 많을 텐데 나까지 보태고 싶지 않아."

"네가 급식소 관리자와 얘기를 나눌 수 있다면 나야 뭐."

"아! 그건 문제없어. 예전에 펜이팬 사육장을 운영했고 프랑스의 영국 침략 때 우리 용들에게 식량을 공급했던 사람 좋은 로이드가 급식소에서 일하고 있어. 페르사이티아의 일꾼들도 페르사이티아가 급료만 제대로 챙겨주면 무슨 일이든 해줄 거야. 우리가 알아서 할 수 있어. 정말이야."

테메레르의 설명을 들은 로렌스는 그렇게 하라고 허락했다. 테메레르는 페르사이티아를 만나러 서둘러 날아가면서 속으로 생각했다. 이건 로렌스에게 진실을 은폐하는 게 아니라 로렌스를 도와주려는 것뿐이라고.

막상 가보니 테메레르의 누각은 웅장함과는 거리가 멀었고 최근에는 관리도 되지 않은 듯했다. 용 전염병이 창궐했을 당시에 이 누각은 아픈 용들의 보호소 역할을 했고 그 후에는 런던 공군 기지와 도버 공군 기지로부터 한 시간 비행 거리 내에서 밤을 보내려는 용들을 위한 쉼터 역할을 했다. 우편배달 용들, 공군 소속 용들이 먹다 남긴 것을 슬쩍 먹으러 오는 야생 용들, 채석장이나 항구에서 일을 하거나 짐을 나르고 싶어 찾아오는 하네스 비착용 용들까지 수많은 용들이 이 누각을 이용하고 있지만 청소 한 번 하지 않았다. 누각의 안쪽 모서리는 특히 지저분해서 도저히 다가가볼 엄두가 나지 않았다. 테메레르는 머리를 들이밀고 깊게 냄새를 들이켰다가 얼른 고개를 뒤로 젖혔다.

페르사이티아가 자신 없는 투로 말했다.

"흠, 다른 누각으로 할까……?"

근처에 다른 누각들이 있긴 했지만 테메레르의 누각만큼 크지는 않았다. 프랑스의 침략 이후 일부 하네스 비착용 용들은 전장에서 획득한 프랑스군의 황금 독수리 깃발을 처분하여 자기만의 누각을 세웠다. 그렇게 세 채의 누각이 지어졌고 아직 여섯 채는 미완성으로 여기저기 서 있었다. 그중 상태가 괜찮은 누각은 페르사이티아의 누각뿐이었지만 만찬장으로는 부적합했다. 일단 크기가 너무 작은 데다 평범한 붉은 벽돌과 회색 지붕널로 지어져서 우아함이나 매력이 부족했다.

"너무 크지 않아야 깨끗하게 관리하지. 청소해주는 사람들이 쉽게 치울 수 있어야 비용도 적게 나가거든."

바깥에서 누각을 들여다보는 테메레르에게 페르사이티아가 변명조로 말했다.

"그리고 누각이 커봐야 나한테는 좋을 것도 없어. 지금보다 크면 헤비급 용이 내게서 빼앗아가려고 할걸. 그러면 난 법원에 고소하지 않는 이상 어디다 호소도 못 해. 하지만 너도 알다시피 고소를 해봐야 법은 용에게 별로 대단한 해결책이 되질 않아."

그래도 테메레르는 페르사이티아가 왜 굳이 이런 막힌 상자

형태로 누각을 지었는지 이해되지 않았다. 공기를 환기시키고 햇빛을 받기 위한 작은 구멍만 몇 개 있을 뿐, 장식이라고는 없었다. 테메레르는 눈치껏 말했다.

"좋은 누각이구나. 너한테 잘 맞으면 되는 거지. 별로 부족한 것도 없어 보이네."

속으로는 앞에 정원을 하나 만들고 측면에 재미난 모양의 바위들을 배치하면 좋겠다는 생각을 했다.

하지만 대형 누각을 깨끗하게 관리하려면 비용이 많이 든다는 페르사이티아의 말은 사실이었다. 페르사이티아의 비서는 테메레르의 누각을 깨끗이 청소하려면 최소한 50파운드는 있어야 한다고 했다. 페르사이티아의 일꾼들이 요리를 해주고 받아가는 비용이 15파운드인데 청소에 50파운드라니! 엄청난 금액이었다. 테메레르는 청소에 그런 거금을 들이고 싶지 않았다. 하지만 일꾼을 쓰지 않고 어떻게 청소할지 딱히 떠오르는 좋은 방법이 없었다. 우선 큰 통에 물을 담아 바닥에 뿌려보았다. 이런 식으로 청소하는 것을 보면 로렌스가 무어라 말할지 굳이 듣지 않아도 알 수 있었다. 물을 이리저리 뿌려봤지만 누각은 별로 깨끗해지지 않았다. 테메레르는 작은 나무들을 모아 앞발로 쥐고 빗자루처럼 바닥을 쓸어보았다. 하지만 벽만 조금 부서졌을 뿐, 제대로 청소는 되지 않았다.

"이스키에르카에게 부탁해서 불로 쓰레기를 소각해달라고 하면 어떨까."

페르사이티아가 제안했지만 그건 불가능했다. 그랜비와 이스키에르카는 로렌스의 부대 절반을 프러시아로 데려가기 위해 이미 에든버러로 출발한 후였다. 복잡 미묘하고 수수께끼 같은 식량 공급 문제 때문에 그들은 도버로 오지 않고 에든버러에서 곧바로 프러시아로 떠난다고 했다.

"닝한테 부탁해야겠어."

테메레르가 말했다.

닝은 아직 런던에 있으니 데려올 수 있었다. 해군 본부는 청국의 답변서를 기다리는 동안 닝을 킨록 라간 기지에 머물게 할 작정이었다. 해군 본부의 명령에 따라 닝을 킨록 라간까지 호위할 우편배달 용이 런던 기지에 도착하자 닝이 예의 바르게 말했다.

"군사 훈련을 직접 볼 수 있다니 정말 멋지겠군요! 요즘 제가 별로 바쁘지 않으니 초대에 기꺼이 응하는 쪽으로 생각해보겠습니다. 그동안 일꾼들을 보내 제가 머무는 누각을 좀 넓혀주시고 음식의 품질도 높여주시면 감사하겠습니다."

테메레르는 어두워지기를 기다렸다가 런던 기지로 돌아갔다. 자신의 존재를 숨기기 위해서가 아니라 사람들과 말들이 놀라지 않도록 배려하기 위해서였다. 런던에 도착한 테메레르는 누각에서 자고 있는 닝을 깨웠다. 닝은 고개를 갸웃하고 테메레르의 요구에 귀를 기울이다가 미심쩍은 듯이 말했다.

"곧 유럽 대륙으로 떠나신다면서 굳이 그 누각을 지금 청소하실 필요가 있어요?"

테메레르가 신중하게 대답했다.

"거기서 만찬을 열 거야. 로렌스는 내가 하네스를 착용하지 않은 용들을 설득해서 함께 유럽으로 데려가길 바라거든."

이 말은 전적으로 사실이었다.

"만찬을 열려면 많이 수고롭고 비용도 많이 들죠?"

"맞아."

테메레르는 대답 끝에 한숨을 쉬었다.

"만찬에 용들이 많이 참석할까요?"

"일단 준비는 해놓아야지."

큰 기대는 하지 않지만 그래도 옛 친구들 중 일부는 참석할 것이다. 프랑스가 침략했을 당시에는 모두들 프랑스 용들이 땅을 빼앗을까 봐 전전긍긍하며 한마음으로 움직였는데 지금은 분위기가 예전 같지 않았다. 그 후로 영국 정부가 급료 지급을 두고 천박하게 구는 바람에 용들 사이에서 영국 정부에 대한 신뢰가 떨어지기도 했다. 일을 해준 지 1년이 지나도록 급료를 받지 못한 용들은 정부 측이 내일 당장 급료를 준다고 해도 믿지 못할 것이었다.

"흐음."

닝은 신중하게 생각하다가 더 따지지 않고 테메레르의 부탁을 들어주기로 했다. 테메레르는 닝을 등에 업고 도버 기지 근처의 누각으로 날아갔다. 닝은 도착하자마자 누각 한쪽 구석에 작고 새하얀 불덩어리를 뿜어 단박에 쓰레기를 태워버렸다. 테메레르는 닝의 깔끔한 솜씨를 인정하지 않을 수 없었다.

페르사이티아는 고개를 숙이고 닝을 자세히 관찰하면서 목구멍 속까지 들여다보았다.

"이거 참 흥미로운 현상이네."

닝은 새침하게 고개를 뒤로 젖히며 페르사이티아를 빤히 쳐다보았으나 페르사이티아는 아랑곳하지 않고 물었다.

"어떻게 한 거니?"

"환기가 될 때까지 일단 밖에 나가 있죠."

닝은 딱딱하고 품위 있게 말하고는 누각 밖으로 나갔다.

테메레르는 달궈진 돌바닥에 물을 뿌렸다. 수증기가 하얗게 올라오자 날개를 휘저어 수증기를 누각 밖으로 밀어냈다. 연기와 함께 악취도 사라졌다. 불로 소각했던 구석 자리가 약간 검게 그을렸지만 밤에는 그다지 눈에 띄지 않을 듯했다.

닝은 기꺼이 소각 작업을 몇 번 더 해주었다. 연기가 모락모락 피어오르기는 했지만 누각 안이 깨끗해지자 테메레르는 만족해했다.

"너 꽤 쓸 만하구나. 이제 다시 런던으로 데려다줄게."

하지만 당황스럽게도 닝은 거절했다.

"저도 만찬에 참가할래요."

"만찬 때 네가 할 일이 없을 텐데?"

"배고파요."

어이없는 핑계였다. 만찬은 내일 열리는 반면 지금 런던으로 돌아가면 식사를 할 수가 있었다. 테메레르가 이 말을 하려는데 닝이 우아하게 하품을 하며 말했다.

"죄송해요, 너무 피곤해서요! 좀 쉴게요."

그러더니 눈을 감고 곯아떨어진 척했다.

페르사이티아가 말했다.

"나쁠 거 없잖아. 여기 있게 돼. 닝에 대한 소문을 들은 용이라면 누구나 닝이 우리 편인 것에 자부심을 느낄 거야."

하지만 테메레르는 닝이 정말 같은 편인지, 또 무슨 짓을 벌이지는 않을지 걱정스러웠다. 닝을 옆에 두면 또 난생처음 보는 경악스러운 짓을 저지를까 봐 마음이 편치 않았다.

페르사이티아의 일꾼들은 대부분 여자들이었다. 테메레르는 그들이 바지를 입은 것으로 알고 남자라고 생각했었다. 하지만 사실은 겉에 입은 치마를 허리까지 걷어 올리고 일을 하고 있던 것이다. 여자들은 그날 종일 쇠고기와 양고기를 구이용 꼬챙이에 끼웠다. 테메레르는 이런 식의 고기구이가 우아한 요리와는 거리가 멀다는 사실을 슬프지만 인정해야 했다. 하지만 페르사이티아는 보다 우아한 요리를 내놓자는 테메레르의 제안을 단박에 거부했다.

"거의 백 마리 가까이 와서 먹을 거야. 그들 대부분은 불에 구운 음식은 먹어본 적도 없어. 구이 자체가 그들에게는 새로운 음식이라고. 공을 들인답시고 어설프게 만든 음식을 내놓았다가는 용들 중 절반은 입맛에 안 맞는다고 할 테고, 나머지 절반은 자기네를 무시하냐고 불평하겠지. 그냥 간단하게 구운 고기가 좋아. 고기 구울 때 나오는 기름을 섞은 으깬 감자 요리를 자기 몫의 고기를 다 먹고도 허기진 용들에게 주면 돼."

페르사이티아는 우편배달 용들을 사방으로 보내 용들을 초대했고 다음 날 아침 일찍부터 용들이 만찬 장소에 속속 도착했다. 다들 배고픈 상태라 테메레르는 만찬 시간까지 용들이 고기를 슬쩍 빼가지 못하게 막느라 곤욕을 치러야 했다. 특히 스코틀랜드에서 온 야생 용들이 심했다. 떼로 몰려온 스코틀랜드 야생 용들 중에는 리칼리도 있었다. 리칼리가 무례하게도 만찬 손님들 앞에서 나폴레옹의 용 협약에 대해 떠들어대자 테메레르는 씩씩대며 구시렁거렸다.

"저 자식을 쫓아내야겠어. 나폴레옹의 계획을 홍보하고 싶으면 딴 데 가서 먹이를 구해 먹든지."

그러자 닝이 졸린 눈을 반쯤 뜨며 말했다.

"제 생각은 달라요. 애초에 방해가 될 것 같았으면 저 용이 여기 오기 전에 조용히 처리를 하셨어야죠."

이 말이 섬뜩하게 들려 테메레르는 닝을 슬쩍 곁눈질로 쳐다보았다.

"지금은 이미 늦었어요. 이제 와서 저 용을 내쫓으면 그의 주장에 신뢰와 힘을 실어주는 꼴밖에 안 돼요. 다른 용들 눈에는 저 용이 여기서 쫓겨나야 될 만큼 가치 있는 얘기를 한 걸로 보일 테니까요. 차라리 관대한 표정을 지으면서 저 용이 얘기를 하게 내버려두고 터무니없는 얘기를 하고 있다는 식으로 취급해버리면 돼요."

"너는 우리가 프랑스를 굴복시킬 거라고 믿고 그런 얘기를 하는 거냐? 아니면 왜 조언을 하지?"

"의심이 참 많으시네요. 당신은 제 아버지이시고 저는 은혜를 모르는 용이 아니에요."

테메레르가 믿지 않고 가만히 쳐다보자 닝은 손사래를 치듯 날개를 흔들었다.

"프랑스군 전체를 궤멸시킬 작정이세요? 전부 죽이실 건가요?"

테메레르는 경악했다.

"당연히 아니지. 우리는 나폴레옹을 정당하게 패배시켜서 그자가 사방에서 전쟁을 벌이지 못하게 막으려는 거야."

"그렇군요. 그건 저도 동의하는 바예요."

테메레르는 꺼림칙했으나 더 나은 대답을 이끌어낼 여유가 없었다. 페르사이티아의 일꾼들이 꼬챙이를 돌려가며 딱 알맞게 구워낸 양고기 쪽으로 윈체스터 한 마리와 스코틀랜드 야생용 두 마리가 살그머니 다가가고 있었다.

만찬이 시작될 무렵 테메레르는 짜증이 약간 더 올라온 상태였다. 거기에 몸집이 작아 제 몫의 음식을 금방 먹어치운 리칼리가 또다시 목청 높여 떠들어대자 화가 치밀었다.

"우와, 정말 멋진 만찬이네요! 이런 만찬을 10년에 한 번이 아니라 더 자주 즐길 수 있으면 얼마나 좋을까요."

리칼리는 인사치레를 하고는 나폴레옹의 용 협약이 이행되면 이런 즐거움을 끝없이 누리게 될 거라고 주절거렸다.

리칼리에게 맞장구치는 용이 한두 마리가 아니었다. 특히 프랑스의 영국 침략 때 함께 싸웠던 옛 전우 중에도 부화뇌동을 하는 용이 나타나자 테메레르는 속이 상했다. 점점 화가 난 테메레르는 씹고 있던 쇠고기 구이를 꿀꺽 삼켰다. 소금을 살짝만

뿌리고 꼬챙이에 꿰어 구운 쇠고기의 풍미가 정말 좋아서 다른 때 같으면 천천히 그 맛을 음미하며 먹었을 것이다.

테메레르가 목소리를 높였다.

"그건 참 터무니없는 소리죠. 물론 나폴레옹의 용 협약에 합리적인 부분도 있기는 합니다. 용들끼리의 자치 규칙에 관한 내용이 그렇습니다. 하지만 나폴레옹이 자기한테 충성하지 않는 사람들이 키운 소와 양에 대한 권리까지 우리에게 넘길 거라는 상상은 전혀 합당하지 않아요. 영국 땅은 나폴레옹의 것이 아닌데 어떻게 여러분에게 내주겠습니까. 나폴레옹은 우리를 부추겨서 영국 정부와 싸우게 만들려는 것입니다. 우리가 온갖 희생을 감수하며 영국 정부와 싸우고 나면 나폴레옹은 결국 자기 이득만 취하고 우리에게는 아무것도 주지 않을 겁니다."

"그쪽 말도 일리는 있어요."

리칼리는 짐짓 신중하게 말했다. 하지만 테메레르가 나폴레옹의 용 협약을 가장 열성적으로 지지하는 리칼리의 생각을 흔들어놓았다고 흡족해하는 순간, 리칼리가 계속 말을 이어갔다.

"일은 우리가 다 하고 나폴레옹은 열매만 따 먹게 하면 안 되죠. 만약 나폴레옹이 우리가 전투에 나서기를 바란다면 금으로 급료를 지불해야 합니다."

이 끔찍한 제안에 많은 용들이 열정적으로 동의했다. 소름이 돋은 테메레르는 앉은 자리에서 최대한 몸을 꼿꼿이 세우고는 목청 높여 리칼리의 말허리를 끊었다.

"그건 반역입니다! 결국 여러분은 상상할 수 있는 가장 무시무시한 끝을 보게 될 겁니다. 내가 전에 반역을 저질렀을 때, 물론 이기적인 이유 때문이 아니라 용 전염병 치료약을 나눠주기 위해서였지만, 어쨌든 그때 정부는 로렌스의 전 재산을 압수했어요. 1만 파운드에 달하는 재산을요!"

이 말에 몇몇이 경악의 한숨을 내쉬었고 대부분의 청중은 입을 다물었다. 최악의 사태로 치닫는 것은 막았다는 생각에 테메레르는 안도했다.

"여러분이 나폴레옹에게 금을 받고 전투를 했다고 해도 나폴레옹이 패배하면 영국 정부는 여러분한테서 금을 압수할 겁니다. 그리고 이번 주에 로렌스와 내가 나폴레옹을 끝장내기 위해 유럽 대륙으로 건너갈 것이므로, 나폴레옹은 반드시 패배합니다. 설사 나폴레옹이 이긴다고 해도 영국군은 전쟁 중에 나폴레옹 편에 붙은 여러분 대다수를 죽이겠죠. 그러면 전쟁이 끝나고 영국으로 들어온 나폴레옹은 이 땅을 차지하고는 여러분의 영토를 프랑스 용들에게 나눠줄 겁니다."

리칼리가 물었다.

"그래서 괜찮은 계획이라도 있어요? 우리가 나폴레옹의 말에 귀를 기울이면 안 되는 이유를 늘어놓으면서 암울한 전망만 잔뜩 내놓았잖아요. 영국군의 비위를 건드리면 안 된다는 것 말고 더 나은 대안이 있으면 어디 내놓으시죠. 설마 당신은 금으로 가득한 수레를 갖고 있고 공군 대장들도 쥐락펴락하면서 우리한테는 하루 9실링 3펜스의 급료를 받는 것에 만족하라는 말은 아니겠죠. 일주일 꼬박 모아도 양 한 마리 못 사먹을 수준의 급료인데, 그나마 제때 받아본 적도 없습니다."

테메레르는 얼굴 주변의 막을 납작하게 펴며 차분하게 대답했다.

"내가 선망의 대상인 것은 틀림없는 사실이지만 나는 전장에서 의무를 다한 덕분에 금을 획득했습니다. 전우 용들이 위험에 처해 있는 상황에서 내가 사심 없이 오직 아군의 승리를 위해 노력했음을 부정하는 이는 아무도 없을 겁니다."

테메레르는 금으로 가득한 수레는 이제 없다는 얘기를 덧붙여야 할지 갈등했다. 빌나에서 알프스 산맥으로 출발하기 전에 페리스는 보물을 전부 처분해야 한다고 했다. 수수께끼 같은 이야기였지만 로렌스의 말에 따르면 꽤 믿을 만한 방법을 통해 테메레르의 보물은 영국에 있는 테메레르의 은행 계좌에 입금되었고 지금은 펀드에 투자되어 기분 좋게 이자가 붙고 있었다.

361

하지만 단돈 5파운드도 없어서 은행을 이용할 일이라고는 없는 용들 앞에서 그런 얘기를 자세히 해봐야 소용없는 일이었다.

뜻밖에도 닝이 모두에게 들릴 만큼 크고 사려 깊은 목소리로 맞장구를 쳤다.

"금으로 가득한 수레는 전장이 아니면 흔히 볼 수 없는 것이기는 하죠."

테메레르는 경계하는 눈빛으로 닝을 쳐다보았으나 닝은 더는 말하지 않았다. 테메레르는 얘기를 계속했다.

"어쨌든 나폴레옹이 자신의 목적 달성을 위해 지어낸 계획을 곧이곧대로 믿지 말라는 겁니다. 그렇다고 급료를 갖고 쩨쩨하게 구는 우리 정부의 행태를 무조건 참아야 한다는 뜻은 아닙니다. 이럴 바에는…….”

테메레르는 불현듯 좋은 생각이 뇌리를 스쳤다.

“차라리 우리가 우리만의 협약을 만드는 게 낫죠. 정부와 싸움을 벌여야 할 만큼 비합리적이지 않은 내용으로요.”

그러자 페르사이티아가 몸을 일으키며 외쳤다.

“바로 그겁니다! 우리의 요구 사항을 담은 법안을 만들어 의회에 제출합시다.”

바로 이어진 민노우의 말에 테메레르는 흡족해했다.

“내가 지금껏 들은 말들 중에 가장 현명한 생각이네요. 우리야 영국인을 상대로 싸우지 않는 편이 낫죠. 영국군은 총포도 많이 갖고 있고 무엇보다 우리 대부분은 하네스를 차고 영국 공군에 소속된 용들과 친구로 지내니까요. 그 친구들과 관계가 어색해지고 싶지 않아요. 우리가 상원에 무엇을 요구하면 될까요?”

다행히 페르사이티아의 비서인 엘시노어 부인이 그들 옆에서 받아 적어주었다. 엘시노어 부인은 용들의 장황한 요구와 신청 사항을 멋진 필체로 써내려갔다. 급료 인상, 보다 자주 보다 정직하게 급료를 지불할 것, 전투에 나서고 싶지 않은 용들을 위해서는…….

“전투가 싫으면 일이라도 해야 되지 않을까요?”

테메레르의 말에 리칼리는 다소 불만 섞인 말투로 대답했다.

“아, 예. 일이오. 우리 등골이 부서지지 않을 정도로 일감을 준다면 해야죠."

야생 용들은 그 정도는 할 수 있다고 동의했다. 페르사이티아
는 용들이 좀 더 쉽게 투표를 할 수 있도록 여러 가지 개선 방안
을 추가하면서 단호하게 말했다.

"하원에 용들을 위한 의석을 더 많이 확보해야 합니다. 삼십
석을 일단 요구하고 이십 석까지 깎아주는 것으로 해볼 생각입
니다. 이십 석 밑으로는 받아들이지 않을 겁니다."

이 말에 일부 용들이 반발하면서 의석에 앉는 것보다는 돌바
닥에 앉는 것이 낫다고 주장했다. 그들이 의석을 많이 갖기보다
는 돈을 더 받고 싶다고 하자 페르사이티아가 설명했다.

"의석이 단순히 의자를 뜻하지는 않습니다! 하원의원의 머릿
수를 말하는 거예요. 법안을 만들 때 더 많은 용들이 관여할 수
있어야 한다고 생각합니다. 아! 용들 중에 일부를 공군 장교로
임명해달라는 요구도 해야겠어요. 사람만 공군 장교가 되는 것
은 이치에 맞지 않죠."

363

"그래요. 지금 그 얘기도 적어주세요."

테메레르가 엘시노어 부인에게 요청했다.

마침내 요구 사항을 모두 기재한 그들은 흡족하게 목록을 바
라보았다. 다들 만족스러워하면서 이 주장들이 꼭 실행되게 해
야겠다고 다짐했다. 페르사이티아가 선언했다.

"월요일에 이 법안을 의회로 가져가 다른 의원들 앞에서 낭
독하겠습니다. 나폴레옹의 용 협약에 대해서도 말해줄 생각입
니다."

페르사이티아가 신중하게 말을 고르며 덧붙였다.

"그래야 그들도 어느 쪽을 선택하는 편이 나은지 비교할 수 있겠죠. 우리에게 유리한 방향으로 작용할 거라고 생각……."

문득 테메레르는 하나의 재앙을 피하려다 또 다른 재앙에 직면했음을 깨달았다. 나폴레옹의 용 협약에 대해 해군 본부가 알게 되는 것만도 식겁할 일인데, 페르사이티아가 이 새로운 법안을 내미는 순간 다들 테메레르가 개입했다고 여길 것이다. 물론 개입하기는 했지만 그로 인해 로렌스가 더 격한 비난을 받을 것이라는 점이 문제였다. 테메레르가 얼른 소리쳤다.

"그걸 낭독하면 안 돼!"

페르사이티아가 그를 노려보며 상처받은 표정으로 말했다.

"내가 글을 제대로 배우지 못한 것이 내 탓은 아니잖아. 그럼 낭독하지 않고 엘시노어 부인한테 읽어달라고 해서 외울게. 의원들 앞에서 실수하지 않을 테니까 걱정하지 마."

"아니, 그런 뜻이 아니라."

테메레르는 다음 말을 잇지 못했다. '로렌스 때문에 그래. 제발 그 법안을 낭독하지 말아줘.' 다 작성해놓고 읽지 말라는 것은 불공정한, 아니, 막돼먹은 짓이었다. 비행사의 안위를 위해 자신의 이익은 물론이고 동료 용들의 이익마저 부정하는 것, 그것이야말로 해군 본부가 테메레르를 비롯한 모든 공군 소속 용들에게 요구하는 바였다. 하지만 로렌스가 원하는 바는 아니었다. 로렌스가 그런 것을 바랄 리가 없었다.

테메레르가 힘겹게 입을 뗐다.

"내 말은, 우리가 좀 더 세심하게 일을 진행해야 한다는 거야. 사전 예고도 없이 네가 의회에서 그걸 발표하면 의원들은 듣지도 않으려고 하겠지. 로렌스에게 듣기로는, 의회는 노예무역 문제에 대해 자주 논의했고 노예제 폐지 법안을 통과시키기까지 엄청 힘이 들었다고 했어."

그러자 페르사이티아가 설교하듯 말했다.

"물론 사전 예고도 하지 않고 뜬금없이 발표하면 안 되지. 내일 내가 의회에 가서 법안을 발표하겠다고 미리 말을 하면 돼. 우리 법안에 공군의 지원이 필요한 부분들이 있기는 하지만 내가 이미 방법을 생각해뒀어. 어떻게든 정부 여당을 난처하게 만들 기회를 잡고 싶어 하는 야당 의원들이 있거든. 야당 의원들은 내가 나폴레옹의 용 협약에 대해 언급하면 좋은 기회다 싶어서 이런저런 질문을 할 거란 말이야. 그럼 나는 영국 용들이 나폴레옹의 용 협약을 선택할 경우 영국에 닥쳐올 심각한 결과에 대해 경고하면서 의회가 우리의 법안을 통과시킬 경우 얻게 될 최선의 결과에 대해 설명할 거야. 법안의 이름은 차차 알맞게 짓도록 하고, 나는 영국 정부가 이 법안을 채택해야만 한다고 주장할 거야. 그리고 유럽 대륙의 여러 나라와 용들에게 제대로 된 리더십이 무엇인지 본보기를 보여줄 거야."

"로렌스, 할 얘기가 있어."

테메레르가 급하게 면담을 요청했다.

"그래, 얘기해봐."

로렌스는 눈이 휘둥그레진 어린 훈련생 두 명을 뒤로하고 고개를 돌렸다. 그 훈련생들은 소위 네 명, 소총병 일곱 명, 대위 세 명, 지상 요원 스무 명과 함께 그날 아침 킨록 라간 기지에서 우편배달 용을 타고 이곳 도버 기지에 도착했다. 그들은 로렌스와 함께 유럽으로 떠날 부대를 준비시키기 위해 다양한 업무를 수행할 예정이었다.

테메레르가 소심하게 말을 흐렸다.

"아, 오늘 밤에 얘기할게. 아니면 내일. 그래, 내일 해야겠다."

누각은 운치 있게 장식되었고 사방에 랜턴과 비단 벽걸이가 걸렸다. 수많은 화로와 뜨끈한 벽돌에서 뿜어 나오는 불빛이 분위기를 한층 아늑하게 했다. 저 아래 절벽으로 밀려드는 신선한 바닷바람을 타고 쇠고기 구이의 향기가 기막히게 피어올랐다. 누각에서 내다보이는 전망도 더할 나위 없이 좋았다. 태양이 서쪽 수평선 너머로 저문 뒤 광대한 영국 해협은 어둠에 잠겼고 랜턴을 매단 작은 선박들이 바다에서 깐닥거리며 보석처럼 빛났다. 식탁도 화려하게 꾸며졌다. 안쪽 식탁에는 비행사들을 위한 도자기와 크리스털, 은식기들이 눈부신 빛을 발했고 각 비행사들의 뒤쪽에 차려진 용들의 자리에는 대형 놋쇠 접시가 정갈하게 놓였다. 제복 차림의 하인들은 식탁을 빙 둘러싼 채 시중 들 준비를 마쳤다.

"정말 굉장해!"

"그래, 제대로 격식을 갖춘 만찬을 열 생각이거든. 비행사들이 용들처럼 이런 상차림에 감동을 받았으면 좋겠구나. 적어도 내가 자기네를 무시한다는 생각은 하지 않겠지. 격식을 갖춘 만 찬 자리인 만큼 손님들도 그에 걸맞게 행동해주면 좋겠지만 그 다지 우호적으로 나올 것 같지는 않아."

　이 말은 상당히 절제된 표현이었다. 로렌스는 5년 전 로저 풀 대령이 자신의 면전에 대고 옛날 방식으로 총살 후에 시신을 넷 으로 잘라 개에게 던져줘야 할 놈이라고 고함을 쳤다는 사실을 굳이 테메레르에게 하고 싶지 않았다. 같은 날 윈들 대령은 아 수라장이 되어버린 야영지에서 로렌스에게 주먹질을 했었다. 로렌스 역시 참지 않고 똑같이 주먹을 뻗어 되갚아주었다. 윈들 의 제1사관으로 있던 장교는 식탁용 나이프로 로렌스를 찌르려 다가 술에 너무 취한 바람에 성공하지 못하기도 했었다.

　만약 이런 사실을 테메레르가 알게 되면 이번 만찬에 초대받 은 그 장교들에게 대단히 폭력적인 형태로 반감을 드러낼 가능 성이 높았다. 로렌스는 당시 그 장교들이 느꼈을 기분을 이해 했기에 그들이 공공연히 자신을 욕한 것도 비난할 생각이 없었 다. 반역을 저지른 로렌스에 대한 반감이 공군들 사이에 퍼져나 가게 만든 것은 바로 해군 본부였다. 해군 본부가 로렌스와 테 메레르의 처형을 연기하고 결국 살려주자 공군들은 부당한 처 사라며 반발했다. 해군 본부는 로렌스를 처형하지 않고 유배를 보냈다가 대령 직급으로 복귀시켰고 이번에는 급기야 대장으 로 진급시켰다. 그 과정을 지켜본 공군들은 해군 본부가 로렌스 를 처벌하리라는 기대를 포기했다. 그리고 로렌스와 테메레르를 믿을 수 없고 통제되지 않으며 군기가 빠진 자들로 여기게 됐다. 공군을 사랑하고 국왕에게 충성을 바치는 공군 장교들은 더욱 씁쓸해했다. 로렌스도 공군을 사랑하고 국왕에게 충성하는 장교였지만 극단적인 행동을 하는 바람에 대열 밖으로 밀려나고 말았다. 결론적으로 로렌스의 사면에 반감을 품은 사람들은 그저 공군을 사랑하는 자들로서 공군의 명예가 실추된 것에 분개했을 뿐이었다.

로렌스는 만찬장에 제일 먼저 도착한 장교가 제인이 추천하고 해군 본부가 마지못해 허락해준 어데어 대령인 것을 보고 마음이 약간 놓였다. 어데어는 오래된 공군 가문 출신이자 젠틀맨 계급 출신이었다. 어머니 쪽으로 먼 친척이라 약간의 인연이 있는 사이였다. 어데어는 따뜻하지는 않지만 예의를 지켰다. 어데어의 용 레반티아는 어린 암컷 용이었고 다소 초조해하는 성격이었다. 레반티아의 앞발은 파르나소스 품종의 특징을 갖고 있었고 유쾌한 노란색 몸통은 리퍼의 자손임을 보여주었다. 그리고 파르나소스 품종과 리퍼 품종의 공통된 특징인 전전긍긍하는 성격을 갖고 있었다. 그래도 탄탄한 미들급으로 훈련도 잘 받고 승무원도 잘 갖추고 있어서 로렌스는 나폴레옹이 라이트급 용들을 앞세워 공격을 해올 경우 의지할 만하겠다고 생각했다. 나폴레옹은 적을 공격할 때 늘 라이트급 용들을 앞세우곤 했다.

나머지 손님들은 다소 늦게 도착했다. 그들이 대놓고 무례하게 굴지는 않았지만 약속 시간보다 늦게 오는 바람에 로렌스의 인사말이 자꾸 끊기곤 했다. 풀 대령은 로렌스 가까이 오지도 않고 손도 내밀지 않았으며 가벼운 목례조차 하지 않았다. 그는 그저 싸늘한 목소리로 "로렌스"라고만 했다.

로렌스는 정색을 하며 나지막하게 경고했다.

"로렌스 대장님이라고 부르게. 싫으면 화이트홀에 가서 불복종의 이유를 직접 설명해."

풀은 얇은 입술이 거의 보이지 않을 정도로 입을 꾹 다물고 잠시 가만히 서 있었다. 가뜩이나 굳은 표정에 머리카락마저 두피에 바짝 붙어서 마치 나무 막대기를 깎아 세워놓은 듯했다. 풀은 아직 어렸다. 로렌스가 풀을 마지막으로 본 것은 불운한 런던 전투가 있기 전날 밤이었다. 당시 대위였던 풀은 그동안 진급해서 비행사인 대령이 되어 있었다. 풀의 용 피델리타스는 앵글윙 품종의 어린 수컷 용이었다. 앵글윙은 원래 소형 용에 속하지만 피델리타스는 앵글윙 중에 체격이 제일 커서 헤비급 용과 비슷할 정도였다. 용 전염병이 창궐하고 치료약을 찾지 못해 영국 공군이 초토화되었을 당시 부화한 용인 듯했다.

"대장님."

풀이 마침내 제대로 불렀다. 그만하면 됐다고 판단한 로렌스는 고개를 끄덕이며 옆으로 물러섰다. 풀은 곧장 누각으로 들어와 길게 놓인 식탁을 따라 걸어갔다. 그러고는 윈들을 비롯한 세 명의 비행사들 옆에 섰다. 그들은 자기네끼리 모여 앉아 낮은 목소리로 수군거렸다. 식탁 너머로 로렌스를 흘끗거리는 눈빛만 봐도 그들이 어떤 감정으로 무슨 얘기를 속닥거리는지 짐작되고도 남았다.

　그날 만찬은 로렌스의 평소 기준대로라면 그다지 성공적이지 않았다. 대화는 부자연스럽고 힘겹게 이어졌고 분위기는 무거웠다. 로렌스가 준비한 만찬은 좌중의 불쾌감을 덜어줄 정도는 되었으나 분위기를 띄울 정도는 되지 못했다. 몇몇 비행사들은 이렇게 격식을 차린 만찬에는 처음 참석하는지 상당히 낯설어하는 모습이라 로렌스는 유감스러웠다. 참석자 가운데 4분의 1은 앞에 놓인 수프를 먹지 않고 멀뚱멀뚱 앉아 있다가 옆에서 쿡 찌르자 겨우 먹기 시작했다. 대부분의 참석자들은 이런 자리에서 칼로 고기를 찍어 그대로 입에 넣으면 예의에 어긋난다는 사실을 간간이 떠올리며 실수를 바로잡았다. 휘트비 대령이 식탁 건너편에 대고 "어이, 알프레드, 자네 옆에 있는 그 버섯 요리 좀 건네줘"라고 소리 치는 바람에 불쌍한 알프레드 고든 대령은 깜짝 놀라 잔을 엎지르기도 했다. 뒤에 서 있던 하인이 얼른 앞으로 나와 버섯 요리 접시를 휘트비 대령 앞으로 옮겨주었다.

　로렌스는 의도하지 않았음에도 이 자리에서 사회적 신분의 차이를 뚜렷이 보여준 격이 됐다. 품위 있는 자리라서 비행사들은 예의를 지키려고 노력했지만 그만큼 불편해하는 표정이었다. 그래도 로렌스가 예상했던 최악의 사태는 면했다. 대놓고 무례하게 구는 자도 없었고 대화도 활기차지는 않았지만 그럭저럭 이어졌다. 로렌스에게 가장 크게 반감을 품은 비행사들을 규율에 따라 식탁 여기저기에 흩어놓은 덕분이기도 했다. 그 때문에 약간 군소리가 나오기는 했지만 비행사들은 대체로 그런 것을 중요시하지 않는 편이라 크게 문제가 되지는 않았다. 그 결과 죽이 맞는 비행사들끼리 모여 앉아 쑥덕대는 분위기는 막을 수 있었다. 로렌스는 그 비행사들의 반감이 옆에 앉은 사람들에게 약간 전파가 되더라도 스스로 자제하는 분위기를 만들고 싶었다.

로렌스는 영국 국왕에 대한 충성의 건배를 제안한 다음 참석한 비행사들 중 제일 선임인 윈들 대령에게 경의를 표하는 인사를 덧붙였다. 윈들은 뚱한 표정이었지만 다들 술잔을 들어 올렸고 거스러미 없이 여러 차례 축배가 이어졌다. 질 좋은 와인 덕분에 분위기가 꽤 부드러워졌고 테메레르는 비행사들 뒤에 둥글게 앉아 식사를 즐기는 용들과 자연스럽게 어울렸다. 이런 자리 배치에 놀란 용들과 장교들은 진즉 이렇게 앉아 먹을 걸 그랬다고 말했다. 어떤 비행사는 만찬 장소에 착륙하자마자 모두에게 들으라는 듯이 "벨라마르, 저들이 외국의 개떡 같은 먹이나 거지 같은 귀리죽 따위를 줘도 참아. 나중에 도버에서 제대로 된 먹이를 줄 테니까"라고 떠들었는데, 막상 누각 안으로 들어와 화려하게 차려진 식탁 앞에 앉고 보니 아무리 완고한 비행사라도 선입견을 내려놓지 않을 수 없었다.

"이게 만찬 파티야? 와아, 정말 훌륭해. 이 정도인 줄 몰랐어."

뒤에서 대형 체커드 네틀 품종의 용 오비투리아가 감탄하자 그 용의 비행사인 윈들은 인상을 쓰며 오비투리아를 노려보았다. 소 한 마리를 통째로 담은 요리가 각 용들 앞에 놓이자 오비투리아는 다시 탄성을 질렀다. 반짝반짝한 접시에 솜씨 좋게 구운 소 한 마리를 통째로 담고 갈비뼈 끝에 오렌지 여러 개를 꽂은 요리였다. 전염병이 유행하던 시절 요리사들은 공군에 소속된 하네스 착용 용들의 떨어진 입맛을 돋우기 위해 비싸고 강한 양념을 사용했지만 요즘에는 용들이 강한 양념을 한 요리를 접할 기회가 없었다. 큰 그릇에 담긴 카레 소스가 나오자 용들은 감탄하면서 자신의 접시에 듬뿍 담고 옆으로 돌렸다.

쇠고기 구이 다음으로 밀 포리지가 나왔다. 평범한 포리지였으면 다들 별로라고 했을 테지만 보석처럼 생긴 커다란 설탕 덩어리들로 장식된 포리지를 본 몇몇 용들은 앞으로 몸을 숙이고 자기 비행사에게 이렇게 놀라운 요리를 정말 먹어도 되는지, 숙소에 가져가 보관하지 않아도 되는지 조용히 물어보았다.

테메레르는 다들 보도록 포리지를 크게 한입 마셨다. 그러고는 오른쪽에 앉은 오비투리아에게 말을 걸었다.

"설탕 보석이 정말 아름답죠? 어떻게 생각해요?"

용들은 포리지 그릇을 말끔히 비웠다. 이어서 두 번째 코스 요리가 나왔다. 손님의 체격에 맞게 생선들을 큰바다뱀 모양으로 접시에 겹쳐놓은 요리였는데 속을 채운 커다란 호박으로 이글거리는 오렌지색 눈을, 끓인 채소 덩어리로 대양의 파도를, 다량의 굴과 조개와 홍합으로 해저를 표현했다. 각 접시에는 큼직한 선홍색 로브스터가 한 마리씩 놓였다. 모두들 환호하며 감탄의 말을 속삭였다. 풀의 용 피델리타스도 "로저, 저분이 그리 나쁜 분 같지는 않아. 내 접시 좀 봐. 저 랜턴들도!"라고 소곤거렸다. 이 말에 풀은 화가 치미는 표정이었다.

로렌스는 테메레르가 용들에게 존중받는 모습을 보며 그나마 마음을 달랬다. 장교들은 넬슨을 비롯해 모든 이름 높은 이들을 거론하며 건배를 했다. 두 번째 코스 요리 역시 다들 만족해하며 거의 다 먹었고 특히 용들에게 나온 가자미 요리의 반응이 좋았다. 다들 무릎에 얹어두었던 천을 치우자 로렌스가 일어서며 말했다.

　"제군들, 우리는 사흘 후에 유럽 대륙으로 출발한다. 이제 우리는 모든 나라의 군대를 패배시키고 세상 곳곳을 비참한 고통에 시달리게 만든 전쟁 천재이자 독재자를 상대해야 한다. 지금까지 나폴레옹은 난공불락이며 천하무적으로 보였지만 우리는 영국과 스페인에서 그게 사실이 아님을 증명했고 러시아인들도 러시아 땅에서 증명해 보였다. 계획대로 된다면 우리는 독일과 프랑스에서 나폴레옹이 천하무적이 아님을 또다시 증명하게 될 것이다. 군인이든 용이든 모두들 나폴레옹을 패배시키기 위해 최선을 다해주기 바란다."

　길지 않지만 매우 품위 있는 연설이었고 만찬의 목적에 잘 맞았다.

　"옳소, 옳소."

　식탁에 둘러앉은 이들은 이렇게 외치며 술을 마셨다. 로렌스는 같은 목표를 향해 가고 있음을 장교들에게 일깨운 것에 만족하며 자리에 앉았다. 잠시 후 디저트가 나오고 다들 자유로이 자리를 옮기며 얘기를 나누기 시작했다. 처음의 반감은 많이 누그러진 듯했다. 비행사들은 자신의 용이 앉아 있는 자리에서 멀리 이동하지 않았다. 어마어마한 양의 브랜디를 마시고 취한 용들은 황홀해하며 푸딩을 먹었다. 로렌스는 손님들이 마음껏 즐기도록 비용을 아낌없이 지출했다. 돈을 넉넉히 주어 용을 겁내지 않는 연주자들도 초대해 음악을 연주하게 했다. 배에서는 만찬이 끝나면 음악을 연주하는 경우가 많아 로렌스는 이런 유흥에 익숙한 편이었다. 물론 배에서는 정식 연주자가 아니라 선원들이 음악을 연주했지만. 음악은 비행사들끼리 모여 수군대지 못하게 막아주는 역할을 했다.

로렌스는 처음 만찬을 열었지만 왠지 익숙한 느낌이었다. 사실 로렌스의 어머니는 집에서 정치적 성격의 만찬을 수차례 준비했었다. 그 만찬들은 지인들끼리의 유쾌한 모임이라기보다는 군사 작전에 가까웠다. 어머니를 생각하자 로렌스는 가슴이 아팠다. 그는 녹색 외투의 팔에 감은 검은 리본을 내려다보며 상념에 잠겼다. 이대로 어머니를 못 보고 떠나게 될 듯했다. 그는 어머니가 있는 노팅엄셔로 날아갈 시간이 없었고 어머니도 도버로 오고 싶지 않다는 뜻을 편지로 전했다. 어머니는 부대를 지휘하게 된 것을 축하해주었으나 '네 아버지가 살아 계셨으면 자랑스러워했을 것'이라는 말은 하지 않았다. 아마 어머니의 편지에 그렇게 적혀 있었다고 해도 로렌스는 진심이라 여기지 않았을 것이다. 잠시 가슴이 아팠으나 자신의 임무를 떠올리자 쓸쓸함이 누그러졌다. 그는 아버지에게 용서받지 못했지만 제인에게는 용서받았다. 그녀의 용서는 예상조차 못 했던 일이기에 그는 마음이 놓였다.

용들이 바람을 쐬기 위해 누각 밖의 언덕마루로 올라가자 테메레르가 제안했다.

"아, 저기 좀 보세요. 영국 해협에 스파르시에이트 호가 지나가는군요. 우리 다 함께 저 배에 인사를 합시다. 우리가 함께 고함을 지르면 저 배의 현측을 울리면서 경의를 표하는 인사가 전해질 것입니다."

스파르시에이트 호는 넬슨 함대가 슈베리니스 전투에서 격파당했을 때 무사히 살아남은 군함 중 하나였다.

테메레르의 제안을 꺼리는 용은 없었다. 이 모임에서 인상을 제일 많이 쓰고 있던 비행사도 굳이 반대할 분위기는 아니었다. 용들은 다 함께 우렁찬 함성을 토해냈다. 첫 번째, 두 번째, 그리고 세 번째에 가서는 완전히 다른 고함이 되었다. 로렌스와 그랜비는 미리 마음의 준비를 하고 있어 괜찮았지만 다른 장교들과 용들은 테메레르가 다른 용들의 함성 위에 마음껏 신의 바람을 쏟아내자 놀라 입을 다물고 말았다. 끝없이 퍼져나가는 신의 바람의 파동 아래 모든 소음이 잦아들었다. 신의 바람이 그치자 사방에 정적이 흘렀다. 발밑의 돌들은 여전히 공명으로 떨렸고 떼로 죽은 갈매기들은 파도치는 바다로 첨벙첨벙 떨어졌다.

로렌스는 미리 스파르시에이트 호의 함장에게 우편배달 용을 보내 오늘 그 배에 경의를 표하기 위해 용들이 고함을 칠 거라고 예고했었다. 스파르시에이트 호는 잠시 후 포문을 열고 대포를 쏘아 화답했다. 저 멀리서 희미하게 우르르 소리가 들리다가 불꽃과 함께 연기가 터져 나왔다. 어둠이 짙어가는 바다에서 위용

375

을 뿜내는 스파르시에이트 호는 그들의 심장에 불을 질렀다.

스파르시에이트 호가 지나간 후 테메레르는 좋은 생각이 떠올랐는지 고개를 숙여 속삭였다.

"로렌스, 손님들이 기지로 돌아갈 때 어둠을 밝히도록 랜턴을 하나씩 주면 어떨까?"

장교들은 몰라도 용들은 기뻐하며 랜턴을 받았다. 용들은 은은하게 빛나는 종이 랜턴을 황금처럼 소중히 받아들더니, 바람에 날아가지 않도록 끈으로 옆구리에 매달았다. 옆구리에 불이 붙지 않게 조심해야 한다는 비행사들의 말은 귓등으로 흘렸다.

손님들이 돌아간 후 로렌스는 만족스러운 표정으로 테메레르에게 말했다.

"휴, 테메레르. 지금까지는 우리가 이긴 것 같구나. 그런데 아까 네가 하려고 했던 얘기가 뭐였지?"

14

새로이 발의된 '1813년 용 권리법'이 큰 반대 없이 의회에서 낭독되자 정부 여당은 몹시 당황했다. 물론 법안을 읽어 내려가는 페르사이티아의 얼굴이나 이빨을 보며 감히 반대하고 나설 자는 없었을 것이다. 정부 인사들로서는 반갑지 않은 소식일 것이 분명하므로, 다음 날 해군 본부를 방문한 로렌스는 분위기가 좋지 않을 거라고 생각했다. 그런데 그날 아침 청국이 동맹국에 용 육백 마리를 보내기로 약속했다는 소식이 들려왔다.

　로렌스는 요크 해군 장관과 그를 따르는 각료들을 기분 좋게 마주 보았다. 용 권리법 문제로 로렌스를 강하게 책망하려던 그들은 청국이 용을 지원하겠다고 나서자 입이 딱 붙어버렸다. 용을 지원하겠다는 약속이 담긴 미엔닝 황태자의 서한을 가져온 꿍쑤는 미소를 지으며 해군 본부 회의에 반드시 참석해야겠다고 고집을 부렸다. 꿍쑤가 회의장에 들어와 회의 절차를 잘 모르는 척, 차분하고 인자한 표정으로 앉아 있자 장관들은 로렌스를 존중하는 척, 말을 조심할 수밖에 없었다.

회의가 끝났다. 꿍쑤는 로렌스와 함께 화이트홀을 떠나며 말했다.

"이 나라 장관들 때문에 또 고생을 하고 계시군요."

꿍쑤의 정교하고 인상적인 예복, 청국 전통 모자와 단추, 길게 땋아 내린 변발은 근무 중인 해병 대원들뿐 아니라 안마당을 지나가는 모든 이들의 시선을 사로잡았다.

"황태자께서 반대를 무릅쓰고 그리 결정을 해주셔서 정말 감사드리네."

꿍쑤는 곧바로 대답하지 않았다. 전세 마차 안으로 들어가 앉은 후에야 꿍쑤는 다시 입을 열었다.

"로렌스 왕자님께서 떠나신 후 청국의 상황이 바뀌었습니다. 참담하게도 아버님이신 황제 폐하의 건강이 많이 나빠지셨습니다."

"정말 유감이군."

로렌스는 미엔닝 황태자가 보수파의 반대를 어떻게 뚫었는지를 짐작할 수 있었다. 지금까지 보수파는 황위 계승까지 시간이 오래 걸리겠다는 계산하에 황태자가 하려는 일에 사사건건 반대를 해왔다. 그러다 이제는 황태자가 곧 황좌에 오를 수도 있겠다는 생각에 몸을 사리는 것이었다.

"그리고 우리가 그곳을 떠난 후 황태자께서 용알을 도둑맞으신 일에 대해서도 유감스럽게 생각하네. 그 용알에서 부화한 용에 대해서는 상원을 통해 얘기를 들었겠지."

꿍쑤는 고개를 끄덕였다.

"황태자 전하께서는 기회가 되면 그 알에서 부화한 용을 만나 성격이 어떤지 관찰해보라고 제게 지시하셨습니다."

로렌스는 청국의 궁중 예법을 아직 잘 알지 못했지만 '기회가 되면'이라는 말이 '한시도 지체하지 말고'라는 뜻임을 눈치챘다. 로렌스는 마차 창문을 열고 마부에게 방향을 지시했다. 로렌스가 손님이 원하는 곳으로 가야 하는 전세 마차의 의무에 대해 세 번이나 일깨워주고 반 기니를 얹어주겠다고 약속한 후에야 마부는 마지못해 포틀랜드와 웨이머스 교차로까지 마차를 몰고 갔다. 하지만 그 교차로에서 런던 공군 기지 대문까지는 400미터나 되었다. 마부는 말들이 더는 가려고 하지 않는다고 했다. 로렌스와 꿍쑤가 마차에서 내리는데 말들은 이미 불안해하며 발을 구르기 시작했다. 그러다 윈체스터 품종 우편배달 용의 그림자가 자갈길에 깔리자 뒷걸음질을 쳐댔다. 다행히 꿍쑤는 용에 대한 일반 대중의 두려움 탓에 영국의 공군 기지가 외진 곳에 위치할 수밖에 없었다는 점을 잘 알고 있어서 로렌스는 변명하지 않아도 되었다. 교차로 한옆에는 좀 더 배짱이 좋은 가마꾼들이 시끌벅적하게 떠들며 손님을 기다리고 있었다. 그들은 로렌스와 꿍쑤처럼 마차의 운행 거부로 여기서 내려야만 하는 손님들을 대상으로 마차 요금의 두 배를 받고 목적지까지 데려다주었다.

기지에 도착한 로렌스는 꿍쑤와 함께 닝이 머무는 곳으로 향했다. 그동안 그의 머릿속에 온갖 걱정이 맴돌았다. 꿍쑤가 닝의 태도에 대해 비판적인 보고를 올릴 경우 다가올 결과가 심히 두렵기까지 했다. 청국과 영국의 동맹 관계는 잠정적이고 미묘한 면이 있어서 어떤 일로 인해 실망할 경우 금세 끊어질 수 있었다. 나폴레옹을 타도하려는 열망 외에는 양국을 하나로 묶는 이해관계도 존재하지 않았다. 오히려 여러 면에서 이해를 달리하는 편이었다. 오스트레일리아에 있는 청국 항구와 그곳에서 번성하고 있는 큰바다뱀 무리에 대해 영국의 화이트홀은 깊은 유감을 표하고 있고 청국 황실의 규제에도 계속되고 있는 아편 무역은 베이징의 분노를 자아내고 있었다. 이런 상황에서 좋지 않은 일들이 약간만 겹쳐져도 국가 간의 분쟁으로 쉬이 확대될 소지가 있었다.

낮잠을 자고 있던 닝은 인사를 하라며 깨우자 자세를 바로 하더니 꿍쑤에게 점잖게 고개를 숙이며 유창한 청국어로 말했다.

"황태자 전하께서 저를 걱정하셨다니 크나큰 영광입니다. 어서 빨리 제 심신이 자라나 하늘의 뜻을 받드는 황태자 전하를 보필하며 위엄 있게 책임을 다하는 용이 되기를 바라마지 않습니다. 룽티엔샹께서 관대하게도 《논어》 사본을 비롯해 중요하고 가치 있는 책 여러 권을 내주셔서 황궁의 보호하에 있던 제 알이 도난당하는 불행한 사건으로 인해 일반적인 부화 과정을 거치지 못했음에도 저는 크게 부족함 없이 배움을 계속할 수 있었습니다. 제가 다른 책들도 더 읽을 수 있도록 지도해주시면 매우 감사하겠습니다."

로렌스는 평소의 닝답지 않다고 생각했지만 꿍쑤는 만족한 표정이었다.

"룽티엔닝 님이 현재 건강한 상태이시고 도난으로 인해 갑작스럽고 거칠게 거처를 떠나셨음에도 그 과정에서 사악한 기운이 스며들지 않았다고 황태자 전하께 보고드릴 수 있게 되어 다행입니다. 룽티엔닝 님이 격한 변화를 결연하고도 침착하게 견뎌내셨다는 얘기를 들으시면 황태자 전하께서도 마음을 놓으실 겁니다. 제가 미약하고 보잘것없는 힘이나마 최선을 다해 즐겁게 읽으실 만한 책을 몇 권이라도 확보해보겠습니다."

꿍쑤는 로렌스를 돌아보며 덧붙였다.

"대장님, 형님이신 미엔닝 황태자 전하를 대신해 제가 새로운 셀레스티얼 용의 부화를 축하하는 축하 연회를 열고자 합니다. 허락해주시면 영광이겠습니다."

로렌스가 미엔닝보다 적어도 일곱 살은 나이가 많지만 황태자를 형님으로 부르는 것이 궁중 예법이었다.

로렌스는 여기서 그런 연회를 열면 다른 공군들 눈에 어떻게 보일지 걱정스러웠다.

"그건 정말 감사한 일이지만 나는 참석 못 해. 우리 부대는 내일 아침 날이 밝자마자 유럽 대륙으로 출발할 거라서 나는 오늘밤 도버 기지로 돌아가야 하거든. 그렇다고 자네 계획을 중단할 필요는 없어. 내가 없어도 축하연을 진행하는 것에는 문제가 없을 거야."

그런데 닝이 뜻밖의 말을 했다.

"제가 의견을 좀 내도 될까요? 제 생각에는 보다 상서로운 시기를 기다리는 것이 옳을 듯합니다. 오늘은 전장에 나서기 전날 밤입니다. 내일이면 청국 군대는 제가 담겼던 알을 도둑질해 황좌를 어지럽히려던 극악무도한 죄인을 치러 출정하게 됩니다. 전쟁에서 승리한 후에 승리의 기쁨과 더불어 제 부화를 축하하는 편이 낫지 않을까 싶습니다."

꿍쑤는 가만히 생각에 잠겼다가 입을 열었다.

"현명한 제안을 겸허히 받잡겠습니다, 룽티엔닝 님. 저는 천자(天子)를 대신해 감히 어떤 결정도 내릴 수 없지만 당분간 연회를 미루는 것은 큰 문제가 없을 것 같습니다."

꿍쑤가 숙소로 돌아간 후 로렌스가 닝에게 말했다.

"우리 손님에게 상냥하게 대해줘서 고맙다. 축하연을 미루자며 인내심을 보여준 것도 고맙고."

로렌스는 닝이 세상의 이목을 집중시키며 명성을 쌓을 수 있는 기회를 기꺼이 미루자고 한 것이 놀라웠다.

닝은 담담하게 대꾸했다.

"이 섬은 너무 고립돼 있고 대장님의 지위는 너무 불안정해서 꿍쑤가 저를 위해 축하연을 벌인다고 해도 국가 원수 같은 중요 인사들이 참석할 것 같지는 않아요. 아버지도 아직 이 나라의 왕을 만나본 적이 없다고 하시더라고요. 만약 나폴레옹을 패배시키면 영국과 동맹을 맺은 나라들은 전리품 분배를 위해 회의를 열겠죠. 동맹국의 통치자들은 누구나 그 회의에 대리인을 파견할 것이고 격식을 갖춘 축하연이 열리면서 자연히 가장 격이 높은 손님들이 참석하게 될 겁니다. 자기네 나라에 유리하게 협상할 기회를 놓치지 않기 위해 반드시 참석할 거예요. 청국에서도 당연히 유력 인사를 파견할 테고요. 저는 그때 나서려고 합니다. 그 편이 훨씬 나아요. 제 추론이 틀렸나요?"

로렌스의 표정에 속생각이 드러났는지 닝이 물었다.

"아니. 틀리지 않았어. 타당한 추론인 것 같다. 그런데 우리가 패배하면 어쩌려고?"

"그런 불행한 결과는 굳이 고려하지 않고 있어요."

닝은 명랑하게 말했다. 하지만 지금 청국과 청국의 차기 황제에게 충성하는 용으로 보이지 않으려는 것은 나중에 나폴레옹이 승리하고 나폴레옹 아들의 동반자가 되더라도 배신자로 낙인찍히지 않기 위한 포석일 수도 있었다.

383

이런 계략을 꾸미는 용이 별다른 의심도 하지 않을 미엔닝 황태자의 동반자가 될 것을 생각하니 로렌스는 꺼림칙했다. 비록 진짜 청국 황실 가족은 아니지만 로렌스는 청국 황실에 고마운 마음이 있었다. 미엔닝이 청국의 황제가 되려면 셀레스티얼 품종의 용을 동반자로 데리고 있어야 하는데, 닝은 필요에 따라 신중하게 처신할 수도 있을 듯했다. 닝이 미엔닝을 진심으로 받아들이게 되면 그동안 온갖 음모에 시달렸던 미엔닝에게 나쁘지 않은 짝이 되겠다는 생각도 들었다.

닝이 계속해서 말했다.

"생각을 해봤는데, 제가 대장님과 함께 유럽 대륙으로 가는 게 최선일 듯합니다. 청국인들의 눈에 부적절하게 보일 테니 제가 직접 참전을 하지는 못하겠죠. 하지만 전장을 직접 관찰하면서 많은 것을 배우고 싶어요. 대령님이 대장님이 되셨으니, 대장님의 부대에 있으면 저도 높은 계급의 장교들과 교분을 쌓을 수 있을 테고요. 대장님이 오늘 다시 강등당하지 않는다면요."

닝은 로렌스의 어깨에 붙은 금 막대기를 유심히 관찰하며 덧붙였다.

"실은 우편배달 용들의 얘기를 주위들었는데 대장님이 강등당하실 수도 있다고 하더라고요."

로렌스는 차분하게 응수했다.

"아니. 나는 대장직을 기꺼이 지킬 생각이다."

닝은 태연하게 말했다.

"잘됐네요. 안 그러면 상황이 불편해지겠죠."

"그리고 너는 장거리 비행을 하기에는 아직 너무 어려서 유럽으로 데려가지는 못하겠구나. 사흘 동안 꼬박 970킬로미터를 날아가야 하는 일정이야. 우리 부대의 용들은 전부 하네스를 차고 병사들을 최대한 싣고 가야 하기 때문에 너를 업고 갈 용이 없어. 넌 여기 남아 있는 게 좋겠다."

"그건 곤란합니다. 이 기지에는 하급 장교들과 우편배달 용들만 드나들고 그나마 숫자도 너무 적어요. 제 걱정은 마세요. 안 그래도 걱정거리가 많으실 테니까요. 어서 제 아버지에게 돌아가고 싶으시겠죠. 비행복도 입으셔야 될 테고요. 제 비행에 필요한 준비는 제가 알아서 하겠습니다."

로렌스는 무엇을 알아서 하겠다는 것인지 의아했다. 하지만

닝의 말처럼 비행복으로 갈아입어야 했기 때문에 자세한 논의
는 나중으로 미루기로 했다. 런던 기지에는 닝을 업고 속도를
내며 장거리 비행을 할 만한 용이 없었다. 테메레르가 부화 직
후 몇 주 동안 그랬던 것처럼 닝 역시 폭발적인 속도로 성장하고
있었고 지금은 우편배달 용보다 큰 라이트급 용 정도의 몸집이
었다. 비상시에는 다른 용에게 닝을 업힐 수도 있겠지만 명확한
목적도 없이 전장에 따라오겠다는 닝을 위해 전체 부대의 비행
속도를 늦출 수는 없었다.

　로렌스가 비행복으로 갈아입고 숙소에서 나오자 닝이 만족스
러운 표정으로 말했다.

　"좋아요, 준비가 다 되셨군요. 저를 수송해줄 용이 곧 도착할
겁니다."

　'곧'이라고 했지만 한 시간이 지나도록 아무도 나타나지 않았
다. 로렌스가 더는 못 기다린다며 우편배달 용을 타려고 하는
데, 런던 기지의 착륙장 위쪽 상공에서 거대한 날개를 묵직하게
치는 소리가 들려왔다. 테메레르가 사육장에 살던 시절 교류했
던 거대한 리갈 코퍼 품종의 레퀴에스캇이었다. 레퀴에스캇이
쿵 하고 바닥에 내려서자 닝이 다소 차갑게 말했다.

　"약속한 시간에 맞춰서 오셔야죠."

　"내 잘못이 아니야. 내가 평소에는 1.6킬로미터도 비행을 안
하는 용이거든. 내가 적당한 높이에서 비행을 해도 지상에 붙어
사는 사람들이 얼마나 난리를 치는지 넌 짐작도 못 할 거다. 내
가 '로튼 거리에서 사람들을 이리 뛰고 저리 뛰게 만들었다'고

들 떠들어대지."

레퀴에스캇은 징징대는 사람들의 목소리를 흉내 냈다. 그러고는 이렇게 덧붙였다.

"그래 봐야 멀리 도망치지도 못하면서. 자, 급하다며, 얼른 타라. 출발하자."

"잠깐만."

로렌스가 나섰다.

깜짝 놀란 레퀴에스캇은 조심스레 지상을 내려다보았다.

"엇, 거기 있는 것도 못 봤네."

하지만 레퀴에스캇은 로렌스 옆의 관목에 대고 물었다.

"누구지?"

로렌스는 목소리에 힘을 주었다.

"테메레르의 비행사다. 우리와 함께 유럽 대륙으로 가려는 건가? 참전하려고?"

"뭐, 그러려고 합니다. 여기서 바위나 나르는 것도 이제 지겨워서요. 돈은 괜찮게 벌고 있지만 이제는 지긋지긋해요."

로렌스는 이미 부대에 헤비급 용이 여섯 마리나 있는 데다 리갈 코퍼가 한 마리 추가될 생각을 하니 어떻게 먹이를 공급할지 머리가 아파왔다. 하지만 부대의 규모에 비해 대형 용이 많지 않았기에 레퀴에스캇이 합류하면 불균형이 해소되고 정신적으로 힘이 되리라는 기대는 있었다. 레퀴에스캇이 함께하면 전투에서도 존재감이 상당할 테고 부대 내의 불안정한 규율을 잡는 데도 도움이 될 듯했다. 로렌스가 가장 크게 걱정하는 부분은 패전이 아니라 휘하 대령들의 반란이었다. 반란이 일어나면 로렌스의 부대는 전투에서 승리하지 못할 것이다. 해군 본부 측이 로렌스에게 반감을 가진 장교들을 그의 휘하에 넣어 반란 가능성을 높였음에도 반란이 발생하면 모든 잘못은 로렌스가 뒤집어쓰게 되어 있었다.

닝은 평온한 눈빛으로 로렌스를 마주 보았다. 하네스도 거부하고 게으르게 사는 저 용을 닝은 어떻게 설득해 전쟁에 자원하게 했을까? 나중에 로렌스가 책임져야 할 모종의 약속이라도 한 건가. 어쨌든 닝은 해결책을 찾은 셈이었다. 레퀴에스캇이라면 갑옷을 입고도 닝 정도는 충분히 감당할 수 있었다.

로렌스는 일단 허락하기로 했다.

"좋아. 그러기로 결심했다면 환영이다. 원한다면 우리 부대와 함께 가도 좋아."

로렌스는 닝을 돌아보며 말했다.

"우리와 함께 있는 동안에는 영국에 불리한 짓을 벌이거나 적과 내통하지 않겠다고 약속해다오."

닝이 한참 고민에 빠지자 로렌스는 물어보길 잘했다고 생각했다. 마침내 닝이 신중하게 대답했다.

"그 정도는 가능하겠어요. 약속드립니다."

로렌스는 이 약속에 의지해 닝이 무분별한 짓을 하거나 불명예스러운 행동을 하지 않기를 바라는 수밖에 없었다.

"레퀴에스캇이라면 환영이야. 전투에서 상당히 쓸모가 있거든. 전리품을 받으면 늘 가장 큰 몫을 요구하긴 하지만. 그런데 닝은 왜 따라오겠다는 건지 이해가 안 돼. 로렌스, 물론 내 혈통을 이어받은 용에게 부족한 점이 있다는 뜻은 아니야. 그래도 닝은, 아무래도 좀…….”

테메레르는 부화 과정에 대해 비판을 하지 않고서는 달리 표현할 길이 없어 말끝을 흐렸다.

로렌스는 한숨을 쉬었다.

“그래도 뒤에 남겨두기보다는 데려가는 편이 나을 것 같기도 해. 여기 뒀다가 또 어떤 말썽을 부릴지도 모르고…….”

테메레르가 닝을 시끌벅적하고 정신 사나운 전장이 아니라 여기 두는 편이 낫다고, 몸집이 작아 전장에서 쉽게 다칠 수도 있다고 말하려는데 닝이 끼어들었다.

“저는 꼭 가고 싶어요. 위험에 처하지 않도록 조심할게요.”

“당연히 조심은 해야지.”

테메레르는 언짢아하며 구시렁거렸다. 더는 닝을 설득할 시간이 없었다. 다들 미친 듯이 서둘러 막바지 이륙 준비를 하고 있었다. 새로 로렌스의 부대에 들어온 레베카 챌로너 중위는 테메레르에게 미안하지만 갑옷을 입는 일을 도와달라고 했다.

영국의 헤비급 용이 완전 무장을 하고 전장에 나서기까지는 준비할 것도 많고 그 과정에 필요한 승무원의 수도 많았던 것이 테메레르의 기억 속에 어렴풋이 떠올랐다. 예전에는 그런 과정을 당연하게 받아들였지만 지금은 한때 그에게 세상의 전부였던 공군의 모습을 비판적으로 바라볼 수 있게 됐다. 그래도 유쾌한 일상의 고함과 욕설을 들으니 그리움으로 가슴이 뻐근해졌다. 장교들과 지상 요원들이 사방에서 신속하게 움직이며 죔쇠를 일일이 점검하고 보급품들을 질서 정연하게 테메레르의 몸에 싣는 과정은 일출만큼이나 변함없었다. 몸에 걸친 하네스와 사슬갑옷의 무게도, 배 쪽 그물에 담긴 오십 개에 달하는 소이탄도, 이미 등에 탑승한 일곱 명의 소총병들도 테메레르는 그저 만족스러웠다.

어제 테메레르는 챌로너 중위의 감독하에 편안하게 때를 밀었다. 은 단추가 달린 밝은 녹색 외투를 착용하고 깔끔하게 땋은 머리끝에 잘 어울리는 색깔의 리본을 묶은 챌로너 중위의 모습은 로렌스의 새로운 계급과 위상에 걸맞아서 테메레르는 무척 흡족했다. 특히 챌로너는 테메레르가 예전에 데리고 있던 딜리 챌로너라는 장교의 자매였다. 딜리가 도버 전투 때 사망했기 때문에 테메레르로서는 잃었던 보물을 되찾은 기분이었다. 다만 지금 레베카 챌로너가 사망 당시의 딜리 챌로너보다 나이가 많은데도 딜리의 동생이라고 해서 테메레르는 헷갈렸지만 길게 생각하지 않기로 했다. 사람들에게 작용하는 시간의 힘에 대해서는 너무 깊게 고민하고 싶지 않았다.

테메레르가 바라는 승무원들의 외모에 대해 넌지시 말하자 챌로너는 기분 좋게 받아들여 그대로 따르게 했다. 테메레르의 장교들은 모두 깔끔한 검은색 넥클로스를 착용했고 갓 다림질한 외투를 입었으며 검은 군화는 똑같이 광을 냈다. 지상 요원들도 하나같이 깨끗한 셔츠와 말끔한 가죽 조끼를 갖춰 입었다.

그의 공터에 모인 승무원들의 근면하고 질서 정연한 모습은 한 폭의 멋진 그림 같았다. 하지만 조만간 포싱 대위가 망신스러운 차림으로 나타나 이 그림을 망쳐놓을 것이고 포싱을 따라 너저 분하게 다닐 승무원들도 생겨날 것이라고 생각하니 테메레르는 속이 답답해졌다.

테메레르는 예전에 로렌스에게 포싱에 대해 얘기한 적이 있었다.

"좀 더 적합한 장교를 직속 부관으로 삼는 게 좋겠어."

하지만 로렌스의 입장은 확고했다.

"테메레르, 미안하지만 그럴 수는 없어. 네가 포싱을 좋아하지 않는 걸 알아. 하지만 포싱은 지금까지 온갖 고생을 했는데도 보상을 제대로 받지 못했어. 이제 우리 형편이 피자마자 포싱을 내치는 것은 부당한 짓이야. 포싱은 명예롭게 최선을 다해 복무해왔어. 직속 부관을 교체하자는 제안은 달갑지 않구나."

로렌스의 얘기를 떠올리며 테메레르는 한숨을 쉬었다. 그래도 당장은 승무원들의 몰골 때문에 창피할 일은 없으니 그걸로 위안을 삼기로 했다. 지금이야 다들 깔끔하지만 어차피 전장에 투입되면 격식 있고 깨끗한 제복 상태를 유지하기는 어려웠다.

로렌스 휘하의 부대 절반은 그랜비의 통솔하에 에든버러를 떠날 예정이었고 로렌스를 따라 이곳을 떠나는 편대는 두 개뿐이었지만 용들은 열광적으로 위엄 있는 함성을 올렸다. 테메레르는 그를 따르는 용들에 대해 나중에라도 좋게 평가할 수 있기를 바랐다.

특히 상급 헤비급 용인 오비투리아는 위풍당당한 체격이 인상적이었다. 체커드 네틀 품종의 대형 용인 오비투리아는 열네 개의 가시가 돋친 곤봉 형태의 꼬리를 마치 또 하나의 다리처럼 능수능란하게 휘둘렀다. 하지만 둔감하고 무신경한 편이라 묻지도 따지지도 않고 정해진 편대 양식대로만 비행을 했다. '왜 우리가 여기서 왼쪽으로 돌아 위로 날아오르면 안 되지? 그렇게 날면 우리 편대의 측면이 개구리 같은 프랑스 놈들에게 노출되지 않을까?' 같은 질문을 절대 하지 않았다. 오비투리아는 그저 비행사가 시키는 대로만 하는 용이었고 비행사인 윈들은 오비투리아만큼이나 둔해서 꼭 말을 해야 하는 경우에만 겨우 한두 음절을 내뱉었다.

앵글윙 품종인 피델리타스는 흥미롭기까지 한 괴상한 습관을 갖고 있었다. 우리에서 함께 아침을 먹으면서 테메레르가 다가가 말을 걸자 피델리타스는 흥분해서 활기차게 떠들다가 돌연 누가 주둥이를 후려치기라도 한 것처럼 입을 다물며 표정을 굳혔다. 테메레르는 툭하면 로렌스에게 경칭을 붙이지 않고 거수경례도 멋대로 생략하는 풀 대령 때문인가 하는 생각에 부아가 치밀었다.

그래도 겉보기에는 모양새가 그럴듯해서 테메레르는 뒤에 도열한 편대를 돌아보며 기분이 좋아졌다. 대규모 청국 공군을 이끌고 비행할 때만큼 장엄하지는 않겠지만 언제나 모든 것을 가질 수는 없는 법이니까. 용들이 장비를 완전히 갖추자 더 인상적인 모습이 됐다. 물론 매력적인 수준은 아니었다. 테메레르는 공군이 용들에게 장비를 채울 때 어째서 깃발이라든지 긴 띠를 달아주지 않는지 이해할 수가 없었다. 날개 앞쪽 가장자리에 길고 얇은 띠를 붙이면 꽤 멋질 텐데 말이다.

그래도 레퀴에스캇 덕분에 전체적인 색감에 위용이 더해졌다. 편대의 용들은 레퀴에스캇이 그들의 대열로 훌쩍 날아 내려오자 흠칫 놀랐다. 레퀴에스캇은 사슬갑옷을 입었고 페르사이티아가 보내준 가죽과 강철 소재의 새 투구를 썼다. 페르사이티아가 고안하고 제작 주문까지 해준 투구 덕분인지 레퀴에스캇은 더 멋있어 보였다. 페르사이티아는 테메레르에게 미안해하며 말했었다.

"네 것도 하나 주문하려다가 말았어. 시야를 막지 않으려면 치수를 여기저기 많이 재야 하는 데다 신의 바람에 방해되지 않을지 자신이 없더라고. 종 안에다 신의 바람을 쏘는 것과 비슷한 효과가 발생할 수도 있겠다 싶어서."

"자, 이제 프랑스 놈들을 다시 한번 제대로 밟아주러 떠나면 되는 건가?"

레퀴에스캇이 닝에게 말했다. 레퀴에스캇의 등으로 날아 내려온 닝은 그의 양 날개 사이에 앉아 멋을 부리듯 목을 새초롬하게 뺐다. 레퀴에스캇이 주변을 둘러보며 테메레르에게 물었다.

"다들 어디 있지?"

"다른 편대는 에든버러에서 출발하기로 했습니다."

테메레르는 그가 이 부대의 규모를 우습게 보는 건가 싶었다. 그래도 두 개 편대나 되고 하네스를 착용하지 않은 용들도 열두 마리나 합류하기로 했는데.

"편대 얘기가 아냐. 아, 저기 오네."

테메레르가 옆을 돌아보니 구름 덩어리, 아니 새 떼, 아니 작은 라이트급 용 오십여 마리가 이쪽으로 날아오고 있었다.

리칼리가 스코틀랜드 출신의 야생 용들을 데리고 날아온 것이었다. 그들이 바닥에 내려서자마자 폭동이라도 일어난 것처럼 시끌벅적해졌다. 야생 용들은 규율이라곤 없어서 착륙을 하자마자 곧장 다른 용들의 공터를 기웃거렸다. 결국 그 소음에 영국 해협의 용들까지 잠을 깼다. 야생 용들이 급식용 우리에까지 코를 들이밀자 테메레르는 야생 용들의 주의를 집중시키기 위해 크게 고함을 지르며 늙은 오크 나무 한 그루를 쓰러뜨렸다. 공교롭게도 그 나무가 막사로 쓰러지는 바람에 지상 요원 십여 명이 뛰쳐나와 소리를 지르며 욕을 퍼부었다.

393

그래도 야생 용들은 그 소리에 기가 죽어 얌전해졌다. 테메레르는 짜증을 참고 말했다.

"레퀴에스캇, 저 야생 용들이 장교들의 숙소로 들어가지 못하게 이쪽으로 모아주세요. 피델리타스, 저들을 급식용 우리 밖으로 몰아내주세요."

테메레르는 어두운 바탕에 푸른색 줄무늬가 있는 소형의 직속 부하 용들을 대동하고 땅에 내려앉은 리칼리에게 엄하게 말했다.

"기지를 이렇게 엉망으로 만드는 짓은 용납될 수 없습니다. 먹을 것을 훔치러 왔다면 필요한 만큼의 음식을 나눠드리죠. 그게 아니면 부하들을 한곳에 모으고 이렇게 나타난 이유를 설명하세요."

"그렇게 딱딱하게 굴지 말아요. 한입 얻어먹겠다는데 뭐 그렇게 비난을 해요. 프랑스로 가는 거 맞죠? 빈속으로 날아가기에는 먼 거리잖아요. 그건 그렇고……."

리칼리는 옆걸음질로 다가와 테메레르의 머리에 제 머리를 붙이고 조용히 물었다.

"똑같이 공평하게 나누는 거 맞죠?"

"뭘 똑같이 공평하게 나눠요?"

리칼리는 한쪽 눈을 찡긋했다.

"하하. 좋아요. 이해합니다. 동의한 것으로 알겠습니다."

"무슨 말인지 모르겠군요. 몸집이 작은 당신들에게 헤비급 용들과 같은 양의 먹이를 내줄 수는 없습니다."

"흐으음. 아, 그래요. 알겠습니다."

마치 협상에서 중요한 항목을 양보한 듯한 말투였다.

파란 줄무늬 야생 용들이 급식용 우리의 말뚝 사이를 들여다보며 침을 흘리자 그 안에 있는 소들이 공포에 질렸다. 기지의 병참 장교는 우리 앞의 야생 용들을 불러 모으기 위해 남은 쇠고기 뼈를 곡물에 넣고 급하게 끓였다. 테메레르가 그 모습을 보며 나지막하게 물었다.

"로렌스, 리칼리의 말이 무슨 뜻일까?"

"나폴레옹과 전투를 하다 보면 보물 더미를 전리품으로 얻을 거라고 생각하나 보네. 네가 그렇게 금을 얻었다고 했으니까."

로렌스는 챌로너, 그리고 보급 장교인 둔 대위와 식량 문제를 논의하던 중이었다.

"가겠다고 하면 데려가야지. 저들이 네 보물 얘기에 혹해서 저렇게 많이 몰려올 줄은 몰랐어. 식량이 약간 부족할 수도 있겠지만 그럭저럭 잘 배분하면 괜찮겠어."

오비투리아의 공터에 있다가 마침 그 자리에 와 있던 윈들 대령이 로렌스에게 따졌다.

"짐이나 다름없을 만큼 제멋대로인 야생 용들을 데려가 우리 식량까지 축내겠다는 말씀입니까? 겨울이 야생 용들에게 혹독한 시기라서 자비라도 베푸시려는 겁니까? 도대체 저 용들을 어떤 군사적인 목적으로 데려가시겠다는 건지 알고 싶습니다."

윈들의 무례한 말투에 기분이 상한 테메레르가 얼굴 주변의 막을 내렸다. 당장이라도 '당신보다 저 야생 용들이 낫거든'이라고 말하고 싶었다. 그러나 로렌스는 윈들이 예의 바르게 질문한 것처럼 차분하게 대답했다.

"나는 저 야생 용들이 우리 편대의 보호막 역할을 해줄 것으로 예상하네, 윈들 대령. 모스크바 전투 후 현지에 남은 프랑스 병력이 있다면 저 야생 용들이 프랑스군의 보급품과 기병에도 끝없이 위협을 가하겠지. 우리가 저들을 제대로 먹이지 못하면 저들은 어디에서든 먹을 것을 구하려고 할 텐데, 스코틀랜드보다는 프랑스에서 먹이를 구하게 하는 편이 낫지 않겠나. 그리고 저들 때문에 출발 일정을 미룰 생각은 없네. 테메레르, 저들에게 지금 당장 이륙 준비를 하지 않으면 못 간다고 전해. 그리고 모든 용들에게 지금 당장 하네스 상태를 확인하라고 하고."

테메레르는 위엄 있고 정중하게 명령을 전했다.

"다들 하네스의 상태를 확인하기 바랍니다."

그러고는 날개를 펼치고 일어나 몸을 크게 흔들었다. 그 바람에 발이 미끄러진 어린 소총병 두브러프가 카라비너 끈을 붙잡고 굴욕적으로 제 위치로 기어 올라갔지만 테메레르는 모른 척해주었다.

"하하, 거위처럼 미련하기는."

리칼리가 깔깔대며 두브러프를 비웃었지만 사방에서 용들이 "준비가 됐습니다!" 하고 외치는 바람에 묻혀버렸다. 윈들 대령은 인상을 찌푸리며 오비투리아의 곁으로 돌아갔고, 로렌스는 테메레르가 내민 발톱을 밟고 등으로 올라갔다.

마침내 로렌스가 하네스에 카라비너를 걸고 지시를 내렸다.

"테메레르, 동미북 방향으로 가자."

"동미북 방향으로."

테메레르가 외쳤다. 두 편대를 이끄는 편대장 용인 피델리타스와 오비투리아가 "동미북 방향으로"라고 따라 외쳤다.

그들은 다 함께 날개를 치며 도약했다. 두 개 편대는 테메레르의 날개 양끝의 방향에 맞춰 화살촉 모양으로 대열을 유지했다. 테메레르는 그들이 비행하는 모습을 정지 비행하면서 보고 싶었다. 하다못해 고개를 돌려서 슬쩍 확인이라도 하고 싶었다. 하지만 그랬다가는 지금의 멋진 자세가 흐트러지고 체면이 깎일 것이 분명해서 꾹 참았다. 저 뒤에서 리칼리와 야생 용들이

와자하게 떠들며 따라오는 소리가 들렸다.

처음 이륙하면서 요란하게 퍼덕이던 용들의 날갯짓 소리가 더는 들리지 않을 무렵 테메레르는 드디어 해안선을 벗어나 너른 바다 위로 진입했다. 영국 해협의 상쾌한 공기가 그를 맞아 주었다. 테메레르는 따뜻한 공기를 날개 밑에 품고 고도를 높였다. 화창하고 맑은 날이었다. 하얀 돛과 작은 배들이 항구를 점점이 장식하고 있었다. 사람들의 희미한 외침 소리가 잠시 들리다가 저 아래로 흘러갔다. 용들은 바다를 향해 힘차게 날아갔다.

테메레르는 편안한 속도로 날면서 날개 끝을 흔들었다. 뒤따르는 용들이 박자에 맞춰 날도록 하기 위해서였다. 테메레르는 오비투리아와 속도가 맞는지 확인하기 위해 우측을 잠시 돌아보았다. 그들은 비행 속도가 제일 느린 오비투리아에게 맞춰야 했다. 오비투리아는 열심히 따라오고 있었고 무리하지는 않는 듯했다. 그래도 한 시간 후에는 속도를 약간 늦춰 오비투리아를 쉬게 해줄 생각이었다. 오랫동안 기지에 머물다가 본격적으로 날아서 그런지 빠르게 비행하는 기분이 무척 좋았다. 다른 용들도 마음껏 몸을 펼칠 기회가 생긴 것에 기뻐하는 듯했다.

도버의 하얀 절벽이 저만치 멀어지고 유럽 대륙이 희미한 얼룩처럼 수평선 위로 떠올랐다. 저 아래서 봉쇄 작전을 수행 중인 대형 군함 하나가 눈에 띄었다. 테메레르는 저 배가 1급 군함인지 2급 군함인지 궁금했다. 그 군함은 거센 바람을 맞으며 영국 해협을 순찰하고 있었다. 후미의 작은 돛대 하나와 주돛만 펼쳤지만 위풍당당한 모습이었다. 용들의 그림자가 파도를 타고 돛을 지나는 순간 그 군함이 예포를 쏘자 테메레르는 놀랍고 반가웠다.

"로렌스, 저 군함의 이름이 뭐야?"

로렌스는 망원경으로 살펴보더니 잠시 후 대답했다.

"저게 바로 테메레르 호야."

제4부

15

테메레르는 이스키에르카가 뿜어낸
불을 아슬아슬하게 피했다.

"조심 좀 하자."

툴툴대며 방향을 돌린 테메레르는
리칼리의 야생 용 절반이 대열을 이탈
하여 전장에서 꽤 떨어진 남쪽 도로에
서 프랑스군의 보급품 수레들을 신나
게 부수고 있는 모습을 보았다.

"테메레르, 왼쪽 측면을 잘 통제해
야 돼."

로렌스가 망원경으로 들판을 내려
다보며 소리쳤다. 양 진영의 보병대가
한데 뒤엉켜 적군과 아군이 구분되지
않았고 구름처럼 피어오른 흑색 화약
연기가 코를 찔렀다.

"이대로 가면 적군을 거의 박살 내겠
어. 비트겐슈타인 장군의 러시아군과
연합해 소이탄을 쭉 떨어뜨리면 꽤 효
과가 있겠어. 지금부터 십오 분, 아니
면 조금 더 있다가 시작하자."

"로렌스, 저 야생 용들 좀 봐. 내가
당장 저들을 대열로 불러오지 않으
면⋯⋯."

"저들이 저럴 거라고 예상 못 했던 일도 아니잖아. 지금은 저들을 바로잡으러 나설 때가 아니야."

테메레르는 마지못해 야생 용들의 약탈 행위에 눈을 감기로 했다. 베레지나강에서 러시아 용들이 했던 짓이 떠올라 속이 끓었다. 테메레르는 저 야생 용들이 그의 지휘를 따르지 않는다는 것을 새삼 깨달았다. 지금 여기서는 베를린 시 전체, 그리고 동맹군들이 그들을 지켜보고 있었다. 비트겐슈타인 장군은 우편배달 용을 타고 동쪽으로 가서 망원경으로 전장을 지켜보고 있었다. 테메레르의 부대원 절반이 천박하고 무질서하게 수레를 약탈하는 모습을 모두가 보고 있는 것이었다. 수치스러워하던 테메레르는 오른쪽 측면을 흘끗 돌아보았다. 디헤른과 에로이카가 프러시아 용들과 함께 날고 있었다. 저들은 야생 용들이 하는 짓을 못 보지 않았을까?

테메레르는 다시 전장을 보며 이스키에르카에게 물었다.

"저쪽에 파란색과 초록색이 섞인 용을 잡을 수 있겠어? 좀 도와줄까?"

이스키에르카는 조금 전에 붙잡은 프랑스의 라이트급 용 두 마리에게 마지막으로 불을 한 번 더 뿜었다.

"내가 언제는 누구의 도움을 받고 그랬어?"

그러고는 프랑스 포병대를 엄호하는 거대한 몸집의 수컷 혼혈 용에게 훌쩍 날아갔다.

예상대로 프랑스 편대의 왼쪽 측면에 있던 미들급 용 몇 마리가 혼혈 용을 보호하러 나섰다. 테메레르가 지시했다.

"레퀴에스캇, 저쪽에 가서 왼쪽에 구멍을 뚫어요."

레퀴에스캇은 느긋하게 한 바퀴를 돌며 물었다.

"저들한테 왼쪽, 아니면 내게 왼쪽? 대체 어느 쪽이 왼쪽이야? 내가 기억력이 나빠서."

"초록색 첨탑이 있는 큰 건물 너머로 가라고요!"

테메레르는 짜증을 내며 소리쳤다.

그때 로렌스가 지시했다.

"레퀴에스캇에게 나머지 야생 용들을 데리고 가라고 해."

테메레르는 그 야생 용들이 레퀴에스캇에게 큰 도움은 되지 않을 거라고 생각했지만 어쨌든 로렌스의 지시를 전했다. 스코틀랜드 야생 용들은 도로에서 수레를 부수고 자루들을 끄집어내느라 정신이 없었으나 여섯 마리 정도는 명령에 따라 레퀴에스캇에게 날아갔다.

테메레르에게 새로 배정된 신호 담당 소위 퀴글리가 깃발을 올렸다. '소이탄을 준비하라', '지휘 용 뒤로 따라붙어라'라는 뜻의 깃발 신호였다. 테메레르는 아래쪽 측면에서 겁도 없이 덤벼든 어린 프랑스 용 두 마리의 공격을 막아낸 후 빠르게 몸을 틀어 방향을 바꿨다. 그리고 그 두 마리가 다가오는 순간 고함을 질렀다. 두 마리는 고통스러운 비명을 지르며 바로 방향을 틀어 도망쳤다. 더 크게 혼을 내줬어야 했다고 생각했지만 테메레르는 그 용들을 쫓아갈 여유가 없었다. 레퀴에스캇이 프랑스 용들을 몸으로 들이받아 대열에 구멍을 내고 머리를 집어넣자 프랑스 소총병들이 라이플을 쐈다. 총알은 투구에 맞고 튀어 레퀴에스캇에게 아무런 해도 끼치지 못했다. 레퀴에스캇을 따라간 스코틀랜드 야생 용들은 대열을 벗어났다가 다시 제자리로 돌아오려고 버둥거리는 프랑스 용들을 발톱으로 마구 할퀴었다.

"좋아. 준비되면 지나가, 테메레르."

테메레르는 대열이 흐트러진 프랑스 편대 속으로 신중하게 다리부터 집어넣었다. 배에 매달린 그물에서 바삐 움직이는 승무원들의 느낌도 참 오랜만이었다. 승무원들이 조심스럽게 소이탄을 던지기 시작하면서 그물의 무게가 점차 가벼워졌다. 승무원들은 그물의 맨 끝, 그러니까 테메레르의 꼬리 바로 아래쪽까지 손에서 손으로 소이탄을 차례로 넘겼다. 그곳에서 줄에 매달린 세 명에게 소이탄이 전달되면 맨 아래에 매달린 승무원이 도화선에 불을 붙인 뒤 소이탄을 투하했다.

오비투리아와 캐버너스가 테메레르와 함께 움직였다. 말라카이트 리퍼 품종의 암컷 캐버너스는 그랜비와 함께 에든버러에서 출발한 또 다른 편대의 편대장 용이었다. 캐버너스는 약간 무뚝뚝한 성격이었고 체격은 미들급에 미치지 않았지만 비행 솜씨가 빼어났다. 영국 공군 편대들이 테메레르 뒤를 따라 날았고 각 용에 탑승한 승무원들이 폭탄을 투하했다. 다섯 개의 소이탄은 목표물에 제대로 떨어지지 않았다. 너무 작게 만든 것이 문제였다. 그런데 함께 따라왔어야 할 피델리타스의 모습이 보이지 않았다. 깜짝 놀란 테메레르는 방금 지나온 전장을 재빨리 돌아보았다. 피델리타스가 이끄는 편대의 용들이 어정쩡하게 맴을 돌면서 프랑스 용들과 별로 쓸모없는 접전을 벌이고 있었다. 피델리타스는 야생 용들과 함께 지상에 내려가 짐이 실린 수레를 털고 있었다.

"아!"

테메레르는 순간 열이 뻗쳤다.

바로 그 순간 로렌스가 물었다.

"한번 더 전장을 지나갈 수 있겠어?"

그들은 지상에 한바탕 소동과 혼란을 일으켰지만 바라던 만큼은 아니었다. 네 개 편대가 투입된 것치고는 부족했다. 흔들렸던 프랑스 용들은 다시 정신을 차리고 떼를 지어 영국 용들을 공격해왔다. 테메레르가 옆으로 빙 돌아 아군 진영으로 돌아가는 대신 이대로 영국 용들을 이끌고 프랑스 용들 사이로 파고든다면 비행 속도가 빠르지 않은 오비투리아가 부상을 당할 위험이 있었다. 테메레르는 멋대로 대열을 이탈한 피델리타스에게 분노가 치밀었다.

테메레르는 지상을 빠르게 훑어보았다. 프랑스 진영 중앙을 엄호하던 이십여 명의 프랑스 포병들이 소이탄 때문에 대열이 흐트러졌지만 몇 분 안에 다시 포격을 시작할 듯했다.

"로렌스, 다른 용들이 내 등을 공격하려는 프랑스 용들을 조금만 막아주면 내가 저 대포들을 쓸어버릴 수 있겠어."

테메레르의 계획을 로렌스가 받아들였다. 로렌스는 깃발 신호로 나머지 용들에게 테메레르를 엄호하라는 명령을 내렸다. 하지만 하강하라는 명령도 없었는데 오비투리아가 난처해하는 표정을 짓더니 이내 전투 고도를 벗어나 동맹군 진영으로 선회해 내려갔다. 오비투리아의 등에 탑승한 신호 담당 소위가 사령관 용인 테메레르의 등에서 올린 깃발 신호를 봤을 텐데도 오비투리아는 돌아오지 않았다. 다행히 캐버너스가 자신의 편대 용들을 모아 방패 역할을 해주기는 했지만 체격이 작은 용들이라 오래 버티지는 못할 듯했다. 테메레르는 빠르게 계산을 했다. 프랑스 보병대 위를 지나 포병대를 곧장 쳐야 했다. 옆으로 돌아가 후방을 칠 여유가 없었다.

더 생각할 시간이 없었다. 당장 날아가든지, 아니면 당연히 성공했어야 하는 공격인데도 어설프게 굴다가 실패했음을 인정하고 작전을 포기하든지 둘 중 하나였다. 테메레르가 빙글 돌아 하강하며 흘끗 보니 로렌스가 작전을 중단하고 방향을 돌리라고 확성기에 외치려는 참이었다. 테메레르는 마음을 단단히 먹고 하강했다. 프랑스 보병들이 밑에서 쏘아 올린 머스켓 총알이 가슴과 다리에 박히면서 쥐 같은 불쾌한 짐승들에게 물어뜯기는 기분이 들었다. 하지만 그런 불쾌감을 표현할 여유도 없이 힘껏 숨을 들이마셨다.

총의 사정거리 안에 들어서면서부터 테메레르는 마치 파도를 만들어내듯 일정한 간격을 두고 신의 바람을 내쏘았다. 짧은 고함에 프랑스 병사들과 말들이 일제히 쓰러지고 이리저리 흩어졌다. 이미 전열이 흐트러진 포병들은 사방으로 달아나기 시작했다. 도망치는 프랑스 병사들이 외치는 소리가 희미하게 들려왔다.

"악마의 바람이다!"

세 번째 대포 옆에 용감한 프랑스 병사 몇 명이 남았다. 그들의 얼굴과 손은 온통 피투성이였고 그리 멀지 않은 곳에 떨어진 소이탄에서는 여전히 연기가 피어올랐다. 샤코(깃털 장식이 달린 군모—옮긴이)를 쓴 키가 크고 젊은 장교의 지휘하에 그들은 굳건히 버텼다. 한때 샤코에 당당히 달려 있었을 깃털은 사라지고 닭털 한 줌이 대신 꽂혀 있었다. 그들은 테메레르에게 대포를 쏘기 위해 포신의 방향을 맞추고 있었다.

프랑스 포병들은 대포를 조금씩 옆으로 돌렸고 쇠 대포는 테메레르를 향해 소름끼치는 거대한 주둥이를 벌렸다. 그 시커먼 구멍을 내려다본 테메레르는 페르사이티아에게 들은 온갖 끔찍한 얘기들을 떠올리지 않으려 애썼다. 주로 용이 포탄에 맞은 얘기였는데, 특히 슈베리닌스 전투 때 가슴에 포탄을 맞고 처참하게 추락한 불쌍한 칼세도니에 대한 얘기가 자꾸 기억났다. 그 꼴이 되지 않으려면 대포가 겨냥하는 속도보다 더 빨리 움직이는 수밖에 없었다. 포탄을 피하기 위해 지금 방향을 바꾸면 신의 바람에 맥이 빠져버려서 저 대포들을 전부 쓸어버리기는커녕 한 문도 쓰러뜨리지 못할 것이다.

테메레르는 방향을 유지하고 계속 날면서 고함을 질렀다. 프랑스 포병들은 미친 듯이 대포 안에 천 뭉치를 집어넣고 포탄을 밀어 넣었다. 거리가 충분히 가까워졌을 때쯤 프랑스 포병들은 화승으로 불을 붙였고 테메레르는 마지막 숨을 끌어 모아 거대한 고함을 내질렀다. 여러 개의 파동들이 하나의 거대한 힘으로 뭉쳤고 그 위로 신의 바람이 쏟아져 내렸다.

　마치 교회의 종이 울리듯 대포가 격하게 울렸다. 프랑스 포병
들은 헝겊 인형처럼 맥없이 쓰러졌다. 테메레르는 샤코를 쓴 장
교가 두 눈이 피범벅이 되어 쓰러지는 모습을 흘끗 쳐다보며 비
애를 느꼈다. 잠시 후 포신이 폭발하면서 불꽃이 터져 나왔다.
시뻘겋게 달궈지고 검게 타버린 쇳조각과 나무 파편들이 사방
으로 날아갔다. 야트막한 언덕 마루에 줄지어 있던 오크 나무
소재의 포가(砲機)들이 박살 났다. 빨리 혹은 멀리 도망치지 못
한 자들은 신의 바람이 휩쓸고 지나간 거대한 부채꼴 모양의 폐
허에서 숨이 끊어져 이리저리 흩어졌다.

　토대가 바스러진 것처럼 대포들이 있던 언덕 전체가 갑자기
무너지자 테메레르는 움찔하며 물러났다. 흙먼지, 모래, 자갈이
폭포처럼 우르르 무너지면서 금속 파편에 맞아 죽지 않은 프랑
스 보병 가운데 언덕 가까이에 있던 자들은 발목이 묻혀버렸다.

　근처에 있던 프랑스 병사들은 경악했고 상공에 있던 프랑스
용들도 뒤로 휘청했다. 캐버너스의 편대는 테메레르를 중심으
로 다이아몬드 형태의 대열을 유지하면서 고도를 높이는 테메
레르를 보호했다. 그들은 함께 전투 고도를 벗어나 아군 진영
쪽으로 빠르게 이동했다. 테메레르는 에로이카의 신호 담당 소
위가 옆으로 지나가면서 경례의 의미로 빠르게 깃발을 내리자
기분이 좋아졌다. 숨은 찼지만 위기의 순간은 지나갔다. 총알이
박힌 자리가 심하게 따끔거렸다. 꽤 많이 맞은 것 같았다.

　"보고해, 롤랜드!"

로렌스가 소리쳤다.

"플린더스 실종, 워릭 부상입니다, 대장님. 테메레르는 가슴에 열두 발을 맞았고 두 곳이 지혈되지 않고 있습니다."

테메레르의 옆구리 중간쯤에 매달려 있던 에밀리 롤랜드가 대답했다.

"쿼글리, 야전 병원에 갔다 올게. 우리가 돌아올 때까지 현 상태를 유지하며 버티라고 이스키에르카에게 신호를 보내."

의사를 질색하는 테메레르가 움찔하며 반대했다.

"전투가 끝날 때까지 기다려도 괜찮아. 진짜야, 로렌스, 전혀 아무 느낌도 없어."

하지만 로렌스는 단호했다. 테메레르는 한숨을 쉬며 공터에 착륙했다. 그나마 케인스가 함께 와서 다행이라고 스스로를 위로했다. 케인스는 영국군에서 제일 실력이 좋은 의사이고 끔찍한 머스킷 총알을 빼낼 때도 손이 제일 빠르기로 유명했다. 하지만 크게 위로가 되지는 않았다.

케인스는 부상당한 테메레르에게 옆으로 누우라고 하면서 날카롭게 물었다.

"적에게 배를 보이다니, 도대체 왜 그러고 다니냐?"

테메레르는 아주 불편하게 왼쪽 날개를 구긴 채 누웠다. 케인스는 무시무시하게 생긴 긴 칼을 손에 들고 테메레르의 옆구리로 기어 올라왔다. 케인스의 조수들도 접시를 들고 종종걸음을 치며 뒤따라 올라왔다.

"누가 그러고 싶어 그랬나! 오비투리아가 멋대로 대열에서 빠지는 바람에 어쩔 수가 없었어. 캐버너스의 편대가 공격을 받는 동안 내가 옆으로 빙 돌아갔어도 어차피 프랑스군은 밑에서 총을 쐈을 거야. 으악!"

총알이 하나 더 접시로 떨어지면서 유쾌하게 땡그랑 소리를 냈다. 케인스는 뜨거운 인두로 상처 부위를 지졌다.

"총알은 그게 다야."

"네 망할 비늘 가죽에 생긴 총상이 내 눈에 뻔히 보이거든."

케인스는 이렇게 말하며 또다시 가죽에 칼을 찔러 넣었다.

로렌스는 전장에서 멋대로 이탈한 자들에게 본능적으로 살기를 느꼈지만 애써 참았다. 하지만 뻔한 사실을 테메레르의 입으로 듣고 나니 오비투리아의 비행사 윈들에 대한 분노가 다시금 치솟았다. 눈앞이 흐려지면서 너무도 생생한 기억이 떠올랐다. 기억 속에서 그는 태양을 내려다보며 밤하늘을 날고 있었다. 바다에 떠 있는 프랑스 군함 발레리 호의 갑판에서 벌겋게 달궈진 대포의 포구들이 빛을 발하고 있었다. 바람이 부는가 싶더니 충격이 전해졌다. 발레리 호가 쏘아 올린, 뾰족한 철사가 박힌 포탄이 테메레르의 가슴에 박혔다.

암울한 기억을 애써 떨친 로렌스는 햇빛과 짓이겨진 풀 그리고 진흙 속에서 다시 일어섰다. 개울처럼 흘러내린 용의 피가 그의 군화에 튀었다. 부상당한 용들과 병사들의 낮은 신음 소리가 사방에 가득했다. 당시의 흉터가 아직도 테메레르의 가슴에 남아 있었다. 로렌스의 주먹만 한 크기의 흉터는 살이 오그라들고 비늘의 색깔도 탁했다. 테메레르는 가끔 멋을 부리고 싶을 때면 흉터를 페인트칠로 가리고 싶어 했다. 조금 전 전장에서 프랑스군의 대포가 하늘을 향해 있었다면, 프랑스 포병들이 제때 마지막 포탄을 발사했다면, 삼십 초만 차이가 났다면…….

"다 됐습니다. 더 맞았을 수도 있지만 다행히 오늘은 여기까지네요."

케인스가 허리를 펴며 말했다.

로렌스는 분노가 가라앉지 않았지만 그 문제는 나중에 다시 생각하기로 했다. 전투는 아직 끝나지 않았으니까.

"비행이 가능하겠나, 케인스?"

테메레르가 얼굴 주변의 막을 곤두세우며 나섰다.

"난 전투에서 빠질 수 없어."

케인스가 로렌스의 물음에 대답했다.

"일주일 정도 쉬라고 말하고 싶지만 지금은 그럴 수가 없는 상황이니, 머스켓 총의 사정거리 안에 들어가지 않도록 하시고 오늘 저녁에 쇠고기를 날것으로 먹이도록 하십시오."

"그래. 워릭을 밑으로 내렸나, 챌로너?"

"예, 대장님."

테메레르의 배에 매달린 그물에서 챌로너가 대답했다. 챌로너는 왼팔에 붕대를 감은 상태였고, 승무원들 대부분이 부상을 입었다.

테메레르는 그들을 돌아보며 걱정스러운 눈으로 물었다.

"심하게 다치지는 않았다며, 챌로너? 그래도 다행이다. 불쌍한 워릭은 어디로 데려갔어? 플린더스는 죽은 게 확실해? 어쩌면 다시 깨어나지 않을까?"

플린더스는 박살 난 포신의 일부로 보이는 쇠 파편에 맞아 머리의 절반이 날아갔기 때문에 최후의 심판일 전에는 깨어나지 못할 것이다. 테메레르는 그 소식에 안타까워했다.

"우리가 플린더스의 아내와 아이들을 찾아가 봐야 하지 않을까, 로렌스? 우리도 그렇지만 그의 가족도 마음이 얼마나 아프겠어."

"찾아가 봐야지."

로렌스는 다시 테메레르에게 탑승했다. 테메레르가 그런 질문을 한 것이 그리 놀라운 일은 아니었다.

예전에 추르키는 잉카 용들이 자신의 아이유에 소속된 남자와 여자들을 온전히 돌볼 책임을 지고 그러기 위해 수많은 제약을 감수한다는 얘기를 했었다. 아마도 테메레르는 그 얘기를 가슴 깊이 새긴 모양이었다. 얼리전스 호가 난파당한 후 테메레르는 원래 데리고 있던 승무원들 외에 공군으로 훈련을 받아본 적도 없지만 어쩔 수 없이 공군에 소속된 선원들을 승무원으로 데리고 있으면서 그들에게도 추르키가 말한 책임감을 적용했었다. 그 선원들은 실상 해군의 찌꺼기나 다름없어서 절반은 술주정뱅이에 시드니 항구의 가장 깊숙한 하수구에서 건져낸 죄수들이었는데도 말이다. 이번에 테메레르에게 새로 합류한 승무원들은 어렸을 때부터 용들 사이에서 자라 공군으로 정식 훈련을 받은 훌륭한 군인들이라는 점을 감안하면 테메레르의 책임감이 그들에게 빠르게 적용된 것도 그리 놀라운 일은 아니었다.

하지만 유럽에서는 용이 비행사에게만 애정을 갖게 길러냄으로써 그 애정을 용을 제어하는 강력한 고삐로 이용하는 것이 일반적인 사육 방식이었다. 이런 방식에 익숙한 승무원들로서는 테메레르의 말이 무척 새로웠을 것이다. 로렌스가 알기에 승무원들은 용을 타고 10년 가까이 복무해도 용과 대화 한번 나누지 못하는 경우가 많았다. 대위나 중위조차 용과 대화하는 경우는 드물었다. 테메레르의 등에 자리 잡은 로렌스는 아래에서 승무원들이 웅성거리는 소리를 들었다. 승무원들은 테메레르의 배려에 고마워하면서 로렌스와 마찬가지로 오비투리아의 비행사 윈들의 부당한 행동에 분개하고 있었다. 윈들 때문에 그들의 용이 위험에 노출됐고 플린더스도 죽었다고 생각하는 분위기였다.

"오비투리아와 얘기를 해봐야겠어. 도대체 왜 그런 짓을 한 거야. 아! 피델리타스가 한 짓도 확인해야겠어……!"

테메레르는 신음 소리를 내지 않으려고 했지만 조금 전의 허세가 무색하게 몇 번 끙끙 소리를 내면서 다시 날아올랐다.

그들은 테메레르가 신의 바람으로 쓸어버린 전장 위로 전투 고도만큼 높게 날았다. 신의 바람을 쓴 지 약 사십오 분이 지났다. 전장 오른쪽을 맡은 디헤른과 프러시아 용들은 머릿수가 많고 민첩한 프랑스 용들을 상대로 고군분투하고 있었다. 그들은 수많은 프러시아 용들의 목숨을 앗아간 처참한 예나 전투 때보다는 훨씬 나은 전투력을 보여주었다.

프러시아 용들은 프랑스군이 그들에게 사용했던 전략을 그대로 쓰고 있었다. 프러시아 대형 용들이 일부러 예전의 비행 대형으로 날며 약점을 노출하는 척하는 동안 프러시아 비행사들은 배에 매달린 그물에 안전하게 숨어 있었다. 프랑스 군인들이 프러시아 용들의 등으로 뛰어내리자 프러시아 용들은 최대한 빠른 속도로 아군 진영 뒤쪽에 착륙했고 프랑스 군인들은 곧바로 벌 떼처럼 달려든 아군 승무원들에게 붙잡혔다. 프랑스군 입장에서 이는 단순한 병력 손실이 아니었다. 프랑스군은 훈련을 제대로 받지 못한 어린 용들을 전장에 잔뜩 내보냈지만 참전 경험이 있는 공군의 수가 부족했기 때문에 숙련된 공군이 포로로 잡히면 큰 손해였다.

프랑스군은 뒤늦게 자기네가 뭔가 잘못하고 있음을 깨닫고는 프러시아 용의 등으로 군인들을 보내지 않았다. 프랑스 용들의 머릿수가 아무리 많아도 굳건히 버티는 프러시아 헤비급 용들을 뚫을 수는 없었다. 프랑스의 어린 용들 대부분은 체중이 20톤쯤 나가는 반면 프러시아 헤비급 용은 18톤 정도나갔다. 하지만 프랑스 용들은 몸에 가시 돌기가 돋아 있고 뼈 비늘로 덮인 천연 갑옷을 장착한 프러시아 헤비급 용들 앞에서 자연히 움츠러들었다. 전투는 교착 상태에 접어들었다. 지상에서는 러시아군과 프랑스군이 엎치락뒤치락하고 있었다.

그런데 왼쪽에서는 테메레르가 신의 바람으로 뚫어놓은 구멍이 효과를 발휘하고 있었다. 프랑스 대열의 측면이 약해진 것이다. 높은 곳에서 내려다보니, 대포의 폭발과 러시아 경기병들의 공격으로 프랑스 보병 두 개 부대가 박살 났고, 또 다른 포상도 파괴되고 있었다. 러시아군은 대포들을 앞으로 끌고 가서 프랑스 용들을 파죽지세로 밀어붙였다.

대포의 천둥 같은 포격을 바라보며 로렌스가 말했다.

"저쪽은 저들에게 맡기자. 테메레르, 우리는 더는 전장 중앙으로 진입하지 않을 거야. 포성, 돌격 신호를 올려서 이스키에르카에게 지휘를 맡겨. 우리는 후방으로 가서……."

"아, 로렌스!"

테메레르가 반대했으나 로렌스의 뜻은 변함없었다.

"우리는 후방으로 가서 초록색 헛간 근처 언덕에 있는 프랑스군의 대포들을 위협하는 척하자. 저들은 이미 신의 바람에 겁을 먹었으니, 우리가 다가가면 우리를 방어하느라 쓸데없이 진을 빼겠지."

내키지 않는 지시에 예민해진 테메레르는 그 자리에서 정지비행을 하다가 언덕을 빙 돌아 날아가면서 온몸을 부르르 떨었다. 헤비급 용 두 마리를 포함한 프랑스 용 여섯 마리가 테메레르에게 달려드는 바람에 프랑스 공군의 중심부가 약해졌다. 로렌스는 작전이 성공하자 흡족해했지만 테메레르는 그렇지 않았다. 무엇보다 이스키에르카가 프랑스군의 중심부를 향해 맹렬하게 날아가 엄청난 속도로 강하하는 모습을 보고만 있자니 가슴이 답답했다. 이스키에르카는 프랑스 병사들에게 불을 뿜은 뒤 다시 날아올랐다.

기습에 크게 놀란 프랑스 용들은 영국 용들이 순간 허점을 보였음에도 발톱으로 반격할 생각도 하지 못했다. 이스키에르카는 영국 용들을 이끌고 프랑스의 두 개 부대 사이를 빠르게 지나갔다. 영국 용들은 두 개로 나뉘었다. 미들급 용들은 몸을 틀어 대열 앞쪽에 있는 프랑스의 라이트급 용들에게 달려들었고 라이트급과 헤비급 용들은 대열 뒤쪽의 대형 프랑스 용들을 함께 공격했다.

대담한 작전이었다. 테메레르는 자신이 제안했던 작전을 다른 용이 성공시키자 그다지 즐겁지 않았다. 기분이 가라앉아 얼굴 주변의 막을 목에 붙이고 있으니 셀레스티얼이 아니라 임페리얼로 보일 지경이었다.

"이스키에르카는 왜 저렇게 쓸데없이 화려하게 불을 뿜어내는지 모르겠어. 하마터면 라티니우스의 날개를 불로 지질 뻔했잖아."

라티니우스는 피델리타스의 편대에 소속된 소형 그레이 코퍼였다. 지금은 이스키에르카의 뒤쪽에 붙어가면서 이스키에르카를 피해 도망치는 적들에게 신나게 발톱질을 하고 있었다.

로렌스는 테메레르의 목에 손을 얹고 달래면서 포싱에게 지시했다.

"레퀴에스캇에게 명령을 전달해."

거대한 리갈 코퍼 용인 레퀴에스캇은 허둥대는 프랑스의 라이트급 용들을 들이받아 박살 냈다. 레퀴에스캇이 날아오자 프랑스 용들은 사방으로 흩어졌고 영국의 미들급 용들은 서로 합심해 나머지 프랑스 병력을 공격했다.

이제 영국 군인들이 프랑스 용의 몸으로 건너가기 시작했다.

프랑스 용들 대다수가 하네스를 착용하지 않은 탓에 비행사를 붙잡아 용을 항복시킬 수는 없었다. 대신 라이트급 용에 타고 있던 영국 군인들은 긴 밧줄을 잡고 프랑스 용의 등으로 뛰어내렸다. 그러고는 용의 등에 못을 박고 묵직한 줄을 연결한 다음 그 줄을 옆구리 너머로 던지고 밧줄에 의지해 안전하게 복귀했다. 영국 군인들이 그 덜렁거리는 줄을 잡으면 라이트급 용이 프랑스 용을 중심으로 빠르게 빙글빙글 돌면서 줄로 포박했다. 이렇게 줄에 묶인 프랑스 용들은 그대로 달아나든지, 아니면 날개를 완전히 묶인 채 바람을 잃고 지상으로 추락해 끔찍한 최후를 맞는 수밖에 없었다.

로렌스는 그 전략을 탐탁지 않은 눈으로 바라보았다. 영국 제도의 야생 용들을 무자비하게 죽인 중세 시대 노르만족 왕실의 용 사냥꾼들이 즐겨 쓰던 기술이었기 때문이다. 서양에서 많은 승무원들을 등에 태운 하네스 착용 용들이 하네스 비착용 용들을 천년 가까이 지배해온 방법이기도 했다. 저 프랑스 용들은 너무 어리고 미숙해서 이런 공격에서 서로를 지켜주는 청국 용들의 기술을 미처 익히지 못한 듯했다.

사흘 전 밤에 로렌스는 휘하의 장교들을 모아 회의를 했다. 이때 풀 대령이 이 전략을 써보자고 제안했다. 풀은 로렌스가 열두 살 때부터 바다에서 해군 장교로 복무했고 거의 평생을 전장에서 살아온 군인이 아니라 한가로운 낭만주의자쯤으로 여겼는지 당연히 로렌스가 이 전략에 반대할 것으로 예상하는 표정이었다. 로렌스는 적군에게 공격받는 64문 군함의 갑판에 풀을 세워놓으면 피에 젖은 오크 나무 갑판에 발이나 제대로 붙이고 있을까 싶어 속으로 우스웠다. 로렌스는 정정당당하게 맞붙은 전투에서 아군은 물론이요, 적군까지 다치지 않게 하려는 결벽적인 성향의 군인이 아니었다.

물론 훈련도 제대로 받지 못한 어린 프랑스 용들이 포박당한 채로 끔찍하게 빠른 속도로 추락하는 모습이 로렌스도 마냥 즐겁지만은 않았다. 십오 분도 지나지 않아 프랑스의 라이트급 용들이 추락했다. 캐버너스는 하네스를 착용하지 않은 헤비급 프티 슈발리에에게 대담하게 달려들었다. 캐버너스는 영국군 십여 명을 프티 슈발리에의 등에 떨어뜨린 뒤 야생 용들에게 지원을 요청했다. 몸집 작은 야생 용들이 프티 슈발리에에게 매달아 놓은 줄을 잡고 빙글빙글 돌았다. 프티 슈발리에는 깜짝 놀라 허둥댔다. 야생 용들이 줄을 스무 바퀴쯤 돌리자 프티 슈발리에의 날개가 완전히 뒤엉켰다. 프티 슈발리에가 줄에서 벗어나려고 하자 야생 용들이 머리를 마구 공격했다. 그 바람에 날개가 몸에 너무 바짝 붙어버렸다.

프티 슈발리에는 숨을 몰아쉬며 발버둥을 쳤다. 그 와중에 야생 용 한 마리가 발에 맞아 휘청했고 또 다른 야생 용은 발톱에 긁혔다. 프티 슈발리에는 공포에 질린 고함을 쏟아내며 지상으로 추락하면서 거대한 몸으로 프랑스 기병대를 깔아뭉갰다.

프랑스의 공군 진영이 무너졌다. 하네스를 착용하지 않은 프랑스 용 수십 마리가 엘베강 쪽으로 도망쳤다. 그 용들의 공포감이 하네스를 착용한 용들에게 전해지면서 대다수가 함께 달아났다. 남은 프랑스 용들은 혼란 속에서 허둥대다가 이스키에르카가 쏟아내는 불을 맞고 허겁지겁 달아났다. 아군이 전장의 중심을 완전히 차지했다.

"포격 신호를 보내."

로렌스가 지시했다. 하네스를 착용한 영국 용들이 편대 비행을 하며 크게 한 바퀴 돌아 프랑스 보병대 위로 소이탄을 떨어뜨렸다. 프랑스군은 하늘을 향해 대포의 포신을 조정했다. 그제야 전장으로 돌아온 피델리타스가 편대를 이끌고 포상(砲床) 두 곳을 할퀴고 지나갔고 캐버너스가 그 뒤를 따랐다. 하지만 다른 대포들이 그들을 위협하기 시작했다. 로렌스는 영국 용들이 소이탄을 대부분 사용한 것으로 판단하고 명령을 내렸다.

"고도를 높여라."

프랑스 포병대가 대포에 포탄을 밀어 넣었을 무렵 영국 용들은 이미 날아올라 대포의 사정거리에서 벗어났다.

이제는 적군을 공격할 수 있는 범위에서도 벗어난 것이었으나 로렌스는 안정적으로 상공을 차지한 것에 만족했다.

"테메레르, 야생 용을 디헤른에게 보내 편대 한두 개를 추가로 쓸 건지 물어보라고 해. 지원이 필요하다고 하면 캐버너스의 편대와 피델리타스의 편대를 보내야겠어."

"알았어."

내키지 않는 투로 대답한 테메레르는 허공을 선회하는 스코틀랜드 야생 용 한 마리를 불렀다. 그 암컷 용은 수레에서 꺼낸 식탁보를 어깨에 망토처럼 두르고 있었다.

"아, 그럴게요."

암컷 용은 툴툴대면서도 서둘러 날아갔다.

프랑스 포병들은 꾸준히 포격을 가해 영국 용들의 접근을 막았다. 하지만 영국과 동맹군을 겨냥한 포격이라기보다는 지금의 자리를 지키기 위한 포격이었다. 프러시아 중기병들의 고함 소리가 멀리서 들려왔다. 중기병의 말들은 상공을 날고 있는 용을 감지하지 못하도록 머리에 복면을 씌우고 옆쪽에 눈가리개를 했으며 코를 감싸놓았다. 중기병들은 천둥 같은 소리를 내며 들판을 가로지르더니 적의 화기를 습격했다. 로렌스는 이만하면 충분히 봤다는 생각에 망원경을 아래로 내렸다. 오늘은 아군의 승리였다.

로렌스는 테메레르가 전장 부근의 야영지에서 뜨끈한 소의 피가 가득 담긴 그릇과 쇠고기 한 덩어리를 앞에 두고 앉아 있는 모습을 보았다. 프러시아 군대가 감사의 뜻으로 보내준 음식이었다. 오데이가 말했다.

"케인스 선생이 한 시간 내에 여기 들를 거라고 했습니다, 대장님. 성인들께서 우리 용을 보호하사 패혈증에 걸리지 않게 해주시고 체액에 남은 납 성분으로 인해 미치지 않게 해주시며, 케인스 선생의 칼이 여기저기 박힌 총알을 놓치지 않게 해주시기를."

테메레르가 초조해하며 물었다.

"살을 헤집어가며 총알을 죄다 꺼냈는데 설마 납 성분이 몸에

남아 있지는 않겠지. 로렌스, 미친다는 건 많이 불쾌한 기분이
야?"

　로렌스는 속으로 한숨을 쉬었다. 가능했다면 그는 오데이가
아닌 다른 이를 지상 요원 지휘관으로 두었을 것이다. 오데이는
똑똑하기는 했지만 공군으로 훈련받지 않았고 술을 너무 퍼마
셨으며 시적인 한탄이 잦았다. 지상 요원 지휘관을 그만두게 하
고 차라리 개인 비서로 쓰는 것이 나을 정도였다. 하지만 오데
이를 잘랐다간 해군 본부가 첩자 짓이나 해댈 인상 더러운 작자
나 모든 일에 사사건건 반대하는 작자를 보낼 게 뻔했다. 오데
이는 공군 출신들만큼 지상 요원 지휘관의 임무에 대해 잘 알지
는 못하지만 그렇다고 무식자도 아니었다. 게다가 청국 공군들
을 칠 개월이나 지켜본 덕분에 영국에서는 누구 못지않은 용 전
문가였다.

421

　"금속이 몸 안에 남아 있는 느낌이면 케인스 선생에게 말해.
케인스 선생이 오기 전에 부작용이 나타나지는 않을 테니까 걱
정하지 말고. 승무원들을 돌아보고 부상병들을 살핀 후에 바로
돌아올게."

　로렌스는 이렇게 말한 후 그랜비를 데리러 갔다.

　이스키에르카는 배정받은 공터에 승무원들을 위한 큼직한 모
닥불을 피워놓고 먹이를 먹고 있었다. 무척 흡족해하는 얼굴이
었다. 약간의 과장이 섞이기는 했지만 이스키에르카의 계산에
따르면 이스키에르카는 대부분 헤비급인 적군의 용 여덟 마리
를 해치웠고, 전방을 깔끔히 휩쓸었으며, 아군의 공격을 이끌었

다. 그렇게 대담하게 공격한 것치고는 별로 다친 곳도 없었다. 프랑스 용에 탑승한 병사들이 마구잡이로 쏘아댄 머스켓 총알이 몇 개 스치고 한 군데 발톱에 긁히기는 했지만 지상으로 내려설 즈음에는 이미 아물었다. 이스키에르카를 담당하는 용 의사가 지나칠 정도로 조심스럽게 상처 부위에 습포를 하고 붕대까지 싸매자 케인스는 과잉 치료라며 투덜거렸다. 이스키에르카가 그랜비에게 말했다.

"아까 그리 나쁘지 않았다고 테메레르에게 전해주든지. 대포를 처리한 건 마음에 들었어. 꽤 유용했거든. 다만 좀 더 똑똑하게 비행했으면 총에 안 맞았을 텐데 말이야."

공터에서 한참 멀어진 후에야 그랜비가 옆에서 함께 걷고 있는 로렌스에게 말했다.

"개판이 따로 없었습니다."

아군의 진영은 길게 뻗은 작은 언덕들을 끼고 3킬로미터 정도 펼쳐져 있었다. 대부분의 용들은 서너 마리가 공터 하나를 썼지만 테메레르와 이스키에르카는 약간 높은 곳에 있는 제일 좋은 공터를 하나씩 차지했다. 로렌스가 사령관실로 사용 중인 중앙의 농가와는 꽤 떨어진 곳이었다.

"망할 풀 새끼. 그런 놈은 공군에서 쫓아내야 합니다."

"그럴 수는 없어, 존."

"다들 말을 못 하고 있지만 저는 말해야겠습니다. 그놈은 용이 말을 안 들어서 어쩔 수 없이 지상으로 내려간 게 아닙니다. 정신 나간 스코틀랜드 야생 용들을 따라 일부러 피델리타스를 지상으로 데려간 거죠. 대장님이 뭐라고 말씀하셔도 확실합니다."

"모르는 척하고 있어."

로렌스가 피곤한 목소리로 말하자 그랜비는 한쪽 눈썹을 치떴다.

"복안(腹案)이 있으신가 봅니다. 정치인으로 나서시게요?"

"그런 운명은 절대 피하고 싶어."

의도한 것보다 목소리에 힘이 더 들어갔다. 로렌스는 자신의 생각이 역겨웠다. 그는 가장 신뢰해야 마땅할 수하의 비행사들을 대상으로 책략을 꾸미고 있었다. 로렌스는 그에게 반감을 품은 비행사들을 배정받았다. 능력도 별로인 데다 성격도 마음에 들지 않는 자들이었다. 그래도 그는 그들의 대장이지 적이 아니었다. 당연히 그는 부하들이 의무를 다하도록 도와야 했다. 그런데 이렇게 부하들을 대상으로 책략을 짜야 한다는 사실에 입맛이 썼다.

423

전투 전에는 그래도 전투를 잘 이끌면 부하들이 잘 따를 줄 알았다. 동맹군이 힘을 합해 프랑스군을 엘베강 너머로 밀어낸 덕분에 베를린이 해방되고 시민들이 환호하고 있으니, 자잘하고 사소한 감정싸움은 잦아들 줄 알았다. 그리고 기나긴 전쟁 중에 그들을 지탱해줄 단결심이 생겨나리라 생각했다.

하지만 만족스러운 승리를 거뒀음에도 전우애는 찾아볼 수 없었다. 아니, 없는 정도가 아니었다. 로렌스 휘하의 장교와 용들 중에 풀이 고의적으로 군율을 무시하고 윈들이 의무를 저버리는 바람에 테메레르와 캐버너스의 편대가 위험을 무릅쓰고 적진으로 돌격해야 했다는 것을 모르는 이들이 없었다. 풀과 윈들의 부하들도 덩달아 승리의 기쁨을 누리지 못했다.

차라리 들이받으면 상황이 개선됐을 수도 있겠지만 그럴 수 있는 형편도 아니었다. 풀과 윈들이 자신들의 잘못을 깨닫고 부끄러워할 수도 있겠지만 로렌스는 그들의 사과는 기대하지 않았다. 그 둘의 눈에는 로렌스의 반역죄가 더 커 보일 테니 로렌스 앞에서 자신들의 잘못을 인정하지 않을 것이다. 풀은 피델리타스가 야생 용들이 약탈하는 모습을 보고 자기 몫을 차지하기 위해 지상으로 내려간 거라고 변명할 것이다. 로렌스가 다른 야생 용들을 말리지 않았듯이 자기도 피델리타스를 말리지 않은 것뿐이라고 둘러댈 것이다. 윈들도 마찬가지로 시시한 변명을 늘어놓을 것이 분명했다. 두 번째 공격에 나서기에는 용들의 수가 부족해 보였다면서 날렵한 프랑스의 라이트급 용들이 모여드는 상황에서 비행 속도가 느린 오비투리아가 위험에 처하지 않도록 뒤로 빠진 거라고 주절거릴 것이다. 오비투리아를 지키는 게 자신의 가장 중요한 의무라고 핑계를 대면서.

로렌스는 그들의 변명을 듣고 싶지 않았다. 그들의 변명을 듣다 보면 결국 로렌스는 그를 제거할 구실만 찾고 있는 해군 본부가 원하는 대로 반응하게 될 터였다. 상급 비행사들과의 갈등은 그를 대장 자리에서 밀어내고도 남을 만한 사안이었다. 그렇다고 그들을 군에서 제적시킬 수도 없었다. 어차피 해군 본부는 그들을 다시 공군에 복귀시켜 그들의 행동에 정당성을 부여할 것이다. 그렇게 되면 부대 전체의 군율이 무너지고, 로렌스는 사임하고 전장을 떠나는 수밖에 없었다. 피해는 로렌스뿐 아니라 전쟁 전체에 미치게 되어 있었다.

"그놈들에게 뭐라고 말씀하실 겁니까?"

"아무 말도 안 해."

로렌스는 굳은 표정으로 대답했다.

숙소에 들어간 로렌스는 정장용 군복으로 갈아입고 비행사들을 모아 회의를 열었다. 로렌스는 최대한 인내심을 발휘해 격식을 갖춰 회의를 진행했다. 사상자와 부상자, 그리고 소모된 무기량 등을 확인했고 용들의 잘못된 행실을 따지려는 장교들을 두 번 다 막았다. 다과는 내놓지 않았다. 로렌스는 빠르게 회의를 끝내고 비행사들을 해산시켰다. 대규모 적군을 상대로 대단한 승리를 거둔 부대원들에게는 차갑기 그지없는 환영회였다.

로렌스는 오늘 크게 고생한 캐버너스의 비행사 에인리에게 좀 더 따뜻한 격려를 해주지 못한 것이 아쉬웠다. 하지만 입을 열면 결국 말이 길어질 터였다. 풀과 원들이 그 틈을 타서 늘어놓을 변명을 듣고 싶지 않았다. 그 둘의 얘기를 듣다 보면 여러 사람 앞에서 꾸짖지 않을 수 없을 것이다. 그 둘에게 아무 말도 할 수 없는 상황이니 차라리 입을 다물어버리는 편이 나았다.

회의가 끝나고 함께 공터로 걸어 돌아가면서 그랜비가 말했다.

"그래도 어떻게든 대응을 하셔야 합니다. 저들은 대장님이 해군 본부가 무서워서 아무 말도 못 하는 거라고 생각할 테고, 지금 제동을 걸지 않으면 더 멋대로 굴 겁니다."

"알아."

언덕 마루에 다다르자 생기 가득한 봄바람이 나무 사이로 바스락바스락 불어왔다. 로렌스는 모자를 벗고 이마에 시원한 바람을 쐬면서 전장을 바라보았다. 도둑들이 시체의 물건을 훔치는지 전장 여기저기에서 랜턴들이 빛나고 있었다.

16

다음 날 아침 테메레르가 먹이를 먹고 상처에 붕대를 새로 붙이는 동안에도 로렌스의 모습은 보이지 않았다. 케인 스가 두 번째로 진찰을 왔을 때 테메레 르는 마지못해 총상이 두 군데 더 있음 을 고백했고 오늘 아침 그 부위의 붕대 도 함께 갈았다. 총알을 파낼 때의 통 증 때문에 테메레르는 고백을 하자마 자 후회했다. 그래도 총알을 파내고 나 니 오늘은 상태가 훨씬 좋아졌다. 날개 를 뒤로 최대한 뻗을 때를 제외하고는 통증도 느껴지지 않았고, 그나마 그 통 증도 심한 편은 아니었다.

테메레르는 쉬라는 명령을 받았고 별로 비행할 일도 없었다. 프랑스군이 모두 엘베강 너머로 후퇴했기 때문이 었다. 베를린이 프랑스군으로부터 해 방된 그날 아침 성당마다 종을 울리며 승리를 축하했다. 로렌스는 도대체 어 디에 갔을까?

"설마 로렌스가 또 결투를 하러 간 건 아니겠지?"

정오가 되도록 로렌스가 보이지 않

자 테메레르가 초조하게 에밀리에게 물었다.

"아니. 결투는 이제 안 하신다고 너한테 약속하셨잖아. 그리고 대장님이 어떻게 부하 장교들에게 결투를 신청하시겠어. 해군에서도 있을 수 없는 일이지."

"로렌스가 왜 부하 장교에게 결투 신청을 해?"

테메레르가 미간을 찌푸렸다.

"아니, 그냥. 대장님 주변에는 온통 부하 장교들뿐이니까. 얘기도 나눠보지 않은 사람과 결투를 할 수는 없잖아."

에밀리는 대충 얼버무리고는 테메레르가 캐묻기 전에 그 자리를 떠났다. 테메레르는 몇몇 장교들에게 물어봤다. 포싱은 그저 얼빠진 표정이었고 챌로너가 그나마 솔직하게 말해주었다.

"그럴 만하니까 롤랜드 중위가 말을 안 했겠지. 여기저기 묻고 다니지 마, 테메레르. 괜히 그런 소문이 돌면 상황이 악화될 수도 있어."

이 말에 테메레르는 걱정이 깊어졌지만 로렌스가 돌아올 때까지 입을 다물 수밖에 없었다.

곰곰이 생각에 잠긴 테메레르에게 닝이 말을 걸었다.

"죄송한데, 거기 있는 새끼 양고기 드실 건가요?"

"당연히 먹지."

테메레르는 부루퉁하게 대답했다. 프랑스군의 대포들에 불을 붙여줬으면 꽤나 쓸 만했을 텐데도 닝은 끝내 참전을 거부했고 결국 이런 별미를 받지 못했다. 테메레르는 한숨이 절로 나왔다. 앞에 맛있는 음식을 두고도 머릿속이 복잡했다. 이 양고기는 테메레르가 빨리 부상에서 회복되도록 배기가 직접 꼬챙이에 꿰어 맛있게 구운 것이었다.

"부상 때문에 많이 힘들어요? 그래서 아군이 승리했는데도 기분이 언짢은 건가요?"

"아니, 로렌스가 장교들에게 화난 이유를 아무도 알려주지 않아서 그래. 만약 로렌스가 모욕을 당했다면 결투를 하지 않고 넘어갈지도 모르겠고."

"이해가 안 되는데요."

"그게, 에밀리 롤랜드가 실수로 말을 흘렸어. 로렌스가 장교들 중에 누군가에게 결투를 신청해야 하는 상황인가 봐."

"아뇨, 그게 아니라. 왜 착잡해하시는지 모르겠다고요. 어제 전투 중에 용 몇 마리가 명령을 따르지 않았다면서요. 대장님 입장에서는 당연히 화가 나지 않겠어요? 아버지도 어제저녁에 그 용들과 얘기를 해봐야겠다고 하셨잖아요."

테메레르는 잠시 멈칫했다. 그런 식으로는 생각을 연결하지 못했었다.

"그런데 왜 로렌스가 장교들에게 화가 났을까? 예전에 이스키에르카는 열 배는 더 멋대로 행동했지만 그게 그랜비 잘못은 아니었어. 그리고 어제는 야생 용들이 제멋대로 굴었지만 야생 용들은 어차피 장교를 데리고 있지 않아."

"아! 흐음, 추론은 피곤한 일이에요."

닝은 금방이라도 답을 얘기할 것처럼 머리를 옆으로 살짝 기울였다. 테메레르는 양고기가 담긴 접시를 닝 쪽으로 슬쩍 밀어주었다.

"어머, 정말 친절하시네요."

닝은 엉덩이 살을 한입에 밀어넣고는 만족스러운 표정으로 뼈를 와작와작 씹었다.

"제 생각에 아버지의 대장님은 불합리한 분은 아니세요."

테메레르는 '아버지의 대장님'이라는 표현이 은근히 듣기 좋았다.

"그러니까 그분이 화날 수밖에 없는 원인이 있을 거란 말이죠. 유감스럽게도 제가 남쪽 공터에 아침을 먹으러 갔다가 피델리타스의 비행사가 로렌스 대장님에 대해 나쁜 말을 하는 걸 몇 번 들은 적이 있어요."

"우리가 전투 중일 때 풀이 피델리타스에게 지상으로 내려가 약탈을 하라고 지시했을 거라는 뜻이야?"

테메레르는 점점 분노가 치솟았다. 마침내 공터로 돌아온 로렌스는 그 추측을 부정하지 않았다. 로렌스가 지친 목소리로 말했다.

"그 얘기는 다른 데서 하지 마. 그런 소문이 퍼져봐야 좋을 게 없어. 증거도 없고, 증거가 있다고 해도 지금은 어떤 조치도 취할 수 없어."

테메레르는 속이 부글부글 끓었다.

"당신이 내내 걱정했던 게 이런 거였구나, 로렌스. 이제 알겠어. 아! 이건 충격적인 수준을 넘었어. 피델리타스는 자신이 얼마나 이기적인 겁쟁이처럼 행동했는지 잘 알 거야. 피델리타스와 얘기를 해봐야겠어."

"그러지 마. 비행사의 명령을 따랐다는 이유로 용을 비난할 수는 없어."

"왜 못 해. 터무니없이 잘못된 명령이라는 걸 피넬리타스는 분명히 알고 있었을 거야. 모두가 대열을 지키면서 싸우고 있는데 전장을 외면하고 탐욕스럽게 행동하라는 명령을 받은 거였잖아. 포리지 솥 앞에 얼굴을 들이미는 것이 부끄럽지도 않나. 로렌스, 그런 비열한 짓을 그냥 흐지부지 넘기면 안 되는 거잖아."

"우린 그 용을 나무랄 수도 없고 그 용의 비행사를 책망할 수도 없어. 해군 본부는 풀 대령이 무슨 짓을 했든 그를 비호하면서 어떻게든 나를 사임시킬 핑계를 찾을 테니까. 그러니까 테메레르, 천에 맞게 외투를 만들어 입는 수밖에 없어. 분수에 맞게 처신해야 돼. 지금 당장 그를 처벌할 수는 없지만 승리의 보상을 주지 않으면 되잖아."

"보상?"

테메레르는 얼굴 주변의 막을 곤두세웠다.

"코사크 족이 어젯밤 전장에서 달아나는 프랑스군의 마차들을 포획했어. 거기 육포가 실려 있었는데 우리가 두 달간 충분히 먹을 수 있는 양이야. 비트겐슈타인 장군이 그걸 우리 부대 보급 장교들에게 보내주셨어."

"우와, 진짜 좋은 소식이네. 그런데 말이야, 로렌스, 육포가 보상이 되기는 힘들 거야. 영국 용들이 얼마나 생고기를 좋아하는지 알잖아. 피넬리타스만 해도 전투 전날 내 저녁으로 나온 요리를 맛도 보지 않더라고. 우리가 새로 고용한 요리사가 모든 종류의 후추를 섞은, 끝내주는 소스로 양념한 양고기에 보리와 밤을 곁들여 진짜 맛있는 요리를 만들어 왔거든. 피델리타스가 먹어보고 싶은 표정이라서 한입 먹어보라고 했더니 곧장 뒤로 물러서면서 됐다고 하는 거야."

테메레르는 멈칫하더니 얼굴 주변의 막을 펴며 덧붙였다.

"피델리타스가 그러는 것도 그런 이유 때문이었나? 로렌스, 피델리타스가 평소 나한테 괴상하게 구는 것도 비행사의 지시 인 거지?"

"설마, 그렇지는 않겠지. 어느 쪽이든 우린 그들의 행동을 말로 바로잡을 수 없으니 우리가 원하는 방향으로 유도해보는 수밖에 없어. 4,000파운드 정도의 돈을 포상금으로 내놓고 성과에 따라 나눠준다고 하면 용들이 흥미를 가질까?"

"4,000파운드?"

테메레르가 신나게 소리쳤다.

"로렌스, 엄청 큰돈이니까 당연히 흥미를 갖겠지. 그런데 4,000파운드가 어디서 나는데?"

테메레르는 로렌스가 그 돈을 자신이 대겠다고 할까 봐 약간 걱정됐다.

"교수형에 처해져야 마땅하지만 아직 목숨이 붙어 있는 가장 비열한 자들에게서 조달해야지."

그날 오후 늦은 시각, 테메레르는 흡족한 표정으로 공터 위쪽에 섰고 그 앞에 용들이 속속 모여들었다. 이스키에르카와 레퀴에스캇, 각 편대를 이끄는 편대장 용들, 리칼리를 비롯한 하네스 비착용 상급 용들이었다. 민노우가 일찌감치 진영을 돌아다니며 그들을 불러 모았다. 엄숙한 의식에 걸맞은 위풍당당하고 차분한 표정으로 용들을 맞이한 테메레르는 리칼리가 아침에 먹고 남은 음식을 끓이는 솥을 들여다보자 얌전히 있으라는 뜻으로 인상을 찌푸렸다.

"뭐하러 불렀어요?"

부끄러움을 모르는 야생 용 리칼리가 묻자 테메레르가 차분하게 대답했다.

"모두 모이면 얘기할 테니까 기다리세요. 한 가지 분명한 것은 여러분이 대단히 흥미를 가질 만한 소식이라는 거예요. 또한 우리 군에 소속된 명예를 아는 용에게 이득이 되는 얘기라는 겁니다."

그때 로렌스가 용들이 모여 있는 곳으로 걸어오며 지시했다.

"테메레르, 내가 읽어주는 숫자들을 모든 용들이 볼 수 있도록 크게 종이에 써."

"알았어, 로렌스. 배기, 내 책상 좀 갖다 줘."

테메레르가 책상 앞에 앉아 두루마리 종이를 펼치자 로렌스는 가죽 장정된 커다란 책을 펼쳤다. 그런데 자세히 보니 글자가 인쇄된 책이 아니라 작고 깔끔한 칸에 숫자들이 빼곡히 적힌 장부였다.

"상급 사령관께서 어제 고생했다며 우리 부대에 4,000파운드에 상응하는 선물을 포상금으로 보내주셨다. 여기 모인 여러분도 나처럼 기쁠 것이라 생각한다.”

어떤 얘기를 할지 미리 들은 테메레르는 차분하고 만족스러운 표정과 자세로 앉아 있었다. 하지만 다른 용들은 이내 표정이 바뀌고 크게 술렁이며 기뻐하는 모습이었다. 다들 파운드화에 대해 잘 알고 있었다. 공군 소속 용들은 급료를 받고 있어서 4,000파운드를 금과 소로 환산했을 때 어느 정도의 가치인지 잘 알았다.

로렌스가 계속해서 말했다.

“향후에도 이런 포상금을 또 받을 수 있기 때문에 포상금 배분 방식에 대해 모든 용이 명확히 알아야 한다고 생각한다. 전투 중에 각자 노력한 만큼 포상금을 가져가는 방식이다. 현재 우리 부대에는 용이 백 마리 있으니, 기본 단위는 1,000분의 1점으로 하고 이는 4파운드에 해당한다.”

로렌스가 고개를 끄덕이자 테메레르는 종이에 ‘1,000분의 1점 = 4파운드’라고 큼지막하게 써서 모두에게 보여주었다. 로렌스가 설명을 이어갔다.

“미들급과 헤비급 용은 기본 점수에 곱하기 2, 편대장 용은 곱하기 3을 한다. 이스키에르카, 레퀴에스캇, 레반티아, 리칼리는 용 대령 겸 편대장 용으로 간주된다.”

모두 고요해지고 로렌스가 잠시 뜸을 들였다. 용들은 웅성거림을 멈추고 귀를 쫑긋 세웠다.

“전투 중에 사적인 약탈 행위를 위해 단독 행동을 한 용은 당연히 포상금 배분에서 제외된다."

이 말에 피델리타스는 조그맣게 소리를 질렀고 리칼리는 대놓고 일어나 앉으며 따졌다.

"그건 진짜 부당해요. 우리가 약탈한 수레에는 곡물 자루 몇 개와 이런저런 허섭쓰레기뿐이었다고요."

하지만 캐버너스가 목청을 높이며 나섰다.

"저는 반대할 이유가 없습니다."

그러자 다른 편대장 용들도 웅성대며 동의를 표시했다.

웅성거림이 잦아들자 테메레르가 활기차게 말했다.

"부대와 함께 지시대로 움직여서 정당한 몫을 받든지 아니면 멋대로 약탈에 나섰다가 운 나쁘게 허탕을 치든지 알아서 할 일이죠. 물론 이기적인 약탈 행위를 권장하지는 않습니다. 어차피 매번 교전이 끝난 후에는 전장에서 약탈한 물품 목록을 만들고 끝없는 논의를 통해 처리 방법을 결정하게 될 테니까요."

이어서 로렌스가 보충 설명을 했다.

"반면에 교전이 끝난 후에는 용맹한 자를 격려하고 규율을 지키는 자를 중시하고 현명하게 처신하는 자를 치하하기 위해 일반적인 포상금 배분 원칙에 따라 각자의 몫을 나눠줄 것이다. 테메레르, 구체적인 포상 항목을 기록해. 우선 포화 속에서도 착실하게 임무를 수행하고 프티 슈발리에를 추락시킨 캐버너스의 능력을 높이 평가하는 바다. 이에 추가로 10점을 부여하겠다."

이런 흥미진진하고 유쾌한 포상 절차는 화창한 오후 내내 진행되었다. 다들 만족하는 분위기였다. 다만 비행사들은 처음 한 시간이 지나기도 전에 안절부절못하기 시작했다. 그중 로저 폴 대령은 무례하게도 앞에 나서서 지껄였다.

"저희가 이런 장황한 의식을 위해 얼마나 더 서 있어야 합니까……."

"로저!"

피델리타스가 비판적으로 쳐다보는 다른 용들의 눈빛에 창피해하며 폴을 만류했다. 특히 캐버너스의 눈빛이 그랬다. 마침 캐버너스의 편대에 소속된 용 맥실라가 체급이 더 큰 용을 상대로 제 위치를 잘 지킨 공로를 인정받아 2점을 추가로 받는 중이었다.

하지만 폴은 분위기를 파악하지 못하고 피델리타스에게 쏘아붙였다.

"넌 포상에서 제외됐잖아. 게다가 넌 지금 배도 고플 텐데. 종일 아무것도 안 먹었잖아."

앞으로도 적용될 포상금 배분 원칙을 잘 알아두는 것이 얼마나 중요한지 모르는 눈치였다.

테메레르가 준엄하게 말했다.

"다른 일이 있는 용은 그만 가봐도 좋습니다."

"아니, 아뇨!"

피델리타스는 폴 주변을 꼬리로 둘러싸 다른 이들의 눈에 보이지 않게 하고 고개를 숙이고는 다급하게 속삭였다.

"먹이는 이따가 먹을게."

캐버너스가 피넬리타스를 쳐다보면서 큰 목소리로 물었다.

"로렌스 대장님, 마지막에 하셨던 말씀을 한 번 더 해주시겠습니까? 맥실라에게 포상금의 정확한 세부 내용을 전달해야 하는데 잘 알아듣지 못했습니다."

로렌스는 기꺼이 다시 설명해주었다. 비행사들은 더는 끼어들거나 방해하지 않았다. 그럼에도 테메레르는 그랜비를 포함한 다른 비행사들이 어이없을 정도로 산만하게 구는 것이 유감스러웠다. 그들은 포상과 관련된 대단히 흥미로운 내용에 귀를 기울일 생각도 하지 않고 공터를 하릴없이 서성이기만 했다. 몇몇 용은 정신없게 왔다 갔다 하지 말라며 자기네 비행사들을 공터 가장자리로 슬쩍 밀어놓았다.

안타깝게도 이렇게 즐거운 회의는 영원히 계속되지 않았고 로렌스는 설명을 마쳐야 했다. 로렌스가 멋진 가죽 장부를 덮자 테메레르는 한껏 만족해하며 두루마리 종이를 내려다보았다. 1,000분의 1점을 기준으로 정확히 어떻게 점수가 계산되는지, 각각의 점수에 어떤 식으로 곱하기 4파운드를 하게 되는지가 자세하고도 멋지게 적혀 있었다. 계산을 해보니 이번에 용들은 대부분 두 자릿수의 포상금을 받게 되었다.

"한 가지 더 할 말이 있다. 이번 포상금은 육포로 구성되어 있다. 육포로 자기 몫을 받고 싶은 용은 육포 한 더미를 2파운드 3실링으로 계산하면 된다. 만약 소로 받고 싶으면 12파운드 6실링 4펜스로 계산해서 각자의 계산서에서 차감한다."

로렌스가 말을 맺었다.

회의는 기분 좋게 끝났다. 용들은 머릿속으로 열심히 계산을 하면서 각자의 비행사를 데리고 테메레르의 공터를 떠났다. 오비투리아가 주절거렸다.

"있잖아, 윈들, 생각을 해봐. 소와 육포가 10파운드 3실링 차이가 난단 말이야. 내가 4점을 받으면 돈으로는 16파운드니까 육포를 여섯 더미 넘게 살 수 있어. 73파운드 18실링이면 소 여섯 마리를 살 수 있다고."

윈들은 무슨 말인지 알아듣지 못하고 바보처럼 멍하니 오비투리아를 쳐다보기만 했다.

용 몇 마리가 두루마리 종이를 자세히 들여다보겠다며 남았다. 그러자 테메레르가 약속했다.

"각 편대장 용의 공터에 쭉 돌리겠습니다. 그쪽 공터에도 돌릴게요."

테메레르는 리칼리에게도 너그럽게 말했다. 이제는 스코틀랜드 야생 용들의 약탈 행위에 대해서도 분노가 많이 가라앉았던 것이다.

"제리, 이 종이를 말아서 끈으로 묶어. 지상 요원 두 명을 더 불러서 같이 가져가도록 해. 착실한 요원들로 데려가. 오데이, 이 종이가 흙탕물에 젖거나 더러워지지 않게 주의해주세요."

테메레르가 추가로 지시했다.

모두 돌아가자 로렌스는 크게 한숨을 쉬며 접의자에 털썩 앉았다. 그는 새로 받은 훈련생들 중 한 명에게 말했다.

"물 탄 브랜디 좀 가져와, 윈터스."

로렌스는 윈터스가 가져온 술을 단숨에 마시고는 아리송한 말을 했다.

"빌어먹을 장사꾼 같군. 이 방법이 답이 될지는 두고 보면 알겠지."

어쩌면 경멸을 받을 만한 자신과 테메레르의 책략이 제대로 효과를 발휘하는 것을 보고 로렌스는 다소 씁쓸했다. 다음 날 진영을 둘러본 로렌스는 용들이 깃발 담당 소위들을 통해 깃발 신호를 익히는 모습을 보고 깜짝 놀랐다. 어른 용에게는 새로운 언어나 다름없는 깃발 신호를 익히는 것이 상당히 어려운 편이었다. 로렌스는 용들에게 약속한 포상 목록을 다시 들여다보고 나서야 상황을 이해했다. 그가 어제 '깃발 신호를 잘 보라'는 말을 일곱 번이나 했던 것이다. 로렌스가 스코틀랜드 야생 용들이 머무는 공터를 방문하자 야생 용들이 모두 그의 앞에 모여 설명에 귀를 기울였다. 야생 용들이 도버를 떠나온 이후 처음 벌어진 대단한 사건이었다. 게다가 지난밤에는 진영을 벗어나 약탈을 나간 야생 용이 한 마리도 없었다. 리칼리의 야생 용들 중에 어제 약탈에 참여하지 않고 레퀴에스캇과 함께 전투를 했던 용들은 추가점을 포상으로 받아 우쭐거렸고, 나머지 야생 용들은 그 용들이 부러워서 한숨을 푹푹 쉬었다.

로렌스는 굳은 표정으로 승리를 받아들였다. 진영을 마저 돌아본 후 민노우를 타고 새로 본부가 꾸려진 도시로 날아갔다. 러시아의 비트겐슈타인 장군이 환하게 웃으며 방문자들을 반겼다. 쓸데없이 어슬렁대는 자들과 용건도 없이 모여든 자들이 너무 많아 혼란스러웠으나 기운차고 자신 있는 분위기가 가득해서 로렌스는 가슴이 아릴 정도로 부러웠다.

"로렌스 대장!"

비트겐슈타인이 소리치며 다가와 그와 악수를 나눴다. 작년에 비트겐슈타인은 참혹한 전투를 치르면서 프랑스의 니콜라 우디노 장군이 이끄는 프랑스 육군에 패배해 상트페테르부르크를 버리고 철수했었다. 이번에 로렌스의 부대를 비롯한 동맹군이 베를린을 해방시키자 비트겐슈타인은 고통스러웠던 패배의 아픔을 되갚아준 것으로 여기고 두 배는 더 기뻐했다.

"코사크 족에게 들으니, 프랑스군이 모두 강을 건너갔다고 하더군요. 엘베강 동쪽에는 프랑스 군인이 한 명도 없다는 얘기죠. 신이시여, 감사합니다! 프랑스군은 잘레강까지 후퇴했습니다. 우편배달 용을 통해 차르와 프러시아의 프리드리히 폐하께 이번 전투에 대한 자세한 보고서를 보냈어요. 대장의 용들이 얼마나 훌륭하게 싸웠는지 이제 두 분 다 아실 겁니다."

로렌스는 대단한 칭찬을 들었으나 마냥 기쁘지만은 않았다. 영국 공군이 용들의 군기를 거의 기대하지 않는다는 사실을 다시금 되새기게 되어서였다. 러시아의 차르와 프러시아의 프리드리히 왕에게 보고가 올라가면 로렌스의 입지가 강화되기는 할 것이다. 그런 생각을 하며 로렌스는 씁쓸함 속에서 기쁨을 찾았다.

"혹시 나폴레옹에 대한 소식은 들어왔습니까?"

비트겐슈타인이 손사래를 쳤다.

"아직 파리에 있답니다! 자, 안으로 들어갑시다."

비트겐슈타인은 뒤쪽의 작은 방으로 로렌스를 데리고 들어갔다. 그곳에는 참모 장교 두 명이 기밀 보고서들을 열심히 들여다보고 있었다. 문이 닫히자 비트겐슈타인이 나지막하게 말했다.

"최근 정보에 따르면 나폴레옹이 마인츠 시에서 병사 이십만 명과 용 사백 마리 규모의 군대를 일으켰다고 하더군요."

그다지 용기를 북돋우는 정보는 아니었다. 뒷방으로 따로 불러 긴밀히 알려줄 만했다. 비트겐슈타인이 계속해서 말했다.

"프러시아의 블뤼허 장군이 다음 주에 드레스덴과 라이프치히를 프랑스군의 손아귀에서 해방시키기 위해 작센으로 갈 겁니다. 우리는 작센의 왕을 설득해 동맹에 합류시킬 생각이고요. 작센에서 약탈 행위가 일어나면 절대 안 되는 이유는 굳이 설명 드릴 필요가 없겠지요, 로렌스 대장. 디헤른 대장에게 들었는데, 로렌스 대장이 하루에 암소 스무 마리로 부대 전체를 먹였다면서요?"

로렌스는 그다음에 나올 질문을 예상하고 천천히 대답했다.

"밀 20톤도 있었습니다, 장군."

"디헤른 대장은 블뤼허 장군의 부대에 합류하라는 프리드리히 폐하의 명령을 받았습니다."

디헤른도 얼마 전에 대장으로 진급했다. 예나 전투 이후 수년간 프러시아의 상급 장교들 대부분이 조용히 은퇴를 하는 바람에 보다 젊고 능력 있는 장교들이 진급할 기회가 많았다.

비트겐슈타인이 계속해서 말했다.

"나와 쿠투조프 원수는 로렌스 대장과 수하의 용들이 작센으로 긴급히 가주면 오늘 여기서 거둔 승리가 더욱 가치 있을 거라고 판단했습니다. 하지만 작센에서 부대원에게 식량을 공급하는 것이 여의치 않겠다고 생각된다면 강요는 하지 않겠습니다, 대장."

쉽지 않은 문제였다. 어떻게든 해볼 수는 있겠지만 모든 용들이 포리지로 끼니를 때우게 하지 않고서는 불가능할 듯했다. 일부 용 비행사들은 공식적으로 고기 배급을 요구하는 상황이었다. 지금 작센으로 가면 하루씩 굶는 날도 있을 것이다. 다른 때 같으면 사소한 걱정거리는 무시하고 넘어가겠지만 지금은 아니었다. 나폴레옹이 정말 마인츠에 용 사백 마리를 모아뒀다면 블뤼허 장군은 영국 용들의 지원 없이 나폴레옹을 상대할 수 없을 것이다. 하지만 로렌스는 휘하의 비행사들이 용들을 달래 부족한 먹이를 견뎌내게 할지 자신이 없었다. 바로 다음 언덕에 맛있는 양 떼가 모여 사는 양 우리가 있다면 배를 주린 용들이 과연 참을 수 있을까.

그 점에 대해서는 부대 내의 남부끄러운 갈등을 드러낼 필요 없이 비트겐슈타인 장군에게 바로 말할 수 있었다. 그리고 휘하의 용들을 달랠 수단을 확보하기 위해 자존심을 죽이고 어두운 표정으로 청했다.

"이기적으로 보일 수도 있겠습니다만, 어제 보내주신 육포 같은 식량을 확보하는 것이 우리에게는 무척 중요한 일입니다. 그

런 식량을 포상금으로 내걸어 용들 사이에 규율을 지키는 분위
기를 조성할 수 있습니다."

비트겐슈타인이 미간을 찌푸렸다.

"용들 사이에요? 이해가 안 되는군요. 그러니까 장교들이 용
들을 제어해 명령을 따르게 하겠다는 뜻인지……."

로렌스는 휘하의 장교들을 우습게 만드느니 무례하게 말허리
를 자르는 편이 낫겠다고 생각했다.

"장군, 죄송하지만, 용들 사이에 그런 분위기를 조성하겠다는
말입니다."

비트겐슈타인은 로렌스를 가만히 쳐다보다가 짧게 콧방귀를
뀌듯이 웃음을 터뜨렸다.

"용들이 포상금에 뭐 하러 신경을 씁니까? 게다가 우린 용들
에게 줄 황금도 없는데요."

로렌스가 용들이 실은 포상금에 무척 신경을 쓴다고 알려주
자 비트겐슈타인은 반신반의하며 말했다.

"요즘 돈은 어디서나 부족한 실정입니다, 대장."

"알고 있습니다, 장군. 돈을 달라는 게 아닙니다. 적들에게서
빼앗은 육포나 소, 곡물로 주시면 충분합니다."

로렌스는 식량을 어떻게 돈으로 바꿔 용들에게 지급할지는
굳이 설명하지 않았다. 이미 보급 장교들의 부패한 실상에 대해
잘 알고 있는 비트겐슈타인은 로렌스가 다른 방법을 사용할 것
이라는 생각도 하지 않는 눈치였다. 로렌스는 부패한 보급 장교
들에 대한 정보를 제인에게 얻어 자신의 목적에 맞게 이용했다.

영국을 떠나기 전에 로렌스는 제인이 가장 탐욕스러운 놈들이라고 칭했던 타락한 보급 장교들을 불러들였다. 그러고는 유럽 대륙에서 확보한 고기를 팔면 값을 얼마나 쳐줄 건지, 쇠고기가 아닌 돼지고기를 소금에 절여 용의 몸에 싣고 이동할 경우 어떤 어려움이 생기는지에 대해 논의했었다.

그들은 로렌스가 보내주는 소를 항구에서 팔아 로렌스에게 금으로 값을 치르기로 합의했다. 그중 제일 지독하게 썩은 작자가 로렌스의 손을 부여잡고 악수를 하며 "이렇게 분별력이 있고 말이 통하는 분과 얘기를 나눠서 정말 기뻤습니다, 대장님"이라고 말했었다. 물론 소를 판매한 금액 중 상당한 액수가 보급 장교들의 주머니에 들어갈 것이고 보급 장교들은 로렌스 역시 비슷한 금액을 착복하면서 용들에게는 썩은 고기나 굶주린 소작농들에게서 빼앗은 식량을 먹일 것으로 여겼다.

그 보급 장교들을 통해 소를 내다 팔고 그 대금으로 유럽에서 곡물을 구매하면 절반의 비용으로 세 배는 많은 용들을 보다 건강하게 먹일 수 있었다. 그가 이런 방법으로 용들에게 대용식을 먹이겠다고 미리 화이트홀에 제안했으면 화이트홀에서 무어라고 했을지는 듣지 않아도 뻔했다. 스페인에서 제인은 용들에게 옥수수와 말고기를 주로 먹이고 있었다. 공식적으로 병참부는 제인에게 매일 소금에 절인 돼지고기 500배럴을 보내는 것으로 되어 있었지만 실제로 제인이 받는 것은 그중 4분의 3뿐이었다. 이런 상황에도 군의 식량 보급은 오랜 관행에서 벗어나려 하지 않았다. 도버 기지의 도둑들은 고기를 판매한 대금의 절반을 꿀

껵하고 나머지 절반을 로렌스에게 보내겠지만, 그래도 로렌스
로서는 필요한 액수보다 여유로울 터였다.

전투가 끝나고 비트겐슈타인은 적군에게서 빼앗은 육포를
로렌스의 부대에 상당히 많이 보내주었다. 러시아의 보급 장교
는 용 이백 마리를 한 달간 먹일 수 있는 양의 육포와 소금에 절
인 고기를 수레에 싣고 와서는 로렌스에게 미심쩍은 듯이 말했
었다.

"이 특이한 포상품을 잘 쓰시기 바랍니다, 대장님."

그때 로렌스는 육포를 일부 처분해 포상금을 확보하고 용들
을 설득해 육포로 식사를 대신하게 하면서 더욱 열심히 의무를
수행하게 만들면 되겠다는 생각을 했었다.

로렌스는 썩은 물에 두 손을 깊이 담그는 기분이라 입맛이 씁
쓸했다. 비트겐슈타인은 생각에 잠긴 표정으로 로렌스를 쳐다
보며 말했다.

"그렇게 처리하겠습니다, 로렌스 대장."

"포상금으로 쓸 수 있도록 식량을 최대한 모아서 보내겠소.
양이 많을지는 장담 못 하겠지만."

블뤼허 장군은 망설임 없이 로렌스에게 약속했다. 프러시아
의 노장군 블뤼허는 한번 믿기로 한 사람은 끝까지 믿어주는 사
람이었다. 디헤른이 추천한 데다가 프러시아 용들까지 구출했
으니 블뤼허는 로렌스를 믿어보기로 했다.

막상 받고 보니 물량은 정말 많지 않았다. 하지만 용들에게는

4파운드를 받느냐 1실링 3펜스를 받느냐가 중요하지 않았다. 물론 대부분의 경우에 1실링 3펜스의 값이 적용되었지만 말이다. 용들이 포상금 점수를 잘못 이해했거나 계산을 잘못한 것이 아니었다. 영국 용들은 1펜스까지 철저하고 완벽하게 돈을 관리하는 편이었다. 소규모 접전 끝에 수레 몇 개를 포획해서 포상금을 네 번 할당받은 날에도 용들은 한 마리도 빠지지 않고 테메레르의 공터 앞에 모여, 테메레르가 공터 바깥에 붙여둔 정산서를 확인했다. 테메레르는 정산서 옆에 경비병도 따로 세워두었다. 용들은 목록에 있는 다른 용들의 점수까지 순식간에 정확히 계산한 후 자신의 점수와 비교하곤 했다.

그렇게 계산을 잘하면서도 용들은 굳이 자신의 점수를 종이에 써달라고 해서 비행사들을 당황시켰다.

"이스키에르카가 이렇게 계산이 빠른 것은 처음 알았습니다."

그랜비는 투덜거렸지만 이스키에르카는 무척 만족스러워했다.

"나는 124파운드 16실링 3펜스를 벌었고 레퀴에스캇은 121파운드 11실링 2펜스를 벌었어. 나를 위해 한 번 더 계산해줘, 그랜비. 그리고 계산을 다 하면 나한테 보여줘."

그랜비는 십오 분 동안 머리를 싸매고 계산을 했지만 한 군데 계산을 잘못했다. 그랜비가 종이에 내역을 다 쓰기도 전에 이스키에르카가 그의 실수를 엄격하게 지적했다.

공군들은 대부분 정규 학교교육을 받지 못했다. 펨버튼 부인은 이런 공군 장교들의 처지를 딱하게 여기고 대신 계산을 해서 종이에 써주겠다고 제안했다. 펨버튼 부인의 계산 실력이 마

음에 들었던 용들은 너도나도 펨버튼 부인에게 대신 계산서를
써달라고 했다. 그렇게 일주일이 지나자 펨버튼 부인은 어쩔 수
없이 계산서 한 장당 1실링씩을 받기로 했다. 안 그랬으면 매일
모든 용들을 위해 계산서를 새로 써주어야 할 판이었다.

아직 문제가 하나 남아 있었다.

이런 포상 체계 때문에 오비투리아가 로렌스의 결정을 열정
적으로 따르게 되자 윈들은 분노로 목소리를 높였다.

"다 헛소리야, 오비투리아. 돈이 어디 있겠어? 현금으로 쥐여
준 것도 아니고 종이에 숫자로 적은 게 전부잖아. 앞으로도 계
속 이런 식일걸. 넌 신선한 쇠고기가 아니라 훈제 육포를 먹으
면서 돈을 아끼고 있잖아. 지난 일주일 동안 넌 살이 13킬로그
램이나 빠졌다고."

살이 빠진 오비투리아는 오히려 전보다 상태가 좋아 보였다.
로렌스는 청국의 추 장군이 영국 용들의 식단에 대해 지적했던
말을 떠올렸다.

오비투리아는 윈들의 말에 로렌스를 슬쩍 의심하는 눈치였
다. 의심이라면 누구에게도 뒤지지 않는 리칼리가 그날 오후 로
렌스를 찾아와 포상금을 실물로 보고 싶다고 했다.

"그래, 알겠다."

미리 준비해둔 로렌스는 리칼리에게 깔끔한 지폐 더미와 실
링화 그리고 펜스화를 내주었다. 하지만 화폐는 용이 편리하게
가지고 다니기 어려웠다. 로렌스가 제안했다.

"내가 네 은행 계좌에 예금을 해주면 어떨까?"

리칼리가 은행 계좌가 뭐냐고 하자 로렌스가 설명해주었다.

"테메레르도 로스차일드 은행과 거래를 하고 있는데 지금까지 불만은 없었어."

로렌스는 테메레르의 자금 관리를 위해 힘들게 은행에 계좌를 만들었지만 지금 생각하면 잘한 일이었다. 드러먼드 은행과 호아 은행은 모두 용의 이름으로 계좌를 개설하는 것에 난색을 표하면서 그냥 로렌스의 계좌에 테메레르의 돈을 넣으라고 권했다. 그때 타르케가 도움을 주었다. 타르케의 지인인 아브라암 마뎬 씨가 유럽의 유명한 유대인 가문과 꽤 친분이 있어서 런던에 있는 로스차일드 은행과 다리를 놔주었다. 로스차일드 은행은 로렌스와 한번 상담을 해보기로 했다.

로렌스가 로스차일드 은행 사무실에서 처음 대화를 나눈 젊은 은행원은 공손했지만 용의 계좌를 개설하는 것에는 회의적이었다. 로렌스는 그 은행이 평소 주화 거래에 더 치중한다는 것을 어렴풋이 알고 있었다. 그런데 갑자기 은행장인 네이선 로스차일드가 사무실로 들어왔다. 그는 윌버포스를 통해 로렌스의 아버지 앨런데일 경과 인사를 나눈 적이 있다고 했다. 앨런데일 경의 죽음에 조의를 표한 네이선 로스차일드는 용의 계좌를 개설하기가 어렵다는 얘기를 듣고는 용들이 해군 본부에서 지급받는 급료가 얼마이고 용들의 평균 수명이 어느 정도인지 간략하게 물었다. 그 덕분에 테메레르는 로스차일드 은행에 계좌를 보유하게 됐다. 통장이 발톱으로 잘 쥐여지지 않을 만큼 작아 불편했지만 테메레르는 굳이 통장을 들여다볼 필요성을 느끼지 않았다.

"흐음, 테메레르가 은행 거래를 한다면 나도 은행에 돈을 보관하겠습니다."

테메레르의 것이면 뭐든 좋다고 생각한 리칼리는 도도하게 말했다.

은행에서도 반겼다. 로렌스의 부대에 소속된 용 백 마리 모두가 은행 계좌를 만들기로 하자 은행 대리인이 직접 그들의 진영을 방문했다. 젊은 은행원은 애써 침착하게 진영 안으로 발을 들어놓았다. 프랑크푸르트 지점에서 일하는 직원이라 영어가 완벽하지 못했기 때문에 설명을 하면서 점점 더 힘들어했다. 은행 직원의 방문을 잔뜩 기대했던 용들이 그의 말에 귀를 기울이기 위해 머리를 아래로 숙이고 귀를 쫑긋 세웠기 때문에 그는 더욱 긴장했을 것이다. 한 시간이 지나도록 그를 잡아먹으려는 용이 아무도 없자 은행원은 조금씩 긴장을 풀었다. 그러고는 황홀한 표정으로 듣고 있는 용들에게 시장과 주식에 관해 보다 편하게 설명해주기 시작했다. 은행원이 돌아가자 용들은 돈을 펀드에 넣을 때의 장점과 특정 통화나 해운 사업에 투자할 때의 장점에 대해 활발하게 토론을 시작했다.

로렌스는 이런 성공에 마냥 기뻐할 수가 없었다. 용들을 복종시킨 방법이 저열하고 야비하게 느껴졌기 때문이었다. 말은 하지 않아도 분노한 것이 분명한 풀 대령을 탓할 수도 없었다. 용들의 요구에 따라 로렌스는 정기적으로 포상금 배분과 관련한 회의를 열었고 그때마다 그랜비는 힘들어하는 표정이었다. 포상금 체계가 비행사와 용의 관계에 간섭하는 면이 없지 않았으므로, 공군들이 반발하는 것도 무리는 아니었다. 그러나 로렌스 대장이 고안한 이 방법 덕분에 피델리타스가 명령을 잘 따르고 있으니 풀 대령도 항의할 입장은 아니었다.

풀 대령은 대놓고 인상을 구기고 다녔다. 다른 비행사들도 크게 표현은 하지 않았지만 화가 나 있었다. 블뤼허 장군의 부대는 드레스덴과 라이프치히로 거침없이 진군했으며, 나폴레옹의 부대는 점점 규모를 불리며 마인츠 시에서 꼼짝도 하지 않았다. 프랑스에 정복당했던 지역 안에서 전투가 벌어질 듯했다. 다른 아군 부대는 자신감이 가득해서 당장에라도 전투에 나갈 의지가 가득했다. 하지만 로렌스의 장교들은 시무룩한 표정으로 입을 다물고 마지못해 의무를 수행할 뿐이었다.

"닝을 업고 다니는 대가로 추가 점수를 받아야겠어. 나 말고는 아무도 다른 용을 업고 다니지 않는다고. 게다가 닝은 이제 깃털처럼 가볍지도 않아."

레퀴에스캇이 두루마리 계산서를 흘끗 쳐다보며 말했다. 레퀴에스캇과 이스키에르카는 테메레르의 공터를 찾아와 자기네 계산서를 들여다보며 또다시 자기 몫을 따져대고 있었다.

이스키에르카는 못마땅한 표정으로 불꽃을 뿜으며 콧방귀를 뀌었다.

"당신이 추가 점수를 받을 이유는 없을 텐데. 쟤가 유용한 일을 하는 것도 아니고, 그렇다고 당신이 쟤를 업고 다니는 게 아군에 도움이 되는 것도 아니고."

공터 저편에 있던 닝이 고개를 들며 반박했다.

"저는 충분히 도움이 되고 있어요. 청국 공군이 아직 보이지 않는다고 해서 그들이 여기로 오고 있지 않다는 뜻은 아니잖아요. 그들은 제가 여기 있기 때문에 오는 겁니다. 여러분은 그들이 어서 도착하기를 바라고 있고요. 그렇지 않으면 여러분은 이 전쟁에서 질 테니까."

닝이 암울한 전망을 내놓자 테메레르는 약이 올라 얼굴 주변의 막을 펼쳤다.

"우린 지지 않아. 청국군은 당연히 올 거고. 그들이 오면 큰 도움이 되겠지만 그들이 오지 않는다고 해도 우리가 전쟁에서 질 일은 없어."

"아뇨, 질 거예요. 여러분이 오늘 종일 여기 늘어져 계시는 동안 제가 좀 돌아다니며 알아봤는데…….."

레퀴에스캇이 한마디를 덧붙이고 나섰다.

"우린 지쳐 누워 있는데 너는 그렇게 팔팔하게 돌아다닐 수 있었던 이유가 과연 뭘까."

닝은 아랑곳하지 않고 얘기를 계속했다.

"이 근처에 사는 야생 용들을 여럿 만났어요. 그들과의 대화가 상당히 도움이 됐지만 굳이 여러분의 견해에 반박하진 않을게요. 여러분이 모두 성공하시길 바랍니다."

"다음번에 우리가 전투에 나설 때 너도 한몫해봐. 베를린에서 네가 우리를 좀 거들면서 불을 쐈으면 꽤 유용했을 텐데. 그랬으면 로렌스는 너에게도 포상금을 지급하면서 흡족해했을 거다."

그러자 레퀴에스캇이 물었다.

"그럼 내 몫은?"

"닝이 자기 몫을 받아 자기를 업고 다닌 당신에게 양도해야죠. 그게 이치에 맞아요."

닝은 궁둥이를 바닥에 대고 허리를 세우며 퉁명스럽게 말했다.

"죄송합니다만, 저 대신 아버지가 그런 결정을 내리시기 전에 저도 할 말을 해야겠어요. 저는 지금도 영국이 청국과 동맹 관계를 유지할 수 있도록 제 할 일을 하고 있어요. 이 정도로 그만 만족하시죠."

"어느 쪽이 이길지 확실히 알기 전에는 어느 편에도 서지 않겠다는 뜻이구나."

이스키에르카가 콧방귀를 뀌며 구시렁거리는 말에 테메레르도 동의할 수밖에 없었다.

이스키에르카와 레퀴에스캇은 계속 논쟁을 하면서 테메레르의 공터를 떠났다. 그들이 돌아간 후 테메레르가 닝에게 말했다.

"너는 겁쟁이가 아냐. 필요할 때는 너 자신을 잘 방어하더구나."

이 진영에 처음 온 용들이 닝을 여러 번 밀쳐낸 적이 있었다. 닝의 체격이 여전히 라이트급 용 정도로 작았기 때문에 무시당한 것이다. 닝은 예의를 지키면서도 분명하게 자신의 입지를 지

컸다. 닝에게 덤볐던 용 서너 마리는 아직도 발가락이나 꼬리 끝에 화상 흔적이 역력한 채로 돌아다녔다.

"그런 네가 왜 전장에서 제 역할을 하고 그에 따르는 포상금을 받지 않는지 이해가 안 돼. 너 정도의 능력이 있는 용의 이름이 정산서에 오르지 않는 건 진짜 이상한 일이거든. 네 이름으로 배분된 돈이 1실링도 없잖아!"

닝은 아쉬움이 담긴 눈빛으로 정산서를 흘끗 쳐다보면서도 입장을 바꾸지는 않았다.

"실링화와 파운드화를 받으면 좋기는 하겠죠. 그런데 1실링의 가치는 얼마죠? 지금 여기서 따져보면 토끼 한 마리를 살 수 있는 돈이잖아요. 그런데 런던에서는 그 돈으로 토끼 두 마리를 살 수 있어요."

"그야 런던보다 여기서 토끼를 잡기가 어려우니까 그렇지."

"맞아요. 전쟁이 나서 군대가 들판을 온통 짓밟고 다니니까 토끼의 수가 줄어든 거죠. 먹어야 할 입도 그만큼 늘었고요. 만약 전쟁이 일어나지 않았으면 토끼는 지금보다 많았겠죠. 그럼 1실링으로 토끼를 세 마리는 살 수 있었을 거예요. 그 가치를 뻔히 아는데 제가 왜 여기서 파운드화와 실링화를 모으면서 만족해야 하죠?"

"내가 다른 용보다 파운드화와 실링화를 더 많이 모으면 그 가치가 얼마든 더 많은 토끼를 살 수가 있어. 너는 1실링도 없으니까 토끼가 몇 마리가 있든 한 마리도 살 수가 없는 거야."

"제가 얼마 후에 부유하고 강력한 군주의 동반자가 되지 않는다면 그런 계산에 훨씬 더 마음이 휘둘리겠죠."

닝의 대답은 확고했다.

"그래, 그게 어느 나라의 군주냐가 문제겠지."

닝이 꼬리로 몸을 말고 다시 잠이 들자 테메레르는 혼자 중얼거렸다. 테메레르는 닝이 지금도 그들 편에 온전히 합류하지 않은 것이 불안했다. 닝은 토끼 얘기를 했지만 모두가 받는 포상금을 받지 못하는 걸 좋아할 용은 없었다. 영국과 동맹군이 전쟁에 패배할 거라는 추측에 몸을 사리는 것일까. 물론 잘못된 추측이지만, 그래도 어째서 그렇게 생각하는지 물어보고 싶었다. 하지만 그런 질문을 하면 닝의 추측을 믿는다는 의미가 되고 만다.

디혜른은 로렌스에게 대단히 품질 좋은 커피를 한잔 건네며 투덜거렸다.

"오스트리아인들은 아직도 매일 비엔나와 드레스덴 사이를 왔다 갔다 하고 있습니다. 나폴레옹이 우리를 공격하면 그들은 바로 나폴레옹 편에 붙겠죠."

그들은 라이프치히 외곽에 있는 뤼첸이라는 작은 마을 근처에 진을 치고 진군 명령을 기다리고 있었다. 동맹군 본부는 동쪽에서 서쪽으로 이동해 드레스덴에 자리 잡았다. 드레스덴 본부에는 차르와 쿠투조프 원수 겸 총사령관이 자리하고 있었지만 아군이 병력 조정도, 연락선 개선도 하지 않아 보고서가 제대로 오가지 못하고 있었다. 어젯밤에 들어온 소식에 따르면 나폴레옹이 파리를 떠나 드디어 출정한다고 했다. 이 소식은 야영지의 모닥불마다 빠르게 퍼져나가 모든 이들에게 암울한 그림자를 드리웠다. 그날 아침, 병사들이 꺼져가는 불을 다시 지피고 무거운 회색 하늘이 흐릿하게 밝아올 무렵, 로렌스는 야영지를 걷다가 병사들이 두런두런 나누는 대화를 들었다.

로렌스는 디헤른 대장과 러시아의 일첸코 공군 대장을 만나 다음 주에 쓸 식량 목록을 함께 살펴보기로 했다. 로렌스는 지난번 전투 때 러시아어를 약간 익힌 정도였고 일첸코는 영어를 아예 하지 못했으며 디헤른의 프랑스어 실력은 그리 좋지 않았다. 그들은 여러 언어를 이리저리 기워가며 얘기를 나눴다. 그러고는 상대방이 제대로 이해했는지 확인하기 위해 같은 말을 두 번 이상 통역하기 일쑤였다. 하지만 진짜 어려운 점은 따로 있었다.

프러시아군이 합류하면서 동쪽에서 예비 병력이 추가됐고 러시아 중심 지역에서 러시아 용들이 더 동원됐다. 그래도 봄이 되자 야생 용들의 약탈 행위를 막으러 다니는 일은 그나마 줄었다. 나폴레옹의 용이 사백 마리에 이른다는 보고가 있었지만 아군의 용도 그에 못지않았다. 물론 전투력을 용의 머릿수로만 따질 수는 없겠지만 말이다.

프러시아군이 보유한 백삼십여 마리의 용들 대부분은 프러시아군이 베를린으로 오는 도중 사육장에서 해방시킨 용들이었고 그중 절반이 비행 속도가 느린 헤비급이었다. 프러시아 용은 미들급도 헤비급에 가까운 체격이고 라이트급 용은 거의 없었다.

로렌스는 대형 용들을 군인과 화기, 특히 대포 수송에 쓰는 편이었다. 청국 공군은 일반적으로 미들급이 넘어가는 체급은 근육 낭비라고 여겼지만 미들급 용은 24파운드 포 하나도 운반하지 못했다. 나폴레옹은 예전부터 헤비급 용을 이용해 대형 대포와 포탄을 전장으로 옮겼다. 이는 말들이 열악한 도로로 운송하는 것보다 나았다. 그래도 로렌스는 다른 프러시아 군인들이나 용들과 마찬가지로 전장에서 프랑스군에게 제대로 복수하기 위해 이를 갈고 있는 디헤른에게 프러시아 대형 용들을 병력과 화기 수송에 쓰자는 말을 할 수 없었다. 무엇보다 프러시아 포병대가 용에 탑승하려 하지 않았다.

러시아군은 용 여든 마리를 동원했다고 했지만 실제로 군사 훈련을 받은 용은 서른 마리에 불과했다. 그나마 그 용들은 전투 외에 다른 용도로는 쓸 수가 없었다. 러시아 용들은 사람을 좋아하지 않았다. 그들에게 사람은 그저 가끔 식량과 보물을 제공하는 존재이거나 아니면 날개를 결박해 잔인하게 학대하는 존재일 뿐이었다. 일주일 전 보시엠은 이송용 하네스가 거슬린다는 이유로 몸에 싣고 가던 삼백 명의 군인들을 몸에서 떨어뜨려 끔찍한 죽음을 맞게 했다. 보시엠은 하네스가 거슬린다고 장교들에게 불평을 하는 대신 비행 중에 고개를 뒤로 돌리고 톱니 모양의 이빨로 하네스의 비단 줄을 끊어버렸다. 탑승했던 군인들이 울부짖으며 애원하고 장교들도 미친 듯이 말렸지만 보시엠은 들은 척도 하지 않았다. 그 후 보병들은 러시아 용들의 몸에 탑승하는 것을 거부했다. 로렌스는 그들을 나무랄 수 없었다.

화물 같은 경우도 마찬가지였다. 러시아 용을 달래서 몸에 실었다가도 물건을 다시 받아내기가 어려웠다. 어제 일첸코 대장은 내키지 않는 표정으로 로렌스를 찾아와 테메레르의 도움을 요청했다. 새로 군에 합류한 예비온티라는 용이 빌나에서 대포를 싣고 목적지에 도착했지만 대기 중인 포병대에게 대포를 내주려 하지 않는다는 것이었다. 예비온티는 가까이 다가오려는 장교에게 으르렁대며 위협하기까지 했다.

부탁을 받은 테메레르는 그쪽 공터에 착륙하며 위엄 있게 말했다.

"나한테 쉭쉭대지 마세요. 내가 대포를 갖고 싶으면 내 돈으로 하나 사면 됩니다."

이 말에 예비온티는 살짝 겸연쩍어하며 사과했다. 테메레르가 어마어마한 보물을 획득했다는 소문이 러시아 용들 사이에 이미 파다하게 퍼져 있었다.

"그 대포를 가지고 뭘 하려는 건지 모르겠네요. 모양이 예쁜 것도 아니고 사람들에게 줘서 당신을 엄호하게 할 게 아니라면 별로 쓸모도 없는 물건 아닙니까."

테메레르의 말에 예비온티가 고집스럽게 반박했다.

"내 거예요. 가치 있는 물건이 아니라면 저들이 왜 나한테서 훔치려고 들겠어요?"

모스크바가 적군에게 파괴될 당시 예비온티는 갖고 있던 귀중품을 잃어버렸다. 그래서 기회만 있으면 수단 방법을 가리지 않고 다시 채우려고 했다. 러시아 용들 사이에서는 귀중품을 얼마나 보유했느냐에 따라 서열이 정해졌다.

"저들은 포병대라서 대포를 쏴야 해요. 그래서 대포는 저들에게 큰 가치가 있습니다."

테메레르는 눈가를 발톱으로 긁으며 신중하게 말을 이었다.

"다른 이가 그 물건을 얼마나 원하느냐에 따라 물건의 가치가 정해지기는 합니다만, 자신에게는 쓸모도 없는 물건을 움켜쥐고 있는 것은 비열한 짓이라고 생각합니다. 게다가 그 대포를 어디다 보관하려고요? 포병대에게 주고 당신을 위해 대포를 쏘게 하는 편이 훨씬 낫잖아요. 포신 위쪽에 당신 이름을 페인트로 쓰게 하면 어떨까요? 비행을 하면서 어느 대포가 당신 것인지 항상 볼 수도 있고 저들이 대신 대포도 관리해주잖아요."

조금 더 설득을 하고 황금색 페인트로 이름을 써주겠다고 약속까지 하고 나서야 예비온티에게서 대포를 받아낼 수 있었다. 하지만 그 일로 인해 아군은 러시아 용들이 짐꾼으로도 부적합하다는 확신을 갖게 됐다.

반면에 러시아 라이트급 용들은 아군 진영에 머무르는 숫자가 매일 크게 달라서 작전에 투입하기가 불가능하고 정확한 숫자를 헤아리기도 어려웠다. 그런 점만 아니라면 아군의 전력으로 쓰기에 참 좋은 자산이었을 것이다. 장교 한두 명과 확고한 신뢰 관계를 구축한 그럭 같은 용들을 제외하면 대부분의 라이트급 용들은 즉시 먹이를 준다는 조건을 걸고 그때그때 필요한 심부름을 시키는 용도로밖에 쓰이지 않았다.

로렌스가 러시아의 라이트급 회색 용들의 군율을 세우기 위해 정기적으로 먹이를 제공하는 시간을 정하자고 제안했으나 일첸코의 대답은 단호했다.

"헤비급 용들이 무조건 제일 먼저 먹어야 됩니다."

사나운 헤비급 용들은 러시아군의 자부심이었다. 헤비급 용들이 급식장에서 먹이를 전부 먹어치우거나, 서로 티격태격하느라 다른 용들의 먹이까지 아예 못 먹게 망쳐놓는 경우가 허다했지만 일첸코는 눈 하나 꿈쩍하지 않았다. 그로 인해 작은 회색 용들은 급식장에서 부스러기를 찾아다니거나 농부들의 식량을 훔치곤 했다. 그나마 비정규병인 코사크 용들은 알아서 먹이를 조달했다. 플라이급인 코사크 용들은 지역 사람들을 불쾌하게 하지 않는 선에서 적당히 먹을 것을 가져다 먹었고 먹이 종류도 가리지 않는 편이었다. 하지만 외톨이 용이나 방심한 용을 기습할 때를 제외하면 전투에서는 체급이 딸려 쓸모가 없었다.

포리지를 먹도록 잘 달래둔 덕분에 머릿수가 크게 늘어난 용들에게 끼니를 제공할 수는 있게 됐지만 쉽지는 않았다. 먹이 양이 어마어마하고 용의 수도 많아서 이대로라면 주기적으로 식량이 떨어질 우려가 있었기 때문에 끝없이 세심하게 지켜봐야 했다.

장부를 정리한 로렌스가 허리를 펴고 어린 보좌관에게 고개를 끄덕이자 보좌관은 장부에 적힌 숫자를 블뤼허의 부관에게 전달했다. 로렌스는 두 손을 허리 뒤쪽에 대고 등을 쭉 폈다. 장시간 장부를 들여다봤더니 몸이 뻣뻣해진 느낌이었다. 이틀 동안 비행을 했을 때보다 오후에 천막 안에서 이렇게 시간을 보내고 나면 나이 든 게 실감이 나고 씁쓸했다. 로렌스와 디헤른은 천막 밖으로 나갔고 일첸코는 보고서 외에 차르에게 보낼 편지를 마저 써야 한다며 천막에 남았다. 보고서보다는 편지에 더 격식을 차려야 하는 듯했다.

디헤른이 로렌스에게 말했다.

"장부를 쓰는 일이 재미는 더럽게 없지만 불평은 못 하겠습니다, 로렌스. 예나 전투 전에 영국이 프러시아에 용 스무 마리를 안 보내줬다고 우리가 당신에게 난리를 쳤던 걸 생각하면! 지금은 우리 야영지에 영국 용들이 가득하니, 그저 고마울 뿐입니다."

그들은 라이프치히에서 160킬로미터쯤 떨어진 어느 이름 없는 골짜기에서 야영하고 있었다. 용들이 공터마다 자리를 잡았고 언덕마다 마치 장식품처럼 올라가 있었다. 야영지 한가운데 설치된 요리용 화덕에서 무지갯빛 수증기가 모락모락 피어오르는 동안 사방에서 용들의 씩씩대는 숨소리, 깊게 웅성대는 말소리, 서로의 몸에 마른 비늘을 버스럭거리는 소리가 들려왔다. 용들의 머릿수만 보면 동화책에 나오는 어마어마한 규모의 훈족 같았다. 용들의 숫자가 많아 좋으면서도 관리를 힘들어하는 디헤른의 심정이 로렌스는 십분 이해되었다.

북동쪽으로 날아가던 자그마한 형체가 우듬지를 넘어 미끄러지듯 내려왔다. 로렌스는 처음에는 새인 줄 알았으나 움직임이 너무 빨랐다. 야영지에 보초를 선 용들은 그 암컷 용이 머리

위를 지나가고 나서야 고개를 들었다. 보초 용들이 경고의 고함을 지르기도 전에 그 용은 무언가를 찾는 듯 골짜기 아래쪽을 빠르게 두 번 오가더니, 엄청난 속도로 내려왔다. 로렌스 앞에 내려선 용은 어울리지 않게 커다란 초록색 날개를 반듯이 접었다. 비취 용이 날개 끝을 바닥에 끌면서 고개를 바닥에 닿을 정도로 깊이 숙여 인사하자 로렌스가 깜짝 놀라 외쳤다.

"룽유리."

"급한 마음에 무례하고 어설프게 내려선 것을 용서해주십시오. 라오렌써 전하와 룽티엔샹 님과의 연락선을 구축하기 위해 찾아뵈었습니다."

"아, 그런 이유라면 열 번은 더 놀라게 해도 환영이야."

로렌스는 디혜른을 돌아보며 소개했다.

"청국 공군의 선발대입니다."

유리가 얼른 호칭을 바꿔 로렌스를 불렀다.

"공포의 군주의 귀중한 형제 님."

로렌스는 그를 부르는 호칭이 달라진 것은 청국 황제가 서거하고 미엔닝이 황제가 되었기 때문임을 깨달았다. 유리가 계속해서 말했다.

"조금 전 호칭을 잘못 부른 것을 용서해주십시오. 전해드릴 중요한 소식이 있습니다. 실은 제가 전하가 계시는 곳을 잘못 알고 여기서 삼백 리 떨어진 작은 마을로 찾아갔습니다. 그곳에서 수많은 귀족 관료들이 야영을 하고 있더군요."

'작은 마을'은 드레스덴 시일 것이다. 청국 용의 눈에 서양의 도시는 괴상할 정도로 규모가 작아 보일 것이다. 용들을 위한 주요 도로와 누각은 없고 사람 위주의 시설만 있으니까. 유리는 시속 160킬로미터로 여기까지 단숨에 날아온 모양인데 아무리 비취 용이라고 해도 대단히 빠른 속도였다. 지금도 유리의 가슴은 빠르게 오르내렸고 날개도 파르르 떨리고 있었다. 유리는 한쪽 앞발을 로렌스에게 내밀었다. 앞발에 달아놓은 금 사슬망에 편지가 들어 있었다.

"그 마을에서 영광스럽게도 전하의 자문인 해먼드 대사를 만났습니다. 그분이 이 편지를 주시면서 전해달라고 하셨습니다."

로렌스는 사슬망에서 편지를 꺼냈다. 봉투에 담겨 있지도 않은 쪽지였다. 게다가 평소의 정갈한 필체와는 달리 줄도 맞추지 않고 서둘러 휘갈겨 쓴 티가 역력했다. 로렌스는 그 편지를 단숨에 읽고 디헤른에게 넘긴 후 유리에게 물었다.

"프랑스군이 진군하는 모습을 봤나?"

"예, 꽤 규모가 컸습니다. 전하께 자세한 정보를 전해드리기 위해 그들 부대의 머리 위로 날아가면서 관찰을 했습니다."

비취 용은 다른 용들보다 훨씬 높은 고도에서 비행을 하는 데다 몸집이 작기 때문에 밑에서 누가 봤다고 해도 새라고 생각했을 가능성이 높았다.

"그 용들이 질서 정연하게 움직이지 않아 정확한 수를 헤아리기는 어려웠으나 대략 오백 마리 이상으로 보였습니다. 각 용들이 착용한 수송용 하네스에는 군인이 백 명씩 탑승해 있었고 몸집이 큰 용들은 대포를 실어 나르고 있었습니다."

디헤른이 소리쳤다.

"맙소사! 나폴레옹이 드레스덴을 박살 내려나 봅니다. 지금 드레스덴에 있는 용은 스무 마리도 채 안 되고 그나마도 부상당한 용들이에요."

디헤른은 마침 시끄러운 소리를 듣고 천막 밖으로 나온 일첸코에게 상황을 설명했다. 로렌스는 훈련생에게 펜과 종이를 받아 서둘러 답장을 썼다.

"유리, 이 편지를 지금 바로 해먼드 대사에게 전해주겠나?"

유리는 다시 절을 하며 편지를 받아들었다. 그리고 편지를 금 사슬망에 넣자마자 기운을 모아 날아오르더니 이내 보이지 않았다.

"어떡할 생각입니까?"

디헤른이 물었다.

"고속 비행이 가능한 용들을 전부 동원해야겠습니다. 16노트 이상의 속도를 내는 용들로요. 코사크 용들도 데리고 가겠습니다."

로렌스가 마지막 말을 프랑스어로 하자 일첸코가 고개를 끄덕였다. 로렌스는 디헤른에게 말했다.

"디헤른 대장, 영국 헤비급 용들과 프러시아 용들을 데리고 라이프치히에 있는 아군 보급소로 당장 날아가세요. 그곳에 있는 돼지와 양에게 아편을 먹여 취하게 하고 곡물과 함께 전량 싣고 드레스덴으로 출발하면 됩니다. 러시아의 헤비급 용들은 블뤼허 장군과 함께 여기 머물게 하겠습니다. 나머지 프랑스 보병대가 분명히 우리 진영의 후방으로 접근할 겁니다. 나폴레옹은 우리 측의 연락선과 병참선을 끊고 차르를 포로로 잡은 후에 부대를 둘로 나눠 앞뒤에서 우리를 공격해 전멸시키려 하겠죠. 나폴레옹을 드레스덴에 최대한 오래 붙잡아두었다가 뒤에서 쳐야 합니다. 동의하십니까?"

너무 급박한 상황이라 더는 작전을 논의할 여유가 없었다. 로렌스는 당장 그리로 가겠다고 해먼드에게 이미 편지를 보냈다. 여기서 프랑스군을 따라잡을 만한 속도를 내는 부대는 로렌스의 부대뿐이었다. 에로이카도 일첸코의 용 소록셰스트도 그만한 속도는 낼 수 없었다. 그들은 동의한다는 뜻으로 서로 악수를 나눴다. 디헤른은 해먼드의 편지를 손에 들고 말했다.

"블뤼허 장군에게는 내가 얘기할 테니까, 어서 출발 준비를 하세요! 블뤼허 장군이 전투 대형을 확인하자마자 바로 우리 용들을 데리고 출발하겠습니다."

17

레퀴에스캇이 뒤에 남아 프러시아 용들과 함께 이동하기로 했다는 소식에 이스키에르카는 고소해했다. 그러나 로렌스가 레퀴에스캇에게 덧붙인 말 때문에 금세 기쁨이 줄어들고 말았다.

"우리 부대에 식량을 공급하는 일은 적과의 교전 못지않게 긴급하고 중요한 임무다. 전투가 끝난 후에 먹지 못하면 허기로 인해 궤멸될 수 있기 때문이다. 아무리 승리를 했어도 나폴레옹에게 패배했을 때처럼 무너지고 만다."

이스키에르카가 눈을 가늘게 뜨고 정산서를 들여다보며 "아무리 그래도 전투에 나서는 내가 추가 점수를 받을 가능성이 높지"라고 말하자 테메레르는 조그맣게 한숨을 쉬었다. 로렌스가 대장 직책에 있다 보니 공정을 기하기 위해 자신의 용인 테메레르에게 점수를 더 챙겨주지 못하고 있었다. 테메레르는 사령관 용으로서 포상금을 배분할 때마다 5점씩을 받고 있었지만 캐버너스와 이스키에르카, 레퀴에스캇이 고생한 만큼의 혜택을 온전히 챙겨 받고 있어 씁쓸했다.

그래도 테메레르는 사소한 점수 경쟁에 신경 쓰지 말자고 스스로를 다독였다. 비행 속도가 너무 느린 오비투리아를 여기 남겨두게 되어 기분은 좋았다. 피델리타스는 테메레르에게 미치지는 못하지만 16노트까지 속도를 낼 수 있었으나 로렌스는 그의 부대를 둘로 나눠 따로 이동시키기로 했다.

"일반적인 비행 대형은 사용하지 않을 것이다."

로렌스는 휘하의 비행사들을 비롯해 그의 명령을 받으러 달려온 프러시아 장교들에게 말했다. 프러시아 장교들 사이에는 프러시아 미들급 용의 임시 비행사가 된 페리스도 끼어 있었다. 테메레르는 페리스를 보내는 것에 대해 강력히 반대했으나 사납고 오목한 눈을 가진 그 암컷 용을 만나보고 생각이 바뀌었다. 그 용이 프랑스군에 장기간 포로로 잡혀 있는 동안 그 용의 원래 비행사는 사망했다고 했다. 그 용은 낮고 거친 목소리로 말했다.

"복수를 하고 말 겁니다. 반드시, 반드시."

테메레르는 그런 용에게 페리스를 포기하라는 말을 도저히 할 수가 없었다.

로렌스가 계속해서 지시를 내렸다.

"풀 대령, 대령은 피델리타스와 함께 우리 군의 옐로 리퍼들, 프러시아의 미들급 용들, 미들급 야생 용들을 인솔해. 20노트 정도의 속도를 내는 용들은 전부 우리와 함께 먼저 출발한다. 풀 대령이 드레스덴에 도착하면 우리는 페리스 대령의 지휘 하에 중앙에서 느슨한 대형을 유지하는 프러시아 미들급 용들과 함께 편대 비행을 재개한다. 이는 영국군의 신호를 나머지 부대에 편하게 전달하기 위해서다."

이어서 로렌스는 프랑스어로 말했다.

"폰 타우벤 대령, 웨셀턴 대령. 자네들은 프랑스어를 잘하더군. 여기 있는 신호 담당 소위 두 명을 자네들에게 각각 보낼 테니 이들을 통해 명령을 전달받도록."

로렌스가 소위 두 명에게 고개를 끄덕이자 그들은 로렌스가 호명한 프러시아 장교들에게 주뼛주뼛 걸어갔다.

"풀 대령, 우리가 지금 챙겨야 할 일이 너무 많으니 자네가 잘 판단해 임무를 수행하도록. 프랑스군이 차르를 포로로 잡지 못하게 막는 것이 무엇보다 중요하다. 자네가 드레스덴에 도착했을 때 차르께서 위험에 처한 상황이면 룽유리가 자네에게 보고할 거야. 롤랜드 중위가 피델리타스에 탑승해 통역해줄 걸세."

467

테메레르는 기분이 상해 얼굴 주변의 막을 펼쳤다. 롤랜드가 왜 다른 용에게 가야 하는지, 그것도 하필 피델리타스에게 가야 하는지 이해되지 않았다. 피델리타스는 롤랜드 같은 장교를 데리고 있을 자격이 없었다. 제리도 이제 청국어를 좀 하니까 제리를 보내면 될 것을. 하지만 테메레르는 나서지 않았다. 에밀리가 맥 빠진 표정인 것을 보면 가고 싶지 않은 눈치였지만 이런 일로 로렌스와 언쟁을 벌일 수는 없었다. 에밀리가 계속 피델리타스를 타고 다닐 일은 없고 최대한 빨리 돌아올 것이라고 생각하며 테메레르는 마음을 달랬다.

로렌스가 지시했다.

"테메레르, 지금 용들에게 식사를 하라고, 최대한 많이 먹어두라고 해. 포리지를 우선적으로 먹고 비행 중에 고기를 먹되, 최대한 실으라고 해. 우리가 남겨둔 식량은 프랑스군의 식량이 될 거다. 러시아의 라이트급 회색 용들도 같이 먹이를 먹게 해. 그들도 우리와 함께 간다."

"당장 시작할게."

테메레르는 훌쩍 날아올라 고함을 질렀다. 모두가 바라보자 테메레르가 외쳤다.

"헤비급 용들은 전부 포리지 식사를 시작하세요. 솥 하나에 세 마리씩입니다. 미들급과 라이트급은 그 사이로 들어가 먹도록 하세요. 서로 밀치지 마세요. 다 함께 먹어야 합니다."

지상으로 내려간 테메레르는 모두가 질서 정연하게 식사를 하도록 다독이고는 스코틀랜드 야생 용 두 마리가 부산하게 덤벼들자 그들을 옆으로 밀고 먹이를 먹기 시작했다. 하지만 겨우 한입 먹자마자 러시아의 라이트급 회색 용들이 내려와 미친 듯이 먹이에 달려들었다. 테메레르는 식사를 멈추고 그중 몇 마리를 잡아 눌러야 했다. 회색 용들은 마치 테메레르가 그들을 해치기라도 할 것처럼 제발 자비를 베풀어달라고 울부짖었다. 테메레르는 회색 용들이 입을 다물고 그의 말을 듣도록 작게 고함을 질러야 했다.

"여기서 편하게 식사를 하되, 다른 용을 할퀴어 밀치지 마세요. 포리지를 땅에 절반 가까이 흘리면서 게걸스럽게 먹지도 말고요. 모두 먹을 수 있을 만큼 포리지는 충분하니까요."

테메레르는 이 말을 아홉 번 혹은 열두 번쯤 각각 다른 용들에게 되풀이해야 했고, 어떤 암컷 용에게는 두 번이나 말해야 했다. 테메레르는 짜증이 나서 그 암컷 용에게 두 번째로 엄격하게 경고했다.

"한 번만 더 그러면 다른 용들이 식사를 마칠 때까지 기다리게 하겠습니다."

그 말을 들은 러시아의 라이트급 회색 용들은 그제야 진정하고 얌전히 먹이를 먹었다. 그때쯤 다들 어느 정도 배를 채운 상태였다. 리칼리 패거리를 비롯한 다른 라이트급 용들은 러시아의 라이트급 회색 용들과 말이 통하지 않으니 몸을 찰싹 때리고 꼬집으며 그들이 똑바로 행동하고 제대로 식사를 하게 했다. 러시아의 회색 용들은 어찌나 깡말랐던지 절로 동정심을 일으켰다. 대부분의 영국 용들이 식사를 마치고 물러난 후에도 솥에 포리지가 많이 남아 있자 러시아의 회색 용들은 그제야 살짝 겸연쩍어하면서 좀 더 차분하게 먹이를 먹었다.

테메레르는 한숨을 쉬고는 다시 먹이를 먹기 시작했다. 겨우 몇 입 먹었을 때 그릭이 옆에 내려섰다. 보아하니 식사를 마친 눈치라서 테메레르는 기분이 언짢았다. 그릭은 작은 몸집에 어울리지 않게 거하게 트림을 하더니 신나게 떠들어댔다.

"우리더러 제일 먼저 먹이를 먹으라고 하더라고요. 헤비급 용들보다 먼저요. 보시엠이 노려보는 꼴을 당신도 보셨어야 하는데! 당신의 비행사인 로렌스 님께서 우리가 피델리타스라는 용의 속도에 맞춰 잘 따라오고 전장에서도 할 일을 잘 해내면 내일 다시 먹이를 주겠다고 하셨어요. 그래서 말인데 피델리타스가 어떤 용인가요?"

그릭은 눈을 반짝이며 물었다. 비행사의 귀여움을 받고 있어 다른 회색 용들보다 먹이를 잘 챙겨 먹었을 텐데도 그릭은 늘 배고파 보였다.

테메레르는 포리지를 한입 꿀꺽 삼키고 대답했다.

"저기 있는 수컷 앵글윙이야. 황금색이 도는 노란색 몸통."

"영국 용들은 대부분 노란색이라."

그릭은 테메레르가 가리킨 방향을 유심히 쳐다보다가 물었다.

"저 용인가요?"

"아니, 날개에 뼈가 더 많고 약간 어두운 색에 몸집이 큰 저 용."

피델리타스는 옐로 리퍼 몇 마리와 얘기를 나누고 있었다. 테메레르가 보기에 피델리타스는 머리 모양이 다른 용들과 확연히 달랐고 흰색 줄무늬도 없었다.

그릭은 단호하게 고개를 끄덕였다.

"우리는 저 용의 속도를 맞출 수 있어요. 전장에서 우리가 할 일은 뭐죠?"

테메레르는 먹이를 먹으며 잠시 생각에 잠겼다. 테메레르가 알기로 러시아군은 라이트급 용들을 공들여 훈련시키지 않았다. 협박을 해서 헤비급 용들을 따라오게 만든 뒤 적군의 시선을 분산시키거나 적군의 진로를 방해하는 용도로만 썼다.

"흐음. 프랑스 용들이 우리에게 덤벼들려고 하면 그들에게 날아가 머리를 치는 거야. 아군이 너무 많은 수의 적군에게 포위당해도 도와주고. 기회가 있을 때마다 길게 줄을 지어 우리 주변에서 비행을 하되, 적군이 우리의 다음 수를 읽지 못하도록 적군의 앞을 가로막고……."

테메레르는 말끝을 흐렸다. 미심쩍은 표정으로 귀를 흔들면서 동료들을 흘끗 쳐다보는 그릭의 표정을 보니, 러시아의 회색 용들은 테메레르의 말을 따르지 않을 듯했다. 문득 좋은 생각이 떠오른 테메레르가 말을 이었다.

"잠깐. 리칼리, 이쪽으로 좀 오시죠."

테메레르는 그릭과 리칼리를 서로에게 인사시켰다. 다행히 그릭이 영어를 할 줄 알아서 둘은 말이 통했다. 그릭이 마지막 전투 때 영국 진영을 감시하며 영어를 익힌 것이라서 테메레르는 여전히 용서가 되지 않았지만, 어쨌든 회색 용들은 다른 대부분의 용들보다 언어를 빨리 익히는 편이라 편리했다.

471

"리칼리와 그 동료들은 아주 영리하게 프랑스군을 괴롭히고 있어."

테메레르의 말에 리칼리는 뿌듯해하며 가슴을 폈다. 테메레르가 계속해서 그릭과 리칼리에게 말했다.

"머릿수도 많고 몸집도 너희 회색 용과 비슷해, 그릭. 리칼리, 그래서 말인데 그쪽 용들이 러시아의 회색 용들과 한 마리씩 짝을 지어 다녔으면 합니다."

테메레르는 그릭을 돌아보며 지시했다.

"너는 네 친구들에게 파트너를 잘 보고 따라 하라고, 전장에서 파트너 옆에 꼭 붙어 다니라고 전해."

그릭은 생각에 잠긴 표정으로 고개를 끄덕였다.

"우리 쪽의 누가 전장에서 도망쳐 숨을 경우 스코틀랜드 야생 용이 보고를 하면 되겠네요. 도망친 용은 맨 나중에 식사를 하게 하고요."

"응, 그래야지."

테메레르는 약간 당황했다. 그런 방법은 생각해본 적이 없었다. 전투 중에 용이 도망쳐 숨는다는 것 자체가 그에게는 괴상망측한 일이었다. 페르사이티아도 전장에 나가 싸우는 것을 좋아하지는 않지만 페르사이티아는 원래 이상한 용이니까.

"주어진 몫을 잘 해내자고 모두에게 말하겠습니다."

그릭은 약속을 하고는 고개를 약간 비스듬하게 기울이면서 주뼛주뼛 테메레르에게 다가와 덧붙였다.

"그리고 여러분을 도와서 용들의 질서를 유지하는 등 특별히 뛰어난 공을 세운 용에 대해서는 전투가 끝나고 나서 좀 더 고려해주실 수 있나요?"

"아."

테메레르는 약간 초조해졌다. 로렌스가 포상금을 배분할 때 러시아의 회색 용들도 포함시킬지는 알 수 없었지만 테메레르가 느끼기에는 회색 용들이 이번 전투에서 포상금을 받으려고 단단히 벼르는 듯했다.

"확실히 장담은 못 해."

테메레르는 이렇게만 대답했다. 1,000분의 1점씩밖에 되지 않는 포상금을 나눠가질 용의 머릿수가 늘어날 것을 생각하면 눈앞이 아득했다. 하지만 로렌스라면 당연히 나눠줄 것만 같아 테메레르는 기분이 우울해졌다.

전투를 마치고 전리품을 나눠줄 수만 있다면 로렌스도 당연히 마음이 가벼웠을 것이다. 용들이 먹이를 먹는 동안 그는 빵과 식은 고기를 먹고 와인을 약간 마시며 편지를 써내려갔다. 해군 본부와 제인에게 보내는 편지였다. 나폴레옹이 여기서 그들을 궤멸시킨다면 제인은 나폴레옹의 용 오백 마리가 코앞에 나타나기 전에 미리 알아야 했다.

"제가 전할 테니 걱정 마세요."

민노우는 편지 배달용 하네스 안으로 머리를 집어넣으며 장담했다. 지금 로렌스는 용 한 마리가 아쉬운 형편이었으나 민노우 같은 윈체스터들은 몸집이 너무 작아서 라이트급도 상대하지 못했다. 그래도 민노우는 나폴레옹의 부대에게 들키지 않고 해변을 따라 이동할 수 있을 정도로 영리하니 편지 배달을 시키면 될 듯했다. 웨슬리 대령과 그의 윈체스터 용 벨록시아는 이미 화이트홀로 떠났지만 나중에 베를린으로 올 테니 그곳에서 답장을 전달받으면 될 것이다.

먹이를 먹은 용들은 이제 사방에서 하네스를 착용하기 시작했다. 지상 요원들은 뒤에 남아 보병대와 함께 오기로 했다. 이동 중에 장비와 물품을 잃을 가능성이 높았지만 어쩔 수 없었다. 작은 몸집의 소녀 윈터스가 로렌스의 묵직한 비행용 외투를 들고 끙끙대며 다가왔다. 로렌스는 윈터스에게서 받아든 가죽 외투를 입고 권총과 장검을 확인했다. 예전에 허리띠에 예식용 칼만 차고 이륙해야 했던 때를 그는 결코 잊지 못할 것이다. 지금은 아끼는 청국 칼을 차고 있으니 그 무게감이 꽤 만족스러웠다. 로렌스는 테메레르가 내민 앞발을 밟고 등으로 올라갔다.

끝내주게 아름다운 날씨였다. 하지만 하늘에 매력적인 흰 구름들이 점점이 박혀 있어 안타깝게도 시야가 제한되었다. 로렌스는 눈에 망원경을 거의 갖다 대지 않았고 망꾼들도 망원경 없이 눈에 힘을 주고 사방을 경계했다. 테메레르의 날개 근육이 꾸준히 공기를 가르며 거의 최고 속도를 냈다. 테메레르는 헤비급 용치고는 매우 빠른 편이고 소이탄도 평소의 4분의 1만 몸에 실었지만 갑옷을 입고 있어 속도가 나지 않았다. 가장 빠른 용들만 테메레르와 함께 이동하고 있었다. 이스키에르카, 영국의 라이트급 용들, 뒤에서 자기네끼리 날아오는 코사크 용들, 몸에 군인을 열 명쯤 빽빽하게 실은 용 마흔 마리가 바로 그들이었다. 이대로라면 나폴레옹에게 이길 가능성은 없다고 봐야 했다. 추가 병력이 도착할 때까지 나폴레옹의 부대를 최대한 오래 붙잡아두는 것이 주요 목적이었다.

맹렬한 속도로 날고 있었지만 드레스덴까지 세 시간은 걸릴 테고 나머지 부대가 도착하려면 한 시간은 더 있어야 했다. 로렌스는 어서 와주어야 하는 나머지 부대가 그를 증오하고 경멸하며 몰락시키고 싶어 하는 풀 대령의 지휘하에 이동 중이라는 사실이 마음에 걸렸지만 애써 그런 생각을 떨쳐냈다. 그런 생각을 곱씹어봐야 좋을 게 없었다. 그들 뒤에 오고 있을 나머지 부대에서 가장 상급 용은 피델리타스였다. 그랜비와 이스키에르카에게 그 부대의 지휘를 맡겼어야 했나 하는 생각을 잠깐 하다가 그만두었다. 나머지 부대가 도착하기 전까지 한 시간 동안 그들은 최대한 방어하며 버텨야 했다.

"전방 우측으로 1포인트 지점에 연기 발생!"

망꾼 벨아일이 다급히 외쳤다. 로렌스는 즉각 그 방향으로 망원경을 돌렸다. 처음에는 긴가민가했다. 연기 같기도 하고 구름 그림자 같기도 했다. 하지만 자세히 보니 회색 덩어리는 지상에서 올라오고 있었다. 연기였다.

"전투 준비 상태로 대기하라, 포싱 대위."

"예, 대장님."

포싱은 챌로너에게 지시를 전달했지만 모두가 이미 전투 준비 상태였다. 그 신속한 움직임만 봐도 다들 얼마나 단단히 각오하고 있는지 알 수 있었다. 그들은 한계치까지 바짝 당긴 활시위의 활처럼 당장 날아가 적을 공격할 태세였다.

전방에서 연기가 빠르게 뭉치고 있었다. 그곳과의 거리가 좁혀지고 있기 때문만은 아니었다. 도시 전체가 불타고 있었다.

"로렌스, 도시 저편에 아첸다레가 있어. 분명해."

하늘을 살펴본 로렌스는 곧 아첸다레를 찾아냈다. 플람므 드 글로와 품종의 암컷인 아첸다레는 현재 시야에 들어온 용들 가운데 가장 몸집이 컸다. 하늘을 배경으로 날개를 활짝 펼친 아첸다레의 노란색과 검은색이 섞인 몸통이 눈에 확 띄었다.

"저 용 혼자 이렇게 했을 리는 없어."

경악한 애쉬그로브 중위가 불쑥 소리쳤다. 애쉬그로브는 아직 나이 어린 장교였다. 로렌스가 바라는 만큼의 예의를 갖추지 못한 용에 탑승해 근무하다가 이번에 테메레르에게 옮겨왔다. 그래도 도시로 가까이 가면서 보니, 애쉬그로브의 말이 틀린 것은 아니었다. 도시가 온통 불바다여서 불타지 않는 집을 찾기가 더 쉬웠다. 집집마다 군인들이 뛰쳐나와 불길을 피해 큰길과 골목길로 도망치고 있었다. 나폴레옹은 시가전을 아예 포기한 모양이었다. 연기로 적의 시야를 막아버린 것은 잔인한 짓이기는 하지만 효과적이기는 했다. 그러나 아무리 무시무시한 아첸다레라고 해도 혼자서 도시 전체를 불태울 수는 없었을 것이다. 이 도시의 집들은 대부분 돌로 지어졌고 물 공급도 잘되는 편이었다.

"좌측에 용 출현!"

전방 좌측의 망꾼이 외쳤다. 한 마리가 아니라 백 마리, 아니 이백 마리 이상이었다. 연기에 가려져 있던 골짜기에서 용들이 구름처럼 일제히 날아올랐다. 골짜기 아래에서 재보급을 받고 있었던 모양이었다. 용들은 둘씩 짝을 지어 멍에에 걸린 거대한 쇠솥을 들어 날랐다. 솥 안에서 수증기가 피어올랐다. 용들은 도시 위로 날아가면서 쇠솥을 옆으로 기울여 그 안에 담긴 뜨거운 타르와 송진을 길게 쏟았다. 바로 뒤에서 따라온 또 다른 용들은 뜨거운 타르에 소이탄을 던져 불을 붙였다. 소이탄 몇 개는 공중에서 불이 붙기도 했다.

멀리 모여 있는 용들을 망원경으로 살펴보던 로렌스는 예상보다 품종이 훨씬 더 다양하다는 느낌을 받았다. 몸통의 색과 크기, 무늬의 패턴만 다양한 게 아니었다. 두개골의 모양이나 날개의 위치 같은 몸의 특징이 여타 용들과는 확연히 다른 용들이 상당히 많았다.

"롤랜드."

로렌스는 에밀리 롤랜드가 다른 용에 탑승했다는 사실을 떠올리고는 다시 말했다.

"포싱, 저 용들의 모습이 좀 이상하지 않나?"

용에 대해 잘 아는 그랜비에게 물어보고 싶었지만 그럴 수 없는 상황이니 평생 공군에 몸 담아온 사람, 다양한 용에 대해 잘 아는 사람이라면 답을 줄 수 있을 것 같았다.

포싱은 비행용 모자의 끈을 단단히 붙잡고 로렌스가 가리키는 방향을 건너다보았다. 어마어마한 비행 속도에 모자의 걸쇠가 이미 떨어져나가 언제 모자가 날아갈지 모르는 상황이었기 때문에 포싱은 끈을 묶어 매듭을 지으려고 안간힘을 쓰고 있었다.

"종류를 말씀하신 거라면 특이한 종류가 많은 것 같습니다, 대장님. 야생 용들인가. 나폴레옹이 야생 용들까지 긁어모았나 봅니다."

로렌스는 만족스럽지 않은 대답에 고개를 절레절레 흔들었다.

"저게 프랑스 야생 용이라고?"

"야생 용들은 워낙 생김새가 비슷해서요."

포싱은 자신 없는 말투였다.

옆에 있던 챌로너가 나섰다.

"저는 얼마 전에 식민지에 가봤습니다. 장담할 수는 없지만 저 왼쪽 측면의 초록색 용들은 나스카피 인디언 용 같습니다. 핼리팩스 북부에 사는 토착 용들이오."

그러자 포싱이 물었다.

"뭐, 인디언 용들이 여기에 왔다고? 그 용들이 어떻게 여기로 와? 뭐 하러?"

로렌스는 이미 망원경으로 그 초록색 용들을 보고 있었다. 그 용들은 소이탄 자루를 옮기고 있었다. 거리가 멀어 얼굴의 특징까지 분간할 수는 없지만 용에 탑승한 자들이 프랑스 장교가 아닌 것만은 분명했다. 용 한 마리에 사람은 한 명씩 탑승했고 탑승자는 전체적으로 자수가 수놓아지고 모피가 옷깃에 달린 긴 가죽 외투를 입었다. 용들은 하나같이 주둥이가 좁고 머리뼈에 각이 져서 잉카 용들과 비슷해 보였지만 깃털처럼 기다란 비늘이 달리지는 않았다.

로렌스는 답답하고 혼란스러운 마음에 고개를 저었다. 하지만 지금은 고민할 시간이 없었다. 이대로 직선 비행을 계속한다면 오 분 내에 전장에 도착할 것이다. 적군이 폭탄을 투하하고 있는 곳으로 곧장 날아 들어가게 되는 것이다. 여기서 작전을 세우기 위해 속도를 늦추고 대열을 조정했다가는 적군에게 약간만 공격을 받아도 대열이 흐트러질 것이다. 도시는 이미 끝장났다. 나폴레옹을 패배시키려면 아군의 육군을 지켜내는 수밖에 없었다.

어마어마한 규모의 적을 상대하게 되었으니 포병대의 지원이 있어야 후위를 방어할 수 있을 것이다. 그러려면 대포가 300문 이상은 필요했다. 하지만 아군의 대포가 전부 저 불에 소실됐다면? 대포를 확보할 수 있는지에 모든 게 달려 있었다. 포병대를 배치할 수만 있다면 공격 후에 성공적인 퇴각이 가능할 것이다. 잠시 생각 끝에 로렌스가 지시를 내렸다.

"테메레르, 남쪽으로 돌아가. 저쪽 길에서 아첸다레가 무슨 짓을 하고 있는지 자세히 봐야겠어."

깃발 신호가 올라갔다. 그들은 불타는 도시를 빙 돌아 나아갔다. 지상에는 사람들이 작은 수레와 외바퀴 손수레에 무너진 삶의 잔해를 싣고 비참하게 시골 지역으로 피란하고 있었다. 아기를 품에 안은 어머니들도 보였다. 아첸다레는 대부분 페셰르 라예 품종인 라이트급 용들을 이끌고 맴을 돌며 동문 근처의 언덕 위로 날아가고 있었다. 이 도시에 불을 지른 것은 아첸다레가 아니었다. 아첸다레는 동쪽 도로를 가로질러 방어진을 구축하려는 동맹군을 공격하는 중이었다. 동쪽 도로에서는 프러시아 보병대 일부가 퇴각을 시도하고 있었다.

아군의 포병대는 대포를 쏘기 위해 고군분투하고 있었고 보병대는 그런 포병대를 엄호하기 위해 그 주변에 방진(方陣)을 구축하고 밀집 대형으로 서 있었다. 아첸다레는 뾰족한 총검을 세우고 방어 중인 보병대를 향해 불을 뿜어 시커멓게 그슬려놓았다. 소이탄을 모두 사용한 페셰르 라예들은 뭐든 닥치는 대로 집어다가 보병대를 향해 떨어뜨렸다. 페셰르 라예 한 마리가 묘목을 뽑아 던지는 바람에 아군 여섯 명이 줄지어 쓰러졌지만 그 옆의 병사들이 묘목을 치우고 총검을 세우며 다시 대열을 정비했다. 묘목에 맞아 쓰러졌던 병사도 휘청대며 일어섰고 또 다른 병사는 떨어뜨렸던 라이플을 다시 집어 들고 흙바닥에 꽂아 총검을 위로 향하게 했다. 곳곳에 지키는 이 없이 총검만 꽂혀 있는 방진들은 아군이 얼마나 지독하게 공격받았는지를 보여주었다.

로렌스는 파죽지세로 밀어붙이는 적군에게 공격을 받으면서도 대열을 지킨 러시아와 프러시아 보병대의 용기와 충성심에 감탄했다. 아군 병사들을 지키며 날고 있는 용은 한 마리도 없었다. 머릿수에서 이렇게 차이가 나니, 소규모 용 부대로는 오래 버틸 수 없었을 것이다.

로렌스의 부대도 마찬가지였다. 그는 망원경을 접고 고개를 끄덕였다. 마음을 놓을 수 없는 상황이었지만 그는 흔들림이 없었다. 이제 결정은 내려졌고 끝까지 싸우는 수밖에 없었다. 로렌스는 테메레르에게 지시했다.

"이스키에르카에게 아첸다레를 상대하라고 해. 우리는 도시 동쪽의 폭격을 막아보자. 보병대가 길로 나서서 후퇴할 수 있게 해줘야 돼."

로렌스는 퀴글리를 통해 코사크 용들에게 이스키에르카를 따라가라는 신호를 보냈다. 아첸다레를 따라다니는 작은 용들은 프랑스 공군 소속인 듯했다. 코사크 용들은 이미 2년째 프랑스 군과 격렬한 싸움을 하면서 프랑스 용의 등에 군인을 내려보내는 뛰어난 기술을 갈고닦아 왔다. 그랜비의 신호 담당 장교가 알았다는 뜻으로 깃발을 흔들었다. 이스키에르카가 몸을 기울여 다른 용들과 함께 저만치 멀어지자 테메레르가 거느린 용의 수는 확연히 줄어들었다. 테메레르 곁에 남은 용은 겨우 서른 마리 정도였고 대부분이 아무리 후하게 쳐줘도 우편배달 용 체급을 겨우 벗어난 수준이었다. 스코틀랜드 야생 용 여섯 마리, 프러시아의 마우어푸흐스 용 두 마리, 그리고 영국 편대가 남긴 그레이코퍼 일곱 마리와 제니카 다섯 마리였다. 그중에 제대로 힘을 갖춘 용은 없었다.

로렌스는 테메레르의 뒤에서 다이아몬드 대형으로 비행하라고 용들에게 신호를 보냈다. 워낙 맹렬한 속도를 내고 있어서 구름처럼 모여 있는 프랑스 용들에게 달려들면 어느 정도 충격을 줄 수 있을 듯했다. 곧장 날아간 테메레르는 프랑스 용들을 향해 신의 바람을 내질렀다. 마치 큰 낫으로 벤 것처럼 프랑스 용들 사이로 길이 뚫렸다. 신의 바람이 잦아든 후에도 적군의 용들은 두려움에 휩싸여 양옆으로 갈라졌다. 테메레르와 용들은 속도를 늦추지 않았다. 작은 용들은 모두 테메레르 뒤에 바짝 붙어 날았다. 그들은 미친 듯이 날개를 치며 프랑스 용들 사이를 통과해 동쪽 문으로 향했다. 그로 인해 프랑스 용들은 쇠솥을 너무 빨리 쏟고 소이탄을 너무 늦게 떨어뜨렸다.

테메레르와 용들은 프랑스 진영의 안전지대로 물러나는 아첸다레 옆을 지나갔다. 이스키에르카가 아첸다레를 호송하는 용들을 신나게 불로 지지고 있었다. 지상에서 와아 하는 함성 소리가 희미하게 들리더니, 그들을 반긴다는 의미로 아군이 예포(禮砲)를 몇 발 쏘았다. 대부분의 러시아군과 프러시아군은 테메레르가 만들어준 잠시의 소강상태를 틈타 빠르게 움직였다. 보병대는 총검 방진 안쪽에 보관해둔 대포들을 신속하게 끌어다가 도로가 내려다보이는 야트막한 언덕에 한 줄로 배치하고 즉각 대포를 쏘아 올려 빈약하나마 저지선을 만들었다. 이제 프랑스 용들은 조금 전처럼 편하게 날아다니지 못했다. 그리고 거의 동시에 아군 부대 대부분이 질서 정연하게 후퇴를 시작했다. 등 뒤로 도시가 활활 타고 있었으나 아군의 병사들은 도시의 뒷벽을 빠져나와 도로를 따라 동쪽으로 이동했다.

잠시 후 이스키에르카와 코사크 용들이 테메레르와 합류했다. 프랑스 용들의 머릿수에 비하면 그들은 여전히 소규모였지만 얼마 안 되는 대포들의 지원을 받으며 한 시간 동안 후퇴하는 아군을 엄호해야 했다. 프랑스군은 폭격을 중단하고 무리지어 지상으로 내려가 짐을 내려놓았다. 잠시 후면 테메레르 부대를 향해 총공격을 시작할 듯했다.

출발 전에 로렌스는 얼마 되지 않는 비행사들을 앞에 두고 지시를 내렸다.

"적군의 배치 상태를 알 수가 없고 우리가 수적으로 크게 열세일 것으로 예상되기 때문에 작전을 세우기 어렵다. 방어선이 구축되면 테메레르와 이스키에르카가 선봉에 서고 나머지 용들은 두 용을 지원하도록 한다. 적들이 우리 용의 등에 올라타지 못하도록 계속 빠른 속도를 내야 하므로 공격의 정확성은 포기할 수밖에 없다. 우리 부대의 모든 남자들, 아니 모든 장교들과 용들이 맡은 임무를 잘 수행하리라 믿겠다."

휘하에 여성 비행사가 다섯 명이라 로렌스는 어색하게 표현을 바꾸며 말을 맺었다. 극도로 위험한 전투에 여성들을 내보내야 하는 상황이 마음에 걸렸지만 어쩔 수 없었다. 속도가 빠른 용들 중에 가장 체중이 많이 나가는 품종이 여성 비행사들이 모는 제니카 품종의 용들이었기 때문이다.

속도가 느린 용들을 후발 부대로 남겨둔 채 테메레르가 아주 빠른 속도로 날고 있었기 때문에 공격의 정확성까지 챙기기는 어려웠다. 테메레르는 무리를 이끌고 나선형으로 맹렬하게 날면서 프랑스 용들을 몸으로 쳐내거나 겁에 질리게 했다. 테메레르를 뒤따르는 보다 체급이 낮은 용들은 적군에게 열성적으로 달려들었다. 로렌스는 바람과 용들의 현란한 몸통 색깔 때문에 눈앞이 어지러웠다. 비행 속도가 워낙 빠르다 보니 이 용과 저 용을 분간할 수 없었다. 테메레르가 또다시 적군들을 치기 위해 속도를 늦추고 방향을 바꿨을 때도 전장의 상황은커녕 당장 적군의 규모도 파악할 수 없었다.

테메레르가 프랑스 용들 옆으로 날아갈 때 로렌스와 장교들은 무작정 총을 쏘았다. 권총을 번갈아 쏘다가 힘겹게 재장전을 하는 도중에 통에 담겨 있던 화약 가루가 바람에 날리기도 하고 곱은 손가락에서 탄환이 미끄러지기도 했다. 갑자기 왼쪽에 있던 배기가 외마디 소리를 지르며 한 손으로 이마를 쳤다. 마치 누군가 그의 머리 윗부분을 잘라내려 했던 것처럼 이마를 가로질러 선명한 붉은 선이 그어지고 얼굴로 피가 흘러내렸다. 총알이 이마를 스치고 지나간 것이다. 테메레르가 지금보다 절반 정도의 속도로 날개를 쳤으면 배기는 그 총알에 맞아 죽었을 것이다. 폭풍우 치는 하늘에서 번쩍이는 번개처럼 적군이 아무렇게나 쏜 총알이었다.

마치 메뚜기 떼와 전투를 벌이는 기분이었다. 어디를 치든 적군이 맞기는 했지만 적군의 수는 줄어들 기미가 보이지 않았다. 한 용을 무참히 공격한 테메레르는 달아나는 또 다른 용에게 곧장 신의 바람을 쏘았으나 다른 용들이 빈자리를 바로 메웠다. 지옥 구덩이에서 구름 연기처럼 올라오는 유령들을 상대하는 듯했다. 프랑스군은 테메레르 일행을 끝없이 공격하고 지상에서 포탄을 쏘는 동맹군의 대포를 쓰러뜨리는 한편 후퇴 중인 동맹군에게 쉴 새 없이 달려들었다.

로렌스는 순간순간의 시간을 그토록 절박하게 의식한 적이 없었다. 사방을 돌아보며 접근하는 적군을 알려주는 것 외에는 테메레르를 도울 방법이 없었다. 하지만 적군이 계속 접근해오고 있어서 테메레르는 숨 한번 돌릴 겨를이 없었다. 테메레르가 방향을 돌리기 위해 잠시만 속도를 늦춰도 프랑스 용들이 순식간에 몰려들었다. 테메레르가 잠깐이라도 쉬기 위해 아군의 대포 뒤쪽으로 날아가자 프랑스군이 즉각 동맹군의 포병대에게 공격을 재개했다. 전속력으로 세 시간을 날아와 오래도록 힘차게 싸우는 것은 불가능에 가까웠다.

테메레르의 속도가 점차 떨어지기 시작했다. 패배의 순간이 꾸준히 불가피하게 다가오고 있었다. 로렌스는 테메레르가 방향을 바꿀 때마다 지평선을 살폈다. 시간 감각이 사라졌다. 테메레르가 적의 공격을 피해 몸을 이리저리 틀고 있어서 모래시계는 쓸모도 없었다. 테메레르는 간간이 몸을 위아래로 완전히 뒤집기도 했다. 태양은 자욱한 연기에 가려 보이지 않았다.

시간이 지날수록 로렌스는 절망이 깊어졌다. 거의 한계에 다다른 순간 망꾼 하나가 소리를 질렀다. 테메레르가 또다시 강하했다가 고도를 높이는 바람에 허리띠에 달아놓은 망원경을 꺼내다가 손가락 사이로 떨어뜨린 모양이었다. 로렌스는 망원경이 필요 없었다. 저 멀리서 그들을 향해 용들이 날아오고 있었고 그 한가운데 피델리타스가 있었다.

피델리타스가 이끄는 후발 부대는 테메레르 부대 쪽에 가까워지면서 점차 속도를 줄였다. 프랑스의 후위 부대는 일제 사격을 퍼붓기 위해 대포의 방향을 돌렸다. 프랑스 용 수십 마리가 피델리타스의 후발 부대를 막기 위해 물러나면서 테메레르 부대 주변이 돌연 환해졌다. 풀 대령은 큰 위험을 무릅쓰고 이대로 프랑스 용들 사이를 돌파하든가, 아니면 도시를 빙 돌아 프랑스 용들과 접전을 벌이며 천천히 오든가 둘 중 하나였다. 빙 돌아오는 편이 안전하기는 하겠지만 그럴 경우 테메레르 부대에 오기까지 삼십 분은 더 소요될 것이다.

하지만 삽십 분의 여유는 없었다. 여전히 상당수의 프랑스 용들이 테메레르 부대를 끊임 없이 공격해왔다. 힘이 빠지고 있던 테메레르는 후발 부대를 보자 다시 기운을 냈지만 적들도 지원군이 도착하기 전에 테메레르를 거꾸러뜨리기 위해 악착같이 덤벼들었다. 용 일곱 마리가 별안간 테메레르의 머리를 사방에서 둘러싸고 달려들었다. 테메레르와 나란히 날고 있던 가우디 대령이 고함을 지르자 그녀의 제니카 용 글로리아누스가 테메레르의 왼쪽 옆구리로 덤벼들던 붉은색과 푸른색 몸통의 가르드 드 리옹의 옆구리를 신속하고 무자비하게 공격했다. 테메레르가 잠시 멈칫한 사이 주변에 모여든 적군의 용에서 군인 열두 명이 테메레르의 등으로 뛰어내렸다. 권총을 쏘고 칼을 휘두르며 달려든 그들은 나폴레옹에게 충성하는 맘루크(노예 출신 군인 —옮긴이) 부대였다. 그 군인들의 붉은 바지가 테메레르의 검은 가죽과 강렬한 대비를 이루었다.

그 후 오 분 동안 로렌스는 전장의 전체 상황을 전혀 파악할 수 없었다. 세상의 넓이가 테메레르의 목으로 줄어들었다. 모두의 발이 허공에 뜨면서 하네스 고리에 카라비너들이 딸깍딸깍 부딪쳤다. 테메레르는 격렬하게 싸웠고 그들 주변의 땅과 하늘은 빙글빙글 돌다 연기와 함께 흐릿해졌다. 로렌스는 바람과 빠른 비행 속도 때문에 눈이 거의 보이지 않는 상태로 총을 재장전했고 보이지도 않는 칼을 막기 위해 장검을 들어 올렸다. 포싱이 날아오는 칼날을 막으며 쓰러지자 로렌스는 포싱 뒤에 있던 자를 총으로 쏘았다.

세상이 다시 바로 섰다가 멈췄다. 아니, 비행 속도가 느려져서 멈춘 것처럼 느껴졌을 뿐이었다. 테메레르는 잠시 힘을 빼고 숨을 돌린 후 아군의 대포와 벽처럼 도열한 용들 뒤로 물러났다. 피델리타스가 위험을 감수하고 적군 사이를 돌파해온 것이다. 캘로웨이가 마지막까지 테메레르의 등에 남아 있던 맘루크 군인의 뒤통수를 라이플로 후려갈긴 후 외쳤다.

"애쉬그로브 중위님, 승무원 네 명을 붕대와 함께 이쪽으로 보내라고 말을 전해주십시오. 대장님, 안 다치셨습니까?"

"괜찮아, 큰 상처는 없어."

옆구리를 주먹으로 맞은 로렌스는 숨을 몰아쉬며 대답했다. 그는 하네스 끈 안에서 간신히 몸을 움직여보았다. 포싱은 카라비너 끈에 의지해 멍하니 앉아 피를 흘리고 있었다. 피델리타스와 캐버너스, 레반티아는 라이트급 용들을 불러 모아 프랑스군을 발톱으로 할퀴며 공격 중이었고 리칼리 패거리는 러시아 회색 용들과 짝을 지어 그 사이로 파고들며 미친 듯이 적군을 잡아뜯고 있었다. 지상에서는 기병대가 양 측면을 엄호하는 가운데 동맹군 부대가 총검을 여전히 곧추세우고 대포를 굴리며 후퇴하고 있었다.

18

테메레르는 지쳐 늘어진 채로 날개를 살짝 움직이다가 움찔했다. 날개 관절이 기분 나쁘게 욱신거리고 깊은 통증이 느껴졌다. 반쯤 아문 가슴의 머스켓 총상 자리도 무딘 칼날로 쿡쿡 찌르는 듯 뜨끔거렸다. 옆자리의 이스키에르카도 고개를 떨군 채 기운이 쭉 빠진 모습으로 말없이 입에 포리지를 넣었다. 테메레르는 포리지를 한입 삼키고는 무거운 한숨을 내쉬었다. 커다란 고깃덩어리를 입에 넣고 뜯는 것이 이렇게 피곤한 일인 줄은 미처 몰랐었다. 물에 넣고 한참 끓인 고기인데도 그랬다.

그래도 음식을 꾸준히 씹어서 조금씩 목구멍 안으로 밀어 넣었다. 급식장 주변에 모인 용들이 너무 말이 없어서 문득 이상하다는 생각이 들었다. 테메레르와 함께 온 선발 부대는 당연히 몹시 지친 상태겠지만 피델리타스와 함께 온 후발 부대도 평소처럼 재잘거리거나 옥신각신하지 않고 조용하기만 했다. 러시아 회색 용들도 말없이 먹이를 먹으면서 피델리타스 쪽을 여러 번 곁눈질했다. 구부정하게 앉아 식사를 하는 피델리타스의 표정이 묘했다. 후발이지만 전장에서 잘 싸워주었고 테메레르와 용들을 위기에서 구해줬는데도 뭔가 창피해하는 표정이었고 테메레르의 시선을 애써 피하고 있었다.

불현듯 테메레르는 불안한 생각이 들었다.

"롤랜드는 어디 있지?"

아무도 대답하지 않자 테메레르가 다급히 소리쳤다.

"챌로너!"

하지만 챌로너는 배를 채우러 갔고 포싱은 아직 의사들과 함께 있었다. 테메레르는 피델리타스에게 직접 물었다.

"롤랜드한테 무슨 일이 생겼습니까?"

"무슨 일이오?"

피델리타스가 화들짝 놀랐다. 테메레르는 그 얼굴에서 죄책감을 읽어냈다.

"몰라요. 롤랜드가 누군데요?"

테메레르는 피델리타스의 무신경한 대답에 화가 치밀었다.

"내 장교입니다. 이번 전투 때 그쪽에 빌려준 내 장교요."

테메레르가 장교를 빌려갔으면 잘 돌봐야 하지 않느냐고 따지려는데, 배기가 스푼도 없이 들이켜던 포리지 그릇을 내려놓고 트림을 하며 말했다.

"왜, 무슨 일이야? 롤랜드 중위는 대장님과 함께 있어."

"아, 어디 다친 데는 없지?"

"다쳐? 왜 다쳐?"

"아, 그럼 정말 다행이다. 누가 빨리 좀 얘기해주지."

테메레르는 마음이 가라앉지 않았다. 피델리타스의 이상한 표정도 그렇고 굳은 얼굴로 못마땅해하는 캐버너스의 태도도 어딘지 불안했다.

전장에서 후퇴를 했으니 용들도 기분이 나쁠 수는 있었다. 하지만 그날의 전투 결과에 대해 누가 불평할 수 있을까. 불타는 드레스덴 시, 어마어마한 규모의 적군, 그들이 직면했던 상황을 지켜본 자라면 오히려 깊은 감명을 받았어야 한다. 그들은 퇴로를 열어 탈출에 성공했고 프러시아군과 러시아군도 대포를 절반이나 챙겨갔다. 그날 아침까지만 해도 상황이 너무 안 좋아서 후퇴가 가능하리라고는 아무도 예상하지 못했다. 물론 정확히 말해 승리는 아니었다. 작년 겨울, 러시아군이 줄기차게 후퇴하면서 나폴레옹을 격퇴시킨 것을 생각하면 어느 누구도 지금 이 상황에 불만을 터뜨려서는 안 되었다.

그때 추르키가 깃털을 펄럭이며 옆자리에 내려섰다.

"아, 여기 있었네. 부대가 아직 온전하게 남아 있구나! 오늘 아침에는 이런 모습을 보게 되리라고 생각도 못 했어."

테메레르의 생각을 그대로 확인시켜주는 말이어서 테메레르는 격렬하게 동의했다.

"병력 배치를 잘했더라. 먹을 건 좀 남았니?"

추르키는 점잖게 기다리다가 테메레르가 자리를 만들어주자 옆으로 다가와 함께 포리지를 먹었다. 테메레르는 날개 관절이

다시 아파왔지만 그래도 위엄 있게 고개를 숙여 인사했다. 추르키가 그에게 예의를 갖추고 친절하게 말해주었으니 그렇게 하는 것이 당연하다고 생각했다. 그는 다른 용들도 추르키의 말을 똑똑히 듣고 기분을 풀기 바랐다.

추르키는 편하게 앉아 포리지를 먹으며 말했다.

"상황이 파악되자마자 해먼드를 드레스덴에서 당장 데리고 나가야 한다는 걸 알았어."

정찰병들이 처음으로 적군의 진군을 알린 그날 이른 아침, 추르키는 해먼드와 함께 드레스덴에 있었다.

"그때 아군의 용은 우편배달 용을 제외하고 열 마리가 되지 않았어. 싸우려고 나서봐야 소용없겠더라고. 그래서 해먼드와 젊은 차르를 데리고 도망쳤어. 러시아군은 정말 너무하더라! 자기네 황제를 잘 돌보지도 않더라고. 차르가 아직 결혼을 하지 않았다는 게 믿어져? 이쪽 세상에서는 용들이 정말 사람 관리를 못해. 내가 러시아를 도울 의무는 없지만 해먼드가 힘들어하기에 쿠투조프라는 늙은 러시아 장군도 내 몸에 같이 태웠어. 그런데 그 장군이 상태가 많이 안 좋더라고. 그래서 내가 옷을 더 따뜻하게 입히라고 했는데도 러시아인들은 담요나 뜨끈하게 데운 벽돌도 없이 그냥 그 장군을 내 몸에 태우더라."

추르키는 못마땅한 듯 고개를 절레절레 흔들었다. 그날 드레스덴을 떠난 추르키는 동쪽으로 날아가 바우첸이라는 마을에서 대기했고, 얼마 후 유리가 날아와 아군이 드레스덴에서 후퇴했음을 알려주었다고 했다.

"전혀 예상 밖이었어. 어쨌든 그래서 해먼드가 여기로 와서 너희와 합류하게 된 거야. 하지만 내 생각에 해먼드는 여기서 딱히 할 일도 없어. 차르도 마찬가지고. 나폴레옹이 러시아에서 벌인 전쟁을 생각하면 도저히 분별 있는 사람은 아니지만 그래도 나폴레옹은 우리 쪽에 있는 어떤 장군보다 열 배는 더 가치가 있어. 자식을 넷이나 두었으니까."

"한 명인데요. 로렌스 말로는 아나우알케 여황이 자식을 한 명 더 낳을 거라고는 했지만요."

"넷이야. 프랑스에 있는 두 여자한테서 자식을 한 명씩 낳았고 비엔나에 있는 여자한테서도 한 명을 낳았어. 그 애들은 벌써 걸어 다닐 만큼 자랐대. 내가 해먼드한테 자세히 물어봤어. 그런데 사파 잉카 님이 벌써 자식을 하나 더 낳기로 했다고?"

추르키는 몹시 부러워하며 한숨을 푹 쉬었다.

"마일라 님은 사파 잉카 님의 선택에 대해 투덜거릴 필요가 없었던 거였어. 해먼드도 사파 잉카가 지닌 생식력의 절반이라도 갖춘 여자를 찾아야 할 텐데! 리투아니아에서 만난 그 여자도 디혜른 대장의 아기를 낳을 거라잖아."

추르키는 불만조로 말을 맺었다.

이제는 디혜른 부인이 된 리투아니아의 메르켈리테 양에 대해 테메레르는 그동안 까맣게 잊고 있었다. 당시 에로이카가 스윽 나타나 메르켈리테 양을 가로채간 것이 부당하게 느껴지기는 했지만, 그래도 테메레르는 에로이카에게 화가 나지는 않았다. 에로이카가 일부러 그런 것은 아니었으니까. 게다가 테메레르가 알 때문에 잠시 떠나 있었을 때도 에로이카는 그의 보물을 잘 지켜주었다. 에로이카는 진정한 친구였다.

추르키가 말했다.

"네 비행사 로렌스 님도 그런 면에서는 아무 일도 안 하고 있는 거지. 대장이 되셨다며? 그럼 가치 있는 여성의 관심을 끌기에 좋은 위치가 된 거잖아. 네가 너무 까다롭게 구는 건 아냐? 네가 로렌스 님을 펨버튼 부인과 결혼시키려는 게 아니라면 차라리 펨버튼 부인을 다른 사람과 짝지어주면 어떨까? 그래야 펨버튼 부인이 자식들을 낳을 텐데."

그때쯤에는 다들 식사를 마치고 물러났다. 요리사들은 급식용 화덕에 불을 질러 청소를 하고는 내일 먹을 포리지를 끓이기 시작했다. 피델리타스는 서둘러 식사를 마치고 자기 자리로 돌아간 후였다. 테메레르는 캐버너스에게 다가가 조용히 물어보았다.

"왜 다들 이렇게 어색하게 구는 겁니까? 피델리타스가 무슨 짓이라도 했어요?"

"아무 짓도 안 했어요. 대장님한테 직접 물어보세요."

캐버너스는 더는 말하지 않았다.

"그 일에 대해 더는 입에 올리지 않을 걸로 믿겠네, 롤랜드 중위."

로렌스의 말에 에밀리가 대답했다.

"제가 그런 얘기를 사방팔방 떠들고 다닐 만큼 머저리는 아닙

니다만, 무작정 입을 다물고 있는 게 능사는 아닙니다. 등에 탑
승해 있던 승무원들이 풀 대령의 지시를 들었고 몸에 탑승했던
모든 이가 피델리타스의 대답을 들었습니다. 캐버너스가 그 일
에 대해 말하는 걸 십여 마리의 용이 들었고요. 더는 비밀도 아
닙니다."

"그래. 하지만 정식으로 내 귀에 들어오지는 않은 걸로 하지."

"아시는 것으로 하는 편이 나을 텐데요."

에밀리는 날카롭게 지적했다. 로렌스는 에밀리의 생각을 잘
알았다. 이번에 로렌스는 각별한 노력으로 동맹군을 지켜냈으
니 화이트홀도 로렌스를 함부로 몰아내지 못할 것이다. 로렌스
가 풀 대령을 공식적으로 처리해야 한다면 지금이 적기였다.

"그만 나가 봐."

에밀리는 미간을 찌푸렸지만 이내 모자에 손을 대고 경례를
한 뒤 방을 나갔다. 로렌스는 의자에 무겁게 기대앉았다. 전투
중에 썼던 다른 의자들에 비해 편안한 의자였다. 로렌스는 꽤
널찍한 응접실에 책상까지 갖춰진 집을 숙소로 배정받았다. 그
는 에밀리가 화낸 이유를 알았고 공감도 했다. 하지만 풀 대령
을 군법회의에 회부한다고 해도 직무 유기죄로 유죄 판결을 받
게 하기는 힘들었다. 피델리타스가 위험을 무릅쓰고 돌격해 제
때 테메레르와 이스키에르카를 지원했고 아군의 퇴로도 확보했
기 때문에 결과적으로 풀 대령이 가장 열심히 싸운 것으로 되어
있었다.

결국 사람들은 풀 대령이 말을 듣지 않는 피델리타스를 설득

하려다 실패했다, 피델리타스가 자유의지로 비행사의 명령에 불복종했다라는 사실에만 시선을 집중할 것이다. 이미 피델리타스와 풀 대령에 관한 소문이 공군 내에 빠르게 확산되면서 장교들의 분노와 우려를 사고 있었다. 지금껏 장교들은 용이 무조건 비행사의 명령에 따른다는 믿음을 갖고 있었기 때문이다. 마찬가지로 군법회의에 불려온 비행사들이 용이 비행사의 명령에 불복종할 수도 있다는 사실을 인정할지 로렌스는 자신이 없었다. 풀 대령은 처음에는 그대로 돌격하려다가 잠시 후에 마음이 바뀌어 돌아가기로 했는데 자신의 목소리가 너무 작아 피델리타스가 듣지 못하고 그냥 돌격한 것이라고 증언할 수도 있었다. 피델리타스가 공군으로서의 의무감에 따라 돌격한 것이라고 믿어줄 사람은 많지 않았다. 또 다른 용의 지시에 따랐거나, 심하게는 그저 포상금을 노리고 돌격한 것이라 여길 수도 있었다.

495

로렌스는 피곤한 목소리로 테메레르에게 말했다.

"풀 대령이 유죄 판결을 받을 가능성은 없어. 당시 그대로 돌격해 아군을 구해주는 것도 중요했지만 그러기에는 위험이 너무 커서 보다 안전한 방법을 택하려 했다고 주장할 테니까."

"하지만 풀 대령이 그렇게 돌아갔으면 아군의 대포를 지켜내지 못했을 거야. 아군의 대포는 나보다 더 위험한 상황에 처해 있었어."

테메레르는 당시 몹시 위험천만한 상황에 처해 있었음에도 낙관적으로 말을 이어갔다.

"대포가 없으면 아무것도 지켜낼 수가 없어. 다들 아는 사실

이잖아. 불쌍한 피델리타스! 오늘 피델리타스에게 너무 퉁명스
럽게 굴었나 봐. 피델리타스가 이상하게 행동하기에 또 남부끄
러운 짓을 벌인 줄로만 알았어. 그런데 그게 아니라 풀 대령이
창피해서 그런 거라니. 다들 그런 피델리타스를 가엾게 여긴 거
였고. 피델리타스에게 뭐든 해줘야겠는데, 로렌스. 포상금을 줄
수는 없겠지?"

"그건 안 돼."

후퇴하면서 엄청난 양의 보급품을 적진에 버린 탓에 이번 주
말이면 식량이 부족해질 듯했다.

테메레르는 단호하게 말했다.

"그럼 훈장이라도 줘야지. 피델리타스는 훈장을 받을 자격이
충분해."

"그 문제는 내일 생각해보자. 지금은 어서 자도록 해. 나중에
내가 다시 왔을 때 네가 자고 있지 않으면 내 마음이 안 좋을 거
야. 먹이는 충분히 먹었어?"

"응. 세 번째로 도착한 비행 편대가 여기로 보급품을 가져오
기 전에 이미 식사를 했다면서 저녁을 안 먹는다고 하더라고.
그래서 우리도 잘 먹었어. 별로 피곤하지도 않아."

말은 그렇게 하면서도 테메레르는 입을 한껏 벌리고 하품을
하더니 이내 고개를 숙이며 중얼거렸다.

"에밀리도 돌아왔고 당신도 다 괜찮다고 하니까……."

테메레르는 우렁차게 코를 골았다. 숨을 내쉴 때마다 콧구멍
근처의 관목들이 격렬하게 흔들거렸다.

로렌스는 테메레르의 부드러운 주둥이에 가만히 한 손을 얹었다. 손 밑에서 안정적인 호흡이 느껴졌다. 잠시 후 그는 우편 배달 용들이 사용하는 공터로 이동했다. 그곳에는 피곤에 지쳐 고개를 푹 숙인 유리가 기다리고 있었다. 로렌스는 유리에게 다가가지 않고 망설였다. 유리가 이미 간략하게 보고를 했지만 나머지 내용을 어서 듣고 본부에도 알려야 했다. 하지만 그들을 위해 종일 왔다 갔다 날아다닌 유리는 몸을 심하게 떨고 있었다. 밤이 꽤 쌀쌀해졌다. 비취 용은 몸에 살이 없어 비행에는 유리했지만 추위에는 약했다. 로렌스는 야영지를 향해 서 있는 큰 저택을 돌아보았다. 상급 장교들이 숙소로 쓰는 저택이었다. 로렌스는 조심스레 물었다.

"나를 따라 저 집까지 갈 수 있겠어?"

유리는 로렌스가 탑승한 우편배달 용을 따라 그 저택으로 이동했다. 유리가 로렌스와 함께 저택 앞의 계단을 오르자 보초들이 깜짝 놀랐다. 유리는 머리부터 꼬리 끝까지의 길이가 2.4미터밖에 되지 않았지만 몸에 비해 발톱과 치아가 큰 편이었다. 저택 안에 있던 해먼드가 문을 열고 계단으로 달려 나왔다. 그는 계단을 끝까지 올라온 로렌스의 팔을 비틀듯이 꽉 붙잡았다.

"로렌스 대장! 그가 드레스덴 외곽의 도로에서 진군을 멈췄답니다. 확실히 멈췄대요. 우리가 확인했습니다."

'그'가 누구인지는 굳이 말하지 않아도 되었다. 옆에서 그 소식을 함께 들은 보초들의 표정이 로렌스만큼이나 밝아졌다. 반가운 소식에 로렌스는 해먼드의 손을 잡고 악수를 하고는 함께 저택으로 들어갔다. 함께 온 유리는 깜빡 잊었다. 로렌스가 물었다.

"이유를 모르겠군요. 두 시간만 비행해 와도 우리 진영을 타격할 수 있는 거리인데. 혹시 뒤처진 병력을 모으기 위해 잠시 멈춘 게 아닐까요?"

"뒤처진 병력은 나폴레옹 부대의 4분의 3이나 됩니다. 블뤼허 장군이 우리 쪽에 합류했으니 나폴레옹으로서는 지금 우리를 상대하기에 인원이 부족하겠죠. 뒤처진 보병대를 데려오기 위해 용들의 절반을 에르푸르트로 보냈다더군요. 우리는 최소한 사흘을 벌었습니다. 자, 일단 들어오세요."

해먼드는 로렌스를 데리고 상급 장교들이 모여 있는 큰 식당으로 들어갔다. 그때까지도 그들은 유리가 뒤따라오는 것을 알아채지 못했다.

식당 안에 들어가서도 유리는 처음에는 별로 시선을 받지 않았다. 프러시아의 블뤼허 원수가 다가와 로렌스를 힘껏 안으며 환영해주었다. 다른 장교들도 환호성을 올렸다. 다들 로렌스의 부대 덕분에 프러시아군이 아슬아슬하게 재앙을 피해 후퇴했음을 잘 알고 있었다. 블뤼허가 로렌스에게 물었다.

"우리 국왕 폐하께서 자네를 보고 싶어 하시네. 식사는 했나?"

그때 누군가 조그맣게 비명을 질렀다. 유리가 어느새 호기심을 보이며 탁자 앞에 다가와 있었다. 탁자 위에는 전장 전체를 조망해주는 여러 개의 지도가 연결돼 있었다. 유리가 길쭉한 목을 빼고 지도에 표시된 군대들의 위치를 살펴보자 바로 옆에 있던 젊은 장교가 허둥지둥 뒤로 물러서면서 다른 장교들과 부딪혔다. 로렌스가 얼른 나섰다.

"실례합니다. 여러분, 이쪽은 청국 공군 소속의 룽유리입니다."

식당 안에 정적이 감돌았다. 유리는 청국어로 말했다.

"상당히 멋진 지도이기는 하지만 병력의 위치가 잘못 표시되어 있군요."

유리는 탁자 앞으로 다가가 앞발의 발톱 끝으로 병력의 배치 상태를 이리저리 조금씩 수정해주었다. 만족한 유리는 허리를 펴고 눈을 깜박이며 주변을 돌아보았다. 대부분 불안해하는 표정이었다. 식당 안에 용이 들어온 것은 너무도 낯선 일이라서 〈가제트〉 신문의 풍자만화 속 그림이 그들 앞에 살아 움직이는 것처럼 느껴졌다. 로렌스도 상당히 어울리지 않는 풍경임을 인정해야 했다.

"원수님, 이미 시간이 지체되었습니다만, 유리는 더는 미룰 수 없는 긴급한 소식을 가지고 왔습니다. 쿠투조프 원수께 방해가 되지 않는다면 당장 알려드려야 됩니다."

블뤼허가 침울한 표정으로 대답했다.

"아! 그건 불가능해. 쿠투조프 원수는 돌아가셨네."

차르와 함께 탁자 주변에 모인 이들은 옷으로 신분이 구분되었다. 정치가들은 깨끗하고 단정한 차림인 반면 허둥지둥 후퇴해온 장교들은 면도도 못 한 얼굴에 땀에 전 옷차림이었다. 표정은 다들 어두웠다. 유리가 가져온 소식도 그들의 표정을 밝게 해줄 만한 내용이 아니었다.

　유리가 청국어로 말했다.

　"청국 황제이신 공포의 군주께서 내리신 명령에 따라 청국 공군 부대는 지체 없이 시안을 출발해 유티엔을 지나 타클라마칸 사막을 건넜습니다. 하지만 그 후로 보급품 확보를 방해하는 세력에게 줄곧 시달려야 했고 결국 보급품을 지키기 위해 각 보급소에 충분한 병력을 배치해야 했습니다. 많은 병력이 보급품 수송에 할당되고 보급품의 양이 늘어나면서 이동 속도가 현저하게 떨어지게 됐습니다."

　로렌스가 통역해주자 러시아 장교가 물었다.

　"야생 용들에게 기습을 받은 겁니까? 청국에는 야생 용이 없으니 야생 용을 다루는 법을 잘 모를 것 같은데요. 제대로 된 경비병이라면 야생 용들의 공격을 충분히 막아낼 수 있을 텐데요."

　로렌스는 유리가 말한 방해 세력이 군대의 보급품을 노리는 일반적인 야생 용들이 아님을 알았다. 러시아 장교가 약탈을 막기 위해 어떤 조치를 취했냐고 물었다. 유리는 그 장교를 엄격한 눈빛으로 바라보며 대답했다.

　"잘 조직화된 군대답게 우리는 부대가 횡단하는 지역에 사는 토착 야생 용들에게 충분한 양의 보급품을 선물로 주었습니다. 그런데 이번에는 선물을 거부당했습니다. 그들은 도둑질이 아닌 파괴를 위해 보급품을 공격했습니다."

깊은 침묵이 깔렸다. 지난번 전투 때 쿠투조프가 이런 덫으로 러시아 내의 나폴레옹 군대를 끝장내려 했었던 것을 다들 알고 있었다. 쿠투조프는 이 방법을 통해 겨울이 끝나기 전에 최대한 서쪽으로 침투하려 했지만 나폴레옹의 선발대를 만나는 바람에 조금씩 퇴각하게 되었다. 결국 그는 러시아 영토를 내주면서 프랑스군의 연락선을 최대한 길게 늘리는 전략을 썼다. 그러다 청국 공군이 도착하고 공군력의 열세가 뒤집히면서 프랑스군에 치명적인 일격을 가할 수 있었다. 아군은 오스트리아가 아군에 병력을 지원해줄 것이라고 자신하고 있었지만 나폴레옹이 드레스덴 시를 장악하고 그들을 서쪽으로 밀어냄으로써 작전을 뒤집어버렸다. 이대로 청국 공군이 늦게 도착하면 상당히 우려할 만한 일이 닥칠 것이다.

비트겐슈타인이 마침내 침묵을 깨고 입을 열었다.

"얼마나 오래 걸리겠나?"

"자오리엔 장군은 비스툴라강을 따라 집결하기까지 두 달은 걸릴 거라며 아쉬워하셨습니다."

유리의 대답에 블뤼허가 말했다.

"두 달이나 기다릴 수는 없는데. 2주도 못 기다려."

어떤 장교가 물었다.

"오스트리아가 우리 편이 된다면요?"

이 질문에는 해먼드가 대답했다.

"나폴레옹이 용 오백 마리에 병사 이십만 명을 거느리고 오스트리아 국경 근처에 있습니다. 우리의 병력은 그 절반밖에 안 되고요. 당연히 오스트리아는 우리 쪽에 붙지 않을 겁니다. 오스트리아의 메테르니히 수상이 심정적으로 우리에게 동조한다고는 하지만 바보는 아니니까요."

로렌스가 말했다.

"제가 한마디 하겠습니다. 나폴레옹이 오백 마리나 되는 용들을 어떻게 확보했는지 우선 생각해볼 필요가 있습니다. 보고에 따르면 유진 드 보아르네는 엘베강 근처에 강력한 공군을 보유하고 있고 다부는 함부르크에 용 이백 마리를 데리고 있다고 합니다. 따라서 여기 있는 용들이 전부 프랑스 용일 리는 없습니다. 나폴레옹이 러시아에서 크게 패했던 것을 생각하면 더욱 그렇습니다. 도저히 프랑스 용이라고 할 수 없는, 흔치 않은 용들이 너무 많습니다. 유리의 보고를 들어보니, 나폴레옹이 동양의 야생 용들과 모종의 관계를 맺었고 청국 공군을 지연시키기 위해 그 야생 용들을 이용하고 있다는 생각이 듭니다."

쿠투조프가 세웠던 목표가 모두 어그러졌다는 의미였다. 이 자리에 참석한 어느 누구의 귀에도 반갑게 들리지 않는 주장이지만 합리적인 근거가 있으니 회피할 수도, 이의를 제기할 수도 없었다. 로렌스는 잠시 뜸을 들였지만 아무도 발언하지 않았다. 로렌스가 다시 힘주어 말했다.

"나폴레옹이 제시한 용 협약 때문이라는 생각이 듭니다. 여러분도 그런 의심이 들지 않습니까? 나폴레옹은 겨우 펜과 잉크로 천 마리 용들의 마음을 얻었습니다. 용 협약이 아니었으면 그 용들은 우리가 여기서 전쟁을 하든 말든 외딴 동굴에서 잠이나 잤을 겁니다. 요즘 우리 군이 보급품을 점점 더 많이 털리고 있다는 보고가 들어오고 있지 않습니까?"

탁자에 모인 이들이 여기저기서 웅성거렸다. 프러시아 장군이 조용히 말했다.

"우리는 그저 접전이 많고 상황이 불안정해서 자주 털린다고만 생각했습니다."

이제야 다들 상황을 파악한 표정이었다. 지난 수개월간 로렌스가 나폴레옹의 용 협약이 가져올 결과에 대해 계속 경고했지만 다들 대수롭지 않게 여겼다. 그때마다 로렌스는 깊은 절망감에 빠지곤 했다. 다들 야생 용은 머릿수가 많지 않으니 중요하지 않다고, 나폴레옹이 용의 권리에 대해 떠들어봐야 말과 글이 통하지 않으니 야생 용들에게 전달되지 않을 거라고, 전달을 받는다 하더라도 야생 용들은 그 내용을 믿지도 않을 거라고 안일하게 생각했다.

또 다른 장교가 말했다.

"나폴레옹이 야생 용들, 그러니까 하네스 비착용 용들의 충성심을 얻어낸 것이 사실이라면 우리가 뿌리를 뽑아야 됩니다. 어떤 방법을 써야 할까요? 독을 써서라도……."

로렌스가 그의 말을 잘랐다.

"나폴레옹이 야생 용들의 충성심을 얻은 이유는 여러분이 바로 이런 식으로 반응할 것이기 때문입니다. 여러분은 지난 수세기 동안 야생 용들을 도살하거나 묶어놓고 서서히 굶겨 죽인 반면에 나폴레옹은 야생 용들에게 자유를 약속했고 야생 용들이 자기네 땅이라 여기는 곳에서 마음껏 권리를 누리게 해줬습니다. 그러니 야생 용들은 나폴레옹 밑으로 들어간 것이죠. 지금 우리 아군을 위해 하네스를 착용하고 복무 중인 용들도 여러분이 용을 독살할 생각을 하고 있다는 것을 알면 과연 계속 충성하려 들까요?"

비트겐슈타인이 한 손을 들어 올리자 로렌스는 입을 다물었다. 갈비뼈 속에서 심장이 마구 쿵쾅거렸다. 해먼드는 걱정스러운 표정으로 로렌스를 흘끔거렸다. 유리는 로렌스의 말을 알아듣지 못했지만 무엇 때문에 화를 내는지 짐작한 듯, 앞발을 높이 들고 옆으로 걸음을 옮겨 로렌스의 왼편에 섰다. 편히 쉬는 자세처럼 보였지만 언제든 필요하면 바로 날아오르기 위해 다리 근육에 힘을 주고 있었다. 로렌스는 감정이 격해졌다.

침묵을 깨고 비트겐슈타인이 입을 열었다.

"차르께서 저를 바우첸 마을로 부르셨습니다."

아마 사망한 쿠투조프 대신 총사령관 자리에 앉히기 위해 비트겐슈타인을 불렀을 것이다. 달리 대안이 없기에 비트겐슈타인도 거절할 수 없겠지만 지금 이 상황에서 러시아군 총사령관은 그리 부러운 자리가 아니었다. 비트겐슈타인이 말을 이었다.

"지금 이 자리에서 들은 정보를 차르께 보고하고 의중을 알아보겠습니다. 내일 아침에 다시 모입시다. 자, 여러분, 각자 숙소로 돌아가 쉬십시오. 해먼드 대사, 잠시 얘기 좀 합시다."

해먼드는 불안한 표정으로 뒤를 돌아보며 비트겐슈타인과 함께 장소를 옮겼다. 저택을 나온 로렌스는 여전히 분노가 서려 있는 야영지로 향했다. 야영지에 도착하자 로렌스가 유리에게 말했다.

"이리 와 테메레르 옆에서 자면 좀 더 따뜻할 거다."

테메레르는 눈도 뜨지 않고 웅얼거리며 날개를 들어 올렸고 유리는 테메레르의 날개 밑으로 들어가 앉았다. 로렌스는 도저히 쉴 수가 없어서 테메레르 옆을 서성이며 성난 속을 달랬다. 장교들과 승무원들이 천막 밖으로 그를 내다보며 수군거렸으나 그는 개의치 않았다.

내일 아침이면 답이 올 것이다. 차르가 어떤 결정을 내릴지 알 수 없었다. 러시아에서 알렉산드르는 사육장에 갇혀 있던 러시아 야생 용들의 족쇄를 풀어준 적이 있었다. 하지만 그것은 순전히 편의를 위해서였다. 야생 용들에게 자유와 먹이를 제공하는 대신 수송용 하네스를 착용시켜 보병대를 이동시키기 위해서였다. 아울러 나폴레옹이 그 용들을 신병으로 들이지 못하게 하려는 목적도 있었다. 차르는 이번에도 편의에 따라 야생 용들을 대량 살상하는 쪽으로 결정할 가능성이 있었다.

로렌스는 그런 명령은 따를 수도, 방관할 수도 없었다. 그의 입장은 분명했고, 테메레르의 생각도 분명했다. 그들은 전에도 이와 비슷한 상황에서 선택의 기로에 직면했었다. 서성이던 로렌스의 발걸음이 느려지더니 잠든 테메레르의 머리 옆에서 멈췄다. 차분하게 결심이 섰다. 그는 이 선택을 후회하지 않을 것이다. 그는 자신이 뱉은 말을 반드시 지켰고, 한번 결심하면 뒤

돌아보지 않았다. 고통스럽더라도 그들이 나아가야 할 길은 명확했다. 로렌스는 나폴레옹의 편에 서는 것이 이익임을 알면서도 두 번이나 나폴레옹의 제안을 거절했다. 하지만 이번만은 나폴레옹과 같은 생각이었다.

이번에는 자신이 가야 할 곳이 그리 멀리 있지 않다는 생각에 로렌스는 씁쓸했고, 한편으로는 웃음이 나오려 했다. 그는 심호흡을 하며 마음을 다잡았다. 조금 전 새벽 3시를 알리는 종이 여섯 번 울렸다. 아침이 밝기까지 몇 시간이 남아 있었다. 비행용 외투 차림이던 로렌스는 그대로 테메레르의 앞다리 안쪽으로 올라가 외투 자락으로 몸을 감싸고 눈을 감았다. 바람의 방향만 신경 쓰면 되었던 20년 전, 침대에 누웠을 때처럼 잠이 쏟아졌다.

다음 날 아침, 또다시 모두가 입을 다물자 테메레르는 짜증이 솟구쳤다. 이번에는 승무원들까지 입을 닫았고 아무도 이유를 말해주지 않았다. 다들 어깨를 으쓱하면서 "난 아무것도 몰라"라고 할 뿐이었다. 오데이는 조만간 뭔가 불가사의하고 끔찍한 사건이 일어날 것임을 암시하는 말을 슬쩍 흘리더니 이내 "아, 나도 확실히는 몰라"라고 얼버무렸다. 정말 마음에 들지 않는 상황이었다.

로렌스는 아침부터 멋지게 차려입고 또다시 장군들과 회의를 하러 갔다. 테메레르는 로렌스의 모습이 마음에 들었다. 아침에 눈을 떠보니, 로렌스는 면도를 하고 있었고 훈련생들이 로렌스의 제일 좋은 외투를 스펀지로 닦고 최고로 좋은 셔츠를 다림질하고 있었다. 테메레르의 발톱 씌우개와 함께 상자에 고이 넣어두었던 외투와 셔츠였다. 로렌스는 테메레르의 말을 흔쾌히 받아들여 나일강 전투로 받은 훈장을 제복에 달았고, 긴 칼의 칼자루에도 새로 광을 냈으며, 군모에 멋진 코케이드(모자에 다는 리본 매듭—옮긴이)도 달았다. 테메레르는 마음이 흡족해졌다. 시간이 되어 로렌스는 서둘러 회의에 갔다. 테메레르는 승무원들의 묘한 태도를 보면서 로렌스에게 무슨 일로 그렇게 차려입는지 물어보지 않은 것을 후회했다.

테메레르가 초조하게 말했다.

"좋아. 다들 말을 안 해준다 이거지? 포리지 솥 근처로 가서 이 일에 대해 아는 용이 있는지 확인해봐야겠어."

야생 용들은 포리지 솥 근처에 모여 있는 걸 좋아했다. 아직 포리지가 끓지 않아 먹을 수 없는데도 냄새를 맡는 것만도 좋아했다. 그래서 야생 용들이 포리지 솥에 덤벼들지 않게 대형 용 한 마리가 늘 솥 근처에서 잠을 자며 지켜야 했다. 어젯밤 당번이었던 이스키에르카가 솥 옆에 누워 있었다. 테메레르는 이스키에르카에게 아는 게 있는지 물었다.

"굳이 알아야 할 일이 있나?"

이스키에르카는 하품을 하며 중얼거렸다.

"그랜비, 무슨 일이 있기는 했어?"

"난 몰라, 진짜야."

테메레르는 그랜비에게 배신감을 느꼈지만 그래도 그랜비는 곤란해하는 표정이라도 지었다. 그랜비가 말을 이었다.

"로렌스 대장님이 어젯밤에 꽤 걱정이 많으시기는 했어. 하지만 대장님이 어떤 분인지는 너도 잘 알잖아. 대장님이 어떤 행동에 나선 계기에 대해 누가 이러쿵저러쿵 떠들어봐야 결국 다 헛소리야. 하긴 쿠투조프 원수가 세상을 떠나서 그러실 수도 있겠다. 나폴레옹이 우리 뒤를 바짝 쫓고 있는 상황에서 총사령관이 밤새 죽어버렸으니 누가 마음이 편하겠냐. 비트겐슈타인 장군이 차기 총사령관이 될 거라고는 하더라."

홍미로운 소식이기는 했지만 테메레르의 걱정을 덜어주지는 못했다.

그때 그릭이 포리지 솥 옆에 착륙하며 목청을 높였다.

"조금 더 빨리 먹을 수는 없을까요?"

이스키에르카가 경고하듯 고개를 들고 콧방귀로 불꽃을 뿜었다.

"그냥 해본 말입니다."

그릭이 이스키에르카의 머리 옆으로 깡충 뛰어가 얼른 고개를 숙이고 사과했다. 그러고는 목소리를 한껏 낮춰 물었다.

"테메레르, 그들이 독을 쓸 거라면서요. 혹시 들은 얘기 있어요?"

"뭐?"

그릭이 얼른 말했다.

"원치 않으시면 다른 용에게는 입도 뻥긋 안 할게요…….."

테메레르는 고개를 숙여 그릭을 코끝으로 툭 쳐서 숲 가장자리로 데려갔다.

"아는 거 있으면 당장 말해."

그릭은 술술 털어놓았다. 그릭과 아는 사이인 러시아의 소형 용들이 러시아 장교들의 대화를 엿듣고 덫을 피할 방법을 알아봐달라고 부탁했다고 했다.

테메레르는 야생 용을 독살하려는 계획을 듣고 당황했다. 너무 파렴치한 계획이라 말도 안 되는 소리 같았다. 하지만 러시아군은 야생 용들을 사슬과 족쇄로 묶어 사육장에 가둬놓고 거의 굶겨 죽이다시피 했던 전력이 있었다. 아마 이번 독살 계획도 그런 자들의 머릿속에서 나왔을 것이다. 테메레르는 머릿속이 차분히 정리되면서 깊은 분노를 느꼈다.

러시아군은 끔찍한 계획을 세웠고 그것을 달성할 힘도 갖췄다. 요즘은 어디에도 먹을 게 부족해서 다들 배를 주리는 형편이었다. 야생 용들은 포리지조차 먹을 형편이 못되니 더 배가 고플 것이다. 그럴 때 사람들이 약탈을 막기 위해 먹을 것을 내주는 척하면서 요리용 화덕에 독을 탄 음식을 가득 넣어두면 상당수의 야생 용이 그걸 먹고 시름시름 앓다가 죽을 게 분명했다. 그 후에도 야생 용들은 굶주림에 지쳐 사람들이 설치해놓은 온갖 덫에 쉽게 걸려들 것이다. 테메레르는 불타는 헛간에 갇힌 채 쇠스랑을 든 자들에게 위협받았던 기억이 떠올라 몸서리를 쳤다. 그자들은 대포도 갖고 있지 않은 소작농들이었다.

그릭이 말을 맺자 테메레르가 조용히 말했다.

"그래, 알았어. 아주 잘 알았어."

"그럼 내가 덫을 피할 방법을 알고 싶어 하는 이유도 알겠네요……."

그릭이 요구 사항을 늘어놓으려 하자 테메레르는 우르릉 소리를 내며 입을 다물게 했다. 그리고 주변에서 귀를 쫑긋 세우고 있는 다른 용들에게 들리도록 목청을 높였다.

"방법을 알면 너한테만 슬쩍 말해줄 게 아니라 모두에게 알려야지. 나뿐만 아니라 제정신인 용이라면 자신과 친구들한테 당장 해가 가지 않는다고 해서 가만히 있으면 안 돼. 나 역시 이런 계획을 그냥 두고 보지는 않을 거야. 로렌스도 마찬가지니까 믿어도 돼."

테메레르의 목소리에 분노가 묻어나오고 가슴속에서 웅웅대는 소리가 점점 커지자 그릭은 움찔하며 물러섰다. 테메레르는 고함을 내지르고 싶은 충동이 가라앉을 때까지 입을 다물고 마음을 진정시켰다. 워낙 열악한 환경에서 자란 탓에 다른 용은 물론이고 믿을 만한 사람조차 믿지 못하는 그릭을 탓할 수는 없었다.

가슴속의 웅웅거림이 가라앉자 테메레르가 다시 입을 열었다.

"우리가 막을 거야. 사람들의 편의를 위해 독살이나 총살을 당하고 싶지 않은 용이라면 언제든 우리를 도와도 좋아. 이 문제에 대해서는 이 정도 말밖에 못 하겠어. 하지만 로렌스도 내 얘기를 들으면 분명히 동의할 거야. 그는 그 따위 명령에 따를 사람이 아니야."

그릭은 미심쩍어하는 투로 말했다.

"아, 하지만 지난번에 비슷한 일을 저지르고 1만 파운드나 되는 재산을 잃었다고 하지 않았어요?"

테메레르는 가슴이 철렁하면서 욱신거렸다. 이제 겨우 로렌스의 재산을 회복시켰는데! 테메레르는 큰 결심을 하고 힘들게 대답했다.

"또 그만큼의 재산을 잃겠지만 어쩔 수 없잖아. 그건 당연한 거야. 재산 때문에 해야 할 일을 포기하진 않아."

테메레르는 고통스럽게 선언하고는 훌쩍 날아올라 자신의 공터로 돌아갔다. 그 문제에 대해 고민하며 왔다 갔다 서성이다가 나무 한 그루를 쓰러뜨리고는 승무원들에게 사과를 해야 했다. 로렌스는 그 끔찍한 계획을 중단시키기 위해 회의에 참석한 모양이었다. 이제야 알 것 같았다. 로렌스는 그 무시무시한 계획을 막고 나서 테메레르에게 말해줄 작정일 것이다. 그들 앞에 펼쳐진 암울한 상황에 테메레르가 괴로워하지 않도록 그 계획을 무산시키고 나서 알려주려 했던 것이다. 로렌스가 그 계획을 막지 못하면 얼마나 참혹한 결과가 빚어질지 테메레르는 상상조차 할 수 없었다.

최악의 사태가 벌어질 경우 그들은 쉽지 않은 결정을 내려야 했다. 하지만 직접 유럽 대륙 곳곳을 돌아다니며 모든 야생 용들에게 경고를 해주는 것은 현실적으로 불가능했다.

"야생 용들에게 알려야 돼."

테메레르는 목청을 높였다. 하지만 아무도 믿어주지 않으면 어떻게 하지? 테메레르는 다시 방향을 돌려 걷다가 엉겁결에 천막 두 개를 쓰러뜨리고 말았다.

"우선 리칼리에게 말해야겠어. 비스토르타에게도 알리고, 리
투아니아의 야생 용들에게도 알려야 돼."

테메레르는 연락망을 통해 야생 용들에게 알릴 방법을 고민
하느라 공터 바깥의 수상한 움직임을 알아채지 못했다. 문득 놀
라 고개를 들어보니 그의 공터 위쪽에서 그림자 몇 개가 계속 맴
을 돌고 있었다. 오비투리아와 피델리타스, 그리고 그들이 거느
린 편대 용들까지 테메레르의 머리 위에서 맴을 돌며 점차 간격
을 좁혀왔다.

"뭐 하는 짓입니까?"

테메레르가 물었다. 피델리타스는 기운 빠진 모습으로 얼른
고개를 숙일 뿐, 대답을 하지 않았다. 초조해하며 대답한 쪽은
오비투리아였다.

"나도 모르겠어요. 명령을 받았어요. 당신의 공터 주변에 자
리를 잡고 있으라는 명령이었습니다. 전투가 있을 예정인가요?
지난번에 나는 전투에 나서지도 못했는데."

오비투리아가 울적한 표정으로 말을 맺자 테메레르가 대꾸
했다.

"그건 아닐 겁니다. 어제 들은 얘기로는 나폴레옹이 사흘 동
안은 잠자코 있을 거랍니다."

테메레르가 의아해하고 있는데 그랜비가 몹시 화난 표정으
로 길을 따라 걸어왔다. 그랜비는 풀 대령과 윈들 대령이 다른
장교들과 함께 모여 있는, 테메레르의 공터 입구로 다가가 소리

쳤다.

"지금 뭐 하는 짓입니까? 해명해보세요. 당장 당신네 용들을 해산시키고 이 상황을 해명하십시오."

풀 대령이 싸늘하게 대답했다.

"해명할 일은 없습니다. 영국에 충성을 맹세한 장교라면 당연히 해야 할 일을 하는 것이니까요. 불과 한 시간 전에 우리 모두 그 일을 목격했습니다. 우리가 세운 작전과 그 불가피성에 대해 혼란스러워할 사람은 아마 없을 겁니다."

풀 대령은 안색이 몹시 창백해서 이마에 생긴 붉은 얼룩 몇 개가 두드러졌다.

"맙소사, 이건 규정 위반입니다. 전에도 두 번이나 규정을 위반하더니 또 이러네. 한 번은 전투 중에, 그리고 이번에는……."

"이런 상황에 규정을 들먹거리다니 믿기지가 않는군요. 전에도 당신들이 어떤 짓을 했는지 우리는 다 알고 있습니다. 저 용은 조금 전에 반역죄를 저지르겠다는 말을 공공연히 내뱉었어요. 저 용은 당장이라도 그런 짓을 저지를 수 있고, 오래전에도 똑같은 죄를 저지른 적이 있……."

테메레르는 분노가 치솟았다.

"뭐라고요? 당신들, 지금 나를 막으려고 여기서 이러는 겁니까? 야생 용을 독살하는 계획을 지지한다는 거예요? 적군도 아닌 야생 용들에게 독을 먹이는 짓거리를 돕겠다는 말이군요. 포리지 한 그릇도 제대로 먹지 못하고 굶주리는 야생 용들, 기지도 승무원도 없이 보물 같은 것은 가져볼 꿈도 꾸지 못하는 야생 용들, 여러분 몸집의 4분의 1밖에 안 되는 작은 야생 용들을 독살하는 데 동참하겠다 이거로군요⋯⋯."

용들은 불안해하며 테메레르에게서 물러났다. 테메레르의 목구멍 안쪽에서 진동이 점점 크게 울렸다. 테메레르는 굳이 신의 바람을 억누르고 싶지도 않았다.

"그 작은 용들을 전부 독에 중독되게 하고 결국 죽게 만들겠다는 게 여러분의 생각이라 이거로군요."

테메레르는 오비투리아의 편대원인 옐로 리퍼 품종의 가우데니우스에게 소리쳤다.

"그들이 하네스를 거부하는 요크셔의 리퍼들은 독살하지 않을 것 같습니까? 여러분의 비행 동료로서 함께 짝을 지어 임무를 수행한 리칼리와 야생 용들도 독을 친 양을 먹거나 우리에 갇혀 불타 죽을 수 있는데 신경도 안 쓰여요? 어떻게 이런 작전을 돕겠다고 나설 수 있습니까⋯⋯."

가우데니우스는 부끄러워하며 뒤로 물러났고 오비투리아는 아연실색하며 소리쳤다.

"아! 전 몰랐습니다! 정말이에요! 어떻게 그런 끔찍한 말을 해요? 우린 비행사들이 요청해서 여기 왔을 뿐이라고요."

"바로 그겁니다. 여러분이 고민도 하지 않고 무작정 지시를 따르는 게 문제예요. 비행사들이 여러분에게 전투 대기 상태로 내 공터를 둘러싸라고 지시했을 때 무슨 이유 때문인지 고민도 안 해봤습니까?"

테메레르가 쳐다보자 피델리타스는 눈도 마주치지 못하고 비참한 표정으로 고개를 숙였다.

풀 대령이 악을 썼다.

"저 반역적이고 선동적인 용의 말은 들을 필요도 없어. 피델리타스, 넌 저 용을 만나기 전까지 한 번도 명령에 불복종한 적이 없었어. 저 용이 너희를 못된 길로 이끌고 있다는 걸 이제 다들 알겠구나."

테메레르는 풀 대령을 내려다보며 반박했다.

"못된 길이 아니라 당신이 원치 않는 길이겠죠. 그 따위 명령을 내리면서 피델리타스는 물론이고 다른 용들의 의사는 물어본 적도 없겠죠."

그랜비가 풀 대령에게 따지고 나섰다.

"당신의 잘난 명령이라는 게 우리 용들끼리 우리 야영지 안에서 싸우게 만드는 것이군요."

"아무 제재도 받지 않고 반역죄를 저지르게 내버려두는 것보다는 낫습니다!"

풀 대령은 뒤로 한 걸음 물러나 칼을 뽑아들며 말을 이었다.

"그 꼴을 보느니 차라리 죽고 말지. 내 용의 이빨에 찢겨 죽고 말지……."

피델리타스는 그 끔찍한 말에 경악해 비명을 질렀으나 풀 대령은 계속 지껄였다.

"내 눈앞에서 반역죄가 발생할 조짐을 보고도 모른 척하느니 차라리 죽는 게 낫습니다. 나중에 내가 법정에 서서 아무것도 몰랐다며 푸념이나 늘어놓을 일은 없을 겁니다."

"뭐, 이 빌어먹을 새끼가."

그랜비도 칼을 뽑아들었다. 장교들은 편을 갈라 서로에게 고함을 지르기 시작했다. 가만히 보고 있던 챌로너와 승무원들이 그랜비 옆으로 달려갔다. 만일의 사태에 대비해 테메레르가 그 사이로 발톱을 넣으려 해도 불가능할 정도로 그들은 그랜비 옆에 바짝 붙었다.

"다들 뭐 하는 짓인가?"

로렌스의 고함 소리가 이토록 반가웠던 적이 없었다. 테메레르는 안도의 숨을 내쉬었다. 로렌스가 길을 따라 내려와 그들 앞에 섰다. 하지만 다음 순간 테메레르는 공포에 질리고 말았다. 폴 대령이 어느새 로렌스 옆으로 다가가 로렌스의 목에 칼날을 들이댄 것이다.

테메레르는 그 자리에 완전히 얼어붙었다. 폴이 칼을 한 번만 밀어 넣어도 로렌스는 끝이었다. 그는 테메레르의 눈앞에서 죽고 말 것이다. 피델리타스는 나지막하게 비명을 내지르며 엎드렸다. 로렌스를 죽이면 폴도 바로 테메레르에게 죽임을 당할 것이기 때문이었다. 하지만 테메레르에게 폴의 목숨 따위는 중요하지 않았다. 로렌스가 죽으면 무엇으로도 분이 풀리지 않을 것이다.

로렌스는 차분하게 서서 폴을 똑바로 쳐다보았다. 폴은 입을 굳게 다물고 거칠게 숨을 쉬었다. 테메레르는 폴의 얼굴에서 목 깃으로 떨어지는 땀방울과 팔의 미세한 떨림까지 눈으로 보고 느꼈다.

"칼 치워, 풀 대령. 제정신이 아니군."

로렌스는 목에 닿은 칼날은 아랑곳하지 않고 다른 장교들을 돌아보며 말을 이었다.

"그랜비 대령, 자네를 우리 부대의 대장 대행으로 임명하겠네."

"로렌스!"

그랜비가 한 발 앞으로 다가가며 소리쳤으나 로렌스는 차분히 얘기를 계속했다.

"나는 동맹군 공군 부대를 지휘하게 됐다. 나폴레옹이 다시 우리 뒤를 쫓기까지 며칠밖에 여유가 없다, 제군들. 우리는 그 며칠간 우리와 뜻을 함께할 야생 용들을 찾아 우리 편으로 끌어들이고 모든 방어책을 강구해야 한다. 나는 우리가 승리할 가능성이 없다고 보지 않는다. 윈터스."

517

로렌스가 부르자 윈터스가 사람들 사이를 뚫고 소심하게 달려왔다.

로렌스가 손을 들어 목에 닿은 칼등을 밀어냈다. 풀의 팔이 힘없이 밀려나면서 칼을 아래로 내렸다. 로렌스는 풀을 쳐다보지도 않고 외투에서 봉투를 꺼내 윈터스에게 건넸다.

"이걸 챌로너에게 가져다주고 필체가 깔끔한 승무원들에게 베껴 쓰게 하도록. 제군들, 휘하의 승무원들 중에 파미르 고원 출신의 아르카디 일행과 영국 해협에서 함께 복무하며 두르자크어를 익힌 자가 있으면 당장 내 쪽으로 보내도록 해."

로렌스가 돌아서자 주변에 모여 있던 자들이 길을 열었다. 로렌스는 테메레르에게 다가와 앞다리에 손을 얹었다. 테메레르는 폭발 직전에 꺼진 화약심지를 본 것처럼 겨우 마음을 놓았다. 테메레르는 떨리는 몸으로 고개를 숙이고는 조심스럽게 로렌스에게 코를 가져다 댔다. 피델리타스는 재빨리 풀을 낚아채 날아갔지만 테메레르는 그들에게 눈길도 주지 않았다. 로렌스의 목에 칼에 베인 자국이나 흘러내린 피가 없다는 걸 확인한 후에야 테메레르는 안도의 한숨을 내쉬며 크게 물었다.

"로렌스, 그게 뭐야?"

로렌스가 외투에서 꺼낸, 대단히 중요해 보이는 서류의 정체가 궁금했다.

"법안이야. 너와 페르사이티아가 작성한 용 권리 법안. 러시아의 차르와 프러시아의 프리드리히 왕이 이 법안을 받아들이기로 했어."

"프랑스의 용 사육 프로그램이 여러분 모두에게 어떤 영향을 미칠지 생각해 보세요. 프랑스군은 용알 사천 개를 부화시키려 합니다."

테메레르는 열성적으로 설명했다.

"신중하게 생각해볼 문제이기는 하죠."

비스토르타가 인정하자 그 자리에 모인 야생 용들이 수군거렸다. 꽤 많은 수의 알프스 야생 용들이 테메레르가 보낸 긴급 전갈을 받고 이곳으로 찾아왔다. 작센 출신 야생 용들도 호기심에 들렀다. 야생 용들은 그들의 땅과 바로 이웃해 있는 프랑스에서 그렇게 많은 용들이 부화할 예정이라는 얘기에 우려하지 않을 수 없었다. 비스토르타가 계속해서 말했다.

"아무리 그래도 우리가 당신 친구들을 무작정 믿을 수는 없어요. 우리도 러시아군이 야생 용들에게 얼마나 소름끼치는 짓을 했는지 알고 있거든요."

야생 용 하나가 목소리를 높였다.

"예전에 족쇄를 찼던 야생 용이 프랑스군과 함께 다니는 것을 봤어요. 상처가 어찌나 끔찍하던지! 상상할 수도 없는 일이지만 족쇄가 아니면 몸에 그런 상처가 날 수 없죠."

비스토르타도 고개를 끄덕였다. 비스토르타의 목에는 테메레르에게 받은 황금 접시들 중 가장 크고 멋진 접시가 사슬에 꿰어 걸려 있었다. 모닥불이 그 접시 목걸이의 사랑스러운 무늬를 비출 때마다 테메레르는 가슴이 쓰렸고, 야생 용들은 비스토르타에게 존경의 눈빛을 보냈다.

"그동안 용들에게 잘 해준 나폴레옹이 차라리 전쟁에서 이겼으면 하는 생각도 들어요."

비스토르타의 말에 테메레르가 반박했다.

"러시아인들이 야생 용들에게 저지른 잔인한 짓을 옹호하고 싶은 생각은 추호도 없지만, 그들은 잘못을 깨달았고 이제는 달라진 태도를 보여주고 있습니다. 나폴레옹이 최근 용들에게 잘 해주는 이유와 러시아인들이 용들을 대하는 태도를 바꾼 이유는 똑같습니다. 바로 우리의 도움을 원하기 때문이죠. 러시아인들과 마찬가지로 나폴레옹의 가장 큰 관심사는 자기 자신, 그리고 자신이 만든 제국입니다. 나폴레옹은 다른 나라의 정부와 마찬가지로 믿을 만한 자가 아니에요. 우리를 자기편에 두는 게 전쟁에 유리하다는 것을 알고 우리와 친하게 지내려고 안간힘을 쓰는 거죠. 나폴레옹은 누구보다 빨리 이런 이점을 알아챘습니다. 나폴레옹이 똑똑하다는 사실은 누구도 부정할 수 없을 겁니다. 그래도 우리 용들의 이익을 지켜줄 사람이라고 볼 수는 없습니다."

그러자 비스토르타가 말했다.

"그래도 나폴레옹은 용에게 족쇄를 채울 생각은 안 했으니 러시아의 차르보다 질이 나쁜 인간 같지는 않은데요."

테메레르는 신중하게 반박했다.

"나폴레옹이 승리했을 때의 결과와 동맹군이 승리했을 때의 결과가 동일하다면 그 생각이 맞겠지만 실상은 그렇지가 않습니다. 나폴레옹은 용들이 알에서 부화해 자랄 때까지만 적군을 막으면서 숨죽이고 있다가 그 후에는 자기 마음대로 유럽 대륙 전체를 유린할 겁니다. 그렇게 되면 향후 10년 동안 우리는 나폴레옹에게 대적할 수조차 없게 됩니다.

하지만 동맹군이 승리하면 유럽에 여러 세력들이 계속 존재하겠죠. 러시아, 프러시아, 오스트리아, 영국, 스페인, 프랑스, 그리고 수많은 작은 나라들과 공국들이 힘을 나눠 갖는 구조가 계속될 겁니다. 그중 누가 우리와의 약속을 지키지 않거나 용을 홀대하면 우리는 서로 동맹을 맺고 그런 나라를 힘으로 위협할 수도 있습니다. 나폴레옹이 제아무리 용들을 배려한다고 해도 여러 나라가 균형을 이루며 존재하는 것이 우리 용들에게는 이익입니다."

그러자 깡마른 체구의 알프스 용이 눈을 가늘게 뜨며 중얼거렸다.

"태어날 용들에게 먹이를 어떻게 댈지 우리에게 확인시켜주지도 않고 사천 마리나 되는 용들을 부화시키는 것이 잘하는 짓이라는 생각은 안 드네요."

야생 용들은 자기네끼리 웅성웅성 얘기를 나누며 떠났다. 테메레르는 용들이 자신의 주장에 전적으로 동의하지는 않았지만 그래도 일부라도 설득한 것 같아 다행이라는 생각이 들었다. 그에게 포상금을 배분하는 규칙과 공군으로 복무할 경우의 일반적인 급료에 대해 물어보는 용들도 있었다. 물론 공군에 쓸모가 있다고 판단되지 않으면 입대 자체가 어렵겠지만 말이다. 테메레르는 차를 길게 들이켜 마른 목을 적신 뒤 생각에 잠겼다. 한시간 안에 용 마흔 마리가 또 찾아오기로 했다. 어느새 종이 네번 울렸다. 시간이 언제 이렇게 흘렀는지 당황스러웠다. 이틀동안 테메레르는 소식을 듣고 찾아온 야생 용들에게 계속 같은 설명을 해주고 있었다.

테메레르는 첼로너에게 물었다.

"나폴레옹은 오늘도 공격을 시작하지 않겠지?"

"응. 그럴 가능성은 없을 거야."

테메레르는 한숨을 쉬었다.

그래도 그의 노력이 조금씩 결실을 맺고 있었다. 비스토르타는 다음 날 아침 더 많은 대화 거리와 수많은 용들을 데리고 다시 테메레르를 찾아왔다. 얼마 후에는 몰릭이 리투아니아와 프러시아 야생 용 스무 마리 정도를 데리고 테메레르의 공터를 방문했다. 테메레르는 그들과 얘기를 나눴고 몇몇 페르시아 야생 용들과도 대화의 시간을 가졌다. 유리가 청국으로 돌아가는 길에 페르시아 용들을 만나면 여기로 보내겠다고 약속했던 것이다.

페르시아 용들이 피해 사례를 목청 높여 떠들어준 덕분에 테메레르는 크게 도움을 받았다.

"다른 용들을 우리 영토에서 밀어내기만 하면 우리에게 땅을 돌려주고 그 땅에서 풀을 뜯는 소들도 우리가 먹게 해준다고 했어요. 그런데 청국의 뻘건 용들하고 계속 전투만 하게 만드는 겁니다. 그 뻘건 용들이 온갖 속임수를 쓰며 지독하게 덤벼드는데, 머릿수는 왜 또 그렇게 많은지."

페르시아 용들의 대장인 투슈나마테가 불만을 늘어놓자 테메레르는 겸손하게 응대했다.

"청국 공군과 전투를 벌이다니, 당연히 힘들었을 겁니다. 나폴레옹은 그런 상황을 알고도 여러분에게 일부러 사실을 왜곡해 전했겠죠. 여러분은 나폴레옹 때문에 청국 공군을 건드려 지금 난처한 입장에 빠졌습니다. 그런데도 계속 나폴레옹의 말에 휘둘려야 합니까? 청국 공군이 내놓은, 괜찮은 선물도 거절하고 왜 우리와 계속 싸우려는 건지 솔직히 이해가 안 됩니다."

"선물을 받는 거야 좋죠. 하지만 우리를 밀어내려는 사람들을 청국 공군이 몰아내주지는 않잖아요."

"그렇군요. 우리가 보유한 개별 협정에 여러분을 추가하겠습니다. 그리고 여러분의 영토에 사는 사람들을 설득해서 협정에 가입시키고 여러분의 권리를 인정하도록 최대한 노력을 기울이겠습니다. 저는 누구와는 달리 지키지도 못할 허황된 약속을 남발하지 않습니다. 여러분이 우리를 받아주면 우리도 여러분을 구성원으로 받아들이겠습니다. 그리고 여러분이 우리를 적극적으로 도와주면 포상금을 공평하게 나눠받을 수 있게 해드리겠습니다. 포상금을 정말 공평하게 나눠주는지 궁금하면 우리부대의 아무 용에게나 물어보시면 됩니다."

갑자기 요란한 날갯짓 소리가 들리더니 몬시가 넓은 공터에 내려섰다. 몬시는 발랄한 목소리로 말했다.

"아, 골치 아프게 됐어. 나폴레옹이 우리 진영 앞쪽에 있는 바우첸 마을 도로에 군인 일만 명과 대포 60문을 데려다 놨대."

테메레르는 경청 중인 야생 용들에게 말했다.

"죄송하지만 회의를 중단해야겠습니다. 지금 당장 가봐야 해서요. 여러분 중 누구든 우리를 도와준다면 정말 기쁘겠습니다. 이제 리칼리를 따라 이동하시면 됩니다. 저기 파란 무늬가 있는 회색 용이에요. 전투 후에 포상금을 받으려면 어디로 가야 하는지 리칼리가 안내해줄 겁니다."

테메레르는 자신의 공터로 돌아왔다. 로렌스는 비행용 외투를 걸치면서 길을 따라 내려오고 있었다.

"아군이 라이헨바흐까지 후퇴할 예정이야. 우리가 가서 퇴로를 확보하고 다섯 시간 동안 버텨줘야 돼."

"그 정도는 당연히 할 수 있어, 로렌스."

"너무 자신하지는 마, 테메레르."

하지만 이번만은 테메레르의 자신감이 전혀 근거가 없는 것은 아니었다. 그들은 그날 저녁 느지막이 라이헨바흐라는 작은 마을의 외곽에 마련된 새로운 야영지에 착륙했다. 로렌스는 피로하지만 만족스러운 표정으로 지상에 내려섰다. 그들은 이번에도 나폴레옹이 먹이를 먹지 못하게 방해했다. 제인 롤랜드의 편지를 가져온 민노우는 비행 중에 먼지를 뒤집어썼지만 활기찬 모습으로 그들을 기다리고 있었다. 로렌스의 군화가 바닥에 닿자마자 민노우가 곧장 보고했다.

"아군이 프랑스의 주르당 원수를 비토리아 전투에서 물리쳤습니다. 조제프 보나파르트는 피레네 산맥 너머 프랑스로 달아났습니다."

근처에 있던 사람들은 이동하느라 지쳐 있었지만 민노우의 보고를 듣고 환호성을 올렸다. 기쁜 소식이 잔물결처럼 야영지 안에 퍼져나갔고 점점 더 많은 환호성이 들렸다. 잠시 후 로렌스는 봉투를 열고 제인의 편지를 읽었다. 이루 말할 수 없는 만족감이 밀려왔다.

> 나폴레옹은 스페인에서 거의 끝장났어. 내 입으로 말하긴 좀 그렇지만 우리가 꽤 깔끔하게 잘 해냈거든. 조만간 피레네 산맥도 정리할 거야. 웰링턴은 우리가 팜플로나 시와 산세바스티안 시를 마무리하자마자 영국으로 돌아가고 싶어 하지만 나는 니베강 동쪽의 사육장을 눈여겨보고 있는 중이야. 아직 껍질이 부드러운 프랑스 용알 십여 개를 얻게 됐는데 거부하지 않고 그냥 받아들이려고. 스페인 알들도 받을 거야. 오스트리아에 용알 몇 개를 주면 좋아하려나? 오스트리아를 동맹군으로 끌어들일 수만 있다면 당신

이 알아서 어떤 약속을 해도 좋아.

디마니가 사고 없이 무사히 임무를 마쳤다고 에밀리에게 전해줘.
전투 중간쯤에 쿠링길레의 등에 적군이 올라탔는데 디마니가 침
착하게 잘 지휘하더군. 약간의 싸움이 있기는 했지만 그들은 적군
을 밀어냈고 디마니의 직속부관이 특히 용감하게 적군을 무찔렀
어. 그 직속부관을 진급시켜줬더니 승무원들이 다들 엄청 좋아하
더라고.

"해먼드 대사는 어디 있지? 당장 알려야겠어."

로렌스는 큰소리로 해먼드를 찾으며 서둘러 테메레르 곁을
떠났다. 마침 해먼드는 우편배달 용들이 쓰는 공터에서 급하게
나오는 길이었다. 해먼드의 표정이 너무 밝아서 로렌스는 그가
다른 경로로 벌써 소식을 들은 것으로 생각했다. 로렌스가 입을
열기도 전에 해먼드가 환한 얼굴로 로렌스의 손을 부여잡았다.

"나폴레옹이 휴전에 동의했습니다. 우편배달 용이 한 시간 전
쯤에 소식을 가져왔어요. 메테르니히가 나폴레옹을 설득해 중
재안에 귀를 기울이게 했답니다. 일주일이에요, 대장님. 덕분에
시간을 일주일 벌었습니다!"

그들은 정보를 교환했다. 누가 가져온 소식이 더 기쁜지 우열
을 가릴 수가 없었다. 로렌스는 숙소로 배정받은 작은 오두막으
로 해먼드를 데리고 들어갔다. 잠시 후 디헤른과 그랜비가 기뻐
하며 오두막으로 찾아왔다. 그랜비의 훈련생이 어딘가에서 찾
아냈다는 질 좋은 포트와인도 몇 병 곁들여졌다. 그들은 비토리

아 전투, 웰링턴, 제인 롤랜드 대원수, 오스트리아의 프란츠 황제, 메테르니히를 위해 돌아가며 기쁜 마음으로 건배를 외쳤다. 러시아에서 보낸 군수품과 새로운 부대가 동맹군 쪽으로 흘러들면서 상황이 조금씩 유리해지고 있는 지금, 나폴레옹이 오스트리아 국경에서 그들에게 일주일간 숨 쉴 틈을 내준 것은 전혀 상상하지 못했던 바람직한 상황이었다.

기분이 좋아진 해먼드가 생각을 털어놓았다.

"나폴레옹은 오스트리아가 우리 편으로 넘어가지 않도록 중재안에 응했을 겁니다. 메테르니히가 정말 잘 해냈어요! 오스트리아는 앞으로 한 달간은 군대를 소집하기 어려울 테고 우리는 오스트리아의 도움이 없어도 당분간은 크게 아쉽지 않은 상황입니다."

그랜비가 약간 미심쩍어하며 물었다.

"오스트리아가 회담 중에 나폴레옹에게 붙지 않으리라는 보장이 없지 않습니까? 그렇게 되면 우리가 이길 가능성이 별로 없을 텐데요."

해먼드는 코웃음을 쳤다.

"나폴레옹이 오스트리아에 이탈리아의 절반을 주고, 프랑스 국경선을 산맥에 따라 정하기로 합의하고, 공들여 사육한 용알을 4분의 3쯤 넘겨줘야 메테르니히는 그나마 합리적이라며 받아들일 겁니다. 물론 다른 생각이 있을 수도 있겠죠. 하지만 메테르니히가 군이 나폴레옹에게 붙을 것 같지는 않습니다. 확실해요. 오스트리아는 우리와 같은 마음입니다. 나폴레옹이 유럽

의 지속적인 평화에 어마어마한 장애물이라는 것을 모두 잘 알고 있으니까요.ˮ

로렌스는 속임수에 가까운 방법으로 군사적 이점을 얻어낸 메테르니히의 전략이 마냥 훌륭하다고는 생각하지 않았다. 물론 수락할 만한 조건을 만들고 실질적인 평화를 이끌어낼 힘은 여전히 나폴레옹이 쥐고 있었다. 나폴레옹이 전쟁으로 동맹국들을 위협해 뜻대로 움직이려 들 것이라는 예상도 지나치지 않았다. 나폴레옹은 예전에도 그랬던 적이 있으니까.

해먼드가 메테르니히의 외교 기술을 찬양하며 건배를 제의하자 로렌스는 기꺼이 잔을 들었다. 그들은 영국 국왕을 위해 건배를 했고 공평하게 차르를 위해서도, 심지어 바우첸 마을을 위해서도 건배했다. 그날의 전투 보고서에서 바우첸은 아군이 승리한 지점으로 공식 기록됐다. 물론 이 기록은 정확한 사실과는 상당히 거리가 멀었지만, 그래도 그들은 경의를 표하고 흥겹게 술을 마셨다.

짙은 안개 속에 밤이 저물었다. 아침에 로렌스는 머리가 약간 멍한 채로 일어나 본격적으로 업무를 시작할 준비를 했다. 휘하의 지휘관들은 로렌스와 테메레르의 명성을 통해 충분한 야생 용을 영국군에 입대시키거나 나폴레옹의 군대에 불만을 품게 해서 공군력의 우세를 점하고 싶어 했다. 하지만 로렌스는 귀하디귀한 일주일의 시간 동안 동맹군 통합 사령관이라는 지위를 더 폭넓게 활용하고 싶었다. 그에게 그 지위를 맡긴 자들의 예상보다 넓게 활용하려는 것이었다.

아군은 러시아의 모든 도로를 통해 서쪽으로 느리게 대포를 수송하고 있었다. 프러시아 용들을 보내면 일주일 안에 대포 300문 정도는 모을 듯했다. 디혜른은 한숨을 쉬었지만 명령권 자인 로렌스의 지시에 반대하지 않았다.

우려되는 바가 없지는 않았지만 로렌스는 러시아 회색 용들에게 보급품 수송을 맡기기로 했다. 회색 용들은 허기를 조금도 참지 못한다는 점만 제외하면 보급품 수송에 최적이었다. 그들은 테메레르 못지않게 언어 습득에 재능이 있고 제 몸의 두 배나 되는 용도 거뜬히 실어 날랐다. 반면 특별히 동작이 빠르지 않고 기동성이 좋지 않으며 감시자 없이는 이내 주눅이 들어버리는 성향이 있기 때문에 전장에서는 별 쓸모가 없었다. 로렌스는 차라리 회색 용을 청국군의 보급품 수송 용처럼 쓰는 것이 낫겠다고 생각했다. 보급품을 들고 도망가 실컷 먹어치운 뒤 남은 것을 어디 감춰두지만 않는다면 말이다.

"으음?"

이 말을 들은 테메레르의 표정이 너무 회의적이라서 로렌스는 거의 포기할 뻔했다.

"그래도 시도는 해보려고."

"작게 해볼 거지?"

테메레르는 이렇게 말하며 포리지 솥을 초조하게 바라보았다.

로렌스는 러시아 회색 용들을 한곳에 모았다. 테메레르와 그릭이 통역자로 나서서 로렌스의 계획을 전해주었다.

"너희는 군의 보급품 수송과 확인을 책임지게 된다. 보급품을 받으면 그것으로 식사를 하고 나서 남은 분량을 확인하라는 뜻이다. 자기 몫을 따로 떼어 먼저 먹은 뒤에 운송하라는 이유는 비용 절감을 위해서다."

로렌스가 이 부분을 강조한 것은 나름 계산이 있어서였다. 먹이를 정기적으로 먹지 못하는 회색 용들에게 먼저 먹이를 챙겨 먹고 수송을 하라는 것은 꽤나 매력적인 제안으로 들릴 것이다.

머리를 아래로 내린 테메레르는 미심쩍어하는 기색을 감추지 않았다. 그는 눈을 가늘게 뜨고 엄격한 눈빛으로 그 자리에 모인 용들을 둘러보았다. 그의 매서운 눈빛에 회색 용들은 살짝 움츠러드는 모습이었다.

"보급품을 훔친 용은 다시는 이 중대한 임무를 맡지 못하게 된다는 점을 명심하세요. 보급품을 받을 자격이 되는 용들을 표시하기 위해 숫자가 수놓인 특별한 띠를 만들었습니다. 보급품을 훔친 용의 번호는 즉시 취소됩니다."

테메레르는 이렇게 말하며 옆에 쌓아둔 기다란 띠를 가리켰다. 다소 해진 천으로 만든 띠에는 숫자 비슷한 형태의 자수가 놓여 있었다. 지상 요원 여러 명이 급하게 천을 자르고 수를 놓아 만든 띠였다.

회색 용들은 상당히 의심스러워하며 계속 같은 질문을 해댔다. "매일 먹어도 돼요? 전투를 하지 않아도 먹을 수 있다는 거죠? 우리가 제일 먼저 먹어요? 정말 매일 먹어요?"

로렌스는 이 용들이 그동안 더 나은 삶에 대한 기대 없이 얼마나 비참하게 살아왔는지를 알아차렸다. 일첸코가 회색 용들에게 운송을 맡기느니 차라리 식량을 내다 버리는 편이 낫다고 구시렁댔다. 로렌스는 그를 질책하고 싶었지만 애써 참았다.

첫 운송 업무에 선발된 회색 용은 열 마리였다. 그 용들은 다음 날 아침 밀이 가득한 자루들과 약을 먹인 몽롱한 돼지들이 담긴 그물을 묵직하게 싣고 왔다. 동료들은 운송을 마친 회색 용들의 배가 통통하게 부른 것을 보고는 몹시 부러워했다. 둘째 날에는 처음 운송을 했던 열 마리에 스무 마리가 추가되었다. 셋째 날에는 예순 마리가 추가됐다. 마침내 넷째 날에는 회색 용 전부가 유럽 대륙 곳곳으로 흩어져 꾸준히 보급품을 실어왔다. 덕분에 동맹국 공군은 처음으로 필요한 양보다 많은 식량을 보유하게 됐다. 로렌스의 보급 장교인 둔 대위는 전에는 도끼눈을 뜨고 곡물을 더 달라고 불평하는 보병대 병참 장교들 때문에 힘이 들었는데 이제는 보병대에 곡물을 제대로 제공할 수 있게 됐다며 기뻐했다.

숙소에서 지도를 확인하다가 둔 대위의 보고를 받은 로렌스는 굳은 얼굴에 약간의 만족감이 서렸다. 소중한 일주일이 거의 지나고 이제 이틀밖에 남지 않았다. 지도에 코카서스 산맥을 따라 여러 개의 자그마한 붉은 깃발로 표시된 곳은 아직 멀리 있는 청국 공군의 위치를 나타냈다.

"지금 우리가 보유한 식량으로 미들급 용을 몇 마리나 더 데리고 있을 수 있지?"

"마흔 마리까지는 문제없습니다, 대장님."

로렌스는 고개를 끄덕였다. 식량 문제가 해결되지 않았을 때는 청국에 병력을 빨리 보내달라고 말할 엄두도 내지 못했다. 지금은 시간 여유가 얼마 없지만 식량은 부족하지 않을 듯했다. 로렌스는 당장 편지를 써야 했지만 테메레르를 일 분도 방해하고 싶지 않았다. 지금 테메레르는 훈련 교관으로 일하고 있었다. 그들 부대에 소속된 모든 전투 용들과 꾸준히 입대하는 야생 용들이 테메레르의 다소 거친 보살핌을 받으며 훈련을 받고 있었다. 그들을 훈련시켜서 통합적인 군율을 따르게 하려면 어지간한 노력으로는 되지 않을 것이다.

"롤랜드 중위를 불러와."

로렌스는 둔 대위에게 지시한 후 윈터스에게 얇은 페인트 붓과 커다란 종이를 가져오게 했다. 용에게 편지를 보내기 위해서였다.

에밀리는 그들 중 누구보다 한자를 잘 썼다. 로렌스는 에밀리에게 편지를 쓰게 했지만 글씨체가 그리 품위 있어 보이지는 않았다. 결국 에밀리가 말했다.

"글씨가 알아볼 만한지 닝에게 물어봐야겠어요."

드레스텐 전투가 끝나고 레퀴에스캇은 닝을 업고 다니지 않겠다고 선언했다. 이미 레퀴에스캇은 온종일 포신이 긴 대포 2문과 상당히 많은 수의 보병들을 싣고 다녔다.

"이제 나 혼자 날아다닐 수 있어요. 한 번씩 뒤처지긴 하겠지만 따라잡으면 돼요."

닝이 심드렁하게 말하자 레퀴에스캇이 화를 냈다.

"그럼 진작에 혼자서 날지 왜 계속 업혀 다녔어?"

아군이 후퇴하는 내내 닝은 다른 용들과 그럭저럭 속도를 맞춰 날았고, 아군이 야영지를 만들고 몇 시간 후에야 모습을 드러냈다. 닝은 언덕 중턱에 조그맣게 튀어나온 바위에 자리를 잡았다. 이끼로 뒤덮인 바위로, 폭포수가 우아하게 떨어지는 곳이었다. 그곳에서는 테메레르의 지도하에 용들이 비행 연습을 하는 모습이 한눈에 내려다보였다.

로렌스가 깃발 신호를 보내자 닝이 날아 내려왔다.

"다들 정말 활기차 보여요! 아버지의 노력이 결실을 맺고 있나 봐요. 그런데 몸집이 크고 싸움을 좋아하는 러시아 용들이 어색하게 날던데. 아버지가 아시는지 모르겠네요."

로렌스가 한자로 쓴 편지를 내밀자 닝은 안타까워하는 눈빛으로 그 편지를 내려다보았다. 마치 원예 전문가가 들쭉날쭉하고 바짝 마른 묘목을 보는 듯했다. 하지만 평가는 관대하게 해주었다.

533

"해독은 하겠어요. 하지만 두 번째 줄의 이 한자를 고쳐 써야 해요. 이대로 보내면 여러분이 청국 군대의 보급품을 공격하겠다는 뜻이 되거든요."

닝은 흙바닥에 한자를 고쳐 써주었다. 에밀리가 실수로 한 획을 추가했던 것이다.

닝은 에밀리가 편지를 고쳐 쓰는 모습을 바라보며 신중하게 말했다.

"청국군의 일부라도 제때 도착하면 좋겠어요. 대장으로 진급하셨고 보급품도 전보다 넉넉해졌지만 청국군이 오지 않으면 나폴레옹에게 패배할 겁니다. 청국 군대가 오기는 하는 거죠?"

"섣부른 결론은 내리지 않는 게 좋아. 제때 도착할 가능성이 없지는 않아."

말은 이렇게 했어도 로렌스는 닝의 전망에 불안감을 느꼈다. 비관적인 생각을 하고 싶진 않지만 청국군 없이 동맹군만으로는 상당히 불리한 입장이었다.

로렌스는 훈련 중인 용들을 살펴보기 위해 언덕으로 올라갔다. 상태가 전보다 확실히 나아진 것 같았다. 아니, 그렇게 믿고 싶었다. 하지만 닝이 어째서 패배를 확신했는지 알 수 있었다. 휘하의 용들은 체급이 라이트급 아니면 헤비급으로, 지나치게 극단적이었다. 미들급 용들이 있으면 곳곳에 보이는 빈틈을 깔끔하게 메울 수 있을 듯했다.

청국 공군에 서둘러 달라는 편지를 보냈으니 더는 할 일이 없었다. 로렌스는 언덕을 내려가며 불안한 마음을 다잡았다. 이제 남은 시간은 이틀이었다.

이틀이 순식간에 지나갔다.

"시간이 2주만 더 있으면 좋겠어."

테메레르는 이빨 전부와 커다란 식도가 다 보이도록 한껏 입을 벌리고 하품을 했다. 요즘 그 식도 안쪽으로 엄청난 양의 포리지를 비롯해 사슴 뒷다리와 허릿살이 쑥쑥 들어가고 있었다. 테메레르가 계속해서 말했다.

"그래도 난 우리 모두 잘 해낼 거라고 믿어. 대부분은 잘할 거야. 러시아 헤비급 용들에게는 뭘 가르칠 필요가 없겠더라. 불만은 그거 하나야. 그들은 포상금을 받을 생각에 희희낙락하면서도 정작 신호에는 신경을 안 써. 그저 돌진해서 싸우는 것밖에 몰라. 혹시 그들에게 갑옷이라도 좀 더 잘 입힐 수 있을까? 승선 부대에게 당하거나 지상으로 끌려 내려가지 않게 하려면 쇠못과 사슬갑옷으로 만든 방호구라도 입혀야겠어. 그래야 격한 싸움이 필요할 때 그들을 출격시키지. 공정하게 평가하자면 러시아 헤비급 용들이 말은 안 들어도 싸움은 무척 잘하잖아."

"방법을 찾아볼게. 프러시아군의 장비를 갖다 쓸 수 있을 거야. 병력에 여유가 있으면 프러시아 헤비급 용들에게 포병대를 엄호하는 일을 맡겨볼 생각이야. 나폴레옹이 우리보다 대포를 많이 갖고 있지만 우리가 제일 필요한 곳으로 신속하게 대포들을 옮긴다면 별로 불리할 것도 없어."

테메레르는 동의한다고 웅얼웅얼 말하고는 잠에 빠져들었다. 로렌스는 숨을 들이쉬고 내쉬는 테메레르의 주둥이에 한 손을 얹고 잠시 서 있었다. 한숨이 나왔다. 그 역시 시간이 2주만 더 있으면 좋겠다고 생각했다. 하지만 휴전은 끝났다. 메테르니히가 나폴레옹과 일주일 내내 드레스덴에서 시간을 보냈지만 어떤 조약도 맺어지지 않았다. 동이 트자마자 나폴레옹은 움직이기 시작할 것이고 이제 전장에서의 승리만이 평화를 보장할 것이다.

로렌스는 숙소인 오두막으로 돌아가면서 우편배달 용들이 머무는 공터 앞을 지나가기로 했다. 그쪽 길로 가면 800미터를 더 걷게 되어 잠잘 시간이 그만큼 부족해지겠지만 마지막으로 한 번 더 가볼 생각이었다. 청국 군대의 답변서가 어제는 왔어야 했다. 아무리 늦어도 오늘은 와야 했다. 내일 오면 그야말로 어떤 희망도 가질 수 없었다. 청국 군대가 전혀 합류하지 않은 채로 나폴레옹의 대군과 다시 격돌해야 하는 것이다.

비취 용이 착륙하면 곧바로 그의 숙소로 소식이 오게 되어 있었다. 로렌스도 그 점을 잘 알고 있었다. 그래도 그의 발길은 우편배달 용들의 공터로 향하고 있었다. 공터 가까이 가자 하늘에서 날개 치는 소리가 들리더니 용 한 마리가 지상을 향해 고도를 낮췄다. 용의 몸에는 파란색 깃발 두 개와 초록색 깃발 하나가 올라가 있었다. 안전 통행 허가증을 받은 용임을 알리는 신호였다. 로렌스는 체면도 잊고 잰걸음으로 걷다가 거의 뛰다시피 해먼드의 뒤에 섰다. 공터 가장자리에서 해먼드가 초조하게 두 손을 맞잡고 어두운 하늘을 올려다보았다. 로렌스는 해먼드를 보고 적잖게 놀랐다.

"실례합니다, 해먼드 대사."

"아! 대장님!"

해먼드도 어째서인지 깜짝 놀라며 소리쳤다. 해먼드가 왜 그토록 불안해하는지 로렌스는 이해되지 않았다.

마침내 용이 공터에 내려섰다. 오스트리아 국기와 협상을 의미하는 백기를 매단 헤비급 암컷으로 로렌스에게는 낯선 품종이었다. 그 용의 몸에는 승객들이 타고 있었다. 비행을 위해 두툼한 모피 방수포로 온몸을 감싼 신사들이었다. 그들은 비행을 자주 하지 않는 듯 어색한 동작으로 기어 내려왔다.

그중 한 명은 장애가 있는지 황금 손잡이가 달린 지팡이에 몸을 의지하며 바닥에 내려섰다. 로렌스는 그가 무슈 드 탈레랑임을 알아보고는 경악했다. 보고에 따르면 탈레랑은 다시 나폴레옹 밑에서 일한다고 했다. 해먼드는 나폴레옹의 두 눈이나 다름없는 탈레랑을 아군 야영지로 불러들여 공군의 최신 전력을 모조리 보여줄 작정인 모양이었다.

이제 해먼드는 두 번째 승객인 메테르니히 백작을 맞아들이고 있었다. 그 모습을 보니 해먼드가 꾸민 일임이 분명했다. 해먼드는 마지막 비밀 협상을 시도하기 위해 저 각료들을 이곳으로 불러 모은 듯했다. 로렌스는 보지 말아야 할 광경을 목격하게 된 것이 유감스러웠다. 하지만 그가 이렇듯 아군 진영에서 침입자가 된 듯한 기분을 느끼는 이유는 해먼드의 무분별한 처신 때문이었다. 해먼드는 나폴레옹의 외무상 탈레랑과 함께 야영지 안쪽으로 이어지는 큰 길을 따라 본부로 갈 생각인 듯했다. 그 길로 가면 아군 병력 옆을 지나게 되어 있었다. 그곳에는 최근에 동맹군 소속으로 입대시킨 야생 용들도 모여 있었다.

"해먼드 대사님, 길을 착각하셨나 봅니다. 이쪽 길로 가야 맞습니다."

로렌스는 일부러 목소리를 높이고는 해먼드의 팔을 잡고 공터 맞은편의 좁은 길로 이끌었다. 야영지를 빙 돌아 본부로 이어지는 길로, 용들 근처에 가고 싶어 하지 않는 이들이 주로 이용했다. 로렌스는 나지막하면서도 날카로운 목소리로 경고했다.

"대사님, 이러다가 아군의 병력 현황에 대한 중요한 정보를 나폴레옹에게 넘겨주게 될 수도 있습니다. 그 점을 미처 생각 못 했다면 지금이라도 잘 생각해보세요. 무슈 드 탈레랑이 우리 용들이 머무는 공터를 보지 못하게 하고 이쪽으로 다시 오지 못하게 하십시오. 저 용은 곧장 본부로 보내 그곳에서 대기하게 하겠습니다."

해먼드는 얼굴이 벌게지더니 더듬더듬 사과의 말을 했다.

"대단히 죄송합니다. 정보가 넘어갈 일은 없을 거라고 보장합니다만, 어쨌든 죄송합니다, 대장님. 옳은 말씀입니다."

해먼드는 잠시 머뭇거리다 덧붙였다.

"우리는 본부가 아니라 서쪽 경사지에 있는 초록색 지붕의 농가에 있을 겁니다. 괜히 호위를 요청해 대장님을 성가시게 해드리고 싶지 않아서……."

"우편배달 용 한 마리에게 오스트리아 용을 호위하라고 지시하겠습니다."

로렌스는 좀처럼 화가 가라앉지 않았다. 성가시게 하고 싶지 않았다는 사소한 이유를 들먹이며 호기심으로 번들거리는 탈레랑의 두 눈에 아군의 현황을 죄다 노출시키려 하다니 도저히 있을 수 없는 일이었다. 지금도 탈레랑은 소곤소곤 얘기를 나누는 로렌스와 해먼드를 차분히 쳐다보며 태연하게 엿듣고 있었다. 밤늦은 시간이라 용들 대부분이 잠들었고 몸통 색깔도 드러나지 않아 그나마 다행이었다. 공중에서도 아군의 머릿수를 정확히 헤아리기 어려웠을 것이다.

진영을 더 드러내지 않고 호위 용을 붙여 각료들을 협상 장소인 농가로 보내기까지 한 시간이 소요됐다. 밤의 어둠이 더욱 짙게 깔렸다. 더는 이 공터에 착륙하는 우편배달 용은 없었다.

로렌스는 그만 쉬어야 한다는 것을 알면서도 조금 더 머물렀다. 근무 중임에도 보는 이가 없으면 눈을 감고 누워버렸을 보초들이 로렌스 때문에 잠을 자지 못하게 되자 넌더리를 냈다. 로렌스는 망원경을 들고 삼십 분쯤 더 서성이다가 공터를 떠났다.

숙소인 오두막에 거의 도착했을 무렵 우편배달 용의 공터에서 보초를 서던 장교 한 명이 숨을 헐떡이며 달려왔다. 오밤중에 뛰게 되어 더욱 진저리를 치는 표정이었다. 장교는 방금 비취 용 한 마리가 공터에 도착했다면서 한자로 적힌 두루마리 편지를 건넸다. 로렌스는 곧바로 두루마리를 펼치고 내용을 빠르게 읽었다.

539

"잘됐군."

로렌스는 이 말만 했다. 장교는 뭔가 소문을 퍼뜨릴 내용을 물어가지 못해서 불만인지 부루퉁한 표정으로 돌아갔다. 오두막으로 들어간 로렌스는 문을 닫고 침대에 누웠다. 곧장 잠든 그는 꿈조차 꾸지 않았다.

20

"로렌스, 아직 이런 말을 하면 안 되겠지만 우리가 해냈나 봐. 우리가 이긴 거 맞지? 전투 보고서에만 그렇게 기록된 게 아니라 진짜로 전투를 치르고 이긴 거잖아."

테메레르가 다소 초조하게 말했다. 믿어지지 않았다. 그동안 아군은 지긋지긋하게 후퇴를 했지만 프랑스군은 그렇지 않았다. 그런데 매우 이례적으로 프랑스군이 후퇴하자 테메레르는 속임수가 아닐까 걱정했다. 테메레르가 덧붙였다.

"후방에 정찰병을 보내서 적군이 우리 뒤로 몰래 다가오고 있지 않은지 확인해야 돼. 다부 원수는 어디 있어? 런던 전투 때 다부에게 기습당할 뻔했었잖아."

"다부는 함부르크에 있어."

함부르크는 여기서 수백 킬로미터나 떨어진 곳이라 로렌스도 마음이 놓였다.

"그리고 우리 후방에 나폴레옹의 부대가 없는 걸 다 확인했고. 오늘은 우리가 승리한 것 같다."

안타깝게도 작은 마을 라이헨바흐는 양측 군대가 격돌하면서 처참하게 파괴됐다. 제대로 서 있는 건물이 하나도 없었다. 부서진 헛간 잔해 위에는 프랑스 용 파피용 누아의 커다란 시신이 비참하게 널브러져 있고 그 주변에는 돌과 지붕널 파편, 군인들의 시체가 흩어져 있었다. 청국 공군은 프랑스 공군을 체계적으로 압박해 전장 가장자리까지 밀어냈고 지상의 포병대와 보병대를 더 많이 노출시켰다. 드디어 테메레르는 러시아 헤비급 용들의 가치를 확인했다. 그 용들이 새삼 지시를 더 잘 따르게 됐다거나 나름의 합리적인 전술에 따라 움직였다는 의미는 아니었다. 그런 전술은 있지도 않았고 어차피 필요도 없었을 것이다. 로렌스는 용들이 포획해오는 적군의 대포에 상당한 금액의 포상금을 걸었다. 포상금을 받기 위해 프랑스 진영으로 맹렬하게 날아간 러시아 헤비급 용들은 미친 듯이 강하해 이빨과 발톱으로 적군을 마구 공격했다. 불쌍한 프랑스 포병들은 즉시 사방으로 달아났다.

로렌스는 망원경으로 프랑스 진영을 살펴보며 말했다.

"다음 전투 때는 포문이 막히지 않은 대포를 포획해올 경우 포상금을 추가로 얹어줘야겠어. 이대로라면 오늘 최소한 대포 100문은 빼앗아오겠다. 테메레르, 프랑스군의 오른쪽 측면에 공격을 집중하라고 청국군에게 전해. 미들급 용들이 모여 있는 곳을 쳐서 오스트리아군이 진군해올 길을 터야겠어."

"알았어."

테메레르가 세 번 연달아 낮은 소리로 고함을 지르자 비취 용 한 마리가 즉시 그의 옆으로 날아왔다. 룽유선이었다. 그런데 테메레르가 지시 내용을 말하기도 전에 유선은 경의를 표하며 살짝 뒤로 물러났다. 닝이 별안간 테메레르 옆으로 날아와 정지 비행을 시작한 것이다. 힘든 일을 끝내놓으니 슬그머니 나타났구나 싶어 테메레르는 울화가 치밀었다. 테메레르는 종일 지상에 발 한번 제대로 붙여보지 못한 채 비행을 계속했고, 포리지도 겨우 몇 모금 먹었을 뿐이었다. 그나마도 차갑게 식은 포리지였다.

"왜, 뭐 하러 왔어?"

"보아하니 청국 용들을 적진 중앙으로 보내면 되겠다는 생각이 들어서요."

"아니, 안 돼. 황실 호위대가 잉카 용 백 마리에 그랑 슈발리에들까지 거느리고 중앙을 지키고 있어. 보다시피 대포까지 보유하고 있잖아. 중앙을 공격했다가는 바로 패하고 전진이 불가능해져. 도대체 왜 그런 말도 안 되는 제안을 하는 거지?"

테메레르는 문득 궁금증이 일었다. 닝이 누가 들어도 어리석은 제안을 하는 이유가 뭘까. 누가 들어도 어리석은 제안임을 모르지 않을 텐데, 괴상한 이유로 동맹군을 함정에 빠뜨릴 셈인가? 닝의 속내를 가늠할 수 없었다.

"아버지의 말씀은 모두 사실이에요. 하지만 헤비급 용 예순 마리가 프랑스군 후방에 접근해 있다는 점을 감안해서야죠. 프랑스군 중앙을 공격해 프랑스군을 조금만 앞으로 끌어내도 전선이 약화되고 전군이 후퇴할 거예요."

"헤비급 용 예순 마리가 프랑스군 후방에 왜 가 있는데? 어떻게 거기로 접근했다는 거야?"

자애로운 영혼이, 이를테면 로렌스가 좋아하는 신이 그렇게 해주었다면 무척 반가운 일일 것이다. 아군이 나폴레옹의 뒤로 접근할 수만 있어도 공정한 싸움이 될 테니까. 그 예순 마리가 어떤 식으로 프랑스군 후방에 접근했는지는 알 수 없었다.

"엑시디움과 릴리가 스페인에서 이끌고 온 용들은 아닐 거야. 그들은 지금쯤 피레네 산맥을 지나고 있을 텐데, 그 산맥에도 상대해야 할 용들이 엄청 많단 말이지."

테메레르는 혹시나 기대는 하면서도 미심쩍은 투로 말을 맺었다. 닝이 말했다.

"그 용들이 아니에요. 비밀회의에 참석하기 위해 프랑스 궁전에 머물렀던 용들이에요. 아버지가 츠와나라고 불렀던 용들이죠."

"츠와나 용들일 리 없어. 물론 그들이 우릴 도와주면 정말 좋겠지만. 우리가 이기든 나폴레옹이 이기든 그들은 신경도 안 쓸텐데."

"동기를 추측해보면 의도도 파악할 수 있죠. 츠와나 족은 나폴레옹의 후방을 습격하기에 가장 좋은 위치에 자리를 잡았고 나폴레옹이 현재 힘든 상황에 놓인 걸 알면서도 도와주지 않고 있어요. 제 눈에는 저들의 동기가 뻔히 보여요. 우리가 나폴레옹에게 이길 경우 자기네 공로도 인정받으려는 거예요."

닝이 '우리'라는 단어를 쓰며 어느새 동맹군의 편에 섰음을 알아챈 테메레르는 기분이 약간 나빠져서 날카롭게 대답했다.

"그래, 하지만 우리는, 그러니까 로렌스와 나와 내 친구들은 전투 한 번으로 나폴레옹을 이길 수 있다고는 생각하지 않아."

그래도 테메레르는 전장을 다시 한번 바라보며 츠와나의 헤비급 용 예순 마리가 동맹군에 가세했을 때의 상황을 상상해보았다. 그리고 천천히 다시 입을 열었다.

"로렌스, 로렌스. 우리가 저 중앙을 박살 내서 황실 호위대를 궤멸시키면 츠와나 용들이 서쪽으로 향하는 퇴로를 차단해줄 것 같기는 해……."

"그래. 그렇지. 호위대가 무너지면 우리가 나폴레옹을 잡을 수 있겠지."

로렌스는 긴장한 목소리였다.

닝이 다소 신랄하게 한마디 했다.

"조금만 생각해봐도 제가 충분한 근거를 갖고 조언을 했다는 것을 누구나 알 거예요. 이제 이해가 되시나요?"

로렌스는 카라비너 끈에 몸을 의지하고 일어섰다. 그러고는 테메레르의 목 옆쪽으로 걸어가 닝을 내려다보며 청국어로 말했다.

"닝, 미안하지만, 네가 전장의 상황에 대해 사실대로 말했다는 것을 이 증인들 앞에서 맹세해줘야겠구나."

로렌스는 이렇게 말하며 룽유선과 룽유귀를 조금 더 가까이 불렀다.

닝이 신중하게 대답했다.

"저쪽에 대부분이 헤비급인 마흔 마리에서 일흔 마리 정도의 츠와나 용이 있어요. 그들의 위치는 프랑스군의 후방을 치기에 이상적이에요. 지금 말한 내용이 사실임을 맹세해요. 하지만 사실 정보를 넘어선 추측에 대해서는 맹세를 못 하겠어요. 제가 내린 결론에 동의하지 않으시면 대장님이 나름의 결론을 내시고 알아서 하세요. 저는 전장을 관찰하고 조언을 해드린 것으로 청국에 대한 제 의무를 다했다고 생각합니다. 저를 못 믿겠다고 이 귀한 기회를 버리신다면 저도 어쩔 수가 없죠."

로렌스는 아무 말이 없었다. 테메레르가 고개를 돌려 걱정스러운 목소리로 말했다.

"기회를 놓치면 안 되잖아."

물론 로렌스가 조심하는 것도 이해는 됐다. 동맹군이 프랑스군 중앙을 쳤는데도 츠와나가 후방을 공격하지 않으면 그들은 아주 곤란한 상황에 놓일 것이다. 하지만 나폴레옹이 또다시 빠져나가게 할 수는 없었다. 몸을 피한 나폴레옹이 동맹군을 패배시킬 묘안을 찾아낼 수도 있었다.

"우리가 츠와나 용들에게 누구든 보내서 얘기를 나눠보게 하면 어떨까?"

하지만 로렌스의 생각은 달랐다.

"그럴 시간 없어. 어차피 가능성은 낮아. 틈새가 조금만 있어도 나폴레옹은 충분히 여길 빠져나갈 거고, 주변에 수상한 기미가 포착되면 즉시 군을 철수시킬 거야. 다른 변수가 없다면 오늘 전투의 방향은 이미 정해졌어."

로렌스는 망원경을 탁 소리가 나게 접으며 지시를 내렸다.

"즉각 적진 중앙에 공격을 집중하라고 전해. 우리 군을 지원하고 상황 판단을 하기 위해 우리가 직접 진입한다. 나폴레옹과 리엔은 네가 의욕이 넘쳐서 무턱대고 전방을 공격하는 것으로 여기겠지."

직접 진입한다는 말에 테메레르는 표정이 밝아졌다. 로렌스는 이 계획을 그랜비에게 전하기 위해 유귀를 보낸 후 테메레르와 함께 전장을 가로질렀다. 테메레르는 마치 포구에서 발사된 포탄처럼 엄청난 속도로 날아갔다. 완패당한 프랑스 군인들이 서쪽 숲과 들판으로 달아나면서 지상에 남은 프랑스 군인들의 수는 점점 줄고 있었다. 측면에서는 코사크 기병대가 프랑스군을 계속 공격하고 있었다. 그러나 프랑스 진영 중앙에 위치한 황실 호위대는 줄지어 늘어선 체커 말처럼 높은 샤코를 쓰고 굳건히 자리를 지키고 있었다. 황실 호위대 위쪽에는 전투 장비를 완전히 갖춘 그랑 슈발리에 여섯 마리가 날고 있었고 수많은 잉카 용들이 그 주변을 구름처럼 에워쌌다. 테메레르는 잉카 용들 사이에서 독을 뱉는 코파카티 품종의 용 두 마리와 마일라 유팡키를 알아보았다. 그 용들은 후방 위쪽에서 초조하게 맴을 돌고 있었다.

"마일라 유팡키가 여황이 있는 프랑스에 남지 않았다니 놀랍네."

테메레르가 콧방귀를 뀌자 로렌스가 말했다.

"가장 충성심이 높은 용들을 파리에 남겨둘 수 없을 만큼 나 폴레옹이 급했다는 뜻이겠지."

그들은 프랑스 진영으로 다가갔다. 테메레르는 몸 안에 숨을 모았다가 도전의 의미로 고함을 질렀다. 적군을 향해 거대한 파도가 몰아치는 상상을 하면서 신의 바람을 쏟아냈다. 적군의 타격 거리 안으로 진입하면서 한 번, 또 한 번 고함을 내질렀다. 그의 뒤를 따르는 청국 용들이 함께 고함을 지르자 테메레르는 가슴이 벅차올랐다. 나폴레옹 군대의 전방을 방어하던 낮은 체급의 용들이 파도에 떠밀린 조약돌처럼 와르르 흩어졌다. 그 뒤로 얼굴 주변의 막을 활짝 펼친 리엔의 머리가 드러나자 테메레르는 희열을 느꼈다.

리엔은 옆에 있는 남자에게 고개를 숙이고 무어라 말하고 있었다. 테메레르는 그 남자가 나폴레옹임을 알아보았다. 프랑스 황제 나폴레옹은 평범한 회색 외투에 아무 장식도 없는 파란 모자를 썼다. 호위 대원들보다 소박한 차림이었다. 여러 사람 사이에 섞이면 놓치기 십상이겠다는 생각에 테메레르는 초조했지만 애써 시선을 돌렸다. 잉카의 미들급 용 여섯 마리가 테메레르 부대를 막기 위해 테메레르에게로 모여들고 있었다.

잉카 용들은 깃털 같은 비늘을 지니고 있어 실제보다 몸집이 더 커 보였고 납 포탄이나 산탄 포탄을 피하기도 좋았다.

미들급 용들이 가까이 오자 포싱이 소리쳤다.

"마음껏 쏴!"

날카로운 라이플 총성이 요란하게 울려 퍼졌으나 잉카 용들은 움찔하지도 않았다.

　날카롭게 발톱을 그으며 방향을 돌린 테메레르는 잉카 미들급 용의 특이한 눈과 마주쳤다. 바깥 가장자리가 선명한 초록색이고 안쪽에 노란색과 파란색 줄무늬가 있는 눈이었다. 그 암컷 용은 테메레르를 똑바로 쳐다보았고 그들은 잠시 그렇게 대치했다. 그러다 암컷 용은 고개를 홱 숙이며 테메레르의 날개 관절을 물려고 했다. 테메레르는 그쪽 날개를 빠르게 접고 그 용에게로 몸을 굴리며 입안의 숨을 약간 뿜어냈다. 테메레르의 몸에 정면으로 부딪힌 암컷 용의 몸에서 공기가 잔뜩 빠져나갔다. 테메레르는 그대로 몸을 굴려 암컷 용의 맞은편으로 넘어갔다. 둘은 30미터쯤 추락해 다른 용들의 아래로 내려갔다.

　테메레르는 다시 날개를 펴고 상승 기류를 탔다. 암컷 용은 아래로 더 추락하다가 안간힘을 쓰며 몸을 바로 세웠다. 테메레르의 배에 달린 그물에서 폭탄이 줄지어 떨어지고 챌로너가 명령을 내리는 소리가 희미하게 들렸다. 암컷 용은 폭탄을 피하기 위해 30미터를 더 추락했다가 방향을 틀어 허둥지둥 자기네 진영으로 돌아갔다.

　"테메레르, 위를 조심해!"

　롤랜드가 소리쳤다. 테메레르는 얼른 위로 눈길을 돌렸다. 테메레르가 비행 고도를 낮춘 틈을 타서 코파카티 한 마리가 테메레르에게 은색과 초록색이 섞인 화살을 겨냥하고 있었다.

　"승선 부대를 준비시켜."

　로렌스가 지시했다. 테메레르는 얼굴 주변의 막을 펼쳤다. 코파카티를 포로로 잡을 수만 있다면 정말 멋진 일일 것이다. 심지어 저 코파카티는 예전에 이스키에르카가 탈카우아노에서 상대했던 코파카티보다 몸집이 컸다. 하지만 승선 부대를 이끌 챌로너 때문에 걱정이었다. 모처럼 만족스러운 장교를 얻었는데 잃게 되면 몹시 참담할 듯했다. 테메레르는 본능적으로 너무 빨리 방향을 돌리는 바람에 챌로너를 비롯한 승선 부대가 허공에 추락하는 일이 생기지 않도록 안간힘을 썼다.

코파카티 암컷이 독을 뱉었다. 검은 독액이 허공에 길고 가늘게 뻗어나갔다. 능숙하게 몸을 돌린 코파카티는 빠르게 두 번 날개를 쳐서 독액을 안개구름처럼 미세하게 흩어놓았다.

"테메레르, 눈 조심해!"

로렌스가 소리쳤다.

테메레르는 즉시 눈을 감고 몸을 옆으로 틀면서 로렌스가 알려주는 대로 무작정 빙 돌아 날았다. 운 없는 잉카 미들급 수컷 용이 테메레르를 발톱으로 할퀴기 위해 마침 그 자리로 들어왔다가 봉변을 당했다. 테메레르가 실눈을 뜨고 살펴보니 그 불쌍한 수컷은 독 안개에 휩싸여 요란하게 비명을 지르고 있었다.

독 안개가 닿을 만한 곳에서 이미 벗어난 테메레르는 빠르게 두 번 날개를 치며 다시 그 코파카티 암컷에게 접근했다. 코파카티가 다시 다가와 독액을 쏘려고 했지만 테메레르의 속도가 너무 빨랐다. 밑에서 날아 올라온 테메레르는 코파카티와 배를 맞대며 몸뚱어리를 붙잡았다. 코파카티의 깃털 모양 비늘 덕분에 테메레르는 발톱으로 쉽게 잡을 수 있었다. 테메레르는 코파카티의 어깨 관절을 움켜잡고 목 아래를 물어 머리가 멀리 위쪽을 향하게 했다.

코파카티가 쉭쉭거리며 뒷다리로 테메레르를 긁어댔지만 테메레르는 코파카티의 머리를 계속 위쪽으로 돌려두어야 했으므로 고함을 지를 수도 없었다. 테메레르의 승무원들이 갈고리가 여러 개 달린 도구를 던져 코파카티의 하네스에 걸고 떼를 지어 건너가기 시작했다.

"조심해, 챌로너."

승선 부대가 모두 건너간 후 테메레르가 몸을 옆으로 돌리며 말했다. 그리고 잉카어로 코파카티에게 경고했다.

"내 장교를 떨어지게 했다가는 가만히 안 둘 거야."

"애초에 이쪽으로 건너오지 못하게 하면 되잖아!"

코파카티가 재빨리 받아쳤다. 테메레르도 인정해야 했다. 코파카티는 길고 번들거리는 송곳니를 드러내며 다시 한번 독을 쏘려고 했다.

"네 장교는 내가 가질게."

코파카티가 조롱했다. 분노한 테메레르가 얼굴 주변의 막을 펼치며 몸을 힘껏 비틀었다. 그리고 코파카티의 목 뒤쪽을 옆통수로 내리찍었다. 턱이 얼얼했지만 그래도 코파카티는 더는 망발을 지껄이지 못했다. 몇 명 안 되는 코파카티의 승무원들이 충격에 균형을 잃고 카라비너에 대롱대롱 매달렸다. 이제 그 승무원들은 테메레르의 승선 부대보다 유리할 것도 없었다.

"테메레르, 물러나."

로렌스가 지시했다. 마침내 미끼를 문 프랑스군이 그들과 맞붙기 위해 사방에서 몰려나왔다.

마지못해 코파카티를 풀어준 테메레르는 맹렬하게 날갯짓하며 뒤로 물러나면서 코파카티의 얼굴에 짧게 고함을 질렀다. 제대로 기를 꺾어놓을 만큼 충분한 공명을 만들어내지 못했음에도 코파카티가 흠칫 놀라 뒤로 물러났다. 테메레르는 이미 세 개 중대로 갈라진 청국 용들 쪽으로 물러나 그들에게 달려드는 프랑스 용들을 능숙하게 막아냈다.

테메레르와 청국 용 편대는 머릿수와 체급에서 크게 밀렸기 때문에 오래 버티기는 힘들었다. 물론 오래 버틸 생각은 없었다. 테메레르와 청국 용들이 뒤로 물러나자 프랑스 용들이 앞으로 따라 나오면서 후방의 보병대와 선임 근위대의 대포가 노출됐다.

하지만 이대로라면 위험에 빠질 수도 있어서 테메레르는 초조해지기 시작했다. 프랑스 공군의 측면에 있던 용들이 테메레르 편대의 양 측면으로 바짝 다가오면서 금세 사방을 에워쌀 듯했다. 청국 용 대다수도 부상을 입기 시작했다. 테메레르의 시선이 닿는 곳마다 부상당한 청국 용들이 보였다. 붉은색과 황금색 몸통의 청국 용은 용 의사에게 치료를 받아야 할 정도로 다쳐서 결국 진영으로 물러났다. 청국 용들은 허공에 검은 피를 흩뿌리면서도 힘을 모아 다시 일사불란하게 대열을 정비했다. 왼쪽에서 오른쪽으로 역순에 따라 줄지어 날면서 전투 파트너를 잃은 용은 그다음 중대의 빈자리로 들어갔다. 대열 정비는 그렇게 흐트러짐 없이 우아하게 이루어졌지만 머릿수가 꾸준히 줄다 보니 남은 용들은 적에게 더 많이 공격을 받게 됐다.

청국 공군을 지휘하는 자오리엔 장군이 훌쩍 날아 부대의 뒤쪽에 있는 테메레르 옆으로 갔다.

"각하, 크게 불편이 없으시다면 저희가 포병대의 엄호를 받을 수 있도록 뒤로 물러났으면 합니다."

이제 후퇴 외에 다른 수가 없음을 정중하게 표현한 것이었다. 하지만 이대로 후퇴하면 프랑스 용들에게 지상의 동맹군을 맹공격할 기회를 주어 전세가 뒤집힐 수도 있었다.

나폴레옹도 상대방이 곤경에 처했음을 알아챈 듯했다. 어쩌면 일찌감치 알아챘을 수도 있었다. 프랑스 선임 근위대는 점점 앞으로 나오고 있었고 나머지 프랑스군도 사방에서 후퇴를 멈췄다. 중대들은 대열을 정비하고 다시 전장을 향해 돌아섰고 라이트급 용들은 대포를 들어 사격 진지에 재배치했다. 나폴레옹이 움직이는 전쟁 기계의 거대한 태엽이 주인의 손 안에서 착착 돌아가는 모습이었다.

그런데 저 멀리 언덕 너머에서 꾸준하고 나지막한 북소리가 들려오기 시작했다. 북소리는 포격 소리를 뚫을 정도로 점점 커져갔다. 쿵쿵 울리는 거대한 북소리가 언덕을 올라오면서 테메레르의 두개골에 묘한 공명을 불러일으켰다. 테메레르 주변의 용들이 모두 움직임을 멈추고 프랑스 진영 후방을 돌아보았다. 서쪽에 깔린 자욱한 회색 구름 사이로 그림자들이 드러나고 있었다. 이윽고 구름이 갈라지더니 가로로 넓게 줄을 맞춘 용들이 서쪽 비탈을 따라 프랑스군 후방으로 내려오기 시작했다. 선명하고 강렬한 색깔의 용들은 북 치는 고수를 한 명씩 등에 태웠다. 고수는 용의 날갯짓에 맞춰 맹렬하게 북을 두드렸다.

그 용들은 두툼한 회색 가죽 보호대를 배에 착용한 모습이었다. 그들은 각개 비행을 하거나 편대 비행을 하지 않고 네 마리씩 짧은 줄을 이루어 이동하면서 쟁기의 앞쪽 가장자리와 비슷하게 생긴 괴상한 도구를 나르고 있었다. 그 용들의 주둥이에는 나무와 금속으로 만든 얇은 틀에 구부정한 코끼리 엄니를 엮은 이빨 모양의 장식이 붙어 있었다. 츠와나 용들이었다. 그들은 프랑스군 후방으로 우르르 몰려 내려와 병사들과 대포들을 흙과 함께 마구 뒤집어놓았다.

깜짝 놀란 프랑스 용들이 방향을 돌려 츠와나 용들을 마주 보았다. 그때 또 다른 츠와나 용 부대가 화살처럼 빠르게 상공에서 내려왔다. 일찌감치 고도를 높여 구름 위쪽에 머물던 그들은 때가 되자 무시무시한 속도로 강하하는 중이었다. 그들이 엄청난 힘으로 내리찍자 프랑스 용 수십 마리가 지상으로 우수수 떨어졌다. 자기네 대포와 병사들 위로 떨어진 프랑스 용들은 비틀거리며 일어나 몸을 흔들고는 다시 날아올랐다.

테메레르는 잠시 그 광경을 지켜보았다. 츠와나 용들이 다른 용에 맞서 제대로 싸우는 모습은 처음 보았다. 부족민을 잃은 츠와나 용들이 분노와 복수심에 케이프타운 정착지와 요새를 파괴한 것은 보았지만 테메레르가 도착했을 때는 이미 파괴 행위가 거의 끝나 있었다. 지금 눈앞에 보이는 광경도 경악스럽기는 했지만 보다 체계적이고 인상적이었다. 잠시 후 정신을 차린 테메레르는 환영의 뜻으로 고함을 지르며 청국 용들을 이끌고 츠와나 용들을 지원하러 갔다. 프랑스 진영 한가운데가 완전히 무너지고 있었다. 왼쪽 측면으로 방향을 돌린 이스키에르카와 프러시아 용들이 나머지 프랑스 용들을 아수라장 속으로 밀어 붙였다. 그들은 전장을 휩쓸며 프랑스군 보병대를 향해 꾸준히 폭탄을 떨어뜨렸고 러시아와 프러시아 기병대는 무질서하게 후 퇴하는 프랑스군을 향해 기병도를 높이 들고 고함을 지르며 전 진했다.

프랑스군은 절반쯤 퇴각했고 이제 거의 궤멸당한 수준이었 다. 병사들이 떼 지어 달아나면서 중대의 대열이 마구 흐트러졌 다. 테메레르는 앞뒤로 날아다니며 혼란에 빠진 프랑스군 진영 을 살펴보다가 리엔을 찾아냈다. 왼쪽 측면에서는 프랑스의 생 시르 원수가 프티 슈발리에의 몸에 타고 날아올랐고 그 용의 하 네스에 참모 장교들이 무더기로 매달렸다. 그들은 프랑스 후위 부대가 여전히 대포를 꾸준히 쏘아 올리고 있는 서쪽 도로로 도 망치는 중이었다.

선임 근위대가 상공과 지상에서 프랑스의 황제를 보호하고 있었고 뿔피리 소리에 프랑스 헤비급 용들이 대열로 돌아갔다. 테메레르는 포병대와 헤비급 용들로 이루어진 보호막 뒤에 숨 어 있는 리엔을 보고 분노의 고함을 내질렀다. 프랑스 병사들은 나폴레옹을 밀어 올려 리엔의 몸에 태우고 있었다.

"로렌스, 로렌스, 리엔이 달아나려고 해!"

테메레르는 정지 비행을 하며 소리쳤다. 그는 로렌스가 돌격 명령을 내리기를, 저 용들 사이를 뚫고 공격하라는 명령을 내리기를 바랐으나 예상대로 로렌스는 내켜 하지 않았다.

"미안하다, 테메레르. 저쪽에 머릿수가 너무 많아……."

그런데 갑자기 상황이 바뀌었다. 첫 번째 기습에 성공한 츠와나 용들이 프랑스의 오른쪽 측면을 공격하기 위해 창 모양으로 대열을 재정비했다. 대규모로 오른쪽 측면을 공격해 쓸어버린 후 헤비급 용들과 교전할 준비를 하는 듯했다. 츠와나 용은 예순 마리이고, 테메레르가 거느린 청국 용은 서른 마리이며, 에로이카 휘하에는 프러시아 용 마흔 마리와 지원군으로 나선 이스키에르카가 있었다. 리엔 주변에 밀집 대형으로 방어 태세를 갖춘 용은 대략 백 마리였고 그 정도면 동맹군의 공격을 받더라도 한 시간은 버틸 듯했다.

츠와나 용들이 고함을 지르자 테메레르도 함께 고함을 내질렀다. 그런데 다음 순간 마일라 유팡키가 갑자기 나팔 소리 같은 날카로운 소리를 지르며 날아올라 대열을 깨버렸다.

테메레르는 깜짝 놀라 그 광경을 바라보았다. 마일라 유팡키만 대열을 이탈한 것이 아니었다. 잉카 용 전원이 마일라 유팡키를 따라 그곳을 떠나면서 프랑스 용들의 전열을 흐트러뜨렸다. 자부심 강한 황실 호위대의 공군들도 이리저리 흩어졌다. 잠시 후 중앙에 남은 프랑스 용은 서른 마리에 불과했다. 테메레르의 귀에 로렌스의 명령이 들렸다. 리엔이 하늘로 날아오르자 테메레르는 이미 날개를 치며 돌진하고 있었다.

21

그날 아침에 발간된 전투 보고서를 손에 움켜쥐고 본부를 나선 로렌스는 테메레르의 공터로 돌아가면서 스무 번도 넘게 축하 인사를 받았다. 그는 그런 상황을 억지로 견디고 있었다. 한 번도 본 적이 없는 장교들까지 그를 멈춰 세우고 고개를 숙이며 경례를 해서 좀처럼 걷기 힘들었다. 주변 사람들은 공군 외투를 입은 그를 가리키며 칭송을 되풀이했다.

정당한 평가였다면 로렌스는 영광으로 여기고 감사했을 것이다. 그는 테메레르와 함께 정당하게 얻은 월계관을 빼앗기고 거짓으로 얻은 황금 왕관을 억지로 머리에 쓰게 되어 기분이 좋지 않았다. 그날 전투 보고서에는 청국 공군이 프랑스군 진영 중앙을 대담하게 공격해 나폴레옹을 앞으로 이끌어 냈다는 내용, 그 바람에 취약해진 황실 호위대를 츠와나 용들이 공격했다는 내용이 누락돼 있었다. 츠와나 족이 프랑스군 후방을 공격했다는 내용만 짧게 언급하면서 츠와나가 동맹군의 승리에 일조했음을 마지못해 인정하는 내용만 겨우 들어가 있었다. 잉카 용들의 진영이 별안간 무너진 것에 대해서는 아무 언급이 없었다. 그렇다 보니 이 전투 보고서를 읽은 사람들은 로렌스와 테메레르가 어쩌면 지독히 어리석을 수도 있는 용맹심을 발휘하여 백 마리나 되는 프랑스 용들을 향해 저돌적으로 달려들었고 다른 용들이 멀거니 쳐다만 보는 가운데 기사처럼 단번에 리엔을 무찔렀다고 믿을 것이었다.

그날 아침 전투 보고서를 읽은 로렌스는 어이가 없었지만 본부에 모인 자들은 보고서를 수정해달라는 로렌스의 요구에 귀를 기울이지 않았다. 그들은 그저 로렌스의 손을 잡고 악수를 하기에 바빴다. 로렌스를 따로 부른 차르도 로렌스의 어깨를 두드리며 너무 겸손한 것이 아니냐고 칭찬을 했다.

결국 짧게 인사를 하고 밖으로 나온 로렌스는 사람들의 찬사에 답례하는 것 외에는 별로 대화를 이어가지 않았다. 테메레르의 공터를 향해 천천히 걸어가는 동안 조금씩 불안감이 엄습했다. 그는 자신을 칭송하고 행복을 빌어주는 사람들을 지나 마침내 테메레르의 공터에 이르렀다. 테메레르는 조용히 웅크리고 앉은 리엔을 바짝 경계하고 있었다. 로렌스는 편히 쉴 수도 없었고, 책상 위에 쌓인 편지와 보고서를 보고 싶은 마음도 들지 않았다.

결국 다시 천막 밖으로 나온 로렌스는 테메레르의 옆구리에 한 손을 얹었다.

"그 사람한테 왜 저렇게 경비를 많이 붙였는지 모르겠어."

테메레르는 못마땅한 듯 나폴레옹의 감옥으로 사용 중인 근처의 작은 집을 가리켰다. 중무장한 보병 세 개 중대가 그 집을 에워싸고 삼엄하게 보초를 서고 있었다.

"그가 집 밖으로 나와 리엔에게 가려고 하면 당연히 내가 볼 텐데. 그런 건 나한테 맡겨도 되는 거잖아."

"저렇게 지키고 있는 것만으로도 나폴레옹 휘하의 원수들이 나폴레옹을 구출해낼 꿈도 못 꾸게 하는 효과가 있어. 그리고 만약 프랑스 원수들이 용을 잔뜩 데리고 갑자기 강하하면 너도 잠깐은 저 감옥에서 시선을 떼지 않겠냐."

로렌스는 그 자리에서 작은 집을 바라보다가 갑자기 말했다.

"잠시 실례하마. 곧 돌아올게."

로렌스는 작은 집을 향해 천천히 걸음을 옮겼다. 보초들을 감독 중인 프러시아 육군 대령이 약간 마음에 걸리기는 했다. 하지만 대령은 이 시대의 영웅이 된 로렌스를 무작정 막지는 않았다. 하지만 로렌스는 대령이 이 방문을 모욕으로 생각할까 걱정했다.

"나를 만나주실 수 있는지 폐하께 물어봐주게. 허락도 없이 들어가고 싶지는 않아."

대령은 안도하며 집 안으로 들어갔다. 대령은 나폴레옹이 방문객을 피하고 거절할 것으로 생각했는지, 로렌스를 안으로 들이라는 허락이 떨어지자 의기소침해하는 표정이었다. 로렌스는 그런 대령을 위로하듯 한마디 했다.

"그를 감옥 밖으로 데리고 나올 일은 없네. 어제 내 손으로 집어넣었어.”

“예, 대장님.”

대령은 어두운 표정으로 로렌스를 들여보냈다.

아침 햇살이 환하게 쏟아지는 곳에 서 있었던 탓인지 실내가 무척 어둡게 느껴졌다. 로렌스는 입구에서 눈을 깜박이다가 복도를 지나 방으로 들어갔다. 나폴레옹이 느슨하게 뒷짐을 지고 작은 창문 앞에 서서 언덕 아래의 리엔을 내려다보고 있었다. 로렌스의 발소리에 뒤를 돌아본 나폴레옹은 고개를 살짝 숙였다. 희망이 박살 난 상황인데도 차분하고 의연한 모습이었다.

“대령, 아니 이제 대장이라고 불러야지. 잘 지냈나? 전투 중에 다친 데는 없고?”

“예, 폐하.”

로렌스는 고개 숙여 인사했지만 무슨 말을 해야 할지 머뭇거렸다. 거짓 공로로 칭송받는 것에 대한 거부감 외에 자신이 정확히 무엇 때문에 여기로 왔는지 알 수 없었다. 하지만 그런 것은 나폴레옹에게 아무 상관도 없을 것이다. 로렌스도 나폴레옹에게 사과할 일이 없었다. 적국의 황제를 포로로 잡은 것이 잘못은 아니니까. 그가 나폴레옹을 잡은 덕분에 유럽의 평화가 마침내 이루어지게 되었으니 더더욱 잘못이라고 할 수 없었다.

나폴레옹이 정적을 깼다.

“자네는 참 재미없는 말벗이야. 혀가 마비됐나? 나에게 조건을 제시하러 온 것이 아닌가?”

“아닙니다.”

로렌스는 마음이 놓였다. 그런 일에 나서는 것은 그의 취향이 아니었다.

"그건 아니고, 그러니까, 폐하, 저는 그저……."

로렌스가 또다시 말을 잇지 못하고 더듬거리자 나폴레옹이 그를 도와주었다.

"아, 됐어."

나폴레옹이 다가와 손을 뻗더니 로렌스를 끌어안았다. 그는 프랑스식으로 양 볼에 입을 맞추고는 친근하게 손으로 그의 볼을 가볍게 두드렸다.

"적군이었다고 해서 내가 자네를 비난할 것 같은가? 그저 자네를 내 옆에 두지 못하고 전장 맞은편에서 보게 된 것이 유감이었네. 전쟁은 원래 패배라는 위험 요소를 감수하고 하는 거야. 패배를 견디지 못하는 자는 군인이 되면 안 되지. 이리 와서 내 옆에 앉게. 자네 입장에서 어떤 식으로 전투가 진행됐는지 궁금하군. 용을 타고 전장을 조망하는 게 최고인데 어제는 줄곧 상공에 있을 수가 없었어."

그들은 의자에 앉아 벽난로에서 불탄 장작을 하나 꺼냈다. 새까만 끄트머리로 작은 탁자 위에 그림을 그려가며 어제의 전투 상황에 대해 조용히 얘기를 나눴다. 패장이 된 나폴레옹은 예전에 승장이었을 때보다 존경스러웠다. 재앙을 목전에 두고서도 결단력이 대단했고 자신을 포로로 잡은 적장에게도 너그러웠다. 진정으로 품위가 있는 모습이었다. 한 시간가량 그들은 어느 누구의 방해도 받지 않고 얘기를 나눴다. 그러다 복도에서 소리가 나자 나폴레옹은 매처럼 경계하며 고개를 들었다. 복도를 걸어오는 발소리는 군화보다 부드러웠다. 격식을 차린 옷차림의 세 남자가 방으로 들어오자 로렌스는 의자에서 일어섰다. 탈레랑과 메테르니히 백작과 함께 온 해먼드는 로렌스를 보고 놀란 표정이었다.

해먼드는 말까지 더듬었다.

"로렌스 대장님, 여기는…… 무슨 일로…….

"폐하께서 너그럽게 나를 만나주셨습니다."

로렌스가 그만 나가보려는데 나폴레옹이 손을 저었다.

"의자가 그것뿐이니 베네벤토의 왕자 탈레랑에게 자네 의자나 양보해주게. 그리고 여기 있어도 괜찮아. 어차피 이 방에서 일어난 일은 곧 유럽 전역에 알려질 테니까. 내가 프랑스에 맹세를 지키지 못하게 된 것은 여기 계신 신사분들이 잘 알 테고, 그것 말고는 달리 치욕스러운 얘기가 오갈 것도 없어."

나폴레옹은 익살스럽게 말했지만 회색 눈동자에는 강철 같은 강단이 엿보였다.

잠시 어색한 침묵이 흐르고 세 각료가 서로 눈빛을 주고받았다. 해먼드는 로렌스가 이 방에 함께 있는 것을 불편해하는 눈치였고 메테르니히도 마찬가지였다. 하지만 탈레랑은 온화하게 "역시 폐하께서는 진실만을 말씀하시는 분이십니다"라고 말하고는 절뚝절뚝 걸어와 의자에 앉았다. 그는 나폴레옹 쪽으로 몸을 기울이며 말을 이었다.

"폐하, 황후께서 보내신 편지를 전해드리게 되어 기쁩니다.

차르께서 호의를 베풀어주신 덕분에 저는 우편배달 용을 통해 황후께 폐하의 건강 상태에 대해 알려드렸고 이렇게 답장을 받았습니다."

"아!"

솔깃해하는 표정으로 편지를 받아드는 나폴레옹은 봉투를 열고 그야말로 갈구하는 표정으로 내용을 읽었다. 혼자 고개를 살짝 끄덕이기도 했다. 긴 편지는 아니었다. 나폴레옹은 한 번 더 빠르게 읽은 후 가슴의 주머니에 편지를 집어넣었다.

"황후에게 친절하게 대해줘서 고맙네. 자, 더 망설일 필요 없고 솔직하게 말하시게. 미뤄봐야 이득일 것도 없으니."

탈레랑은 의자에 앉은 채로 나폴레옹에게 허리를 숙여 절하고는 입을 열었다.

"예, 폐하. 그리하겠습니다. 평화에 대한 대가로, 즉시 황위에서 물러나시라는 것이 동맹국들의 요구입니다. 프랑스의 영토를 위협하고 프랑스에 대적했던 동맹군은 그 외에 다른 대안은 없다고 말하고 있습니다."

나폴레옹은 그건 별로 중요하지 않다는 듯 초조하게 손을 위로 올리며 말했다.

"적들은 내 목숨이 자기네 손에 달렸다는 것을 알고 있네. 나를 죽일 수도 있고 추방할 수도 있겠지. 하지만 내가 내 목숨과 자유를 지키겠다고 자진해서 부르봉 왕가에 황위를 내주거나 프랑스혁명으로 프랑스인들이 얻은 이익을 희생시킬 일은 절대 없네."

탈레랑은 나폴레옹의 말을 차분히 들었다.

"폐하께서 퇴위하시면 아드님이 황위를 잇고 황후께서 섭정을 하시는 것으로 합의가 되었습니다."

나폴레옹은 한참 말이 없다가 물었다.

"프랑스는 어떻게 되는 건가?"

"폐하께서 퇴위하시는 즉시 동맹국들은 프랑스의 국경선을 본래대로 되돌리는 휴전 협정에 서명할 것입니다. 그리고 프랑스는 현재 프랑스 사육장에 있는 용알들을 그 동맹국들에게 나눠줄 것입니다."

"벨기에는?"

"플랑드르 지역은 네덜란드의 일부가 되고 왈롱 지역은 프랑스 영토로 남게 됩니다."

탈레랑은 잠시 뜸을 들이다가 나폴레옹이 아무 말도 하지 않자 설명을 계속했다.

"대신 폐하께서는 아드님에게 황위를 넘겨주시고 세인트헬레나 섬에서 영구히 은퇴 생활을 하셔야 합니다. 그리고 영국은…….."

여기서 탈레랑은 표정이 굳어 있는 해먼드를 향해 고개를 끄덕이며 말을 이었다.

"영국은 폐하와 폐하의 충성스러운 용이 세인트헬레나 섬에서 안전하고 편안하게 생활하실 수 있도록 보장할 것입니다."

로렌스는 거친 벽난로 옆에 어색하게 서서 탁하게 빛나는 장작을 내려다보며 모든 얘기를 들었다. 이런 얘기를 듣고 있는 것이 부적절한 처신임을 알고 있었지만 어쩔 도리가 없었다. 처음에는 듣지 않으려고 했다. 예전에 배에서 선실끼리 바짝 붙어 있어 어쩔 수 없이 다른 방의 소음을 들어야 했을 때처럼 귀에 들어오는 소리를 굳이 이해하거나 곱씹지 않으려 했다. 하지만 어쩔 수 없이 소리가 들렸고 내용이 이해되었다. 경악스러웠다. 그런 기분을 무어라 표현해야 할지 알 수 없었다. 그는 크게 놀랐다.

섬에 유배시키는 것은 지독히 가혹한 처분이었다. 세인트헬레나 섬은 동인도회사가 관리하고 있는 외딴 바위섬이었다. 아시아로 항해하는 선박들의 중간 기착지로 쓰이는 것 외에 다른 쓸모는 없었다. 그곳 주민들은 모두 외부에서 왔고 절반 이상이 노예였다. 하나뿐인 마을은 뱃일로 먹고살았다. 다른 해안과의 거리가 멀다 보니 용을 가둬두는 안전한 감옥으로 쓰기에 좋았다. 장거리 비행을 하는 우편배달 용들도 어쩌다 한 번씩만 들르는 곳이라 정기적으로 우편물을 주고받을 수도 없었다. 나폴레옹을 그곳에 유배시킨다는 것은 아내와 아이, 그리고 세상으로부터 철저히 고립시키겠다는 뜻이었다. 나폴레옹은 충분히 그럴 기회가 많았음에도 자신이 정복했던 적국의 어떤 인사에게도 그런 잔인한 벌을 내린 적이 없었다.

그러나 모든 면에서 이는 전승국들의 일방적인 요구 사항이라기보다는 전쟁을 종식시키기 위해 필요한 조건이었다. 향후 또다시 프랑스에 침략당하지 않으려면 벨기에를 프랑스에서 완전히 떼어내야 한다는 것이 오래전부터 영국 정부가 고수해온 입장이었다. 또한 유럽의 모든 군주들은 오래전부터 프랑스에 합법적인 왕을 복위시켜야 한다는 입장을 표명해왔다. 그런데 벨기에의 일부를 프랑스에 남겨두고 나폴레옹의 아들을 황제로 삼겠다니! 나폴레옹이 프랑스인들의 열성적인 지지를 받는 가운데 동맹국들이 이런 조건을 제안했어도 놀라운 일인데, 전쟁에서 대패하고 포로로 잡힌 상황에 이토록 관대한 조건을 제안하다니 어이가 없었다.

놀란 사람은 로렌스뿐만이 아니었다. 나폴레옹도 아무 말이 없었다. 나폴레옹은 좁고 딱딱한 등받이에 기댄 채 황당한 표정으로 탈레랑을 잠시 바라보았다. 방금 들은 내용을 어떻게 이해해야 할지 모르겠다는 눈빛이었다. 그러다 문득 표정이 바뀌었다. 눈빛에 담겨 있던 혼란도 사라졌다. 나폴레옹은 황후에게 받은 편지가 들어 있는 상의 주머니에 손을 넣었다. 그러더니 의자에서 벌떡 일어나 창가로 걸어가서는 방을 등지고 섰다. 어깨가 잔뜩 경직돼 있었다.

565

로렌스는 여전히 혼란스러운 듯 나폴레옹을 바라보다가 해먼드를 돌아보았다. 해먼드는 그와 눈을 마주치지 않고 대단히 흥미로운 물건인 것처럼 나무 바닥만 내려다보았다. 메테르니히는 굳은 표정으로 두 손을 맞잡은 채 묵묵히 서 있었다. 불편해하거나 거북해하는 기색이 전혀 없어 보이는 사람은 탈레랑뿐이었다. 탈레랑은 완벽히 편안하고 솔직하며 순수한 표정이었다. 가만히 앉아 있던 탈레랑이 정적을 깼다.

"폐하, 답을 주시겠습니까?"

나폴레옹은 한 손을 옆으로 약간 움직였다. 거절이 아니라 부인의 의미였다. 조금 더 침묵하던 나폴레옹이 드디어 입을 열었다.

"서류는 가져왔겠지?"

메테르니히가 외투에서 서류를 꺼냈다. 잠시 후 나폴레옹은 창문을 뒤로하고 그들 앞으로 왔다. 돌처럼 굳은 얼굴에 싸늘한 기운이 감돌았다. 나폴레옹은 의자에 앉지도 않고 서류를 빠르게 읽어 내려갔다. 그리고 서류를 탁자에 내려놓더니 펜을 집어 들고 단번에 화려한 필체로 서명했다. 나폴레옹. 그가 서류를 건네자 메테르니히가 고개를 숙이며 받았다. 탈레랑이 말했다.

"제가 한마디 해도 되겠습니까, 폐하……."

"하지 말게."

나폴레옹은 탈레랑 쪽을 쳐다보지도 않고 차갑게 경멸하는 투로 내뱉었다. 어떻게 보면 대단히 후한 조건을 받아온 하인을 대하는 태도로는 어울리지 않았다. 나폴레옹은 다시 창가로 돌아가 뒷짐을 지고 섰다. 그만 나가라는 뜻이었다.

세 명의 각료들을 따라 작은 집을 나선 로렌스는 성큼성큼 걸어가 해먼드의 팔을 잡았다.

"해먼드 대사님, 테메레르에게 얼굴을 한번 보여주시는 게 어떻겠습니까. 무사하신 것을 알면 좋아할 겁니다."

"아."

해먼드는 곤란해하는 표정이었다. 대기 중인 가마를 타고 곧장 본부로 돌아가고 싶은 눈치였다.

"여러분, 잠시 실례하겠습니다."

그는 탈레랑과 메테르니히에게 이렇게 말하고 로렌스와 함께 들판을 가로질러 테메레르의 공터로 향했다. 바닥이 엉망이라 해먼드는 한 번씩 비틀대면서 쬠쇠 달린 신발을 힘주어 들어 올려야 했다. 로렌스는 아무도 듣는 사람이 없는 곳에 이르자 입을 열었다.

"내가 지금 상당히 곤란한 입장이라 도와주시면 고맙겠습니다, 대사님. 오늘 아침 전투 보고서에 실린 내용이 심히 유감스러워서요. 나와 테메레르가 어제 나폴레옹을 포로로 잡은 일에 대해 과도할 정도로 부정확한 내용이 실려 있더군요."

해먼드의 반응을 보기 위해 해본 말이었는데 효과가 있었다. 해먼드는 찔리는 듯한 표정으로 그를 흘끗 쳐다보았다. 나폴레옹의 반응만으로는 판단이 서지 않았는데 해먼드의 표정을 보니 부정한 물밑 거래가 이루어진 것이 분명했다. 로렌스가 굳은 표정으로 말을 이었다.

567

"잘못 알려진 부분을 최대한 빨리 그리고 폭넓게 바로잡아야겠습니다. 츠와나 족이 나폴레옹의 후퇴를 방해하지 않았다면 우린 아무것도 해내지 못했을 것이고 나폴레옹을 호위하던 잉카 용들이 별안간 달아나지 않았다면 우린 나폴레옹을 잡지 못했을 겁니다. 그런데 전쟁 보고서에는 마치 우리가 어마어마한 규모의 용들에게 달려들어 나폴레옹을 포로로 잡은 것처럼, 마치 대단히 영웅적인 행동을 한 것처럼 적혀 있더군요. 우리는 의무를 다한 것뿐입니다. 명예롭기는 하지만 놀라운 임무는 아니었어요."

"대장님, 괜한 불평 하지 마시고 고치려고도 하지 마세요. 다 그럴 만한 이유가 있어서 그런 거니까……."

로렌스는 걸음을 멈추고 해먼드를 돌아보았다.

"어제 대사님과 4개국 각료들이 모여 전투에 관한 조작된 보고서를 발간한 이유, 도대체 그럴 만한 이유라는 게 뭡니까? 프랑스에 제시한 조건도 영국 정부가 승인했으리라고는 도저히 믿기지 않는 내용이던데요. 나폴레옹은 우리의 포로이고 전쟁은 끝이 났는데 어째서 그의 아들에게 프랑스 황위를 넘겨준다는 것인지……."

해먼드가 초조하게 한 손을 들어 올리며 말을 막으려는데 로렌스가 말을 멈췄다. 그제야 로렌스는 이 상황이 이해됐다. 전장에서 나폴레옹을 호위하던 잉카 용들이 별안간 달아나 버린 뒤 전장 한가운데 남겨진 몇 안 되는 그랑 슈발리에와 프랑스 용들의 모습이 로렌스의 눈앞에 떠올랐다.

잠시 후 로렌스는 목구멍 안쪽에서 씁쓸하고 역겨운 뒷맛을 느끼며 말을 맺었다.

"아니, 나폴레옹의 부인에게 황위를 넘겨준 것이 되겠군요. 말해보세요, 해먼드. 탈레랑과 황후는 나폴레옹 황제를 우리에게 넘기기 위해 당신과 얼마나 오랫동안 음모를 꾸민 겁니까?"

"대장님……."

해먼드는 답답하다는 듯 두 손을 들어 올렸다가 힘없이 내렸다.

"로렌스, 그럼 우리가 어떻게 했어야 됩니까?"

돌아선 해먼드는 어깨를 늘어뜨린 채 가마로 걸어갔다. 로렌스는 들판에 홀로 남았다. 눈부시게 푸르른 여름 하늘을 배경으로 저 멀리 작은 집이 점처럼 조그맣게 박혀 있었다. 그 집 창문에 홀로 선 남자의 그림자가 비쳤다.

22

아나우알케 황후는 차르의 팔꿈치 안쪽에 한 손을 가볍게 얹은 채 튀일리 궁전의 계단 위쪽에 서 있었다. 마치 그 자리에 서 있는 것만으로도 피곤해서 차르가 함께 손님들을 맞아주어야 한다는 듯이. 차르는 위풍당당하고 편안한 표정으로 기꺼이 황후 옆에 서 있었다. 광장의 잉카 용들은 깃털을 바짝 세워서 몸집을 거대하게 부풀리고는 그 모든 광경을 지켜보았다. 잉카 용들의 초조한 눈빛 때문에 몇몇 손님이 불안하게 흘깃거렸다. 차르 역시 불안감을 느꼈을 수도 있지만 겉으로 드러내지는 않았다. 프러시아 왕이 나타나자 황후가 포옹했다. 황후는 자기 옆에 서 있는 프러시아 왕자가 아버지와 재회하도록 잠시 차르의 팔을 놓아주었다.

"유감스럽게도 왕자의 모친을 만나본 적이 없네요. 나중에 내 아들이 프러시아 궁전의 손님이 되었을 때 어떤 대접을 받으면 좋을까라는 생각을 하면서 프러시아 왕자에게 최대한 신경을 썼습니다. 이제 다시 양국이 친구가 되었으니 언젠가는 내 아들을 꼭 그리로 보낼 생각이에요. "

주변에 잘 들리는 맑은 목소리였다. 로렌스는 인사할 차례를 기다리며 계단에 서 있는 동안 황후의 목소리를 들었고 뒤이어 낮게 수군거리는 말들도 들었다. 프러시아 장교들이 서로 주고받는 말이었다.

"양국이 전쟁 상태에 돌입한 후에도 황후가 프러시아 왕자를 보호해줬다던데. "

"나폴레옹이 계속 왕위에 있었으면 프러시아 왕자가 어떻게 됐을지 누가 알겠나!"

그날의 축하연은 로렌스의 취향에 맞지 않았다. 그는 자신이 배신의 도구로 사용됐다는 사실을 아직 받아들이기 어려웠다. 남편을 배신한 황후에게 인사를 하고 그녀의 손을 잡는 일이 결코 즐겁지 않았다. 로렌스는 가급적 입을 열지 않았지만 표정에 생각이 드러났을 것이다. 어쩌면 필요 이상으로 생각을 비췄을 수도 있었다. 인사를 마친 그가 허리를 펴자 황후는 생각에 잠긴 표정으로 그를 가만히 바라보았다.

그날 저녁 늦게 로렌스는 자신이 황후 앞에서 속내를 표정으로 너무 많이 드러냈음을 확신했다. 어린 윈터스가 구겨진 잠옷 차림으로 하품을 하면서 그의 방문을 두드렸던 것이다. 프랑스 근위대가 로렌스를 황후에게 데려가기 위해 찾아왔다고 했다. 근위대를 이끌고 온 장교는 예전에 로렌스의 간수였던 오리니였다. 오리니는 로렌스에게 고개 숙여 인사했다. 로렌스는 아나우알케와 다시 대화를 나누고 싶은 마음은 없었지만 부름을 거절할 수는 없었다.

로렌스는 호위를 받으며 말없이 복도를 지나 황후가 머무는 응접실로 들어갔다. 정원이 내다보이는 발코니가 딸린 아늑한 방이었다. 마일라 유팡키는 황후의 방 창문을 향해 한쪽 눈을 가늘게 뜬 채로 정원에서 자고 있었다. 저 멀리 무도회장의 음악 소리가 나무들 위로 흘러왔다. 황후는 프랑스식의 화려한 가운이 아니라 색감이 선명한 잉카식 원피스를 입었다. 그 옷은 헐렁하고 편안해서 불러오는 배를 가리기에 좋았다.

"내 옆에 앉으세요, 대장."

황후는 이렇게 말하고는 경비병들에게 고개를 끄덕였다. 경비병들은 잠시 걱정스러운 눈빛으로 서로를 쳐다보다가 마지못해 밖으로 나갔다.

"황후 폐하의 건강을 빕니다."

로렌스는 차갑게 인사를 건네고 고개를 살짝 숙였을 뿐, 의자에 앉지는 않았다. 황후는 그와 친밀하게 얘기를 나눌 생각이었던 듯했지만 그는 그녀와 거리를 두고 싶었다. 그래서 예의에만 어긋나지 않게 하자고 마음먹었다.

"최대한 건강하게 지내고는 있어요."

자기 손으로 남편을 깔끔하게 처리했으면서 마치 남편의 부재를 한탄하는 듯한 말투였다. 로렌스는 자기도 모르게 어금니를 깨물었다. 황후는 예상한 반응이라는 듯 살짝 미소를 지었다.

"황제의 친구라는 자들 중에 황제의 적인 당신만큼 황제의 처지를 안타깝게 생각하는 사람이 없더군요."

로렌스는 참지 못하고 한마디 했다.

"황제께서는 그들의 애정에 의지하셨을 텐데, 제가 봐도 그들은 별로 안타까워하지 않는 듯했습니다."

"대장은 나도 그중 하나라고 보는군요. 잘못 보셨어요."

황후는 흔들림 없는 검은 눈으로 그를 바라보다가 말을 이었다.

"내 입장을 이해해줬으면 해요, 대장. 나를 그리 사악하게 생각한다면 정말 내 마음이 아플 것 같네요."

그녀 입장에서는 별로 명예롭지 않은 얘기를 로렌스가 퍼트리고 다닌다면 아마 마음이 더 아팠을 것이다. 배신에 관한 얘기를 했을 경우 사람들에게 믿음을 줄 만한 사람은 얼마 되지 않았고 그중 그 얘기를 굳이 숨길 이유가 없는 사람은 로렌스뿐이었다.

"황후께서는 제게 어떤 설명도 하실 필요가 없고 저 역시 황후님의 신뢰를 사고 싶지 않습니다."

"대장은 어떻게 처신하는 것이 최선인지 이미 잘 아실 거예요. 그러니 이제 와서 대장의 입을 막아보겠다는 뜻은 아니에요. 내가 이 상황에 만족하는 것으로 아시는 듯해서 그게 안타까울 뿐이에요. 남편이 전투에서 승리하고 돌아와 유럽의 정복자로서 내 곁에 있다면 나도 정말 행복한 여인이었겠죠."

"프랑스의 황제로 곁에 머물게 하실 수도 있었잖습니까. 그정도로 만족하실 수는 없었습니까?"

"그럴 수 없었어요. 내 남편이 어떤 사람인지 알잖아요, 대장."

이 말에 로렌스는 아무런 대꾸도 할 수 없었다. 잠시 후 황후가 입을 열었다.

"남편과 함께 유배지로 갔어야 하는 것이 아니냐, 차라리 남편과 푸산틴수유로 떠나지 그랬냐는 말을 하고 싶겠죠. 남편은 전쟁에서 승리하기 위해 모든 것을 위험에 빠뜨렸고 나는 나의 제국이 패배로 무너지지 않게 지켜야 했어요."

로렌스는 그녀의 입장이 조금씩 이해되었다. 전투의 마지막 순간에 잉카 용들이 괴상하게 후퇴한 이유도 알 것 같았다. 황후는 나폴레옹이 전투에서 패배할 가능성이 높아지자 전쟁을 신속히 끝내기 위해 적들의 손에 나폴레옹을 넘겼다. 나폴레옹이 워낙 전쟁에 재능이 있고 결단력도 뛰어나 오래 버틴 것뿐이었다.

"만약 그에게 선택을 하라고 했으면 아들에게 프랑스 황위를 물려주고 나와 내 나라로 도망갔을까요?"

아나우알케는 로렌스의 표정을 살피며 물었다.

"아직도 나를 신의가 없는 사람이라고 보십니까?"

황후 입장에서는 패전으로 인한 위험을 최소화하고 완벽한 승리를 거머쥐었으니 전략적으로 훌륭한 작전이기는 했다. 그런 음모가 불가피했을 상황임을 감안하면 그녀에 대한 경멸이 약간은 가셨다. 그러나 로렌스가 기억하기로 나폴레옹은 퐁텐블로 궁전에 불이 났을 때 아들을 구하기 위해 위험을 무릅쓰고 불길을 뚫고 왔고 패전 후에는 아들에게 황위를 물려주는 조건으로 기꺼이 섬 유배를 받아들였다.

"황후께서 선택을 하셨듯이, 그분도 선택을 하셨겠죠."

로렌스는 짧게 대답했다. 모든 것이 선택의 결과임은 그도 부정할 수 없었다.

더는 물어볼 것이 없으리라 생각했다. 예상대로 황후는 만족하며 고개를 끄덕였다. 로렌스는 방을 나서면서도 그녀가 만족하리라는 생각에 화가 치밀었다. 황후는 자신이 만족스러울 만큼 철저하게 그의 입을 다물게 했다. 로렌스는 어차피 그녀에게 신뢰를 얻어야 할 일도 없기에 나폴레옹을 둘러싸고 지독한 음모가 진행되었음을 널리 알릴 수도 있었다. 그를 배신의 도구로 만든 자들, 배신을 교사한 자들과 황후의 행위에 대해 세상에 알릴 수도 있었다. 하지만 그랬다가는 음모에 희생된 나폴레옹이 더 비참해질 것이기에 입을 다물 수밖에 없었다. 아나우알케는 나폴레옹의 아들을 프랑스 황위에 앉혔고 패전한 나폴레옹도 아들을 프랑스 황위에 앉히는 조건에 이미 동의했다.

"하지만 로렌스, 우리는 나폴레옹을 이기려고 수년간 노력해왔는데, 어째서 나폴레옹의 패배가 유감이라는 거야?"

테메레르는 이해가 안 된다는 표정이었다.

"아니, 나 역시 그가 복위하는 것은 원치 않아. 그저……."

로렌스는 말끝을 흐리며 고개를 저었다. 이 감정을 어떻게 표현해야 할지 알 수 없었다.

"음, 나폴레옹은 내가 보기에도 그렇게 나쁜 사람 같지는 않앗어. 하지만 리엔이 패배한 것은 전혀 유감스럽지가 않아. 리엔이 내 알에 저지른 음흉한 짓을 생각하면 유배형도 너무 관대해. 그 섬의 해안에 대포를 더 많이 설치하고 헤비급 용도 네 마리는 더 주둔시키면 좋겠어. 그들은 리엔의 능력에 대해 잘 모르는 것 같아."

테메레르는 조그맣게 한숨을 쉬었다.

로렌스는 말없이 고개를 저었다. 그는 이미 상부에 간단히 의견을 내놓았고 리엔이 선박들을 침몰시킬 가능성에 대비할 방법도 조언했다. 하지만 아무리 대포와 보초를 많이 배치해도 리엔을 섬에 오래 붙잡아놓을 수는 없을 것이다. 폰툰 갑판을 갖춘 배 한 척이 해안 부근에 대기하고만 있어도 섬에서 충분히 탈출할 테니까. 나폴레옹을 섬에 붙잡아놓을 진짜 간수는 바로 그의 아들이었다. 각료들은 나폴레옹을 섬에 잡아놓기 위해 그의 아들을 황위에 올리는 조건을 제시했다. 아들이 황위를 지키고 있는 한, 나폴레옹도 합의를 지킬 것이다.

"감사의 뜻을 전하고 싶어 찾아왔습니다."

테메레르는 머뭇거리며 말했다. 츠와나 용들이 모여 있는 공터에 테메레르는 호의를 갖고 찾아왔다. 츠와나 용들은 테메레르를 받아주기는 했지만 인사에 답례하기는커녕 마치 그가 조만간 경악할 일이라도 저지를 것처럼 눈도 깜박이지 않고 빤히 쳐다보았다. 테메레르는 어쩌면 그들이 맞을지도 모르겠다는 불안한 기분이 들었다.

"저도 그렇고 로렌스 대장께서도 고마워하십니다. 다들 직접 찾아와 인사를 하지는 못했지만 여러분에게 고마워하고 있고요. 해먼드 대사는 기회가 닿으면 츠와나 족 왕자님과 대화를 나누면서 케이프타운을 비롯한 몇몇 항구를 다시 여는 방안에 대해 논의……."

"그럴 필요 없습니다. 우리 영토에 당신네 노예 상인들을 다시 들여놓을 줄 알아요?"

오렌지색과 초록색 몸통의 커다란 츠와나 용이 무례하게 말을 잘랐다.

테메레르는 기분이 나빴다. 그는 노예 상인이 아니었다.

"아! 우리를 노예 상인들과 한통속으로 몰아붙일 거면서 전투 때는 왜 도왔는지 모르겠네요."

그러자 또 다른 용이 콧방귀를 뀌며 받아쳤다.

"왜 당신들을 도왔다고 생각하죠? 우리는 제멋대로 구는 나폴레옹이 싫었을 뿐입니다. 그자는 용 수천 마리를 손에 쥐고 휘두르려 했어요. 이제 여러분이 그 용들을 나눠갖게 됐으니 우리는 건드리지 마세요."

공군 기지로 돌아온 테메레르는 릴리에게 속상함을 토로했다.

"내가 정말 공손하게 찾아갔었거든."

이곳 기지는 영국의 공군 기지와는 무척 달랐다. 멋진 누각들이 원을 그리며 배치되어 있었다. 누각은 상당히 커서 꼬리나 다리를 바깥에 두고 빽빽하게 들어간다면 누각 하나에 헤비급 용 십여 마리는 충분히 수용될 듯했다. 게다가 높은 언덕에 있어서 로슈포르 항구의 그림 같은 풍경이 한눈에 내려다보였다. 지금 항구에는 용수송선 세 척과 2급함 한 척이 들어와 있었고 프리깃함과 구명정으로 구성된 소함대가 주변에 흩어져 있었다. 누각은 누각 바닥과 땅 사이에 공간을 두고 그 사이에 석탄을 넣어 난방을 했다. 하지만 오늘은 따뜻해서 굳이 난방을 하지는 않았다. 저 항구에서 기다리고 있는 용수송선을 타고 영국에 도착하면 그들을 기다리고 있을 초라한 기지를 생각하니 울적해졌다.

"난 그들에게 선물까지 주려고 했었어."

"무슨 선물?"

릴리가 궁금해하며 물었다. 릴리를 비롯한 옛 편대원들은 테메레르가 큰 재산을 얻은 것을 알고 축하해주었다. 그들도 엄청난 양의 보물을 가지고 스페인을 빠져나가려는 조제프 보나파르트(나폴레옹 보나파르트의 형으로 스페인의 왕 호세 1세로 즉위했었음─옮긴이)를 붙잡았다. 당시 포획한 포장마차에는 수레 여섯 대 분량의 은 접시들이 들어 있었다. 릴리와 편대원들은 그 보물을 포상금으로 나눠받고 다들 부자가 됐다.

"굉장히 멋진 에메랄드가 박힌 황금 사슬 목걸이를 선물로 주려고 했어. 잉카 용이 첼로너를 너무 갖고 싶다면서 내게 준 목걸이거든."

테메레르는 이 말을 하면서 살짝 한숨을 쉬었다. 코파카티 암컷은 첼로너를 탐내다가 결국 영국 공군에 입대하기로 했고 첼로너는 대령으로 승진했다. 로렌스는 첼로너의 앞길을 막으면 안 된다고 테메레르를 설득했다. 테메레르는 정말이지 챌로너를 내주고 싶지 않았지만 그나마 멋진 목걸이를 받고 허한 마음을 달랬다.

"누구든 그 목걸이를 보면 안 좋아할 수가 없어. 하지만 츠와나 족이 너무 무례하게 굴어서 목걸이를 주지 않기로 했어."

"그럼 저 주세요."

닝이 고개를 들고 말했다. 닝이 햇빛을 받으며 바위에 편안하게 누워 있어서 자는 줄로만 알았는데 그들의 얘기를 줄곧 듣고 있었던 모양이었다. 테메레르가 경계하며 물었다.

"내가 왜 그래야 하지?"

"청 황제께 선물로 드리면 좋을 것 같아서요. 존경과 감사의 의미로, 그리고 황제가 되신 것에 대한 축하의 의미로요. 아버지와 로렌스 대장님을 대신해서 제가 기쁜 마음으로 전해드릴게요."

테메레르는 얼굴 주변의 막을 펼쳤다.

"결국 청국으로 가기로 했구나. 거기서 멋지게 보이고 싶다 이거로군."

닝은 테메레르가 뒤에 붙인 말은 못 들은 척하고 차분하게 말했다.

"맞아요. 현재로서는 청국에 가는 게 가장 좋겠다고 판단했어요. 프랑스의 새 황제는 너무 어려서 앞으로 2년 동안 비행은커녕 말도 제대로 못 하겠죠. 몇 년 후에 프랑스를 한번 방문해서 상황을 살펴볼 생각이에요. 지금은 일단 청국으로 갈 거고요."

"몇 년 후에 뭐 하러 프랑스를 방문하겠다는 건지 모르겠네. 두 황제를 다 가질 수는 없어."

"그러면 안 될 이유라도 있나요? 두 나라 모두 다가오는 20세기에 전략적으로 잘 맞는 위치에 자리하고 있으니 미리 계획을 세워야죠. 미리 문을 닫아둘 필요는 없다고 생각해요. 그래서 그 목걸이를 저한테 달라는 거예요. 나폴레옹과의 전쟁에서 동맹군이 승리했기 때문에 영국 입장에서는 정치적으로 청국과의 관계를 유지하는 것이 당장은 별로 쓸모가 없어 보이기는 하겠죠. 양국 관계를 공고히 해야 할 급한 이유도 사라졌고요. 가경제(嘉慶帝)께서 서거하셨으니 아버지의 비행사가 청 황실에 왕자로 입양된 것도 별 소용이 없게 됐어요. 이럴 때 새로 등극한 청 황제와의 관계를 공고히 해야 해요. 다행히 이번에 함께 승전했다는 만족감으로 청 황제께서는 영국에 호의를 갖고 계실 거예요. 청국과 좋은 관계를 유지하는 것이 아버지와 아버지의 비행사에게 유리하게 작용할 겁니다. 보아하니 영국으로 돌아가면 로렌스 대장께서는 중요한 직책을 맡으실 것 같지 않아요. 영국의 통치자들에게 특별히 호감을 사신 것 같지도 않고요."

마지막 말은 상황을 너무 과소평가한 듯했지만 테메레르가 미처 생각해보지 못한 부분을 짚어준 것이기도 했다. 동맹군이 해산했으니 로렌스는 더는 통합 총사령관이 아니었다. 영국으로 돌아가서 로렌스가 대장 직위를 유지할지조차 불투명하다는 사실을 깨닫고 테메레르는 기분이 울적해졌다. 결국 테메레르는 잠든 엑시디움을 깨워 자문을 구했다.

"아, 너무 걱정하지 마. 예전에 해군 본부의 불평꾼들이 제인의 직위를 빼앗으려고 발악을 했지만 제인은 여전히 대장 직위를 유지하고 있잖아. 물론 그들이 너와 로렌스를 스코틀랜드 북부로 보내 순찰 업무 같은 시답잖은 업무를 맡길 수도 있어. 어쨌든 더 큰 영향력을 유지하는 것이 좋다는 닝의 조언은 틀린 말이 아니야. 제인 얘기로는 귀족 작위를 받고 어느 댁 안주인의 저녁 파티에 참석했더니, 1년간 죽어라 편지를 써야 간신히 얻을 수 있는 영향력이 단번에 생기더래. 제인은 무도회에 가느니 차라리 교수형을 당하는 편이 낫다고 생각하는 사람인데도 그런 말을 하더라고. 그러니 너도 인맥을 잘 유지하는 게 좋을 거야."

테메레르가 구시렁거렸다.

"닝은 오직 자기 자신을 위해 인맥을 유지하려는 것 같아요. 인맥을 핑계로 나중에 다시 여기를 방문하려는 수작 같기도 하고요."

물론 닝의 처신이 틀린 것은 아니었다. 다만 황금 목걸이만은 로렌스도 내주기 싫어할 것 같았다. 하지만 막상 들어보니 로렌스의 생각은 달랐다.

"미엔닝은 양국 관계를 인정하지 않겠다고 말한 적이 없고 나 역시 양국 관계를 무시할 수는 없어. 미엔닝은 영국을 위해 실질적으로 큰 도움을 주었을 뿐만 아니라 우리를 존중하면서 따뜻하고 친절하게 대해줬어. 미엔닝이 먼저 우리를 냉랭하게 대하기 시작하면 우리는 나중에 그와의 관계를 이어가기 위해 더 힘들게 노력해야 할지도 몰라. 목걸이를 선물하는 것이 적절한 지는 꿍쑤와 상의해봐. 그 정도 선물이면 내 생각에는 괜찮을 것 같기는 하지만."

꿍쑤는 잉카 최고의 공예 기술로 만들고 열두 개의 아름답고 귀한 보석들로 장식된 우아한 황금 용 목걸이라면 청 황제께 매우 흡족한 선물이 될 거라고 했다. 누가 그런 선물을 받고 별로라고 생각할까. 테메레르는 어쩔 수 없다는 생각을 했다. 테메레르는 승무원들이 부드러운 모직 충전재를 잔뜩 채운 아름다운 나무 상자에 황금 목걸이를 담아 출발을 앞둔 닝에게 건네는 모습을 우울하게 바라보았다. 닝을 청국으로 호위할 마흔 마리의 용으로 구성된 의장대만 남겨두고 청국 군대는 이미 모두 청국으로 떠난 후였다.

잠시 후 목걸이를 담은 상자가 닝과 함께 청국을 향해 날아갔다. 막시무스는 위로랍시고 테메레르의 어깨를 툭 치며 말했다.

"어이, 친구, 어차피 네 돈 주고 산 목걸이도 아니잖아."

그 말이 약간 위로가 되기는 했다. 하지만 만약 그 황금 목걸이를 팔았으면 테메레르의 통장에 꽤 큰 금액이 쌓였을 것이다. 그만큼의 돈이 저만치 날아가고 있었다.

"잘들 가라. 나폴레옹을 다시는 볼 일이 없었으면 좋겠네."

빈디케이션 호의 용갑판에서 제인이 로렌스 옆으로 다가오며 말했다. 리엔을 실은 벨레로폰 호가 저만치 수평선에 걸려 있었다. 리엔은 새하얀 목에 묵직한 사슬을 감은 채 어색하게 갑판에 앉아 있었다. 선원들이 돛을 올렸다. 제인은 고개를 가로저으며 말을 이었다.

"물론 그렇게 되진 않겠지. 저 용은 마음만 먹으면 세인트헬레나 섬에서 하루 밤낮을 날아 육지에 도달할 수 있을 테고, 나폴레옹은 섬 생활이 지겨워지면 어떤 핑계를 찾아서라도 섬을 떠날 테니까. 세인트헬레나 섬은 안 지겨울 수가 없는 섬이잖아. 그렇게 되면 그의 아내가 그를 독살해 우리 수고를 좀 덜어주려나."

"바라시는 대로 될 수도 있을 것 같습니다."

"그래. 몰인정하긴 하지만. 당신도 입이 좀 험해져야 하는데 말이야. 아침에 도버로 출발해서 런던으로 가는 건가?"

"예. 그곳에서 당신을 다시 볼 수 있겠죠?"

로렌스는 한숨을 쉬며 물었다.

"그래. 정부에서 체면도 잊고 내 어깨에 짐을 잔뜩 지우려고 해서 어떻게 될지는 확실히 모르지만. 웰링턴 장군은 나보다 일이 더 많아. 정부에서 웰링턴 장군에게 새로운 작위라도 줘야 할 판이야. 당신은 준남작 지위이니 비교적 마음이 가볍겠군. 실은 할 얘기가 있어. 핼리팩스에 좋은 자리가 있으니 용을 보내달라는 요청서를 지난달에 네 번이나 받았어. 혹시 그리로 갈 생각이 있나?"

"아뇨. 영국으로 돌아가 퇴역하려고 합니다. 이제 테메레르를 먹여 살릴 돈도 충분히 모았고 집안의 농장 하나를 내달라고 형에게 요청해도 괜찮을 만큼 명성도 얻었으니까요."

아니면 오스트레일리아나 청국으로 돌아갈 수도 있었다. 전쟁이 끝났으니 테메레르는 그에게 얼마든지 그리로 가자고 요구할 수 있었고 로렌스도 거절하고 싶지 않았다. 그전에 왈라톤 홀에 들러 앞으로 테메레르와 살아갈 방법을 고민해볼 생각이었다. 그의 마음속 깊은 곳에는 영국으로, 고향으로 돌아가고 싶다는 열망이 있었다. 석양 아래 창문마다 불이 켜진 왈라톤 홀을 보고 싶었다. 평화의 상징처럼 남은 어린 시절의 기억이었다. 실제보다 부풀려진 명예를 억지로 머리에 쓰게 되었지만 그 덕분에 어머니가 어느 정도 마음의 평화를 얻었다면, 그리고 그의 형이 당분간 테메레르가 잠잘 사유지의 들판을 내줄 수 있다면 차라리 고마운 일이었다.

"알려줘서 고마워."

로렌스가 설명을 마치자 에디스가 나지막하게 말했다. 한숨을 깊게 한 번 쉬고는 창문 너머 남쪽 들판을 내다보았다. 그 들판에서 에디스의 아들이 로렌스의 세 조카와 함께 테메레르의 앞발로 기어오르고 있었다. 세 조카는 테메레르가 이곳에 머물기 시작한 이후 보모의 만류에도 놀이방 창문에 붙어서서 테메레르를 내다보기만 했다. 그러다 마을 소년들이 테메레르의 꼬리를 만지고 오는 놀이를 시작했다. 한창 활기에 넘치는 조카들이라 창문에서 마을 소년들이 노는 모습을 지켜만 보고 있자니 견디기 어려웠을 것이다. 둘째 조카가 제 형에게 형도 저렇게 할 수 있냐고 물었고 형은 할 수 있다고 대답했다. 테메레르가 잠을 깨어보니 조카들은 어느새 테메레르의 등으로 기어 올라가 근래 신문에서 줄곧 떠들어댄, 소설이나 다름없는 전투 장면을 흉내 내면서 위대한 공중전을 치르고 나폴레옹을 무찌르느라 정신이 없었다.

"흠, 실제 전투는 전혀 달랐어."

테메레르가 고개를 뒤로 돌리고 알려주었다. 세 아이는 가만히 서서 테메레르의 이야기에 귀를 기울였다. 전장에서 목숨과 팔다리를 보전하기 위해 싸운 병사들의 이야기가 어찌나 흥미진진하던지 아이들은 그날 밤 어머니가 무어라 잔소리를 해도 듣는 둥 마는 둥이었다.

형수의 잔소리와 보모의 항의는 전혀 효과가 없었다. 다음 날 아이들은 상자에서 오래된 나무칼을 꺼내 끝없이 전쟁놀이를 했다. 제 어머니의 치맛자락에 오 분쯤 매달려 있던 에디스의 아들도 곧 정원으로 달려가 까무러치게 재미있는 전쟁놀이에 합류했다. 에디스는 달려가는 아들을 다시 불러들이고 싶어서 무릎 위의 두 손을 움켜쥐었으나 결국 아이를 내버려두었다.

"저 애가 용을 무서워하지 않아서 다행이야."

말은 이렇게 하면서도 에디스는 약간 걱정하는 표정이었다. 하나뿐인 자식이라 그럴 것이다.

"테메레르가 잘 돌봐줄 테니 걱정 마."

로렌스가 말했다. 사실 테메레르는 아이들에 대한 애정이 지나쳐서 탈이었다. 로렌스의 세 조카와 에디스의 아들을 정식으로 자기 보호하에 두면 어떻겠냐고 로렌스에게 묻기 시작했다.

테메레르는 탐내는 목소리로 말했다.

"추르키가 편지를 보냈어. 드디어 해먼드의 가족들을 만났대. 제일 어린 아이들과 친척들까지 합하면 스물여섯 명이나 된다나 봐. 직접 세어봤대."

테메레르는 부러움 섞인 한숨을 내쉬며 덧붙였다.

"추르키는 벌써 그들에게 더 큰 집을 지어주고 있어. 그리고 소작농들이 쟁기질을 더 빨리 하게 도와줬대. 전쟁터에 나간 수많은 청년들이 아직 돌아오지 않아 추르키가 큰 도움이 됐다고 하더라. 로렌스, 우리도 이 들판을 쟁기로 갈아볼까?"

"아니, 올해는 쉬는 들판이야. 뭐든 할 일이 필요하면 형의 집사에게 말해놓을게. 네가 도와준다고 하면 좋아할 거다."

로렌스는 노팅엄 바로 외곽에 옐로 리퍼 무리가 자리를 잘 잡고 살고 있는 것을 보고 깜짝 놀랐다. 그 옐로 리퍼들은 도시 곳곳, 그리고 그 주변의 시골 지역을 정기적으로 돌아다니면서 주로 구덩이에서 파낸 석탄을 옮기는 일을 했고 그 외에 다른 일도 기꺼이 했다. 형에게 듣기로는 옐로 리퍼들이 이 집 사유지에서도 몇 번 일을 해줬다고 했다.

그 후 테메레르는 왈라톤 홀 수리에 필요한 목재와 돌을 엄청나게 옮겨다주었다. 그리고 본채 뒤에 있는, 11세기에 불타 무너진 수도원 건물을 보더니 그 건물을 수리할 재료를 더 많이 가져다주겠다고 제안했다. 테메레르는 이웃도 도와주었고 그중 한 명이 바로 에디스의 아버지였다.

에디스의 어머니인 갈맨 부인이 로렌스를 포함해 가족끼리 만찬을 함께하자고 초대했다. 주저하던 로렌스는 결국 초대를 받아들였다. 세상이 온통 그의 공적을 칭송하고 있었지만 로렌스는 다시 사교계에 발을 들여놓기가 쉽지 않았다. 그래도 에디스와는 얘기를 나눠야 했다. 수년 전에 그는 어머니를 통해 에디스에게 편지를 보냈었다. 에디스의 남편 버트럼 울비가 프랑스의 영국 침공 때 어떤 경위로 사망했는지를 알리기 위해서였다. 남편을 잃은 그녀의 고통을 조금이나마 덜어주기 위해 버트럼이 얼마나 용감했는지 알려주고자 했던 것이다. 그러나 어머니를 통해 간접적으로 알린 것은 부적절한 처신이었다는 생각이 들었다. 에디스가 더 자세히 알고 싶어 한다면 그는 설명해줄 의무가 있었다.

"알려줘서 고마워."

그들은 만찬 때 잠깐 얘기를 나눴지만 에디스는 따로 둘이서만 얘기하고 싶다며 오늘 아침 로렌스를 불렀다.

"덕분에 아들이 자랐을 때 아버지에 대해 말해줄 수 있게 됐어. 나는 그저……."

에디스는 말끝을 흐렸다. 그대로 말을 끝내나 했지만 그녀는 다시 말을 이었다.

"나는 그저 버트럼이 나한테 인정받고 싶은 마음에 훈련도 제대로 받지 못한 상태에서 자기에게 맞지 않는 일을 한 게 아니었나 싶어서. 나는 그를 이미 충분히 인정하고 있었는데."

그녀는 나지막하게 말을 맺었다.

로렌스는 아무 말도 할 수 없었다. 에디스와 이렇게 친밀하게 대화를 나누는 것은 수년 만이었다. 그들은 로렌스의 해군 복무 때문에 이미 오랫동안 서로 멀리 살았다. 하지만 그는 그녀의 심정을 이해하지 못하는 척하고 싶지 않았다. 버트럼 울비는 본래 악명 높은 사내가 아니었고, 죽기 전까지 별로 눈에 띄는 사람도 아니었다. 버트럼은 신사였고 아내에게 편안한 집을 마련해주었으며 그녀가 사교계에 자리를 잡게 해주었다. 로렌스는 그중 어떤 것도 해줄 수 없었지만 버트럼은 해줄 수 있었던 것이다. 남자들은 대개 아내에게 안정된 항구 이상의 존재가 되고 싶어 한다. 아내가 한때 안정된 항구 이상의 존재와 결혼할 생각을 했다면 더더욱 그럴 것이다.

"그가 큰 도움이 됐어."

로렌스가 말했다. 그가 해줄 수 있는 유일한 위로의 말이었다.

"그가 도와주지 않았으면 우리는 이스키에르카를 구해내지 못했을 거야. 이스키에르카를 잃는 건 당시 영국에 재앙이나 다름없었어."

에디스는 여전히 바닥을 내려다보며 고개를 살짝 끄덕였다. 그러다 애써 고개를 들고 그에게 미소 지었다.

"노팅엄에 오래 있을 거야? 아니면 또 임무 때문에 떠나야 돼?"

"임무는 없어. 공군에서 퇴역했어. 아직 어떻게 살지는 정하지 않았지만 영국은 용들에게 호의적인 나라가 아니라서. 아직 계획을 세우지는 않았어."

그날 밤, 하늘에 빛이 모두 사라지고 어둠이 깊어지자 로렌스는 읽던 책을 덮었다. 테메레르가 말했다.

"로렌스, 이 집의 사유지에서는 내가 더 해줄 일이 없어. 여기서는 내가 별로 쓸모가 없는 것 같아. 제이콥스 씨한테 물어보니까 확실히 알겠더라고."

제이콥스는 형의 집사였다.

"그래도 여러 가지로 도움을 줘서 고마웠어. 여기서 숙식을 제공받는 대신 일을 해줄 필요는 없어, 테메레르. 우리는 자금이 넉넉해. 이 집에 손님으로 너무 오래 머물러 미움을 살 필요는 없지만, 아직 그리 오래 머물지도 않았어. 형은 우리가 이 집에 머무는 게 불편하지 않다고, 이웃에서 항의가 들어오지도 않았다고 했어."

영국을 구한 영웅인 용이 이웃에 살고 있다는 소문이 나면서 오히려 로렌스를 기쁘게 하는 일들이 일어났다. 테메레르가 여기 산다는 소식이 마을에 퍼지고 나서 얼마 전부터 테메레르가 그려진 접시들이 도시에서 팔리기 시작했다. 마차를 타고 이 집 앞을 지나는 사람들은 굳이 마차에서 내려 멀리서나마 테메레르를 구경했다. 로렌스는 이런 유행이 오래갈 거라고는 생각지 않았지만, 그래도 형이 이웃들에게 항의받을 일은 없어서 다행이라 여겼다.

589

"아니, 그냥, 나는 앞으로 우리가 뭘 하고 살아야 할지 모르겠어. 그동안 나는 전쟁 때문에 하고 싶은 일들을 미뤄왔다고 생각했어. 그런데 막상 하고 싶은 일을 떠올려보니까 생각나는 게 없어. 하고 싶은 일들을 한꺼번에 떠올려서 그런지 아무것도 생각이 안 나."

테메레르는 조그맣게 한숨을 쉬며 말을 이었다.

"당신이 퇴역해서 기뻐. 해군 본부도 이제는 우리를 기분 나쁜 곳으로 보내지 못하겠지. 그런데 달리 생각해보면, 누가 우리를 어딘가로 보내는 게 마냥 나쁘지만은 않았어. 뭐든 할 일은 있었으니까."

로렌스는 숨을 깊게 들이마셨다.

"청국으로 돌아가고 싶니?"

로렌스는 언젠가 청국 얘기가 나올 것을 예상하고 마음의 준비를 했었다. 다만 오랜만에 집으로 돌아올 기회가 생겨서 기뻤던 것뿐이었다. 그는 집으로 돌아와 어머니를 만났고 어머니가 편안하게 사는 것도 확인했다. 어머니는 본채와 약간 떨어진 작은 별채에 살고 있었다. 그는 들판을 가로질러 매일 어머니를 만나러 갔다. 아버지의 무덤 옆에서 무릎을 꿇고 기도도 올렸다. 그러나 봄은 여름이 되었고 여름은 이제 무르익어 곧 가을이 될 것이다. 금세 날이 쌀쌀해질 텐데 이곳에는 테메레르가 들어갈 만한 건물이 없었다. 형이 호의를 베풀어주고 있기는 하지만 용 누각을 짓겠다는 말은 차마 할 수 없었다. 만약 청국으로 간다면 육로로 가는 것이 제일 쉬울 것이다. 좋은 날씨에 이동하려면 빨리 출발할수록 좋았다.

침묵하던 테메레르가 천천히 입을 열었다.

"만약에 우리가 여기서처럼 어색하게 손님으로 머무는 게 아니라 청국에 아예 눌러 살게 되면, 나는 뭘 하고 살아야 할까?

그리고 이제 겨우 친구들과 언제든 편하게 만날 수 있는 힘을 갖게 됐는데 친구들을 전부 두고 떠나는 것도 마음에 걸려. 여기서 릴리와 막시무스가 사는 도버까지는 한나절이면 날아갈 수 있어. 그리고 이스키에르카를 보고 싶으면 에든버러로 날아가면 되고. 뭐, 이스키에르카가 그립다는 뜻은 아니야. 이스키에르카를 봐야 할 일이 있으면 에든버러로 가면 볼 수 있다는 뜻이야."

테메레르는 재빨리 덧붙였다. 그랜비가 공군 대장으로 진급하자 이스키에르카는 심하게 우쭐댔고 화가 치민 테메레르와 말다툼을 했었다. 둘은 아직까지 화해하지 않았다.

"그랜비가 이스키에르카와 함께 다니잖아. 당신도 가끔 그랜비를 보고 싶어 할 테고. 영국은 청국처럼 살기 편하지 않고 누각도 멋지지 않지만, 그래도 공정하게 평가하면 전보다는 많이 좋아졌어. 전에는 내가 영국에서 비행을 할 때마다 밑에서 사람들이 이리 뛰고 저리 뛰면서 비명을 질러댔잖아. 그래서 나는 소가 음매 하고 울듯이 사람들도 그렇게 우는 걸로만 알았어. 지금은 내가 언덕을 올려다봐도 사람들이 기분 좋게 손수건을 흔들어줘. 이 집 집사도 내게 헛소리를 하지 않고 분별 있게 말을 하고. 페르사이티아는 그게 다 우리가 이뤄낸 일 덕분이래. 페르사이티아는 그게 다 자기 공로라고 우기면서도 내가 여기 남아 자기 일을 도와주길 바라고 있어. 페르사이티아와 일을 같이 하게 되더라도 정확히 어떤 식으로 하게 될지는 아직 모르겠지만."

로렌스와 테메레르가 앉아 있는 근처로 마차 한 대가 달려왔다. 마차에 매달린 깐닥거리는 랜턴들이 황혼을 달리는 마차의 위치를 알려주었다. 두건으로 얼굴 주변을 잘 가린 말들은 다행히 근처에 테메레르가 있는 것도 모르고 안정적으로 달렸다. 마차가 멈추고 신사 한 명이 내렸다. 그는 멀찍이서 테메레르를 구경하는 것으로는 부족한지 굳이 들판을 가로질러 왔다. 그를 알아본 테메레르가 고개를 들고 얼굴 주변의 막을 세웠다.

"와, 타르케, 진짜 우아해 보여."

"예고도 없이 찾아와서 죄송합니다."

타르케가 말했다. 그는 멋지게 광을 낸 헤센 장화를 신었고, 여러 겹의 망토를 두른 길고 묵직한 외투를 입었으며, 금 손잡이가 달린 지팡이를 쥐었다.

로렌스가 일어나 그와 악수를 했다.

"어서 와요, 텐징. 뜻밖이군요. 파리에서 당신을 만날 줄 알았는데."

"파리에서 황후의 권력 놀음을 지켜보는 것도 재미있지만 개인적인 일이 있어서요. 어차피 20년 가까이 질질 끌어온 일인데 소송이 몇 주 더 연기되는 게 대수냐고 하는 사람도 있겠지만 더 지체하고 싶지 않았습니다."

"소송에서 이겼습니까?"

"예. 저를 위해 몇 번이나 나서주시지 않았으면 불가능했을 겁니다. 증언해주신 것에 대해 다시 한번 감사드립니다."

"내 증언으로 득보다 해가 가지 않았을까 걱정했습니다. 요즘에는 내 명성이 높아져서 증언의 가치가 올라갔을 테니 다행입니다."

"아, 대장님의 별은 언제나 주기적으로 오르락내리락하죠. 지금은 큰 힘을 갖고 계시고요."

"타르케도 이제 사유지를 갖게 됐구나!"

테메레르가 무척 기뻐하며 곧장 타르케에게 물었다.

"그런데 그곳의 땅세는 총액이 얼마나 돼? 그 정도는 물어봐도 되지? 연간 소득은?"

"창피할 정도로 적어. 사촌들과 신탁관리자가 사유지를 방치해놓고 약탈만 해가서. 정돈하는 데 시간이 좀 걸릴 것 같아. 땅 자체는 괜찮은 편이야. 그런데 의회에 용들을 위한 의석이 새로 배정됐다는 얘기는 들었지?"

"아, 들었어! 이십 석이래. 페르사이티아가 편지로 알려줬어."

"정부는 그 의석 대부분을 외딴 시골 지역에 배정했어. 용 의석은 현재 공군에 복무 중인 용과 은퇴 후 사육장에 사는 용, 그리고 야생 용. 이렇게 셋으로 구분되었어. 투표를 위한 지역 경계선도 아주 창조적으로 그어났더라. 정부는 야생 용들이 투표하러 오지 않을 거라고 생각하나 봐."

테메레르는 콧방귀를 뀌었다.

"정부 놈들은 약속을 지켜도 늘 그렇게 치사하게 한다니까. 페르사이티아와 내가 어떻게든 꾸려가 봐야지. 리칼리에게 후보로 나서라고 해야겠어. 의회에는 리칼리 같은 용이 필요해."

"내 땅에 빈 구역이 하나 있어. 내가 알기로 그곳에는 용이 살고 있지 않아. 같이 어울려 살 용이 없는 것은 아쉽지만 사슴을 사냥하기에 좋은 멋진 숲이 딸려 있지. 그래서 말인데 네가 그 땅에 누각을 짓고 살면 어떨까."

로렌스가 어리둥절해하며 말했다.

"우리가 불편을 끼치게 되지는 않을까요. 정말 우리를 초대해도 괜찮겠습니까?"

"용을 들여놓으면 소작농들이 나를 독재자라고 상상하겠죠? 독재자로 살아보는 것도 괜찮겠네요."

타르케의 농담이었다. 그들이 조금 더 얘기를 나누는 동안 어느새 해가 저물었다. 그들은 다음 날 아침 타르케가 머무는 호텔에서 함께 아침을 먹기로 했다. 타르케는 로렌스와 테메레르에게 그 문제를 상의해보라고 하고는 그곳을 떠났다.

"로렌스, 내 생각엔 멋진 제안 같아. 당신 생각은 어때? 하긴 당신은 오스트레일리아에 있는 우리 누각으로 돌아가고 싶겠구나. 당신은 정치 같은 걸 별로 안 좋아하니까."

잠시 로렌스의 머릿속에 그리운 풍경이 스쳤다. 오스트레일리아의 블루 산맥 위로 솟아오른 태양이 반쯤 지은 누각의 돌바닥에 금적색 햇살을 드리우고 그 아래 골짜기와 나지막하게 우는 소 떼에게 빛을 쏟아내는 풍경. 평화롭고 단순한, 또 다른 고향의 기억이었다. 그러나 지금 그리로 가는 것은 현실 도피이며 항복이었다. 테메레르에게 공군 복무에 대한 진정한 보상은 이 나라를 위해 더 널리 쓰이는 것이리라. 로렌스는 군인으로서의 임무를 마쳤지만 테메레르는 아직 여기서 할 일이 남아 있었다.

"아니, 테메레르. 아직은 우리가 은퇴할 때는 아니라고 생각해. 아직은 아니야. 그 마음이 바뀔 때까지 오스트레일리아의 골짜기는 우리를 기다려줄 거다."

로렌스는 테메레르의 주둥이에 손을 얹으며 북서쪽 바다의 수평선을 바라보았다. 고향이 그곳에 있었다.

"타르케의 사유지는 픽스 지역에 있어. 네가 시골 생활을 마음에 들어 하면 좋겠구나."

"좋아하게 될 것 같아, 로렌스. 의회에서 일하는 것도 굉장히 멋질 거야."

옮긴이의 말

　9권에 걸친『테메레르』시리즈의 대장정이 드디어 끝을 맺었
다. 알에서 깨어나 로렌스에게 "왜 그렇게 찡그리고 있어?"라
고 묻던 귀여운 아기 용은 거친 파도와 항해를 하며 유아기와 청
소년기를 보냈고, 이제는 자신을 꼭 닮은 용을 낳기에 이르렀
다. 처음 테메레르를 만났을 때, 마치 감전된 듯 찌르르한 느낌
과 함께 충격을 받았던 기억이 아직도 생생하다. 테메레르와 로
렌스는 물론이고 이 시리즈에 등장한 주요 인물들은 모두 텍스
트 속에서 살아 숨 쉬었고 작업을 진행하는 내내 말을 건넸다.
그런 덕분에『테메레르』시리즈를 진행하는 동안 각각의 캐릭터
에 강하게 몰입해 그들의 목소리를 생생하게 우리말로 옮겨낼
수 있었다.

9권의 핵심은 또 다른 아기 용의 탄생과 용권의 신장, 그리고 나폴레옹의 몰락이다. 부모의 강점을 꼭 빼닮은 놀라운 아기 용이 등장해 모두를 기함하게 하는데 이 아기 용이 누구의 피를 이어받았으며 어떤 능력을 가졌는지는 본문에서 직접 확인하며 즐거움을 만끽하기 바란다.

영국 용 '페르사이티아'를 주축으로 진행 중이던 용권 신장 운동은 테메레르의 가세로 힘을 받고 용들은 영국 정계에서 제대로 목소리를 내게 된다. 영국은 아직까지도 왕과 여왕, 공주와 왕자가 존재하는 나라다. 현대에 와서 왕실의 권력은 유명무실해졌고 관광 상품화되었지만 『테메레르』 시리즈에서는 여전히 살아 있는 권력이며 낭만의 상징이다. 영국 왕실에 대해 용들이 어떻게 생각하는지도 이번 권에 흥미롭게 펼쳐져 있다.

무엇보다 가장 궁금했고 흥미진진하게 읽었던 부분은 바로 나폴레옹의 몰락 과정이다. 실제 역사에서 나폴레옹은 백일천하 이후 1815에서 1821년까지 약 6년간 세인트헬레나 섬에 유배되었고 결국 독살당한 것으로 알려져 있다. 9권에서는 나폴레옹이 그 섬에 유배되기까지의 과정을 무척 흥미롭게 그려내고 있다. 실제로 나폴레옹은 '나는 배신당한 것이 아니라 버림받은 것이다'라고 회고했다고 한다. 대체역사 소설인 만큼 실제 역사에 작가의 상상력이 가미되어서인지 그 과정에 대한 생생한 묘사가 손에 땀을 쥐게 한다. 긴박하게 돌아가는 정치 상황속에서 나폴레옹은 과연 누구에게 뒤통수를 맞고 몰락하게 될까?

나폴레옹이 유배 생활을 했던 세인트헬레나 섬의 커피는 천혜의 섬에서 소량만 재배되어 세계 3대 희귀 커피로 알려져 있다. 커피 애호가였던 나폴레옹은 "이 섬에서 얻을 것은 커피밖에 없다"라고 말했고 임종하기 전까지도 이 커피를 찾았다고 한다. 이후 세인트헬레나 커피는 프랑스에서 명성이 높아졌고 지금은 세계적으로 유명한 커피가 됐다. 언젠가 기회가 되면 세인트헬레나 섬의 커피를 맛보며 나폴레옹과 아기 용 테메레르를 떠올려보는 것도 재미있는 경험이 되지 않을까.

　　시리즈를 떠나보내려니 오랜 벗을 영영 떠나보내야 하듯 아쉬움이 크다. 외전이 몇 편 나와 있지만 아쉬움을 달래기에는 충분치 않다. 테메레르와 로렌스는 이제 어떻게 지내고 있을까? 또 다른 상상의 나래를 펼쳐본다.

공보경

TEMERAIRE

테메레르 9 용들의 연합

초판 1쇄 발행 2018년 6월 20일
초판 7쇄 발행 2024년 1월 2일

지은이 나오미 노빅 **옮긴이** 공보경

발행인 이재진 **단행본사업본부장** 신동해 **편집장** 김경림
표지디자인 석운디자인 **본문디자인** 김은정 **교정교열** 윤정숙
마케팅 최혜진 이은미 **홍보** 반여진 허지호 정지연 송임선
국제업무 김은정 김지민 **제작** 정석훈

브랜드 노블마인 **주소** 경기도 파주시 회동길 20
문의전화 031-956-7213(편집) 02-3670-1123(마케팅)
홈페이지 www.wjbooks.co.kr
인스타그램 www.instagram.com/woongjin_readers
페이스북 www.facebook.com/woongjinreaders
블로그 blog.naver.com/wj_booking

발행처 ㈜웅진씽크빅
출판신고 1980년 3월 29일 제406-2007-000046호

한국어판 출판권 ⓒ 웅진씽크빅, 2018
ISBN 978-89-01-22068-0 (04800)
     978-89-01-10688-5 (세트)

노블마인은 ㈜웅진씽크빅 단행본사업본부의 브랜드입니다.
이 책의 한국어판 저작권은 Imprima Korea Agency를 통해 Del Rey, an imprint of Random House,
a division of Penguin Random House, LLC.와의 독점 계약으로 ㈜웅진씽크빅에 있습니다.
저작권법에 의해 한국 내에서 보호를 받는 저작물이므로 무단 전재와 무단 복제를 금합니다.
이 책 내용의 전부 또는 일부를 이용하려면 반드시 저작권자와 ㈜웅진씽크빅의 서면 동의를 받아야 합니다.

※ 잘못 만들어진 책은 구입하신 곳에서 바꿔드립니다.
※ 책값은 뒤표지에 있습니다.